U0868862

剑圣宫本武藏

4 空之卷

〔日〕吉川英治 著
王维幸 译

南海出版公司

新经典文化股份有限公司
www.readinglife.com
出　品

目录

空之卷

3 普贤

12 木曾冠者

25 毒齿

32 星之中

40 导母之杖

52 一夕之恋

62 钱

76 焚虫

86 东下的娼妓

92 玩火

105 草云雀

113 拓荒者

122 打架河滩

132 刨屑

142 枭

154 守夜童子

166 一指天
175 二人师徒
183 土匪来
192 征夷
204 四月时节
213 入城府
222 苍蝇
230 刀谈
240 闲逛狐狸
251 寄人篱下
256 传书
266 假名经典
277 血梅雨
289 心形无业
299 罗雀之门
306 街上杂草

空之卷

普贤

一

一进入木曾路，随处可见残雪。如长刀一样从山岭凹处射出的白光是被残雪覆盖的驹岳的褶皱，而透过淡红树芽呈现在远方的白斑则是御岳的肌肤。不过，田间和路上到处洋溢着浅绿色。正是万物复苏的好时节。任凭怎么踩踏，也挡不住嫩草伸长的势头。更不用说城太郎的胃了，它越发强调生长的权利。最近，有如疯长的头发一样，城太郎的个头也长高了，已隐约有了些大人的风采。

他刚懂事便被抛向世间的洪流，收养他的也是流浪之人。他吃尽了旅途的劳苦，生存的环境也让他不得不早熟起来，这实属无奈。可最近他时常表现出的桀骜不驯却经常逼得阿通哭鼻子。我怎么会跟你这么个孩子混在一起呢？她常常如此叹息着瞪他，可这一点用都没有。他早就把她看透了。即使她沉着一张可怕的脸，内心还是对他疼爱不已。

这种态度再加上眼下的时节，无论走到哪里，只要一看到食物，从来都不知道饱的胃立刻便会把城太郎的两脚钉在路上。“噢，阿通姐，给我买那个！”就在刚才路过须原的客栈时，由于那里有木曾将军四天王之一金井兼平的要塞遗址，每家都在卖一种叫“兼平煎饼”的点心，阿通最终没能拗过他。“就这一次哦。”尽管一再叮咛后才买给他，可还没走上半里路，他就咯嘣咯嘣全吃光了，又露出一副动辄就想要东西的神情。

睡醒后，由于借用驿站茶屋一角早早吃了饭，还算平安无事，可是不久后翻过一道山岭，来到上松一带时，城太郎又开始拐弯抹角地说："阿通姐，阿通姐，柿饼好便宜啊。你不想吃吗？"

阿通骑在牛背上，装出一副没听到的样子。城太郎只好干瞅着柿饼走过，可不一会儿来到木曾第一的繁荣地——信浓福岛的市镇上时，正巧已是未时，又到了肚子开始咕咕叫的时候。"休息一下吧，就在那儿休息下吧。"城太郎又开始闹，"行不行啊？"他一磨起人来便不罢休，一步都不往前走，"噢，吃点黄豆面糕吧。你不愿意吃吗？"

就这样，也不知他是在乞求阿通，还是在胁迫阿通，总之牛的缰绳就牵在城太郎手里，只要他不走，无论牛背上的阿通多么焦急，也无法穿过那黄豆面糕店前。

"别太过分了。"终于，阿通生起气来，在母牛背上倒竖起眼角。那母牛与城太郎沆瀣一气，哞了一路。"你要是再找我的麻烦，我就告诉走在前面的武藏先生。"说着，阿通便做出要爬下牛背的架势，可城太郎只是笑着望着她，连阻止她的样子都懒得去做。

二

城太郎故意挑衅道："你怎么不去啊？"他的脸上带着一种早就知道阿通不会告诉武藏的表情。

既然已经从牛背上下来，阿通只好无奈地走进黄豆面糕店。"快，快去吃吧。"

城太郎顿时来了精神。"大婶，给我来两盘糕。"他先朝店里嚷嚷了一句，才把牛拴在檐前的拴马桩上。

“我不吃。”

“为什么？”

“若光知道吃，那人岂不都变成傻子了。”

“那，我连阿通姐那份，两盘都包了。”

“唉，真是个难缠的孩子。”

任凭阿通说什么，只要一吃起东西，城太郎便像没长耳朵一样，什么都听不见了。一弯腰，与身体极不相称的木刀便总会碰到肋骨。大概是觉得妨碍了贪婪的胃口，他还不时极不耐烦地将木刀绕到背后，一面贪婪地咀嚼，一面不时瞟瞟路上的情形。

“你能不能快点吃完？别瞎看了。”

“咦？”不知看到了什么，只见城太郎慌忙将盘中最后一个面糕扔进嘴里，接着便跑到路上，手搭凉棚。

“行了吗？”阿通放下铜板，正要从后面跟出来，城太郎却一下子把她推回了板凳上。“等等。”

“难道你还想吃？”

“刚才又八朝那边过去了。”

“你撒谎。”阿通不信，“那个人怎么会在这种地方呢？”

“管你信不信，反正他朝那边走了，还戴着草笠呢。难道阿通姐就没注意到？他刚才一直盯着我们呢。”

“真的？”

“不信我喊回来看看。”

真是不可想象。哪怕仅仅听到又八的名字，阿通便又像是生病了一样，眼看着就没了血色。

“没事，没事，用不着担心。就算有事，我也会跑到走在前面的武藏师父那里，把他叫回来。”

可如果害怕又八而躲在这里，就会与走在前面几町远的武藏拉开一大段距离。阿通再次坐上牛背。她的身体尚未完全恢复，哪怕忽然间听到刚才那样的事情，也会让她的悸动久久无法平息。

“你说呢，阿通姐？我觉得真奇怪。”城太郎忽然说了一句，从牛前面抬起头，无情地望望她苍白的嘴唇，“若说起这奇怪的事，在到达马笼岭的瀑布潭之前，师父也健谈，阿通姐也有说有笑的，三个人一路走来，其乐融融的多好。可自从过了那里，你们就一句话都不说了，不是吗？”

阿通并不回答，于是他又问道：“究竟是为什么，阿通姐？连路都分开走，晚上也睡在不同的房间里……你们是不是吵架了？”

三

城太郎刚不吵嚷着买吃的了，又开始用老成的口吻喋喋不休。这倒也罢，可他竟又刨根问底，甚至调侃起阿通与武藏的关系。

一个小屁孩懂得倒不少。阿通还在心痛，根本就没心情理会他。借助牛背旅行让阿通的身体状况的确好了起来，可比生理疾病更严重的问题却并非已经解决。在马笼岭女瀑和男瀑的急流中，她的哭泣声和武藏的愤怒声便轰隆隆地混在一起呜咽，就算经过成百上千年，只要两人这种错位的心结解不开，便会永远留有怨恨。

一想起来，当时那声音便犹在耳畔。为什么？武藏向自己逼来的那股强烈而直率的欲望，自己为什么要用浑身的力量去拒绝呢？为什么？阿通无数次后悔，无数次想努力弄清楚其中的原因，这成了一块挥之不去的心病。莫非这世上的每个男人都会把那种行为强加给女人？她变得悲伤而痛苦，长久以来深埋在心底的恋爱圣泉在越过女瀑男瀑的山岭后，便像瀑布的水一样狂奔起来，变成不断动摇她内心的一匹野马。而且更让她不解的是，她明明是挣脱武藏鲁莽的拥抱逃了出去，可是在之后的旅途中，她仍一刻都不想丢掉武藏的身影，仍尾随武藏而行，这种矛盾实在不可思议。

当然，从那以来，两人间就奇怪地产生了莫名的隔阂，彼此很少说话，也不再并肩而行。但武藏前行的脚步却默默地配合着尾随而来的母牛的节奏，一如开始时约定的那样，并未背弃一同赶赴江户的约定。尽管身后的阿通因城太郎的贪玩而时时耽搁行程，可武藏仍一如既往地必然会在某处等着他们。

出了五街七路口的福岛，从兴禅寺的拐角处起，就都是上坡路，远方露出一处关卡。关原合战后，对浪人和女人的盘查格外严格，可由于乌丸家给的印信非常好用，这里自然也毫不费事便通过了。阿通骑在牛背上，在关卡两侧茶屋的众目睽睽下一摇一晃地出去了。

“普贤是什么？阿通姐，普贤是什么东西？”这时，城太郎突然问，“刚才一个在茶屋休息的人，不知是和尚还是旅人，指着阿通姐这么说呢。说你真像骑在牛背上的普贤一样……”

“大概是普贤菩萨吧。”

“普贤菩萨？那我就是文殊菩萨了。因为无论到哪里，普贤菩萨和文殊菩萨都形影不离。”

“我看是你是馋嘴的文殊菩萨吧。”

“那不正好配你这个哭鼻子的普贤菩萨吗？”

“你又来了！”阿通不高兴地红起脸。

“文殊和普贤菩萨为什么形影不离呢？他们又不是男人和女人。”城太郎突发奇问。

阿通从小在寺里长大，也不是无法解释这个问题，可由于害怕城太郎的纠缠，她只是简单地答道：“文殊是显现智慧的佛，普贤是显现行愿的佛。”

刚说到这里，不知从何时何地起便像苍蝇一样尾随在牛屁股后的男人突然大喊一声“喂”，叫住了他们，正是刚才在福岛时城太郎无意间瞥见的本位田又八。

四

他一定一直等在那里，真是卑鄙的男人！一看到又八的脸，阿通顿生鄙视，怎么也抑制不住。

又八也一样，一看到阿通的身影便爱憎交织，血液上涌，感情的锥子顿时在眉间竖了起来，连常识都忘记了。更不用说武藏和阿通出了京都后，他便一直尾随在后，将两人形影不离的情形全看在了眼里。至于后来两人互不理睬分开赶路，他也误以为那只不过是他们为了避开白天路人的耳目。一旦到了没人的地方，还不知会如何干柴烈火呢。他甚至还如此胡猜乱想。

“下来！”如同下命令一样，又八冲着牛背上低着头的阿通说道。

阿通根本就对又八无话可说。他早已不是她心里的人。不仅如此，数年以前，他就主动背弃了与她的婚约。前些日子，在京都清水寺的谷间，他还手持利刃追杀过她，让她差点丧命。他完全是一个让她吃尽苦头的人。

倘若真要回敬又八，除了一句“事到如今还有何贵干”，阿通恐怕再也找不到其他寒暄。她沉默着，目光中越发充满了对又八的憎恶和鄙视。

“喂！你下不下？”又八再次喊道。无论是又八，还是他那个叫阿杉的母亲，现在仍用在宫本村的态度，对已经不是他们的媳妇也不沾亲带故的阿通专横跋扈地下命令，这不禁让阿通无比反感。

“什么事？我跟你之间好像没什么事吧，凭什么要下来？”

“什么？”又八来到一侧，一把揪住阿通的袖子，“说什么也得给我下来！你没事，可我有事！”他丝毫不顾路人的侧目，威胁般大声嚷嚷。

这时，一直在静观事态的城太郎突然丢掉缰绳喊道：“没看见人家不愿意吗？真不识相！”若只是声音比又八还大，那倒也罢，可他竟伸出手推搡又八，事情自然就闹大了。

“臭小子！”又八踉跄了几下，重新穿好草履，冲着后退的城太郎端起肩膀，“我刚才就觉得你这鼻屎鬼有点眼熟，你小子就是曾在北野酒馆干活的那个臭伙计吧？”

“你管得着吗？你才是个窝囊废呢，当时整天挨蓬之寮那个叫阿甲的老板娘骂，吓得连屁都不敢放！”

这无疑是揭了又八最痛的伤疤，更不用说还当着阿通的面。“臭小子！”又八气急败坏，伸手就要抓，可城太郎却机灵地从牛鼻子前一下子逃到对侧。

“我若是鼻屎鬼，那你自己算什么？我看就是个鼻涕虫吧。”

又八已忍无可忍，又要去抓，城太郎便以牛为盾牌，在阿通下面逃来逃去，可两三次后还是被又八抓住了颈后头发。“你、你再给我说一遍试试！”

“我就说！”可是，还没等长木刀抽出一半，城太郎便已像只猫一样被扔到了行道树外的树丛里。

五

树丛下是田埂间的小阴沟，城太郎顿时变成了一条泥鳅。当他爬到行道树旁，往大路上一打量时，发现牛正驮着阿通，摇晃着笨重的身体朝远方走去。而一手牵着缰绳，同时将缰绳的一头当作鞭子，在扬起的阵阵尘土中向远方奔去的身影无疑是又八。“畜、畜生！”一看到这情形，城太郎的血便涌上头来，但这热血只是激发出他的责任感和渺小的力量，却使他忘记向他人告急，迅速采取对策。

白云明明在动，望起来却似一动不动。高耸在云巅的驹岳仿佛在诉说着无言的话语，俨然俯视着一个旅人。旅人正在那仿若裙摆褶皱般的山丘上休息。

咦，我到底在想什么？武藏突然回过神，重新审视自己。尽管眼睛望着山，心头萦绕的却全是阿通的影子。他想不明白。任凭怎么想，也弄不明白少女之心的真面目。不久，他生起气来。为什么直率地靠近她就不行呢？点燃自己心火的不正是她吗？自己毫无遮掩地向她展现情欲，可她的手竟意外地将自己推开，似乎鄙视自己似的躲开了。之后，充斥在他心头的便是惭愧、耻辱和无处发泄的男人的苦闷。本以为投身瀑布潭便可以洗掉这心灵的污垢，可随着时日的流逝，无法压抑的妄想仍萦绕在心头。他也曾数度嘲笑自己的愚蠢，女人算什么，为什么就不能甩掉她轻装前进呢?！武藏试着命令自己，可这无非是掩耳盗铃而已。到江户去，你学自己喜欢的东西，我自己也要向目标迈进——他是在对未来暗暗地发下如此誓言后，才和她从京都来到这里的。因此他不该在途中弃她而去。

倘若就这样僵持下去，两人会结出什么果实呢？我的武道又会是何种命运！武藏仰视着山，紧紧地咬着嘴唇。想到自己的渺小，他不由得感到耻辱，甚至连与驹岳面对面都让他感到痛苦。

怎么还不来？武藏忍不住忽地站了起来。这当然是说给早该出现在身后的阿通和城太郎的牢骚话。说好了今夜要在薮原住下，可现在连宫腰的驿站都还未到，太阳已经开始西沉。从这儿的山丘望去，远方的街道尽收眼底，前方十町远的森林一览无余，阿通却一直未出现。

“奇怪，莫非在关卡那里耽搁了？”武藏甚至一度犹豫着索性弃阿通而去，可一旦看不见那身影，他又立刻担心起来，一步也无法向前迈。

他从低矮的山丘上跑了下来。大概是受了他的惊吓，放养在那里的马群朝薄阳辉映下的原野四散逃去。

“喂喂，武士大人，您是不是那个骑牛女子的旅伴？”刚来到街道，便有一人迎头走了过来。

“嗯，那女子出了什么事吗？”还未听到对方的话语，武藏便有种不祥之感，立刻反问道。

木曾冠者

一

就在离关卡不远的地方，本位田又八鞭打着阿通的牛，将其连人带牛一起劫走。目击了这一幕的旅人们一传十十传百，转瞬间此事已在这条街道上尽人皆知。武藏身在山丘上，反倒只剩他一人毫不知情。

武藏慌忙原路返回，可这已经是事情传开半刻之后了。倘若阿通有个三长两短可就糟了，也不知现在还能不能赶上。

“老板！老板！”

关卡的栅门酉时关闭。听到喊声，正在收拾桌凳的茶屋老板回过头，朝站在身后的气喘吁吁的武藏问道：“忘记东西了？”

“不，我是在找半刻之前路过这里的女子和少年。”

“你说的是那个长得像普贤菩萨一样的骑牛女子吧？”

“正是。听说有一个浪人模样的男人把他们掳走了，你知道他们往哪儿去了吗？”

“我倒是没有亲眼看见，但听路人说，他们从店旁的人头冢附近拐进了岔道，朝野妇之池方向匆匆赶去了。”

老板刚抬起手来一指，武藏便已飞也似的在薄暮中淡去。综合在路上收集的种种传言，他怎么也想不出究竟是何人，又究竟是为什么劫走了阿通。他更无法想象下手的人竟然会是又八。既然已跟他约好，要么是他从后面追上来，要么就是两人在江户碰头。上次从叡山无动寺翻山越岭赶赴大津时，在途中的山顶茶屋里，两人长达五年的误解已消释，已重拾往昔的友谊。从前的事情就让它付之东流吧。两人握手言和。在武藏的勉励下，又八甚至热泪盈眶。我会勤奋的，我一定会重新做人，你就把我当成弟弟，为我引路吧——他那样真诚地痛下决心，武藏万万不会怀疑到他头上。

若真要怀疑，恐怕就只有那些在战后流落各地，因谋不到一点生路最终沦为流浪之徒的不良浪人，抑或是那些无视世道沧桑，仍在觊觎世间漏洞的窃贼或人贩子等鼠贼，要不就是地方的悍匪野武士。武藏只能如此推测，因此也只能像大海捞针一样，急匆匆地往野妇之池方向追去。可太阳一落山，虽然天上星光闪耀，地上却漆黑一团，连前面一尺远的地方都看不清楚。最重要的是，尽管听说去了野妇之池，可他怎么也没找到一处类似池子的地方。脚下的水田、旱田和森林越发陡峭，道路也逐渐变成上坡，看来已经闯进了驹岳的山麓一带。武藏不禁迷茫起来。莫非是走错了道？他想。有如迷失了前进的方向，他开始环顾黑暗的四周。这时，他忽然发现了一户农家，屋舍背靠着驹岳巨大的岩壁，周围树着防风林。也不知外面燃起的是篝火还是炉火，在一团红色火光的映照下，一道树丛篱笆映入眼帘。

走近一瞧，里面竟有一头武藏颇为眼熟的花斑母牛，只是阿通的身影却哪里都寻不到，只有那头母牛被拴在灯火掩映中的农家厨房外，安闲地叫着。

二

“啊，就是那头牛。”武藏顿时松了口气，捋了捋心口。既然阿通骑的牛被拴在这户人家，阿通也一定被带到了这里。只是这户防风林中的人家究竟是什么来头呢？一旦贸然闯入，让对方将阿通再次藏起来就麻烦了，武藏不断告诫自己。

于是武藏躲了起来，开始窥探里面的情形。只听见里面传来了说话声："娘，行了行了，怎么干起来没头了？平时总唠叨说眼睛不行了，可黑得都看不见了，手里的活儿还不停。"在散乱地堆放着柴薪和稻壳的黑暗角落中，有人正粗喉大嗓地说话。

武藏屏息凝神继续观察屋内动静，他这才发现，原来摇曳着红色火焰的地方是紧挨厨房的炉房，纺车纺线的声音隐隐传来，也不知是来自这间屋子，还是来自相邻的那间关着破拉门的房间。

这时，声音一下子停了，大概是母亲听到儿子的牢骚后立刻停止了纺线。不久，在一角的小屋里不知做什么的儿子关上门，说道："我现在去洗脚，你赶紧准备一下马上开饭。听见没有，娘？"

于是，男人拿着草履，一屁股坐在流经厨房的水沟边的石头上，哗啦哗啦地洗刷起来。还没洗两三下，花斑母牛竟慢吞吞地把脸伸到他的肩膀上。他一面抚摩着牛鼻子，一面朝半天没有回音的屋中再次大声喊道："娘，待会儿闲下来，你就过来看看吧！我今天可捡了样好东西，真是飞来横财啊。你猜是什么？你肯定猜不出来。是头牛！而且还是头棒极了的母牛。既可以用来耕田，还能用来挤奶呢。"

一直伫立在外面的武藏自然也把这些话听了个一清二楚。倘若他能再观察一下那人，恐怕就不至于犯下后面的错误。可遗憾的是，他只是大致观察了一下里面的形势，便性急地找到这篱笆包围中的农家入口，逼近了屋舍。

作为农家，这屋舍实在太大，墙壁的样式也像是世家的宅子，但里面既没有佃户，也没有女人，尽管茅草屋顶已朽烂得长满了苔藓，可竟没有人修葺，看来是个败落之家。

旁边有扇小窗开着，武藏便踩在窗下的石头上窥探情形。最先映入眼帘的是置于黑色横木上的一柄长刀。那分明是民间少有的东西，是功夫了得的武将方能使用的利刃，刀鞘的软皮上还隐约残留着金箔。

武藏前后思量，愈发怀疑起来。刚才从小屋出去洗脚时，年轻男子的面孔只是在灯影前一闪而过，但武藏还是捕捉到了那绝非友善的眼神。那男子穿着干农活的短褂和沾满泥巴的绑腿，腰间插着一把砍柴刀，圆脸膛，蓬散的头发用稻草扎起，耷拉到眼角，虽然身高不足五尺五寸，可无论是胸肌还是坐在地上的架势，一看就让人觉得是个歹人。现在一看，果然正房里还有寻常百姓不可能有的长刀，铺着灯芯草的床上也不见人影，只有大炉子里正噼噼啪啪地烧着松柴，浓烟呼呼地从窗户向外吐去。

“啊！”尽管武藏用袖子掩住了嘴，可由于忽然被呛了一下，还是没能忍住咳嗽。

“谁？”房里顿时传来一个老婆婆的声音。武藏连忙蜷缩在窗下。接着，对方似乎进了炉房，又在那里呼喊起来：“权之助。小屋关上了吗？偷谷子的小偷又来了，正咳嗽呢。”

三

就怕他不来！先生擒那个野猪般的男人，再让他交代出把阿通藏到了哪里。除了那个彪悍的老婆婆的儿子，弄不好还会有两三名敌人也跳出来，但只要把他擒住，剩下的就不在话下了。就在堂屋内的老婆婆连呼权之助时，武藏已离开窗下，藏到了环绕在屋舍周围的树丛中。

“在哪儿？”不一会儿，被唤作权之助的儿子大步跑过来，“娘，你说那人在哪儿？”他嚷嚷着问道。

只见老婆婆来到小窗旁，说道：“就在那边，刚才有咳嗽声。”

“不会是你听错了吧？你最近总是耳聋眼花的。”

“不是。一定是有人从窗子窥探咱们家的情形，结果让烟呛了一下，咳嗽了一声。”

“哼，是吗？”权之助来来回回地巡查了十几步，俨然巡城似的，边走边咕哝，“看来真的有人啊。”

武藏并未贸然出来，权之助那闪烁在黑暗中的眼睛正燃烧着逼人的杀气。从脚趾到胸膛，他全身透着一副势不可挡的架势，而且还拿着一样奇怪的武器。到底是什么家伙？武藏往那转来转去的身影上定睛一看，才发现对方右手的手心到腋窝底下竟偷偷掖了一根四尺左右的圆棒，与随手拿来的擀面杖或顶门棍明显不同，圆棒上还闪耀着一种武器的光泽。而且在武藏看来，圆棒与持棒者已浑然一体，由此可知他平常一定与这棒形影不离。

“什么人？”忽然，木棒挂着风声，一下子从权之助的后背伸向武藏前方。

武藏也一闪身子，躲开木棒站起来。“我是来要你所劫之人的。”

对方一听，瞪着武藏沉默起来。于是，武藏又重复了一遍：“快将你从街道上诱拐到这里的女人和孩子还我！倘若把人毫发无损地还给我并赔礼道歉，尚可饶你一命，若有什么损伤，我决不饶你！”

驹岳的雪溪仿佛天然围墙似的环绕四周，一阵阵冷风不时从雪溪里吹起，在星空下潜入这温暖的人家。

“交出来！快给我交出来！”武藏又说了两次。他的语气比雪风还尖厉，反握木棒、死盯着武藏的权之助顿时怒发冲冠。

“你这个马粪蛋，你竟敢污蔑我诱拐？”

“一定是你看到他们妇孺二人形单影只好欺负，就拐到这里来了。交出来！快把藏起来的人给我交出来！”

“什、什么？”突然，四尺多长的木棒一下子从权之助的身体一侧喷射而出，动作之快让人眼花缭乱，分不清究竟是棒随手出还是手随棒出。

四

武藏只能躲闪。面对着男子惊人的功夫和力量，他一时也只能虚张声势。“回头你可别后悔！”他丢下一句警告，连忙跳起退到数步之外。

可那神勇的使棒者却仍哇哇地喊个不停：“什么？少给我装蒜！”

对方步步紧逼，不给武藏留下一丝喘息的机会。武藏退十步，他便进十步，武藏躲五步，他便逼五步。闪转腾挪之间，武藏已两次把手按在刀柄上，可每次都感到极度危险，最终连抽刀的机会都没有。因为即使是手按刀柄的一刹那，也会将肘部暴露在敌人面前。当然，这种危险也会因人而异，有时可能根本感觉不到，有时则需要万般小心。而眼前这个对手手中呼呼生风的木棒不断怒吼，简直比武藏的神经反射还要快，倘若硬逞一时之勇，觉得“一个乡巴佬算什么”，稍有麻痹轻敌，恐怕立刻就会被一棒击倒，而且光是心情的焦躁就足以让武藏呼吸急促、身法大乱。

还有一个理由让武藏必须谨慎，那便是对手权之助究竟是何人，一时间完全猜测不透。他挥舞的木棒颇有章法，步法和身体各部分形成了一个完美的金刚不坏之体。此乡野村夫竟是如此高人，连从前得遇的几多高人中都很难找出。他的脚趾间都透着一种武术之道，闪烁着武藏孜孜以求的精神力量。

如此一解释，难免会给人这样一种错觉，即武藏和权之助在对峙中悠然地审视着双方。但事实上，这种感觉仅仅产生在转瞬之间，权之助的木棒连瞬间都没有停止过。

对方不时猛吸一口气，又不时一蹴脚跟，间或一改木棒的攻击方式，重新逼来。每一次，对方都会带着满口脏话：“你这臭狗屎！”“癞疮鬼！”一面用污秽的方言詈骂一面打来。

不，对于这棒，其实用“打”描述并不准确。当然，其中不乏打的动作，但同时也有砍、突、转，既可单手使用，也可两手并举。而且这棒跟太刀完全不一样，太刀明显可分为刀锋和刀柄两部分，且只能使用其中一部分，棒却两端都可用作刀锋或矛头。况且权之助已将其用得炉火纯青，就像做糖果的在拉糖，忽长忽短，令人瞠目。

“权之助，当心！你那对手可不是等闲之辈！”突然，那位老婆婆从正房的窗子里喊了一嗓子。武藏感到棋逢对手的同时，老婆婆也产生了同样的感觉。

“没事，娘！”发现母亲正焦虑地从一旁的小窗上观战，为自己鼓劲，权之助愈发勇猛。这时，只见武藏冷不丁一闪身，一下子躲开呼啸而来的木棒，一把抓住权之助的小臂。紧接着，只听咚的一声，有如被抛下的巨石一样，权之助重重地仰面摔在地上。

“且慢，这位浪人！”眼看儿子性命危险，靠在小窗上的老婆婆情急中捣破了竹窗棂，冲着武藏喊道。她神色凄厉，不禁让武藏对随后的行动犹疑了一下。

五

老婆婆的头发全都竖起来了，看到自己的骨肉受伤，出现这种反应自是理所当然。看来儿子被摔倒在地着实令这位老母亲意外。按说武藏的下一个动作应该是不等权之助跃起便拔刀怒斩，但他并未这么做。“哦，那我就等着。”武藏骑在权之助胸口，狠狠踩住他仍紧握木棒的右手腕，抬眼望了望那位老婆婆刚刚露出脸的小窗，却不由得一愣，立刻将视线移开。

老婆婆已然不在窗旁。被压在身下的权之助不断拼命挣扎，急欲摆脱武藏的手，而武藏并未压住的两条腿又是在空中乱踢，又是往地上乱蹬，还使出挟颈过腰摔企图撂倒武藏，想尽一切办法努力挽回败局。

这拼命的挣扎本就够劳人心神，而一度从窗口消失的老婆婆忽然间又从厨房冲出，叱骂起被武藏按倒的儿子来："活该！谁让你不小心！就让为娘来助你一臂之力，可千万不能输！"她刚才在窗口喊了一声"且慢"，武藏还以为她会跪地求饶，孰料她竟鼓励面临生死险境的儿子，要其战斗到底。

再一看，一把出鞘的长刀正藏在老婆婆腋下，在星星的映照下泛着冷光。而老婆婆则一面观察着武藏的后背，一面说道："你这个穷酸浪人，以为我们是种地的，就想在这儿撒野？你以为这儿是寻常百姓家吗？"

眼看着老婆婆向背后逼来，这下可把武藏难住了。身下的人并非已死，自己当然无法转身。而权之助也在拼命蹭地面，努力为母亲创造有利的位置，眼看他后背的衣服和皮肤都快磨烂了。

"这算什么！娘，你别担心，不用靠那么近。我现在就把他顶出去！"权之助呻吟着说道。

"不要着急！"老婆婆告诫他，"你原本就不该输给这种流浪汉。你要拿出先祖的血性来！'别以为木曾大人家没人了'，因这句豪言而天下闻名的太夫房觉明的骨血都到哪里去了！"

权之助当即答道："就在这儿！"说话间，他猛地抬起头，隔着武藏的裙裤便朝他大腿狠狠咬去。他已经松开木棒，两手从下面反击，让武藏一时无计可施。再加上那老婆婆又拖着散发寒光的长刀，窥视着武藏的后背寻找下手机会。"等等，老人家！"这一次轮到武藏先告饶了。他意识到了这种争斗的愚蠢，若如此持续下去，除非其中一方丧命，否则事情便无法解决。

倘若能使阿通和城太郎获救，哪怕豁上性命倒也值得，可眼下连这一点都无法确定。无论如何，当务之急是先把事情说开，这样才最为稳妥。出于这种考虑，武藏先让老婆婆放下利刃，可老婆婆并未立刻答应，而是说道："权之助，怎么办？"她竟跟被压在下面的儿子商量起究竟接不接受武藏的妥协。

六

炉里的松柴烧得正旺。母子二人陪同武藏来到这里则是不久以后，双方经过一番沟通，已经解除误会。

"哎呀，差一点啊。一点无谓的误解竟差点酿成大错啊。"老婆婆似乎终于松了口气，屈膝坐下，却拦住欲一同坐下的儿子，说道："喂，权之助，你先别急着坐。为谨慎起见，你先领着那武士在家里的犄角旮旯转转，让他好好检查一番，我们可没隐藏他在外面寻找的女人和孩子。"

"对啊。他刚才还一直怀疑我，说是我将女人什么的从大道上拐来了呢，真遗憾。喂，武士，那就请你跟着我，把里里外外都检查一遍吧。"

在对方"请进请进"的招呼下，武藏恭敬不如从命，便脱掉草鞋进到屋内，对早已待在炉前的母子连连道歉："在下已经知道你们是清白的了。冤枉了二位，还请担待。"

武藏连连致歉，弄得权之助也不好意思起来，说道："其实我也有不对的地方，还没弄清楚你的来由就乱发火。"说着，他靠到炉边盘腿坐下。

不过，武藏仍有一个疑问尚未解开，即刚才在外面看到的那头花斑母牛。那的确是他从叡山一路牵来，为了给体弱多病的阿通骑，才让城太郎好好牵着的牛，怎么会拴在这户人家呢？

“原来是这样啊，这也难怪你要怀疑我了。”权之助解释起来。他只是一个种地的百姓，在这一带有点田地。今天傍晚，当他从野妇之池打鲫鱼回来时，无意间发现竟有一头牛陷进了与池子相连的河里，正在挣扎。由于沼泽很深，牛越挣扎就越往里陷，笨重的身体怎么也拔不出来，发出一阵阵可怜的叫声。于是权之助拽上牛，一看，发现还是一头正在产奶的壮年母牛。他找遍了四下也没有发现主人的影子，便以为是山贼从别处偷到这里后牛不小心陷了进去，实在弄不出来，就丢下牛逃走了。

“若是能有这么一头牛，怎么也能顶半个劳力呢，我又这么穷，也无法好好为娘尽孝，真是老天有眼啊，哈哈哈。于是，我就兴奋地把牛拽到家里。既然知道了牛的主人，那我也只能空欢喜一场了。牛我随时奉还，只是你说的什么阿通和城太郎，我的确不知。”

弄清楚原委，武藏才发现原来这个叫权之助的年轻人是个十分纯朴的庄稼汉，刚才的误会也可以说源自他这种率直的优点。

“那么，这位旅行的武士一定很担心他们的安危了？”老婆婆也跟天下所有的母亲一样，从一旁担心起来。她对权之助说道：“权之助，你赶紧吃点饭，帮他一起去找找那可怜的旅伴吧。若他们还在野妇之池一带徘徊，那倒还不要紧，可一旦闯进驹岳山里，那就进了贼窝了。听说那山里全都是连马匹和蔬菜之类都抢的野贼的巢穴，我看十有八九是那些无赖捣的鬼。”

七

松明的火焰在风中扑扑地燃烧。风来时，似乎会将广阔的山麓间的草木都席卷而起，鸣声大作，可一旦停下来，四周便又变成一片静谧的星空，甚至静得都有点可怕。

“旅人，”权之助举着火把，一面等着从身后赶来的武藏一面说，“真遗憾，怎么也找不到。从这儿去往野妇之池的路上还有一户人家，就在那山丘上的杂树林后面，是一家打猎种地的人家，倘若那里也没有消息，恐怕就没法找了。”

“多谢你热情相助。都打听了十多家了，还是没有任何线索，看来是在下走错方向了。”

“或许吧。那些诱拐女人的恶人，鬼心眼多着呢，他们怎么会愚蠢得逃往那些容易被追上的地方呢。”

夜已过半。驹岳的山脚一带，如野妇村、樋口村和附近的山丘树林等，两人几乎全找遍了。武藏觉得至少也该能打听到城太郎的消息，可是竟没有一个人说曾经见过。而阿通的相貌也很有特征，若有目击者，立刻就能知道。可无论向哪一个乡民打听，对方全都沉思良久后摇摇头，一脸茫然。“这个嘛……”

武藏一面担心两人的安危，一面对这位毫不沾亲带故却一起受累的权之助很歉疚。对方明天还要去田里干农活。“给你添了这么多麻烦，咱们再打听一家吧，若是还没头绪，也只能放弃返回了。”

“只是走几步路而已，我走一晚上都没事。只是那女人与孩子，究竟是你的仆人呢，还是兄弟姊妹？”

“这——”武藏当然无法回答说是恋人和弟子，于是答道，“是亲戚。”

听他这么一说，大概是想起了自己少有亲人的孤独，权之助不由得沉默起来，闷着头，一个人率先走上通往野妇之池的林间山路。

武藏满脑子都在担心阿通和城太郎，但他也不无感激。对于创造出这种机缘的命运恶作剧，虽是恶作剧，也无法不让他心存感激。假如阿通没有遭遇这次灾难，他便无法得遇权之助，也就失去了见识木棒秘技的机会。虽然与阿通失散，可只要她生命无恙，那也只能是自认无奈的灾难，可若是错过了权之助的棒术，对于毕生追求武艺之道的他来说，无疑是莫大的不幸。因而从方才起他便琢磨，倘若有机会，他真想问问权之助的来历，再好好跟他切磋一下。可这毕竟是武道之事，他一时难以贸然相问，结果终没能找到机会，只能一直向前走。

“旅人，你先稍候一下。就是那户人家，但对方一定早已睡下，我先去叫他们起来。”说着，权之助指了指淹没在树木中的一抹稻草屋顶，然后独自一人拨开山崖的树丛，沙沙地跑了下去，叩起门来。

八

不久，权之助便打探完毕返回，将经过告诉了武藏。住在这儿的猎户夫妇也对此毫无头绪，只是女主人提到一件事，说是买东西返回途中在大道上看到过一个人，或许称得上是一缕线索。

据那女主人讲，当时已是星光璀璨的入夜时刻，路上已没了旅人的影子，只有风在吹拂着孤寂的行道，这时，她在路上忽然遇到一个小孩呜呜地哭着，连路都不看便飞奔过来。小孩手上脸上全是泥巴，腰上插着木刀，正往薮原的驿站方向奔去。女主人询问出了什么事，他便哭着答道：“快告诉我代官的衙所在哪里！”

“去代官所干什么？”女人刨根问底。结果孩子回答说：“同伴被恶人劫走了，要让代官夺回来！”

“既然如此，就算去了代官所也没有用。那些所谓的官府，只有在大人物路过，或者上头的领导有吩咐时，才会手忙脚乱地清理一下路上的马粪，撒点沙子之类。至于弱者的申诉，他们才不会当回事呢，怎么会帮你找？尤其是女人被拐或遭强盗打劫之类的小事，大道上每天都会发生，一点都不稀奇。与其去找代官，还不如再往薮原客栈前面走走，到奈良井那边去呢。在市镇的十字路口旁有个很容易找到的大藏先生，是位药草批发商。这位大藏先生跟官府不一样，尤其同情弱者，若跟他说明情况求他帮忙，只要是对的事情，他两肋插刀都毫不顾惜。”

权之助一五一十将女主人的话告诉武藏，又说道：“听女主人如此一说，那个腰插木刀的小家伙便停止哭泣，头也不回地向前赶去了。难不成你那个叫城太郎的旅伴，就是那孩子？”

“噢，是他。”武藏的眼前仿佛浮现出城太郎的身影，说道，“那在下一路所寻的方向完全错了？”

“是啊，这儿是驹岳的山麓，完全从去往奈良井的路上岔了出来。”

“多谢你的大力相助。那么，在下要马上去寻找那奈良井的大藏先生了。多亏了你，事情总算有了点眉目。”

“反正也是顺路，就请顺便在我家小睡一下，吃点早饭再走吧。”

“那就叨扰了。”

“渡过野妇之池，到了河口，就能省下一半脚程。我已事先打过招呼了，咱们就借条船回去吧。”

稍微往低处一走，两人便来到一片掩映在杨柳中的古老水域，约有六七町大小，驹岳的影子和漫天的星星全都原封不动地映在池面上。不知为何，只有这池水的周围生满了这一带并不多见的杨柳。权之助拿起撑杆，原本拿在他手里的松明也自然换到了武藏手中。船在水中滑行，横穿池中央而去。

在幽暗的水面上，火把显得更亮了。而此时，阿通也正在眺望这流动的火焰。这究竟是人世间的讽刺，还是两人终究没有缘分呢？其实他们离得并不远。

毒齿

一

松明在深夜的池心前行，尽管只是一团火光，可从远处看，那映在水面上的火影和人在小船中举着的火把俨然是两只火鸳鸯在水中嬉戏。

“哦？”阿通一下子发现了火光。

“啊，有人来了。”拽着捆绑阿通的绳头的又八害怕地喊出声。虽然多么无法无天的举动他都做得出来，可一遇到什么事情，胆怯的本性立刻就会显露。“怎么办？对，过来！喂，快给我到这边来！”

这儿是杨柳池畔的一座祈雨堂。尽管连本地人都不知道里面供奉着什么，可人们仍坚信，夏季天旱时只要在这儿祈雨，上天就会把丰沛的甘霖从后面的驹岳上撒到这野妇之池来。

“我不。”阿通动都不动。

从刚才起，她就被又八强行按在祈雨堂后面，受尽摧残。若是被缚的双手能活动，就算是不自量力，她也想拼命向又八撞去，可她连这些都做不到。倘若有机会，她真想一下子跳进眼前的池子，就像挂在房梁上的祈愿绘马一样，哪怕化为蛇身，缠住杨柳树干，吞噬自己咒怨的男子也行。可是，她连这些也做不到。

“你不起来是吧？”又八将手中的竹条当成鞭子，狠狠抽打起阿通的背部。又八越是抽打，阿通的意志便越是坚定，甚至恨不得让对方打死。她一声不吭，死死盯着又八。又八也泄了气啊。“走，喂！”他再次说道。

可阿通仍不起来。

这一次，又八猛然用一只手揪住阿通的衣领，吼道：“过来！”说着便在地上拖她。阿通刚要冲池心的火光发出呼叫，又八立刻用手巾绑住她的嘴，扛起她扔到堂中。然后，他一面顶着格子门，一面窥探着远处火影的动静。

不久，小船划进了距祈雨堂二町远的河道，又过了一会儿，便看不到连那松明的火光了。

“啊，幸亏我应对及时。”又八松了口气，不住地抚摩着心口，可心情仍未平静下来。尽管阿通的身体已落在自己手里，可她的心却仍无法据为己有。带着一具无心的肉体行走实在太辛苦了，从入夜起，他便切实感受到了这点。

倘若硬来，用暴力将阿通占为己有，她势必会以死相拼，说不定还会咬舌自尽。这种事她一定能做得出来，他从小就了解她。但杀掉她又不行。最终，又八丧失理智的暴力和情欲全都受挫。为什么她如此讨厌我，那么爱慕武藏呢？以前，她心中的我和武藏可是完全相反的啊。又八想不通。比起武藏来，自己明明更具有招女人喜欢的气质，这种自信他还是有的。除了阿甲，他也曾跟不少女子有过那种经历。

这一定是武藏搞的鬼。武藏诱惑并驯服了阿通的心，一有机会便说我的坏话，才让阿通对我产生了强烈的厌恶。这还不算，每次遇上我，武藏便又哄骗我，说什么两人的友情深似海。我是个老实人，让武藏骗了，竟然会为那种虚伪的友情而落泪……

又八倚在格子门上，心头重又浮现出在膳所的烟花柳巷时佐佐木小次郎曾送给他的忠告。

二

事到如今，又八才想起佐佐木小次郎嘲笑他是老实人，骂武藏时的话语："你让他钻了空子。"真是一语中的！而现在，这句忠告又在脑海里复苏，又八对武藏的看法也为之一变。尽管此前也发生过数次变故，可两人的友情曾一度修复。但现在则是新仇加旧恨。"竟然要我……"想到这里，一切怨恨全都化为诅咒涌上心头，又八恨得咬牙切齿。

又八平时就比较容易憎恶和妒忌他人。可是尽管会诅咒人，他还没有恨过人。不过这一次，他却对武藏产生了一股永世仇人般的怨念。武藏和他虽然是同乡好友，可又是一对永世的仇人。

伪君子！又八想。武藏那家伙每次看到自己，总会装出一副真诚的口吻，满嘴花言巧语，说什么你一定要做一个真正的男子汉，要发奋努力，两人携手闯荡世界，想来真是可憎至极。想到自己竟然还为武藏的哀求落泪，又八便怒火中烧，仿佛自己的老实早就被武藏看透并利用，浑身的血液顿时化为诅咒和悔恨，上下翻滚起来。

世上那些所谓的善人全都像武藏一样，表面上挂着一副仁义君子的面孔，内心却不知有多黑暗。好，那我就跟你们对着干！我一定要拼命学习，忍辱负重，决不与你们这些伪君子为伍。随你们去骂吧，骂我是恶人也无所谓。总之，我要变成一个恶人，一辈子都要阻止武藏那家伙发迹。

无论什么事情，又八总会立刻发泄出来，可唯独这一次没有，这是他有生以来心底的精神压力最强的一次。咚！他不由得一抬脚，一下子踢飞了身后的格子门。片刻之间，他已经像蛇一样完全实现了蜕变。将阿通关进这里之前的他，和抱着胳膊从外面重新进来的他，已经不再是一个人了。

“哼，你哭什么！”又八瞅瞅祈雨堂黑暗的地板，冷冷地吐出一句，“阿通。喂！我在问你话呢，回答！你老是哭，我怎么能知道你到底在想什么！”

说着，又八抬脚就要踢，阿通早有察觉，连忙闪开，说道：“我没有什么好回答的。你若还是个男子汉，就痛痛快快地把我杀了算了。”

“胡说！”又八冷冷一笑，“我刚才已经打定主意。既然你和武藏把我的一辈子都耽误了，那我也会一辈子都不放过你和武藏。”

“你就睁眼说瞎话吧。耽误你一生的是你自己。还有，那个叫阿甲的女人难道就不算一份？”

“你说什么？”

“你，还有阿杉婆婆，你们家为什么总把别人的好意当恶意呢？”

“不要净说些没用的！我刚才要你回答的是愿不愿做我的老婆，一句话就够了。”

“若是这个，我回答你多少次都行。”

“哦，那快说！”

“别说我现在活着还有一口气，就算到了来世，我心里挂念的人也是宫本武藏。除此之外，我决不会再倾心他人！更不要说像你这种没出息的男人。对你，我阿通除了讨厌还是讨厌，讨厌得要死！”

三

话都说到了这个份上，无论什么样的男人，都只会做出一个抉择：不是杀掉女人，就是放弃女人。阿通一口气说完，心情略微通透了一些。她早已认命，打算任由又八处置。

“唔……这可是你说的。”又八强忍着身体的颤抖，努力装出冷笑，

“没想到你竟如此讨厌我。好，痛快！只是，阿通，我也要跟你说句痛快话。不管你讨厌也罢，喜欢也罢，从今夜起，你的身体就是我的了。你哆嗦什么？你刚才那番话不也是下了相当的决心才说出来的吗？”

“没错。我是在寺院里长大的孤儿，连父母都没见过。死又算什么？我永远都不会害怕。”

“别开玩笑了。”又八在阿通身旁蹲下，皮笑肉不笑地把脸凑到她扭到一边的脸旁，“谁要杀你啊？我怎么舍得杀你呢！先让你尝尝这个！”说话间，他一把抓住阿通的肩膀和左手腕，隔着衣服一口咬住她的上臂。

“啊！阿通顿时发出一声惨叫，拼命在地板上挣扎。可是越是想甩开又八的牙齿，他的牙尖便越发深地咬进肉里。吧嗒、吧嗒，淋漓的鲜血流下窄袖和服，一直滴落到阿通的指尖。但又八仍像鳄鱼一样不撒口。

阿通的脸仿佛映照在月光中，眨眼间变得苍白。又八大吃一惊，慌忙松开牙齿，立刻取出绑在她嘴上的手巾，检查了一下她的嘴唇。难不成她咬舌自尽了？但大概是过度的疼痛让她晕过去了，尽管脸像模糊的镜子一样渗满了微汗，可唇中并无异常。

“喂，原谅我……阿通，阿通。”又八使劲晃着阿通。阿通终于回过神，立刻又在地板上翻滚起来。“痛……痛……城太郎！城太郎！”她恍恍惚惚地叫喊。

“痛吗？”又八也一脸苍白，肩膀起伏着喘气，“即使血止住了，牙印过多少年都不会消失。想想，别人在看到我的牙印后会怎么想？武藏知道了之后又会怎么想？反正你的身体迟早会成为我的东西，我就先在上面留下一个被我玩过的印记。要逃你就只管逃吧，到时候我会告诉天下所有人，谁要敢碰一下留有我牙印的女人，就是我的情敌！”

梁上的灰尘微微掉落下来，昏暗的堂内充满了幽咽的抽泣声。

“别哭了。你到底要哭到什么时候？真丧气！我不会再折磨你了，快别哭了！给你弄点水喝吧。”又八从祭坛上拿起一个粗陶器，正要往外走，忽然发现格子门外面站着一个人，正往里窥探。

四

谁？又八吓了一跳，但堂外的人影也顿时仓皇逃去，又八猛地推开格子门。“混账家伙！”他随即追了出去，抓住一看，似乎是附近的乡民，马背上驮着谷物袋子，说是要到盐尻的批发商那儿去，正连夜赶路。乡民絮絮叨叨地说：“我什么意图都没有，只是听到堂中有女子的哭声，觉得纳闷，便往里瞧了瞧而已。”他像扁蜘蛛一样唯唯诺诺，连连解释，拼命道歉。

站在弱者面前，又八永远都会底气十足。他立刻挺起胸脯，凶恶地说道：“就这些吗？真的就这些想法吗？”他如代官一样跋扈。

“是的，就这些，只此而已……”对方越发颤抖。

“唔，那我就饶过你。但这马背上的谷袋你全得给我卸下来，再把堂中那个女人绑到马背上，一直驮到我让你停下的地方为止。”当然，像这种胁迫之事，即使不是又八，也决不会忘记再耍两下大刀吓唬吓唬对方。

在又八不容分说的逼迫下，阿通很快被绑在马背上。又八捡起竹条当鞭子抽打着牵马人。

“喂，乡巴佬！不许往大道上走。”

“那您要到哪里去？”

“你要尽量挑没人走的地方，赶到江户。”

“您这么说可就难办了。”

“这有什么难办的？走小道不就行了？总之你要给我避开中山道，从伊那方向往甲州去。”

“那可全都是难走的山路啊，必须从姥神翻越权兵卫岭。”

“翻就翻呗。你若敢耍滑偷懒，小心我拿这个招呼你。”说着，又八不断地朝对方身上抽鞭子，“只有这饭嘛，我是肯定会让你吃的，不用担心，走吧。”

于是乡民苦求起来：“老爷，那我就随您一直走到伊那。但到了伊那之后，您就放了我吧。”

又八摇摇头。“少啰唆！一直走到我满意的地方为止。你若敢动一下歪心眼，我立刻就把你一劈两半！反正我需要的只是马，人反倒碍手碍脚。”

道路昏暗。越往山上走，路便越崎岖。直到人困马乏，三人才好歹赶到姥神的半山腰，而此时，脚下已微微映着沧海一样的云波和晨曦。一看到晨光，一直贴在马背上一声不吭的阿通似乎也在这段时间里沉下心来，说道：“又八哥，你就行行好，放了那乡民吧。快把这马还给人家。我并没有要逃走的意思。只是觉得他可怜。”

又八仍犹疑不定，可在阿通的再三恳求下，他终于把她从马背上解下，然后又不放心地说了一句：“那，你可一定得老实地跟我走。”

“嗯，我是不会逃的。就算逃了，牙印又不会消失，能有什么用？”阿通强忍着上臂的伤痛，咬着牙说道。

星之中

一

无论何时何地，想睡时立刻便能合上眼睛，武藏一直保持着这种健康状态。只不过这种时间极短，昨夜也是如此。返回权之助家后，他连衣服都没脱便借了一间屋子躺下，小鸟开始鸣啭的时候，他早已睁开了眼睛。只是昨夜从野妇之池赶到河口，再返回这里，已是半夜。那个权之助疲劳至极，他的老母亲也一定还在熟睡。想到这些，武藏一面聆听小鸟的叫声，一面迷迷糊糊地躺在铺上，等待着不久后的开门声。

这时，忽然传来一阵低低的抽泣声。不是从旁边的房间，而是从隔了一间的隔扇后传来的。

“咦？”武藏凝神一听，哭泣者似乎是那个精悍的儿子，不时像孩子一样发出恸哭声。

“娘，你太过分了。你以为我就不悔恨吗？你不知道我比你懊恼得多呢。”说话声也时断时续。

“都这么大个人了，哭什么哭！”仿佛在训斥三岁孩子似的，声音严厉却平静，无疑是那位老母亲，“既然你如此懊悔，以后就要好好自省，一心求道。掉什么眼泪？也不嫌丢人！快把脸擦干净。”

“是，我不哭了。昨日实在疏忽，在娘面前丢了丑，请娘原谅。”

“我是责骂了你，可仔细想来，我们技不如人也没有办法。而且人越是过着闲散的日子，就越容易钝化。或许你的失败也是一种必然。”

“听娘这么一说，我更难受了。尽管平常也是早晚挨娘的训，可像昨晚那样的鲁莽输法实在不像话。照这样下去，我还谈什么以武道立身啊，连我自己都感到可耻。今后，我索性一辈子都做个百姓，还研习什么武艺啊，不如去扛锄头呢，这样也能让母亲安乐一些。”

这两人究竟在叹息什么呢？开始时，武藏还以为与自己无关，可后来却越来越觉得，母子二人谈论的对象似乎不可能是旁人。

武藏有些不高兴，在铺上重新坐起来。两人对胜负的执着怎么会如此强烈呢？昨晚的事情的确是误会，本来都已经言归于好，可这对母子却对负于武藏一事耿耿于怀，至今仍觉得是失误和耻辱，懊悔得直掉眼泪。

“多么恐怖的好胜心……”武藏喃喃着，悄悄躲进旁边的套间，透过门缝朝透着黎明微光的隔壁屋子窥去。原来，那儿是佛堂，老母亲正背对佛坛而坐，儿子则哭倒在前面。那个彪悍的大男人权之助竟在母亲面前哭得眼泪涕零。

不过，他们并未觉察武藏正从隔扇后面窥探。这时，也不知为何，老母亲忽然生起气来，说道：“你说什么？喂，权之助，你刚才说什么？”她突然厉声责骂，揪住儿子的脖子。

二

舍弃多年来追求的武道，从明天起愿终生做一个百姓，孝养老母。听到儿子的这番丧气话，老母亲何止不满，简直是愤怒起来。“什么，你要一辈子做庄稼汉？”她将儿子拽到膝前，像打三岁孩子的屁股似的，咬牙切齿地责骂权之助，“正是为了让你出人头地，重振家名，我才一直期盼到现在。若是就这样老死在这茅草屋里，我干吗供你读书，鼓励你学武，过着食不果腹衣不蔽体的日子？”说着，她按着儿子的脖子，呜咽起来，“既然犯下了错误，为什么你就不想雪耻呢？幸亏那个浪人还住在咱们家。等他醒来后，你再求他与你重新比试一次，重拾受挫的信心就是了。”

权之助抬起头，难为情地说道：“娘，我若是能做到这些，干吗还要在这里说丧气话呢？”

“你平常可不是这样啊。怎么这么没出息？”

“昨夜整整半夜，在领着那浪人走的时候，我也一直想寻找机会给他一击，却怎么也找不到。”

“那是因为你心生胆怯。”

“不，不是。我的体内也流淌着木曾武士的血。我也是曾在御岳的神前祈祷了二十一日，在冥想中顿悟了杖功秘诀，怎么会败给一个名不见经传的浪人呢？我自己也一直不服气，可一看到那浪人的身影，我的手就怎么也伸不出来。在出手之前，我就已经处于下风了。”

“在御岳的神前都发誓以杖功确立一派，可你竟——”

“可是，仔细想来，从前全都是我自命不凡。既然我如此不成熟，怎么能确立一流呢？与其为此受穷，让娘忍饥挨饿，还不如我今天就把杖折了，哪怕多种一块田也好。”

“你以前曾与那么多人交手，都不曾失手过，可独独今天败了，这或许也是御岳之神对你骄傲自满的惩戒吧。就算你把杖折了，让我衣食无忧，我也不会为美衣美食而快活。”训诫完后，老母亲又说道，“里面的客人睡醒后，你再跟他比试一次便是。倘若再败，那就如你所愿，折断木杖，断念死心吧。”

这下可麻烦了。武藏在隔扇后面听到事情的始末，为难至极，随即悄悄离去，再度坐到铺上。

三

事情怎么会变成这样？自己待会儿若是露面，那对母子必会前来求战。而一旦比试，自己必会再次获胜。武藏有这个自信。可是倘若再败，权之助便会失去对一直引以为豪的杖功的自信，前途将被断送。而且那将儿子的出人头地当成唯一的生命价值，即使甘受贫困也不忘教育儿子的老母亲将会多么失落啊。

“对，最好避开这比试，悄悄从后门溜出去。”于是，武藏打开套廊的门，偷偷来到外面。清晨的阳光已经从树梢上洒落。他无意间往堆房所在的角落一望，只见昨日与阿通走散后被带到这家的母牛正懒洋洋地沐浴着晨光，悠闲地吃草。

也祝你们健康平安。忽然间，武藏对牛也涌出这种心情。他走出防风林的篱笆，沿驹岳山麓的田间道大踏步带去。

今晨的驹岳已露出了亮丽的风景，尽管一侧的耳朵感觉还非常冷，可是在山顶吹下来的山风中一走，昨夜以来的焦躁和疲劳全都一扫而空。抬头仰望，游云在嬉戏。一缕缕白色浮云幻化成不同的身姿，正在与碧空嬉闹。

“不用着急，也无须太在意。人的聚散总有定数。无论是年幼的城太郎，还是脆弱的阿通，年幼有年幼者的人生，脆弱有脆弱者的世界，这也算是神的安排吧。总之，老天会护佑善良之人的。”

武藏的心从昨日开始迷失，不，准确地说是从马笼岭的夫妻瀑布起便一直游移彷徨，但今天早晨，他竟不可思议地完全找回了自己该走的方向。什么阿通如何，城太郎怎样等，不止这些眼前的事情，就连直到死后的道路，他也全都洞彻了。

过午时分，他的身影出现在奈良井的驿站。这个驿站还真是热闹，像什么店前饲养着活熊的熊胆店，挂满兽皮售卖各种兽肉的百兽屋，还有什么木曾梳子店等，应有尽有。前方便是一家熊胆店。也不知是什么意思，只见招牌上写着“大熊”二字。他站在这家位于拐角处的店前，往里瞧了瞧，说道：“我想打听件事。”

背对武藏自斟自饮地喝着茶水的老板转过身来，问道：“什么事？”

“奈良井的大藏先生的店铺在哪里？”

“大藏先生的店啊，再往前走一个路口。”说着，老板端着茶碗，来到门口为武藏指路。留着蜻蜓头的学徒正好从外面回来，他便吩咐道：“喂，这位先生在寻找大藏先生的店铺呢，他的店面还真有点不好找，你把他领过去。”

学徒点点头，脚都没停便径直往前走。武藏不由得感到了一份热情，又想起权之助曾告诉自己的话，不禁由衷赞叹起这位奈良井大藏先生的德望来。

四

若说这百草药材的批发店，武藏原以为只是一家以旅人为对象的普通店铺，可来了一看，才知道自己完全想错了。“武士先生，这里便是奈良井大藏先生的宅院。”熊胆店学徒指了指眼前的一处大户人家后，立刻赶了回去。果然，倘若不是让人领来，自己还真的难以找到。

虽然听起来是店，可店前既未悬挂带有字号的短帘，也没有招牌。柿核液染过的三间宽的凸格子门连着双门的仓库，其他地方则为高墙环绕。入口处的格子状板门关着，透着一股老字号的厚重，让来访者有些望而却步。

“打扰。”武藏打开拉门说道。里面很昏暗，像酱油店的泥地房间一样宽敞，清冷的空气扑面而来。

“哪一位？”不久，才有人从柜台后走过来招呼客人。

武藏关上门。“在下是浪人宫本。我有个同伴城太郎，看上去顶多也就是个十四岁的孩子，听说昨天或者是今晨，他来此求贵当家的帮忙，便前来寻找。也不知是否给贵当家的添了麻烦？”

还未等武藏说完，掌柜的便直点头，一副了然于胸的样子。“啊，是啊。”尽管对方十分客气地让座，可行礼之后的回复却让武藏失望至极，“唉，实在遗憾啊。若说那孩子，昨晚半夜，他突然咚咚地敲打这里的大门。当时主人大藏先生正在举行临行的饯别宴，大家正喝得热闹尚未入睡，于是就开门问有何事，结果就发现您要找的城太郎正站在门口。”

这家老字号的人一贯忠厚老实，连开场白都说得如此仔细。

只要是在这条路上出了事，最好去找奈良井的大藏先生帮忙。正如武藏被人如此告知，城太郎也在说出阿通被劫的事情后哭求到这里，于是主人大藏便说道：“这件事可不好办啊。为谨慎起见，我会安排人去找的，倘若是这附近的野武士或者挑夫们的勾当，我立刻就能帮你查出来。可你遇到的却是旅人劫旅人的事，对方必定会避开人来人往的大路，躲进小道。”

尽管如此估计，可大藏还是立刻派人四处寻找，一直找到今早。结果正如他预言的那样，什么线索都没能找到。得知消息，城太郎哭得更厉害了。正好今早大藏也要踏上旅程，便说道：“要不这样吧，你先跟我一起走如何？这样也能在路上打听阿通姑娘的下落，说不定还能遇上你那个叫什么武藏的师父呢。”

“大藏先生半带着安慰说了一句，岂料城太郎竟像抓住了救命稻草，说一定要跟着去。先生无奈，便临时决定带他一起去，才刚刚踏上旅程呢。”掌柜的如此说道，“而且只错过了两个时辰。”他十分遗憾地重复着。

五

既然已错过了两个时辰，再怎么追也赶不上了。但武藏仍不死心，又问："那么，大藏先生的目的地又是哪里呢？"

掌柜的回答让他再次茫然起来。"您也看到了，敝店并不是挂牌营业，药草也都是在山中制作的，小贩们都是一年春秋两次，背着从我们这里采购的药草走街串巷地去各国兜售。因此主人也多有闲暇，有空便去拜拜神社佛阁，泡泡温泉，或者去看看名胜景点，潇洒度日。这一次也不例外，应该会从善光寺出发，然后沿越后路一路游山玩水，进入江户吧。"

"那你不知道？"

"是啊，主人从未明确告诉过我们行程呢。"说罢，掌柜的又道，"啊，您先喝杯茶吧。"说着就到店铺后面去给武藏端茶。宅院很深，光是走路都得花些时间，武藏无心在这里逗留。不久，掌柜的端了茶来，武藏便询问其主人大藏的容貌和年纪。

"啊，若说主人，倘若能在路上相遇，您一眼就会认出来。尽管年纪已五十有二，可仍是身强力壮。至于容貌，怎么说呢，属于那种红通通的四方脸，脸上满是痘疮的疤痕，右鬓还有点秃。"

"那个子呢？"

"普通吧。"

"衣服呢，穿的什么？"

"衣服？这次是穿着唐木棉条纹的衣服走的。这种衣料很少见，据说是在堺港买来的，还很少有人穿呢。倘若您要去追寻我家主人，这倒是最容易辨识的标记了。"

武藏已大致了解了大藏的人品，而且继续跟这掌柜的聊下去也聊不出什么。但碍于对方好意，他还是喝了一两口茶，然后立刻出门赶路。

天黑前似乎已经难以追上，但倘若星夜兼程，只要从洗马穿越盐尻的驿站，在今夜登上山岭，就能赶回那落下的两个时辰。如果在那儿等着，不久后，随着黎明的到来，从后面赶来的奈良井的大藏和城太郎便一定会路过。

“对。我先超到前面去，来个守株待兔。”

当武藏接连穿越贽川和洗马，赶到山麓的驿站时，太阳已经西斜，夕烟业已笼罩在大路上。虽然已是晚春时节，可家家户户的灯火仍透着一种莫名的山间的荒凉。从这里到盐尻岭的山顶还有二里多，武藏一口气都没歇就登了上去。夜尚未深的时候，他便站在了“以字原”的高原上，一面喘气，一面置身于星空下，一时陷入了恍惚。

导母之杖

一

武藏睡得很沉。他所在的小祠堂檐前挂有一块匾额，上写“浅间神社”。山岭是像从高原中凸出来的瘤子一样的岩山，从这盐尻岭上放眼望去，周围再也没有更高的地方了。

“喂，快上来啊，看见富士山了。”武藏耳边忽然传来人的声音。正枕着胳膊熟睡在祠堂走廊上的他蓦地起身，一睁眼，炫目的云霞顿时映入眼帘，可人影却一个也未看到，只有那火红的富士山矗立在远方的云海中。

“啊，富士山。”武藏像少年一样发出惊叹。那曾在画上无数次看到的富士山，曾在心中描绘过的富士山，现在竟如此真切地浮现在眼前，这还是生来第一次。而且就在起身的一刹那，自己竟与富士山处在同一高度，彼此对峙。武藏一时陷入了忘我的境界，不断地在心中感叹，眼睛一眨不眨，望得出神。也不知感受到了什么，不久，泪珠便从他的脸上滚落。他连擦都不擦，任由朝阳照射着脸庞，连泪痕上都闪着红光。

人类真渺小！武藏深受感动，不禁为站在宏大宇宙下的渺小的自己而悲伤。平心而论，自从在一乘寺的垂松将吉冈的几十名遗弟子完全征服后，不知不觉间，他的心中也悄然出现了自负的萌芽。世界也莫过如此。尽管以“天下剑人”自负的人不在少数，可大多数都不过尔尔。傲慢开始悄悄地在他内心滋长。可是，就算自己如愿成为豪杰，又能有多伟大呢？又能在这大地上拥有几多生命呢？武藏悲哀起来。不，凝望着富士的悠久和优美，他竟不由得开始悔恨。

毕竟，人只能生活在人类的极限里。自然的悠久人类想模仿都模仿不来。如今，比自己伟大的存在已俨然矗立在自己之上，其下便是人类。武藏为自己与富士山的对峙感到恐惧。不知不觉间，他跪倒在地，双手合十，祈祷母亲的冥福，感谢乡土的养育之恩，祈祷阿通和城太郎的平安。同时，他也在为自己祈祷。虽然无法像神的天地一样伟大，可作为一个人，渺小也要有渺小的伟大。

他仍双手合十。恍惚间，他的耳边传来如此话语：混账，人为什么要妄自菲薄呢？大自然只有在映入人的眼睛后才会显得伟大，神只有通过人的心灵才能显示其存在。所以只有人类才拥有最大的抱负和行动，是拥有生命的灵物，不是吗？你与神和宇宙之间绝不遥远，甚至近得只要通过手中的三尺长刀便可抵达。不，当这种差距仍存在的时候，说明你还不行，只能说你距离高人、名人的境界仍很远。

武藏并拢双掌，种种念头闪过心间。

“果然！这么清楚啊。”

“能如此看到富士山的日子可实在不多啊。”

从下面爬上来的四五名旅人正手搭凉棚，交口称赞眼前的景观。即便是这些商人，也自然分成了两派，既有单纯地将富士山视作山者，亦有将其奉为神明者。

二

山下的路上，往来的旅人已如蚂蚁般多了起来。武藏绕到小祠堂后面，守望着路口。不久之后，奈良井的大藏和城太郎一定会从山麓登山来。即使在这边找不到，他也不担心对方会发现不了他。为谨慎起见，他早就捡了块石板，在上面留下文字，立在了最显眼的山崖上。

奈良井大藏先生：

您若通过这里，

在下想与您见上一面，

故于上面的小祠堂恭候大驾。

城太郎之师武藏

可是，自从人流如织以来，已经过了一个时辰，直到太阳高高地升起在高原上，既没有模样似大藏的人通过，也没有人在看到他立下的告示后从下面唤他。

“奇怪啊。”武藏不禁纳闷起来，“不可能不来啊。”他怎么也想不明白。

以这座山岭为界，道路被分成了甲州、中山道和北国大道三条，水则全部奔向北方，流入了越后的大海。奈良井的大藏无论是去善光寺，还是奔向中山道，都没有道理不通过这里。不过，这世上的事情并非都能按常理来推测，中间往往会发生一些意想不到的差错。或许对方因事而突然改变方向，或者仍投宿在前面的山麓，一切皆有可能。尽管带了一天的干粮，但最好还是先返回山麓的驿站，把早饭和午饭一起解决了再说。

“对。”打定主意，武藏开始走下石头山。

这时，山下忽然传来粗鲁的嚷嚷声：“啊，在那儿！”声音中充满杀气，跟前天晚上突然间扫过来的棒子的吼叫极其相似。武藏一愣，扒住石头往下一瞧，果然，那抬头喊话者的眼神正是当时的眼神。

“武士，在下追来了。”喊话者果然是驹岳山麓下的乡民权之助，再一看，他连住在茅屋里的老母亲都带来了。只见权之助将老母亲驮在牛背上，照例拿着他那根四尺左右的木棒和缰绳，盯着武藏的身影。

“武士，正好碰上了！你偷偷从我家逃出，一定是察觉了我们的想法，才有意躲开了吧？但这样一来我就更没面子了。我们再比试一次。我要让你尝尝我木棒的厉害！”

三

武藏止住下山的脚步，手扶岩石站在岩缝间陡峭的山路中，望着下面。权之助以为他不肯下去，说道：“娘，你在这儿看着就行了。比武不一定非得在平地上进行。我这就爬上去，让你亲眼看看我是如何把他打趴下的。”说着，权之助松开缰绳，重新拿好肋下的木棒，抓住石头就要往上爬，就在这时，他的母亲却忽然责备道：“你上次不就是因为疏忽大意才酿成失败的吗？你怎么还不长脑子！在对阵之前要先学会洞察敌人的意图。他若是从上面扔石头什么的，那你怎么办？”

母子仍在交流，武藏只闻其声，听不清其意。但此时的他已做出决定：不如还是避开这次挑战为好。他已经获胜，对方木棒的那点伎俩他也已了然于胸，没必要再次战胜对方。

不仅如此，看看眼前的这对母子，他们对一次失败便已如此耿耿于怀，竟一齐追到这儿，可知其好胜心的恐怖。回顾自己与吉冈一门为敌一事，武藏觉得不该再参与这徒留怨恨的比武了。这种比武只能是有害无益，稍有差池还会折损天命。而且母亲的那种爱子之深以至连他人都会诅咒的恐怖心理，也让他刻骨铭心，又八的母亲阿杉甚至都成了他的梦魇，让他一日也无法忘记。

自己干吗没事找事，再平白去招惹这种母亲的诅咒呢？三十六计走为上策，除此之外别无他途。于是武藏并未答话，而是再次慢慢爬起已下到一半的石头山。

“武士！”这一次从山下呼喊他的已不是那气喘吁吁的儿子，而是刚下了牛背站在地上的老婆婆。武藏不由得被声音中所含的力量拽住，回头望望脚下。只见老婆婆就坐在石头山脚下，直勾勾地仰视武藏。看到武藏朝下回过头，老婆婆顿时两手扶地，朝他行礼。

武藏只有慌忙还礼。虽然只是一宿之恩，可他连一句谢意都未表示便从后门偷偷溜走，而今又被长辈如此伏地行礼，实在说不过去。“老人家，使不得，快请抬手。”情急之下，武藏也不由得屈下双膝。

“武士，您一定会嘲笑我们自命不凡，无聊透顶。实在是汗颜。不过……我们并非是钻牛角尖，既非遗恨，也非自负。多年来，我这孩子用惯了木棒，却一直苦于无师无友，甚至连个好的对手都遇不上，我只是觉得这儿子可怜，就想让您再赐教他一手。”

武藏仍没有回应。尽管老婆婆的话语很难传到这山上，可她却仍执着不已，话语中透出的真挚之情令武藏无法不认真倾听。

“倘若就此分别，实在太遗憾，也不知何时才能再次遇到您这样的对手。还有，倘若以那种丢人的方式落败，无论是我这儿子，还是我这做娘的，都将无颜面对列祖列宗。我们也曾是名扬武界的名门。我们并不是赌气，就算失败，充其量也只是一介草民被制服而已。好不容易得遇您这样的高人，倘若什么都不讨教一下，那才是遗憾之至。于是我才叱骂着儿子将他带来。就请您满足一下我这老妪的愿望，跟他比一下吧。拜托您了。”说完，老婆婆又像对武藏顶礼膜拜似的伏在大地上。

四

武藏默默地下来，牵起路边老婆婆的手，将她扶回牛背。“权之助先生，请你牵起缰绳，咱们边走边聊吧。至于比还是不比，也让我边走边好好想想吧。”武藏说罢，便背朝母子默默地向前走。尽管说是边走边聊，可沉默的气氛仍未改变。

武藏到底在犹豫什么呢，权之助自然无法知道他的心思，他狐疑的目光一直盯着武藏的后背，叱骂着笨牛紧紧跟随，仿佛生怕落下一步。

武藏会拒绝，还是会答应？牛背上的老婆婆也面现不安的神色。就这样，当三人走了有十町二十町远的时候，走在前面的武藏喃喃了一声：“唔！”然后一下子转过身，突然说道：“比一下。”

权之助立刻丢掉缰绳。“那你答应了？”接着便以为立刻就要比试似的，开始急着四处物色场地。不过，武藏没理睬这位兴奋的对手，而是转过身。“那，这位母亲。”他对牛背上的老婆婆说道，“万一发生什么意外，您不会后悔吧？比武与决斗只有武器上的差别，除此之外丝毫无差。”

武藏如此一问，老婆婆这才微笑起来，“武士，这您就不用打招呼了。我儿子研习杖术已有十年，倘若仍负于年纪更轻的您，那就让他也干脆放弃武道。而一旦放弃，活着还有什么意义？因此就算被打死，那也是他本人希望的，我也决不会怨恨。”

“既然话都说到了这一步……”武藏顿时眼神一变，捡起权之助丢掉的缰绳，说道，“这里人多杂乱，我看干脆就将牛拴在某处，尽情地比试一下吧。”

以字原的正中央有一株即将枯死的巨大落叶松。武藏将牛牵到那儿，然后催促道：“权之助先生，请准备。”

权之助早就迫不及待，他答应一声，立刻提棒站在武藏面前。武藏则立在那里静观对手，他并未准备木刀，也没有要从附近随便捡样东西作武器的意思，肩膀也没有张开，两只手仍轻柔地下垂。

“你不准备吗？”这次是权之助先开的口。

“何出此问？”武藏反问一句。

权之助顿时火起，连眼睛里都透着怒气。“拿样武器！爱拿什么拿什么！”

“我已经拿着了。”

“空手？”

“不……”武藏摇摇头，左手轻轻一伸，移向刀的护手下面，“就在这儿。”

“什么？用真刀？”

武藏用嘴角的一撇微笑回敬对方。他连低低的一声，乃至静静的一个呼吸都不会白白浪费。

像露天佛一样稳坐在落叶松下的老婆婆见状，顿时脸色煞白。

五

用真刀！老婆婆一定是听了武藏的这句话后大吃一惊。“请等一下！”她突然从一旁说道。可此时武藏和权之助的气势光靠这么一句话已经难以撼动了。

权之助的木棒夹在腋下，仿佛吸收了这高原上的所有精气，只待一声怒吼迸射而出，而武藏的一只手则贴在刀的护手下，目光直刺对方的眼睛。两人已然在内心厮杀在一起，眼神的交锋已胜过刀棒的比试。先用眼神打压对方的气势，然后才用棒或刀等武器跟过去。

“等一下！”老婆婆又叫喊了一声。

“什么事？”为了回答，武藏后退了足有四五尺。

“您说要用真刀？”

“不错。无论用木刀还是真刀，在下的比武都是一样的。”

“我并非阻止您用真刀。”

“既然明白就好，刀是绝对公平的……一旦在手，便不会再有五分或七分的留情，否则就只有逃走一途。”

“那是当然。可我阻止的并非这些。我只是突然想到，如此重要的比武，倘若不通报姓名，事后必然后悔。”

“嗯，有理。”

“我并不是较真，但无论从哪一方来看，对方都是难遇的对手，这完全是一种尘缘。权之助，你先报上姓名。”

“是。”权之助率直行了一礼，道，“据传，先祖名为太夫房觉明，乃木曾大人麾下。然木曾大人亡后，觉明出家，入法然上人门下，在下或为其一族。历年来一直以百姓之身传世，可父亲在世时曾遭侮辱，甚觉遗憾，便与家母共同立誓，参拜御岳神社，发誓必以武道出人头地。于是将这在神前参悟的杖术自命为‘梦想流’，人呼在下梦想权之助。”

等他通报完毕，武藏也还之以礼，道：“在下乃播州赤松的一支，平田将监的后代，家住美作宫本村，乃宫本无二斋之子，名武藏。亦无亲戚。既投身武道，纵命丧贵方杖下，亦无须烦扰为在下收尸。”通报完毕，他又道，“来吧！”

武藏重新站好，权之助也重新握住木棒，应了一声：“来吧！”

六

此时，坐在松树下的老婆婆似乎连气都不喘了。倘若是天降的灾难倒也无话可说，可这是自己主动送上门的，是自己把儿子送到别人的利刃之下。这是常人怎么也无法理解的心理，这位老母亲却镇定自若。无论别人说什么，她自有坚信的道理。只见她稳坐在树下，肩膀略微内含，两手端正地叠在膝上。也不知她生过几个孩子，死过几个孩子，一直在贫苦中煎熬的肉体是那么瘦小，那么干瘪。

可是，就在武藏与权之助相隔几尺对峙时，随着一声“来吧”，战端就要开启的一刹那，老婆婆的眼睛立刻散发出耀眼的光芒，仿佛天地间的神佛全都汇集到了她的眼睛里，在窥探眼前的一幕。她的儿子已将命运暴露在武藏的刀前。就在武藏的利刃出鞘的一瞬间，权之助似乎已明白了自己的命运，顿时全身冰凉。

咦，此人怎么……权之助瞬间感到了一种异样。眼前的敌人与上次在自家屋后交手时的敌人已完全不同。若以书法来打比方，他上次看到的只是武藏的草书，便以为武藏只会草书，可今天一看到武藏那一丝不苟的楷体，他才发现自己已犯下了大意的错误，错估了敌人。由于气势上处于下风，上次自信满满痛打一气的木棒，今天却只能僵硬地举在头顶，连一声吼叫都发不出来。

此时，以字原的雾霭逐渐淡去，一只鸟正悠然地飞越远方朦胧的山前。啪！两人间的空气忽然鸣动。这完全是一种无形的震动，似乎连飞鸟都会被震落。这鸣动究竟是木棒击打空气还是刀在大气中的鸣响，似乎谁也说不清楚，正如禅中所谓“只手之声如何”一样不可知。不仅如此，双方的五体与武器浑然一体，单纯依靠肉眼很难看清。啪！自眼睛看到再由视觉传输到大脑中的几分之一秒里，两人的位置和姿势已完全改变。

权之助一棒挥下，却没有打中。武藏则一抬手，利刃从权之助腰部向上方扫去，虽然也打偏了，却几乎是从权之助的右肩紧贴着鬓发掠过。作为武藏刀法的独特之处，当刀砍空后，总会唰的一下有如松叶形一样折返。就在他这反弹回来的刀锋之下，不知有多少对手命丧黄泉。因此，权之助根本没有给武藏第二击的空暇，他只能手持木棒两端，在头顶上架着武藏的刀。

铿！忽然，木棒在权之助上发出鸣响。通常当白刃与木棒碰到一起时，都会是木棒断为两截，但要刀刃不是斜着砍下来的，就不会如此。因此，招架的一方自然也心中有数。见权之助横举木棒，左肘朝武藏的手狠狠一捅，右肘则稍稍高蜷，用棒的一端猛地突向武藏心口，同时又接住了武藏砍下的一刀。不过刀是接住了，这搏命的招法却未成功。就在木棒和刀在他的头顶咬成十字的一刹那，棒端与武藏的胸口之间仍留下了一寸左右的空间。

七

退也不能，进亦不可，倘若急于摆脱对方，焦躁的一方必会瞬间落败。倘若是刀对刀，尚可称得上势均力敌，可现在一方是刀，另一方则是木棒。木棒无护手，无刃，也无刀锋与刀柄，可是换一个角度，四尺的圆棒又全部都是刃，都是刀锋，也都是柄。若使用得好，棒的千变万化绝非刀可比。倘若以使刀的第六感来推测对方的出招，结果恐将不堪设想。因为木棒不仅拥有刀一般的作用，也拥有短矛那样的功能。武藏之所以无法从咬成十字的棒与刀中抽刀而出，便是因为无法预测其变化。

至于权之助一方，就更不用说了。他的木棒被武藏的刀压在头上，处于被动。莫说抽棒，只要全身的注意力稍有分散，武藏的刀便会趁机一推，立时将他的头击碎。尽管权之助受到在御岳冥想的启发，参悟了杖术的真谛，可如今的他仍是进退维谷。他的脸色渐渐苍白，紧咬下唇，竖起的眼角里也流出了黏糊糊的油汗。头上的棒与刀形成的十字似波浪一样上下起伏，下面的权之助呼吸越来越粗。

就在这时。脸色比权之助还要苍白，一直在松树旁凝视双方的老婆婆忽然大喊一声：“权之助！”疾呼的一瞬，老婆婆无疑忘记了自己的存在。只见她一下子抬起腰，一面拼命敲打，一面叱骂儿子：“腰！”刚一骂完，便吐血似的，一个趔趄径直向前倒去。

此时，那即使化为石头都难以分开的棒和刀竟一下子迸发出比咬合到一起时更为惊人的力量，啪的一下分开了。这力量来自武藏。他退开的距离绝非两三尺。也不知是左脚跟还是右脚跟，那刨土一般蹬地的反作用让他后移了七尺还多。可是权之助立刻飞跃过来，举着四尺的木棒逼近。

“啊！”武藏好不容易将木棒拨到一旁。刚由死地转为进攻，权之助便被武藏甩开，顿时以冲向大地般的姿势一下子栽向前面，自然把空出来的后背暴露在武藏眼前。武藏有如遇到强敌时的隼，毛发一根根倒立。一道雨丝般的闪光随即斩向权之助的后背。呜！随着牛犊般的呻吟，权之助又往前趔趄了三步，径直倒地，而武藏也同时用一只手捂着胸口，一屁股坐在草中。“输了！”有人大喊一声，是武藏。

权之助则没了声音。

八

权之助扑倒在他，半天一动没动。看到这种情形，老婆婆也要晕厥过去。“我是用刀背打的。”武藏朝她如此提醒，但她仍没能起来。“快，快给他喂水。您儿子应该哪里也没受伤。”

“哎？”老婆婆这才抬起头，有些狐疑地望望权之助，果如武藏所说，儿子并未血肉模糊。“哦！”她踉踉跄跄一下子扑到儿子身上，又是不迭地喂水，呼唤名字，又是拼命摇晃，权之助终于清醒过来。看到茫然坐在那里的武藏，他突然上前跪拜在地。“我服输了。”

武藏这才回过神，慌忙握住他的手，说道：“不，落败的不是你，而是在下。”说着掀开衣襟，将心口展示给二人。“木棒的一击留下了红色的斑痕。倘若再用点力，在下恐怕早就丧命了。”说话间，武藏也茫然了。自己究竟是怎么受到这一击的，他实在想不明白。权之助和老婆婆也望着他皮肤上的红斑说不出话来。

武藏合上衣襟，询问老婆婆。刚才为何要大喊一声“腰”，是因为看到权之助的腰上露出了空当，才不由自主地发出了喊声？

老婆婆却答道：“实在是汗颜。犬子只是用木棒架住您的刀，便已上气不接下气，两脚无法动弹。退也危险，突也危险，陷入穷途末路。在一旁观看的过程中，连我这个对武道一窍不通的老婆子都看出了空当。他所有的注意力都被您的刀吸引了，所以才束缚了自己。由于只想着如何抽手或是突击，自然就不会注意到这些破绽。倘若就那样身体不动，手也不动，只要将腰部下沉一点，木棒的一头自然就可以捣向对手的胸口……想到这一点，我便不由自主地喊了起来。”

武藏连连点头。真是感谢这次的机缘，让自己受益匪浅。

权之助也默默地听着。他无疑也领会到了什么。这并非是御岳之神的梦想，而是现实中母亲在目睹儿子濒死的险境时从伟大的母爱中诞生出来的“穷极而生”的真理。身为一介农夫的权之助，后来被世人称为“梦想权之助”，成为梦想流杖术的始祖。他的传世秘籍里记有“导母之一手”的秘术，详细记录了母亲的大爱和与武藏比武的全过程，但他从未提过“战胜武藏”。他一生都对世人说自己输给了武藏，一直把失败看得弥足珍贵。

闲话少说，当武藏与这对母子分别，离开以字原，正赶往上诹访一带时，路上忽然出现了一名武士。“这条路上有没有一个叫武藏的人？他应该来这里了啊。”武士一面不停地向歇脚点的赶脚马夫或来往的旅人打听，一面追慕而去。

一夕之恋

一

真痛……武藏心口稍稍偏向肋骨的地方在隐隐作痛。这痛当然是梦想权之助的木棒给他留下的。他先在山麓和上诹访一带停留，希望能寻到城太郎的影子，打探到阿通的消息，可没有一点线索能让他兴奋起来。他又顺路往下诹访走。只要到了下诹访就有温泉了，想到这些，他突然加快了脚步。

湖畔的街市上号称有“商户千家”，但除了驿站旅馆前有一处带有屋顶的浴场，剩下的都是在大路旁的露天温泉，无论谁进去洗都可以。武藏便将衣服挂在树枝上，把大小两刀绑在上面，然后泡进一个露天的池子。

“啊。”他枕着石头，闭上眼睛。在温泉中揉一揉从今天早晨起便像皮袋一样僵硬的胸口，一种欲睡的快感顿时在血管里荡漾。

太阳开始倾斜。大概都是些渔家吧，湖畔上一户挨一户，从屋舍间的缝隙里露出些许湖面，其上笼罩着一层暗红色的淡霭，看上去也像温泉里的热气。视线再越过两三块旱田便是大路，路上车水马龙，人流如织。

这时，那边卖油和山货的小店前出现了一名武士。“给我一双草鞋。”武士正借坐在小店的凳子上，重新整备鞋履，“我想那传言大概也传到这边来了吧。在京都一乘寺的垂松，有一名武士单挑吉冈一门的众人，这种精彩无比的比武近来实在少见。就是那个男人，他应该过来了啊，你有没有注意到？”

此人便是翻过盐尻岭后一路打听而来的武士。不过打听归打听，他对武藏似乎并不熟悉。被问起武藏的服装和年龄等特征时，他便含糊起来：“啊，这个嘛……”

他找武藏到底有什么事呢。尽管人们很热心，可总是回答“没见过”，让他十分失望，“无论如何也想见他一面……”草鞋绳早已系好，可他仍念叨个不休。

那人不是在找我吗？武藏隔着田地，从温泉中仔细打量起那个武士来。只见他皮肤黝黑，分明是饱经旅途的风吹日晒，年纪四十岁上下。他并非浪人，而是拥有主家的武士。或许是斗笠细绳摩擦的缘故吧，两鬓的头发蓬松而散乱。倘若是在战场上，此人必定风姿堂堂，也一定拥有一具久经铠甲磨炼的健硕之躯。

“嗯……没见过此人啊。”就在武藏思忖之时，武士已然离去。从他口称吉冈这点来看，说不定他也是吉冈门的遗弟子。那么多的门下，其中一定不乏血性男儿，但也无法否定里面就没有那种设奸计复仇的阴险小人。

当武藏擦干身体，穿上衣服，刚走上大路，那个武士竟不知从哪里钻了出来，突然冲他打起招呼：“请问——”只见他紧盯着武藏，“莫非，您便是宫本先生？”

二

武藏满脸狐疑地点点头。

“啊，果然不出所料。”盘问他的武士顿时为自己的第六感唱起凯歌，接着又怀念般说道，“终于见到您了，真是高兴。这次的旅行，我从一开始就有一种预感，总觉得能在哪里碰上您。”他显得怡然自乐。然后不等武藏发问，他便请求今夜与武藏同宿。“在下绝不是歹人。这话听起来虽有耍笑之嫌，但平时若在路上，在下身边都会有十四五名随从前呼后拥，还有人专门为我牵着换乘的马。不过为谨慎起见，在下就先通报一下姓名吧，在下乃奥州青叶城的主人伊达政宗公的臣下，名为石母田外记。”他补充道。

武藏答应下来，随其而去。不久，外记便决定在湖畔的一家客栈住下。刚一进去，他忽然说道：“您要不要先洗个澡？”不过随即，他又自我否定起来，“啊，对了，忘了您刚才已在露天的池子洗过了。失礼失礼。”说着他便解下旅装，拿起布手巾，悠然地走了出去。

真是个有趣的人。但武藏仍不清楚此人究竟为何要寻找自己，又因何而待自己如此亲切。

“这位同行的先生不更换衣服吗？”客栈的女仆拿出棉袍劝武藏。

“我不需要。住不住这儿都还难说呢。”

武藏来到敞亮的套廊，远眺终于沉浸在暮色中的湖水，若有所思。“也不知她怎么样了……”不觉间，他的眼前再次浮现出阿通悲伤时的睫毛来。

身后传来女仆轻轻摆饭的声音。不久，灯火便从背后映了过来。栏杆前面的涟漪由深蓝色变为暗色。

“唉，到这儿来还是选错了方向啊。都说阿通是被拐走了。连女人都会诱拐的恶人不会来到这繁华的街市。”

恍惚间，武藏只觉得耳边似乎传来了阿通的呼救声。尽管他已经释然地认为这冥冥中的一切都是天意，可想着想着，他还是不由得坐立不宁。

“啊，实在是失礼了。”这时，石母田外记回来了，“请，请。”他立刻招呼武藏到席前就座，可当他意识到只有自己穿着棉袍，便说道，

"您也快换上棉袍吧。"强求武藏也换衣服。

但武藏坚决回绝，说自己早已习惯风餐露宿，睡觉时是这一身，走路时也一样，很宽松，不会觉得束缚。听武藏如此一说，外记一拍膝盖。"啊，没错。"他说道，"政宗公的风格也是如此啊，衣、食、住、行，莫不如此。在下一直觉得您必定亦是如此风骨，唔，果不出所料。"说着，他目不转睛地注视着武藏映在灯火下的面孔，看得出神。忽然，他蓦地回过神来说道："来，为我们的相识干杯！"说着，他洗了洗酒杯，殷勤地举起，似乎欲开怀畅饮。

武藏只是回之一礼，手仍放在膝盖上，问道："外记先生，您究竟为何如此好意？为何会一路追寻在下，如此热情呢？"

三

武藏认真地询问起对方追寻自己的缘由。外记闻言，这才意识到自己的一厢情愿，说道："是啊，也难怪您会怀疑了。但在下着实没有别的意思，倘若您硬要问同样身为路人的我为何会对您如此热情，一言以蔽之，大概是对您着迷了吧。"说完，他又重复了一遍，"哈哈哈，是一个男人被另一个男人迷住了。"

言毕，石母田外记以为已完全说清自己的心情，可武藏仍一头雾水，一点都没弄清楚是怎么回事。男人被男人迷住，这种事或许真的会有，可武藏从未有过这种经历，从未遇到过让自己着迷的男人。若说自己迷恋的对象，泽庵过于可怕，而光悦则恍如隔世之人，至于柳生石舟斋则太过崇高，也很难称得上喜欢。回顾从前的知己，似乎还没有一个男人让他迷恋，可眼前的石母田外记竟对他脱口而出："我被你迷住了。"

这大概是追慕吧。能如此轻率地说出这种心情的男人，十有八九是轻薄之人。但从外记刚毅的风骨来看，武藏觉得对方不像那种轻薄之辈，于是问道："您说的着迷究竟是什么意思？"

听他愈发认真地追问，外记仿佛早就备好了下文，当即答道："自从听到您在一乘寺垂松的壮举，请恕在下失礼，在下便开始仰慕从未谋面的您。"

"那么，您当时也在京都逗留？"

"在下从一月便进京了，一直待在三条的伊达府中。就在您一乘寺决斗的次日，在下去经常拜会的乌丸光广卿的府邸造访时，无意间在那里听到您的种种传闻。光广卿也说曾与您会过一面。在闻听您的年纪阅历后，在下便愈发仰慕您，一直希望能见您一面。结果这次下乡，在下不期看到了您留在盐尻岭的告示牌，方知您也正走在这条路上。"

"告示牌？"

"是啊，就是您写的要等候奈良井的什么大藏，立在路边山崖上的告示啊。"

"原来您是看了那个啊。"

武藏忽然感到一种尘世间的讽刺。自己没能得遇欲寻之人，倒被意外的无缘之人找到。不过外记的衷情让武藏惶恐不已。无论是在三十三间堂的决斗，还是在一乘寺的血战，武藏总觉得留下了诸多惭愧和伤心，从来没有产生过一丝自豪的感觉。没想到这些事却震惊了世间，在天下掀起如此轩然大波。

"啊，那实在不是些光彩之事。"这是武藏的由衷之言。他由衷地觉得可耻，深感自己并无资格让对方仰慕。

不过外记却不以为然，说道："在年俸成百上万石的伊达武士之中从来不乏好武士，遍历世间的高手也绝不在少数，但像您这样的高人却是旷世罕见。所谓前途无量，说的便是您这等年轻人。在下实在敬佩不已。"他先是称颂，然后又道，"在下今夜终于得偿一夕之恋了。

尽管给您添了麻烦，但还请与我共饮一杯，畅叙心怀。”说着，外记重新洗了洗手上的杯子。

四

武藏这才打消顾虑，接过酒杯，立刻又如以往那样面红耳赤。

“雪国的武士个个健酒。政宗公是海量，勇将之下也无弱兵啊。”石母田外记边说边喝，一副怎么也不醉的样子。斟酒女仆已数次剪过灯芯，可他仍不罢休。“今晚就喝到天亮，畅谈到黎明吧。”

武藏也不慌不忙说了声“好”，又含笑问道：“方才您说经常去乌丸府中，那您与光广卿是至交吗？”

“倒也谈不上至交，只因为主人办事屡屡造访府中，而光广卿为人又不拘小节，便不知不觉间相熟起来。”

“在下也曾在本阿弥光悦先生的引见下在烟花巷的扇屋见过他一次，看他秉性开朗，真不似贵为公卿之人。”

“开朗？仅此而已吗……”外记似乎对此评价稍显不满，说道，“倘若交往久了，想必您就会感受到他的激情和才智了。”

“毕竟当时是在烟花巷中。”

“那倒也是，他也只能做出应付世俗的样子。”

“那么，那位大人真正的一面又在哪里呢？”

听武藏无意间如此一问，外记竟重新端坐，连用词都郑重起来，说道：“是在忧郁之中啊。”接着又补充道，“而这忧郁又存在于幕府的专横之中。”

湖水泛起阵阵微波，白色的灯火在湖面上摇曳。

“武藏先生，您究竟在为谁磨炼武艺呢？”

如此的质问，武藏还是头一次遇到。但他还是坦然答道：“为我自己。”

外记使劲点点头。“唔，那倒也是。”随即又追问，那自己又是在为谁呢？难道也是为了自己吗？“像您这样的修行之人，恐怕绝不会只满足于自己卑小的荣辱吧……”

话题由此打开。不，毋宁说是外记主动制造了话题，借此吐露心声更为妥当。据他所言，如今表面上天下尽归家康囊中，四海升平，可这难道真的就是为民谋福的尘世吗？北条、足利、织田、丰臣，尽管几经沧桑，可受尽欺凌的总是黎民和皇室。皇室总被利用，百姓总被当作劳力驱使，而处在这两者之间的，便是那自赖朝以来只顾武家繁荣的武家政道。今日的幕府制度不也是对此的模仿吗？由于信长稍稍意识到了这种积弊，故也曾兴修大内以示世人，秀吉也曾请后阳成天皇巡幸，并制定了一些惠及一般百姓的福祉政策。但家康的政策归根结底则是意图建立以德川家为中心的社会，再次牺牲黎民的幸福和皇室的权威，谋求一个唯有幕府繁荣的专横时代，这种世道怎能不令人忧心。

“忧心此世道者，天下诸侯之中，除去我家主公伊达政宗外恐再无旁人。至于公卿之中，便是那乌丸光广卿等人了。”石母田外记说道。

五

武藏向来讨厌别人自夸，不过夸夸主人，听着倒也不是那么令人讨厌。尤其是这位石母田外记，似乎便是那种喜欢夸自家主人的类型。总之，其大致意思便是在当今诸侯之中，真心忧国并衷心于朝廷者，除了政宗再无旁人。

“啊，哦。”武藏唯有点头应承。说实话，他的那点知识也只能让他连连点头。关原合战后，尽管天下大势已完全改变，可他只是觉得

“世道大变”而已，至于秀赖一方的大坂系大名有何异动，德川系的诸侯有何企图，岛津和伊达等重量级人物又如何周旋，他从未认真思考过，相关的知识也极其肤浅。而且即使对于加藤、池田、浅野、福岛之类，他拥有的也仅仅是一个二十二岁青年的观察，至于伊达等人，他更是漠然。表面上是年奉六十余万石，实际上却是一个拥有百万石以上的陆奥地区的超级大藩，除此之外，他根本就没有一点像样的了解。所以，他唯有含糊其词，频频点头，此外便只能时而狐疑，时而听得入神。原来政宗竟是这般人物啊！

外记则继续向他列举无数例证：“我家主人政宗，一年必两次举国内之物产，经近卫家之手献至宫中。无论发生什么战乱，也从不懈怠。其实在下此次进京，也是为了进献货物。由于顺利完成了差使，在回程中难得有了闲暇，便一个人边观赏路上风景，边返回仙台。”他继续道，“诸侯之中，城内专门设有天子玉座馆舍的，恐怕只有我们青叶城。据说御所改建之时，我家主人还曾专门拜领了一些古木，专程用船运回来呢。虽说如此，这馆舍却修得相当朴素，主人每日早晚必参拜一次，以遥表忠心。鉴于武家政道的历史，主人已抱定决心，一旦世上再次发生惨不忍睹的暴行，会借朝廷的名义向武家开战。”

说罢，外记又道：“对了，说起来还有这样一段故事呢。那还是在渡海赴朝鲜的时候。朝鲜之役时，小西、加藤等人争名夺利，举止可疑的传言屡有耳闻，那么主公又是何种态度呢？在赴朝作战的阵营中，背插日之丸的背旗作战的只有主公一人。主公也不是没有家徽，可他为何要插日之丸旗呢？有人问起此事，据说主公是如此回答的，既然是率兵赴海外作战，政宗岂可只为伊达一家的功名而战？而且我也绝非只为太阁而战。我是将这日之丸的旗帜视作故乡的标志而拼死一战。”

武藏听得津津有味，外记也愈说愈动情。

六

“酒冷了。”外记忽然拍拍手叫来女仆。正要吩咐其继续添酒，武藏慌忙拦住，道：“已经够了。我想要点开水泡饭。”他坚决推辞。

“什么，还没尽兴呢。”外记遗憾地喃喃道。但大概是忽然想起了对方的心情，于是又吩咐道：“那就拿饭来吧。”

即使在吃开水泡饭的时候，外记仍不忘频频夸赞主人。其中让武藏不得不倾心的，是伊达藩的所有人是如何以政宗公这一武道者为中心尽其武士本分的。即，他们是如何通过磨合去尽武士的本分，完成这“士道”的。

说起如今的世上究竟有无“士道”，其实从很久以前武士兴起时起，那种空洞的士道便已存在。但这种士道尚未成熟便已沦为古老的道德，而在持续的乱世中，这种道义已败坏不堪。如今，在武士之间，这古老的士道已经消失，只有那种“武士至上”、“武士唯荣”的观念伴随着战国的狂风日益强盛。尽管新的时代正在走来，新的士道却尚未形成。因而，在那些自诩“武士至上”、“武士唯荣”者之中，也屡见那种比田夫和商人还低劣的卑鄙之徒。虽然低劣的武将必然会自取灭亡，可真正能意识到必须磨砺“士道”，并将其作为强国之本的武将，纵观丰臣系和德川系的所有诸侯，实在鲜见。

武藏被幽禁在姬路城天守阁里三年，在那段不见天日、每天只能苦读的日子里，他记得池田家那山一般的藏书中，有一本手抄本，上面的题签是“不识庵先生日用修身卷”。所谓“不识庵”，自然是指上杉谦信。书里记述了谦信日常的修身，以作对家臣的警示。读过此书，武藏不仅了解了谦信的日常生活，还知道了当时越后国富兵强的缘由，但他并未想到这“士道”。

可是今夜听了石母田外记的种种谈论，武藏不仅觉得政宗毫不逊于谦信，而且还能不知不觉于一团乱麻般的尘世中在伊达一藩培育出连幕府权力都不会屈服的“士道”，并将其不断磨砺，蓬勃发展。光是看看眼前的石母田外记，便可窥见一斑。

“啊，您看我，一高兴就光顾着说自己的事了……怎么样，武藏先生，何不去仙台逛逛？我家主公可是一位豁达之人。但凡有士道的武士，无论是浪人还是其他，他都会不拘一格，以礼相待。至于引荐，由在下负责就是了，还请务必赏光。借着这次良缘，如有必要，哪怕在下同行也无妨啊。”

撤下酒席之后，外记热心劝道。可武藏只应了一句“请容在下考虑一下”，便起身离去。他来到另一房间，躺在铺上，大脑仍十分兴奋。士道——当所有的思索都萦绕在这两个字上时，他忽然反省起自己的武道。刀的功夫不能仅止于此，终究要升华为道。谦信和政宗倡导的士道中更关注军纪方面，那自己呢？自己必须将刀进一步深化，使其升华到更人性化的境界。一个人，一个小小的个体，究竟如何做才能与生命依托的自然融为一体，才能与天地宇宙共同呼吸，达到安身立命的境界，抑或根本就不可能？总之，自己一定要竭尽所能尝试，一定要完成此愿，将刀磨砺到“道”的境界。

做出如此决定后，武藏这才沉沉地睡去。

钱

一

一睁开眼，武藏便立刻挂念起来。阿通究竟怎样了？城太郎又走在哪里呢？

“啊，昨夜可真是畅快至极。”早餐时，武藏又碰到了石母田外记，不觉间再次天南海北地聊了起来。不久，两人离开客栈，汇入穿梭于中山道的人流。武藏总在无意间将眼神投向来往的人群，即使对略微有点相像的背影也会不由得一愣：那不会是阿通吧？

外记似乎看出了他的异常，问道：“莫非，您在寻找您的旅伴？”

“正是。”于是，武藏简要说明了缘由，并说就算是去江户，也会心系二人的安危一路寻找，因而想取道他途。随后，他趁机对外记昨夜的款待致了谢，就要别过。

外记深感遗憾，道：“好容易得遇一个好旅伴。既然如此，那也只能别过了。但请记住在下昨夜所说之事，还请务必赴仙台一趟。”

“承蒙好意。来日若有机会，再行拜访。”

“真想让您目睹一下那里的侠骨义风啊，要不听听仙台的民谣也不错。若不喜欢歌谣，去欣赏一下松岛的风光也行。总之我等着您。”

外记说罢，武藏便已率先一步，大步流星地朝和田岭方向走去。那身影可真让他难以割舍。而此时，武藏心里也闪过一个念头：将来有空时，自己一定要造访这位伊达的藩地。

在那个时代，能遇上这种旅人的恐怕不止武藏一人。毕竟那是一个朝不保夕、风云变幻的年代，诸国的雄藩都不断招贤纳士，顺便物色贤才并推荐给主公也是身为家臣者的重大职责之一。

“先生，先生！”忽然，武藏身后传来喊声。尽管一度朝和田岭方向走去，可不一会儿，他便忽然转过身返回下诹访的入口，站在甲州大道和中山道的岔道上。正在思量，一直注视着他的驿站壮工忽然朝他喊了起来。壮工中既有搬行李的，也有牵马的，由于去和田方向一路上坡，其中还有极其原始的滑竿轿夫。

“什么事？”武藏回头问道。

壮工们一面无所顾忌地上下打量他，一面抱着像木雕螃蟹一样的胳臂走了过来。“先生，刚才看您就像在寻找同伴，您的同伴究竟是美娇娘呢，还是随从？”

二

武藏既无行李让壮士们拿，也无意雇他们的滑竿。他有点烦躁。“不……”他只是摇摇头，默默地准备离开。可正要抬脚，他自己却也迷惘起来。往西还是往东？尽管他一度下定决心，觉得索性一切都听天由命，就这样赶赴江户，可他忽然间想起城太郎和阿通，便怎么也迈不出脚步。对，干脆就再搭上一天，在附近找找吧。倘若还没有线索，那就只好暂时放弃，先行一步了。

正当他打定主意之时，一个壮工再次靠上前游说。“先生，您若是要寻找什么，反正我们也是闲着没事晒太阳，您只管吩咐就是。”

其他人也附和道：

“至于脚力钱嘛，您看着给就是。”

“您寻找的究竟是女眷呢，还是老人？”

既然话都说到了这份上，武藏便索性说出缘由。他一五一十地说明了事情的经过，并问他们有没有在这条大道上看见那少年和年轻女子。

“这个嘛。”壮工们面面相觑，“我们谁也没有看见过，但也没什么，先生，我们分头到诹访盐尻的三条道上帮您找找就是，这也不是什么难事。那位被诱拐的女子也不可能翻越那没路的荒山野岭出去，而且这一带到处是蟒蛇毒虫，就算去打听，离开我们这些熟悉情况的人，恐怕谁去都是白费功夫。”

“有道理。”武藏点点头。壮工们的确言之有理。也许不熟悉本地情况，与其在这里瞎碰乱撞，着急焦虑，还不如让这些人帮帮忙，说不定能一下子打探到两人的消息呢。

“那就劳驾帮着找找吧。”

见武藏如此直率，壮工们也一齐答应下来：“好！”然后嘁嘁喳喳地商量了一下分工。不久，一名代表来到武藏面前，讪讪地搓着手，说道：“那，先生，呵呵，实在是难以启齿，毕竟我们都是靠出卖力气糊口的人，现在连早饭都还没吃呢。但我们保证傍晚前给您打听到他们的下落，能否先请您付一下半日的工钱和草鞋钱？”

“哦，那是当然。”武藏觉得这要求天经地义，于是简单清点了一下自己那点可怜的路银，结果即使全部倒给他们，也仍未达到他们要求的数额。

武藏比谁都深知钱的金贵。因为他孤独，而且一直以旅途为家。但他并不迷恋金钱。虽然孤独，但他也没有抚养别人的责任。他孑然一身，有时寄宿寺院，有时露宿山野，有时则受惠于知己的慷慨解囊。什么都没有的时候，不吃东西也无所谓，因为不久后事情总会解决。他一直以来便是如此流浪。

想来，武藏来此路上的所有费用全都是由阿通打理的。阿通从乌丸家收了不少路银，除了应付一路的开销，还分给了武藏若干，让他拿着用。他把阿通分给他的所有钱全都交给壮工们，说道：“这些够吗？”

壮工们各自分了分，说道：“好吧，就便宜您一些吧。那么，就请您在诹访明神的楼门那儿等着吧。傍晚之前，我们一定会给您带来好消息的。”说罢，他们便像一群小蜘蛛一样四散而去。

三

虽说让人分头去打探，可一天就这么白白等着也没意思。武藏也没闲着，从高岛城下出发，在诹访一带溜达起来。一整天光是打听阿通和城太郎的消息实在可惜，所以他也一直留意着这一带的地势、水文以及有无著名的武道家等。但遗憾的是，后两方面都没什么斩获。不久，黄昏来临，他便如约来到与诹访明神的社内，可楼门一带一个人都没有。

“啊，真累。”他喃喃着，一屁股在楼门的石阶上坐下。大概精神极度疲劳了，他还很少一个人如此叹息。他觉得有些无聊，便在广阔的神社内溜达了一圈，可再次返回来时，他仍未看见一个壮工的身影。

黑暗中不时传来咔嗒咔嗒踢东西的声音，武藏不由一愣，回过神般瞪大眼睛。后来，他终于放不下那声音，下了楼门的石阶，往幽深树荫中的一栋小屋里一瞧，原来里面拴着一匹神社的白马，正在踢地板。

“浪人，有事吗？”喂马的男子回头望望武藏，问道，“到这神社里有事吗？”他带着盘问的眼神。

武藏说明缘由，表明自己并非歹人，结果身穿白衣的男子竟捧腹不止：“哈哈哈，哈哈哈！”

武藏登时火起，问男人因何发笑，可对方仍大笑不止，说道：“就你这样的，居然还出来旅行？那道上苍蝇般的黑心壮工们既然先拿了你的钱，怎么还会乖乖地花一整天帮你找人呢？”

“那他们说的分头去找完全是假的？”

听武藏如此追问，男人反倒觉得他可怜，便一本正经地说道：“这位旅人，你让人骗了。怪不得今天有十来个壮工从中午起就在后山的杂树林里围成一圈喝酒赌钱。大概就是那一伙吧。”然后，男子又列举了旅客在这诹访盐尻一带误中壮工们奸计而被骗走路银的若干实例，又道：“这天底下都是一个样，今后你可要当心啊。”说罢，他抱着倒空的草料桶离去。

武藏一阵茫然，似乎突然意识到自己极不成熟。尽管对刀很自负，只要长刀在手，任何人都无隙可乘，可一旦混迹于尘世，仍免不了遭那帮无赖壮工的耍弄。他这才明白自己在世间的历练是何等不够。

“没办法。”武藏喃喃自语。他并不觉得悔恨，但这种不成熟将来也会是指挥三军时的不成熟。今后务要谦虚，对于尘世间的事情也要多加学习。

于是，他再次折回楼门。无意间一抬头，他才发现刚才离开的地方竟站着一个人。

四

“哦，先生。”一看到武藏，正在楼门前四处张望的人影立刻下了石阶，说道，“我只打探到了一个人的消息，赶来告诉您。”

“哎？”武藏反倒有些意外。再仔细一打量，这才认出对方是壮工中的一人。正因为在神社马棚前遭到了嘲弄，武藏才深感意外。尽管世上到处都有那种从他身上骗去半日工钱和酒钱的人，可当他明白，并非所有人都是骗子的时候，还是非常高兴。

“你说只打探到了其中一个，那究竟是那个叫城太郎的少年还是叫阿通的女子？”

“是孩子，我打听到了领着孩子的奈良井大藏先生的行踪。”

“是吗？”这一句话就让武藏的内心敞亮了不少。

接着，这名正直的壮工叙述了具体过程。他那些骗了钱的同伴压根就没想去打探，全都沉迷在赌博中，唯有他同情武藏，便独自一人从盐尻找到洗场，向每个歇脚点的同伴打听，结果丝毫没有女人的消息，却从一个做午饭的客栈女仆那里打听到了奈良井大藏的下落，据说他们在中午前后穿过诹访，朝和田的山路方向赶去了。

“多谢你前来报信。”武藏想酬谢一下这位壮工的正直和功劳，可往怀里摸时，才想起路银几乎全被因此狡猾的家伙骗去了，只剩下今夜的饭钱。但还是得有所表示，他仍这么想。随身携带的物品中已没有一件值钱的东西，他最终还是决定不吃晚饭，把钱袋翻了个底朝天，将仅剩的一点饭钱全都交给了男子。

“多谢。”正直的人尽的是本分，却得到了过分的谢礼，于是毕恭毕敬地接下钱，兴高采烈地离去。

自己已经连一文钱都没有了。武藏下意识地目送那背影离去。尽管是自己给人家的，可事后又忽然觉得有些走投无路。肚子从傍晚时分便频频在叫，但钱让那个正直人拿去无疑要比自己果腹值得多。而且当那名男子知道那是对他正直的犒赏之后，他明天也一定还会到街道上诚实地为其他旅人服务。

“与其在这一带借人家的房檐打发一宿，还不如现在就去追赶翻越和田岭的奈良井大藏和城太郎呢。”

倘若今夜能翻越和田岭，说不定明日便可在什么地方与他们邂逅。武藏忽然有了这个念头，便离开诹访的驿站，大步流星地一个人踏上久未走过的夜路。

五

武藏一向喜欢独自夜行，这或许源自他与生俱来的孤独性格。数着踏在路上的脚步，聆听着天空的声音，默默地走在漆黑的夜道上，武藏便会忘记一切，怡然自得。置身于喧嚣的人潮中时，不知为何，他的灵魂总会变得孤独，但一个人走在孤独的暗夜，他的心反倒会欢闹起来。因为暗夜独行时，在人潮中无法表露的各种真实心理便可无拘无束地浮现，而且还可以在冷静思考各种世态的同时脱离自我，像审视陌生人一样审视自己。

“哦，看见灯火了。”可是，当走了一程又一程的漆黑夜道上忽然出现一盏灯火时，武藏也不由得舒了一口气。人家的灯火！他蓦地回过神，内心竟因为对人的亲近和怀念而颤抖。但此时的他已经无暇自问这种矛盾的心理。“看来正燃着篝火，去烘烤一下夜露打湿的袖子吧。啊，肚子也饿了。若是能要点稗草粥之类那就更好了。”他不由自主地朝那灯火的方向加快脚步。

已经是半夜了吧。离开诹访已是傍晚时分，越过落合川的溪桥后几乎全都是山路。一岭是翻过了，可前面和田的大岭和大门岭仍重重叠叠地耸立在星空下。就在两座山梁间开阔的谷地边，一点灯火隐约闪现出来。可武藏走近一看，才发现只是一家歇脚的茶屋，檐前楔着四五根拴马桩。在这荒山野岭，而且还是深夜中，竟然还有客人，泥地房屋内噼噼啪啪的烧火声中传来粗野之人的说话声。

“咦？”武藏站在檐前，不禁犹豫起来。若是寻常的百姓家或是樵夫的小屋，自己尚可请求暂时歇息一下，也可以要点杂粥喝。可既然是以旅人为对象的商家，就算只喝一杯茶，不放下茶钱也是无法离开的。无论他如何绞尽脑汁，身上也找不出一文钱来。可混杂在温热的烟雾中飘散出来的菜香却勾得他饥肠辘辘，让他怎么也无法离开。

“对，跟人家说明情况，哪怕用那东西来抵一顿饭也行。”他想起来的抵押品是装在他的武者修行包中的一件东西。

“打扰。”尽管武藏犹豫再三、前思后想终于进去，可对于在里面吵吵嚷嚷的人们来说，他显然是一个不速之客。人们顿时吓了一跳，全都沉默下来，疑惑地盯着他。

泥地房的正中央挂着一口巨大的吊锅，炉子灶埋在土里，不用脱鞋便可围在四周，锅里正咕嘟咕嘟地炖着山猪肉和萝卜。三名野武士模样的客人正坐在木桶和凳子上，吃着下酒菜，传递着酒碗。不时将喝空的酒壶埋在灰烬里，老板则背朝外面，一面切咸菜，一面与客人闲聊。

“什么事？”代替老板问话的是一名目光锐利、留着五分月代头的男子。

六

一嗅到山猪肉汤的香气，感受到暖烘烘的氛围，武藏的饥渴便一刻也无法忍耐。野武士模样的男子又说了些什么，但他连答都不答，径直走进去，在空着的凳子上坐下。

“老板，快给我备饭，泡饭也行。”

老板于是端来冷饭和山猪肉汤，说道：“您是要连夜翻越山岭吧？”

“嗯，赶夜路。”话音未落，武藏已拿起筷子。当他端起第二碗山猪肉汤时，问道：“今天白天，有没有一个奈良井的大藏先生带着一名小童翻山而去？”

“这……不知道。藤次先生和其他人有没有看到这样的旅人呢？”老板隔着泥地炉一问，凑在一起边喝边聊的三人全都爱搭不理地摇摇头。“不知道。”

武藏吃饱肚子，又喝干了一碗热水。身体是热乎了，可饭钱又成了他最头疼的问题。若是最初便据实相告再吃饭就好了，可其他三名客人正在饮酒，自己也无法乞求茶屋的怜悯，便只好先填饱肚子再说。可若是老板不答应，那又该怎么办呢？

若是老板肯答应，哪怕用插在刀鞘上的簪子来抵也行。武藏打定主意，说道：“老板，请恕在下的不情之请。其实在下身上连一文钱都没有了，但也不是存心要赖，可否用在下携带的一样东西来抵价？”

没想到对方倒也好说话，“当然可以。那您说的东西究竟是什么呢？”

“观音像。”

“哎，用那种玩意儿……”

“倒也不是什么名作，只是在下旅途中无聊时用小刀刻的古梅木的小观音坐像，或许也抵不上一顿饭钱……请看。”

说着，武藏便开始解包袱的绳结，这时，炉子对面的三名野武士完全忘记了杯中的酒，目不转睛地注视着武藏的手。

武藏把包袱放在大腿上。包袱是用涂了柿漆的雁皮纸捻编织而成的，但凡修行武者，几乎都把贵重的东西塞在里面背在身上，而武藏的包中则只装着他刚才说的木雕观音、一件内衣和寒酸的文房用具。

武藏拿住包袱的一端一抖，只听吧嗒一声，一样东西立刻沉甸甸地滚落到泥地上。

“啊？”惊叫声是从茶屋老板和炉子对面的三人口中发出的。武藏的视线也随之落在自己脚下，顿时一阵哑然。地上竟是一个钱包，庆长金币和各种钱币撒落一地。这是谁的钱？武藏想。另外四人也不相信自己的眼睛似的，连气都忘了喘，视线全被泥地上的钱币给夺走了。

武藏抖了抖包袱，又掉下一封书信。

七

武藏甚是奇怪，拆开一看，原来是石母田外记的留言，上面只写了“谨作临时花费”，但钱数不少。这一行字究竟是什么意思？武藏立刻明白了其中的奥秘。这是各国大名广泛采取的一种策略，不光是伊达政宗如此。

招到有为的人才很难，可风云变幻的时代却越来越需要有为的人才。关原战败的流浪者到处都是，也都在不停地为食禄奔波，可其中称得上是人才之人却凤毛麟角。一旦发现一个，哪怕是拖家带口，大名们也不会嫌弃，立刻便以成百上千石的厚禄将其挖走。如果战争的硝烟再起，杂兵走卒要多少都能召集到，可那些难得的人才却可遇不可求。如今各藩全都瞪红了眼珠子四处物色人才，只要发现心仪之人，必会千方百计施以恩惠。或者也可事先达成默契，最典型的便是大坂城的秀赖，其赈济后藤又兵卫的事情天下无人不知。至于大坂城每年给归隐于九度山的真田幸村送去多少金银，关东的德川家康也早已调查得一清二楚。

一个闲居的孤独浪人不可能需要如此巨额的生活费，可是那些金银经由幸村之手，便化作几千人的生活费。这些人就隐匿于街市，在战争爆发之前只管吃喝玩乐，这一事实尽人皆知，无须赘述。由于一乘寺的传言，伊达家臣盯上了武藏并一路追来，这是再明白不过的事情了，而这钱显而易见也是外记以上意图的佐证。

真是令人棘手的一笔钱。若是用了，那便等于欠下了人情。若是当它不存在……

对，自己不正是看到了这笔钱才迷惘吗？若是当它不存在，不就什么事都没有了吗？想到这里，武藏收起脚下的钱，原封不动地将其放进包袱，说道："那么，老板，就请用这个来抵饭钱吧。"说着，他便把消遣时雕的木观音递了过去。

这一次，茶店的老板是一百个不乐意。"不行啊，客官，我不要这玩意儿。"他完全不伸手接。

武藏追问为何，老板答道："客官竟然还问为何？您刚才说身上没有一文钱，我才说观音像也行……可现在看来岂止是有钱，您带的钱简直多得花不了。好了，别在那儿卖弄了，赶快付钱吧。"

三名野武士早已醒酒，眼馋得直咽唾沫。他们也在后面频频点头，支持老板的抗议。

八

这并不是我的钱——即使武藏想如此辩解，在此情景下也是愚蠢至极。"是吗……那就没办法了。"迫不得已，武藏只好拿出一片银子，递到老板手里。

"哎呀，我也没零钱找啊。我说这位先生，您就给些更细碎的小钱吧。"

武藏找了一下，可是钱包里除了庆长金币，货值最小的便是这银片了。"不用找了，就当作茶钱吧。"

"那太感谢了。"老板的态度顿时变得截然不同。

既然这钱已经动了，武藏便将其卷入腹带，又依照原样，把茶店老板拒收的木雕观音像装进包袱背在背上。

"快请烤烤火吧。"说着，老板又殷勤地添起柴薪，而武藏则趁机来到外面。

夜仍很深，但肚子总算是填饱了。在黎明之前，赶紧从和田岭翻到大门岭去吧。倘是白天，这一带的高原本能看到石楠花、龙胆和薄雪火绒草，可由于是夜里，四面只有一片茫茫的白露覆盖，仿佛丝绵一般。说起花来，此时的夜空倒更像是星星的花圃。

“喂！”武藏离开歇脚的茶屋，刚走了二十町左右，身后忽然传来喊声，“刚才那位先生，你忘记东西了！”

原来是刚才在茶屋的三名野武士之一。只见其一口气追到武藏身边，说道：“脚力好快啊，这钱是你的吧？你出去一会儿后我们才发现的。”说着便将一片银子托在手掌心给武藏看，说是为了返还才追过来的。

“不，这钱不可能是我的。”武藏说道。可那男人摇着头，又把钱推回来，说的确是武藏掉出来的，一定是滚到泥地的角落里了。由于那钱自己也从未数过，听对方如此一说，武藏也只能认为或许就是。谢过之后，武藏便将那银片收进袖子，但不知为何，他发现自己竟对这名男子的行为没有丝毫感激。

“请恕在下失礼，请问阁下是跟谁学习的武道？”男人仍不必要地在搭讪，跟在武藏一侧，举止实在奇怪。

“一个人闭门造车。”武藏冷冷地说道。

“我也是。虽然现在窝在这山上做这种行当，但我以前也是武士呢。”

“哦。”

“刚才一起的那几个人也都是。龙困浅滩遭虾戏啊。尽管大家都是靠打柴、在山上采草药糊口，可只要时机一到，虽然我们并没有焚梅的佐野源左卫门那样的胸怀，但哪怕仅凭这一柄山刀，一身破盔甲，我们也要借助有名大名的阵营，一展平日身手。”

“那你究竟是大坂一方，还是关东一方？”

“哪一方都无所谓。不过，还是要先看看形势如何再说，否则一旦盲目加入，一辈子就白搭了。”

“哈哈哈，聪明。”武藏并不想与其纠缠，尽量迈着大步，可那男子也随之大步跟进，实在没办法。而且更让人难以放心的是，男子竟越发主动地朝武藏左侧贴过来，这是有心人最忌讳的拔刀偷袭时的架势。

九

不过，武藏故意将这名凶暴旅伴盯上的左侧空了出来，让其有机可乘。

“怎么样，修行者？如不嫌弃，今夜就来我等的住处凑合一晚如何？这和田岭的前面是大门岭，就算想在黎明前翻过去，对于道路不熟的人来说也是很难的。再往前走，路也会越来越崎岖。”

“多谢好意，那就恭敬不如从命，叨扰一宿了。”

“那是最好，那是最好，只是没什么可招待的。”

“没事，只要有地方躺就行了。那么，府上在哪里？”

“就在从这谷道向左爬五六町远的坡上。”

“原来住在深山老林啊。”

“刚才也说过，在时机到来之前，我等只能暂且归隐山林，采采草药，打打猎，我们三个人一直这样生活。”

“对了，那两个人怎么样了？”

“大概还在吃酒吧。他们两个平时在那儿一喝就醉，将他们搀扶到小屋的肯定是我，不过今夜太麻烦了，索性就丢下他们不管了。哦，修行者，下了那边的山崖就是溪涧的河滩了，路不好走，当心脚下。”

“要到河对面去吗？”

“唔……要穿过那溪流狭窄处的独木桥，再沿着溪流往左爬……”说着，男子似乎在低崖半路停了下来。

武藏头也不回，就要过独木桥。这时，男子却突然跳过来，一下子掀起武藏脚下独木桥的一端，欲将他掀翻到激流中。

“你要干什么？”河中顿时大喝一声。

男子一惊，连忙抬起头，但见武藏的脚早已离开桥面，宛如一只鹡鸰立在水花中的岩石上。

“啊！”

抛出的独木桥一端顿时溅起白色的飞沫。未等那伞状的水帘落到地面，河中的鹡鸰便啪的一下跳了回来，手起刀落，立时将这名狡猾的卑鄙之徒斩杀。对尸骸理都不理，就在尸体仍踉踉跄跄尚未倒地之时，他的刀早已在等着未知的下一波攻击了。只见他头发倒立，像一只发怒的鹫，仿佛满山皆敌。

果然，砰！一个震裂山谷的声音忽然从溪流的对面轰然响起。不用说，是猎枪的声音。弹丸嗖的一下正好飞越武藏刚才所在的位置，钻入后面山崖的土中，武藏也在同一个地方倒下。他朝对面的山谷一看，只见萤火般的红光若隐若现。

接着，两个人影渐渐爬到河边。先前一步见阎王的卑鄙男子刚才撒谎说两个同伴已在茶屋里喝得烂醉，谁知早就绕到前面，摩拳擦掌，做好了伏击武藏的准备。这一点也完全如武藏所料。所谓的打猎、采药之类当然是谎言，毋庸置疑，对方肯定是盘踞在这山里的贼人。不过，对方方才在路上所谓的“时机到来之前”倒或许是真的。

无论是什么样的盗贼，恐怕没有一个人愿意让自己的子孙世代都去做贼。作为生存于乱世的权宜之计，如今，各国的山贼、野盗和市盗都在激增。一旦天下大乱，这些人便会扛起那锈迹斑斑的大枪，穿上破烂的盔甲，义无反顾地加入战阵，恢复其铮铮铁骨。但遗憾的是，这些人并没有那种在雪日里为客人焚梅，等待时机却又将时机置之度外的雅怀。

焚虫

一

一人咬着火绳，似乎正再次填装弹药，另一人则猫着腰窥探这边。尽管武藏的影子已倒在对岸的崖下，可窥探者仍在猜疑。“没问题吧？”他悄悄问同伙。

尽管先前的一人又重新端起火枪，但还是点了点头。“没问题。”他说道，“手感很好，一枪击中。”

二人这才安下心，借着独木桥朝武藏走来。就在持火枪的人影刚来到独木桥中间时，武藏一跃而起。“啊！”扣在扳机上的手指自然失了准，弹丸砰地飞向空中，在山谷中间响。

二人扭头便跑，沿着溪涧逃命，武藏则紧追不舍。大概是被追急了，只听其中一人喊道：“喂，逃什么逃啊?！对方才一个人，光我藤次一人也能把他收拾了！回来，帮我一把！”此人正是不带火枪的那个。他停了下来，不但自报名字叫藤次，而且从言谈举止来看，似乎也是这山寨贼窝的头目。

听他如此一喊，也不知是不是他的手下，总之另一名贼人也壮起了胆子。“哦。”他应答一声，把火绳一扔，立刻反握火枪，也朝武藏袭来。

武藏立刻感到这二人根本就不是什么野武士。尤其是挥山刀而来的男子，刀法中多少还算有些章法。但两贼人刚一接近他，就全都一下子被打飞出去。拿火枪的男子被斜着从肩膀深深劈下，半个身子软绵绵地从溪流边上跌落。刚才还吹着大话、自称藤次的那名贼人头目则捂着手上的伤，仓皇地从山谷往上奔去。武藏跟在哗哗滚落的土石后面紧追不舍。

这里已是和田与大门岭的交界处，因山毛榉很多，人称“山毛榉谷”。登上山谷尽头，有一户掩映在一丛山毛榉中的人家。说是人家，却也只是由山毛榉的圆木搭建而成的巨大棚屋而已。武藏眼前忽然现出微微的光。尽管屋内也点着灯火，可武藏的眼睛所看见的似乎是有人拿着纸烛站在屋前映过来的光。

只见贼人头目一面呼哧呼哧朝烛光逃去，一面大声喊着：“灭灯！”

正用衣袖护着烛火站在屋外的人影说道：“怎么了？”分明是女人的声音，“啊，这么多血！让人砍了？刚才山谷传来火枪声，我就担心是不是出事了……”

贼人头目一面回头注意着逼来的脚步声，一面气喘吁吁，再次骂道：“别、别瞎扯了！快把灯灭了！屋里的灯也灭了！”

随着他连滚带爬地钻进泥地屋，女人也吹灭了烛火，慌忙躲藏起来。不久，当武藏站到屋前的时候，屋里的灯火也已熄灭，推推门，门也紧紧地关上门。

二

武藏愤怒了，但愤怒并非那种遭对方算计或受骗时的愤怒，而是一种无法容忍这蝼蚁般的鼠辈横行于世的愤怒，即所谓的公愤。

“开门！”武藏试着喊了一声。当然，门是不可能打开的。尽管是那种一踢即烂的防雨门，但为防万一，武藏还是与门口保持着四尺多的距离。那种敲门或是晃门的鲁莽行为，但凡稍微有点心眼的人都不会那样做。

“不开是吧？”

门后仍悄无声息。于是武藏两手抱起一块大小适中的石头，猛地朝门扔去。由于瞄准的地方正好是门扇的连接处，两扇门顿时倒向里面。一把山刀随即从下面飞来，男子立刻连滚带爬地朝屋子深处逃去。

武藏一个箭步跳上去，一把抓住对方的脖子。

“啊，饶命！”恶人一旦阴谋失败，必会做出示弱求饶状。但他并非像扁蜘蛛那样完全告饶服输，而是仍不断地寻找机会，与武藏肉搏。正如武藏最初察觉的那样，此人不愧是贼人头目，手上的确有两下子。

武藏毫不客气，啪啪两下封住其手头的攻势，正要将其扭倒在地，男子猛然间爆发出毕生的蛮勇之力，抽出短刀就朝武藏捅来。“浑、浑蛋！”

“你这鼠辈！”话音未落，武藏便一把抓起对方，咚的一下扔到相邻的屋子。也不知是对方的手还是脚碰到了炉子上面的吊钩，噗的一下，朽烂的竹子折断，火山般的白灰也顿时从炉口喷起。

为了阻止武藏近前，借着蒙蒙的烟灰，对方抓起东西就朝武藏扔，什么茶釜的盖子、柴薪、火箸，还有瓶瓶罐罐等，纷纷朝武藏飞来。等烟灰稍稍落定后再仔细一看，原来扔东西的并非是那男子。他身体的某处看起来已受重创，早已直挺挺地躺在柱子下面。而嘴里仍“畜生畜生”地骂个不停，抓起东西就朝武藏扔的，似乎是男子的妻子。

武藏当即便将那女人按倒在地，可女人仍不罢手，甚至还拔出发簪反握在手，一面大喊着“畜生”，一面朝武藏狠狠地刺来。当那只手也被武藏踩在脚下后，女人又咬牙切齿，冲着已昏过去的丈夫懊恼地叫骂：“你啊你，到底是怎么了！真没出息，竟会败在这么个毛头小子手里！”

忽然，武藏一愣，不禁放开那女人。可女人竟比男人还勇敢，一跳起来，便拾起丈夫丢弃的短刀，再次朝武藏捅来。

“哦，大婶？”

听武藏意外的一声，女人也是一愣。“哎？”然后气喘吁吁地打量上起武藏的脸，突然说道：“啊，你？这不是武藏吗？”

三

如今仍在直呼武藏幼名的人，除了本位田又八的母亲阿杉，还会有谁呢？武藏困惑不已，直盯盯地望着狎昵地唤着自己幼名的女子。

“哎呀，阿武，你已经长成一个英武的武士了。”多么熟悉的女人的声音。原来是曾在伊吹山做艾蒿，后来又以女儿朱实为诱饵在京都开起茶屋的那个寡妇阿甲。

“你怎么会在这种地方？”

“你这么一问，我实在是羞于启齿啊。”

“那么，倒在那里的……是你的丈夫？”

“你大概也听说过吧，这就是原先在吉冈道场的祇园藤次的悲惨下场。”

“啊，吉冈门的祇园藤次？”武藏顿时哑然，一句话都说不出来。在师门倒闭之前，藤次把为振兴道场而募集的捐款全部卷走，与阿甲一起私奔，最终沦为一个为武士所不齿的卑劣者。当时的京都都传遍了，武藏也小有耳闻，但没想到他竟沦落至这般境地。虽然这只是他人的沦落，武藏仍觉得凄凉不已。

“大婶，你快赶紧照看他一下吧。我若早知道是你的丈夫，就不会让他吃这样的苦头了。”

“我真恨不得地上能有个洞立马钻进去啊。”阿甲来到藤次身边，又是给他喂水，又是包扎伤口，然后对着半昏迷的藤次讲起与武藏的关系来。

“哎？”藤次仿佛被打进了还阳气似的，翻眼说道，“那你……就是那个宫本武藏？啊，丢死人了。”看来他还是知道羞耻的。他抱着头连连致歉，半天也不好意思抬起头来。

纵然是逃离武门沦为山贼也要活下去，从大处来看，这也不过是生生轮回的尘世中的沧海一粟而已。想到此，武藏只觉得可悲又可怜。此时的他早已忘记了憎恶，夫妇二人也仿佛迎来了意外的贵宾，连忙打扫尘芥，擦拭炉沿，添起柴薪。

“也没什么好招待你的。”

看到对方要温酒的样子，武藏说道：“我已经在山下的茶屋吃饱了，不用再麻烦了。”

“可是多年不见了，咱们就聊聊山中夜话，尝尝我的一点心意吧。”说着，阿甲又是把锅放在炉子上，又是取来酒壶，频频劝酒，“真想念伊吹山下的那段日子啊。”

外面，山里的夜风在呼啸。即使关紧门，炉中的火焰也仍朝黑黢黢的天棚上使劲舔去。

“一晃这么多年了，都说说吧……对了，先不说这些，朱实后来怎么样了？有没有听到她的消息？”

“听说她在从叡山到大津途中的山顶茶屋里卧病数日，可后来又夺了同伴又八的东西逃走了……”

“看来那孩子也命苦啊。”阿甲不由得想到自己，黯然地低下头。

四

不止阿甲，祇园藤次也是一副深感羞愧的样子，连说今夜之事纯属一时的恶念，等他日出人头地之时，必会以原祇园藤次的身份向武藏致歉，所以今夜的事情还请付之流水，不要介怀。沦落为山贼的藤次就算恢复成从前的样子，应该也不会有多大的改变，但起码路上的旅客能稍微好过一些。

“大婶，你最好也不要再这么提心吊胆地过日子了。”

被硬灌进肚里的酒让武藏开始有了醉意。他如此一劝，结果阿甲答道：“你以为我喜欢做这种鬼事情啊。我们原本决定逃离京都，打算到新城江户去大赚一把，可途中这死鬼一时手痒，竟在诹访赌博，细软和路银全都给输光了。无奈，我便想起原先曾靠采艾蒿为生的事，只好靠在这里采点草药再到市镇上售卖糊口。今夜已经吃过苦头了，以后万不敢再有这种恶念了。”这个女人还是老样子，一喝醉便又会露出从前的媚态。

她到底有多大年纪了呢？这个女人似乎没有年龄。猫一旦饲养在家里，便会在主人的膝盖上做出媚态，而一旦放归山上，即使在暗夜里也会变得两眼放光，哪怕是行路的病人，哪怕是路边送殡的灵柩，它也会毫无顾忌地扑过去。阿甲便很接近这种动物。

“对吧，死鬼。”说着，阿甲回头望望藤次，“刚才听武藏说，朱实似乎也去江户了。我们也设法筹点钱，到人间去过点像样的日子吧？只要捉到那孩子，或许又会有发财的机会呢……”

“嗯，嗯。”藤次抱着膝盖，含糊地答应着。这个男人自从与阿甲厮混到一起，大概也有了跟先前被这女人抛弃的本位田又八同样的后悔吧？武藏只觉得藤次是那样可怜。接着，他又可怜起又八来。不久，他想起自己也曾差点被这个女人诱入她设下的魔渊，不禁浑身起了一层鸡皮疙瘩。

“是雨吗？那声音。”武藏抬头望望黑乎乎的屋顶。

阿甲带着略醉的眼神说道：“不是，那是因为风大，树叶和小树枝不断地折断落下来的声音。山中就是这样，一到晚上就没有不落东西的时候。就算是月亮出来，星星出来，树叶也照样会落下，山土也照样会被冲下，有时还会下雾，还会有瀑布的水溅过来呢。”

“喂。”这时，藤次抬起脸，“天马上就亮了，人家也一定累了，你赶紧铺好被褥，好让人家歇息一下。”

“好的。武藏，里面挺黑的，当心脚下。”

“那就借住到明早吧。”说着，武藏起身，跟着阿甲向昏暗的走廊深处走去。

五

武藏睡的地方是支在圆木上的一处小板房，板房就搭建在山谷间的山崖上。尽管夜里看不大清楚，但地板下面应该就是那千仞深的谷底。

雾气飘落，瀑布的水每次吹打过来，小屋就会像船一样摇动。阿甲在木条地板上踮着白皙的脚，悄悄返回前面生有炉子的房间。这时，凝望着炉火陷入沉思的藤次立刻投过狡黠的眼神，问道：“睡了吗？”

“好像睡了。”阿甲跪到一旁，“怎么办？”她咬着藤次的耳朵小声道。

“叫来。”

“下手？”

“当然。不光是为了贪欲。杀了那小子，吉冈一门的仇也算是报了。”

“那我去去就来。”

阿甲到底要去哪里呢？只见她掖起下摆，来到户外。深夜，深山，在阵阵阴风中径直奔去的白皙的脚和飘散的头发，不是魔性的猫又是什么呢？栖息在大山中的并不只限于鸟兽，转瞬间，从她奔走过的山峰、溪谷和山田各处汇集而来的人已不下二十个。他们训练有素，动作悄无声息，比拂过地面的树叶还静。一汇集到藤次的小屋，人群便议论道：“一个？武士？钱带了吗？”

众人一阵窃窃私语，指手画脚，传递眼神后便各自按照部署准备。其中一部分拿着捕猎山猪的枪矛、火枪和大刀，窥探小屋的外面，另一部分则从小屋的侧面下了绝壁，绕到了谷底。部署就此完成。

其实，搭建在山谷的这间小屋便是他们的陷阱。尽管小屋里铺了草席，堆积了许多晾干的草药，还放置了药碾子等制药工具，可这些只是喂给落入陷阱之人的安眠药，原本他们就不是采集或晾晒草药的。武藏也不例外，往小屋一躺，清爽的草药气息立刻便诱出他的困意，手脚尖都涌上一股微微发胀的疲劳感。不过，从小就在山上长大的武藏还是觉得这间搭建在山谷的小屋有点不对劲。自己出生的美作山里也有这种采草药的小屋，可草药全都怕湿，像这种搭建在茂密丛林中，连瀑布水都能溅过来的地方，是无法保持干燥的。枕边的碾药台上放着生了锈的铁灯盏，借着微微摇曳的灯火四下打量，便能发现一些不对劲的地方，那便是四个房角木材之间的接口处。尽管都是锔起来的，可锔的洞眼却很粗劣，而且每个接口与木头表面的新茬处全都错开了一两寸之多。

“哈哈。”他的睡脸上不禁浮出一丝苦笑，脸却仍贴在枕头上。在静谧雾气的包围中，他隐约间感到了一种奇怪的动静。

六

“武藏……睡了吗？睡下了吗？”阿甲悄悄蹭到隔扇外，小声地试探道。在侧耳细听到武藏的鼻息声后，阿甲悄悄打开隔扇，蹭到武藏枕边，悄悄说道：“我把凉水给你放在这里了。”她故意朝武藏的睡脸说着，然后放下盆，又悄悄地返回隔扇外面。

“好了吗？”熄灭了主房里的灯火，正在等待的祇园藤次悄悄问道。

阿甲使了个眼色，道：“睡得就跟死猪一样……”

藤次似乎觉得好极了，从走廊跳到后面，瞅瞅黑暗中的山谷，然后一闪一闪地挥舞起火绳。这是暗号。山崖中支撑的底柱顿时被卸下，只听轰的一声，伴随着巨大的声响，屋顶、木板全都支离破碎，瞬间便被吞入千仞的谷底。

“噢！”一直悄无声响的贼人这才像狩猎得手的猎人现身时般大声喊了起来，接着便兴奋得像猴子一样，纷纷向谷底滑去。遇到棘手之人的时候，他们便总是这样，让旅人连同睡觉的小屋一齐摔到山谷里，然后就可以不费吹灰之力从死尸身上大肆掠夺他们想要的东西。次日，一间简易的小屋便又会被搭建在绝壁之上。

谷底也有一群贼人早就绕到前面候在那里。只等小屋的木板和柱子四散落下，他们便立刻像看见骨头就没命的狗一样猛扑过去，开始寻找武藏的尸体。

“怎么样？”上面的人也下来了，“找到没有？”众人一起搜寻起来。

“没看见啊。”有人说道。

“瞎说！”

可不久后，同样茫然的声音再次响起：“没有啊，怎么回事？”

眼睛比任何人都红的藤次叱骂起来：“不可能！也许是碰在途中的岩石上撞飞了。再好好找找那边。”

话音未落，他们正在四处探寻的岩石、水和草上，忽然间全都映出了通红的晚霞色。

“哎呀！”

贼人们全仰脸望向空中。坐落在七十多尺高的绝壁上的藤次的房子屋顶、隔扇、窗子等全喷出了火红的烈焰。

“哎呀，哎呀，快来人啊！”只有一个人在发疯般喊叫，无疑是阿甲。

“不好，快去看看！”于是，贼人们立刻攀着崖道和藤蔓开始往上爬。断崖上的那栋房子在烈焰和山风的呼号下，几近灰烬，再看那阿甲，正头顶着纷飞的火星，被反绑在附近的树上。

对方究竟是何时，又是如何逃脱的呢？居然让武藏逃了，贼人们简直无法相信。

“快追！就凭我们这么多人——”

藤次根本没有勇气说这些。但不知武藏底细的其他贼人自然不会就此善罢甘休，他们立刻化为一股旋风从后面追去，却连武藏的影子都没看见。武藏究竟是逃到岔路里去了，还是真的是在树上睡熟了？就在他们彷徨之际，在山中大火的掩映中，和田岭和大门岭全都露出了泛白的晨姿。

东下的娼妓

一

甲州大道上既没有像样的行道树，驿传的制度也颇不完备。

从前——听起来虽然很久，其实也没有多么久远，直到永禄、元亀、天正年间，这里还是武田、上杉、北条以及其他人交战时的军用道路，到了后来旅人们便开始在这路上往返，因而这里自然就没有前街道与后街道之分。

最让来自上方地区的人苦不堪言的，便是旅舍的不便。比如早上起程的时候，即使让客栈做点便当，也全都是些原始简陋的东西，不是将年糕用竹叶一卷，便是用槲树的干树叶将米饭粗陋地包起来。总之，这里仍流行着藤原时代的原始风习。不过，即使在笹子、初狩、岩殿一带的偏僻旅店里，最近旅人也拥挤得不同寻常，而且比起上行者，下行的旅客更多。

“啊，今天又过了一批。”在小佛岭上休息的旅人望着从身后登上来的一群旅人，将他们当成了一道风景。

不久，人群终于吵吵嚷嚷地上来了，仔细一看，果然不是一般人，光是年轻的娼妓就有三十多人。看孩子的侍女也有五人，再加上二十来岁的成熟女人、老婆子还有男人们，起码是个有四十口之多的大家族。此外，马背上还堆满了衣箱、长箱等大件行李。这时，只见一个四十岁上下的大家族主人模样的男子说道:“若是让草鞋磨出了水泡,就换上草履,系上草履带子。什么没法走了?说什么呢?照看孩子,孩子!”光是赶这些习惯了跪坐的娼妓们走路就让他口干舌燥了。

正如路人们悄声议论的那样,这种上方地区娼妓们的输送,隔不上三天便会有一批。他们的目的地自然是那新城市江户。自从新将军秀忠坐镇江户城之后,上方的各种事物便开始急剧流入到新将军的膝下。因此,东海道和水路方面几乎挤满了官用运输、建材输送以及往来的大小名,这种娼妓的行列便只好忍受交通不便,取道中山道或甲州道了。

今天赶至此地的这批娼妓的老板是伏见人,名叫庄司甚内。也不知是出于何种考虑,他原本是一个武士,如今竟做起了妓馆的主人,由于能言善辩、机智过人,攀上了伏见城的德川家,取得了移居江户的官许。他还怂恿其他同业者,让娼妓们陆续由西边流向东边。

“喂,休息,休息。”一来到小佛岭上,甚内便发现了一处歇脚的好地方,“虽然还有点早,这先吃点便当吧。阿直婆,去给小姐和侍女们分点便当。”

于是,一大捆便当从行李上卸下,随着干叶卷的米饭一个个被分发下去,女人们便各自分开,贪婪地吃起来。她们个个面色发黄,尽管戴着斗笠或捂着手巾,可头发上面仍落了一层白花花的尘土。也没有茶水,就这么干巴巴地咂着嘴吃,看到这情形,还能有谁会想起“将来谁人怜红颜”的辞句呢,因为眼前的她们既无色也无香。

“啊,真好吃。”她们由衷地说道。倘若她们的父母听到这话,一定也会止不住落泪。

这时,其中的两三个娼妓无意间看到一个旅人模样的年轻人路过,顿时嘁嘁喳喳起来:“啊,真精神。”

这边刚一嘀咕,另一个娼妓又说了起来:“那个人啊,我很熟哦。他是以前经常和吉冈道场的门人们来玩的客人。”

二

从上方到关东，比从关东到陆奥还要远。今后会在什么样的地方落脚呢？心里毫无着落的女人们一听说有个在伏见相识的客人正路过，顿时生出欢闹的眼神。

“哪个人？”

“就是背上挂着大刀，大摇大摆走过来的那个年轻人。”

“那个留着额发的修行武者啊。喊一声试试，他叫什么名字？”

尽管在小佛岭上受到了如此多的女人的注目，佐佐木小次郎却毫不知情，只是招了招手，随即从驮马和人群之间穿过。

于是，一个假声假气的声音喊了起来：“佐佐木先生，佐佐木先生——”但小次郎仍未意识到是在喊自己，头也不回地继续走。

“额发先生——”

对方又喊了这么一句，小次郎觉得太不像话了，这才皱着眉回过头来。

正坐在驮马脚边吃便当的庄司甚内连忙呵斥女人们：“干什么？真无礼！”说着，他抬头看了看小次郎，只觉得此人十分面熟，便想起有一次很多吉冈门人一起去伏见的店里玩乐时，曾与此人打过招呼，“哎呀哎呀。”他连忙拍拍身上的草叶站起来，“这不是佐佐木先生吗？您这是去哪儿啊？”

“原来是角屋的老板啊。我正要下江户呢，敢问你们这是要去哪里？简直就像大搬家嘛。”

“我们搬离了伏见，正迁往江户呢。”

“为何要舍弃那么古老的一座城，搬到那前途难料的江户城呢？”

“水积淀得太久，里面净是些腐败物，水草就不开花了啊。”

“就算去了江户城，那里大概也只有筑城和制造枪炮的活计吧，至于青楼之类的悠闲买卖恐怕还做不来吧。”

“话可不能这样说。就连那难波城刚拓荒时，娼妓都还赶在了太阁大人前头呢。”

“可不管怎么说，那里连个住的地方都没有啊。”

“现如今，那里正在热火朝天地盖房子呢，上面已经批给了我们一块湿地，叫苇原，有好几十町步大呢。其他同行们已经去填埋沼泽、着手动工了，所以我根本就不担心，车到山前必有路嘛。”

“什么，德川家连你们这种人都会送几十町步的土地？是白给吗？”

“谁会出钱去买那芦苇遍地的沼泽地啊？不光如此，就连施工的石头木材等，也会替我们出不少呢。”

“哈哈……原来是这样，那也难怪你们拖家带口全都离开上方了。”

“您不是也一样，想去谋个一官半职吗？”

“不，我一点也不想做官。既然成了新将军的落脚之处，将来也会成为布政天下的中心地，所以我必须得去见识一下。当然，倘若是将军家教头之类的位子，去做做倒也未尝不可……”

甚内沉默了。他通晓世间冷暖、发财机遇和人情世故，虽然他并不知道对方功夫如何，但听对方的口气，便觉得此人根本就不值一谈。

“行了，得上路了。”于是，甚内便将小次郎撂在一边，催促起来。这时，清点娼妓人数的女仆阿直却忽然说道：“啊，小姐们怎么少了一个啊。到底少了谁？几帐还是墨染？啊，两个人不都在那儿吗？奇怪，到底是谁不见了？”

三

由于根本就无意与娼妓同行，小次郎便独自在前面走了起来，可留在身后的角屋人却为了寻找那一名落伍者而全都无法上路。

“刚才到那边时，还跟我们在一块儿啊。”

“到底是怎么回事？”

“不会是逃跑了吧？”

人们顿时议论纷纷，还有两三人特意返回原路寻找。看到她们吵吵嚷嚷的样子，老板甚内与小次郎道完别便回过头问道：“喂喂，阿直，刚才有人说逃了一个，究竟是谁逃了？”

俨然就像自己遭到老板的问责一样，被唤作阿直的那名年长女仆连忙答道：“是朱实。就是您在木曾路上遇到的那个，您问她做不做娼妓，结果就收留了她。就是那个旅途上的姑娘。”

“找不到了吗，那个朱实？”

“大家都在担心她是不是逃走了，刚才有人都找到山麓那边了呢。”

“我既没有跟她订立任何合约，也没有垫付她卖身钱，她只是说愿意做娼妓的工作，求我带她到江户去，我看她姿色不错，便答应收留她。走到这里虽然是损失了一点旅店钱，不过也没有办法。那种人就不用管了，我们先上路吧。”

若今夜能在八王子住下来，明天就能进入江户了。哪怕走一点夜路，也要赶到八王子。甚内急匆匆地在前面赶起路来。

这时，路边忽然传来了声音：“诸位，十分抱歉。”朱实突然现身，加入已经起程的一行人中。

“你刚才去哪里了？”阿直斥责道，“你一声不吭就躲进了岔道。想逃就逃吧，没人拦你。”接着，她又十分夸张地说起同行的女人们不知有多担心她。

“可是……”不管对方怎么骂，怎么发火，朱实仍是笑盈盈的，“刚才有一个相熟的人路过，我怕他见了我生厌，就慌忙躲到了后面的树丛中。没想到下面竟是悬崖，一下子滑下去了，就成了这样……”然后，她便净说些衣服破了、胳膊划破了之类，尽管嘴上说着抱歉，脸上却没有丝毫致歉的意思。

走在前面的甚内听到后面的说话声，喊道：“喂，姑娘！”

“叫我吗？”

“是啊，你叫朱实吧？真是难记的名字。你若真想做娼妓，干脆就取一个更好记的名字。你真的决定要做娼妓吗？”

“做娼妓还需要什么决心吗？”

“这种职业可不是干了一个月后，觉得不喜欢就能随便撂挑子的事。毕竟当了娼妓之后，就再也无法拒绝客人的要求了。若没有这种决心怎么能行？”

“反正我作为女人最重要的身体已经被男人糟蹋够了。”

“但也不能因此更糟践自己啊。在到江户之前，你最好先好好考虑一下。没事，路上花的那些小钱和住店钱之类，我是不会跟你要回来的，你放心好了。”

玩火

一

昨晚，高雄的药王院里不知从何处来了一位求宿的老人。这位老人让男仆挑着行李箱，带着一名十五岁上下的少年。

“参拜就放在明天了，今晚先请求借宿一宿。”黄昏时分许，此人站在药王院大门处如此求道。

不过，老人今天早上却很早就起来了，带着随行的少年在山上绕了一圈，直到中午时分才回来。看到这儿也在经历了上杉、武田、北条等人的战乱后变得荒废不堪，他说道：“这些钱就请用作庙宇的修缮费吧。”捐献了三枚黄金之后，他立刻开始穿草鞋。

药王院的别当不禁为这个奇怪之人的出手阔绰而吃惊，仓皇送出门来。“请问尊姓大名？”

另一个僧人立刻说道：“啊，都已经记在登记簿上了。”然后将登记簿拿给他看。

别当一看，只见上写“木曾御岳山下百草房奈良井屋大藏”。“原来是先生您啊。”别当顿时敬重有加，一再为昨夜的招待不周致歉。

奈良井大藏这名字是在全日本所有神社佛阁的捐赠簿上都能看见的名字。无论是哪里的簿子，上面记的必然是黄金多少枚。在有的灵地，他甚至还会捐赠出几十枚黄金。他究竟是出于癖好、沽名，还是完全出于诚心呢？这一点除了他本人似乎无人知晓。总之，作为当世的一个奇人，连这里的别当似乎也久知他的大名。

别当又是急忙挽留，又是邀请其参观宝物，大藏却已经与随从出门而去。“在下想到江户待一段时间，以后再另行瞻仰吧。”说罢便行礼而去。

“那就由贫僧送至山门吧。”别当跟了出来，“今夜在府中下榻吗？”

“不，在下想在八王子住下。”

“那便可轻松上路了。”

“如今八王子是谁在辖制？”

“最近刚进入大久保长安的管辖。”

“啊，由奈良奉行迁来的——”

“听说佐渡的金山奉行也在其管辖之下。”

“毕竟是个了不起的人才啊。”

下山后，太阳还未落山，大藏三人的身影便已出现在繁华的八王子二十五宿的大路上了。

“城太郎，咱们住哪里呢？”大藏回过头来，朝着一直像钱袋子一样缠在他身上的城太郎问道。

城太郎当即答道：“大叔，寺院就算了吧。”

于是三人便选了市镇中最气派的一家客栈。“打搅，住店。”

客栈一看大藏气宇轩昂，连行李箱都有人挑，当然不敢怠慢，连忙招呼：“客官到得挺早啊。”说着便将三人让到隔着中庭的里间殷勤款待。

可是不久后太阳落山，客人渐渐多起来的时候，老板和伙计一齐过来说道：“实在是无理之请。沿料到敝店一下子住进来众多房客，楼下的客厅反倒变得吵闹起来，可否请您移驾二楼……”对方惶恐地恳求。

“当然可以。生意兴隆是好事啊。”大藏爽快地答应，让人带着手头的行李急忙朝二楼搬去。而与此同时，另一群人则擦肩而过走进了这里，正是那角屋的娼妓一行。

二

“哎呀，我怎么住到了这么个破旅店里。”来到二楼之后，大藏便大发牢骚，环顾住处。不巧又赶上最忙乱的时候，他喉咙都喊破了，伙计却怎么也不上来，连膳食也没有。终于等来了饭食，却又迟迟不来人撤下去，而且楼下和二楼还不断传来吧嗒吧嗒匆忙的脚步声。大藏很生气，但一想到伙计们应接不暇的样子也够可怜的，便再也发不起火。

大藏头枕着胳膊，在未收拾的房间里躺下，却忽然想起了什么，一下子又抬起头。“助市！”他喊了一声男仆，却不见人影，于是又喊起城太郎：“城太郎，城太郎！”

结果连城太郎也不知到哪里去了。大藏走出房间一看，只见二楼的客人全伏在下临中庭的走廊栏杆上，俨然在赏樱花似的，俯看着楼下的内客厅，吵嚷个不停。城太郎也混在里面，窥探着楼下的情形。

“喂！”大藏将城太郎捉来，瞪他一眼，道：“瞎看什么呢?！”

城太郎将即使在家里也不离手的长木刀拄在榻榻米上坐了下来，说道：“其他人也都在看嘛。”他理直气壮地申辩。

“那其他人都在看什么？”大藏也并非毫无兴趣。

“看什么？看住在楼下内客厅的那群女人呗。”

“就这些？”

“嗯，就这些啊。”

“那有什么好看的？”

“我怎么知道。”城太郎老实地摇摇头。

其实，让大藏烦躁不已的与其说是伙计们的脚步声和住在楼下的角屋女人们的喧闹声，毋宁说是那些从楼上窥探的二楼客人的吵闹声。

“我要到外面街上去溜达一会儿，你尽量待在房间里，哪里也别去。”

“既然要逛街，把我也带去吧。”

“不行，晚上不行。”

“为什么？”

“跟你说过多少遍了，我晚上出去不是为了游玩。”

“那是干什么？”

“信仰。”

“信仰？白天时不是已经做得够多了吗？就是神仙和寺庙晚上也会睡觉啊。”

“并不是只有求神拜佛才是信仰，我还有其他祈愿。”大藏说着便不再回应他，“我想把褡裢从行李箱里拿出来，能打开吗？”

“打不开。”

“助市应该拿着钥匙。他去哪儿了？”

“刚才去楼下了。”

“又去洗澡了？”

“到楼下偷看那群女人的房间去了。”

“那家伙也……”大藏咂舌道。“给我叫来，快点！”说着，他重新系起衣带。

三

角屋一行至少四十人。客栈的内客厅几乎全被他们占满了。男人们住在靠近柜台的房间，女人们则住在中庭对面的房间。她们欢闹得过了头，简直不是一般的兴奋。

“明天我可不走了。”有的娼妓甚至还让人特意擦了萝卜泥，涂抹在白萝卜一样的脚底的发烫处。尚有点精气神的则借来破旧的三味线弹，至于脸色苍白的，则已经盖着被子面朝墙壁睡下了。

“看上去可真好吃啊，给我也来点吧。”有的在争抢食物，还有的则面对灯笼，给留在上方的心上男人挥笔疾书，映出一副沦落苦海的背影。

“明天就到江户了吧？”

“谁知道啊。刚才在这儿一问，说是还有十三里多呢。”

“多浪费啊！就这么望着夜灯闲着。”

“喂，你可真会为老板着想啊。”

“瞎说……啊，真让人上火，我头发根都痒痒了。借我发簪用用。”

一听说是京城的娼妓，纵然是这般光景，也足以让男人们瞪起眼珠子。洗完澡出来的男仆助市连洗澡后很可能会着凉的事都抛在脑后，隔着中庭的花草丛窥得出神。

忽然，他的耳朵一下子被人从后面揪住。“别太过分了。”

“啊，痛！”助市回过头来，“怎么，原来是城太郎啊。”

“阿助，在叫你呢。”

“谁？”

“你的主人啊。”

“骗人。”

“不骗你，说是又要出去呢。那个大叔，从年头到年尾，怎么就知道走路啊。”

城太郎正要跟在助市身后跑起来，一个声音忽然从中庭的树荫里响起：“城太郎！那不是城太郎吗？”竟有人在喊他的名字。

城太郎一愣，一本正经地回过头。表面上，他似乎忘记了一切，任由命运驱赶，可在心灵的角落里，他仍无时不刻地惦念着走失的武藏和阿通。

刚才喊他的是个年轻女人。难不成……他心里顿时咯噔一下，立刻透过巨大的八角金盘的树荫仔细朝对面望去。“谁？”他畏畏缩缩地靠近。

“我。”说着，树荫后的玉面女人钻出来，站到城太郎面前。

“我当是谁呢。”城太郎失望地说了一句。

朱实咂舌道：“什么啊，你这孩子。”积聚的感伤无处发泄，她竟恨恨地捶起城太郎的背来，“好久没见了。你怎么到这种地方来了？”

“我还想问你呢。”

“我……你肯定知道吧。与蓬之寮的养母分开了，然后就遇到了各种事。”

“那……你不是与那些女人正在一起吗？”

“我还在考虑呢。”

“考虑什么？”

“到底是做那种工作，还是放弃。”尽管对方只是一个孩子，可除他之外，似乎也没有人能倾听朱实的叹息。“城太郎，武藏先生现在怎么样了？”不久后，朱实才不动声色地问道。其实她最初想问的似乎只有这个。

四

一听对方打听武藏的消息，城太郎立刻显出一副想要反问对方的神情，说道：“我不知道。”

“为什么，你怎么会不知道呢？”

“在路上全走散了，跟阿通姐也走散了，跟师父也走失了。”

“阿通姐是谁？”朱实忽然留意起他的话，接着像是忽然想起似的说道，“啊，是吗？那个人至今仍在纠缠武藏先生啊。”她喃喃道。在朱实的想象中，武藏一直是一个四处漂泊的修行者，乃是一个树下石上之人，她总觉得无论自己如何思恋也难以实现，尤其是想到自己放荡的境遇，便愈加自暴自弃。总之，这是一份难圆的恋情。可是她万万没想到，武藏的生活中居然还重叠着另一个女性的影子。想到这里，她便再也无法甘当那被掩埋在灰烬下的烈火。

“城太郎，这儿人多眼杂，咱们到外面说吧。”

“去街上？”城太郎本来就想出去，被她如此一引诱，二话不说便答应了。

于是，二人打开客栈庭院的门，来到夜晚的大路上。人称“二十五宿”的八王子的灯火看上去比此前任何地方的都要繁华，尽管秩父和甲州边境的山影严严实实地围住了城镇的西北面，可华灯初上的这一边却充斥着酒馆的喧闹声、牛马贩子的吆喝声、织布房的机杼声、批发场官吏的叱骂声和街巷艺人孤寂的音乐声，展示着人间的繁华。

“我从又八哥那里听到过不少有关阿通这个人的事情，她究竟是一个怎样的女人？”朱实似乎对此特别在意。至于武藏的事情，暂时先放在心中的某一角落也没关系，但对于阿通，她的心里则开始燃烧起一股烈焰般的焦虑。

“当然是好人喽。”城太郎故意渲染道，“又温柔，又体贴，又漂亮。我非常喜欢阿通姐！”

听他这么一说，朱实越发感到一种威胁。但这种威胁，任何女人都不会表露在脸上。相反，她也跟着微笑起来。“是吗，是这么好的人啊。”

“还有，她什么都会做。既会吟和歌，又擅长写字，笛子也吹得不错。”

“女人就是笛子吹得再好，也成不了什么的。”

“可是，大和柳生的大老爷，还有其他人，都夸赞阿通姐呢。只是若让我说，她只有一点不好。”

“女人都是一样，谁都会有一大堆脾气。只是有的人会像我一样坦诚地表露出来，有的人则装出一副贤淑的样子，巧妙地掩饰起来，只有这点不同而已。”

“不是这样的。阿通姐的缺点只有一个。”

“那是什么？”

“动不动就哭，是个爱哭鬼。”

“哭？那，为什么要那样哭呢？”

“一想起她的武藏先生就哭呗。跟她待在一起时，就这一点让我郁闷，我不喜欢。”

说话最起码要先看看对方的脸色如何，可城太郎毫不顾忌，天真得过了头。结果，莫说是朱实的心了，她的全身简直都燃起了忌妒之火。

五

尽管眼睛和身体里全燃起了无法掩饰的忌妒之火，可朱实仍想知道更多。“那，你那阿通姐到底有多少岁？”

城太郎打量了朱实一眼，仿佛在进行对比。“差不多大吧。”

“跟我？”

“但阿通姐更漂亮、更年轻。”

本来问到这里后中止话题就行了，可朱实仍不罢休。“武藏先生可不是平常的粗心之人，他一定很讨厌那种爱哭鬼吧。那个阿通一定是想通过哭来抓住男人的心，就像角屋的那种女人一样。”

哪怕是对于城太郎，朱实也努力想使他对阿通产生不好的印象，可结果却恰恰相反。

“才不是呢。师父表面上并不温柔，心里却喜欢阿通姐呢。”

朱实终于逼城太郎说到了这一步。她的脸色已经难看得不能再难看，心里燃起熊熊妒火，倘若路边有条河，她一定会毫不犹豫地跳进去。若非眼前的对象只是个孩子，她一定还有更多的话想说，但看到城太郎的脸色，她便没有兴致了。

“城太郎，过来。”她忽然看到一条岔道里挂着红灯笼，便一把拽住城太郎。

“啊，那不是酒馆吗？”

“没错。”

“女人喝什么酒啊。”

“可我突然就想喝。一个人喝怪难为情的。”

“那我也不好意思啊。”

“城太郎想怎么着都行，想吃什么就吃什么。”

往酒馆里一瞧，幸亏没有其他客人。朱实简直比跳河还失去理智，一进去便面朝墙壁坐了下来。“拿酒！”接着便一杯接一杯地把酒灌入身体。当城太郎吓得连忙阻止她时，已经无能为力了。“别烦我！干什么，你这孩子！”她竟用胳膊将城太郎甩开。“再拿酒来……拿酒！”可是她的脸却像着了火一样。朱实伏在桌上，连呼吸都痛苦。

“不行，别再喝了。”城太郎左右为难，担心地劝阻道。

“没事，反正你喜欢阿通姐。我啊，我讨厌那种女人，那种用眼泪来笼络男人感情的女人，我最讨厌。”

“可你身为女人竟然喝酒，我更讨厌。”

“对不起。可不喝酒我心里难受啊……像你这样的小屁孩是不会明白的。”

“快付钱走人吧。”

“我怎么会有钱呢？”

“没有？”

“跟住在客栈的京城角屋的老板要！反正我已经把自己卖了……”

“你哭了？”

“怎么，不能哭吗？”

“刚才还那样嘲笑阿通姐哭鼻子，你自己怎么也哭起来了？”

“可我的眼泪跟她的眼泪不一样。啊，真烦人，干脆不活了！”

说着，朱实起身便要朝外面的黑暗中跑去，城太郎慌忙抱住她。看来这种女客人十分少见，酒馆的人一直在笑。这时，一个睡在角落里的浪人忽然睁开眼睛，醉眼惺忪地目送着二人离去。

六

“朱实姐，朱实姐，你可不能死啊。”

城太郎在后面追。朱实在前面跑。路越来越黑，越跑越黑。无论前面是黑暗还是沼泽，朱实似乎都会冒冒失失地向前跑去，可她心里清楚，此时的城太郎一定正哭着喊着在后面呼唤自己。

少女的芳心刚刚萌芽，就被另外一个男人——那个吉冈清十郎糟蹋了。当她义无反顾地冲向住吉的大海时，她真想就这样跑向死的彼岸。可如今的她即使再有那样的悔恨，也不会再有那种纯真了。傻子才会寻死呢！她一面对自己说，一面不由得在前面跑。她觉得城太郎在身后追着好玩，想故意折腾他。

“危险！”忽然，城太郎大喊起来。朱实的眼前已现出护城河的水流。城太郎从后面一把搂住犹豫的她。“朱实姐，不要死，你不要死！死了能有什么用？”

被拉回来后，朱实仍不依不饶。“可是，你和武藏先生不是都把我当成坏人吗？我就是死了，也要把武藏先生装在心里带走，决不会成全那个女人！”

“怎么了？到底是怎么了？”

“别管我，让我跳到那河里去！走开，走开，城太郎！”说着，朱实两手捂脸，潸然泪下。

看到她那样子，城太郎也不禁被一种莫名的恐惧攫住了。他自己也想哭。“回去吧，好吗？”他劝道。

“真想见见他啊。城太郎，快去给我找来，快把武藏先生找来！”

“不能往那儿走，危险啊。”

从二人跑出酒馆的岔道时起，浪人就尾随而来。此时，他正吸着鼻子，从狭窄护城河环绕着的宅邸一角走来。“喂，小孩，这女人我回头会替你送回去的，你先走吧。”说着，他一把将朱实抱在腋下，轰赶城太郎。

来人是一个三十四五岁的魁梧男人。贪婪的圆眼凹陷，胡子茬乌黑发亮。这大概是关东的风习吧，越接近江户，便越会发现一个非常惹眼的现象：人们的衣服及下摆很短，刀却很大。

“咦？”城太郎一抬头，但见一条旧刀痕正从对方的下巴一直伸到右耳，像桃子上的裂口一样歪在脸上。好凶悍的家伙！大概是害怕了，城太郎不禁咽了口唾沫，连忙说道：“不用，不用。”说着就要把朱实往回领。

这时，浪人又说道：“你看，这女人气也消了，也不哭闹了，还在我的怀里睡着了。我给你带回去行了。”

“不行啊，大叔。”

“回去！你不回去是吧？”说着，对方慢慢伸出手，抓住城太郎的脖子。

城太郎则用力站稳，就像罗生门前渡边纲击败恶鬼时一样，拼命抵住对方的胳膊。“你、你要干什么？”

“你这小鬼，想喝点阴沟里的水再回去？”

“你说什么？”此时，城太郎已好歹能够到比身子还长的木刀。他身子一扭，拔刀就朝浪人的腰上打去。可是一瞬间，他自己的身体也一下子飞到空中，虽然没有落到沟里，但仍然撞在了石头上。他惨叫一声，便一动不动了。

七

不只是城太郎，但凡是个孩子都会昏厥过去。他不像大人那样老练，一遇上事，就凭他那股急性子，哪怕只是轻轻一弹，也会将他弹过鬼门关。

“喂，小孩。小孩……喂。”

恍惚间，城太郎只听得耳边不断传来呼唤声。他睁开眼睛，审视着众人。

“你醒过来了？”

被众人如此一问，城太郎顿时害羞地一把拾起自己的木刀，迈开步子。

“喂喂，跟你一起来的那个女人呢？”客栈的伙计慌忙抓住他的手腕。

城太郎闻言才知道，原来这些人全是住在后面的角屋的人和客栈的伙计，他们是来找朱实的。

也不知是谁发明的，被当成宝贝一样在上方颇为流行的“灯笼”如今似乎也传到了关东，只见提着灯笼的男子和拿着棒子的年轻人都问道：“有人告诉我们，说你和角屋的女人让武士给抓住，遇到麻烦了。你知道她去哪里了吗？”

城太郎摇摇头，说道：“不知道，我什么也不知道。”

“一点不知道？瞎说，你怎么会一点都不知道呢？”

“让人抱到那边去了，我只知道这些。”城太郎含糊其词。除了怕自己被连累进去，事后会挨奈良井大藏的骂，他还有一个理由，即他觉得当众说出自己被甩晕的事情实在丢人。

“哪边啊？那个武士到底逃到哪个方向去了？”

“那边。”城太郎用手随便一指。“追！”人们立刻奔了起来，不一会儿，前面便有人喊了起来：“在这儿，在这儿！”等灯笼和木棒汇集到一起时，却只见朱实衣冠不整，正躺在一户农家的茅草屋后面，看样子是被人按到了堆在那儿的干草上。听到脚步声，她慌忙站了起来，头发和衣服上全都是稻草和干草，衣领敞开，衣带也松松垮垮的。

“啊，究竟是怎么回事？”用灯笼一照，人们顿时感到了某种兽行，但最终没有人说出口，而且连追赶禽兽浪人的事也都忘了。

“快，回去吧。”人们伸出手，朱实却一下子甩开，只顾将脸贴在小屋的板壁上抽泣个不停。

“好像是醉了。怎么会在外面喝酒呢？”人们在旁边守了一会儿，任由她哭泣。城太郎也从远处窥见了这情形。他的大脑里无法明确地描绘出她究竟遭遇了什么，但他还是忽然想起了与朱实完全无关的经历。那时他住在大和柳生庄，在马草棚的稻草中，他曾与客栈的少女小茶又撕又咬。就在那小狗嬉闹般的过程中，他体味到了一种生怕听到别人脚步声的快感。

“走吧。”城太郎顿觉无趣，跑了起来。他一边跑，一边为刚才一度逛到鬼门关又游荡回人世的灵魂而唱起歌来：“野外野外的金菩萨，十六岁的姑娘你知道吗？迷途的姑娘你知道吧。敲你一下铿铿响，问啥你也响铿铿。”

草云雀

一

原以为闭着眼也能回到客栈，可城太郎头也不回地跑了一阵后，却怀疑起自己所跑的路来。“咦，不对啊。”他环顾前后，“来的时候没记得走过这地方啊。”他终于发现自己走错了路。

眼前是一片武家人聚居的区域，以一座古堡遗迹为中心。古堡的石墙应该曾被他国军队占领过，断壁残垣，损毁严重，但其中的一部分似乎已被修复，变成了如今统辖这地的大久保长安的官邸或私宅。

与战国后发展起来的构筑在平地上的城堡不一样，这是极旧式的、豪族时代的城堡，所以既无护城河环绕，亦无城墙，也没有唐桥，四周只有长满了灌木的野山。

“啊？谁呢……那种地方竟然也会有人？”城太郎站立的路的一侧是环绕在城堡下的武士宅邸的围墙，另一侧是水田和沼泽。再往旁边则是野山的后山，险峻无比，像突然从地里冒出来一样突兀在眼前。

这一带既无道路也看不到石阶，恐怕便是这城堡的后门。可是就在刚才，当城太郎无意间抬头时，却望见那野山的绝壁上竟有一人垂下绳索滑下。绳索的前端似乎带着钩子，只见那人滑下后，便踩在树根或岩石上，从下面把钩子抖开，然后再次把绳端抛到下面，继续滑落。最后，当人影来到水田与山的交界处后，便立刻隐没在那里的灌木丛中不见了。

城太郎顿时好奇起来，竟连自己远离客栈迷失在此地的事情都忘了。可是无论他把眼睛瞪得多么大，也什么都看不见。正因如此，他的好奇心反倒更让他无法离开这里。他将身子往路边的树后一贴，等候起那人影来。不久后，那人影一定会穿过田畦，来到他的面前。

他的期待果然没有落空，尽管等了很长时间，可不久后，那个人终究还是慢吞吞地从畦道那边走了过来。

“原来是个拾柴的啊。”

有的山民为偷窃别人山上的木柴，有时甚至只是为了一捆木柴，也会铤而走险翻越险崖，难不成……城太郎忽然感到无聊和厌倦。可是接下来，令他瞠目的一幕再次在他眼前上演，不仅满足了他的好奇心，甚至令他恐惧得发抖。从田畦爬上路边的人影并未察觉到躲在树后的瘦小身影，从他身边悠然穿过，可就在这一刹那，城太郎却大吃一惊，差点没叫出声来。原来，那竟是城太郎一直跟随的奈良井大藏。

不过，城太郎立刻怀疑起自己。“不，大概是认错人了吧。”他试图否定刚才看见的一幕。一旦怀疑，他也不禁相信是自己弄错了。再看看那大步远去的背影，脸上包着黑布，下穿黑色的廋腿裙裤和绑腿，脚上穿着轻便的草鞋，而且还背着一个沉甸甸的包裹。那健硕的肩膀和腰身，怎么看都不像是年越五十的奈良井大藏。

二

正当城太郎盯着看时，前行的人影又朝左侧的山丘拐去。城太郎想都没想就开始尾随。反正他也要寻找回去的路，周围却连个问路的人都没有，说不定漫不经心地跟人影走，还能找到客栈呢。他只不过如此想而已。

可是，前行的男子拐进岔道后，便将沉甸甸的背囊卸在路标下面，读起石头上的文字来。

“奇怪……怎么还是看着像大藏先生啊。”城太郎越发怀疑。这一次他决定真的躲藏起来，跟踪一下查看个究竟。

由于男子已登上山丘的小道，城太郎随后也看了看石头路标上的文字，只见上写“首冢之松由此往上”。

“就是那棵松树？”从下面就能望到松树枝，于是城太郎便从后面悄悄跟上去。只见男子已经在松树下坐下，叼着烟袋抽了起来。

“没错，越发像大藏先生了。”

当时，这一带很少有乡民和商人抽得起烟。据说教会日本人抽烟的本是南蛮人，但即使烟草开始在日本种植之后也仍是奢侈品，就算在上方一带，除了那些奢华之人，一般的人也抽不起。不仅因为其价钱昂贵，还因为日本人的身体尚未适应吸烟的毒害，有不少人一抽就会头晕目眩或是口吐白沫。所以烟草虽好，可人们仍将其当作魔药。奥州的伊达侯等人作为六十余万石的领主，据说便是烟草的喜好者，甚至他的起居录上都有如此记载：早上三袋，傍晚四袋，寝前一袋。

这些事情城太郎并不知道，但有一点他还是明白的，即：烟这玩意儿可不是什么人都抽得起。而且，他平时也看见过大藏用陶制烟管抽烟的情形。当然，大藏抽烟并没什么奇怪的，他毕竟也是木曾首屈一指的大户主人，可是现在，望着首冢的松树下像萤火虫一样一明一灭的烟火，城太郎不觉疑窦丛生。他已经习惯了冒险，不知不觉间便已经爬至附近的树丛里。

不久，男子悠然地收好烟管，一下子站了起来。蒙在脸上的黑布已经摘下，面孔也看得更清了，果真是奈良井大藏。只见他把黑布像手巾一样往腰里一掖，绕着深深扎根于大地的巨松根部转了一圈，然后不知从哪里捡起一把铁锹攥在手里。

只见大藏像拿手杖一样竖起铁锹，站在那里凝望了一会儿夜色。

城太郎也才注意到，原来这山丘就位于本宿和布满城堡与官邸的住宅区中间。

“唔。”大藏独自点点头，忽然挪开松树根北侧的一块石头，照着石头下面挖了起来。

三

大藏挥舞着铁锹，头也不抬，一个劲地挖土。眨眼间，一个差不多能站下一人的大坑已经挖成。这时，他用腰间的黑布擦了一把汗。草丛乱石后面，城太郎像块石头一样贴在地上，睁大眼睛。虽然眼前之人确是大藏，他却觉得那人与自己认识的大藏判若两人。

“好。”只见大藏跳进坑中，只将头露出地面。原来他正在用脚夯实土坑的底部。倘若他要将自己活埋在坑里，再盖上土，自己就非阻止不可了。尽管城太郎如此想，可这完全是他杞人忧天。不一会儿，大藏又从坑里跳了出来，将放在松树下的囊状物拽到土坑旁边，解开扎住囊口的麻绳。

城太郎原以为那只是一个包袱，不料竟是件无袖皮外罩。再打开外罩下面幕布一样的包裹，数目惊人的金锭一下子露了出来，全是生金。由于这种金锭是将熔化的黄金灌注在劈成两半的竹节间铸造出来的，又称“竹流竿金”，共有好多块。

本以为只有这些，可当城太郎继续看时，只见大藏又解开腰带，从钱袋、后背和身上其他地方抖搂下几十枚庆长金币。他迅速将金币与金锭一起包进无袖皮外罩，像踢死狗一样咕咚一下踢进土坑中，盖上土，再用脚踩实，然后又把石头放回原来的位置。为了不引人注意，他还在新的土块上撒了一些枯草和树枝之类，这才终于恢复打扮，变回了平时的奈良井大藏，草鞋、绑腿等不用的东西被绑在铁锹上扔进了人迹罕至的树丛中。然后，他穿上旅行服，又在胸前挂上行脚僧般的褡裢，穿上草履。“啊，累坏我了。”他一个人喃喃着，迅速走下山丘的另一侧。

城太郎立刻站到了刚才的埋黄金处，但怎么看都看不出有翻动过的痕迹。他像盯着魔术师的手掌一样凝视着大地。

“对，如果不回去，一定会引起他的怀疑。”

街市的灯火已经在望，自己的归途也已大致辨清，城太郎便选了一条跟大藏下山时不同的路，一溜烟地往山丘下奔去。当他若无其事地爬上客栈二楼，进入自己的房间时，幸好大藏还未回来。男仆助市正形单影只地靠在行李箱上，流着口水睡得正香。

“喂，阿助，要着凉的。”城太郎故意将其晃醒。

“城太郎啊……”助市揉揉眼睛，“你怎么这么晚才回来，跟主人连个招呼都不打，你到底到哪儿疯去了？”

“你说什么呢！”城太郎还嘴道，“我可老早就回来了。你睡得迷迷糊糊的，怎么会知道。”

“撒谎。你不是拉着角屋的个女人到外面去了吗？现在就跟我装模作样，将来还不反了天了。”

不久，回到客栈的奈良井大藏打开拉门，走进屋内。“我回来了。”

四

无论紧走还是慢走都是十二三里的路。若想在太阳落山之前赶到江户，必须尽早上路。角屋一行人天还不大亮就离开八王子了。奈良井大藏等人则在慢悠悠地吃了早饭后才从客栈起程，而此时太阳已经很高了。

尽管担行李箱的男仆和城太郎照例跟随在左右，可由于目睹了昨晚的事情，今天的城太郎总觉得面对大藏有些别扭。

“城太郎。”大藏回过头来，冲着他心不在焉的脸说道，“你今天是怎么了？”

“啊？”

“你怎么回事？今天怎么没精打采的啊？”

“嗯……大藏先生，若每天都这样，我什么时候才能找到师父啊。所以我想与先生就此分别，自己去找……不知行不行？”

大藏当即说道：“不行。”

城太郎刚想跟平时那样纠缠，却突然把手缩了回去。“为什么？”他畏缩地问道。

“歇一会儿。”大藏说着，在武藏野的草地上坐下。然后朝担着行李的助市摆了摆手，示意他继续往前走。

“大叔，我想无论如何也要尽快找到师父，所以我觉得最好还是一个人走。”

“说不行就是不行。”大藏沉着脸，吧嗒吧嗒地抽了几口烟，然后说道，“从今天起，你就是我的儿子了。”

由于问题重大，城太郎不禁咽了口唾沫。但看到大藏随之默默地笑了，他便以为是玩笑，说道：“不行，我不愿当大叔的儿子。”

“为什么？”

“大叔是商人吧？我想做个武士。”

“如果寻根究底，我奈良井大藏也不是商人。我一定会让你成为一个伟大的武士，你就给我做养子吧。”

看来是真的，城太郎不禁哆嗦起来。“那，大叔为什么会突然说起这种事来？”

大藏忽然拉过城太郎的手，一面将其紧紧搂在怀里，一面贴在他耳朵上小声说道：“你都看到了吧，小家伙？”

“什、什么？”

“我昨晚做的事。为什么看？为什么要偷看别人的秘密？”

“对不起，大叔，对不起。我谁都不会说的。”

“小点声。既然你都看见了，我也不责备你了，但你得做我的儿子。否则，虽然你挺招人喜欢的，我还是得杀掉你。怎么样，选哪一个？”

五

自己或许真的会被对方杀掉，城太郎生来第一次知道了什么才是真正的恐惧。“抱歉，对不起。你别杀我。我不想死。”城太郎像只被人捉住的云雀一样，在大藏的怀里轻轻地挣扎。他害怕一旦自己拼命挣扎，对方立刻就会下杀手。

不过，大藏手上的力气绝没有大到能将城太郎的心脏捏爆的程度。只见他将城太郎轻轻地搂在怀里，用稀疏的胡子蹭着城太郎的脸说道：“那你做我的儿子？”胡子很是扎人。

软绵绵的力量很恐怖，一股大人的气息缚住了城太郎的身体。这是为什么呢？城太郎自己也弄不清楚。若只是危险，比这更危险的事他经历过很多次。他从来都是天不怕地不怕，可这一次，他却像个婴儿似的束手无策，怎么也无法从大藏的膝盖上逃脱。

“你选哪一样？当我的儿子，还是被我杀死？喂，快说！”

城太郎终于哭起鼻子来。他不断用脏兮兮的手擦着脸，连泪滴都变成了黑色，挂在鼻子两侧。

“你哭什么？难道当我的儿子不幸福吗？你若想当武士，那就更不在话下了。我一定会把你培养成一个好武士的。”

“可是……”

“可是什么？干脆点！”

“可是……大叔干的营生，是偷盗吧？”尽管用力很轻，可若是大藏的手没有抓住，他一定会立刻一溜烟地逃走。可大藏的膝盖却像深渊，让他连站都站不起来。

“哈哈哈。”大藏啪地拍了一下城太郎颤抖的背，说道，“所以你才不愿意做我的儿子？”

“嗯……嗯。”城太郎点点头。

于是大藏晃着肩膀大笑道：“我或许是一个盗天下者，但我和那些卑鄙的劫路强盗和溜门窃贼不一样。家康和秀吉，还有信长，不也都是盗取天下之人吗？你若在我身边待久了，就会知道我的为人。”

“那，大叔不是盗贼？”

“这种不划算的买卖我是不会做的。我可是那种胆子更大的人。”

城太郎已经不知道该如何回答才好。

大藏把他从膝上放下来，说道：“走吧，别哭了。从今天起，你就是我儿子了。我会疼你的，但你就算打嗝的时候也不能透露昨晚的事情一个字。你若透出一个字，我就立刻把你的头揪下来。”

拓荒者

一

本位田又八的母亲来到江户，已是当年五月末的事情。天气已经明显变热。这年的梅雨期或许是干梅吧，一滴雨都看不见。

“这种荒草丛生芦荡遍地的沼泽地，干吗要把家建在这里啊？”一来到江户，阿杉的第一印象便转化为这唠叨声。从大津出发，历经近两个月，如今她终于抵达了这里。她似乎是取道东海道来的，一路上由于宿疾和求神拜佛，耽搁了不少时间，回首历程，简直如诗歌“朝辞帝都彩云间”中所说的那样遥远。

最近，高轮大道上已有了行道树，也有了里程碑。从河口通往日本桥的路是新市街的干线，比较好走，但满载着石头和木材的牛车川流不息，再加上造房子和运土填沼泽造地等施工工程，脚下愈发难行，而且又不下雨，白色的尘土满天飞扬。

“啊，什么？”突然，阿杉一下子怒目而视，瞪着正在施工中的一户民家，里面正传出笑声。原来是泥瓦匠正在抹墙，一块壁土忽然从抹子上飞来，弄脏了她的衣服。

尽管已上了年纪，可这位婆婆还是无法忍耐这种事情。一直以本位田家掌门人的身份跋扈到这把年纪的她顿时火冒三丈。“喂，壁土都溅到路人身上了，却不道歉，亏你们还笑得出来？”

倘若是在老家的田里，她这样吼上一嗓子，佃户和村民们立刻都会乖乖致歉。可是拥到新江户来团弄泥土的泥瓦匠们却挥着抹子嗤笑起来。“什么？奇怪的老太婆，叨叨什么呢？”

阿杉愈发愤怒。“刚才是谁在笑？”

“我们大伙啊。”

“什么？”匠人们的嘲笑让阿杉气得肩膀高耸。

真是白活这么大岁数，不吱声不就行了，驻足的路人全都为阿杉捏了把汗，可依着她的性格哪肯善罢甘休。只见她二话不说就踏进泥地，一把抓住泥瓦匠们脚踩的木板。“是你吧？”说着便掀翻了木板。

泥瓦匠们一下子从板上翻落，弄得满头都是灰泥。“可恶！”他们立刻高高蹦起，冲到阿杉面前，一副恨不能一把揪住她的架势怒道，“滚！滚出去！”

可是阿杉却叉着腰，丝毫没有流露出老年人的胆怯。匠人们一下子被这气势震慑住了。他们没想到竟会遇到这样一个老太婆，看她的打扮和言辞，也能猜出是个武士的母亲，一旦搞砸可就不好了。于是，匠人们的脸上顿显惧色。

“以后若敢再这样无礼，我饶不了你们。”阿杉这才罢休，朝路上走去。驻足的路人目送着她倔强的背影，逐渐散去。

这时，一个泥脚上还粘着刨屑的泥瓦匠小学徒却忽然从工地一旁跑了出来。“喂，老太婆！”话音未落，便将提桶里的淤泥往她身上一倒，立刻藏了起来。

二

“干什么？”阿杉回过头来的时候，恶作剧者早已不见了。她发现浇在自己背上的壁土，紧锁双眉，脸都气歪了。“笑什么？”她冲着发笑的路人发泄起来，“嘿嘿嘿，有什么可笑的？别以为就我一个人是老人，不久后你们也都会变老。我老婆子千里迢迢来到这里，你们不但不体恤我，还往我老婆子身上泼泥，又龇着牙嘲笑，这难道就是你们江户的人情？”

阿杉似乎并未意识到，她越是骂，来往的路人便越是驻足观看，愈发笑个不止。

“江户江户，好像全日本再也没有比这儿好的地方了，到处都传疯了，我还以为真的上了天堂呢，可来这儿一看，什么啊，到处都在毁山填河，挖沟造海岛，全都是尘土，而且人情冷漠，世风低俗。在京都，在西边，我还从未遇到过这样的事情呢。”

骂完之后，阿杉似乎解了口气，丢下仍在嬉笑的人群，恨恨地加快脚步离去。

城里到处都是新木头新墙壁，看着晃眼，而一走到空地，尚未完全掩埋的地上仍会露出干枯的芦苇根。干牛粪的气息直到人的眼睛和鼻子。“这就是江户？”阿杉处处对江户不满意，甚至觉得在新修建的江户城中，最古老的物件似乎便是自己。

的确，在这片土地上生活的人几乎全都是年轻人。开店的老板是年轻人，骑马的官差、按着草笠大步路过的武士、劳工、匠人、小贩，还有步卒与部将，所有人都是年轻人。这里完全就是年轻人的天地。

“若不是来寻人，这破地方，我一天都不想待……”阿杉咕哝时，不觉又停下脚步。因为这里也在挖沟，她只能绕路。挖出的土不断地被车拉走。芦苇荡刚被填埋，木工们便立刻在上面建起房子。他们还没走，敷着香粉的女人们便已在短帘后面刷起眉毛，卖起酒，或是挂起生药的招牌，堆放起绸缎布匹来了。

这一带正在整修连通旧千代田村和日比谷村的奥州大道的田中小道，当然一片杂乱，倘若再往江户城周边走走，那里也有太田道灌以后于天正年间来到这里成为新领主的大名的小路和宅邸区，多少也体现出一点城市的厚重，但阿杉尚未走到那里。由于这两天看到的、走到的全是迅速开发的地区，她便以为这就是江户的全部，不免焦躁起来。

阿杉无意间往还未挖成的枯壕桥畔一望，只见那里有一间临时搭建的小棚，四面挂着席子，削尖的竹子钉在压板上，入口则挂着短帘，一杆小旗伸出外面。仔细一看，上写一个“汤”字。于是，她将一枚磨光的永乐钱交给伙计，进了澡堂。冲洗汗臭并非她的目的。她借了根竹竿，将衣服脏的地方洗了洗，便晾晒在小棚一旁，然后只穿一件贴身单衣，在刚才洗的衣物下面抱起干瘦的细腿，一面望着路上的光景，一面等待衣服晾干。

三

阿杉不时摸摸晾晒的衣服。本以为太阳挺毒，衣服很快就会干，却迟迟不干。由于只穿着单衣和贴身裙，本不讲究外表的她也在意起路人的目光来，一直躲在澡堂后面。

这时，路对面忽然传来了说话声：“这块地有多少坪？便宜的话可以谈谈。”

“总面积至少得有八百坪。刚才给出的价已是最低，没法再让了。”

“太贵了。你不觉得有点离谱吗？”

“哪儿的话，光是填土花去的工钱就不是个小数。而且这一带已经没有地皮了。”

“什么，别的地方不都在填吗？”

“可是这儿还是遍地芦苇的时候，大家就已经疯抢一光了，静待买家的地块连十坪都没有了。当然，若是靠近隅田川的河滩附近，倒是还有一点。”

“真的有八百坪吗？就这么一点地。”

“你若不信，可以自己拉绳子量量看嘛。”

只见四五名商人在口干舌燥地交涉一宗土地交易。阿杉隔着路隐约听到那价钱，眼睛都睁圆了。在乡下，几十块能产稻米的田地，在这里却只值一两坪的钱。如今，江户的商人就像患了热病似的，都在做土地的投机买卖，刚才那样的情景随处可见。

“既不能产米，也不是城里，为什么这里的人们会花那样的天价去买呢？”她实在觉得不可思议。

不久，大概是交易谈妥了，只见刚才站在填埋地上的人影击掌后散去。

“咦？”

正当阿杉呆呆地望着那光景的时候，背后竟来了一个人，悄悄将手伸进她的衣带。阿杉一把抓住对方的手。“小偷！”她大喊一声。而她的零用钱包已经掉出腰带，正被那名不知是土工还是轿夫的男子抓在手里。男子往大路上跑去。

“抓小偷！”仿佛人头被拿走一样，阿杉紧追不舍，紧紧抓住男子的腰，“快来人啊！来往的各位，快抓小偷啊！”

对方打了阿杉几个耳光，可她还是不撒手。男子终于被逼急了。“烦死了！”说着，他抬脚就朝阿杉的肚子上踢去。

小偷的失策之处便是将阿杉看成了寻常的老太婆。“呜！”尽管阿杉惨叫一声倒在地上，可与此同时，即使只剩一层贴身单衣也会插在身上的小刀却一下子被她拔了出来。她立刻还以颜色，朝对方的脚踝上刺去。

“啊，痛！”拿着钱包的小偷拖着跛脚又逃了十间左右，后来大概是失血过多，竟瘫坐在路上。

刚才在填埋地上击掌而去的那人叫半瓦弥次兵卫，此时他正带着一名手下走在路上。“咦？那家伙不是前一阵子还在我那儿游手好闲的甲州人吗？”

“好像是。他手上还攥着一个钱包呢。”

“刚才就听见有人喊抓小偷，原来这家伙离开我那儿后，手脚还是不干净啊。哦，那边有个老婆婆倒在地上。我去抓那甲州人，你先去照看一下那老婆婆。”说着，半瓦一把抓住就要逃走的跛子的脖子，就像摔蝗虫一样将其扔到空地上。

四

“头儿，那家伙应该是拿了老婆婆的钱包。”

“钱包我已经夺回来了。那老人怎么样了？”

“没有大碍。虽然一度昏了过去，可一醒过来就‘钱包、钱包’的呼喊起来。”

“可她怎么还坐着？起不来了吗？”

“让那家伙踢着一边的肚子了。”

“你这家伙！”半瓦瞪了一眼小偷，朝手下吩咐道：“阿丑，打桩！”

打桩——一听这两个字，小偷顿时像脖子被架上刀一样哆嗦起来。“头儿，您就原谅我这一回吧。以后我一定痛改前非，好好做事。”他跪倒在地，连磕头带作揖。

半瓦摇摇头。“不行，不行。”

这时，手下已跑过去带来两名正在建便桥的木匠，接着用脚示意着空地的中央，对木匠说道：“打在这边。”于是，两名木匠便将一根木桩打进地里。

“半瓦大人，这样可以吗？”

“好好。把那家伙绑在那儿，头旁边再给我钉一块板子。”

“您要写点字吗？”

“对。”

半瓦借用木匠的墨斗，用角尺笔写下了如下几行字：

此一小贼，前几日尚是本瓦作坊之混吃者，因再度作恶，故将其曝晒七日七夜，以示惩戒。

木工町弥次兵卫

“多谢。”写完，半瓦将墨斗还给木匠，又拜托造桥的木匠和附近的土工道：“拜托，请不时拿点剩饭什么的给他吃，别让他饿死了。”

大家异口同声应道：“知道了。那我们就好好嗤笑他一下。”

这里所谓的“嗤笑”，便是商人社会中最严厉的制裁。由于武家之间常年战乱，治安和刑法极不完善，为了维护自己的秩序，商人便发明了这种私刑。尽管新兴的江户政权已建立町奉行等组织，并沿用了从前的大庄屋制度，正在努力构筑起新的统治秩序，可民间的旧习却并非立刻就会销声匿迹。不过，对于正在构筑中的混乱社会来说，这种私刑似乎还有存在的必要，因而町奉行也无意取缔这种行为。

“阿丑，把钱包还给那老婆婆。”等把钱包还回阿杉手里后，半瓦又道：“真可怜，这么大年纪了，还一个人承受旅途劳顿……她的衣服呢？”

“洗了，正晾在澡堂子一边呢。”

“那，你拿着她的衣服，把她背起来。”

“带回家？”

“对。若是只惩戒小偷，却把老人撇下，说不定哪个恶人又会起歹意。”

当手下抱起阿杉半干的衣服，背起她跟在半瓦身后离去后，簇拥在大路上的围观人群也逐渐散去。

五

日本桥竣工后还不到一年。比起在后来的锦绘等绘画上看到的景象，眼前这真实的河面是那么宽阔，两岸筑起的新的石墙是那么雄伟，白木的栏杆是那么清新。镰仓船，小田原船，过桥的船只多得都挤到了桥边。河对岸，浑身鱼腥味的人们则吵吵嚷嚷地忙着叫卖。

“痛……呜，痛。”尽管阿杉不停地皱眉，在半瓦手下的背上哼哼不已，可鱼市上的鼎沸人声地让她瞪大了眼珠。

听到不时从手下背上传来的呻吟声，半瓦回过头。“马上就到了，再忍忍。又不会伤及性命，您就别那么哼哼了。”路人频频侧目，半瓦只好如此提醒道。

之后，阿杉就变得像婴儿一样乖巧，把脸贴在手下的背上。

锻冶町、枪町、绀屋町、叠町，这里的街市全都按不同的职业划分。而半瓦在木工町的家十分特别，屋顶的一半是用瓦葺成的，谁都能一眼看到。两三年前，一场大火之后，街市的房子就都变成了木板屋顶，而以前则几乎全是稻草屋顶。由于弥次兵卫只在朝着大路的一面用了瓦片，所以才被人们“半瓦、半瓦”地戏称起来，他也自鸣得意。当初移住到江户时，他还只是一介浪人，由于他极具才气与侠气，善于笼络人心，就成了商人，开始承接建造屋顶的生意，不久又承接起诸侯大名的工程，并兼做土地买卖等，现如今已成了甩手掌柜，还获得了“头儿”的特殊敬称。

如今的新江户，被唤作“头儿”的特殊权势者除了他还有很多，已经成为一个特殊族群。不过即使在这一群体里，他也算得上是个颇有影响力的“头儿”。

正如商人们将武家尊称为“武士”一样，他们将这一族尊称为

“侠客”，倒不如说将他们当成了与自己一样居于武家之下的朋友。自从来到江户之后，尽管这些“侠客”的风俗和精神面貌都产生了很大变化，但他们并不是受到江户的影响。早在足利朝末年的乱世就有了人称“茨组”的党徒，当然，那些人当时还未被尊称为“侠客”。据《室町殿物语》等记载：“其装束者，茜染下带系于裸身，小王打上带缠绕数重，三尺八寸之朱鞘刀，刀柄缠至一尺八寸，二尺一寸之打刀亦同。头发散乱，系麻绳以为头巾，扎黑革之绑腿，常二十余人同行，间或肩扛钉耙、钺之类……”

当时人们一见到他们，便顿生恐惧，慌忙让路。“这就是赫赫有名的茨组，不要说话，千万不要靠近。”这些所谓的“茨组”，尽管嘴上高唱王道仁义，却公然打着“劫夺强盗乃武士之惯习”的旗号，经常外出劫掠，而一旦发生街头巷战，他们便会化为无赖，无论是敌人还是朋友都会出卖。所以一旦世道恢复和平，他们便会遭到武家和民众的共同驱逐，性质恶劣者甚至会被逼至山野，沦为劫匪，而一些有骨气者则发现了江户这一片新天地，看中了正在这里兴起的文化。“我们要以正义为骨，以民众为肉，以侠义为皮，做一个堂堂的侠客。”于是新兴的侠客便从各种职业和阶级中脱颖而出，如今已经闻名遐迩。

“我回来了。快来人！我带回来一个客人。”一回到家，半瓦便冲着粗犷的商铺风格的房子里嚷嚷。

打架河滩

一

看到半瓦心地善良，阿杉便在其家里住了下来。不觉间，一年半的时间一晃而过。在这一年半里，阿杉究竟做了些什么呢？其实也没什么，身体康复之后，她便一直惦念着：不觉间打扰了人家这么长时间，我也该告辞了。就这么今日复明日，明日复后日，一面惦念一面悠闲地过了下来。但即使想告辞，也很少能和半瓦弥次兵卫碰上面。即使偶然碰面，半瓦也总是说："用不着如此着急，慢慢寻找那仇敌就是。我的人也会一直帮您留意。等打探到武藏的下落，我也会助您一臂之力。"听他如此说，阿杉便又不愿离开了。

在半瓦家里一住就是一年半，就连最初厌恶江户风土人情的阿杉，也切实感受到了江户人的热情。多么自由的生活！她试着眯起眼睛，审视这片土地上的人们。尤其是半瓦的家里，这里既有百姓出身的懒汉，也有关原落败的浪人，还有卷走了父母一生积蓄逃出来的败家子，甚至不乏那种前一天才刚出牢狱受过黥刑的人。所有人都在半瓦这名家长的庇护下过着大家族式的生活，在杂乱、粗犷和散漫中维持着一种井然有序的阶级制度。

他们以"磨炼男人"为信条，以"六方者道场"为门户。在这种六方者道场里，头儿的下面有大哥，大哥的下面有手下，手下当中又有严格的新老区别，其他诸如客人规矩、朋友礼节等，虽无明文规定，却也非常严谨。

“若您实在闲得无聊，不妨帮着照顾一下年轻人的生活。”由于弥次兵卫曾这么说过，阿杉便把许多懒散者的浆洗缝补等活计全都集中起来，每每召集女缝工来帮着整理。

“不愧是武士家的掌门人，看来本位田家也颇有家风。”过惯了粗野生活的人全都交口称赞。阿杉严格的起居与家政管理也让他们深感赞叹，而且这也有助于纠正六方者道场的风纪。

所谓“六方者”，也与“不法者”的意思相通。这其实只是一个绰号，是人们从配着长柄的大小两刀、撑着两条光腿和两根鞘尾走路的侠客姿势中想象出来的。

“一旦发现那个叫宫本武藏的武士，立刻向老婆婆报告。”尽管半瓦的手下一直都在留意，可都过了一年半了，武藏的名字在这江户仍杳无音信。半瓦从阿杉口中了解到她的愿望和境遇后深感同情，因此他对武藏的看法自然便是阿杉对武藏的看法。“多么了不起的老婆婆。可恨的是武藏。”他还特意在后面的空地上为阿杉建了一室，在家时还早晚前去请安，奉若宾客。

手下人不解，便问道：“善待宾客是好事，可您身为头儿，为什么要如此郑重呢？”

半瓦是这样回答的：“最近我一看到老人，哪怕是别家的老人，也想尽一点孝道。由此你应该能明白我对死去的父母是多么不孝了吧。”

二

街市上的野梅凋谢了。现在的江户几乎还没有樱花，仅仅能在近山的崖上看到一些发白的山樱。不过近年来，竟有一些奇人在浅草寺前移植了不少樱花行道树，尽管树还很小，据说今年的花蕾却不少。

“老婆婆，今天我想陪您去浅草寺那边走走，不知您愿意去吗？”半瓦劝诱道。

“哦，我也是信观世音的。那你可一定要带我去。”

就这样，阿杉也加入进来。半瓦让手下菰十郎和侍童小六带了便当等，从京桥堀乘船出发。一说“侍童”，听起来似乎很文雅，可半瓦的这位侍童却脸带伤疤、肌肉发达、生性好斗，撑得一手好橹。

当船从护城河划到隅田川的时候，半瓦命人打开食盒，说道：“老婆婆，今天其实是在下家母的忌日。可就算我想去扫墓，故乡也远在他方，于是便想去浅草寺参拜一下，做件善事。所以就权当是出来游山玩水，来，喝一杯吧。”他拿起酒杯，手伸出船舷，用隅田川的水涮了一下杯子，然后为阿杉斟上酒。

“是吗？你可真是宅心仁厚。”阿杉不由得想到不久后也会降临到自己身上的死亡，接着又想起了又八。

“来，喝一点不会有事吧？虽然是在水上，可是有我等服侍，您安心喝就是，醉了也无妨。”

“可今天是令堂的忌日，喝酒合适吗？”

“六方者最讨厌的就是撒谎和虚情假意。而且这些人都是门徒，不大懂事，没事的。”

“好久没喝酒了。但同样是喝酒，我从没有像现在这么畅快啊。”于是阿杉又喝了一杯。

从隅田宿方向流到这里的大河波澜壮阔，靠近下总的岸边是郁郁葱葱的森林，河水冲刷着树根，在阴涂处呈现一片蔚蓝，显得安静而深邃。

“哦，黄莺叫了。”

“梅雨时节，连白天都会有子规声呢……但现在还不是子规啼叫的时候。”

“敬您一杯。头儿，今天我老婆子也沾了您供养的光啊。”

“是吗，您能高兴，我也深感欣慰。来，再来一杯。”

这时，正在摇橹的侍童眼馋地说道：“头儿，能不能让我也喝点？”

“正因为你的橹摇得好，才把你带出来。路上喝酒危险，回去后爱喝多少喝多少。”

“忍耐可真是件痛苦差事。在我眼里，这河里的水简直都变成酒了。”

“去，把船往那边撒网的渔船边靠靠，买点酒肴。”

侍童心领神会，于是将船摇近。一阵交涉后，渔夫便把船板打开，要他将所有打上来的鱼都拿走。全都是珍稀鱼类，让一直生长在山里的阿杉惊讶得双眼圆睁。在船底活蹦乱跳的有鲤鱼、鳟鱼、鲈鱼、虾虎、黑鲷，还有斑节虾和鲇鱼。

半瓦立刻蘸着酱油吃起银鱼，并劝阿杉也品尝一下。

“我不大吃生的。”阿杉摇摇头，吓得慌忙推开。

不久，船只抵达了隅田河滩的西岸。一上涂，浅草寺观音堂的茅草屋顶便从岸边森林中露了出来。

三

一行人下船上了河滩。阿杉有点醉意，大概是年龄的原因吧，下船时总觉得脚底下有点踉跄。

“危险，让我拉着您吧。”

半瓦刚牵住阿杉的手，阿杉便甩开他。“没事，不用。”她原本就不喜欢别人把她当成老人看待。

手下菰十郎和侍童小六拴好船，跟在后面。河滩开阔无边，眼前全是石头和水。一些正在河滩上翻着石头捉蟹的小孩望见上岸的人影，便喊道:“大叔，买点吧。老婆婆，买点吧。”

孩子们一齐围到半瓦和阿杉周围，纠缠着要两人买。

半瓦似乎很喜欢孩子，面对着纠缠丝毫不觉得厌烦。“什么啊，螃蟹啊。螃蟹可不要。”

“不是螃蟹。”孩子们一齐把兜在衣服下摆中的、装在兜里的以及拿在手中的东西给半瓦看，“是箭，是箭。”争着说道。

“什么，箭镞？”

“嗯，是箭镞。浅草寺旁边的树丛里有埋着人和马的坟冢，参拜的人都往那儿供箭镞呢。大叔也去供供吧。”

“箭镞我不要。但钱还是会给你们的，这下该行了吧？”

半瓦给了钱后，孩子们散去，又挖起箭镞来。他们的父母则从附近的茅草屋中出来，把钱收走。

“真是的！”半瓦见状似乎不悦，他咂着舌，把视线岔到一边。阿杉则恍惚地望着辽阔的河滩入了神。

“这里居然会有那么多箭镞，看来这河滩上也曾发生过战争啊。”

“我也不清楚，但这里还被称作荏土庄的时候，就经常发生战争。往远了说，治承年间，源赖朝从伊豆渡海过来，就是在这河滩上召集关东大军。还有南朝的时候，新田武藏守在小手指原一战中纵横驰骋，也是在这一带遭到足利一方的箭雨乱射。至于近的，天正年间，太田道灌一族以及千叶氏一党就曾几度在这里兴衰，其遗迹据说就是这前面的石子河滩。”

菰十郎和侍童二人边说边走，已来到浅草寺的佛殿走廊，率先坐下。

阿杉抬眼一看，所谓的寺院徒有其名，只是一座破烂的茅草堂和堂后僧人住的破房子而已。“什么啊，这就是江户人常说的金龙山浅草寺？”她有些失望。在看惯了奈良京都一带古文化遗迹的阿杉眼里，这里太过原始了。

旁边就是隅田川的下游大川，即使在平常，河岔的水也会没到佛殿的墙根来。发洪水时，河水大概就会冲刷到森林的树根吧。围绕着佛殿的树木全都是历经千年的乔木。忽然，不知何处传来了采伐乔木的斧头声，不时传来怪鸟啼叫般砰砰的声音。

“啊，您来了。”突然，头顶上传来一声问候。

谁？阿杉吃了一惊，抬眼一看，只见佛殿的屋顶上坐着一个和尚，正在用茅草修缮屋顶。

看来，连这城市的边缘都有人熟知半瓦弥次兵卫的面孔。只见半瓦从下面寒暄道：“辛苦了。今天又在修屋顶啊。”

“是啊，这边的树林里栖息着大鸟。无论怎么修，它们也还是会啄走茅草，叼到它们的巢里去，所以就经常漏雨，真让人头痛啊。我马上就下去，请您稍候。”

四

供上神灯，在堂中坐下。怪不得会漏雨呢，无论墙壁上，还是屋顶内侧，都有星星般的光线透进来。

“如日虚空住，或被恶人逐。堕落金刚山，念彼观音力。不能损一毛，或值怨贼遶。各执刀加害，念彼观音力。咸即起慈心，或遭王难苦。临刑欲寿终，念彼观音力。刀寻段段坏……”与半瓦并排的阿杉从袖中取出念珠，已然进入了万念皆空的状态，吟诵起《普门品》来。起初是低声，不久便似忘记了半瓦及其手下的存在，声音愈来愈高，面孔看起来也像是被附了体。

诵完一卷之后，她颤动地掐着念珠，口中吟道：“众中八万四千众生，皆发无等等，阿耨多罗三藐三菩提心。南无大慈大悲观世音菩萨，还请看在我老婆子诚心向佛的份上，保佑我能早一天杀死武藏。保佑我杀死武藏，保佑我杀死武藏。”然后，声音和身体又突然沉了下去，叩拜在地，“保佑又八那畜生成为一个好儿子，替本位田家光宗耀祖。”

看到阿杉祈祷完毕，守堂的僧人便说道：“那边已经烧开水了，请用杯粗茶吧。”

为了阿杉，半瓦和手下也都跪麻了腿，只见他们揉着腿站起来。手下狐十郎问道：“这儿已经能喝酒了吧？”

得到允许之后，他立刻跑到堂后僧房的走廊里打开便当，并让对方烧烤他在船上买的鱼。“这附近虽无樱花，但感觉就像是来赏樱似的。”当面前只剩下侍童小六的时候，他便彻底放松下来。

半瓦包好布施，说道：“这些请权添作修葺屋顶的费用吧。”说着，他捐献了若干香资，无意间往墙壁上参拜者的捐赠牌一看，不禁瞪大了眼睛。多数人的捐献额要么跟他刚才捐赠的差不多，要么在他以下，只有一人的捐献数额超群，写着黄金十锭，署名信浓奈良井宿大藏。

“法师。”

“请讲。”

“请恕在下冒昧地问一句，若说黄金十锭，在当今应算是巨资了。那个奈良井大藏真的就那么有钱吗？”

“贫僧也不清楚，他只是去年年底随意来参拜的，还说这关东第一的名刹居然如此凄惨，这钱就添作修建宝寺的木材费吧，留下钱后便离去。”

“世间竟真有如此洒脱之人啊。”

“可是，贫僧后来又听说，那大藏先生给汤岛的天满宫敬献了黄金三锭。至于神田的明神神社，由于那里供奉着平将门公，他便说人们纷传的将门公谋反之事乃是天大的错误，关东的开化也有将门公的一份功劳，于是就献纳了黄金二十锭。世上还真有这种不可思议的奇人……”

就在这时，河滩与寺院之间的森林里忽然传来一阵杂乱的脚步声。

五

“小孩，要玩到河滩上玩去！别到寺里来捣乱！”值守的僧人在走廊上喊道。

可闯进来的孩子们仍像鱼群一样一下子汇集到走廊里，纷纷说道：

“不好了，大师。”

“不知哪里的一名武士在河滩上跟一群武士们打起来了。”

“一个人对四个。”

“连刀都拔出来了。快去看看吧。”

值守僧人一听，立刻穿起草履，口里还咕哝着：“又打起来了？”刚要赶去时，又回过头来对半瓦和阿杉等说道：“贵客，请恕失礼。怎么说呢，这里的河滩动不动就会成为决斗的场地，有特意骗出来的，还有群殴的，天天都是血雨腥风。每次都会被奉行所索要检讨书，只好去看一下。”

而孩子们则早已跑到了河滩的森林边上，兴奋地大喊大叫。

“决斗？”喜欢看热闹的半瓦的两个手下，还有半瓦，也都跟着跑去。阿杉则最后一个穿过森林，站在河边的树下远望。但她腿脚慢，跑到近处看时，已经没有一个打架者的影子了，而且就连刚才还在喧闹的孩子们、奔出去的大人们和附近渔村的其他男女们，也全都悄无声消地躲在森林里或树后，大气都不敢喘一下。

阿杉觉得奇怪，但她立刻也屏住了呼吸，只能凝神远望。目之所及全是遍布着石头和水的广阔河滩，水天一色，唯有燕子在天地间翱翔。再仔细一看，只见远处正有一名武士踏着清澈的水流和乱石走来，一脸若无其事。若说人影，只有这一个。

该武士十分年轻，背着大太刀，身穿舶来衣料制成的牡丹色武者外褂，甚是华丽。也不知他是否意识到了树荫后众人的目光，总之他毫不在乎。忽然，他停下脚步。

“啊！啊！”这时，阿杉附近的旁观者低声喊了起来。阿杉也一愣，睁大了眼睛。就在武士所站之处十间远的后面，有四具尸骸横躺在那里，惨不忍睹，决斗的胜负一目了然。面对四个人的围殴，独自一人的年轻武士似乎取得了完全胜利。

可是，四人之中还有一个伤势较轻者，多少还有些气息。武士一惊，回过头时，只见尸骸中一个浑身是血的家伙鬼魂般追了上来。“还没……没……胜负还没……休逃！”

武士重新转过头，静候对方。

“还没……我、我、我还活着！”只见火球般的负伤者呼喊着又杀了过来。而武士则后退一步，将其让了过去。“这样还活着吗？”

对方的脸就像被切开的西瓜一样，顿时被一刀劈成两半。武士背上的杀人之刀乃是一把人称“晾衣杆”的长刀，无论是他越过肩膀握刀柄的手，还是劈开对方头颅的手，速度都快得让人来不及反应。

六

武士擦拭着刀，然后在河流中洗起手来。即使那些每次都在这里观看决斗的人，也都为其沉着冷静的神态感叹不已。而由于一幕太过凄怆，有人光是看看便吓得面如土色。总之一时间，所有人都沉默了。

这时，只见擦净手的武者欠起身喃喃着：“真像岩国川的水啊，不由让我想起了故乡。”他平静地看了会儿辽阔的隅田川和不时掠过水面的燕子那泛白的腹部。不久，他突然疾走起来。尽管已不必担心尸骸会再次追上，但他似乎想到了之后的麻烦。

忽然，他在河滩上发现了一条小船，还带着橹，大概觉得正好可以乘用吧，便径直上了船，准备解开拴着的绳子。

“啊，武士！”喊话者乃是半瓦的手下菰十郎和侍童小六。两人边喊边跑向河滩。“你要把这船怎样？”他们责问道。

武士身上仍散发着一股血腥味，裤子上和草鞋绳上也粘着溅上的血迹。“不行吗？”武士松开绳子，微微一笑。

“当然。这是我们的船。”

“是吗？那我给钱行不行？”

“开什么玩笑，我们又不是摆渡的。”

面对以一人之力斩四人的强悍武士，仍能以如此粗暴的语气与其对话，这无疑是关东的新兴文化在侍童小六和菰十郎身上的一种表现，是新将军的威势和江户风土的一种展现。

武士并未道歉，但也没敢硬来，只见他下了小船，默默地朝河滩下游走去。

“小次郎先生！这不是小次郎先生吗？”阿杉忽然挡在他的前面。两人一碰面，小次郎不禁“啊”了一声，这才将凄怆的表情从脸上丢掉，换上笑容。“您怎么在这儿？啊，我还一直惦记着您后来怎么样了呢。”

“我今天跟收留我的半瓦主人和年轻人来拜观音呢。”

“上次是什么时候来着？对对，记得上次在叡山见到您的时候，您说要去江户，我就直觉有可能会碰上您，没想到竟会是在这里。”小次郎说着回过头来，望了望呆住的菰十郎和侍童小六，说道，“那，他们也是跟老婆婆一块的？”

“对。只有头儿是个堂堂之人，其他年轻的全都是些粗野之人。”

阿杉居然站着跟这小次郎亲密地攀谈起来，众人深感惊讶，半瓦弥次兵卫也十分意外。于是，半瓦也走了过来。“刚才手下对您多有冒犯，”他谦恭地致歉，然后又道，“正巧我们也正要赶回去，如不嫌弃，就由在下送您过去吧。”他邀请道。

刨屑

一

几人乘小船同归。有个词叫“同舟”，人一旦将自己的身家托付于同一条船上，心自然就会融合到一起，不用说还有酒和新鲜的鱼。而且阿杉与小次郎自见第一面起就不可思议地情投意合，分别之后，心里话也积攒了不少。

“你还在修行吗？”

阿杉一言，小次郎便一语：“您的宏愿还没实现？”小次郎所说的阿杉的宏愿，自然是指“斩杀武藏”一事了，但最近丝毫没有武藏的消息。

“不，我听说，去年秋冬之时，他还曾拜访过两三名武艺者呢。他一定还在江户。”小次郎用力说道。

这时，半瓦插进话来，说道：“在下虽不才，不过听了老婆婆的身世，也想帮她一把，可至今仍没有武藏那家伙的一点消息啊。”就这样，话题便以阿杉的境遇为中心，找到了切合点，“今后还请多多关照。”半瓦说道。

“哪里哪里。”说着，小次郎洗了洗酒杯，不光给他斟上，也顺次给他的手下斟上了酒。

由于方才已在河滩上目睹了小次郎的实力，一旦误会解除，侍童小六和菰十郎自然就无条件地尊敬起他来。而半瓦弥次兵卫见小次郎是自己一直照顾的老婆婆的朋友，也可谓肝胆相照。在众多后盾的支持下，阿杉不禁感慨万千，说道："都说'世间总有好人在'，果真不假，无论是小次郎先生，还是半瓦的弟兄们，都如此关照我这个老婆子……这让我怎么说好呢，这也算是观世音的护佑吧。"她感激涕零。

眼见话题行将沉闷，半瓦说道："对了，小次郎先生，刚才您在河滩上结果的那四人究竟是什么人啊？"

半瓦的问题正中小次郎下怀，他开始了一贯擅长的阔论。"他们啊。"他先是若无其事地一笑，然后说道，"他们本是出入于小幡府中的几个浪人，前些日子，我五六次造访小幡，与之谈武论道时，这几个家伙总是横插一杠子，他们不光是在武道上，在功夫上也自以为有两下子，于是我就说，那你们就到隅田河滩来试试吧，来多少我都会奉陪，好让你们见识见识岩流的秘术和晾衣杆的厉害。于是今日就来了五人，其中的一个刚打照面就逃走了。哎呀，看来这江户还是有许多耍嘴皮子的人啊。"说着，便端着肩膀笑了起来。

"您所说的小幡是……"半瓦问道。

"你不知道？就是甲州武田家那位小幡入道日净的后人勘兵卫景宪啊。后来被大御所收留，如今已是秀忠公的武道老师，自立门户。"

"那个小幡啊。"如此有名的人物，小次郎竟如老朋友般如数家珍，半瓦望着他的脸，不禁暗暗佩服：这名年轻的武士虽然还留着额发，竟是如此了不起。

二

六方者单纯，而市井之事却复杂得很，可侠客们偏偏要单纯地活在市井里。半瓦完全为小次郎倾倒。此人了不起！一想到这里，秉性单纯的侠客便一条死理地迷恋下去。“跟您商量个事，如何？”他立刻便与小次郎商谈起来，“平时一直有四五十个年轻人跟随在下，住处后面也有一块空地。若是在那儿建一处道场，您看如何？”他不觉透露出想将小次郎留在自家的意向。

“这个嘛，帮你教一下也未尝不可，但诸侯们都在三百石、五百石地抢我呢，这也实在让我为难啊。但我自己早就打定主意，千石以下决不考虑。所以眼下嘛，尽管我仍在借住的公馆里赋闲，可毕竟也是欠着对方的人情，不好贸然脱身。要不这样吧，若是一个月来个三四次，我倒是可以教授一下。”小次郎说道。

一听此话，半瓦的手下便越发敬重小次郎。尽管小次郎的话语间总是暗含着不谦虚的自我吹嘘，但半瓦之等怎可能听出来。“那样也行。那就拜托了。”半瓦谦逊地说道，“请一定来玩。”

阿杉也接过话茬：“那我们就等着你了。”

当小船进入京桥堀的拐角处时，小次郎说道：“就在这儿把我放下来吧。”说罢登陆而去，那牡丹色的武者外褂便淹没在城内的尘土中。

“真是个可靠之人。”半瓦仍在感叹不已。

阿杉也极力称赞：“这才是真正的武士呢。像这种人，大名们就是花五百石都抢不着啊。”说着，她忽然又喃喃自语起来：“若是又八那不争气的畜生也能有如此出息就好了……”

时隔五天，小次郎来到半瓦家。四五十名手下便逐次到他所在的客厅里问安。

“这儿的生活倒是挺有趣的。”小次郎说着，似乎由衷地感到愉快。

“我想在这儿建一处道场，可否看一下？”半瓦殷勤地邀请着，将其带到了宅院后面。那儿是一块两千坪左右的空地，空地上有一处染坊，晾晒着许多染好的布匹。由于那儿是半瓦租出去的，所以只要收回来，想扩多大就能扩多大。

“若是这儿，路人连来都不会来的，根本用不着建道场，露天即可。”

“那，下雨的日子呢？”

“我也不是每天都能来，就先露天将就着练吧。只是我的训练比起柳生或城里的师父们要粗暴一些，弄不好甚至还可能出残废，死人也是有可能的。倘若这一点不能担待……”

“当然，当然能理解。”于是，半瓦便将手下们召集起来，令其起誓服从小次郎。

三

练功一月三次，每次定在逢三的日子，一到这一天，小次郎便会现身半瓦家中。

“侠客中又增添了一倍的侠客呢。”

附近都传扬起来。小次郎华丽的身姿无论待在哪里都会受到瞩目。

“下一个！下一个！”只见小次郎手持枇杷木的长太刀，一面大声吆喝，一面在染坊的晾晒场上训练众人，原本华丽的身姿如今更引人注目。他究竟到何时才会元服呢？都到了二十三四岁的年纪，却仍留着额发，露出一只膀子时，便连里面那耀眼的桃山刺绣的衬衣都会露出来，袖带也用的是紫色皮革。

“我早就说过，一旦被枇杷木打中，连骨头都会烂，所以一定要想好了再过来。快，下一个！怎么不过来？”

正因为服饰艳丽，言语中透出的杀伐之气便越发恐怖。而且说是练功，可这位教头毫不留情。在这块道场上，今天虽只是第三次练功，可半瓦家已经有一人残废，四五人受伤，躺在里面呻吟不止。

“不练了？没有人出来了？你们若是不练，我也乐得回去。”

他刚要开始那一贯的毒舌，人群中一个手下犹豫着站了起来。“好，我来打头阵。”可当他来到小次郎面前，刚要捡起木刀，只听咔的一声，他连刀都没能拿起来就趴在了地下。

“刀法最忌讳的就是大意。咱们刚才练的就是这个。”说着，小次郎又环顾周围三四十人。大家全都咽了一口唾沫，被他严厉的训练方式吓坏了。

手下们立刻将趴在地的男子抬到井边，往他身上浇水。

“不行了！死了！”

随后又有人跑过来，吵嚷不已，而小次郎却理都不理。“连这么点事都吓成这样，那干脆就别练了。你们向来不是自诩为‘六方者’和‘侠客’，动辄就会打起来吗？”只见他穿着短皮袜，一面在空地上转来转去，一面教训道，“反省一下吧，六方者！你们不是让人踩一下就会打起来，碰一下刀鞘就会拔刀跟人家拼命吗？可是一旦动了真格，怎么就都变成孬种了？争女人，拼意气，为了这些无聊的事都能豁出生命，却没有一点为大义献身的勇气，做什么都凭意气用事，这样怎么行！”他趾高气扬，继续说道，“没有经历过修行的自信，称不上是真正的勇气。快，起来！”

正当小次郎大放厥词时，有人忽然从后面袭来。可是他一哈腰，偷袭者便一个跟头栽倒在前面。

“痛！”男子顿时惨叫着瘫坐在地上。原来就在小次郎闪身的一瞬，枇杷木刀早已啪的一下打在了对方的腰骨上。

“今天就到此为止吧。”小次郎扔掉木刀，去井边洗手。方才被他的木刀击杀的手下此时已像蔫萝一样惨白，早已在井旁的水槽中死去。而小次郎就连在那死人旁边洗手时，都未说上一句宽慰的话。

然后，小次郎穿上衣服。“听说葭原那边最近人不少啊……你们一定很熟吧，今晚谁领我去逛逛？”他若无其事地笑道。

四

想玩乐时毫不客气，想喝酒时张嘴就要。尽管有炫耀之嫌，却也堪称爽快。半瓦将小次郎的这种行为视为豪爽的表现。“还没逛过葭原？那可得去看看。本来在下陪您去也行，可无奈家里出了死人，必须处理后事。”说着，便把钱交给侍童小六和菰十郎两名手下，吩咐道：“你们快领先生去。”并令其好好服侍小次郎。

尽管临出行时，两人还被半瓦特意叮嘱了一句：“今晚你们俩万不可贪玩，要好好侍奉先生，领先生好好玩玩。”可一出门，两人立刻将他的嘱咐忘到了脑后。

“喂，兄弟，像这种差使，要是每天都能有就好了。”

“师父，像逛葭原这种事，以后您可要多跟头儿提提啊。”

二人欢闹不已。

“哈哈哈，好吧，那我以后就多提提。”小次郎走在前面。

太阳一落，江户便一片漆黑。在京都，就连边缘地带都不会如此昏暗，奈良和大坂的夜晚则会更亮。尽管来江户已一年有余，可小次郎仍未熟悉这种黑暗。

“路怎么这么难走。要是带灯笼来就好了。”

“打着灯笼去烟花巷？那还不招人笑话。先生，那边是大土堆，请走下面。”

“可这儿到处都是水洼啊。刚才就滑到芦苇中去了，还弄脏了草履。”

这时，水面忽然发红起来。抬头一望，连远方的天空都成了红色。一轮晚春的明月正挂在那片闹市上方。

“师父，就是那儿。”

“哦……”当小次郎瞪大眼睛时，三人已过了桥，小次郎却忽然返回。“这座桥的名字怎么有点奇怪啊？”他读起木桩上的文字来。

“这儿叫老板桥。”

“的确是这么写着，可为何叫这名字？”

“大概是因为一个叫庄司甚内的老板开了这片烟花巷的缘故吧。烟花巷流行的小曲中甚至还有这样一首呢。”说着，菰十郎便在花街红灯的映照下低声唱了起来，“老板前那竹窗棂，一节都令人忘情。老板前那竹窗棂，哪怕一夜诉衷情。老板前那竹窗棂，千年万代云雨情，云雨情……莫怨啊莫怨，藕断情亦连。”

“也借给先生一个用吧。”

“什么？”

“用这玩意儿捂着脸走啊。”

说着，侍童小六和菰十郎二人抽出暗红色的布手巾罩在头上。

“这样啊。”小次郎也学着二人的样子，将缠在裤腰上的红小豆色绉绸罩在额发上，一直拉到下巴上。

“好一副侠骨之风啊。”

一过桥，眼前的街道已是华灯绚烂，格子门前人影如织。

五

小次郎等人掀开这家的短帘又揭起那家的短帘。其中既有染成暗红色的短帘，也有用阴文印染着黄色花纹的短帘。还有一家青楼的短帘上垂着铃铛，客人挑帘而入时便会发出悦耳的铃声，娼妓们闻声后自会来到窗格子前迎接。

“师父，遮起来也没用啊。”

“为什么？”

“您刚才说是头一次来，可刚才去的那家青楼的女子中，就有个女人一看见您便一声惊叫，随后就躲到了屏风后。师父，我看您就如实招了吧。”

尽管菰十郎和侍童小六都这么说，小次郎却不记得。“奇怪啊。什么样的女子？”

“您就别装了。快进去吧，刚才那家。”

“我真的是头一次来。”

“进去看看就知道了。”

三人返回刚才那家。短帘上印着裂成三块的巨大三叶槲纹样，边上还有“角屋”二字。柱子和走廊都像寺院一样粗犷，走廊的下面甚至还埋着尚未干枯的芦苇。既不古朴也不淡雅，家具和隔扇也都新得直刺人眼。

三人所进的是二楼的一间临街大客厅，上一拨客人的残羹冷炙和擤鼻涕纸仍未打扫，散落一地。打杂的女人们像苦工一样，正在忙乱地收拾。一个叫阿直的老女人走进来，直说每晚忙得连睡觉的时间都没有，若是一连这么干上三年，恐怕连老命都得搭进去。

“这也配叫青楼？”小次郎望望天棚上无数的竹节，苦笑道，“怎么倒有点乱世的感觉啊。”

阿直辩解道：“这里只是临时的，后面正在兴建正式的馆舍呢，是连伏见和京城都不会看到的馆舍。”接着，她又盯着小次郎说道，“武士大人，我好像在哪里见过您。对对，是去年，就在我们从伏见赶来的途中。”

尽管小次郎已经忘记，可听她如此一说，也想起了在小佛岭上遇见角屋一行的事来，方知那庄司甚内便是这儿的主人。“是吗……我们可真是缘分不浅啊。”于是也渐渐有了些兴致。

菰十郎说道：“当然不浅了，毕竟这儿有师父熟悉的女子嘛。”他揶揄着，让阿直赶紧将那女子唤来，并将那女子的长相和打扮都告诉了阿直。

“啊，我明白了。”听了菰十郎的描述，阿直立刻前去，可等了半天也没领来，而且当菰十郎和侍童小六到走廊看时，楼内似乎已乱成一团。

“喂，喂。”二人于是喊来阿直，责问是怎么回事。

“不见了。您让我唤来的那女子不见了。”

“那就奇怪了。怎么就不见了呢？”

“刚才还跟甚内先生说起这事，老板也莫名其妙呢。上次在小佛岭上，那位武士大人与甚内老板聊天的时候，那个姑娘就曾躲起来过。”

六

这里是刚上了梁的施工现场。屋顶虽已盖上，墙壁和壁板都还没有。

“花桐姑娘，花桐姑娘。”这时，远处传来阵阵呼唤声。寻找自己的人影已好几次穿过那堆成山的刨屑和木材之间，朱实连大气也不敢喘一下，悄悄地躲着。所谓花桐，便是她来到角屋后新取的名字。

“真是讨厌的女人，又没人能替她去应付一下。”

开始时，得知客人是小次郎，朱实才躲了起来，可到了后来，她憎恨的就不止小次郎一人了。清十郎可憎，小次郎也可憎，在八王子时将醉酒的自己拖到草料棚强暴的浪人也可憎，每夜都把自己的肉体当作玩物的玩客们也都可憎。这些全都是男人，男人才是自己的仇敌。而同时，她却又是在为寻找男人而生。寻找像武藏那样的男人。哪怕类似的人也行啊，她甚至想。倘若能遇到一个类似的人，即使不是真爱，或许也能让自己得到些许安慰。尽管她这么想，却从未遇到过这样的玩客。

就在这种追寻与思恋之中，朱实渐感自己已离武藏越来越远，酒也喝得越来越多。

“花桐……花桐。”这时，与工地紧连的角屋后门传来老板甚内的声音。不久，小次郎等三人的身影也出现在工地中。

就在连连的牢骚和不迭的致歉中，三人终于从空地走向大路。大概是死了心回去了吧，朱实终于松了一口气，探出头来。

“啊，花桐姑娘，原来你躲在这儿啊。”厨房的女人就要狂喊。

“嘘。”朱实慌忙摆摆手，示意她不要出声，然后她一面窥探着大厨房一面说道：“有没有冷酒？给我喝一口。”

“哎？酒？”

“嗯。”厨房的女人似乎被朱实的脸色吓坏，给她倒了满满一壶。只见朱实一仰脖，咕咚咕咚，眨眼间便喝了个干净。

“你去哪儿？花桐姑娘，你要去哪儿？”

“吵什么吵。我去洗洗脚就回房。”

厨房的女人这才安下心来，关上门。可朱实脚上还粘着泥土，就顺手摸过一双草履穿上。“痛快！”她摇摇晃晃地朝大路走去。

被红色的灯影染红的大路上，清一色都是男人们喧闹嬉戏的身影。朱实不断地咒骂着：“都是些什么玩意儿！这些畜生！”接着便吐了口唾沫，跑了起来。

路立刻暗淡下来，白色的星光浮在水沟中。正当她望得出神时，后面忽然传来啪嗒啪嗒的跑步声。

“啊……是角屋的灯笼。什么混账玩意儿，光想好事，看到人家迷失街头，就想敲骨吸髓地逼人给他挣钱，就是把我们的血和肉当成工地上的木头也毫不心疼……谁还会跟你们回去！”这世上的一切都成了朱实敌视的对象。她漫无目的地径直朝黑暗中奔去，只有沾在头发上的一片刨屑在黑暗中随风摇曳。

枭

一

小次郎酩酊大醉。当然，这无疑是在别家妓院疯玩的结果。

“肩……搭把肩……”

“怎、怎么搭啊，师父？”

“就是要你们两个从两边架着我。我……走不了了。”

于是小次郎靠在菰十郎和侍童小六的肩上，踉踉跄跄地从肮脏的深夜花街上往回走。

“我都劝您住下来了，可您——”

“那样的地方能住吗？喂，再回一趟角屋看看。”

“算了吧。”

“为、为什么？”

“就是把那个躲藏起来的女人硬抓回来，玩起来也没意思啊……难不成您让那女人迷住了？”

“呵、呵、呵。”

“您又想起什么了？”

“我可从未迷恋过什么女人……我不是这种性格，因为我有更大的抱负。”

“那，师父的抱负是……”

“那还用说。既然是以武立身，那就要成为天下第一武者，再成为将军家的教头。”

“真不巧……将军家已经有柳生家了……还有一个叫小野治郎右卫门的人最近也被推举上去了。”

“治郎右卫门……那种人也配？我连柳生家都不惧……你们都给我瞧好了，我马上就会把那些家伙踹下来让你们瞧瞧。”

“小心！师父，我看您还是先留神脚底下吧。”

烟花巷的灯火已经落在后头，路上连个人影都没有。三人刚好来到一条未挖好的沟边，堆起的泥土将柳树掩埋过半，另一边则残留着低低的芦苇和水洼，泛白的星影更浓了。

“要滑了！”

当菰十郎和侍童小六架着硕大的累赘正要从土堆上下去时，小次郎忽然“啊”地惊呼一声，被小次郎一下子甩开的两人也喊了起来。

“什么人？”小次郎往土坡中间一闪，又喊了一声。

话音未落，只听嗖的一声，尽管一刀劈空，从背后偷袭来的男子并未收住脚步，“啊”的一声跃进了下面的沼泽地。

“不记得了吗，佐佐木？”这时，不知何处传来一声应答。

“上一次，你竟敢在隅田河滩上连斩我四名同门！”另一个声音说道。

“哦。”小次郎这才跳上土坡，循声望去。只见，土堆后、树后和芦苇中竟潜藏了至少十个身影。一看到他站在那里，众人顿时呼啦一下，全端着利刃逼了上来。

“我当什么人呢，原来是小幡的门人啊。上次来了五人折了四人，不知今夜又有几人想来找死？不想活的我全都成全你们。卑鄙者，来吧！”

说着，小次郎的手已探过肩膀，背上的爱刀晾衣杆的刀柄随之发出一声鸣动。

二

小幡勘兵卫景宪的宅邸背靠着平河天满宫，后面是一片森林。他在旧房子的茅草屋旁接上新的讲堂和玄关后，便在此处招募门人。

勘兵卫原是武田家的家臣，是甲州武门中名气颇高的小幡入道日净的血脉。武田灭亡后，长久以来一直隐遁山野，到了勘兵卫这一代才被德川家康招出，也曾参加过实战，可由于年老多病，便请辞说想讲讲多年来参悟的兵法，安度余生，于是搬到了如今的地方。

为此，幕府还专门把下町的一片区域送给他作住宅用地，勘兵卫却拒绝说："我乃是甲州出身的一介武夫，不习惯住在奢华的深宅大院里。"于是便把平河天满宫的一处古农舍改为宅邸，却总是深居病室，最近似乎连教授门人之事都不大露面了。

宅邸后方的森林里有很多枭，白天都会听到枭的鸣声，勘兵卫于是自号"隐士枭翁"，有时还笑称自己的一把病骨"也是枭中的一只"。

他的病似乎便是今天所说的神经痛。一旦发作，从坐骨附近开始，半个身子都会剧烈疼痛。

"师父，好点了没有？您哪怕喝一口水也好啊。"平时一直服侍在身边的是一名叫北条新藏的弟子。新藏是北条氏胜之子，为继承父亲遗学，完成北条流的兵法，他成了勘兵卫的入室弟子，从少年起便砍柴担水，勤学苦练。

"行了……我轻松多了……天就要亮了，你也一定困了，去睡吧，睡吧。"勘兵卫的头发已经全白，躯体像老梅一样枯瘦。

"您不用挂心，新藏我早已睡过午觉。"

"不，能替我教授的只有你一人。白天也连一点睡觉时间都没有……"

“可徒儿觉得，不眠也是一种修行。”新藏按摩着勘兵卫单薄的脊背，无意间看到灯盏的油就要耗尽，便起身去取油壶。

“咦？”伏在枕头上的勘兵卫忽然抬起瘦削的脸，灯光冷冷地映在脸上。

“怎么了？”新藏拿着油壶，望着师父的眼睛问道。

“你大概也听见了吧……水的声音……在石井一带……”

“哦……是人的动静。”

“这种时候能是什么人呢？或许又是弟子们晚上出去玩了吧。”

“我也觉得差不多，我先去看一下。”

“去好好训斥他们一顿。”

“不过师父也累了吧？快休息吧。”

夜色开始泛白的时候，病人的病痛也终于止住，安然睡去。于是新藏轻轻地把被子拉到勘兵卫肩头，打开后门。抬眼一看，只见在石井的水槽处，吊桶早已被绞了上来，两名弟子正在清洗手和脸上的血。

三

北条新藏见状就是一愣，顿时皱起眉头。他连短皮袜都没脱就径直跑到井旁。“又出去了！你们……”他的语气中分明透着叹息和惊讶——我都那样阻止了，你们怎么还这样？可事到如今，再怎么训斥也无济于事了。

石井后面还有一名由二人背回来的重伤门人，就要断气似的正呻吟不止。

“新藏先生。”一看到他的身影，正在清洗血迹的两个门人顿时哭丧起脸，忍着泪水，“遗、遗憾！”仿佛弟弟向哥哥诉苦一样，两人带着撒娇般的呜咽咬牙切齿地骂道。

“混账！”好在新藏并未揍他们，不过声音却严厉至极，“混账东西！”他又骂了一声，“都告诉过你们多少次了，你们不是他的对手，我再三劝阻，你们怎么又去了？”

“可是……可是……那佐佐木小次郎几次三番来羞辱病床上的师父，又在隅田河滩上杀了四名兄弟，我们怎么能咽得下这口气……太过分了！新藏先生居然还要我们忍气吞声，甘受耻辱，这也太过分了！”

“我哪里过分了？”新藏年纪虽轻，却是小幡门中的高足，勘兵卫患病期间又代掌一门，“若是能让你们去，我新藏早就第一个冲上去了。虽然那个小次郎从前些日子起便几次三番地来找茬，对病榻上的恩师大放厥词，对我们也视若无睹，我却不是因为怕他才不理他的。”

“可世人不这么认为啊。而且那小次郎还到处中伤师父和师父的兵法。”

“随他说好了。但凡了解师父的人，有谁会相信那臭小子的浑话呢？”

“你怎么想我们不管，但我们这些门人可是忍无可忍。”

“那你们想怎么样？”

“杀死那家伙，让他尝尝厉害。”

“你们不听我劝阻，不但在隅田河滩上让人家杀死四个，今晚不也照样是大败而归吗？真是耻上加耻。给师父脸上抹黑的不是小次郎，而是门下的各位，难道不是吗？”

“你这话太过分了！凭什么就说我们玷污了师父的英名？”

“那么，你们杀了小次郎了吗？今夜被杀的，恐怕又全是咱们同门吧。各位并不清楚那人的手段。虽然那个小次郎年龄不大，名气也不高，而且粗野傲慢，可是他拥有一种天性神力，虽然我也不清楚他究竟是如何炼成的，他善使那把素有晾衣杆之称的大刀的实力是无法否定的。一旦小觑了他，那就大错特错了。”

说话间，一名门人突然逼到新藏面前，当面跟他顶撞起来：“那无论他多么嚣张我们都没办法了？原来你竟是如此惧怕小次郎！”

四

“随你们怎么说吧。”新藏点着头，“若你们觉得我是胆小鬼，那把我当成胆小鬼就是。”

这时，在地上呻吟的受伤男子在两人脚下痛苦地求道：“水……给我水。”

“哦……马上就来。”两人从左右抱住他，正要从吊桶里舀水给他时，新藏却连忙阻止。“等等。一旦给他水喝，他立刻就会断气。”

正当两人犹疑之时，受伤男子却忽然探头把脸伸到了吊桶里。可是刚喝了一口，翻了白眼。

晨月下传来阵阵枭啼，新藏默然离去。回到房中，他立刻悄悄窥了下勘兵卫的病室。勘兵卫仍在沉沉的昏睡中。他松了口气，退回自己的房间。未读完的兵书仍摊在书桌上。最近他每夜都照看师父，连看书的时间都没有。当他在桌前坐下，沉下心来时，这才感觉到连夜来的疲劳。新藏在桌前抱着胳膊，不禁长叹一声。除了自己，还有谁能照看那病床上垂暮的师父呢？虽然道场里还有几名入室弟子，可全都是粗野的习武后生。那些走学者就更不用说了，个个狂妄不羁，耀武扬威，没有一个能理解师父孤寂的心情，动不动就会跟外人意见不合争斗起来。

这次的事情也是因此而起。新藏不在时，佐佐木小次郎口称要跟勘兵卫请教兵法前来拜访，门人便让他见了师父，可没想到，口称请教的小次郎竟出言不逊，大放厥词，似乎是专程来驳斥勘兵卫的。门人弟子们便将其拉至别室，诘责其不逊，不料小次郎竟愈发放肆，丢下挑衅的一句“随时恭候”便拂袖而去。

原因总是很小，可结果却常常很大。再加上小次郎又在江户到处诋毁，说小幡的兵法浅薄，甲州流则是自古以来的楠流和唐书六韬的翻版，完全是捏造的假兵法等。这些话语传到门人的耳朵里后，众人更是义愤填膺。决不能让他活着！门人全都发誓要找他复仇。

这个想法刚提出来时，北条新藏就反对。首先问题没那么严重，其次师父尚在病中，且对方并非兵法者。此外还有一个理由，那就是师父的儿子余五郎仍在旅途中未归，门人们断不可寻衅滋事。尽管新藏一再告诫，可门人们还是背着他擅自行动，先是在隅田河滩上与小次郎决斗，后来仍不接受教训，又纠集起来于昨晚伏击小次郎，反倒再遭痛击，十人之中活着回来的没有几人。

“真让人头痛……”新藏对着就要熄灭的短架灯长叹几声，又抱着胳膊埋下头来。

五

北条新藏枕着胳膊，不觉昏昏睡去。当他猛然醒来时，只听得某处隐约传来骚乱的人声。他立刻明白，一定是门人们在聚集，同时又想起凌晨的事情。可是那声音很远，窥探讲堂，里面也没有一个人影。

于是新藏穿上草履往后面走，穿过一片长满嫩竹的青青竹林后，就连围墙都没有了，森林径直延伸向平河天满宫。抬头一看，聚集在那里的果然是小幡兵法所的门人们。只见凌晨时还在井边清洗伤口的两人用白布将胳膊吊在脖子上，面色苍白，正在向同门们描述昨夜的惨败。

“也就是说，你们去了十个人，可仅仅因为一个小次郎，就折损了一半？”一人问道。

“实在遗憾，面对他那柄人称晾衣杆的快刀，我们怎么也讨不到便宜。”

“可村田、绫部等人平时是那么苦练剑法。”

“但这二人反倒最先被斩杀，剩下的也全都是重伤或轻伤了。与惣兵卫虽然坚持着回来了，可喝了一口水后，就在井台上断了气……实在令人扼腕。各位，还请谅解。”

说毕，大家全都黯然地沉默了。平素只崇拜兵法的这一派人多数都认为刀只是步卒所学之物，绝非是为将者应关注的对象。孰料如今竟发生了这等事情，面对一个佐佐木小次郎，众多同门竟先后被杀。他们不禁为平时一直轻视的武道上的无力悲哀起来。

“到底是为什么？”不久，一人呻吟起来。

沉重的沉默中再次响起枭的啼鸣。忽然，仿佛一下子想起个好主意似的，只听一人兴奋地说道：“我的堂弟在柳生家做事。要不就找柳生家商量一下，借他们一臂之力如何？”

“混账！”好几人同时骂道，“这种事也说得出口？那才是往师父脸上抹黑呢。”

“那……那该怎么办？”

“就我们这些人，再给佐佐木小次郎下封战书。当然，暗夜伏击之类最好是别干了，那样只能越发给小幡兵法所抹黑。”

“再下决斗书？”

“不管失败多少次，我们也决不可退缩。”

“当然。不过，若是让北条新藏听到就麻烦了。”

“当然不能让病床上的师父和他那个爱徒听见。好，我们现在就去神社借笔墨，写好决斗书，然后找人给小次郎送去。”

于是众人站起身，悄悄走向平河天满宫的神官家。这时，走在前面的一人忽然“啊”地惊呼一声，退缩起来。

所有人都像木头一样僵在原地，一齐呆呆地盯着平河天满宫前殿后面那古旧的走廊。结着青梅的老梅树影印在洒满阳光的墙壁上。从刚才起，小次郎就一只脚踩在那栏杆上，注视着森林中群集的人。

六

一瞬间，众人像是被摄去了魂魄一样，顿时脸色苍白。他们仿佛在怀疑自己的眼睛，仰视着走廊上的小次郎，不仅声音，连呼吸都停止了，全身僵硬。

小次郎面含傲慢的微笑，俯看着呆若木鸡的众人，说道："听你们刚才一席话，看来你们还是死不改悔啊，说什么还要给我小次郎下决斗书，要跟我谈判。省省吧，用不着跑腿了。我知道你们不死心，迟早还会报复，所以连昨夜的血手都没有洗，就追随着你们这些败类来到这平河天满宫等候天亮了，让我等得好烦啊。"

小次郎又要起他一贯的毒舌，众人全都被他的气势震慑住，连大气都不敢喘。于是小次郎又说道："就算是要决斗，你们小幡的门人是不是也要看看老黄历选个良辰吉日呢？还是说就像昨晚那样，单等对手酩酊大醉回家时在路上伏击暗杀才行，否则刀就拔不出来了呢？为什么不说话？还有没有一个喘气的？一个一个来也行，捆在一起上也行，就你们这种败类，就算是披铁甲，鸣鼓杀来，我佐佐木小次郎也不会逃走。怎么？还决斗吗？还有没有硬骨头的？"

"……"

"听着！你们好好竖起耳朵给我听着！我小次郎，刀法系富田五郎左卫门生前所传，拔刀的技法则是秉承片山伯耆守久安的秘诀，然后又刻苦钻研，独创了岩流一派。你们这些只知死抠书本讲义，什么六韬如何、孙子又作何说之类，只会空修行的家伙，跟我相比，能力怎么会是一个档次，胆魄又怎么会相同呢？虽然我并不清楚你们平常跟小幡勘兵卫都学了些什么，但何为兵法？我刚才就已经亲自给你们上了一课。至于理由，不是我自夸，像昨夜那样的暗杀，就是胜了，恐怕一般人也会及早撤到安全的地方，直到今早前后才能安下心来。而我呢，在将你们杀得落花流水后，仍继续追击，突然出现在你们的大本营，不等你们商量好善后的对策就发动突然袭击，让你们闻风丧胆，这才是兵法的极致。”

“……”

“佐佐木虽是武者却不是兵法家，竟胆敢来到兵法的道场大放厥词——上一次不就有人如此骂我吗？不过如此一来，你们也算是明白了，佐佐木小次郎不仅是数一数二武豪，在兵法上也达到了极致。哈哈哈！真是滑稽，我竟然给你们代授起兵法课来。我若是越俎代庖倒出我的智慧，恐怕那病人小幡勘兵卫就要丢掉饭碗喽。啊，喉咙渴了。喂，小六，菰十郎，真不长眼力，快给我拿杯水来。”

小次郎回头一吩咐，前殿一旁顿时传来底气十足的应答，原来是菰十郎和侍童小六。两人立刻用陶器打来水，递给小次郎。“师父，打不打？”

小次郎喝完水，将陶器丢在满脸茫然的小幡门人面前。“问他们去。你问那些呆子去吧。哈哈哈，瞧他们那样子。

小六刚骂了一句，菰十郎又接上一声：“活该！没出息的东西！师父，走吧。看看他们那样，哪有一个敢跳出来啊。”

七

小次郎率领着两名六方者，大摇大摆地消失在平河天满宫的鸟居之外，而北条新藏则站在树荫后一直目送他们离去。

“狗东西……”新藏喃喃着，全身像吞下了隐忍的苦水一样战栗不已。可现在除了吐出一句“走着瞧”，他还能干什么呢？

当头挨了一棒后，呆立在前殿后的门人们没吭一声，脸像白纸一样。诚如小次郎所说，他们的确被小次郎的战法打了个措手不及。一旦被胆怯之风吹过，他们便再也无法恢复最初的活力。同时，刚才心头燃起的熊熊怒火似乎也变成了一堆死灰，没有一个人敢朝小次郎的身后大喊一声“我来”并追过去。

这时，一名门人从讲堂方向跑来，说刚才城里的棺材铺送来了五口棺材。真的订了那么多吗？这名门人有些怀疑，便跑来核实。但众人似乎连嘴巴都懒得张开了，并不回答他。

“棺材铺的人还等着回话呢……”

听到催促，一名门人才开口道：“尸首还没收回来呢，还不大清楚，但大概还需要一口吧，你把后面那一口也订一下，已经送来的就先放在堆房里吧。”他语气凝重地说道。

不久，棺材便被放到了堆房，同时，一口一口棺材的幻影也堆进了每个人的大脑里。

守夜是在讲堂里进行的。为了不让病室里的师父知道，门人们极其安静地为同伴送行，可勘兵卫似乎仍察觉到了隐情。但他什么都没问，侍奉他的新藏也什么都没说。

从这一日起，原本激昂的门人几乎全像哑巴一样变得沉默阴郁，而看似比任何人都消极、胆小的北条新藏的眼底则燃烧起一股无法忍耐的东西。等着瞧吧！就这样，他悄悄地在等待着来日。

就在这等待的日子里，一天，新藏忽然从师父的枕边发现有一只枭停在外面一棵大榉树的树梢上。无论什么时候望去，那只枭都停在同一处树梢上。即使看到白天的月亮，那只枭也会嗷嗷地啼叫。

夏天一过，从入秋时起，勘兵卫的病就越来越重，还得了并发症。快了，快了！在新藏听来，枭的啼声仿佛是在告知师父的死期。尽管勘兵卫的儿子余五郎仍在旅途中，可闻知变故后，便立刻回信说马上回来，所以四五天来，新藏一直在担心究竟是那人回来得早，还是师父去得早。

无论如何，北条新藏决断的日子都已经临近。就在余五郎即将赶回来的前夜，他留下了一封遗书，告别了小幡兵法所的大门。

“请恕徒儿不辞而别之罪。”他站在树荫中朝师父的病室恭敬地拜了拜，辞别而去，“令郎余五郎明日就会回来，徒儿也可放下照料病榻之事放心地离去了，只是不知能否在您生前提小次郎的首级再见您一面。万一徒儿也栽在小次郎手里，被其反杀，那徒儿就先行一步，在黄泉路上等您了。”

守夜童子

一

这里是距下总国行德村约一里路的一处贫寒村落。不，它的户数很少，甚至不足以称得上是村子。村子坐落在一片荒野上，矮竹、芦苇和杂树丛生，村里人称其为“法典原”。

眼下，一名旅人正从常陆路方向走来。自从相马的将门在坂东横行霸道、恣意妄为，这一带的道路和树丛便一片萧萧。

“奇怪啊。”宫本武藏不禁在暮色中止住脚步，站在野路的路口迷茫起来。秋日已西沉在荒野的尽头，四周的水洼也变成红色。脚下已经昏暗，连草木的颜色都辨不清了。武藏在寻找灯火。他昨晚就睡在荒野里，前天夜晚也是枕着山石入眠的。

四五日前，武藏在枥木一带的山岭上遇上了暴雨，从那以后，他身体就有些倦怠。虽不知伤风感冒是什么滋味，可他总觉得今晚的夜露是那么让人生厌。哪怕是茅草屋也好，他真希望能看到一盏灯火，吃上一顿温热的杂粥。

“似乎闻到了海潮的气息，看来再走四五里就是海了。对，就迎着潮风走。”想到这里，他便又在野道上迈开步子。可是，他也无法确定自己的感觉究竟准不准。倘若海也看不见，又找不到人家的灯火，今夜就只好在秋草中与胡枝子共眠了。

当红日完全沉下后，今夜一定又会升起一轮巨大的明月吧。满地的虫鸣让武藏的耳朵都麻木了。哪怕只是他一个人的脚步声，秋虫似乎也惊吓不已，有的还跳到了他的裙裤和刀护手上。倘若懂得风雅，大概也能愉快地享受这迟暮之旅吧。尽管如此想，可当武藏扪心自问“你快活吗”的时候，他觉得自己恐怕只能做出“否”的回答。

怀念人情，渴望食物，厌倦了孤独，肉体已经对修行感到了疲劳。说实话，他的确是这么想的。他原本不是浅尝辄止之人，而是抱着苦涩的反省一路走下来的。他决心从木曾、中山道去江户，可进入江户后，他仅待了数日便离开，又踏上了陆奥之旅。

从那以后，正好又过了一年半多。如今，武藏打算再赴只作过短暂停留便离去的江户。为什么要离开江户急匆匆赶往陆奥呢？他是要追赶在诹访客栈邂逅的仙台家的家士石母田外记，想将对方偷偷放进自己旅包内的巨款返还。无功受禄对他来说是一副沉重的负担。

“倘若侍奉仙台家，那倒可以另当别论……”武藏有自尊，哪怕是修行疲劳，旅途饥渴，过着风餐露宿的漂泊生活也未动过那些钱。“太小瞧我了。”一想起这些，他的嘴角便浮现出微笑。即使伊达公出六十余万石来迎奉他，也无法满足他的宏大愿望。

“咦？”脚下忽然传来巨大的水声，武藏便在刚踏上的土桥上停了下来，朝昏暗小河的坑洼里窥探。

二

桥下传来哗啦哗啦的水声。荒野尽头的云仍泛着红色，河沟里却格外黑暗。

“水獭？”站在土桥上的武藏探头望向桥下，但他立刻就在那里发现了一个年幼的乡民孩子。虽然是人类的孩子，脸却跟水獭差不多。

孩子也好奇地从桥下仰望土桥上的武藏。

于是武藏便招呼了一声。一看到孩子，他便想打招呼。他一贯如此，也没什么特别的理由。“小孩，在干什么呢？”

“泥鳅。”乡民的孩子只回答了两个字，然后又把小箩筐浸在小河中，哗啦哗啦地抖搂起来。

“泥鳅啊？”哪怕只是这种毫无意义的对话，在这旷野中听上去也无比亲切，“能捞到很多吗？”

“已经是秋天了，不怎么有了。”

“能不能分给我一点？”

“泥鳅？”

“就用这手巾给我包上一把吧，我给你钱。”

“我也想给你点，可今天的泥鳅是要供我爹的，不能给你。”说着，小孩便抱着箩筐从河沟里跳出来，像松鼠一样在野胡枝子中跑去。

“机灵鬼。”武藏被撂在那里，脸上浮出一丝苦笑。他不禁想起了自己年幼时的情景。朋友又八大概也有这样的童年吧。城太郎也是，刚见面的时候，正好也是这么大的小孩。那么后来城太郎又如何了呢？如今他又在哪里做什么呢？自从跟阿通走散，掐指算来，今年已经是第三个年头。当时城太郎十四岁，“啊，他今年也已经十六了。”自己如此贫困，他却一直奉自己为师，追慕着自己。可自己又给了他什么呢？只是让他夹在阿通和自己之间，历尽旅途的劳苦罢了。

武藏再次伫立在荒野中。城太郎的事情，阿通的事情，各种追忆让他暂时忘却了疲劳，路却越来越无法分辨了。值得庆幸的是，天空还有一轮圆圆的月亮，耳边还有群鸣的秋虫声。阿通就喜欢在这种夜里吹笛，所有的虫声听起来都像是阿通和城太郎的声音。

“哦，有人家！”终于发现了灯火。一瞬间，武藏忘记了一切，迅速朝那盏灯火走去。走近一看，他才发现原来是家独门独户的院落。歪斜的屋檐上长满了高高的芒草和胡枝子，墙上则胡乱地爬着葫芦花，看起来就像硕大的露珠。

他刚一靠近，旁边便传来一声愤怒的鼻息声。原来是拴在屋子一旁的一匹无鞍的裸马。听到马的动静，点着灯的屋内顿时传来了喊声："谁？"

抬头一看，竟是刚才不愿分给自己泥鳅的那个小孩。真是有缘，武藏不禁浮出微笑。"能留我住一宿吗？天一亮我自会离开。"

听武藏这么一说，小孩竟与方才不同，盯着武藏瞅了一会儿，然后率直地点点头。"啊，行。"

三

这屋子实在破烂不堪，一旦下起雨来不知又会如何，屋顶上和墙壁上都有月光透进来。就算解下旅装也没有钉子可挂。虽然地板上铺着席子，可下面仍有风漏进来。

"大叔，你刚才说想要泥鳅吧？你喜欢泥鳅？"孩子怯生生地上前问道。

武藏似乎忘记了回答，直盯着孩子的脸。

"你在看什么？"

"几岁了？"

"哎？"孩子一愣，"我的年龄？"

"嗯。"

"十二。"

乡民中居然也会有如此英气的孩子，武藏仍呆呆地望着。

小孩一脸污垢，就像未洗过的莲藕，满头的蓬发弥漫着鸟粪般的臭味。但他脸蛋胖乎乎的，污垢中的一双眼睛炯炯有神，甚是可爱。

"小米饭倒还有一点，泥鳅也已经给爹供过了。你要吃的话，我给你撤下来。”

“真不好意思。”

“要喝热水吗？”

“也来点。”

“你等着。”说着，孩子啪嗒一声打开板门，消失在隔壁房间里。那边忽然传来折柴和扇炭炉的声音，屋子里顿时充满了炊烟，聚集在天花板和墙壁上的无数昆虫全被炊烟驱向了外面。

“做好了。”不一会儿，小孩随意地将食物摆在地板上。有咸泥鳅、黑味噌，还有小米饭。

“好吃。”

看到武藏吃得高兴，小孩似乎也很高兴。“好吃吧？”

“我想致一下谢，不过你家的主人已经睡了吧？”

“这不还没睡吗？”

“在哪里？”

“这儿。”说着，孩子指了指自己的鼻子，“除我之外再没旁人了。”他说道。

武藏询问起他靠什么生存，他便回答说以前曾务过一点农，可自从父亲患病之后，就不再务农，靠赶马来糊口了。

“啊……油着完了。客人，睡觉吧。”

烛火虽已熄灭，可在这透着月光的屋里却毫无不便。武藏盖着薄薄的草被子，枕着木枕，靠着墙睡下。迷迷糊糊快进入梦乡时，大概是感冒尚未痊愈的缘故，冷汗竟一阵阵从毛孔里冒。

每一次，武藏都能在梦中听到下雨般的声音。不知不觉间，彻夜啼鸣的虫声便把他诱入了梦乡。若不是那磨刀石发出的声音，他一定不会从美梦中惊醒。

“咦？”他忽然起身。忽悠，忽悠，忽悠，小屋的柱子竟微微晃动，板门对面则传来磨刀的声音。在磨什么呢？不过，这却不是首要问题。

武藏立刻握住枕下的刀。这时，隔壁房间里传来一个声音："客人，还没睡着？"

四

小孩明明是在隔壁的房间，怎么会知道自己已起来了呢？为孩子的灵敏而惊愕的同时，武藏并未回答，而是反问了一句："你怎么在深更半夜里磨东西啊？"

少年哈哈大笑。"我当是什么呢，原来大叔是害怕这个才睡不着啊。没想到你看上去那么强悍，内心却这么胆小。"

武藏沉默了只觉得自己像是在与附在少年身上的邪魔对话。咯哧，咯哧，咯哧……孩子的手仍在磨刀石上移动着。无论是刚才无畏的话语，还是摇晃着磨刀石的那股底气，都无法不让武藏深感惊奇。

于是，武藏便从板门缝里窥了一下。对面是厨房和一间两坪大小、铺着草席用来睡觉的小屋。皎洁的月光从天窗上照下来，月光下，一个桶放在地上，孩子正握着一把刃长一尺五六寸的野砍刀专心地研磨。

"你要砍什么呢？"武藏从门缝里问道。孩子回头看了看，仍一言不发，继续使劲研磨。不久，刀便明晃晃的放起光来，他这才擦掉上面的水迹。"大叔。"他望望武藏，问道，"大叔，用这个能将人的躯干砍成两半吗？"

"这……得看你个人的本事了。"

"若说本事，我自信有两下子。"

"你究竟要砍谁？"

"我爹。"

"什么？"武藏惊愕不已，不禁打开板门，"小孩，你是在开玩笑吧？"

"谁跟你开玩笑。"

"要砍你爹？如果这是真的，那你就不是人的孩子了。就算你像野鼠或土蜂一样，是在旷野中这处孤零零的茅屋里长大的孩子，也该明白所谓的父母之恩啊。就连野兽都有反哺的本能，你却为了砍你爹而磨刀。"

"可是，我若不砍开，就无法拿走啊。"

"拿到哪儿去？"

"山上的墓地。"

"哎？"武藏这才再次将目光投向屋内一角。从刚才起，他就看到那儿有样奇怪的东西，没想到竟是少年父亲的尸骸。再仔细一看，尸骸枕着木枕，盖着一件脏兮兮的百姓的衣服。此外还有一碗米饭和水，刚才分给武藏吃的煮泥鳅也盛在木盘中供在那里。

看来，泥鳅是这具佛身生前最喜爱的东西了。父亲死后，少年一定是想起了这点，才在深秋拼命抓泥鳅，然后又在那小河里清洗。而武藏竟毫不知情，还要让孩子分给他一些。他不禁为自己说过的无心之话感到羞耻，同时也为这孩子的胆魄而咋舌，久久地盯着孩子的脸。为了将父亲的遗骸送到山里的墓地，一个人拿不动，他便想将尸体砍成两半后带走。

"你父亲什么时候死的？"

"今天早晨。"

"墓地远吗？"

"就在前面半里左右的山里。"

"那你怎么不求人送到寺里去呢？"

"没钱。"

"那我施舍你些吧。"

可是孩子却摇摇头。“爹最讨厌别人的施舍，也讨厌寺院，所以用不着。”

五

一字一句，少年的每句话中都透着一股古怪。想必他的父亲也不是寻常的乡野村夫，而是颇有来头之人的后代。武藏便由着他，只出了把力，帮他将尸骸运到了山里的墓地。而且直到山下都用马背驮着，只是在攀登崎岖的山路时，才由武藏将那具佛身背上去。

说是墓地，其实不过是在巨大的栗子树下孤零零地放了一块天然的圆石头而已。山上连一个祈福用的塔形木牌都没有。

埋完尸骨，少年供上花，说道：“我的爷爷、奶奶和母亲也全都长眠在这里。”然后双手合十。

这究竟是什么因缘呢？武藏也一起祈福。“墓石并不算旧，看来是到了你爷爷那一代才定居在这一带吧。”

“嗯，听说如此。”

“那之前呢？”

“据说曾是最上家的武士，可在战败逃亡的时候把族谱和所有东西都烧了，什么都没有留下。”

“既然是如此的家世，最起码也该在墓石上刻上你爷爷的名字之类啊，怎么连家徽和年号都没有呢？”

“说是爷爷临死前有过吩咐，不让在墓上写任何东西。虽然蒲生家和伊达家都来招纳过，爷爷却说一士不奉二主。若是将名字等刻在石头上，反会使前主人受辱，而且既然已成了百姓，就不要再刻什么家徽之类了。”

“那，你爷爷的名字你总该知道吧？”

“说是叫三泽伊织，可我爹说既然成了百姓，就一直叫三右卫门。”

“那你呢？”

“三之助。”

“有亲戚吗？”

“有个姐姐，可是到他乡去了。”

“那，你明天打算怎么过活呢？”

“还是赶我的脚。”说完，少年立刻又说道，“大叔，反正你是个修行武者，一年到头都在旅行走路。那你就带着我，永远都骑我的马吧。”

武藏从刚才起就凝望着这片黎明前的泛白荒野。住在这片沃野的人为什么会如此贫穷呢？他陷入了深思。

大利根的河水，下总的海潮，曾让这片坂东平原几乎化为泥海，几千年间，富士山的火山灰又将其填埋。几经风雨之后，芦苇、杂树、荒草便又生长起来，自然的力量最终胜过了人力。当人类能自由地运用土地、水和自然力的时候，文化便产生了。可这坂东平原上的人类仍处在自然的压迫之下，仍被自然征服，人类的智慧之眸只能茫然地凝望苍茫的天地。

太阳升起来，野兽在这里奔跑，鸟儿在这里欢跳。在这片未开垦的天地中，鸟兽似乎远比人类更多地享受着自然的恩惠，更多地享有快乐。

六

孩子终究还是孩子。刚把父亲葬在土下，便已经忘记了父亲的事。不，也许并未遗忘，只是当灿烂的太阳从草叶的露珠上升起的时候，他生理上的悲伤便烟消云散了。

“行不行啊，大叔？哪怕从今天就开始我也愿意，你就永远骑我的马吧，你走到哪里就把我带到哪里。”

“唔……”

两人从墓地下来，踏上归途。三之助把武藏当成客人，让他骑在马上，自己则作为赶马人牵着缰绳。

武藏只是点了点头，并未明确答复。他心底还是对这孩子抱有几多期许，只是他必须先考虑自己的流浪之身。他得衡量一下自己的能力，将来能否给这个少年带来幸福。城太郎就已经是一个先例了，他虽是个有潜质的孩子，可由于自己的流浪之身，再加上身边的诸多麻烦，使他至今仍去向不明。

万一有什么不测——武藏一想到这里心痛不已，他觉得这完全是自己的责任。可是如果总考虑结果，那么人生之路恐怕一步都没法走。如果连自己眼前的一小步都无法弄清楚，更何况一个孩子，一个正在成长的少年，又如何保证他的将来呢？而且仅从自己犹豫不决、摇摆不定这一点来说，也是不行的。若只是帮他发掘一下潜力，引导他一下，倒还可以。对，就这样。武藏终于做出了决定。

“大叔，行不行啊？你不愿意？”三之助还在拼命请求。

武藏终于答道：“三之助，你是一辈子都想做马夫呢，还是想当武士？”

“当然是想当武士了。”

“那，在当了我的弟子后，你能不能跟我吃任何苦呢？”

听武藏这么一说，三之助立刻把手头的缰绳一丢。武藏还未明白过来是怎么回事，三之助便已经跪在草中，在马前朝武藏叩拜起来。“拜托了，请把我变成一个武士吧。我爹在世时天天挂念这件事。只是迄今为止，我一直没能找到一个可遇之人。”

武藏从马上下来，环顾四周，然后捡起一根合手的枯木让三之助拿在手里，自己也随手捡起一根树枝，说道：“咱们俩究竟能不能做师徒，我现在还不能答应你。你先拿那树枝打我。我得看看你的天资，才能判断你能否做一个武士。”

“那……我若打得着大叔，你就让我做武士？”

“你打得着吗？”武藏微微一笑，架起树枝。

三之助手握枯木站起身，认真地朝武藏打来。武藏并未留情，结果三之助踉跄了数次之后，最终肩膀和脸都挨了打，手也被打中。

他大概马上就会哭鼻子吧，武藏心想。可三之助怎么也不肯罢休。直到最后，由于枯木已折断，他便朝武藏的腰部紧紧冲过来。

“不知死活的家伙！”武藏故意夸张地抓住他的衣带，将他摔在地上。

“嗨！”三之助一下子跳起，又扑了过来。

于是武藏再次抓起他，将他高高地举向天空。“怎么样，认输了吧？”

三之助仍拼命挣扎，头昏眼花。“不认输！”

“我只要把你往那石头上一摔，你就死了。都这样了，你还不认输？”

“不认输。”

“嘴够硬的。你已经输了，快认输！”

“可是……我只要活着，就一定会战胜大叔。我只要有一条命，就决不会认输。”

“那你怎么胜我？”

“修行。”

“你修行十年，我也会修行十年啊。”

“可大叔你比我年纪大，死得也该会比我早吧？”

“唔……唔……”

“既然这样，当大叔躺进棺材的时候我再打你。所以我只要活着，就一定能胜你。”

“你这鬼小子！”仿佛当头挨了一棒，武藏随之将三之助摔在地上，不过，并没有摔向石头。

三之助骨碌一下子又从远处冒了出来。武藏望着他，反倒拍着手愉快地笑了。

一指天

一

“我收你作弟子。”武藏当场对三之助说道。三之助欣喜若狂。小孩从来不会掩饰自己的兴奋。两人暂时先回到三之助家中。由于明天就要离开这里，尽管十分破败，可毕竟也是祖孙三代住过的茅屋，三之助便回忆起祖父、祖母和亡母的故事，给武藏讲了一整晚。

翌日清晨，武藏收拾了一下，率先走到檐下。“伊织，伊织，快点！没什么可带的，就是有也别再留恋了。”

“是，马上就来。”三之助随后便跑了出来。他的行装只有身上穿的那一身衣服。

武藏之所以称他为“伊织”，完全是基于听说他祖父是最上家的家臣，名叫三泽伊织，后来便代代以“伊织”相称。“你现在成了我的弟子，既然你已恢复武士儿子的身份，名字也最好承袭祖先。”

虽然距元服的年龄还早，可为了让三之助有这个精神准备，武藏从昨晚起便决定这么称呼他。可再瞧瞧三之助如今的装扮，脚上还是平时那赶马的草鞋，背上则背着一个包有小米饭便当的包袱，上身只有一件连屁股都盖不上的短衣服，怎么看都不像个武士的儿子，倒像只要出远门的小青蛙。

“你先把马牵到远处的树那边，拴在那里。”

“师父，请骑吧。”

“不，你赶紧拴到那边去。”

“是。”

到昨天为止，所有的应答还都是随便的“啊”声，可从今早起，回答就变成了郑重的“是”。为了改变自己，孩子毫不犹豫。

伊织把马拴到远处后返回，可是武藏仍伫立在屋檐下。师父究竟在看什么呢？伊织有些纳闷。

武藏把手搭在他的头上，说道：“你出生在这间茅屋里，叛逆的性格和倔强的习性都是这间茅屋培养出来的。“

“嗨。”伊汉任由武藏的手搭在头上，乖乖地点点头。

“你爷爷不事二君，隐姓埋名住在这小茅屋里。你爹为了保全其晚节，甘愿做一个百姓，自己的青春全尽了孝道，然后撇下你死去。而你，连爹也送走了，从今天起就要独立了。”

“是。”

“你一定要混出点样来。”

“嗯……嗯。”伊织擦起眼睛来。

“这间小屋曾为你们三代人遮过风蔽过雨，快向它跪别致谢吧。不要再留恋了。”说罢，武藏走进屋内放起火来。

眨眼间，小屋便燃烧起来。伊织满眼含泪凝望着。见他眼神过于悲伤，武藏便安慰道：“倘若就这样离去，此处以后必定会成为山贼和强盗的巢穴。为避免忠义之家的房子成为毒害社会的巢穴，我才把它烧了。你明白吗？”

“多谢。”

转瞬间，小屋化为一团烈焰，不久便成了一堆连十坪都不到的灰烬。“走，走吧。”伊织已率先迈开步子。对于已化为灰烬的过去，少年毫不留恋。

“不，还不行。”武藏又朝他摇摇头。

二

“还不行？还有什么事要做？”伊织十分不解。

望着他一脸的茫然，武藏笑道：“从现在开始，我们要重建小屋。”

“为什么？刚才明明都把小屋烧了。”

“那是以前你祖先的小屋。从今天起，我们要建的是明天开始住的小屋。”

“那，我们还住在这儿？”

“对。”

“不去修行了？”

“我们这不是已经出来了吗？不光要教你，我自己也要奋发修炼。”

“什么修行？”

“那还用说，自然是刀的修行，武士的修行，还有心的修行。伊织，把那斧头给我扛来。”

伊织走到武藏所指的地方一看，发现只有斧头、锯和农具之类没有被烈焰吞噬，依旧留在草丛里。他扛起大斧头，跟在武藏身后。

眼前是一片栗子树林，还有松树和杉树。武藏光着膀子，挥着斧头伐起树来。木屑飞溅，是另建道场，还是要把这片平原当作道场来修行？无论如何思考，伊织似乎也只是一知半解。不出去远行，而是滞留在这片土地上，这总让他觉得有些失落。

只听轰的一声，大树倒下。巨斧将一棵棵大树伐倒在地。武藏充满热血的棕色皮肤上淋漓地淌着黑色的汗水，最近以来的惰气、倦怠和孤愁等仿佛全都化为汗水流了出来。昨日黎明，他在埋葬了以一介农民身份而终的伊织父亲的山上凝望这片坂东平原时，突然萌生了今日的念头。对，先暂时放下刀，拿起锄头！为了磨砺刀，自己可以坐禅、学书、品茶、绘画、雕像。那么，扛锄劳作中也应该蕴含着刀的修行。而且这广漠的大地就是静候自己修行的绝好道场，锄头和土地之间也势必会诞生开垦这种行为，这不仅可以泽被万代，还可养活许多人。

修行武者向来都以行乞为法则，就像禅家及其他沙门一样，靠他人的布施来学习，寄人篱下以避风雨，这是理所当然的。可是一餐的珍贵，哪怕只是其中一粒米、一棵蔬菜的珍贵，只有在亲自栽培时才能体会到。正如不事稼穑的和尚的话听起来只能是简单的口头禅，靠布施生存的修行武者，无论将武道研习到何种境界，也不懂得应将其用在治国之道上，最终脱离社会，沦为一介武夫，也就不足为奇了。

武藏熟悉稼穑之术。年幼时，他便经常与母亲一起去乡士宅邸后面的田地，做过不少农活。不过，从今天起他要做的百姓并非只是为了朝夕的口粮，而是为了求取精神食粮，也是为了学会自食其力的生活。更进一步说，他还为了那些将命运完全交给荆棘和荒草、面对洪水和风雨等大自然的力量只能仰天长叹的农民。他们祖祖辈辈都过着皮包骨头的日子，却依然未开化，而武藏希望能亲自将自己的思想传授给他们。

"伊织，拿绳子来，把木头捆上，然后拉到河滩上去。"武藏竖起斧头，一面用胳膊擦汗，一面吩咐道。

三

伊织拴上绳子，开始拖拽木头。武藏则用斧头和锛子剥起树皮来。到了晚上，他们就用锛子砍下的木屑生起篝火，在旁边枕着木头入眠。

"怎么样，伊织，好玩吧？"

伊织则老实地答道："一点也不好玩。要是做农民，就算不当师父的弟子，我也会。”

“不过马上就会好玩了。”

秋意渐浓。秋虫的鸣声逐夜减弱，草木也渐渐枯萎。此时，法典原上已然建起一间供两人睡觉的小屋。两人则每天都扛着铁铲和锄头，从脚下的一坪开始开垦。当然，在开荒之前，他们已经先将附近的荒地全部用脚踩了一遍。

为什么要任由人和自然这样对立，要让这杂木和杂草丛生呢？武藏边勘察边想。水！首先是治水。武藏站在高处朝四周一望，这才发现这一带的荒野正如从应仁之乱后到战国时代的人间社会一样，一下大雨，坂东平原上的水流便会各自成河，任意奔流，肆意冲刷着土地，根本就没有一条能容纳各支流的干流。天气晴好的时候，放眼望去，似乎有一些主干模样的大河，虽然河面较宽，但缺乏包容天地的力量，而且它们原本就是自然形成的河流，既无秩序，也不统一。没有一条干流可以容纳百川，指明整体的流向，再加上它们本身便时常受到天气的影响，有时会泛滥到平原上，有时则会贯穿树林，有时甚至还会侵害人畜，淹没菜田。

这可不容易。从勘察的第二天起，武藏就这么想。正因如此，他才对这项事业充满了热情与兴趣。这跟政治完全一样，他想。将这里的水土开发成沃土的治水开垦事业，与让世间绽放出人文之花的政治经纶，两者之间没有任何不同。

对，这与我理想中的目标也出奇一致。就是从这时起，武藏对武道产生了一种朦胧的理想。杀人，胜人，登峰造极，即便如此又能如何呢？倘若只是在刀上胜过了他人，他还是孤独的，愿望仍无法得到满足。

从一两年前起，他就立下了“胜人”的志向，然后又进一步升华，将刀上升为“道”，“要战胜自我，战胜人生”，他一直暗暗地朝此目标努力，现在仍致力于此道。尽管如此，他的抱负仍未得到满足。若刀真的是道，那么从刀中悟出的道心也完全可以用来拯救人生。他想到了杀戮的反面。我不仅要用刀让自己登上武道的顶峰，还要用这种道来治民，使其成为经国之本。

青年的梦想总是宏大、自由而奔放。只是从目前看来，武道的理想仍是单纯的理想而已。若想实现这种抱负，无论如何也要在政治上担任要职。不过，若是以这片荒原上的水土为对象来实现理想，则既不需要要职，也不需要衣冠和权力。武藏正是因此燃烧起了热情和兴奋。

四

挖出树根，筛出石头，推平土坡，将巨石垒成水堤。就这样，武藏和伊织每天黎明而出，日落而归，孜孜不倦地从法典原的一角开垦荒野，看到这种情形，从河滩对面路过的一些当地百姓也不时会驻足观看。

“他们到底在干什么呢？”人们满脸疑惑。“都搭建小屋了，难不成是想住在那儿？那小孩不是死了的三右卫门的儿子吗？”

流言于是散播开来，但也不全是嘲讽者。也有一些人特意赶过来，善意地提醒他们：“喂，那边的武士，就那种地方，你们再怎么努力开垦也是没用的，暴雨一来，一眨眼就又会变成一片荒原了。”

可是几日后，当热心者再次过来看时，见武藏与伊织仍在默默开荒，便有些生气：“喂，别瞎折腾了，那种破地方能弄水塘吗？”

又过几日，当他们再来看时，看到两人仍在不声不响地干活，这下子，热心人终于恼火起来。“傻子！”他们完全把武藏当成了愚笨的傻子。

“要是这种荒原和河滩上也能种出粮食，那我们早就每天晒着太阳，哼着小曲优哉游哉了。天下就没有饥荒了。省省吧，别在那里乱挖了。白费劲的家伙，别认为你就比我们强。”

武藏毫不理睬，仍面朝土地挂着微笑。尽管武藏一再告诫，可伊织仍不时心头火起。“师父，他们那么多人都在瞎嚷嚷呢。”

“别管他们，别管他们。”

“可是——”

伊织抓起一块石头就要朝人群扔过去，武藏立刻把眼一瞪，一声训斥：“喂，连师父的话都不听了，你还想不想做徒弟？！你要干什么？”

声音震得伊织的耳朵嗡嗡作响，他吓了一跳，但握在手里的石头始终没有乖乖地丢下，“可恶！”他把石头狠狠地摔在附近的岩石上。眼看着小石头迸出火花，碎成两片飞了出去，他竟一下子伤心起来，丢掉铁铲，呜呜咽咽地抽泣。

武藏并未阻止，任由他哭泣。渐渐地，伊织的声音越来越高亢，最后，仿佛天地间只剩下他一个人似的，竟声嘶力竭地号啕起来。尽管他十分坚强，即使将父亲的遗骸劈成两半也要一个人带到山里的墓地去，可一旦哭起来，却仍是个孩子。

爹！娘！爷爷！奶奶！他拼命向九泉下已听不到他声音的亲人们哭诉，让武藏都不禁为之动容，不禁想起了自己的孤独。

仿佛连草木都被伊织凄凉的哭泣感动了，在萧萧的冷风中，连临近黄昏的原野都在颤抖。吧嗒，吧嗒，雨点竟真的落了下来。

五

“下起来了……要来暴风雨了。伊织，快过来。”武藏匆忙收拾起锄头铁铲等工具，朝小屋跑去。冲进小屋时，雨已倾盆而下，将天地染成了白茫茫的一片。

"伊织，伊织。"原以为伊织会跟在身后跑回来，可武藏回头一看，身边竟没有他的身影，檐前也没有。再从窗户往外一望，一道凄厉的闪电劈开乌云落在原野上，就在眼睛一闭、耳朵尚未捂起来的一瞬间，响彻五体的雷鸣传来。

武藏呆呆地望着，任由竹窗上溅起的水花打在脸上。每当看到这疯狂的暴雨，听到这肆虐的风声，武藏便不禁回忆起近十年前的往事，回忆起七宝寺的那株千年杉，想起宗彭泽庵的声音来。

自己能有今日，完全是那棵大树的恩泽。那样的自己，如今竟然也拥有了伊织这样一名弟子，尽管他还只是一个幼童。自己果真能有那大树般的无穷力量吗？果真能有泽庵和尚那样的肚量吗？一回顾起自己的成长历程，武藏便觉得羞愧不已。

可是面对伊织，自己无论如何也要变成那棵千年杉，必须像泽庵和尚那样拥有残酷的慈悲。而且这么做也算是对恩人的些许回报。

"伊织，伊织——"

武藏对着外面的暴雨一再喊道。没有一声回应，只有雷声和击打在檐前的轰轰水声。

"怎么回事？"

就连武藏都没有冲出去的勇气，只能躲在小屋里。但不久，雨势竟一下子小了，武藏走出去一看，发现伊织真是个倔强的孩子。只见他仍站在刚才开垦耕地的地方，寸步未离。是不是有点傻气？武藏甚至都怀疑起这点。只见伊织张着嘴，表情一如刚才号啕时的样子。当然，他从头到脚都成了落汤鸡，像个稻草人似的站在已变成泥田的耕地里。武藏立刻跑到附近的高处，不禁骂了一声"傻子"。"快回小屋！淋成这样会生病的。你再不走，那边都成河了，你连回都回不去了。"

伊织这才像寻找武藏声音似的回过头来，微微一笑。"师父，慌什么。这是过路雨，你看，云都已经断开了。”说着，他用一个指头指指天。

武藏只觉得自己被徒弟教训了一顿，沉默不语。不过伊织还单纯，不会像武藏那样去一一思考。“过来啊，师父。趁着天还没黑，还能干好多活呢。”说着，又径直继续起刚才的劳作来。

二人师徒

一

天气才晴朗了四五天，雏鸟和伯劳刚高兴地鸣唱，芒穗下的地皮刚开始干燥，原野的尽头忽然间涌来一片乌云，转瞬间便像日食一样将坂东一带遮蔽起来。伊织抬头望望天空，担心地说道："师父，这次是来真的了。"

话音刚落，墨一般的黑风便吹打起来。未来得及归巢的小鸟仿佛被风打落一样坠落在地，草木的叶子全都被吹反过来，瑟瑟发抖。

"又要来一阵？"武藏问道。

"岂止是一阵！看天空这个样子。对了，我得回一趟村子了。师父也赶快收拾一下工具，撤回小屋吧。"观察天空的伊织的预言从来都没有落空，这次也一样。他刚对武藏嘱咐完，便像一只穿越原野的鸟儿一样，若隐若现地在草海中奔去。果如伊织所说，这次真的跟平常不一样，风雨变得越发残暴。

"去哪儿了？"武藏赶回了小屋，仍不时担心地朝外望望。今天的暴雨的确异于往常，雨量简直大得惊人。刚刚戛然而止，却又忽然更猛烈地下起来。

时间已经是晚上。雨仍在下，仿佛要把这人世完全变成湖底。搭建的小屋屡次差点被掀翻，葺在屋顶里面的杉树皮也散落一地。

“真是让人头痛的家伙。”

伊织仍未回来。都黎明时分了，仍不见人影。

当天空泛白的时候，武藏环顾着四周被昨日以来的暴雨摧残的情形，不禁对伊织的归来不抱希望。平日的旷野已变成一片泥海，四处的草木也全都变成了若隐若现的浮洲。幸亏小屋建在了高处，未遭到冲击，而脚下的河滩却早已浊流横行，完全变成了奔流的大河。

“难不成……”武藏忽然担心起来。望着被浊流冲走的种种杂物，他开始胡思乱想。难不成昨夜要回来的伊织出了差错，溺水淹死了？

就在这时，他隐约在天地间咆哮的暴风雨中听到了伊织的声音：“师——父——师父——”

武藏忽然在远方一处像鸟的浮巢一样的沙洲上看见了伊织模样的身影。不，那无疑就是伊织。他究竟去哪里了？只见他骑在牛背上，前后还用绳子绑着巨大的行李。

“哦？”

武藏眼看着伊织骑着牛走进浊流，红色飞沫和漩涡立刻包围了他和牛。在激流的冲击下，他终于靠了岸，哆嗦着朝小屋赶来。

“伊织！你去哪儿了？”武藏一半发火一半放心地问。

伊织答道：“去哪儿？我这不是回村子拿食物来了吗？这场暴雨能下个半年呢。就是暴雨停了，这洪水也一时半会儿退不了。”

二

武藏不禁为伊织的机敏而惊愕，不过想来，倒也不是伊织多么机敏，而是自己太愚钝。一看到天气变坏的征兆，立刻便会想到该准备好食物，这完全是住在野外之人的常识，伊织从儿时起便不知经历了多少次这种情形。

从牛背上卸下来的食物实在不少。伊织解开草席，打开桐油纸。“这是小米，这是小豆，这是咸鱼。”他将好几个袋子摆在武藏面前，接着又说道，“师父，有了这些，就算洪水一两个月不退，咱们也不用担心了。”

武藏的眼里噙着泪水。他既无法夸伊织勇敢，也无法说感谢。自己在这里开拓，只是徒有一股心气，想对这一方乡土做一点奉献，却忘记了自己的饥饿，而这种饥饿还要依靠这么个小孩来解决。

那些称他们师徒二人为狂人的村人，怎么会施舍食物呢？就连他们自身都应该在为这场洪水即将带给他们的饥饿而惶惶不安。

武藏十分纳闷地询问，结果伊织若无其事地答道：“我是押了自己的钱袋子，从德愿寺借来的。”

“德愿寺？”

武藏一问，伊织便回答说，那是一里开外的一座寺院。他父亲在世时常说，“我死之后，当你一个人遇到困难的时候，就一点点用这钱袋子里的砂金去解决吧”，他便一下子想了起来，就把一直贴身携带的钱袋子押在寺里，从斋堂借来了这些吃的。

“这不是你爹的遗物吗？”

伊织闻言答道：“是的。旧房子都烧了，爹的遗物就只剩下那钱袋子和这把刀了。”说着便抚摸起腰间的野砍刀来。

这把野砍刀武藏也曾见过一次，并非一开始就是一把野砍刀，上面虽无铭文，倒也堪称一把名刀。作为亡父遗物而带在身上的钱袋子，里面不可能只有少量的砂金，或许还有其他信物，而伊织为了换取食物，竟将整个钱袋子都押在寺里。看来他终究还是个孩子啊，实在令人怜爱，武藏想。

“爹娘的遗物之类，可不能随便交给他人。我迟早会到那德愿寺给你要回来，以后可千万别离手了。”

“是。”

“那你昨晚就住在寺里了？”

“和尚要我天亮之后再回来。”

“那早饭呢？”

“还没吃呢。师父也没吃吧？”

“唔。有柴火吗？”

“柴火？要多少有多少，这走廊下面全是柴火。”说着，只见伊织将草席一卷，立刻钻进木地板下面，没想到，平时开垦荒地时留心运回来的树根、竹根之类，竟如山一样全都储存在那里。

如此一个幼童竟也有经济观念，到底是谁教的呢？这老师一定是那稍有差池便立刻会把人饿死的尚未开发的自然。

吃完小米饭，伊织拿着一本书来到武藏面前，敬畏地说道：“师父，反正洪水退去之前也没法出去干活，您就先教我念书吧。”

这一日也终日在下暴雨，一刻都未停。

三

武藏一看，原来是《论语》。伊织说，这也是跟寺里要来的。

“你想做学问吗？”

“嗯。”

“以前念过书吗？”

“念过一点……”

“跟谁学的？”

“我爹。”

“念的什么？”

“《小学》。”

“喜欢吗？”

“喜欢。”伊织全身都燃烧着求知欲。

“好，那我就尽我所能来教你吧。至于连我也不会的地方，以后最好再找个学问更好的老师。”

于是在暴风雨中，唯独这间屋子是在朗读声和讲课声中度过一整天的。即使屋顶被吹跑，这对师徒也雷打不动。

雨一停，整个荒野便变成了湖。伊织反倒高兴起来。“师父，今天也还学吧。”说着就要拿出书。

“书就算了吧。”

“为什么？”

“你看那里。”武藏指着浊流说道，“鱼一旦进了河中，就看不到河了。人也一样，一旦钻到书里成了书虫，就连活的文字都看不到了，对社会也愚钝起来。所以今天咱们就痛痛快快地玩一玩吧，我也一起玩。”

“可是今天也无法外出啊。”

“我们就这样玩。”说着，武藏骨碌一下子躺下，枕着胳膊说道，“你也躺下来。”

“我也要躺？”

“那你站着也行，伸开腿坐着也行，随你的便。”

“干什么呢？”

“给你讲故事。”

“太好了。”说着，伊织便趴了下来，脚像鱼尾一样啪嗒啪嗒地踢着，“什么故事？”

“让我想想……”武藏忽然想起自己的少年时代，于是便讲起少年都喜欢的合战故事。大多数都是在《源平盛衰记》当中听过的故事。当他从源氏的没落讲到平家的全盛时，伊织开始忧郁。当他再讲到鞍马的遮那王牛若在雪日里挥泪辞别母亲常磐御前，每夜在僧正谷跟天狗练习剑法，然后逃出京城的时候，伊织却一下子跳了起来。“哎呀，我喜欢这个义经。”接着又重新坐好，说道，“师父，天狗这玩意儿真的有吗？”

“或许有吧。不，这世上肯定有。只是给牛若传授剑法的不是天狗。”

“那是什么？”

“是源家的残党。他们不敢在平家的天下中公然现身，便都躲进山野里等待时机。”

“就跟我爷爷一样？”

“对对，你爷爷一生未能逢时，终老荒野，而源家的残党却培养出了义经，终于迎来了时运。”

“我也是，师父，我现在也替爷爷迎来了时运。对吧，师父？”

“唔，唔！”看来武藏对他的话非常满意，一下子搂住他的头，用脚和两手托起他，举向天花板，“混出点样来，小子！”

伊织则像个被逗乐的婴儿一样，边闹边说：“危险、危险啊，师父。师父也像僧正谷的天狗一样。啊，天狗、天狗、天狗！”说着便从上面伸出手，抓着武藏的鼻子嬉闹起来。

四

过了五日，又过了十日，雨仍未停。而雨一停，原野上便涨起洪水，浊流怎么也退不下去。在自然的力量面前，武藏只能静静地沉吟。

“师父，能出去了。”从这天一大早起，伊织便在太阳底下嚷嚷起来。

于是，时隔二十多天，两人又扛着工具朝耕地上走去。可是当他们来到地头时，不由得一阵茫然。两人好不容易开垦出来的地已不见任何踪迹，眼前全是巨大的石头和一片沙砾。以前不曾有过的河流如今也出现了好几条，仿佛在嘲笑人力的卑小，肆意地卷着大小石头流过。

傻子，疯子——当地百姓的嘲讽声也不禁在耳畔浮出。终于尝到苦头了。

伊织抬起头，望着无从下手、只是默然站在那里的武藏，帮着献策道："师父，这儿不行。咱们不要这破地方了，找处更好的地方。"

不过武藏并未接受他的建议。"不，只要把这些水引到别处，这儿就能成为良田。既然从一开始就依照地理选定了这里——"

"可是，若是再下大雨的话。"

"这一次，我们要用这石头从那座山丘上筑一道堤坝，不让洪水再过来。"

"那可累了。"

"这儿就是我们的道场。若是在这儿看不到麦穗，我们一步也不后退。"

于是，二人便引水、筑堰、清理石头，数十日之后，终于又开出了一块十坪大小的田地。可是一场雨过后，一夜之间田地又变成了原先的河滩。

"不行啊，师父。光这么瞎折腾可不是上策啊。"这下连伊织都开始嘲笑武藏了。

可是，武藏仍没有更换耕地、转移到他处的念头。他再次与雨后的浊流搏斗，又开始了跟先前一样的劳作。一进入冬天，大雪便频繁落下。而雪一融化，浊流则又开始肆虐。过了年，到了次年的一月二月，两人的汗水和铁铲也仍未能换来一亩田地。食物吃完了，伊织便去德愿寺要，但寺里的人似乎也没给他好脸色，回来后他一脸的郁闷。不仅如此，最近两三天，大概连武藏都坚持不住了，连铁铲都不扛了，只是默然地站在数次筑堤都没能挡住浊流的耕地上，终日都在沉思。

"对！"一日，武藏像忽然有了重大发现似的，不由得朝伊织低吟:“此前是我太愚蠢了，对于水土居然也想用政治理念，用经纶之策来治水拓土。”他继续喃喃道，“这完全是错误的。水有水的性格，土有土的法则，我只要忠实地顺从它们的特性，做一个水的奴仆、土的保护者就行了。”

于是，武藏修改了此前的开垦方法，一改以往征服自然的态度，而是以一个自然奴仆的身份重新劳作。尽管后来的融雪也造成了巨大的浊流，可他的耕地却免于侵害。

“这也完全适用于政治。”他终于悟出。同时，他也在旅行手记上添了一句以作自戒:世世之道不可违。

土匪来

一

长冈佐渡是经常出现在这寺里的大施主之一。由于他是名将三斋公，即丰前小仓的城主细川中兴的管家，他曳杖来到寺里，自然不是为了亲戚的忌辰，就是忙里偷闲来度假。这里距江户有七八里地，有时他也会住上一宿，总是只带三名武士和一名小厮做仆从。以他的身份来说，这算是极为简朴了。

“寺僧。不必太费心。你们的心意我领了，但也不要太铺张了。”

“实在不敢当。”

“还是让我自在地放松一下吧。”

“您请便。”

“请恕在下无礼。”说罢，佐渡便躺了下来，将花白的鬓发枕在胳膊上。

江户的藩邸那边忙得让他喘不过气，他或许也是以参拜的名义故意躲到这儿来的。总之，在露天浴池里泡过澡，再小酌一杯土酿，头枕着胳膊打个小盹，耳边听着蛙声阵阵，恍惚间似乎连眼前的尘世都会忘记。

今夜亦是如此，佐渡又住在此寺，正倾听着远方的蛙鸣。寺僧悄悄将酒壶和膳食撤了下去，仆从则坐在墙边，一脸担心地望着在摇曳的灯火中打盹的主人，生怕其着凉。

“啊，真惬意。仿佛就此进入了涅槃一样。”

有时，趁他换胳膊的时候，仆从也会提醒道：“当心着凉啊，夜风中可含着露水呢。”

佐渡却不以为然。“别管他。我这身体久经沙场，这么点夜露岂能冻着我。不过，这暗风之中倒是蕴含一股馥郁的油菜花香，你们也闻到了吧？”

“一点也没。”

“你们啊，没一个鼻子管用的。哈哈哈。”他的笑声倒也不是太大，但四边的蛙声戛然而止。

正疑惑间，寺僧的呵斥声忽然从书院的侧廊上传来，声音比佐渡的笑声大得多。

“喂，小孩！不许站在那里窥探客人的房间！”

仆从们立刻站了起来巡视。

只见一个人影正吧嗒吧嗒地朝斋堂方向逃去。呵斥的僧人则留在后面低头致歉。

“实在抱歉。是个当地乡民的孤儿，您就饶过他吧。”

“他刚才在偷窥吗？”

“是。他本是的一名马夫的儿子，就住在一里开外的法典原。听说他祖父从前也是名武士，所以天天嚷着自己长大后也要做武士呢。一看到武家大人器宇轩昂的样子，他便咬着指头偷看起来了，真让人头痛。”

这时，在房间里打盹的佐渡闻声坐了起来，说道：“喂，法师。”

“是。长冈大人，吵醒您了。”

“不不，我不是在责备你。那个小孩看上去倒挺好玩的，正好可以陪我说说话、解解闷呢。能否给我叫来？就说我要给他点心。”

二

伊织来到斋堂嚷嚷道："大婶，没有小米了，我来取小米，快给我装上。"说着，他撑开能装进一斗之多的米袋口。

"怎么说话呢，臭小子！你以为是来讨账啊？"昏暗的斋堂里传来寺婆的呵斥声。

一起帮着洗涮的勤杂和尚也在帮腔："是我们住持看你可怜才施舍给你的，你面子倒不小。要东西得低声下气才行。"

"我的脸大吗？我可不是要饭的。我可是把我爹的遗物都押在这儿了，那里面可装着钱呢。"

"荒郊野外就那么一间破房子，一个当马夫的爹能给你这饿鬼留下多少钱啊？"

"你给不给？快给我小米！"

"反正你是个傻子。"

"你凭什么这么说？"

"也不知是哪儿来的疯子浪人，你竟然甘愿受他指使，连食物都替他张罗。"

"你管得倒宽。"

"那么块破地，怎么挖也成不了水田旱地，村里人都在笑话你们呢。"

"你有完没完？"

"我看你也有点着了那疯子的魔道了。看样子，那浪人真把那儿当成了《御伽草子》中的黄金冢宝地，到死也要挖了。可你还是个鼻涕鬼啊，现在就开始掘自己的坟墓，是不是有点早？"

"少啰唆，快拿小米！快，给我小米！"

“不要说小米啊，要说‘休’。”

“休——”

“想！”勤杂和尚一面趁机揶揄，一面瞪起眼珠子，把脸一伸，做起鬼脸来。

就在这时，啪嗒，一块湿抹布之类的东西忽然贴到和尚脸上。和尚顿时“啊”的一声尖叫，脸色煞白。原来竟是他最害怕的大蟾蜍。“好你个臭小子！”他一下子蹦了起来，一把抓住伊织的脖子。恰在这时，寺僧前来迎接伊织，说住在后面的施主长冈佐渡大人召唤。

“是不是出什么差错了？”连住持都一脸担心地跑了过来。

“不不，佐渡大人只是叫他去解解闷。”

“那就好。”听寺僧这么一说，住持这才松了一口气，却似乎仍未完全放心，亲自牵着伊织的手，将其领到了佐渡面前。

书院的邻室里已经铺好被褥，老迈的佐渡正横躺在那里。看来他非常喜欢小孩，看到伊织呆呆地坐在住持的身旁，便问道：“几岁了？”

“十三。今年十三了。”伊织善解人意地答道。

“想当武士吗？”

听对方这么一问，伊织点点头。

“嗯……”

“那就来我府上吧。如果打水拿鞋你样样都能做好，以后我就让你做我的随从。”

话音未落，伊织就默默地摇了摇头。

“你不可能不想去，一定是害羞吧？我明天就带你回江户。”

佐渡如此重复了好几遍，伊织终于像勤杂和尚那样拒绝起他来：“老爷，你要是不给我点心，就是骗人。快给我点心，我要回去了。”

住持的脸一下子变得铁青，当即啪地打了一下伊织的手。

三

“别责备他。”佐渡反倒责备起住持来，“武士是不会撒谎的。快把点心给他拿来。”他当即吩咐仆从道。

伊织拿到点心后，立刻揣进怀里。

佐渡见状，问道：“你怎么不在这儿吃？”

“师父还在等我呢。”

“哦……师父？”佐渡脸上现出诧异的神色。

伊织俨然一副已办完事的样子，理都没理佐渡便跑出屋。长冈佐渡于是讪笑着钻进被窝，住持则再三叩首致歉。不久，他追到斋堂问道：“那小孩呢？”

“刚背了小米回去了。”斋堂的人答道。

黑夜中，倘若竖起耳朵凝神细听，便会听到从某处传来的用树叶吹出的奇怪声音。噼卡，噼，噼噼卡，噼。只可惜伊织并不会唱好听的歌，赶马人唱的歌是不适合吹叶笛。而盂兰盆节上那种起源于载歌载舞的地方歌会的民谣似乎也过于复杂，不适宜这简单的叶笛。最终，伊织只能一面在大脑里描摹着神乐的伴奏乐，一面将树叶贴在嘴唇上，接连吹出奇怪的声音，连道路的遥远都忘记了。不久，当他来到法典原附近时，忽然将嘴唇上的树叶跟唾沫一起吐了出去，一下子钻进了路旁的草丛。

荒野中的两条小河在这里汇合，朝村落流去。土桥上，只见三四个彪形大汉正交头接耳，嘁嘁喳喳地嘀咕着什么。

伊织一看几个人的面孔，顿时一惊。“啊，来了！”他一下子便想起了大前年暮秋时发生的事。这一带的母亲呵斥孩子时，经常挂在嘴边的一句话便是“你若不听话，就把你装进山神的轿子里送进山”。

这种烙在幼小心灵中的恐惧伊织到此时都不会忘记。

听说很久很久以前，山神的白木轿子每隔几年便会巡回到距此八到十里的山上的神社里驻下。当地百姓一得到消息，便会将积攒的五谷等全拿出来，有的甚至连宝贝闺女的工作都会做通，让其打扮得漂漂亮亮，张灯结彩地进贡到山里。可不知从何时起，人们发现山神原来竟是凡人，便要滑怠慢起来，再也不积极进贡了。

自从战国时代以来，即使这些装神弄鬼的党徒把轿子停在山间的神社里，特意去通知百姓，也没有人再进贡。于是党徒们就带着捕猎野猪用的矛头、射杀狗熊的弓箭、斧头和短矛等，总之，拿着那些让百姓一看就会吓瘫的武器，每隔一两年，估摸百姓又攒下了一定的财物后，便闯进村里打劫。

上次悍匪们来这一带打劫已是大前年秋天时的事了，当时的惨状在伊织幼小的心灵中烙下了阴影。如今当他望见土桥上的人影时，恐怖的记忆立刻像闪电一样被唤起。

四

不久，又有人成群结队地从远处朝荒野赶来。“喂！”土桥上的人影一呼，远处的队伍便“哦”地一应。声音从若干方向传来，然后消失在晚霞尽头。

伊织屏住呼吸，瞪大眼睛，从草丛中窥探着动静。不觉间，便有四五十个土匪黑压压地聚集到土桥附近，然后分别交头接耳了一阵子，看来是在协调步骤。

“上！”只见一名首领模样的男子将手一挥，所有土匪顿时像蚂蚱一样，一溜烟地朝村子冲去。

“出事了！”伊织从草丛里探出头来，眼前似乎已浮现出那恐怖来。”说着他又奔了起来。

此时，从各处返回来的村民已超过百名，逃进地板下和草丛里的也已陆续出来，他们的队伍已越来越壮大。

“那就是村长家。”村民们远远地指着说道。只见房子外面围着一道徒有其名的土墙，在村里算是大户人家了。走近一闻，仿佛喷涌的酒泉一样，酒香顿时扑鼻而来。

六

还未等村民们躲进附近的隐蔽处，武藏便翻越土墙，只身一人进入了被土匪当成大本营的村长家。土匪头目正与几个小喽啰聚在宽敞的泥地房里，强搂着姑娘，喝得烂醉。

“慌什么！”土匪头目正在发火，“不就是一个捣乱的吗，还用得着我动手？你们赶紧去给我收拾了。”他劈头盖脸地呵斥着前来告急的手下。

就在这时，土匪头目忽然听到外面的异样声音。周围一边撕烤鸡一边狂灌酒的土匪们也一惊。“啊，什么人？”说着一齐站了起来，下意识地抓起武器。

一瞬间，他们全呆住了，所有的注意力都被吸引到传来恐怖惨叫的泥地房入口处。而此时，武藏早已跳到房子一旁。找到正房的窗口后，只见他用枪柄点地，纵身一跃跳进屋内，站在土匪头目身后。

“你就是土匪头目？”

土匪头目应声回头，就在这一瞬，他的胸膛已被武藏刺出的矛头戳穿。“啊！”男子狰狞地惨叫一声，尽管浑身是血，可他还是企图抓着枪站起来。武藏顺势一松手，男子胸膛上扎着枪，径直跌落在泥地上。

的光景。在和煦的夜霭中坠入梦乡的村子顿时传来嘈杂的鸡叫声，牛吼马嘶，老人和孩子的哭喊声近在咫尺。

“对……赶紧去告诉住在德愿寺的武士一声。”正当伊织要返回去报告这里的大事时，原本已不见人影的土桥后面却突然传来了喊声：“喂！”

伊织一个趔趄，拔腿就逃，可还是比不过大人的腿脚，最终被在那里警戒的两个土匪揪住了脖子。

“哪里去？”

“干什么的？”

其实伊织只需“哇”的一声大哭起来即可。可是他哭不出来，还拼命地抓挠抓住他脖子的强壮手臂，使劲挣扎。土匪不禁对他起了疑心。

“这家伙，一定是看到我们后，想去通风报信。”

“把他扔到那边的水田里去。”

“不，看我的。”话音未落，伊织就被另一个人踢到土桥下，随后跳下来的土匪则把他绑在桥桩上。

“好。”土匪丢下伊织后，重新跳回桥上。

当、当……寺里的钟声响了起来。看来，寺里知道了土匪来袭。村子里火光冲天，土桥下的流水被染得像血一样红。婴儿的哭喊声令人心碎，女人的悲鸣听起来撕心裂肺。不久，伊织便听见车轱辘的声音呱啦呱啦地滚过头顶，原来是四五名土匪正将劫来的财物满载在牛车马背上，从这里通过。

“畜生！还我老婆！”

“干什么？不要命的家伙！”

怎么回事？原来，百姓已开始在土桥上与土匪格斗，凄厉的呻吟声和脚步声混杂在一处。还未等伊织回过神来，浑身是血的死尸便一个接一个地落在伊织面前，血往他脸上溅来。

五

死尸被河水冲去，一息尚存者则抓住水草，爬上岸来。被绑在桥桩上目睹惨状的伊织大声朝其喊道：“快给我解开绳子！解开我的绳子，我去给你们报仇！”

可是被砍的百姓爬到了岸上，就趴在水草中不动了。

“喂，快给我解开绳子啊！我去救村里人，解开我的绳子！”人小鬼大的伊织俨然已忘记了自己的安危，他拼命地大喊，呵斥着懦弱的百姓，命令着他们，可昏倒的人们仍未注意到。于是伊织再一次试图自己挣断绳子，拼命地挣扎起来，可一切努力都是白费。

“喂！”他错一错身子，尽量伸出脚，踢着一名昏倒在地的负伤者的肩膀喊道。

终于，一张沾满泥巴和鲜血的脸抬了起来，两眼无力地望望伊织。

“快，解开这绳子，解开！”

那人终于爬了过来，但解开伊织的绳子后就断了气。

“等着瞧！”伊织望望桥上，咬着嘴唇。土匪们将追来的百姓全都杀死在这里，可装满财物的牛车却陷进了土桥腐烂的地方，他们正在吵嚷着往外拽。

伊织沿着水边，没命地在河岸的阴影中跑了起来。他涉过浅水，爬上对岸，撒腿在荒野中狂奔，一口气在既无田地又无住家的荒野上跑了半里路。不久，他终于跑到了山丘上的那间与武藏一起居住的小屋。一抬眼，一个人影正站在小屋旁凝望着天空，正是武藏。

“师父——”

“哦，伊织。”

“快去！”

“去哪里？”

“村子。”

“那火光是……”

“山里人袭来了。大前年时就曾来过一次的家伙们。”

“山里人？山贼？”

“有四五十号人。”

“那钟声是告急的？”

“快去！有好多人在等着解救呢！”

“好。”武藏顿时折回小屋，又立刻出来，原来是去整备鞋履。

“师父，快跟着我。我给你领路。”

武藏摇摇头。“你在小屋里等着。”

“哎，为什么？”

“危险。”

“不危险。”

“碍事。”

“可是师父不知道去村子的近路啊。”

“那火光就是最好的带路人。听着，你给我老实地待在这小屋里。”

“是。”伊织无奈地点点头，刚才充满正义的小小心灵顿时失去了飞跃的目标，一脸落寞。

村子里仍火光冲天。只见被烈焰映红的原野中，一个人影正像鹿一样向前冲去，正是武藏。

征夷

一

父母遇害，丈夫被杀，失去孩子，一群像念珠一样被绑在一起的女人，正一面哭天号地，一面被驱赶着走在荒原上。

“吵死了。走不走？”土匪们挥着鞭子抽打她们。这时，一个女人忽然惨叫一声倒在地上，前后拴在一起的女人也都跟着倒了下来。于是土匪们抓着绳子，一面拽，一面呵斥道：“真是些不知好歹的玩意儿！天天喝着能照见人影的稀饭，年年种着这不长庄稼的贫土，瘦得跟皮包骨头一样，这有什么好的，干脆跟我们一块儿过吧，日子赛神仙啊。真麻烦。干脆把绳子拴在马身上，让马拉着得了。”

每匹马的背上都堆满了山一般劫掠来的财物和粮食，土匪们将绳子一头拴在其中一匹上，然后拼命抽打马屁股。

于是，女人们便哭爹喊娘地被奔马拖着跑了起来。有的倒在地上后，黑发被拖在地上，撕心裂肺地叫喊：“胳膊断了！胳膊断了——”

“哈哈哈！哈哈哈！”土匪们狂笑不已，成群结队地尾随。

“喂喂，你这也太快了。适可而止行了。”

后面土匪的话音未落，马和女人就都停止不前，只是刚才还在抽打马屁股的土匪却连吱都没吱一声。

“咦，怎么又停下等起来了？笨蛋！”

其他人立刻哈哈笑着赶上前来。不过，嗅觉灵敏的土匪立刻便嗅到了一股血腥味。“啊？”目光也一齐畏缩起来。“谁？谁？是谁？谁在那儿？”

他们看到一个人影正踏着草缓缓地走近，手里提着的白刃正笼罩着一层雾一般的血气。

“啊！啊！”

前面的人向后退，顿时与后面的挤撞在一起。而在此期间，武藏已经目测出土匪约有十二三人。然后，他便将目光锁定在其中一名看似难缠的男子身上。

土匪们抽出山刀，另有一名手持利斧的男子冲到一侧，捕猎野猪的枪矛矛穗也同时斜着逼了过来，压得很低，觊觎着武藏的侧腹。

“不知死活的家伙！”其中一人喊道，“哪里来的流浪汉，胆敢杀死我兄弟！”

话音未落。“哇！”右侧持斧的男子忽然发出咬舌般的声音，踉跄着倒在武藏面前。

“不知道吗？”血泊中，武藏收回刀说道，“我乃是保护良民和土地的镇守之神的使者！”

“开什么玩笑！”

武藏撇开那刺空的长矛，举起大刀，朝山刀群中杀去。

二

当土匪们高估自己的力量，尚未把独自一人的对手放在眼里时，武藏还是免不了一番苦战的。可是眼看着众多同伴被这一个对手打得七零八落，一个个倒地身亡，土匪们开始慌乱。怎么会出现这种事呢？好小子！不服气的进攻者接连曝尸荒野。

一旦厮杀起来，武藏便摸清了敌人的力量。并非数量，而是整个团体的力量。尽管以一敌多并非他拿手的刀法，可他还是对这种唯有在一赌生死的混战中才能学到的战法深感兴趣，因为从中可以体会在一对一的比试中无法体会到的东西。

于是一开始，他便在稍远的地方斩杀了那名让马拖着女人们跑的土匪，祭了祭刀，然后又夺下敌人的山刀，并未使用自己携带的大小两刀。当然，他并非是出于一种清高的想法，认为斩杀这种鼠辈岂能玷污自己的宝刀，而是出于一种更现实的目的，即爱护自己的武器。

对方的武器杂乱不一。一旦对战，极可能会伤到自己的刀刃，或是让自己的刀折断。人，尤其是在一些关键时刻，往往会因为身上没带武器而败北，这种事情不胜枚举。所以武藏从不轻易拔出自己的武器，历来都是夺取敌人武器再杀敌人。不知不觉中，这种技艺已练到炉火纯青的地步。

"好小子，你等着！"

土匪们开始四处奔逃。原先的十多名土匪只剩下五六人，朝来时的方向逃去。村里一定还有不少他们的同伙，正在胡作非为糟蹋百姓。他们逃回去，一定是想纠集其他同伙，卷土重来。

武藏稍稍喘了口气。他先返回后面，将捆绑在倒地女人们身上的绳子一一斩断，让尚有力气站起来的女人暂时照看那些站不起来的。她们已连致谢的话都说不出来，只是仰视着武藏的身影，像哑巴似的跪地哭泣。

"你们可以安心了。"武藏先安慰了一句，接着又道，"你们的父母、孩子和丈夫都还留在村里吧？"

"是。"女人们点点头。

"我必须也要救他们。若是只救了你们，老人和孩子没有获救，你们仍是不幸的。"

"是。"

“你们应该有保护自己、互救互助的力量。只是你们不会集中和运用力量，才遭到贼人的糟蹋。就让我来帮你们一下吧，你们也都拿起刀来。”说着，他将土匪丢弃的武器收集起来，一一交到她们手里，“你们只要跟我来就行了。照我说的去做，把你们的父母、孩子和丈夫从烈焰和贼人手中救出来。大家的头上都有守护神在保佑，不用怕。”说罢，他越过土桥，朝村子方向赶去。

三

村子里大火仍在燃烧。幸好民家散在各处，烈焰并未连成一片。道路被火光映得通红，甚至映出了移动的人影。武藏率领着女人们接近村子，

“啊！”

“是你啊？”

“没事吧？”

躲藏起来的百姓立刻汇集起来，眨眼间便聚了好几十人。一看到父母、兄弟和孩子还健在，女人们顿时拥上去号啕痛哭。她们指着武藏。“是他救的。”接着便用浓郁的乡音，带着由衷的喜悦，将被救的经过告诉亲人们。

百姓们看到武藏，起初都现出了异样的眼神。眼前的恩人竟是平日里恶语嘲讽为法典原上的疯子浪人的男子。

面对众多村民，武藏把刚才说给女人们的话又重复了一遍，然后命令道：“大家都拿起武器来。随手摸起一样东西就行，木棒也行，竹竿也行。”

一个违背者也没有。

“劫掠村子的土匪一共有几十人？”

“五十人左右。”有人答道。

“村里有多少户呢？”

有人回答说有七十来户。由于村中仍具大家族遗风，所以每户至少有十人以上。如此算来，村里共住着七八百名百姓。除去其中的老幼病残，男女壮劳力起码得有五百名。这么多的人，却被区区五六十个土匪劫走每年的收获，女孩子和家畜被糟蹋也无计可施，武藏实在看不出其中有什么令人同情的理由。

部分原因当然在于施政者的不作为，而另一部分原因则在于村民们没有自治和武力。只有那些没有武力的人，才会永远对武力抱有绝对的恐惧。只要了解了武力的性质，武力就不再是恐怖的东西，反倒成为了和平的维护者。这个村子一日不拥有维护和平的武力，这种祸患就一日不会断绝。武藏立刻意识到讨伐今夜的土匪并非自己的目标，让村民们组织自己的武装才是根本的解决之道。

“法典原的浪人先生，刚才逃走的土匪又召集了很多同伙，正朝这儿赶来。”一个赶来报告的村民挥着手，向武藏和其他村民告急。

即便手持武器，可骨子里仍惧怕山贼。村民们顿时一片慌乱，害怕起来。

“我早就料到。”武藏先给他们喂上一颗定心丸，然后命令道，“都隐蔽到道路两侧。”百姓们争先恐后地躲到树荫或旱田里。只留下武藏一人。

“一会儿贼人袭来时，我会一人迎斗他们，然后就假装逃跑。”他环顾着村民们隐匿的道路两旁，自言自语般说道，“这时，你们还不用出来。不久，追杀我的贼人一定会再次溃逃到这里。到时候，你们就高声呐喊，冷不丁从一旁冲出来，攻打他们。然后再潜藏起来，然后再冲出来，藏了又出，出了又藏，痛击土匪，一个不剩。”

说话间，一群土匪已像魔军一样从远处杀来。

四

土匪们的装扮和队容简直就像原始时代的军队。在他们的眼里，眼下既不是德川的天下，也不是丰臣的世道。山便是他们的天地，村落便是一时填充他们所有饥饿的地方。

“啊，等等！”先头一人停住脚步，拦住后来的同伙们道。山贼们前后来了二十多人，有的提着世上已很少看见的大钺，有的抱着生了锈的长枪，在红色火光的映照下，黑压压地聚在一起。

“在吗？”

“那是不是？”

“对，就是他！”这时，其中一人指着武藏的影子说道。

武藏就在十间远的地方，站在路的中央挡住去路。面对如此阵势，武藏竟若无其事，毫不慌乱。

咦？这家伙……这群猛兽也不禁怀疑起自己的威势，又惧怕起武藏的态度，一时裹足不前。不过，这种犹豫也仅仅是一瞬间，立刻便有两三名土匪满不在乎地闯上前。“是你吗？”他们说道。

武藏炯炯地盯着逼近的歹人。仿佛被他的眼神缚住一般，歹人睨视着武藏，不敢上前。

“就是你吗，给我们捣乱的家伙？”

“正是。”武藏开口之际，也正是他手里的刀径直斩向贼人的时候。

哇！一阵打斗之后，双方已分不清彼此。仿佛被小旋风席卷的羽蚁群，乱斗开始了。可是道路一边是水田，一边是行道树的土堤，这种地形对土匪们非常不利，对武藏却是绝好的机会。而且，土匪们尽管凶猛，可他们既没有统一的武器，也没有有素的训练，倘若与一乘寺垂松时的决战情形相比，武藏还未有那种踏上生死之地的感觉。并且大概是因为他从一开始便怀有一种乘机后退的想法，而恶斗吉冈门下的众人时，他连后退一步的想法都没有，可如今恰恰相反，他压根就没有与他们恶斗的念头，只是在以兵法之“策”操控着对手而已。

“啊，浑蛋！”

“竟然想逃！”

“哪里逃！”

土匪们在奔去的武藏后面紧追不舍。不久，他们终于被引诱到荒野的一边。

比起刚才的狭长地带，这空无一物的广阔原野显然对武藏不利。只见武藏忽地逃向这边，忽地又窜向那边，让敌人密集的武力分散开后，又突然杀个回马枪。“嗨！”唰地一刀！又是一刀！手起刀落间，武藏的身影已由这个血柱跳向那个血柱。

即使用“砍瓜切菜”一词来形容也毫不夸张。被杀者狼狈至极，几乎已经傻眼，而杀人者则得心应手，如进忘我境界。土匪们顿时崩溃，呼啦一下子朝原路逃了起来。

五

“来了！”潜伏在两边的村民们一听到山贼逃回的脚步声，顿时齐声呐喊：“杀啊！”众人蜂拥而起。

“浑蛋！”

“禽兽！”

人们挥起竹枪、木棒等各式武器，呼啦一下子围住逃跑者，迅速将其乱棍打死。

“隐蔽！”眨眼间，人们又潜伏下来。不久，看到逃窜而回的土匪，便再次蜂拥围住。“浑蛋！”他们用灭蝗般的群力将土匪一个个打死。

“这些家伙，这么不禁打！”百姓们顿时振奋起来。目睹着眼前数具土匪的尸体，他们这才发现，原来自己身上竟然也有一股以前从未发现过的力量。

“又来了！”

“就一个人！”

“干掉他！”

村民们再次蜂拥而上，可这一次跑来的是武藏。

“哦，错了，错了，是法典原上的浪人先生。”村民们顿时像迎接将军的走卒一样，立刻分列在两旁，望着浑身是血的武藏和他手上的血刀。

血刀的刃已经卷得像锯齿一样。武藏将其丢掉，捡起一支被土匪丢在地上的长矛，说道：“你们也把死尸的刀和枪矛都捡起来。”

听他一说，村民中的年轻人顿时争抢着拾起武器。

“走，是时候了。你们要团结起来，把山贼赶出村子，夺回自己的家和家人！”武藏一面鼓励，一面冲在前头。此时已没有一个村民害怕，就连女人、老人和孩子也都纷纷捡起武器，跟在武藏身后跑了起来。

跑进村子一看，只见那颇具古昔之风的大农家仍在熊熊燃烧。村民的影子，武藏的影子，还有树木和道路全被映得通红。烧毁房子的烈火又蔓延到竹林里，青竹爆裂，噼啪作响。接着，婴儿的啼哭声传来，着火的牛棚里，牛也在凄惨地狂叫。可是纷纷落下的火星当中，没有发现一个贼人的影子。

“哪儿，发出酒味的地方在哪儿？”武藏忽然问道。

村民们已经被烟呛得头昏脑涨了，哪里还会嗅到酒香，不过被武藏如此一问，立刻齐声答道：“只有村长家的酒缸里储藏着酒。”

武藏告诉他们，山贼就聚集在那里，并向大家授计一番。“跟我

二

自那以来，武藏的名字就深深地烙在了佐渡心里，无法遗忘。那种人才是主公欲求的人才呢，佐渡一直偷偷将这件事装在胸中。只是他一直想再访法典原，亲眼见过此人后再举荐给细川家。如今回想起来，从在德愿寺产生这种念头的那一夜起，不觉间已过了一年多。由于公务繁忙，自那以后，他便没能找到去德愿寺参拜的机会。武藏现在如何呢？一句话让佐渡牵起了诸多回忆。而岩间角兵卫仍期待佐渡能帮忙举荐赋闲在自家的佐佐木小次郎，于是频频介绍小次郎的履历和优点，希求佐渡的首肯。

“到了主公面前，还请多多美言。”

“知道了。”佐渡答道。比起角兵卫所托的小次郎来，他心里牵挂的仍是武藏。

来到靶场一看，少主忠利正与家臣比试射术。

忠利射出的箭，箭箭都中靶心，连鸣声中都带着一股气度。他的随从却不时地建议道：“今后的战场上全该使用火枪了，其次是矛头，至于太刀、弓箭之类就没大用了。弓箭已成了武家的装饰，主公只学学礼法不就得了？”

每当这时，忠利便反问起随从来：“我的弓是以心为靶子的。你以为我这么练习就是为了到战场上能射杀十个二十个武士吗？”

对于老主公三斋公，细川家的家臣当然心服口服，但他们中却没有一人是慑于三斋公的余威才侍奉忠利的。对于忠利身边的侍从来说，三斋公伟不伟大根本就与忠利没关系。他们由衷地将忠利本人奉为英主。

说来话长，忠利晚年时的一件事可以说明藩臣是何等敬畏忠利。

此时，武藏已夺过随后扑来的土匪的刀。手起刀落，顿时一人喋血，一人一命呜呼。“哇！”土匪们立刻像马蜂一样争抢着向泥地房外逃去。

武藏顺势把刀丢向土匪，又随手从死尸的胸膛上拔出枪，拿在手中。“不许动！”他跳到外面，把枪一横，形成一道铜墙铁壁。仿佛竹竿击打的水面一样，土匪们呼啦一下分散开来。但宽敞的空间让长枪如鱼得水，武藏将长枪抡得呼呼生风，简直快把橡木黑柄都抡弯了，或刺或挑，或扫或打。

自知不是武藏对手的土匪纷纷朝土墙的门口逃去，可手持武器的村民们早就围堵在那里。土匪只好翻越围墙滚落到外面，多数被候个正着的村民们当场打死。就算是侥幸逃跑的，也差不多快半身不遂。村中的男女老幼生来第一次发出胜利的欢呼，高唱凯歌。不久，当他们找到自己的孩子、妻子和父母时，顿时互相拥抱，喜极而泣。

这时，忽然有人说了一句：“要是他们再来报仇就麻烦了。”

一听此言，村民们又开始惧怕起来。

“他们再也不会来这个村子了。”武藏告诫他们后，人们才终于恢复安心的神情。“只是，你们也不要太过自信。你们的本业并不是武器，而是锄头。一旦混淆了自己的身份，炫耀起半生不熟的武力来，恐怕遭受的天谴比土匪还可怕。”

七

“查看了没有？”正巧，住在德愿寺的长冈佐渡并没有睡。村里的大火就在前方的荒野和沼泽一带，但看来火势已被控制。

“是，刚查看回来。”两名仆从齐声说道。

“贼人逃了吗？村民的遇害情况如何？”

“我们赶去时，村民们已打死了一半贼人，剩下的似乎都被驱散了。”

“竟有这事？”佐渡顿时纳闷起来。若真是这样，他便不得不重新考虑主人细川家领地上的治民方式。

总之，今夜已经迟了。想到这里，佐渡便卧床睡下。次日早晨赶回江户时，佐渡却忽然说道：“稍微绕一下，到昨晚那个村子去看看。”说着，他掉转马头赶向那村子。

德愿寺的一名寺僧也跟来做向导。一到村子，佐渡便回头看了看两名仆从，怀疑地说道：“你们昨夜是怎么查看的？你们看，路边那些贼人的尸体像是被百姓们杀死的吗？”

村民们并未睡觉，一直在清理烧毁的房子和死尸，一看到马上的佐渡，却全都逃到了家中。

“他们一定是误解我了。来人，给我找个稍微明理的百姓来。”

于是，德愿寺的僧人便带来一人。佐渡这才得知昨夜事情的真相。

“我说呢。”他连连点头，“那，你说的那浪人究竟是什么人？”

当佐渡再问时，那人却挠起头来，说连名字都不曾问过。可佐渡无论如何也想知道，于是寺僧便又去打听了一下，返回后说道：“说是叫宫本武藏。”

“什么，武藏？”佐渡立刻想起昨夜的少年，“看来，他就是那个小孩所称的师父了。”

“那人平时都是跟那个小孩一起开垦法典原的荒地，学农民做事，是个奇怪的浪人。”

“真想见见这个男人。”佐渡喃喃了一会儿，忽然想起藩邸里还有杂事要处理，于是说道，“算了，下次再来吧。”便催马继续前行。

来到村长家门前时，一样东西忽然引起了佐渡的注意。就在一个似乎在今晨刚竖起来的崭新的公告牌上，写有几行墨迹未干的文字：

村人须知

锄头亦是剑

剑亦是锄头

居土中而不忘乱

置乱中而不忘土

依身份而归一

切记

万不可违背世道

“唔……这公告是谁写的？”

村长闻声出来，伏地答道：“是武藏先生。”

“上面的意思，你们懂得吗？”

“今天早晨，他将村民全都召集起来，详细作了说明，所以差不多都懂了。”

“寺僧。”佐渡回头说道，“你可以回去了，辛苦了。很遗憾，我有要事在身，只好下次再来了。再会。”说罢，他催马扬长而去。

四月时节

一

细川三斋一直住在丰前的小仓，并未在江户的藩邸待过。江户这边主要是长子忠利在驻守，与辅佐的老臣共同裁断大小一切事务。忠利才智过人，年龄也才二十出头，即便与那些簇拥着新将军秀忠移居到这新城府的天下枭雄和豪杰大名为伍，也丝毫没有辱没父亲细川三斋的身价。不仅如此，他锐意进取，颇有远见，尽管在诸侯中算是新人，可与那些叱咤战国只以武力为荣的粗犷的老大名相比，真可谓有过之而无不及。

“少主呢？”长冈佐渡探问道。

书房也没有，马场也未见人影。藩邸虽大，可庭院等处仍未修整好，一部分还是原有的树林，一部分则将树木伐掉作了马场。

“少主在哪里？”佐渡从马场回来，捉住一名路过的年轻侍从问道。

“在靶场。”

“又在练弓箭啊。”于是佐渡穿过林间小径，朝靶场走去。

嗖！只听箭羽轻快的鸣声不时从靶场方向传来。

“佐渡先生。”忽然，有一人叫住了他，原来是同为藩臣的岩间角兵卫。此人务实而干练，深受主人器重。“去哪里？”角兵卫凑了上来。

“去找少主。”

“少主正在练箭呢。”

“有要事在身，纵使练箭也得禀报。”

说着正要过去，角兵卫却拉住了他。“佐渡先生，您若是不急，有点事我想跟您商量一下。”

“什么事？”

“站着说话不方便。”说着，角兵卫打量一下四周，“咱们到那儿去说吧。”说着便将佐渡邀入林中茶室的厢房，“也不为别的，就是想请先生与少主谈话时，帮忙推荐一个人。”

“想来这里谋差？”

“想必佐渡先生那里也有不少人想通过各种门路来谋个差使吧。不过，我这儿的这个人物可是一个少见之人啊。”

“哦……若真是人才，主公也是求贤若渴啊，只可惜想来的全是些想混吃的人。”

“此人绝非等闲之辈。说实话，与鄙人的内子还有些亲戚关系呢，从周防的岩国来后，已在我那儿赋闲有两年了。依我看，他便是主公所求的那种人才。”

“岩国？也就是吉川家的浪人了？”

“不，是岩国川的乡士之子，名佐佐木小次郎，年纪虽轻，却自幼师从钟卷自斋习得富田流刀法，拔刀之法则得到了吉川家的食客片山伯耆守久安的真传。但他仍未满足，又独创了一流刀法，名曰岩流。”角兵卫极力称赞，欲将此人推荐给佐渡。

在推荐人才时，任谁都会徇一些私情，可佐渡却不以为然。他反倒一下子又想起另外那个意中人来。此人装在他心里已有一年半，尽管由于事务繁忙而一度遗忘。那便是一直在葛饰的法典原上从事开垦的宫本武藏。

那是细川家的领地被从丰前小仓移封到熊本的时候。在入城仪式上，忠利在熊本城的正门前下了轿子，衣冠整齐地跪坐在新席子上，朝着即将以城主身份坐镇的熊本城伏地礼拜。就在这时，忠利冠上的带子碰到了城门的门槛。后来，忠利的家臣就不用说了，就连之后的代代家臣都恪守着一条规矩，即早晚进出城门的时候，决不会从中间的门槛上跨过。

通过这一例子，不难看出，当时一国的国主对“城”的态度是何等严肃，家臣们对其“主公”是何等尊崇。忠利自壮年时代便已是气度非凡，要向这样的明主推荐家臣，一般的人当然不敢。

长冈佐渡来到靶场，一看到忠利的英姿，便立刻为自己与岩间角兵卫分手时随口答应的那一句“知道了”而后悔。

三

细川忠利混在年轻侍从当中，因比试射箭而满头大汗。他就像个年轻侍从一样，一点架子都没有。现在他正在歇息，一面与侍从们逗笑，一面来到靶场的休息间擦汗。无意间瞥见老臣佐渡的面孔，于是说道：“老人家，你也射一箭看看吧。”

“不，若是跟你们混到一起，那我岂不也成小孩子了。”佐渡也开玩笑道。

“瞎说。你总是把我们看成还留着总角的毛孩子。”

“那当然。我的弓法，无论是山崎合战的时候，还是韭山城死守的时候，都是屡蒙老主公赞赏的上乘弓法，是大家公认的。我是不会在靶场里跟你们这些小孩子寻乐解闷的。”

“哈哈哈，又来了。佐渡老爷子又卖弄起来了。”侍从们都笑了起来。

忠利也苦笑一下，穿上衣服。“有什么事吗？”他正经起来。

佐渡首先简单禀报了一下公务，然后又道：“岩间角兵卫说有一人要推荐给主公，不知主公见过那人没有？”

忠利似乎已然忘记，摇摇头，不过立刻又想了起来。

“对对。他是几次三番向我推举过一个叫佐佐木小次郎的人，但我还没见呢。”

“那么，见一下如何？但凡有能之人，各诸侯家都在以厚禄争抢。”

“果真是如此的人才？”

“先叫来看看再定也不迟啊。”

“佐渡……是角兵卫又托你美言了吧？”忠利苦笑道。

佐渡深知这位少主的英敏，也知道自己决瞒不过他，于是讪笑道：“主公英明。”

忠利的手仍嵌在射箭的皮手套里。他一面从侍从手里接过弓，一面说道：“角兵卫举荐的人物要见，你上次在夜里谈到的那个叫什么武藏的人物，我也想见一见。”

“少主还记得？”

“我当然记得，但你恐怕早就忘了吧？”

“不，只是后来一直没机会去德愿寺。”

“为求一人才，就算将琐事全都丢下也值。至于顺道办事之类，这恐怕不合老爷子的一贯做派吧。”

“老臣实在诚惶诚恐。只是由于各处的举荐颇多，老臣以为少主只是随便听听，便只当是说说而已，一直耽搁了下来。”

“不不，别人眼光如何倒不好说，可你老爷子看上的人，我也很期待啊。”

佐渡内心惶恐。从藩邸回到自己的府中后，他立刻让人备马，只带了一名随从，便往葛饰的法典原赶去。

四

今夜已没法住下了，佐渡打算快去快回。由于心里着急，他连德愿寺都没有去，催马直奔法典原。

"源三，"他回头看了一眼随从，说道，"这一带不就已是那法典原了吗？"

随从佐藤源三答道："属下也觉如此。可您都看到了，这里全是麦田啊，开垦的地方应该在更里面才对。"

"是吗？"

二人已经从德愿寺跑了不少路。倘若继续往里走，就要进入常陆路了。太阳已开始西沉，麦田里，白鹭像洒落的粉面一样纷纷起舞。河滩边，山坳里，处处都种满了麻，小麦也在随风沙沙作响。

"哦，主人。那里聚集了许多农夫。"

"唔？果然。"

"我去问问。"

"等等。到底在干什么呢，一个接一个地在地上磕头，好像在拜什么。"

"管他呢，先去看看再说。"说罢，源三揪住马笼嘴，涉过河滩的浅水，走向那里。"喂，百姓们。"他一声招呼，人群顿时吓了一跳，四散开来。再一看，只见那里有一处搭建的小屋，一旁还有一处鸟巢箱一样小的佛堂，人们正在那里祭拜。

约有五十名结束了一日劳作的百姓聚集在那里。看来每个人都要回家了，携带的农具都已清洗干净。吵嚷间，只见里面走出一名僧人。

"哎呀，我当是哪位贵人，原来是长冈佐渡大人啊。"

"哦，你不是去年春天村里发生骚乱时给我带过路的那名德愿寺僧人吗？”

“正是贫僧。大人今日又来参拜了？”

“不不，我是突然想起一件事便匆匆起程，直接赶奔这里。我想问一下，当时在这里开垦的那个叫武藏的浪人，还有那个叫伊织的小孩，现在还在吗？”

“那位武藏先生已经不在这儿了。”

“什么，不在了？”

“是的。就在半月前，忽然离开这里去了他处。”

“那，是有事走了？”

“不。由于只有那一天大家全都休息，而这老闹水患的荒地也变成绿油油的田地了，于是大家就高高兴兴地举行了一个祈求丰收的仪式。可第二天早晨，那个武藏先生和伊织就离开了这小屋。”

仿佛那武藏先生仍在眼前似的，僧侣一面说着，一面讲起事情的原委。

五

自那以来，惩处了土匪，村子的治安得到了巩固，每个人的生活又都恢复了和平，便再没有第二个人直呼武藏的名字了。人们都尊敬地称他为“法典的浪人先生”，或是“武藏先生”，就连那些以前把他当成疯子、对他恶语相加的人都来到他的小屋主动帮忙。“让我也来帮你们一把吧。”

武藏也不嫌弃，一律平等相待。“想来这儿帮忙的就来吧，想富裕起来的人就来吧。只顾自己的人与鸟兽无异。想给子孙后代留下点东西的人就全来吧。”

听他如此一说，每日都会有四五十名手头没活的人聚集在他的开垦地里。农闲的时候，更是会有几百人来这里，齐心协力开垦荒地。

结果，去年秋天，从前一直肆虐的洪水终于被遏制住，冬天里耕土，春天时在苗床里撒上种子，引水灌溉，等到今年初夏时，尽管数量并不多，可新田里已然长满了青青的嫩苗，麻和小麦也长到了一尺多高。

土匪也不再来了。村人齐心协力，努力劳作。村里的男女老幼都视武藏为神明，每当做了草饼或刚下来新鲜蔬菜时，他们都会送一些到小屋来。

明年，这里的水田和旱田会增加一倍。再过一年，一定会增加到三倍。村民对驱除土匪和维护村子的治安充满信心，对开垦荒地也充满了坚定的信念。

为表达感谢之情，村民们便停下了一日的农活，把酒壶抬到小屋，然后围着武藏和伊织，和着乡间神乐的太鼓和笛子，举行了丰年祭。

当时，武藏便说道："这并非我一人之功，完全是你们的力量。我只是把你们的力量激发出来而已。"然后，他对恰巧赶来庆贺的德愿寺僧人又说道："像我这样一介漂泊之士，如果大家都依赖我，将来怎么能行呢？为了让这种团结和信念永远都保持下去，就请把这个当作心靶吧。"说罢，他便从包里取出一具木雕的观音像，交给和尚。

次日早晨，当人们再来此看时，武藏已经不在小屋里。看来他已经带着伊织不告而别，在黎明前便踏上旅途，连旅包都没有了。

"武藏先生不见了！"

"不知去哪里了。"

村民们仿佛失去了一位慈父一样，这一天竟连农活都不干了，完全沉浸在对他的追忆和哀惜中。

这时，德愿寺的僧人忽然想起武藏的话语，便鼓励起大家来："我们可不能辜负了先生的一片苦心啊。千万别荒废了田地，大家就继续垦田吧。"僧人还在小屋旁搭了一个小佛堂，供上观音像。于是村民们便自发地在早晨上工前和傍晚收工后来此跪拜，向武藏问安。

僧人的讲述至此结束，可是长冈佐渡的悔恨却不断啃噬着心灵。“啊……还是迟了。”草霭让四月的夜晚越发朦胧。佐渡遗憾地调转马头。“真可惜……我这怠慢真是形同不忠啊。迟了，一切都太迟了。”他叨念不已。

入城府

一

“两国”这一地名的出现乃是桥建成之后的事了。而当时，此地却连“两国桥”都还没有。可是，无论是从下总领方向蜿蜒而来的路，还是从奥州大道岔出来的路，都延伸到了以后架桥的地方，顶到了这条大河前。渡口处有一座森严的栅门，简直跟关卡差不多。从江户町奉行这一官职产生起，初代町奉行青山常陆介忠成的手下就在这里严格盘查过往行人。

哈哈，江户的神经也太敏感了吧，武藏不由得想。三年前，自己从中山道进入江户，又立刻踏上奥羽之旅时，这座都市对进出者的盘查还没有这么严格。如今却突然变得如此，这是为何？领着伊织排在木栅口等候盘问时，武藏如此想。

随着都市的发展，人也必定会增多，人性的各种善与恶都会表现出来，自然就需要制度，而那些钻制度漏洞的人也会随之活跃。在统治者努力打造繁荣昌盛文化的同时，在这文化的底层，卑鄙的贪心和欲望也会你死我活地不停撕咬。这大概也是严格盘查的部分原因吧。而且这里还是德川家的将军所在地，对大坂一方的警戒也需要日益加强。总之，即使隔着大河望望，这里也与武藏此前看到的江户明显不同，民宅的屋顶明显增多，绿地明显减少，光是这一点就让人顿生恍如隔世之感。

“这位浪人。”当喊声响起时，武藏已经被身穿皮裤的两个关卡差役从怀里摸到背部，又摸到了腰部，简直被摸了个遍。另一名差役则带着严厉的目光从一旁盘问：“进城干什么？”

武藏立刻答道：“也没什么目的，只是一介云游的修行者。”

“没有目的？”差役顿时呵斥起来，“修行难道还不是目的吗？”

武藏只好苦笑一下。

“籍贯是哪里？”对方继续盘问。

“美作吉野乡宫本村。”

“主人？”

“没有主人。”

“那旅费和其他费用是哪儿来的？”

“所到之处，全凭小小的雕刻余技，或是画点画来混口饭吃，或者求宿寺院。若有求者，也会教一点刀法，承蒙人们的周济才得以四处旅行……连这些都没有的时候，就只好风餐露宿，吞点草根野果之类果腹。”

“唔……那，你是从哪里来的？”

“在陆奥待了半年多，又在下总的法典原上学做了两年的农夫。但我不想永远侍弄泥土，便又来到了这里。”

“那你领的这小孩是怎么回事？”

“是在法典原上捡来的孤儿，叫伊织，已十四岁。”

“在江户有住处吗？无住处及无亲友者，一概不得进入。”

还真没完没了。身后已经等了许多行人，乖乖回答不仅太愚蠢，还会给别人带来麻烦，想到这里，武藏便答道：“有。”

“哪里？谁家？”

“柳生但马守宗矩大人。”

二

“什么？去柳生大人家？”差役有点畏缩，沉默了一下。

武藏觉得可笑。“柳生家”这个名字，其实也是自己碰巧想起来的。那次虽然未能与大和的柳生石舟斋见上面，可通过泽庵已成为相知。即使追问起来，柳生家恐也无法回答“不知此人”。说不定泽庵也来到江户城了呢。虽然最终也没能见上石舟斋，未能比试一刀实现夙愿，可是对于他的嫡子，而且是嫡传柳生流，如今正任秀忠将军教头的但马守宗矩，自己无论如何也要会一会，比试一下。

由于平时便有这种想法，面对差役的盘问时，武藏便不禁脱口而出，仿佛自己马上就要去此处似的。

“原来与柳生家有交情啊？失礼失礼。可是上头有严令，说总有一些可疑的武士趁机混入城内，所以一看到浪人，就要求我们严厉盘查。”差役的措辞和态度顿时来了个大转变，后面的调查便只是走走过场了。“请通行。”他随即将武藏送过关卡口。

伊织随后跟来，问道：“师父，为什么只对武士盘查得那样严格呢？”

“大概是防范敌人的密探吧。”

“可密探怎么会打扮成浪人的样子来通关呢？那差役的脑子是不是不大好使啊？”

“小点声，别让人听见。”

“渡船刚走。”

“看来是想让我们在等船的时候望望富士山吧。伊织，这儿能望见富士山。”

“富士山有什么稀罕的，从法典原上不也天天能看见嘛。”

“可今天的富士山不一样。”

“为什么？”

“即使是同一天，富士山也不会是相同的样子。”

“一样啊。”

“它会因时因地而不断变化。时间，天气，观看的场所，春天和秋天，还有观看者当时的心情，这些总会不同，看上去的样子自然也就不同了。”

伊织从河滩上捡起一块石子打了个水漂，又一下子跳过来，问道：“师父，我们现在就要去柳生大人的府邸吗？”

“这个嘛，还不好说。”

“可你刚才不是说了吗？”

“是打算去一次……但对方可是大名啊。”

“将军家的教头，一定很了不起吧？”

“嗯。”

“我长大之后，也要像柳生大人那样。”

“你的愿望就这么点？”

“怎么了？”

“你看看富士山。”

“我又成不了富士山。”

“与其心急火燎，今天想当这个，明天又想当那个，还不如像富士山那样，先默默地把自己塑造得像山一样不急不躁呢。不谄媚世间，而要让世间来仰视自己，世人自然就会承认你的价值。”

“渡船来了。”小孩总是不愿落在别人后头。伊织连武藏都丢在一边，率先跳上乘船的踏板。

三

河面时宽时窄。河中既有沙洲，也有水流湍急的浅滩。可无论如何，当时的隅田川还是一条自由洒脱的河流，而两国已是距海很近的海湾，浪大的日子，浊流便会没过两岸，使河面变成平常的两倍宽。渡船的船篙沙沙地撑着河底的沙砾前行，天空晴朗的日子，水流看起来十分清澈，从船舷上都能窥见鱼的影子，甚至埋在小石子间生了锈的头盔顶都清晰可见。

“怎么样，这回该是天下太平了吧。”只听有人在渡船中谈论道。

“那可不一定。”一人说道。

另一人反驳道：“早晚得有一场大战。你什么时候见过天下不用打仗就和平了？”

争论并未火热起来便停止了，更有人挂着“莫谈国事”的表情凝望着水面。谁都害怕官差的长耳朵，可民众们还是喜欢躲过官府的耳目来谈论这些。只是喜欢，毫无来由。

“这儿的渡船盘查就是证据。对过往行人的严厉盘查不是最近才开始的吗？听说上方那边不断有奸细潜到这边来呢。”

“照这么说，最近倒是经常听说有盗贼光顾大名的府邸呢。由于害怕传出来不好听，那些遭了贼的大名全都三缄其口呢。”

“那一定都是些细作。就是想钱想疯了的家伙，也不会豁上性命闯进大名的府里啊。绝不可能只是普通的小偷。”

这渡船上的乘客，简直就是江户的缩影。有身上沾满锯屑的木材商，有从上方漂泊而来的下等艺人，还有气势汹汹的粗鲁人，以及一群挖井的劳工、打情骂俏的卖笑女、僧侣和虚无僧，还有像武藏一样的浪人。

船一靠岸，人们便呼啦一下鱼贯上岸。

“喂，浪人。”忽然，有个男子从武藏后面追了过来。一抬头，原来是刚才在船上的一个身材粗短的粗人。“这是你掉的东西吧？这玩意儿从你的膝盖上掉了下来，我给捡来了。”说着，对方抓着一个红地锦缎的钱袋子一角递到武藏面前。虽说是锦缎，可由于太过古旧，连金线织花的光泽都被污垢的油亮盖上了。

武藏摇摇头。“这不是在下的物件，大概是其他乘客的东西吧。”

话音未落，只见一人忽然从一旁伸出手，一把将钱袋子从男子手里夺去，揣进怀里。“啊，是我的。”

此人与武藏个头相差悬殊，不仔细看还真难以发现。原来是伊织。

男子顿时火起。“喂喂，就算是你的东西，也不能连个谢字都不说就一把抢过去啊。把刚才的钱袋子拿出来，好好跟我道三遍谢，我再还给你，否则我就把你扔到河里去。”

四

男子的愤怒话语不像大人该说的，伊织的做法也着实过分。“他毕竟还是个孩子，看在在下的份上就原谅他吧。”可当武藏替伊织道歉时，男子却道：“我虽然不知道你是他哥哥还是他主人，但你得先报个名号出来听听。”

武藏便谦恭地应道：“也谈不上什么名号，在下乃浪人宫本武藏。”

“哎？”男子顿时睁大眼睛，凝视了武藏一会儿，说道，“今后你给我小心点。”他朝伊织丢下一句，转身就要离去。

“站住。”

一直像女子一样温和的口中竟忽然吼出来这么一句，男子当即一哆嗦。“你、你想干什么？”他回过头，欲夺下被武藏抓住的腰刀刀鞘。

“说出你的名字来。”

“我的名字？”

“哪有问了别人的名字，连个招呼不打就离去的道理？”

“我，是半瓦的手下，名叫菰十郎。”

“好，滚吧。”武藏这才松手。

“你给我记着。”菰十郎这才踉踉跄跄地飞奔而去。

“活该！孬种！”仿佛为自己报了仇一样，伊织高兴地喊道。他像仰视着无比可靠之人一样，贴到武藏身边。

两人朝街市上走去。

“伊织。”

“是。”

“以前住在荒野上，每天与松树和狐狸为伍，倒还无所谓，可现在我们已经来到了人多的城市，一定要有礼数才行。”

“是。”

“人与人只有和谐相处，尘世才是乐土，可人生来就同时具有神性和魔性，谁都不例外。一旦稍有差错，这个尘世就会变成地狱。所以，为了压制人的恶意和魔性，越是在人多的时候，便越应该重礼仪、重体面。而且统治者还专门设定了法制，确立了秩序。你刚才那样的不礼貌，事情虽小，却在这种秩序中激怒了他人。”

“是。”

“我们现在还没定下要去哪里和怎么去，可不管到了哪里，都要乖乖地遵守人家的规矩，对人要以礼相待。”

武藏谆谆教导，伊织也连连点头。“徒儿谨遵教诲。”他立刻连措辞都变得礼貌起来。做作地谢过武藏的教诲，他说道：“师父，这东西可不能再掉了，不好意思，就请师父先替我装在怀里吧。”说着，便将刚才遗忘在渡船里的那个破旧的钱袋子递到武藏手里。

先前武藏倒没怎么在意，一接到手里，他才忽然想了起来。“这不是你父亲留给你的遗物吗？”

“是。本来押在德愿寺里，可今年过年之后，住持却悄悄地还给了我，钱也一文不少地全装在里面。到了需要的时候，这些钱就给师父花吧。”

五

“多谢。”武藏对伊织谢道。

虽然只是微不足道的一句话，伊织却非常高兴。尽管只是一个孩子，他却十分体谅师父的贫穷，时常替师父担心。

“好吧，那我就先借下了。”武藏郑重地接过来，将钱袋子暂存在自己怀里。

武藏一面走，一面感慨不已。想来伊织虽是个孩子，却出生在贫瘠的土地和荒草之中，历尽生活的艰辛，幼小的童心中自然也就养成了深刻的“经济”观念。与他相比，自己却轻视金钱，视金钱为身外物，这实在是一大缺点。虽然自己对国家的大经济十分关心，却忽略了自己的小经济。并且还时常让幼小的伊织为自己的经济状况劳神。

这名少年身上似乎有种自己并不具备的才能。越是熟悉，武藏便越是从伊织的性格中发现一种被逐渐打磨出来的聪明和干练。这种才能是武藏和那失散的城太郎都不具备的。

“今晚住哪儿呢？”武藏漫无目的。

伊织则只是好奇地环顾街市。不久，他似乎终于从异乡发现了自己的老友。“师父，那儿有许多马呢。城里面也有马市啊。”他兴奋地指着远处说道。

这里由于马贩云集，茶店和客栈也杂乱无章地扩张，所以最近有了“马贩町”的俗称，从路口一带就都是马匹。一走近马市，马蝇与人声嗡嗡地吵成一片。关东腔混着其他方言，也不知说的是什么意思。

眼前有一名带着随从的武士，正在不断探寻名马。正如世上人才难觅一样，看来马群里也是名驹难寻。只听那武士说道：“回去吧，没有一匹是能推荐给主公的良马。”说着，他从马群里一转身，正巧与武藏碰了个面。

“哦！”武士身子顿时往后一仰，“这不是宫本吗？”

武藏也久久地凝视着对方“哦！”他同样也是一脸惊讶。

原来，此人正是在大和柳生庄时曾热情邀武藏到新阴堂吃酒并畅谈武道的故人——柳生石舟斋的高徒木村助九郎。

“什么时候来江户了？没想到竟在这里遇到啊。”助九郎打量了一下武藏的样子。看到武藏仍在修行，他便如此说道。

“刚刚从下总领来。大和的老先生后来身体可好？”

“没什么大碍，只是年事已高。”说罢，助九郎又立刻道，“最好到但马守的宅子来一趟吧，我来为你引见。并且……”只见助九郎盯着武藏，咧嘴一笑，不知是何用意，“贵公有一样美丽的遗失物，现已被人送到了官邸，请务必来访。”

美丽的遗失物？奇怪，究竟是什么呢？就在武藏纳闷间，助九郎已带着家仆大步朝大路对面走去。

苍蝇

一

这里是后街，就是武藏刚才闲逛的马贩町的后街。旁边就是客栈，再旁边还是，一条街上一半的房子都是脏兮兮的客栈。由于住宿费便宜，武藏和伊织便住了下来。这里所有的客栈都附带马棚，这一家当然也有，因而与其说是人住的客栈，莫如叫马的客栈更为恰当。

“武士先生，正面二楼苍蝇稍微少一些，我给您换到二楼吧。”对并非马贩的武藏，这家客栈似乎稍有优待。

真是太奢华了，与一直住到昨天的小屋比起来，这儿毕竟是住在榻榻米上了，只不过苍蝇太多了。武藏的喃喃自语似乎传进了老板娘耳朵里，大概是以为武藏不满意，又十分善意地把武藏和伊织的房间换到了二楼。可上来一看，炎炎的烈日却正从西边晒过来。这儿也太晒了——尽管这种念头稍纵即逝，武藏还是觉得自己实在太挑剔了，于是说道：“好好，就这儿吧。”便自我安慰着住了下来。

人的文化氛围实在不可思议。就在昨天之前，当自己还住在小屋时，武藏始终觉得强烈的阳光有利于秧苗成长，所以每天都推算次日的阴晴，把阳光当成至上的光明和希望。耕作土地时，他对那些聚集在淌着汗水的肌肤上的苍蝇毫不在意，反倒十分感慨：你们也活着啊，我也在活着劳动。甚至还把它们当成了同样拥有生命的自然的朋友。

可是，就在越过一条大河，摇身一变成为这繁华都市的一员之后，西晒的阳光太毒、苍蝇太烦人——情绪改变的同时，胃口也变了：真想吃点美味佳肴啊。人类这种奸猾的善变在伊织的脸上也一览无余。这也难怪，谁让隔壁正有一群马贩子在锅里涮煮了美味，喧嚣着饮酒作乐呢。在法典原时，若是想吃荞麦面，就只能先在初春时播下种子，再侍弄到夏季开花，然后等到秋末收晒后，才可以在冬天的夜里擀制后吃上荞麦面条。可是在这里，只要拍一下巴掌，让人家给擀一碗，不消一刻的功夫，热腾腾的面条就端上来了。

“伊织，吃荞麦面吧？”

武藏刚一张口，伊织便忍不住咽下一口唾沫，高兴地点着头。“嗯。”

于是武藏把客栈的老板娘叫来，问可否给他们擀两份荞麦面，老板娘说今天正好其他客人也有点面的，当然可以一起做。

就在等面条的空当里，武藏在西晒的窗边托着腮，望着下面的街道，无意间竟在斜对面发现一个招牌，上写“御魂研所本阿弥门流厨子野耕介”。

最先发现这招牌的却是眼神更快的伊织，他一脸惊奇地问道：“师父，那块牌子上写着‘御魂研所’，那是做什么生意的？”

“既然写的是本阿弥门流，大概是刀剑的研磨师吧。因为刀是武士的灵魂。”回答后，武藏又喃喃道，“对啊，我的刀也该找个人收拾一下了，待会儿过去问问。”

这时，不知为何，隔壁竟吵起架来。不，不是吵架，更像是因为赌博纠纷而争吵。点的荞麦面左等不来右等也不来，武藏便头枕胳膊打起盹，却忽然被吵醒。

“伊织，你去告诉隔壁那帮人，让他们稍微安静一下。”他吩咐伊织道。

二

本来伊织直接打开隔扇说一声就完事了，可他怕武藏横躺的样子让人看见，便刻意走到走廊，来到隔壁的房间。“大叔大伯们，你们别太吵了，我师父正在睡觉呢。”

“什么？”马贩们顿时把因赌博纠纷而争得通红的眼珠子一齐转到伊织幼小的身影上，“你说什么，臭小子？”

看到对方无礼，伊织也一下子火起，噘起嘴巴。“一楼的苍蝇就够吵了，没想到搬到二楼后，你们又在这儿吵起来，真不像话。”

“这话是你说的，还是你的师父让你来说的？”

“我师父。”

“哦，是你师父让你来的？”

“不管是谁让我来的，总之你们太吵了。”

“好吧，像你这种兔子屎一样的小痞子，跟你说也没用，待会儿秩父的熊五郎会去招呼你们，你先滚回去吧。”

虽不知是秩父的熊还是狼，总之其中的两三个人面目狰狞。在这群家伙的睨视下，伊织慌忙返回。武藏仍枕着胳膊微闭着眼打盹，照在衣角上的阳光已明显黯淡，残阳洒落在他的脚尖和隔扇边，成群的大苍蝇黑压压地趴在他身上。

伊织不敢叫起武藏，只好又默默地凝望路上的行人。可是，隔壁房间里的吵闹声却一点也没变小。受到了这边的抗议之后，赌博纷争似乎停止了，可对方却团结起来无礼搅闹，又是将隔扇打开一条缝隙往这边窥探，又是冷嘲热讽，甚至恶语相加。

“喂，不知是哪里来的浪人，哪阵风给吹到江户来了，住在这马贩客栈里居然还嫌吵。老子天生就吵人！”

“把他轰出去！”

“还没事似的装睡呢。”

“也不好好打听一下，关东的马贩个个神勇，没有一个是害怕武士的。”

“别跟他废话，把他揪到后面去，用马尿给他洗洗脸，让他清醒清醒。”

于是，刚才那个叫什么秩父的熊还是鹰的男子说道：“先别吵！不就一两个干巴武士嘛，不值得吵。我去看一下，要他写个认罪书，或者用马尿给他洗洗脸什么的，一会儿就好，你们只管喝着小酒瞧热闹便是。”

“好玩！”马贩们顿时在隔扇后面嚷了起来。

于是，他们仰仗的马贩熊五郎重新系了系腰带，说了一声：“喂，打扰。”便打开隔扇，翻眼看着武藏，膝行进来。

而在武藏与伊织之间，刚才点的荞麦面已经端了上来。涂漆的大荞麦面食盒中摆着六撮荞麦面，武藏正用筷子理开其中的一撮。

“啊……来了，师父。”伊织吓了一跳，退缩到一边。

熊五郎则盘腿坐在伊织的位置上，两只胳膊肘撑在膝盖上，托着狰狞的面孔说道：“喂，浪人，先别吃了，一会儿再吃吧。心里吓得要命，还要装出沉稳的样子，你也不怕噎着。”

也不知有没有听到，只见武藏微微一笑，又挑起一筷子荞麦面，哧溜哧溜，津津有味地吃起来。

三

熊五郎顿时青筋暴起，大喝一声：“别吃了！”

武藏仍拿着筷子和荞麦面汤碗，问道：“你是哪位？”

“不认识？来到这马贩町的还没有一个人不知道我的大名呢。你是装聋还是作哑？”

“在下的确有点耳背，你大点声，到底是哪里人？”

“关东马贩的同仁，大名鼎鼎的秩父熊五郎，连哭闹的小孩听到我的名字都会吓得不敢作声。”

“哈哈，原来是马贩子啊。”

“既然知道我是专给武士物色马匹的，那还不赶紧请安？”

“请什么安？”

“你不是刚才还打发这小子过去抗议吗，说什么吵得慌之类，自命不凡，夸夸其谈。可我告诉你，这马贩的地盘就是吵。怎么着，你以为这儿是官老爷的驿馆啊，这儿可是我们马贩子的天下，是马贩子客栈。”

“这我知道。”

“那怎么还打发这小子到我们玩乐的地方找茬啊？你看看，大伙全让你搅坏了心情，连酒壶都踢飞了，单等着你问安呢。”

“怎么个问法？”

“倒也不难。给我熊五郎以及其他先生写个认罪书就行，否则就把你拖到后面去，用马尿给你洗洗脸。”

“好玩。”

“什、什么？”

“我是说，用你们同伴的话来说，实在是太好玩了。”

“我可不是来听你说胡话的！两条路任你选，快说！”

这狗熊故意把嗓门提得很高，装出一副醉醺醺的吓人表情。在夕阳的照射下，他的额头上冒出豆大的汗珠，让旁观者都替他觉得热。尽管如此，这狗熊似乎仍觉得不够吓人，还把上半身的衣服全脱了，露出长满胸毛的胸膛。

“我听着顺耳就罢了，否则我不会轻饶你。两条路，快选！”

只见他从围腰里抽出短刀，恶狠狠地扎在武藏的荞麦面食盒前，又夸张地重新盘盘腿。

武藏一面收起笑容，一面自言自语道：“是啊，选哪一条好呢？”说着，便将拿着面汤碗的手稍微沉了沉，把拿着筷子的手伸到荞麦面食盒里，夹起一点像沾在荞麦面团上的尘芥一样的东西，扔到了窗外。

看到对方根本就没拿自己当回事，狗熊顿时青筋暴起，一下又瞪起眼珠子。可武藏仍在默默地用筷子清除荞麦面上的尘芥。忽然，狗熊注意到了武藏的筷子尖，瞪大的眼珠子简直要跳出来，连气都忘了喘，魂魄全被摄去。

原来，那些落在荞麦面上的黑点竟是苍蝇。只见武藏的筷子一点，苍蝇就连逃都来不及逃，立刻像黑豆一样被夹了起来。

“还真没完了。伊织，去给我洗洗筷子。”

伊织立刻拿着筷子走了出去。趁着这空隙，那狗熊也一溜烟逃回了隔壁，接着便传来一阵窸窸窣窣的声响，看来是换了房间吧，眨眼间，隔扇的对面便悄无声响了。

“伊织，这下清静了吧。”

两人相视一笑。吃完荞麦面时，夕阳已经西下，一钩弯月悬挂在磨刀铺的屋顶上。

“哎，前面那家磨刀铺看上去不错，去让人磨磨吧。”

当武藏提着他那把已用得卷了刃的没有铭文的腰刀站起身时，客栈的老板娘从黑乎乎的楼梯下递来一封书信。“客官，有个武士给您留下一封信。”

四

奇怪，哪里来的信？武藏有些纳闷。信封背面只写了一个“助”字。

“信使呢？”武藏问。客栈的老板娘答了一句“已经回去了”，就坐回账房了。

武藏径直站在楼梯上拆开信封。一打眼，立刻便明白“助”指的就是今天在马市上遇到的木村助九郎。

在下将今日与君偶遇之事禀告主公后，但马守大人甚是想念，不知您何日来访，静候佳音。

助九郎

“老板娘，可否借您的笔一用？”

“这个可以吗？”

“唔……”说着，武藏来到账房一旁，在助九郎信的背面写道：

在下一介武夫，亦无他用。若但马守大人肯赐教一二，在下随时拜谒。

政名

政名是武藏的名号。他写完后重新卷起来，用对方信封的背面作信封，又写上收信人“柳生大人府内助先生”，这才从楼梯下抬起头，喊道：“伊织！给我跑一趟腿。”

“去哪里？”

“柳生但马守大人的府中。你知道在哪里吗？”

“我打听着去不就是了。”

“嗯，聪明。”武藏抚摸着伊织的头，说道，“快去快回，别迷路了。”

“是。”伊织立刻穿上草履。

客栈的老板娘闻听，便热心地说道，虽说柳生大人的府邸谁都知道，打听着也能找去，但出了这条大街后，要一直沿着大路直行，过了日本桥后再沿着河岸往左走，再左转后打听木挽町在哪儿就行了。

“明白了。”伊织为能够外出而高兴。而且一想起出使的目的地是柳生大人家，他真恨不得立刻出发。

武藏也穿上草履来到大街上。眼看着伊织幼小的身影朝左拐过马贩客栈和铁匠铺的拐角，他这才一面叨念着“这小子太聪明了”，一面观望客栈斜对面那家挂着“御魂研所”牌子的店铺。

虽说是店铺，却连格子门都没有，倒更像一家普通的住户，连一件商品模样的东西也看不见。一进去，迎面便是一片从里面的手工作坊一直延伸到厨房的泥地房，右侧则高出泥地一截，装饰着横框，铺着六叠左右的榻榻米。如果这儿就是店面，店面与里间的交界处倒也的确挂着注连绳，武藏一眼便看到了。

“打扰。”武藏站在泥地上，并未特意看向里面。因为眼前光秃秃的墙壁下只放着一个敦实的刀箱，一名男子正手支箱子托着腮打瞌睡，宛如画中的庄子一般。这似乎便是那个叫厨子野耕介的店主。如黏土般铁青的瘦削脸颊上，全然没有研磨师那种敏锐之感，从月代头型到下巴，一张大长脸十分骇人。他的口水正从刀箱上长长地垂下来，也不知何时才能醒来。

“打扰！”武藏的声音稍微大了一些，试图再次唤醒这位庄子的睡耳。

刀谈

一

武藏的声音终于穿透了对方的耳朵，厨子野耕介似从百年的长眠中醒来一样，慢慢地抬起脸，呆呆地盯着武藏，似乎很惊讶。少顷，他才说道："欢迎光临。"他似乎刚意识到在自己熟睡时来了顾客，连叫自己好几次，连忙用手擦擦口水，"有何贵干？"他坐直身子招呼道。

真是一名悠闲自在的男子。尽管招牌上夸着海口写有"御魂研所"，可倘若让这种男人来研磨武士之魂，不磨成钝刀才怪呢，实在令人难以放心。不过，武藏还是说道："这个。"说着便递过腰刀请他研磨。

耕介说道："请先让在下看看。"不愧是磨刀的，一看到刀，耕介瘦削的肩膀顿时高耸，一只手搁在膝盖上，一只手伸出来，接过武藏的腰刀，殷勤地低下头。

顾客来时十分冷淡，头连点都不点一下，可一旦面对刀，在尚未断定其究竟为名刀还是钝刀之前，这名男子先是郑重地行了一礼，然后用怀纸包住，拔刀出鞘，将白刃静静地立于两肩之间，从护手到刀锋，仔细端详起来。忽然，这男人的眼睛里发出耀眼的光芒，接着便啪的一声还刀入鞘，默默地注视了武藏一会儿，说道："请进。"这才往后退退身子，递给武藏坐垫。

“多谢。”武藏并不客气，径直坐下。

武藏的刀的确需要找人研磨一下了，不过说实话，他还是因为看到这儿的招牌上写着“本阿弥门流”几个字，猜测对方想必是京城来的研磨师，也极可能是本阿弥门下的徒弟，说不定还能打听到本阿弥家的一些近况，这才立刻来此让其磨刀。许久没有音信的光悦安否？多次承蒙照顾的光悦的老母亲妙秀尼是否康健呢？

耕介当然无从知道个中原委，无疑把武藏当成了一位普通顾客，在仔细查看过武藏的腰刀之后，郑重地说道：“此刀可是祖传之物？”

武藏回答说并无什么来历。耕介又问是战场上使用的刀还是常用的刀，武藏便答道：“并未在战场上使用过，只是带着总比不带强，于是便常带在身边，既无铭文，也无来历，只是一把廉价刀而已。”

听武藏如此一解释，耕介盯着他，又道：“唔……您想要我怎么研磨呢？”

“怎么研磨？什么意思？”

“就是要让我磨得锋利无比呢，还是磨得钝一些呢？”

“当然是越锋利越好。”

听武藏这么一说，耕介愈发显出惊叹的神情。“唉，恕难从命。”他咂舌说道。

二

刀本来就是要磨成锋利的。把刀磨得极为锋利，这难道不是研磨师的本分吗？武藏不解地望着耕介。只见耕介摇摇头，说道：“您这刀，请恕在下无法研磨。还请去他处研磨吧。”说着，便将武藏的腰刀退了回来。

真是莫名其妙的男子，为什么就不能研磨呢？遭拒的武藏怎么也无法掩饰不快的表情。看到武藏沉默，耕介也不再理他，缄默不语。

就在这时，一名男子探进头来，说道："耕介先生，你家有没有钓鱼竿啊，借我一用。现在正在涨潮呢，许多鱼活蹦乱跳的，想钓多少有多少。钓上来后我分给你些作晚餐。若有的话，快借我一用。"

耕介心情正不快，嚷道："我家里可没有那种杀生的工具，你到别处去借吧！"

男子吓了一跳，慌忙离去。接着，耕介又继续给武藏脸色。

不过，武藏还是从这名男子身上发现了过人之处。若用一件古陶器作比，对方就像一件道入茶碗或唐津酒壶，既无巧妙之处亦无脱俗的外观，浑身上下透着一股土气，任由人来评说，真是个耐人寻味的男子。如此说来，这耕介的两鬓还真的有点秃，似被老鼠咬过而形成的肿块上还贴着膏药，看上去就像窑中陶器的自然残缺，越发增加了这名男子的魅力。

武藏尽量不让这油然而生的滑稽感浮现在脸上。"老板。"不久，他开口说道。

"什么？"对方仍爱答不理。

"为什么这把刀就不能研磨呢？难道它是一把根本不值得一磨的钝刀？"

"不是。"耕介摇摇头，"关于这把刀，您是主人，想必比谁都了解，它确是一把肥前刀中的好刀。不过，说老实话，我不满意的是您要将其磨快的要求。"

"哦……为何？"

"无论是谁，但凡拿刀来的人，都会提出低级的要求：请给我磨得锋利一些。他们认为刀只要磨锋利了就好，而我却恰恰对这一点不能原谅。"

"可既然是做磨刀生意……"

武藏话未说完，耕介便抬手打断，说道："您先等等。说来话长，我想先请您出去，重新看一看门口的招牌再说。"

"上面写的是'御魂研所'啊。怎么，难道还有其他读法不成？"

"没错，关键就在这里。我并未在招牌上写磨刀二字，而是写的研磨武士的灵魂，可这点却屡被忽视。这是我在研刀宗家学到的教诲。"

"这样啊。"

"因为秉承了这种教诲，所以对于那些动辄要求'磨快、磨快'，自以为只要能杀人就是好汉的武士的刀，我耕介是从来都不会研磨的。"

"唔，倒是言之有理。那么，如此教诲弟子的宗家，到底是何处的何人呢？"

"这个也写在招牌上呢。京都的本阿弥光悦先生，便是在下的恩师。"报出师名时，仿佛无比荣耀似的，耕介伸展着驼背昂然说道。

三

于是武藏说道："若是光悦先生，在下也有缘得识，还多次受到其母妙秀尼老太太的关照呢。"他把当时的事情略说了一二。

厨子野耕介十分吃惊，恭敬地说道："那么，阁下莫不是那在一乘寺垂松一剑成名威震天下的宫本武藏先生？"

武藏觉得他的话实在夸张，有些刺耳，便答道："不错，正是那武藏。"

耕介一听，仿佛迎接贵人般连连后退，说道："请恕在下有眼无珠，不知武藏先生大驾光临，还出言不逊，班门弄斧。"

"哪里哪里，在下也从老板的话中受益匪浅。光悦先生弟子的话中也颇有光悦先生的风范啊。"

"您也知道，宗家从室町时代起便以清洗和研磨刀剑为业，连皇宫的用剑都交由宗家研磨。师父光悦经常教导我们日本的刀并非为杀人害人而造，它是镇守社稷、保护万代、扫恶除魔的降魔之刀，是为了研磨人道，为了让人上之人更加自戒自持而佩带在腰间的武士灵魂。所以研磨此物者，必须要以此心来研磨。"

"的确如此。"

"因此，师父光悦一看到上乘的刀，便像是看到了护佑国泰民安的灵光，而一旦接到恶刀，便憎恶得浑身直打哆嗦，根本都拔不出鞘。"

"哈哈。"武藏当即问道，"那么，老板是否也从在下的腰刀中感受到了这种恶气呢？"

"不，并非如此。在下下江户以来，倒也从不少武士那里接到过刀，可没有一人能明白刀中的大义。他们只是以为，能斩断铠甲或劈开头盔、砍裂脑门的锋利之刃才算是刀。在下逐渐厌恶起这种营生来，觉得不能再这样浑浑噩噩下去，于是就在数日前故意改了招牌，换成了'御魂研所'，可来的客人仍是一律求我把刀磨快，我正在怄气呢……"

"正巧，我又来提出同样的要求，于是您就断然拒绝了？"

"您的情况还不一样。从刚才看到您腰刀的一刹那，我就看到刃卷得厉害，上面凝聚着擦也擦不完的无数精灵的血脂。请恕我失礼，我还以为又是个只以无益的杀生为荣的浪人呢，于是顿时心生厌恶。"

武藏低头倾听，只觉得光悦的话语仿佛正借由耕介之口传到自己耳中。不久，他便说道："我明白您的意思了。不过，请不用担心。从懂事时起，在下便习惯了这把刀，也未曾好好思考过刀的精神，但自今日以后，在下会铭记在心。"

"既然这样，那我就给您研磨一下。不，能为您这样的武士研磨灵魂，也是一个研磨师的福分啊。"耕介说道。

四

不觉间，灯火已亮了起来。武藏拜托完磨刀之事，正要回去时，耕介说道："请恕我失礼，您还有其他替代的刀吗？"

武藏答曰没有。

"我这里倒有几把刀，虽然不是什么好刀，但在研磨期间，您还是先拿一把去用吧。"说着，便把武藏招呼到后面的屋子，然后从刀柜和刀箱里挑出几把，摆在武藏的面前说道，"哪一把都行，请您随意挑吧。"

武藏顿时觉得眼花缭乱，不知该挑哪一把好。他本来也一直想要一把好刀，只是苦于至今都一贫如洗，不敢有此奢望。

不过，好刀必然有其魅力。武藏从数把刀中抓起一把，光是隔鞘一握，似乎便能感受到那铸刀人的灵魂。他拔出一看，果然是一把超凡脱俗的好刀，也许是吉野朝的名刀吧。尽管以自己现在的境遇和心态还配不上这把优雅的刀，可他还是不禁在灯下望得出神，爱不释手。

"那就这一把吧。"武藏希求道。他并未说出"拜借"二字，因为他实在不想再还给对方。名匠锻造的名刀竟有这种让人着迷的恐怖力量，不等耕介回答，武藏在心里早就想据为己有了。

"果然是好眼力。"耕介收拾着其余的刀说道。

此时武藏正在为自己的占有欲而烦恼。倘若要对方卖给自己，这么名贵的一把刀……尽管左右为难，可他还是忍不住，终于说出口来："耕介先生，这把刀可否让给在下？"

"那就给您吧。"

"这钱……"

"给我个买进时的原价就行。"

“那是多少？”

“金锭二十枚。”

武藏忽然为自己这无由的欲望和烦恼而后悔。自己哪有这么多钱！于是他立刻说道：“算了，还是还给您吧。”说着便将刀放回耕介面前。

“为何？”耕介十分纳闷，说道，“就算不买，我也可以一直借给您，您只管用便是。”

“不了，借别人的东西，更让在下于心不安。光是看一眼，便让在下为自己的占有欲而苦恼了，若明知不是自己之物，却还带在身边，将来还要奉还，这实在让人痛苦啊。”

“您竟如此喜欢……”耕介反复打量着刀和武藏，“好吧，既然您如此迷恋这把刀，那我就成全您，奉送给您吧。但您也得为在下做一件事才行。”

武藏十分高兴，毫不客气地立即决定先收下再说，然后才考虑起回礼来。可他只是身无一物的武士，没有一物可抵酬谢。

于是耕介便说道：“听说您会雕刻，这事当然是从师父光悦那里听说的，说您曾雕刻过观音像之类的物件。若真有，就送给在下一件吧。作为交换，我就把刀送给您。”他似乎在帮武藏解围。

五

虽然武藏的旅包一直背着那个作为消遣而雕刻的观音像，可后来却将它留在了法典原。“即使特意花费数日再雕一个，我也一定要得到这把刀。”武藏说道。

“不急，不急。”耕介似乎毫不在意，又道，“与其住在马贩客栈，还不如到我这儿来呢，我这手工作坊一旁有个位于夹层的房间正空着，您若愿意，就搬过来住吧。”

“真是求之不得。那么我明天就搬过来，顺便也可以雕观音像。”

听武藏如此说，耕介也非常高兴，说道：“那我就先带您看一看那房间吧。”说着便把武藏领到后面。

“那好。”武藏跟着走去。这宅子原本就不大，顺着茶室的走廊走到头，再爬上五六级楼梯后，便有一个八叠大的房间，杏树的树枝已伸到窗边，嫩叶上还挂着夜露。

“那儿便是研磨的作坊。”耕介指着一间小屋说道，那里的屋顶是用牡蛎壳葺起来的。

也不知是何时吩咐的，这时，耕介的妻子端来膳食。“来，请喝一杯。”夫妇二人劝道。于是，一番推杯换盏之后，主客也不再客气，开始随意畅叙。当然，话题还是离不开刀。

一谈起刀来，这耕介便忘了一切。只见他发青的脸颊立时变得像少年般红润，侃侃而谈，即使唾沫星溅到了对方脸上也毫不介意。

“大家都说刀是我国的神器，是武士的灵魂之类，可是他们却只停留在口头上，什么武士、商人、神官等，他们没有一个人是真正爱惜刀的。在下也曾满怀豪情，耗时数年，想遍访诸国的神社旧家，看遍天下名刀，后来却发现，古来的名刀，能够被珍藏的寥寥无几，这使我倍感悲哀。比如信州的诹访神社里古来便供有三百几十口供刀，可其中尚未生锈的，却不足五口。还有，伊予国大三岛神社的藏刀天下闻名，几百年来的所藏达到了三千口之多，可是我花了一个多月调查，却发现其中尚还闪闪发光的连十口都不到，实在令人吃惊。”

说完这些，耕介又继续说道：“那些所谓的祖传宝刀、秘藏名剑，尽管听起来都十分珍惜，其实大多数都锈得跟咸沙丁鱼一样了。就像一些父母一样，由于过于溺爱孩子，反倒把孩子培养成了傻瓜。不，人将来总还能生出好孩子，芸芸众生中，就算有那么几个傻瓜也不碍事，可是刀就不行了。”

说到这里，他这才暂时咽下一口唾沫，调整了一下目光，愈发端起瘦削的肩膀，继续说道："光是不知道爱惜刀倒也没什么。怎么说呢？真可谓江河日下啊。从室町时代到战国以来，冶炼的技术日趋荒废，今后恐怕只会越来越差。所以在下认为，古刀必须要认真保护。如今的铸刀师再怎么自以为聪明，再怎么模仿，也造不出从前那样的名刀了。这实在令人扼腕啊。"

说着，他似乎一下子想起了什么，忽然站了起来。"请看，这也是别人让我研磨，暂存在这里的一把名刀。真可惜啊，同样也是锈迹斑斑。"说着，他便拿出一把超长的太刀，放在武藏面前，以证实自己没有说谎。

武藏无意间扫了那长刀一眼，不禁一愣。这不正是佐佐木小次郎的那把晾衣杆吗？

六

想来也没什么好奇怪的。这里既是研磨师的家，谁的刀都有可能暂放在这里，一点都不值得奇怪。可武藏还是没有料到会在这里看到佐佐木小次郎的刀。他陷入了追忆，说道："哦，这样的长刀啊。这刀如此长，佩带它的主人也一定是位十分了得的武士吧。"

"没错。"耕介赞同地说道，"多年来，在下阅刀无数，可如此的长刀还是罕见。不过——"说着，他拔出刀，将刀背朝着武藏，把刀柄递出，说道："请看，真可惜，已经有三四处地方都生锈了。不过，倒是还能用。"

"果然如此。"

"幸亏这把刀是镰仓时代以前的名匠锻造的，虽然肯定要下一番功夫，但锈迹应该能磨掉。因为古刀上的锈毕竟与新刀不同，就算有锈迹，也只是一层薄膜而已。可是，若换作近世的新刀，生了如此的锈就完了。新刀的锈就像恶性肿瘤，会一直腐蚀到刀坯的芯里。就连这一点，古刀的冶炼和新刀的铸造也有天壤之别啊。”

“请收起来。”武藏让刀刃朝着自己，刀背朝着耕介，把刀还了回去，“请恕在下失礼，这把刀是委托人亲自送到这里来的吗？”

“不，是有一次我去细川家办事，细川家的家臣岩间角兵卫让我回去时顺便去一趟他的府上，然后交给我的。说是他客人的东西。”

“做工也不错。”武藏在灯光下望得出神，喃喃自语。

“由于是一把太刀，以前一直是背在肩上的，对方却要求我改成一把能佩在腰间的刀。因此刀主人应该是个颇为魁梧的男子吧，若没有非凡的臂力，如此长的刀是很难插在腰间的。”耕介也望着那刀叨念道。

不久，酒劲上来了，耕介也说得累了。于是武藏便趁机站起身，告辞后来到户外。走到外面后他才发现，城里已黑漆漆的，没有一家还未睡下。虽然自己并未觉得有多久，但看来还是坐久了，夜色已经很深了。

不过，客栈就在斜对面，回去倒也毫不费事。武藏便走进开着的门，在黑暗中摸索着爬上二楼。本以为立刻就会看见伊织的睡脸，可榻榻米上尽管铺着两个被子，却不见伊织的人影，枕头也仍整齐地摆放在那里，毫无被人碰过的痕迹。

“怎么还没回来？”武藏忽然担心起来。陌生的江户城，伊织一定是迷路了吧。

武藏下了楼梯，晃起流着口水躺着的看门男人询问，结果对方睡眼惺忪地回答说：“好像还没有回来，他不是跟客官在一起吗？”反倒对武藏的不知情感到纳闷。

“奇怪啊。”看来自己也没法睡了，武藏便再次来到漆黑的外面，站在房檐下。

闲逛狐狸

一

“这儿就是木挽町吗？”伊织有些怀疑，甚至生起一路告诉他方向的好心人的闷气来，“大名的宅邸怎么会在这种破地方呢？”

他坐在堆满河岸的木头上，用草蹭着火热的脚掌。水沟里浮满了木筏，将水面都遮得看不见了。距此两三町远的尽头就是海，黑暗中只能看见潮水泛白的波光。除此以外，便是浩渺的草原和近来刚刚填埋的空旷土地。虽然四周也闪烁着点点灯影，可走近一看，却都是锯木工或石工的睡棚。木材和石头在水边堆成了山。江户城正在大兴土木，街市上也在不断建房子，到处都是锯木工的小屋也不足为奇。可是柳生但马守大人的府邸竟然也与这些匠人的棚屋混在一起，实在奇怪，不，根本就不可能。伊织即使仅凭幼稚的常识也会这么想。

“真让人头痛。”草叶上已有了夜露。伊织脱下已变得像木板一样硬的草履，用火辣辣的脚磨蹭着草叶。不久，凉意便吸干了身上的汗水。

要寻找的府邸还未找到，夜又太深，伊织就是想回也回不去了。本来自己就是前来送信的，却未完成使命就回去，虽然身为孩子，伊织还是觉得耻辱。

“都怪那客栈老板娘稀里胡涂的，说得一点也不清楚。”他只顾怨天尤人，却把自己在堺町的戏班街瞎逛，结果耽搁了时间的事早就抛在了脑后。

已经没人可问了。难道自己就这样一直等到天亮？想到这里，伊织竟突然悲伤起来。哪怕把锯木工小屋里的人叫起来问问路，在天亮之前完成使命也行啊，他忽然又涌起了责任感。于是，他又借着小窝棚的灯光走了起来。

这时，他忽然看见一个女人，肩上裹着一张油纸伞一样的芦席，正在小窝棚前徘徊，并频频学着鼠叫，欲将小屋中的人引诱出来，却不断失望。原来是个站街的卖笑妇。

伊织哪里知道这种女人在这里徘徊的目的，便狎昵地叫了一声：“大婶。”

脸白得像石灰墙一样的女人回头看看伊织，似乎错把他当成了附近酒馆的学徒，瞪着眼呵斥道：“是你吧，刚才丢石头逃跑的那个？”

伊织吓了一跳，连忙说道：“不关我的事。我不是这附近的。”

女人走过来，忽然自己也觉得好笑似的咯咯地笑了起来。“我以为谁呢。你有什么事？”

“那个……我是来送信的，可我找不到那府邸了。你知道吗，大婶？”

“你去哪里的府邸？”

“柳生但马守大人。”

“什么？”也不知是哪里好笑，女人竟粗俗不堪地捧腹大笑起来。

二

“若说这柳生大人，人家可是大名哦，小孩。”女人不屑地望着要去柳生府邸办事的伊织那幼小的身影，笑道，“你就是去了，人家也不会给你开门。那不是将军家的教头吗？那宅子里有你的熟人？”

“我是去送信的。”

“给谁？”

“一个叫木村助九郎的人。”

“那就是家臣了。那我明白了，听你刚才那口气，好像你跟柳生大人的交情很深似的。”

“先别说这些了，那府邸到底在哪里，快告诉我。”

“就在壕沟对面。过了那座桥就是纪伊大人的宅地，旁边则是京极主膳大人家，再旁边是加藤喜介大人家，然后是松平周防守大人……”女人一一指着壕沟对面的仓库和围墙，告诉伊织，“再接下来就是柳生家了。”

“那，对面也叫木挽町吗？”

“对啊。”

“什么嘛……”

“什么叫‘什么嘛’，跟人家问路，哪有你这样不礼貌的？但你这孩子还是招人喜欢的，我把你领到柳生大人家吧，快过来。”说着，女人便在前面迈开步子。

女人裹着草席，像个伞妖似的刚走到桥中间，一个浑身酒气的男子擦肩而过。“啾——”男人学了一声鼠叫，调戏着女人，于是女人立刻把伊织的事情忘到了脑后，跟在男人身后追了过去。“啊，我认识你。不行不行，别走了。”说着便捉住男子，就要往桥下拽。

男子说道：“放手。没钱。”

“没钱也无所谓。”女人就像年糕一样缠住男子。忽然她看见伊织那看呆了的样子，便说道：“你已经知道了吧？我跟这个人还有点事呢，你就先走吧。”可是伊织仍一脸纳闷的表情，远望着这对成年男女拉拉扯扯的样子。

不久，也不知是女人的力气胜了，还是男人半推半就地故意被女人拽走了，总之，二人一起朝桥下走去。

伊织觉得奇怪，便趴在桥栏杆上窥探下面的河滩。浅浅的河滩上杂草丛生。

女人无意间往上一看，只见伊织仍在窥探，顿时一声怒骂："傻瓜！"接着脸一沉，捡起河滩上的一块石头，随着一声骂便扔了过来。"屁大的小孩懂得还不少！"

伊织顿时吓破了胆，撒腿便朝桥对面逃去。在旷野的茅草房中长大的他，还从未见过比这女人的白脸更恐怖的东西。

三

仓库和围墙全都背对着河岸。仓连着仓，墙接着墙。

"啊，就是这儿了。"伊织不禁喃喃自语。即使在黑夜里，仓库白壁上那二阶笠的家徽纹样也能看得一清二楚。柳生大人俗称"二阶笠"一事，民谣中经常唱到，所以他一下子就想起来了。

仓库旁边的黑门无疑便是柳生家。伊织站到门前，咣咣地叩打起紧闭的大门来。

"干什么的？"一声呵斥随之从门缝里传出。

伊织也大声地嚷嚷道："我乃宫本武藏的徒弟，前来送信！"

守门人嘟囔了两句，对外面的孩子声甚感奇怪。不久，他开了一道门缝，问道："这么晚了，什么事？"

伊织立刻把武藏的回信塞到他脸前，说道："请转交一下这个。若有回信我就拿回去。如果没有，我这就回去。"

"什么啊……喂喂，小孩，这不是给我们木村助九郎先生的书信吗？可木村先生不在这儿啊。"

"那在哪里？"

"日窪。"

“哎？可大家都告诉我说柳生家的府邸在这木挽町啊。”

“外面是经常这么说，可这儿不是住宅，而是库房，也用来专门堆放施工用的木材等物资。”

“那，但马守大人和家臣们都在日窪吗？”

“嗯。”

“日窪远吗？”

“得有一段路。”

“在哪里？”

“已经是离城府外很近的山上了。”

“山？”

“在麻布村。”

“不知道。”伊织叹了口气，可是他的责任感让他不想就这样回去，“大叔，你能不能给我画一张图，把去日窪的路给我画上？”

“别说傻话了。等你赶到麻布村，天都亮了。”

“没关系。”

“你得了吧，再没有比麻布那儿狐狸更多的地方了。你要是让狐狸迷住了怎么办？你认识木村先生吗？”

“我的师父跟他很熟。”

“反正都已经这么晚了，我看你就先到米仓或其他地方睡一觉，明天早晨再去吧。”

于是伊织咬着指头沉思起来。这时，一名库吏模样的男人也走了过来，一听缘由，便说道：“现在都这么晚了，你一个小孩怎么也赶不到麻布村。街头那些杀人试刀的武士又那么多，你这孩子还真胆大，一个人居然能大老远从马贩町赶到这里来。”

库吏咕哝着，跟守门人一起劝说伊织等天亮后再走。于是，伊织便像只老鼠一样在米仓一角睡下。可是米太多了，就像一个穷人家的孩子睡在了金山中一样，刚一合眼，伊织便被沉沉的梦魇住了。

四

一合眼，伊织便沉沉地睡了过去，那甜甜的睡姿怎么看也还只是个纯真的少年。

库吏把伊织忘了，守门人也忘了。伊织在米仓中一觉睡到次日中午，才忽然睁开眼睛。“啊？”他顿时醒了过来，“坏了！”他立刻想起自己的任务，慌忙搓搓眼睛，从稻草和米糠中跳了起来。

跑到太阳底下一看，伊织顿时头晕目眩。昨晚的守门人正在小屋中吃着中午的便当。

“小孩，你起来了？”

“大叔，你给我画张去日窪的路线图吧。”

“睡过了头，慌了神吧？肚子饿不饿？”

“饿扁了，眼都发花了。”

“哈哈哈，这儿还剩下一个便当，赶紧吃了吧。”

就在伊织吃便当时，看门人为他画好了去麻布村的路线和柳生家所在的日窪的地形图。

伊织拿着地图急忙赶路。他脑子里只惦记着送信的重任，却一点也没考虑到自己昨夜未归让武藏很着急。果如守门人画的那样，走过无数的街市，又横穿市镇的条条街道，不久，伊织终于来到了江户城下。这一带到处都挖有护城河，填埋的土地上到处都矗立着武士家宅和大名府邸。河里挤满了满载石头和木材的船只，远处的城墙和城郭上也搭满了圆木的脚手架，就像开满牵牛花的竹篱笆一样。日比谷的原野上到处都在响着震天的凿声和锛子声，似在讴歌新幕府的威势。对于伊织来说，耳闻目睹没有一样不让他觉得新鲜。

“快快掐花去，武藏原野花开满，龙胆姹紫桔梗嫣，百花齐放惹人怜，朵朵都会惹人恋，不由想起心上人，哪堪下手摧花颜，露珠娇滴滴，不觉打湿下摆衣。”正在劳作的运石工们起劲地唱着民谣，就连木屑四溅的操作凿子和锛子的活计都不禁让伊织驻足观看，不觉间又耽搁了时间。筑新墙，建新房，创造一个新世界，这种氛围与少年的心魂是那么一致，伊织不由得心潮澎湃，陷入了幻想。“啊，真想自己也快快长大，也去筑城。”他望着巡回监工的武士，一阵恍惚。

不觉间，护城河里的水已被夕阳染成了暗红色，乌鸦的黄昏啼鸣也在耳畔回响。

“啊，太阳又要落山了。”伊织这才再次着急起来。一觉醒来时已是过午时分，他完全弄错了今天一天的时间。他蓦地回过神来，慌忙照着地图赶路。不久，他终于踏上了麻布村的山路。

五

当伊织爬上树荫下昏暗的山坡，登上山顶时，夕阳正映在那里。一来到麻布山，人家顿时稀少起来，只有在四周的谷底中才能星星点点地看到一些田块和农家的屋顶。

听说这一带古时候曾被称作“麻生里”，也被称为“麻布留山”，是产麻的地方。而天庆年间，平将门作乱关八州时，就曾在这里与源经基对峙。后来，到了八十年后的长元年间，平忠恒又掀起叛乱，源赖信被任命为征夷大将军，受赐鬼丸剑，举起了讨伐大旗，据说就曾驻扎在这麻生山上，召集八州之兵。

“累死我了……”伊织一口气爬上山，一面喃喃自语，一面呆呆地环望着芝海、涩谷和青山的群山，还有今井、饭仓、三田和四周的村落。他的大脑没有历史之类的观念，可眼前的千年古木、山间的潺潺流水，以及此处的深山险谷，仍不由得让他对武家发祥时代的景色感慨万千——平氏和源氏的勇士们便诞生于此。

咚！咚、咚、咚！

“咦？”不知何处传来鼓声。伊织望望山下，苍翠的绿叶之间，一座神社屋顶上的坚鱼木装饰映入眼帘。原来是刚才爬山时望见的饭仓的大神宫。这一带仍保留着生产贡米的名字——御田，并且还是伊势大神宫的御厨用地，饭仓这一地名或许就源于此。

大神宫里祭祀的是谁呢？这一点连伊织都知道。只有这一点，是他在拜武藏为师之前就早已知道的。所以最近，当江户的人们忽然“德川大人、德川大人”地称颂时，伊织便觉得甚是不解。

如今，在刚刚看过了江户城大规模的改筑工程，看过了街道上那金碧辉煌的深宅大院后，再看看这昏暗山坡上绿叶掩映中的落寞神宫，除了那坚鱼木和注连绳有些与众不同，其他都与百姓的农舍别无二致，伊织就愈发觉得不可思议。莫非真的是德川这边了不起？他纯真地怀疑起来。对，下次一定要问问武藏师父才行。

就这样，他终于不再纠结此事，可是那最为重要的柳生家府邸又在哪儿呢？从这里该怎么走呢？这些问题仍一点都不清楚。于是，他再次从怀里掏出看门人给他画的地图，仔细端详起来。

奇怪啊，他纳闷起来。自己所处的位置似乎与地图一点都不相符。若是看地图，路就走错了，若是看路，地图就看不明白了。伊织只觉得自己仿佛置身于面朝夕阳的隔扇后，四周越是黯淡，眼前反倒越发明亮。再加上一层薄薄的暮霭，无论他怎么揉搓眼睛，也总有一片彩虹般的光遮在睫毛前面。

“啊！可恶！”也不知是发现了什么，只见伊织一下子跳了起来，忽然扭向身后的草丛，一把抽出平常一直带在身上小野刀砍过去。

吱！一只狐狸顿时跳了起来，草绿色与血红色瞬间在彩虹色的暮霭中舞动。

六

原来是一只狐狸，毛色像干枯的芒草一样。也不知那狐狸是尾巴还是腿被伊织砍中，只听其惨叫一声，顿时像箭一样逃去。

“畜生！”伊织仍拿着刀紧追不舍。狐狸跑得快，伊织追得紧。

受伤的狐狸腿有点瘸，不时显出踉跄欲倒的样子，伊织大喜。可等他靠近时，狐狸却又立刻使出神力，一下子便跳到前面好几间远的地方。

在荒野中长大的伊织，从在母亲的怀里时起，就不知听到过多少狐狸迷惑人的事情。小野猪、兔子和老鼠之类都能讨人喜欢，唯独这狐狸可憎且恐怖。看到在草丛里睡觉的狐狸，伊织便觉得自己的迷路并非偶然，一定是被这家伙使了迷魂法！不，一定是从昨夜起，这只狐狸就跟在自己身后，他甚至产生了这种想法。

可恶的东西！我非杀了你不可，省得再让你作祟！在这种想法的驱使下，伊织穷追不舍。可是狐狸却忽然跳向杂树丛生的山崖下。

伊织只以为狐狸狡诈，以为那又是狐狸使的障眼法，而其真身应该就藏在身后，于是他踢着身后的草丛搜索起来。草叶上已沾上了夕露，马蓼和鸭跖草的花上也挂起水珠。伊织一下子瘫坐在地，舔起薄荷草上的水珠来。他实在是渴极了。然后，他才痛苦地喘息起来，汗水顿时像瀑布一样倾泻而下，心脏扑腾扑腾地狂跳不已。

“啊，畜生！跑哪儿去了？”若真是逃了倒也无所谓，可自己令狐狸受伤一事却让伊织不安，“它一定会寻仇的。”他认为必须要做好这方面的思想准备。

果然，心情刚平静了一点，伊织的耳边便传来一阵充满妖气的声音。他瞪圆了眼睛，骨碌骨碌地四处张望，努力让自己定住心神，以免受到夭邪的迷惑。

妖里妖气的声音越来越近，有点像笛子的声音。

“来了……”伊织立刻在眉毛上涂了些唾沫，小心地站起身。打眼一看，一个女人的身影子正在暮霭的包裹中从远方现出。女人罩着薄薄的头巾，横坐在螺钿鞍的马背上，缰绳则收拢在马鞍旁。

都说马懂音律，那匹马似乎真的很懂笛音，一面陶醉般倾听着背上女人的横笛，一面缓缓走来。

“狐狸的化身！”伊织立刻如此想。在他看来，这名背对斜阳、在马上吹弄笛子、罩着头巾的女子绝不像凡间人。

七

伊织像青蛙一样蜷缩起来，卧在草丛里。这儿正好是伸向南面山谷的坡道一角，等女人骑着马走到这里后，自己就一下子杀出去，剥下她的狐狸原形。伊织如此盘算着。

火红的日轮就要沉入涩谷的山边，镶了金边的云霞开始绣起傍晚的天空。地上已经一片昏暗。

“阿通小姐。”忽然，不知何处传来一个声音。

“阿通小姐。”伊织也在口中模仿起来。一旦起疑，伊织便觉得这喊声也不像是人类的声音了。这一定是狐狸的同伙呼唤狐狸的声音，那骑马而来的女子一定是狐狸的化身，伊织坚信不疑。

他从草丛中抬头一看，只见那横骑在马背上的丽人已来到山坡一角。这一带树很少，马背上的影子模糊地印在地上，上半身则被夕阳映得红彤彤的。

伊织在草丛里准备了一下，暗想：她该不会知道我藏在这里吧？重新握了握手中的刀。等她再走十来步，下到南面的坡道上，自己就猛地跳出去砍向那马屁股。

狐狸者，其真身必在其幻象的数尺之后。伊织立刻想起自幼就常听人们说起的通俗道理，不禁咽下一口唾沫，等待机会。

可是骑马的女人来到坡口前，却忽然停了下来，将笛子收进笛囊，插在衣带间，然后又将手搭在眉上的头巾边，在马鞍上左顾右盼，似乎在寻找什么。

“阿通小姐。”同样的声音再次从某处传来。马上的佳人顿时微微一笑，绽开了白皙的脸。“哦。兵库大人。”她小声喊了起来。

一个武士从南面的山谷里爬上坡道，连伊织也看得一清二楚。咦？他不禁愕然。那名武士不是瘸着腿吗？刚才被自己砍中逃走的狐狸也是瘸腿，看来就是那只。居然如此善变！伊织咋舌的同时，只觉得身子也忽然一哆嗦，不禁遗出些尿来。

其间，骑马女人与瘸腿武士又说了三两句话。不久，那武士便抓起马辔，从伊织藏身的草丛前面经过。

机不可失！尽管伊织心里这么想，他的身体却无法动弹。不仅如此，就连身体的微微颤动似乎都被那武士发现了。只见那瘸腿武士从马旁回过头，狠狠瞪了伊织一眼。

顿时，一道比山边的落日还锐利的寒光从那眼中射来，让伊织不由得卧在草丛中。自出生至今的十四年间，他还从未有过如此恐怖的经历。若不是害怕自己被发现，恐怕他早就哇的一声大哭起来了。

寄人篱下

一

坡很陡。兵库抓着马辔，后仰着身子跟在马旁。“阿通小姐，怎么这么晚？”他仰望着马鞍继续说道，“就算去参拜也不该这么晚啊，太阳都快要落山了。叔父大人十分担心，便让我前来迎接。你是不是又绕道去别处了？”

阿通往马鞍前面的凹陷处一哈腰，并未回答，只是说了句“不胜惶恐”，便一下子下来了。

兵库立刻停住脚步，回过头来。“怎么下来了？骑得好好的。”

“可是，让您这样的大人给我牵马，小女子我……”

“你怎么还是这么客气。若是让女人牵马，我骑在马背上，岂不更奇怪？”

“咱们干脆就一起牵着缰绳走吧。”

于是，阿通与兵库便一起从马脖子两侧执起辔绳来。

越往山下走，道路便越发昏暗。天空已现出发白的星星，山谷里到处闪烁着人家的灯火，涩谷川的水淙淙流过。谷川桥的这一头是北日窪，对面的山崖则是南日窪，这一带人都这么称呼。从桥头到北侧山崖一带有一座僧人学校，据传为看荣禀达和尚始创。山坡半道上写着“曹洞宗大学林栴檀苑”的门，便是学校的入口。柳生家的宅邸正好与这大学林相对，坐落在南侧的山崖上。所以，沿涩谷川而住的农夫和小商贩们便把大学林的学僧们称为“北边人”，把柳生家的门生们称为“南边人”。

柳生兵库虽然也混在这帮门生之中，可他是宗家石舟斋的孙子，是但马守的侄子，自然与其他人不同，不受拘束。

为了与大和的柳生本家区别，这儿又被称为江户柳生。而本家的石舟斋最为疼爱的，便是这个孙子兵库了。

兵库二十岁刚出头时，就曾为加藤清正看中，被破格以厚禄招至肥后，食三千石年俸，一直待在熊本，可关原合战以后，由于大名们分成了关东派和上方派两大阵营，在这复杂的政治旋涡中，兵库便趁着“宗家祖父病笃”的借口，一度返回大和，后来又称“希望继续修行”，便一直未回肥后，遍历诸国修行了一两年，去年才抵达江户柳生，驻足在叔父身边。

兵库今年正二十八岁，偶然间发现一名叫阿通的女子也待在但马守府中，于是年轻的他与妙龄的阿通立刻便亲近起来。可由于阿通身世复杂，又碍于叔父的眼睛，兵库从未向叔父和她透露过自己的心意。

二

不过，还有一件事情必须要交代，那就是阿通到底是怎样寄身到柳生家的。

阿通与武藏离散，断绝音信，已是三年多前从京都经由木曾大道赶赴江户途中的事情。而在福岛的关卡与奈良井的客栈之间静候她的魔爪，后来便胁迫着她，将她驮在马上，翻山越岭地逃到了甲州，此事前面就曾提过。

至于这下手人是谁，想必仍未远离诸君的记忆。不错，正是那本位田又八。阿通一面承受着又八的监视和束缚，一面拼死护住了贞操。不久，当武藏和城太郎等与自己走失的人各自摸索着踏上江户的土地时，她也已经身在江户了。

那她到底在哪里，又在做什么呢？

倘若将这些都一五一十地写出来，就必须要重新追溯到两年前了。所以这儿只是简略地说一下阿通被救到柳生家的过程，其他则略掉。

一到江户，又八就开始寻找工作。毕竟怎么也得找一条吃饭的门路。当然，即使在到处寻找工作的时候，他也一刻未曾放开阿通。我们是来自上方的夫妇——无论走到哪里，他都如此介绍。

由于江户城正在改造，倘若是做石工、瓦匠或木匠的帮手之类，当天就会找到工作。可是在伏见城时，又八早就尝尽了筑城工作的艰辛，所以他想最好能找一个两人能一起工作的地方，或是在家里也能做的笔耕之类的工作。总之，他依然优柔寡断，四处闲逛，就连那些本想帮他一把的人都厌烦了：就算江户再怎么新，也没有你期盼的那种悠闲工作啊，净想好事。最终没有人愿意理他。

就在这样的数月之间，为了努力让又八产生麻痹思想，只要不涉及自己的贞操，阿通什么都顺着他。不久，当她有一天步行在大路上的时候，竟偶然遇到了印有二阶笠家徽的行李箱和涂漆轿子的队列。只见行人纷纷躲到路边行礼，并窃窃私语起来："那就是柳生大人。""那就是将军家的教头但马守大人。"

阿通忽然想起自己在大和柳生庄时的事，想起自己与柳生家的缘分。倘若这儿便是那大和国……可这些胡思乱想又有什么用呢，因为又八就在她身边，她只能茫然地目送队列走去。

"哦，果然是阿通小姐。阿通小姐，阿通小姐。"这时，后面忽然传来喊声。阿通一回头，只见有人正从路边杂乱的人群中寻找她。原来是一名头戴蓑笠为但马守护驾的武士。四目一对，咦，那不是在柳生庄的老熟人、石舟斋的高徒木村助九郎吗？

真是救命的活菩萨！阿通顿时抓住这根救命稻草。“哦，是你啊？”她立刻把又八撇在一边，朝助九郎身边跑去。就这样，她当场就被助九郎解救到了南日窪的柳生家。当然，被抢走肥肉的又八没有善罢甘休，正要上前理论，却被助九郎一句话挡下：“有什么话到柳生家来说吧！”

又八虽然嘴都气歪了，可鉴于自己的懦弱和柳生家的大名威势，他最终什么话都没说，眼睁睁地看着阿通被带走。

三

虽然石舟斋一直身在大和柳生庄，并未到过江户一次，可对正在给秀忠将军做教头、已移居江户的但马守一直放心不下。

如今，莫说是江户了，即使在日本全国，一说起天下第一的流派，自然非将军家所学的柳生刀法莫属，一提起天下的名人，首屈一指的自然便是这但马守宗矩了。可即使是如此显赫的但马守，在父亲石舟斋的眼里却仍是个孩子。“你那毛病怎么还不改？这么随意怎么能当好教头？”即使远隔千里，他也每天牵挂担忧。看来，无论是刀圣与名人父子，还是凡愚与俗人父子，在这种烦恼上都毫无差异。

尤其是自去年以来，石舟斋疾病缠身，他自知天年已近，愈发惦念儿子，担心孙子的前途。他将多年来一直跟随在身边的四高徒出渊、庄田、村田等，分别举荐给了越前家、榊原家等大名中的知己，让他们自立门户。这似乎是他的辞世准备。而将四高徒中的另一人木村助九郎从大和打发到江户来，也是出自他的一片慈父之心。若能有助九郎这样的通晓世故之人待在儿子身边，一定能帮上儿子。

以上便是柳生家近两三年的情况。就是在这样的背景下，一个女人和一个男人，两人都以寄居者的身份栖身到这江户柳生的新府里，不，更准确地说，是像回家一样住到但马守的身边。这两人便是阿通与柳生兵库。

助九郎带阿通来的时候，由于阿通曾侍奉过石舟斋，但马守便毫不介意。“不用顾虑，一直住下去便是，得空时也可以帮忙做一点家务。”

后来，侄子兵库也来了，开始共同寄食。

真是年轻的一对。但马守也不由得如此看待这对青年男女，操起作为家长的心。可是侄子兵库与宗矩不同，他性情豁达，无论叔父如何看如何想，他总是一口一个“阿通姑娘真好，我也喜欢阿通姑娘”，不惮于表达自己对阿通的看法。不过，这种喜欢也多少有一点掩饰，像那种“想娶她为妻子”、“爱恋不已”之类的告白，他从未向叔父和阿通提起过。

就是这样的两个人，此刻正隔着马辔，朝迟暮中的南日窪走去。没过多久，两人稍稍爬上南面的山坡，在右侧的柳生家门前停下脚步。兵库扣打着门，吆喝起看门人来：“平藏，开门！平藏，兵库和阿通姑娘回来了！”

传书

一

但马守宗矩差两岁不到四十。他并非生性聪敏刚毅，怎么说呢，他聪明而不张扬，十分理性。这一点与他才智过人的父亲石舟斋不同，与才华横溢的侄子兵库也很不一样。

大御所家康下令要柳生家出一人做秀忠的教头时，石舟斋当即便从众多的子孙及门人中选了宗矩，也是因为他觉得宗矩的聪明温和更适合此任。

被尊为天下第一的柳生流的根本理念便是“治天下之兵法”。这是石舟斋晚年的信条，因而能为将军家做教头者非宗矩莫属。而且家康为儿子秀忠寻觅好的武道老师，也并非纯粹为了让其研习刀术。其实，家康自己也曾师从深山中的某位高人学习刀法，不过他的目的是借此参悟治国之机。所以，要成为天下第一流派，比起个人能力的强弱，其根本理念更显重要，必须是“统治天下之刀”，必须能够从中体悟到“治国的微妙”。

但是，既然“获胜，决胜，战胜一切方可生存”是武道的出发点，也是其终极目标，那么身为天下第一流派，自然没有那种即使在比武中输下来也无所谓的道理。不如说为了这种尊严，柳生家必须要比其他流派优越。这便是宗矩一直以来的苦闷之处。表面上看，他荣幸地被选至江户，成为一门中最幸运的人，可实际上，他却不得不承受最为痛苦的考验。

“这侄子可真令人羡慕。”每当看到兵库的身影，宗矩总在心里艳羡不已，“我也真想那样啊。”羡慕归羡慕，可他的经历和性格已经注定他无法成为兵库那样自由自在的人。

兵库正穿过远处的廊桥，朝宗矩的房间走来。由于这里的府邸追求豪放风格，建造时并未请京城的木匠。为了模仿镰仓风格，柳生家特意请了乡下的木匠。这一带树浅山低，住在这种建筑中，至少能让宗矩体味到故乡柳生谷的豪放之感。

“叔父大人。”兵库往里瞧了一眼，跪倒在廊下说道。

“兵库吗？”宗矩早知他已回来，并未收回投向中庭的目光。

“可以进来吗？”

“有事？”

“也没大事……只是，想问您一件事。”

“进来吧。”

“谢叔父。”兵库这才进入室内。

繁文缛节是这里的家风。在兵库看来，祖父石舟斋等人尚可撒娇狎昵，可这位叔父却令人无法亲近。他总是正襟危坐，有时甚至都让兵库觉得可怜。

二

宗矩向来话语不多，但看到兵库似乎忽然想起了什么，便问道：“阿通呢？”

“回来了。”兵库答道，“说是又去冰川的神社参拜，回来时任由马带着到处转悠，所以就晚了。”

“你去迎了吗？”

“去了。”

宗矩脸朝短架灯，沉默了一会儿后又道：“一名年轻女子，若老是这样留在府里，着实令人担忧啊。其实我早就对助九郎说过，让他抽空将其安置到他处。”

“可是……”兵库微微带着异议，说道，“可我听说她无依无靠，身世也可怜，就是离开这儿也无处容身啊。”

“可若是老这么担心，什么时候才是个头。”

“听说，就连祖父都说她是个心地善良的好人。”

“我并未说她心地不好。毕竟宅子里净是男青年，若总是让这么一名美丽女子天天混在其中，难免会从进出之人那儿招来闲话，侍从们的风气恐也乱了。”

兵库并不认为这是宗矩在试探自己。他没有妻室，即使对阿通，他也没有那种被人一问便羞得脸红的非分之想。他反倒觉得叔父刚才的一番话是说给叔父自己听的。宗矩有一位来自名门的妻子，虽然从不抛头露面，每天都身居内宅，也不知与宗矩是否有琴瑟之和，可她毕竟年轻，又是大家闺秀，对于丈夫身边出现阿通这样的年轻女性，自然不会觉得顺眼。

今夜的脸色也不怎么好看。每当看到宗矩不时一个人寂然地待在外宅时，像兵库这样的单身者也不禁会浮想联翩。一定是在后面闹情绪了吧？宗矩这样一个严肃之人，即使面对妻子的牢骚，恐怕也不可能大喝一声“住嘴”之类。对外，他必须要担当将军家教头的大任，对内，他必须要留意妻室的情绪。正因为他从不将自己的脸色和牢骚示以外人，才会经常一个人陷入沉思。

“这事我会和助九郎好好商量的，不会给您添麻烦。阿通姑娘的事就交给我和助九郎吧。”兵库体察着叔父的心意说道。

“越快越好。”宗矩又加上一句。

这时，执事木村助九郎正好来到套间，说道：“主公。”说话间抱着一个信匣，远离灯火跪坐下来。

“什么事？”

宗矩回头一问，助九郎立刻膝行几步，禀告道：“刚才本家用快马送来封信。”

三

“快马？”宗矩似乎突然意识到什么，无形中提高了嗓门。

兵库一愣，立刻意识到很可能出了事。可是他不便出口，于是默默地从助九郎手里接过信匣。“什么事？”说着便将书信递给宗矩。

宗矩拆开书信。信由本家柳生城的家老庄田喜左卫门速写而成，字迹十分潦草。上写：

> 大祖（石舟斋）近来时感风寒，此次病情尤不寻常，恐危在旦夕，然大祖仍强打精神，言称纵使自己身遭不测，因但马守身兼将军家教头之大任，亦无须回乡。尽管如此，臣下等仍一致商定，暂以飞书通报如上。

“病危……”

宗矩和兵库都喃喃着，黯然沉默了一会儿。兵库从叔父的脸上看到了一种成竹在胸的表情。即使面对如此情况，宗矩也不慌不乱，当机立断，这便是他的过人之处，兵库一直对此深有感佩。若换作兵库，恐怕只会乱作一团，眼前浮现出的全是祖父临终前的面孔以及家臣们的嗟叹等，惶惶然无法决断。

“兵库。你立刻替我回去一趟。告诉祖父，江户这边一切安好，请老人家放心。”

“知道了，我一定转告。”

“老人家的照料也有劳你了。”

“是。”

“从快信的样子来看，情况十分不乐观，唯有祈求神灵护佑了……你赶紧动身，尽早赶回老人家床前。”

“那我现在就动身。”

“现在就走吗？”

“侄儿正闲得难受呢，哪怕在这种时候能派上用场也成。”说罢，兵库立刻告别宗矩，退回自己的房间。

就在他准备行装的时候，大和柳生庄的坏消息已经传遍府中，全府上下都弥漫着一股忧伤的气氛。

不知何时，阿通也打点好行囊，悄悄造访兵库的房间。“兵库先生，请把我也带去吧。”阿通哭求道，“就算我什么都帮忙不上，起码也可以回到石舟斋老先生的枕边，报答一点收养之恩啊。在柳生庄时深受老先生恩情，如今能待在这江户的府中，也全是沾了他老人家的光……请一定要带我去。”

兵库深知阿通的脾气。若是宗矩一定会拒绝，可他无论如何也回绝不了这种请求。正好宗矩刚刚提到阿通的事，或许这正是解决阿通问题的一个良机。于是兵库便说道：“那好吧。但这次的旅程刻不容缓，无论是骑马还是坐车，你都得跟上。你能做到吗？”他叮问道。

“能，无论您赶得多快我也能跟上。”阿通高兴得直擦眼泪，兴冲冲地帮着兵库收拾起来。

四

阿通又去但马守的房间，说明了自己的心情，谢过多日的收留之

恩，就要告辞，

“哦，你也要去？老人家看到你，也一定会很高兴的。”宗矩并无异议，“一路小心。”然后赠予她路银及窄袖和服等饯别礼物，依依不舍，关心备至。

家臣们敞开大门，夹道相送。

“再会。”兵库与众人简单打了个招呼便匆匆上路。阿通则高束腰带，头戴涂漆的市女笠，手持拐杖。倘若再在肩上佩上朵紫藤花，便宛如那大津绘中的藤娘了。一想到从明天起便看不到这婀娜的身影，众人不禁扼腕不已。至于要乘坐的车马之类，两人决定到路上的各处驿站雇用，总之，今夜务必要先赶到三轩家附近。就这样，兵库与阿通匆匆起程。

兵库设计的路线是先走大山大道，然后经由玉川的渡船转道东海道。而此时，夜露已开始沾上阿通那涂漆的斗笠。沿着荒草丛生的谷川走了一阵，两人不久便来到一道宽阔的山坡上。

“道玄坂。”兵库自言自语地告诉阿通。这里从镰仓时代起便是关东要道，因而道路宽阔，两侧低矮的山丘上长满了郁郁苍苍的树木，一到晚上，行人稀少。

“很冷清吧？”兵库步子大，不时要停下来等待阿通。

“没有。”阿通嫣然一笑，稍稍加快脚程。由于带了自己，赶到柳生城的病人床前时一定会迟一些，她觉得有些过意不去。

“这儿是山贼经常出没之处。”

“山贼？”她一下子瞪大眼睛。

兵库则微微一笑，说道：“是从前。据说在和田义盛一族中有个叫什么道玄太郎的，成了山贼，曾住在这附近的洞穴里。”

“太吓人了，您快别说了。”

“这样你心里就不冷清了。”

“啊，您真坏。”

“哈哈哈。”兵库的笑声回荡在四面的黑暗中。不知为何，他竟有些莫名兴奋。在祖父病危匆匆回乡的旅途上，自己竟有这种心情。尽管他也在谴责自己，却还是偷偷地高兴。没想到能与阿通一起踏上这归乡之旅，他没法不为此高兴。

“啊！”不知是发现了什么，阿通忽然大喊一声，脚下一哆嗦。

“怎么？”兵库顿时下意识地护住她的后背。

“有东西……”

“哪里？”

“咦，好像是个小孩，坐在那边的路边……正在说什么呢？你听，正一个人在那里自言自语，哇哇乱说呢。”

兵库走近一看，原来是傍晚与阿通回府途中看到的那个躲在草丛里的小孩。

五

一看到兵库和阿通，也不知是想起了什么，伊织忽然跳起大喊一声：“畜生！”随即便拿刀砍来。

“啊！”阿通一声惊呼的同时，对方的小刀也朝阿通刺来。

“狐狸精！你这狐狸精！”尽管小孩身形疲弱，刀也很小，可那张面无人色的脸却无法令人小觑。但见他像是被什么东西附了体似的，没头没脑地便拿刀捅了过来，逼得兵库不禁后退一步。

“狐狸精！狐狸精！”伊织的声音像老太婆一样沙哑。兵库觉得奇怪，便顺势躲过他的刀锋，在一旁观察。

“来吧！”伊织大喝一声，挥刀将一株细长的灌木斩为两截，随着灌木的上半部分倒向草丛，他自己也一屁股瘫坐在地上。“来吧！狐狸精！”他呼哧呼哧地喘着气，俨然一个浴血奋战的斗士。

兵库这才点点头，与阿通相视一笑。“真可怜，这孩子似乎被狐狸附体了。”

“啊，怪不得眼神那么可怕呢。”

“跟狐狸一模一样。”

“能不能帮他一把？”

“虽说疯子和傻子两种人不可救药，但这种人一治就好。”说着，兵库便绕到伊织前面，定定地盯着他的脸。

这时，眼睛都竖起来的伊织重新拿起刀。“畜、畜生，还敢待在这儿！”

就在伊织要站起来的一瞬，兵库突然一声大喝。“嗨！”只见兵库横抱起伊织跑了起来。一下坡，刚刚穿过的大道上便有一座桥。兵库抓住伊织的两脚，从桥上将其倒吊在栏杆外面。

“娘！”伊织尖声呼喊起来，“爹！”

可兵库仍不松手，继续吊着他。到了第三声的时候，伊织终于哭喊起来：“师父，救救我啊！”

阿通随后赶来，看到兵库使用如此残酷的方法，只觉得那受罪之人仿佛便是自己，连连说道：“不行不行，兵库先生！不能这么残酷地对待人家的孩子。”

阿通正说着，兵库把伊织拽到桥上。“行了。”这才松手。

“哇……哇……”伊织随即号啕大哭，仿佛在为这世上没有一人能够听到自己的呼救而悲伤哭泣，声音越来越大。阿通走到他的身边，轻轻摸了下他的肩膀。肩膀已经不像刚才那样又硬又尖了。“你从哪儿来？”

伊织边抽泣边答道：“那边。”说着指指远方。

“那边是哪边？”

“江户。”

“江户的哪儿？”

“马贩町。”

“你怎么从那么远的地方到这儿来了？”

“我来送信，结果迷路了。”

“那你从白天就迷路了？”

“不是。”伊织摇摇头，稍微平静了一点才答道：“从昨天。”

“啊……你都迷路两天了？”阿通顿生怜悯，连笑都笑不出来了。

六

阿通又问：“那你究竟是要去谁家送信？”

伊织仿佛早就在等她这一句似的，当即答道：“柳生大人家。”说罢，他从肚脐眼附近掏出一封似乎比生命还珍贵的皱巴巴的信，将上面的文字对着星光，“我要把这封信送给柳生府中的木村助九郎先生。”

啊，好不容易遇到这么一个热心人，伊织为什么没有把书信给对方看一下呢，哪怕只一眼也好。是他太看重自己的使命，还是无形的命运故意在暗地里捉弄？

对阿通来说，伊织握着的皱巴巴的书信甚至比七夕的星星还珍贵，这不正是她几年来梦寐以求、朝思暮想却杳无音信的那个人的消息吗？可她并不知道，这大概就是命运吧。

阿通并没有特别留意，竟连看都没看便说道：“兵库先生，这孩子说是来找府里的木村先生的。”说着，便把脸转向一旁。

“小孩，你可完全搞错方向了。但已经很近了。你沿着这条河往前走一会儿，爬上往左的山坡，然后从那儿的三岔口朝巨大的夫妻松方向走就行了。”

“可别再让狐狸缠住了。”阿通担心地叮嘱道。

可是此时的伊织心里早已云开雾散，似乎完全拥有了自信。“多谢。”他说着便撒腿而去。只见他刚沿着涩谷川走了两步，忽然又停下。“往左对吧？是往左爬吧？”他一面指着远处，一面又不放心地确认了一遍。

“嗯。”兵库点点头，“有些地方很暗，小心脚底。”

可是对方没有了回应。只见伊织的身影转瞬便消失在嫩叶葱翠的山路中。

兵库与阿通仍站在桥栏杆旁，目送伊织离去。“好机灵啊，那小孩。”

“有几分聪明。”阿通不由得在心中拿他与城太郎比较。她心目中的城太郎个子要比如今的伊织高一些，算起来今年已经十七岁了。他怎么样了呢？她想，只觉得对武藏的痛苦思念又涌向胸口。啊，说不定会在旅途中意外邂逅呢。为了抛弃这种缥缈的幻想，最近她甚至觉得自己已完全习惯了忍耐这种相思之痛。

“哦，快赶路吧。今晚是没办法了，接下来可不能再这样耽搁了。”兵库告诫着自己，他似乎也意识到自己漫不经心的弱点。

阿通也赶起路来，心思却停留在路边的草上。或许武藏先生也曾踩过那些草吧。她内心浮想联翩，却无法跟同伴启齿。

假名经典

一

“咦，老婆婆，你在习字啊？”菰十郎刚从外面回来，便往阿杉的房间里瞅了一眼，不禁一脸惊叹。

这里是半瓦弥次兵卫的家。阿杉回过头来，只回答了一句“哦”，接着便又不耐烦地重新拿起笔，专心地写起什么来。

菰十郎悄悄地坐到阿杉身边，喃喃自语起来：“我当是什么呢，原来是在抄经啊。”

阿杉却连理都不理。

“都这么一大把年纪了，现在才开始习字，干什么用啊？难不成想在那个世界里做习字的老师？”

“别吵，抄经必须心无杂念。快到一边去。”

“今天我在外面听到些传闻，便想赶紧回来告诉你，可你——”

“我待会儿再听。”

“那你什么时候才写完？”

“每一个字都得带着菩提之心认真抄写，光是抄一部，至少也得花三天时间。”

“你还挺沉得住气。”

“别说是三天了，我还想用这一个夏天抄几十部呢。而且还想在有生之年抄写上千部，留给世上那些不孝之人呢。”

“上千部？”

“这是我的誓愿。”

“那你为什么要把抄写的经文留给不孝之人呢？到底是出于什么因由，快讲给我听听吧。不是我自夸，别看我看着不像，可若比起这不孝来，我也不输给任何人。”

“你也是不孝之人？”

“但凡在这儿游荡的浪荡子，全都是从不孝岭上爬过来的不孝子。若说那孝敬老人的，恐怕就只有头儿一个人吧。”

“这就是尘世的悲哀啊。”

“哈哈哈，老婆婆，你也太消沉了，看来你的儿子也是个浪荡子啊。”

“那家伙正是让父母寒心透顶的那种。世上一定还有不少像又八这样的不孝子，因此我就发愿抄写这《父母恩重经》，让世上的不孝子都去读。让天下父母寒心的不孝子实在太多了。”

“那你打算花一辈子把这部《父母恩重经》抄写一千部，分发给一千人？”

“都说给一个人种下菩提之种，就会感化百人之众，百人身上生出菩提之苗，就能感化千万人。我的誓愿绝不小。”

不觉间，阿杉搁下笔，从摞在一旁已抄好的五六部薄薄的经书中抽出一本，郑重其事地交给菰十郎，说道：“这一部就给你吧，有空时好好读读。”

面对阿杉一本正经的面孔，菰十郎差点笑出声来。可他也无法像擦鼻涕纸一样将经书随意塞进怀里，于是便顶在额头，一面做出膜拜的样子，一面说道：“可是……”仿佛想急于抽身，菰十郎忽然改变了话题，“老婆婆，或许是你的精诚所至吧，今天我在外面遇到了一个大人物。”

“遇见了什么大人物？”

“就是老婆婆一直在寻找的宫本武藏那家伙啊。是在隅田川渡口下船的地方碰到的。”

二

“哎，你碰到了武藏？”一听这话，阿杉哪里还有心思继续抄经，立刻把桌案推到一边，急切地问道，“那他去了哪里？你有没有查清他的去处？”

“我菰十郎是干什么的，怎么会有纰漏呢。我故意装着与那家伙分开的样子，悄悄地躲进了小巷，然后一路尾随，见他在马贩町的客栈里脱下了草鞋。”

“唔，这么说，与咱们这木匠町就近在咫尺啊。”

“倒也没那么近。”

“不，近、近！此前我寻遍诸国，以为远隔山河呢，没想到竟然在同一块土地上。”

“这么说来，马贩町在日本桥之内，木匠町也是，倒是没有十万亿土地那么远啊。”

阿杉立刻起身，从橱柜里拿出她一直秘藏的那把传家短刀。“阿菰兄弟，带路。”

“去哪儿？”

“明知故问。”

“我还以为你挺沉得住气呢，居然这么心急。现在就要去马贩町？”

“当然。我早就做好思想准备了，倘若我变成一堆白骨，烦劳你送回美作吉野乡的本位田家就是。”

“喂，你等等，若真是这样，我好不容易打探来消息，却要挨头儿的一顿臭骂了。”

“哎，现在哪还有工夫管这些啊。武藏随时都会离开那家客栈。”

“这一点你放心好了，我早就从家里找了一个浪荡子盯在那儿了。”

“那，你能保证他逃不了？”

“为什么要让我保证……你明明得感激我才是。好好，真拿你没办法，谁让你是老人呢，我保证，我保证。”菰十郎劝慰着阿杉道，“越是在这种时候，才越要冷静不是？我看你还是继续抄点经文吧。”

“弥次兵卫先生今天又出门了吗？”

“头儿与游山拜庙的朋友去了秩父的三峰，不知什么时候才回来。”

“那我可等不及他回来商量。”

“那，请佐佐木先生来一下，跟他商量一下如何？”

翌日清晨，去马贩町盯梢的年轻人传回消息说，武藏昨晚去了客栈对面的磨刀铺，似乎聊到很晚，今天早晨便退了客房，搬到了磨刀匠厨子野耕介家的二楼。

“你看，被我言中了吧。”阿杉一脸着急地说道，“你看看，武藏也不是死人，怎么会一直待在同一个地方呢？”她朝菰十郎抱怨起来，急得再也无法在抄经的桌案前安坐。

不过，菰十郎和半瓦家里的人都已摸准了阿杉这副急脾气，并不在意。

“那武藏再怎么厉害，也不会插翅飞了，不用那么着急。小六说了，他待会儿就去佐佐木先生那儿一趟，跟他好好商量一下。”

听菰十郎这么一说，阿杉便在房间里匆忙准备起行装来。“什么，不是昨夜就说要去小次郎先生那里吗，怎么还没去？不用麻烦了，我自己去就是，快告诉我小次郎先生住在哪里？”

三

佐佐木小次郎在江户的住处就位于细川重臣岩间角兵卫府内。这岩间的私宅建在高轮大道伊皿子坂的山腰处俗称“月岬”的一片高地上，门上涂着朱漆。

仿佛闭着眼睛也能找到，半瓦的人刚一告诉阿杉，她便似乎对年轻人看扁老年人的愚钝很不服气，当即说道：“知道了，知道了。不就这么点破路吗，我去去就来，剩下的就交给你了。弥次兵卫先生外出了，尤其要小心灯火。”说话间便系上草履绳，拄起拐杖，腰间插上那把家传的短刀，出半瓦的家门而去。

这时，外出办事的菰十郎突然回来了。“咦，老婆婆呢？”他里外打量了一圈，问道。

“已经出去了。她让我告知佐佐木师父的住址，我说了后，她就自以为是地走了，刚走。”

“这老婆婆，真拿她没办法。喂，喂，小六兄弟！”

菰十郎往开阔的年轻人住处一喊，正在玩赌博游戏的侍童小六立刻飞跑出来，问道：“什么事，大哥？”

“你还问我什么事？你明明应下了，昨晚却没有去佐佐木师父那儿，结果惹恼了那老婆婆，她一个人自己去了。”

“去就去呗，自己去更好。”

“你说得倒简单。头儿回来后，她一定会告恶状的。”

“她的嘴皮子倒的确厉害。”

“可她的身体却像螳螂一样干瘦得一折就断。虽然她嘴上要强，倘若让马给踩了碰了，那还不玩完？”

“嗤，你也想得太多了。”

“拜托，她刚出去，你赶快追上她，把她领到佐佐木师父的住处去。”

“你连自己的爹娘都没这么贴心地照顾过呢。”

“所以我才要赎罪。”

赌博游戏还没结束，小六就慌忙追赶阿杉而去。

菰十郎忍不住一笑，走进年轻人的大房间，骨碌一下在一角躺了下来。房间有三十叠大，铺着草席，还备有大量的大刀、短矛、钩棒等武器，随手都能摸到一件。板墙上则乱七八糟地挂满了在这儿起居的各个粗人的手巾、替换衣服、防火头巾和长衫等，还挂着谁都不可能穿的红绢衬里的花哨的女用窄袖和服等物什，还有一面带着泥金画的梳妆台。

一次，有个人对此很是不解，便说道：“都是什么啊，怎么会有这种东西？”说着就要取下来。结果另一人连忙阻止道：“不能拿，那是佐佐木师父让挂上去的。”一问理由，对方解释道：“师父曾对头儿说过，偌大的房间里若净是些光棍大男人，难免会生出是非来，为点鸡毛蒜皮的小事，动辄就会杀气腾腾，可到了真正需要拼命的时候，又一个个都蔫了。”

可是，光是一件女人的窄袖和服和泥金画的梳妆台也无法缓和这里的杀气。

“喂，你出老千。”

“谁出老千了？”

“你！”

“开什么玩笑，我什么时候出老千了？”

“算了算了。”

如今，在这大房间中，众人正忙着掷骰子、玩骨牌之类，都趁着半瓦外出的机会赌起钱来，个个杀气腾腾。

四

菰十郎看众人玩得兴起，说道：“有什么好玩的，怎么就玩不够呢？”然后骨碌一下子仰面躺下，翘起腿盯着天花板。在这你输我赢的吵闹声中，竟连个午觉也睡不成，可是加入到这些最下等的赌徒中榨干他们的腰包也没意思，他只好又闭上眼睛。

“今天的手气可真背。”一个输光了所有家当的人一脸惨淡地来到菰十郎旁边，一同躺了下来。接着又有一两个人陆续躺下，全都是时运不济的惨败者。

“菰哥，这又是什么玩意儿？”一个人忽然捡起从菰十郎怀里掉出来的一部经文，“这不是经吗？你怎么也带起这破玩意儿来了，护身吗？”此人甚是好奇。

终于有些困意的菰十郎睁开懒散的眼皮，说道：“唔……这个啊？是本位田老婆婆发了愿，要一辈子抄写一千部佛经呢。”

“嘿，让我看看。”一个稍稍识文断字的人一把抢了过去，“果然是老婆婆的手迹。连假名都注上了，连孩子都能读呢。”

“那，你也能读吗？”

“这种东西谁不会读。”

“那，就请你用美妙的声音和抑扬顿挫的调子读给我们听听。”

“开什么玩笑，这又不是小曲儿。”

“瞎说！古时候，经文都是直接拿来唱的。和赞不就是其中的一种吗？”

“可这些文字又不是和赞的节奏。”

“什么节奏都行，快读，要不就整你。”

“好好，我读。”

“快点。”

于是，那男人不得不仰面躺着，将经文展在眼前，吟诵起来：“佛说父母恩重经——如是我闻，一时佛在王舍城耆阇崛山中，与大菩萨摩诃萨及声眷属俱，亦与比丘、比丘尼、优婆塞、优婆夷，一切诸天人民及天龙鬼神，皆来集会，一心听佛说法，瞻仰尊颜，目不暂舍——”

“乱七八糟的，什么啊？”

“说起这比丘尼，听说最近还在灰脸上涂上香粉，卖得比花柳街的娼妓还贱呢，不就是那个吗？”

“嘘，闭嘴。”

“是时，佛乃说法言。一切善男子善女人，父有慈恩，母有悲恩，故，人生于世，以宿业为因，以父母为缘。”

“什么啊，不就是老爷子和老娘的事吗？释迦佛也不过絮叨些人尽皆知的事而已。”

“嘘……别吵，阿武。”

“你看，吟诵人不念了。我正听得迷迷糊糊要打盹呢。”

“好了已经不吵了，快接着吟。节奏再好一些。”

五

“非父不生，非母不育，是以禀气父胤，托形母胎。”吟诵人不雅地变换了一下躺姿，抠着鼻屎继续道，“因此因缘之故，悲母之念子，世间无以比，其恩及未形。”

念到这里，大家全沉默了下来，吟诵人反倒没了兴致。

“喂，到底有没有人在听？”

“正听着呢。”

“怀胎身十月，行住坐卧，蒙诸苦恼。苦恼无休时，纵得常好饮食衣服，亦不生欲执之念，一心思安产。”

“听得好累啊，算了吧。”

“听得好好的，为什么要停？接着念。”

“月充日足，生产时至，业风促之，骨节悉痛苦。父亦心身战惧，忧念母子，诸亲眷族皆苦恼。既生堕草上，父母欣无限，犹如贫女得如意珠。”

开始时还开着玩笑的人们，随着对意思的逐渐理解，也不由听得出了神。

“婴儿声啼，母亦似重生。尔来，以母怀为寝处，以母膝为游场，以母乳为食物，以母情为生命，非母不着，非母不脱，纵母饥时，亦吐乳哺子，非母不养，及离阑车十指甲中食子不净……计来，人食母乳，一日八十斛，父母恩重，如天之无极……”

“怎么了，喂？”

“马上念。”

“怎么，哭了？原来是边哭边念啊……”

“瞎说！”念诵者假装没事，又继续念起来，“母受雇东西邻里，或汲水或烧火，或捣臼或推磨。还家时，未至便闻我儿在家啼哭，思起儿恋我，胸跳心又愕。乳出不堪忍，乃奔走还家，儿遥见母来，弄脑又摇头，呜咽奔向母。母屈身舒两手，已口吻子口，两情一致恩爱恰，亦不及此。二岁离怀始行，非父不知火烧身，非母不知刀堕指。三岁断乳始自食，非父不知毒掉命，非母不知药救病，父母赴外席，若得美味珍馐，不敢食味藏怀中，唤子与子食，子喜已亦欢。”

“喂……怎么又哭鼻子了？”

“不觉想起爹娘来了。”

“别哭了。你边抹眼泪边念，弄得连我都奇怪地掉眼泪了。”

六

粗人也有父母。就连这粗野而不要命的、整天都待在破屋里的无赖也不是从石头缝里蹦出来的。只是这些人平时一谈到父母，就会受到别人的嘲弄：呸，没骨气的家伙！所以他们都一个个打肿脸充胖子，装出一副无所谓的样子：嗤，爹娘算什么！

可如今，他们的父母一下子被从心底里唤醒。众人忽然静默下来。开始时还带着调侃的心情，用滑稽的节奏吟诵，可由于这经文像儿歌一样通俗易懂，随着诵与听的深入，众人也逐渐明白了其中的意思。

“我也有爹娘。”

听到这些经文，众人便不由得回忆起曾吃奶绕膝的童年。表面上看，众人或枕着胳膊，或脚底朝天，或露出毛茸茸的小腿，横七竖八地躺着，可不知不觉间，竟有不少人已泪流满面。

“喂……”不久，一人朝吟诵人说道，“还有吗？”

“还有。”

“再念念让我们听听。”

“先等等。”只见念诵的男子站起身，用手纸擤了把鼻涕，然后又坐下来，继续吟诵，“至子渐长成，与朋友相交。父为子索衣，母为子梳发，己之美好皆付与子，自已着破旧，缠褴褛。既子索妇，娶他女子于家，转疏远父母。夫妇特亲近，私房中语乐。”

“唔，有道理。”不知谁哼哼了一句。

“父母年渐高，气老力亦衰，所倚者唯子，所赖者唯媳，然从朝至暮，未敢一次来问。夜半衾冷，五体不安，复无谈笑，如孤客宿泊旅寓。或复有急事，疾唤命子来，十度唤九度违，遂来不伺候，却怒骂詈曰，与其耄耋残留世，莫如早早死。父母闻之怨念塞胸，涕泪冲睑目晕眩，呜呼，汝幼少时，非吾不能养，非吾不能育，呜呼，吾汝……”

“我、我……我再也念不下去了，谁来替我念？”说着，吟诵者竟把经文抛到一边，哭泣起来。

没有一个人出声。无论是横躺者、仰卧者，还是像野鸭一样把头插进盘腿之中者，同一间屋子里，当对面那伙充满欲望的恶鬼正在为赌博的输赢而竖起修罗般的眼梢时，这边的一群无赖竟呜咽着啜泣起来。

这时，一人已然站在了门口，环顾着这个奇妙的房间。“半瓦旅行还没回来？”突然造访的佐佐木小次郎已出现在众人面前。

血梅雨

一

一边正沉溺于赌博，一边又都在沉默抽泣，没有一个人回答。于是，小次郎便来到仰躺在那里、两手掩面的菰十郎旁边，喝道："喂，怎么回事？"

"啊，师父？"菰十郎和其他人这才慌忙擦擦眼泪、擤擤鼻涕，站起身来，"完全都不知道您来了。"他们连忙不好意思地一起行礼。

"怎么都哭了？"

"不不，没什么，没什么。"

"一群莫名其妙的家伙。侍童小六呢？"

"刚才跟着老婆婆，到师父的住处去了。"

"去我的住处？"

"是。"

"奇怪，本位田家的婆婆到我的住处有什么事？"

看到小次郎来了，沉溺于赌博的一伙人慌忙散了，在菰十郎周围哭鼻子的家伙们也都悄悄溜了。于是，菰十郎便从自己昨天在渡口遇到武藏的事情说起。"不巧的是头儿正在外旅行，怎么办呢，那就先跟师父商量一下再说吧，于是她就出了门。"

一听到武藏二字，小次郎的眼里顿时放出亮光。"唔。这么说，武藏现在正在马贩町？”

“听说已离开客栈，搬到了磨刀匠耕介家里。”

“哦，奇怪。”

“哪里奇怪？”

“我的爱刀晾衣杆也送到了耕介那里，正要他给磨呢。”

“是吗，师父的那柄长刀？这确是一段奇缘啊。”

“我今天也估摸着该磨好了，准备取呢。”

“哎，那您去了耕介的店？”

“不，我打算先来这儿一趟再去。”

“那太好了。倘若师父不知情，冒冒失失地去了，引起那武藏的警惕，或许就不好下手了。”

“没什么，武藏之流不足为惧。但若是婆婆不在，什么事都商量不成啊。”

“她现在肯定还没到伊皿子呢，我马上就打发一个腿脚快的把她叫回来。”

于是，小次郎便在里面等。不久，到了掌灯时分，阿杉终于坐在轿子里，在侍童小六和前去迎接的男子的簇拥下，慌慌张张地回来了。

夜晚，众人仔细商议。小次郎也等不及半瓦弥次兵卫的归来，说是既然自己已在这里，怎么也要帮助阿杉除掉武藏。菰十郎和侍童小六也都认为，尽管最近武藏的名气很大，可无论有多厉害，料也不是小次郎的对手。

“那就杀了他？”

众人决定下来。“嗯，决不能放过他！”

阿杉本来很要强，可是毕竟年纪不饶人，光是往返伊皿子这一趟，就让她腰酸背疼了。于是，去取小次郎磨的刀一事也就暂缓下来，决定等到明天晚上再说。

二

次日白天，阿杉沐浴净身后，还染了牙齿和头发。等到黄昏时分，她又大肆装扮起来。用作白寿衣的漂白布内衣上仿佛印满了家徽，盖满了诸国神社佛阁的印。

阿杉坚信，浪华的住吉神社，京都的清水寺和男山八幡宫，江户的浅草观音，还有旅途上朝拜的所有神灵和诸佛天，一定都会保佑她，穿上这个远比穿着连环甲安心。不过，她并未忘记往腰带的衬垫里放上一封给儿子又八的遗书，又将其夹在自己抄写的一部《父母恩重经》中仔细藏好。

更令人吃惊的是她一直放在钱包底部的一封书信，其内容如下：

> 我虽年老，可既为大望漂泊，自知随时都会被杀，随时都会病死于行路。我死之际，若您觉老妇可怜，拜请用此钱为老妇办理后事，路上的仁人及官家大人，老妇提前拜托了。
>
> 作州吉野乡士本位田遗孀杉

阿杉连自己的后事都准备好了。

接着，她又在腰间插上一柄刀，绑好白绑腿，手上也戴了手背套，背心上又扎上一条缫缝带子。周身上下准备停当后，她又打来一碗水放在自己房间的抄经桌案上。

“我走了。”像是在对供在那里的一个人说话似的，阿杉闭了一会儿眼，大概是在同死在旅途上的河滩的权叔告别。

菰十郎从隔扇开了一道缝，悄悄往里瞅了一眼，说道：“老婆婆，还没好？差不多是时候了，小次郎师父也在等了。”

“我随时都能出发。”

“那快到这边的房间来一下。”

在宅子内部，佐佐木小次郎、侍童小六再加上菰十郎，三人早就准备停当等着阿杉了，壁龛前的席位早就给她空了出来。像备前烧的花瓶一样，只见阿杉硬邦邦地往那里一坐。

“祝此行成功。”侍童小六于是拿过一个陶杯，塞进阿杉手里，然后拿起酒壶斟上酒。接着是小次郎。众人依次分喝完，熄灯上路。

尽管不少人纷纷表示要前去助一臂之力，可人多反倒会碍手碍脚。而且虽说是晚上，可毕竟是在江户城里，传出去不好，小次郎便拒绝了众人的好意。

“请等一下。”四人刚要迈出门槛，一名手下忽然咔嚓咔嚓地在他们身后用火镰打起火来。

外面阴云密布，黑漆漆的，杜鹃的啼声不断传来。

三

狗在黑暗中频频吠叫，似乎连兽类都能从四个人影上嗅出非同寻常的气息。

“咦？”侍童小六忽然在黑暗的路口回过头来。

“怎么了，小六？”

“似乎有个可疑的家伙，从刚才起就在尾随。”

“呵呵，一定是屋里的年轻人。刚才死乞白赖地嚷着要来，虽被我拒绝，总还会有一两个偷偷跟来的。”小次郎说。

“真让人头痛，净是些觉得决斗比吃饭还香的家伙。怎么办？”

“别管他们。就算挨骂也要尾随而来，也算是有些骨气。”

于是四人不再理会身后，径直拐过马贩町的街角。

“唔……就是那儿吧，磨刀匠耕介的店。”小次郎站在斜对面距离很远的屋檐下说道。

于是几人压低了声音。

“师父今晚是头一次来？”

“我是拜托岩间角兵卫办磨刀的。”

“那，怎么办？”

“就按咱们刚才商量好的，老婆婆，还有你们，全都躲到那边的隐蔽处。”

“可弄不好会让武藏那家伙从后面跑了啊。”

“不会的。武藏和我都有一股血性，是断然不会逃跑的。万一真的逃跑，那就等于失去了身为武士的生命。不过，他也绝非那种傻得不知道逃跑的男人。”

“那，要分别潜伏在两侧的檐下吗？”

“待会儿我会从里面把武藏带出来，并肩走在大街上。走到十步左右时，我会突然给他一刀，然后再让老婆婆杀出来就行了。”

“多谢多谢……您简直就是八幡神的化身啊。”阿杉连连合掌拜谢。

在阿杉的膜拜下，小次郎走向“御魂研所”厨子野耕介的店门口，一种旁人根本无法想象的正义感正涌上他的心头。他与武藏之间并无丝毫宿怨，只是随着武藏名声大震，他也不由得不快起来。而武藏虽看不上小次郎的为人，却格外认同他的刀，所以对他自然也抱有十二分的警惕。

这种纠结从数年前就开始了。由于当时双方都年轻气盛，充满虚荣、霸气和斗气，而且势均力敌的人之间也更容易在感情上产生摩擦。归根结底，这无非是种感情上的纠结。可回顾起来，自京都之事以来，两人之间便夹着吉冈家的问题和那衔着火种四处彷徨的朱实。如今，本位田家的阿杉又掺和进两人的龃龉，所以小次郎与武藏在这个尘世中虽然称不上有宿怨，可对立的鸿沟却越来越深，甚至到了水火不容的地步，这一点是难以否认的。更何况小次郎又把阿杉对武藏的看法直接加到自己的观念中，在一种形似扶持弱者的行为之下，将自己扭曲的感情正义化。如此一来，两人之间的纠结便只能说是一种宿命了。

“睡了吗？磨刀师，磨刀师。”一站到耕介的店前，小次郎便轻轻地叩起关着的门来。

四

门缝里露出灯光。虽然店里没有动静，可后面的人无疑还没有睡下。

“哪一位？”似乎是主人的声音。

小次郎在门外喊道：“我就是经细川家的岩间角兵卫之手拜托您给磨刀的那个人。”

“啊，是那把长刀吧？”

“总之先开一下门吧。”

不久，门开了。

四目相接，双方对视起来。耕介挡在门口。“还没有研磨好。”他冷冷地说道。

“是吗？”回话间，小次郎已自顾自地走进店里，在泥地一旁的地板框上坐了下来，“那什么时候能磨好？”

“这个嘛。”耕介挠起脸。本来就长的脸愈发耷拉，眼角也垂了下来，显出一副揶揄人的样子。

小次郎有些急躁。

“这日子是不是也花得太多了？”

“所以岩间大人送来时，我早就打过招呼了，时限要由我来定。”

“可也不能拖得太久了啊。”

“如果您嫌麻烦，那就请先拿回去吧。”

“什么？”

这显然不是一般匠人说话的口气。可小次郎根本不去察言观色，当下便误以为是对方早就知道自己的来访，有武藏在身后撑腰，才会口气如此强硬。

既然这样，索性就单刀直入。“那好，我问你另一件事，你家里可住着作州的宫本武藏？”

“哦……您是从哪里听说的？”耕介颇感意外，“有倒是有。”他支吾道。

“虽然好久未见，可我自京都以来便与武藏先生相识，你能否叫他出来一下？”

“敢问您的名讳？”

“你只说佐佐木小次郎，他就会明白。”

“您要说什么？我先替您说一声吧。”

“啊，请稍等。”

“又有何事？”

“由于太过唐突，让武藏先生疑忌起来就不好了。我是在细川家听说你的店里有个酷似武藏先生的人，才贸然来访，想邀他到别处喝上一杯。所以请顺便告诉他一声，让他准备好再出来。”

“好吧。”耕介钻进挂着短帘的入口，穿过走廊消失在后面。

小次郎随后便思忖起来：就算武藏不会逃跑，可万一他识破自己的圈套，死活不出来，那该怎么办？索性就代替阿杉报出名来，让他为了声誉，不想出来也得出来？一瞬间，小次郎已想好了第二步、第三步。

这时，户外的黑暗中，一个声音突然传来，远远超越了他的想象。“啊！”那显然不是一般的声音，分明是让人毛骨悚然的惨叫。

五

完了！小次郎顿时像被抛起来一样，一下子站起。自己的计谋失败了！不，是自己反中了对方的计！看来，武藏已不知何时绕到户外，率先向阿杉、菰十郎和侍童小六等容易对付的人下了黑手。

好，既然如此……想到这里，他啪的一下跳到黑暗中的街道上。时机来了！他想。全身的肌肉顿时紧绷，他热血沸腾，浑身充满斗志。

以后把刀相会！这是两人在叡山通往大津的山顶茶屋分别时立下的约定，他从未忘记。这一时刻终于到来了。

就算阿杉已被杀，自己也要以武藏的鲜血来告慰她的在天之灵。一瞬间，这种侠义和正义之念像火花一样在大脑里迸射开来，他一连跳出十步。

"师、师父！"一听到他的脚步声，痛苦地倒在路边的一人便悲痛地喊了起来。

"啊，小六？"

"被砍了……我被砍了……"

"菰十郎呢？"

"他也……"

"什么？"

再一看，离此五六间远的地方，菰十郎正浑身是血地倒在地上，气若游丝。唯一不见了的便是阿杉的身影。可是小次郎已无暇寻找，他甚至为自身的安危而毛骨悚然。八方的黑暗中仿佛全都是武藏的影子，让小次郎全身都需要警惕。

"小六，小六！"他连连朝奄奄一息的小六呼喊，"武藏——武藏去哪儿了？武藏呢？"

“不，不是。”小六的头已经抬不起来，只见他摇摇头，勉强说道，“不是武藏。”

“什么？”

“对、对手不是……武藏。”

“什么，你说什么？小六，你再说一遍。你说下手的不是武藏？”

侍童小六已经没了回音。

小次郎像当头挨了一棒，大脑中嗡嗡乱响。不是武藏又会是谁？有谁能在一瞬间便让二人喋血街头？他又跑到菰十郎旁边，一把抓起浑身是血的菰十郎的脖子。“十郎，挺住！对手是谁？去哪里了？”

菰十郎猛然睁开双眼，但面对小次郎的询问和眼前的事态，他却用临终前的最后一口气哭泣着低喃了一句毫无关系的话：“娘……娘……儿不、不、不孝。”昨日刚刚溶进他血液的《父母恩重经》如今已从伤口中喷涌出来。

小次郎哪里知道这些。“嗤，你都胡说些什么啊。”说罢丢下他的脖子。

六

这时，不知何处传来一个声音：“小次郎先生？是小次郎先生吗？”是阿杉的声音。

小次郎循音跑过去一看，眼前这一位也是惨不忍睹。只见阿杉掉进了下水道，头发和脸上沾满了菜屑和稻草。“把我拉上去！快把我拉上去！”她正频频挥手。

“哎，你怎么这样了，到底是怎么弄的？”小次郎有些恼火，拼命把她拽了上来。

阿杉像抹布一样瘫坐在地上，反倒询问起小次郎想问的问题：“刚才的男人已经跑了？”

“婆婆！那个男人到底是什么人？”

“我也给弄糊涂了。不过，一定是刚才在路上发现了我们，一直尾随在后的那个人。”

“是突然向菰十郎和小六杀过来的吗？”

“没错，就像疾风一样，二话不说就从阴影里杀了出来。先是放倒了菰十郎，小六大吃一惊，可才拔出刀，身上就已挨了刀了。”

“他到底逃到哪里去了？”

“我也受到连累，掉到了这肮脏的地方，连看都没能看见，但是听声音，好像朝那边去了。”

“河的那边？”

小次郎顿时飞奔起来，一直跑过马市的空地，来到柳原的河堤。伐倒的柳树正堆在一片平野上。小次郎看到有人影和灯影晃动，走近一看，原来是靠在那里的四五顶轿子，几个轿夫正在揽客。

“喂，轿夫。”

“是。”

“我的两个同伴遭人砍了，正躺在街上。还有一个掉到下水道里的老婆婆。麻烦你们抬上他们，送到木匠町的半瓦家去。”

“哎，难道街头试刀的又出来了？啊，这么危险，我的腿都迈不动了。”

“下手的人应该刚从那边的小巷里逃过来，你们有没有看见？”

“这……刚才？没看见啊。”

轿夫们于是将三顶空轿一个不落地全抬了起来，说道：“那……钱在哪儿领？”

“向半瓦家要。”小次郎丢下一句，又到处搜寻起来。他瞅瞅河边，望望树荫里，哪里也没有找到。难道真的是街头试刀的歹人？

小次郎又往回走了一点，来到一片防火的梧桐林。他穿过林地，打算返回半瓦家。出师不利，阿杉不在也没有了意义。而且在心情如此糟糕的情况下，最好还是避免与武藏兵戎相见，硬着头皮迎上去实在是不智之举。

就在这时，梧桐林的路边忽然闪过一道白光。小次郎一惊，可还没等他看清楚，头顶的四五片梧桐树叶已被斩落，那迅疾的寒光也已经朝他头上落下。

七

“卑鄙！”小次郎说道。

“不卑鄙。”话音未落，寒光追着小次郎躲闪的影子，第二刀又唰的一下斩断黑暗，从梧桐树后跳了出来。

小次郎连转三圈，跳开七尺多远。“像武藏这般高手，竟不敢堂堂正正——”可未等说完，他剩下的话语就在中途变成了惊讶之声，“啊，谁？你是什么人？认错人了吧？”

接连三刀都被躲过，男子有些气喘吁吁。到了第四刀时，他已经明白自己的战法不对，于是便平举着刀，眼睛里映着刀光，一步步重新逼近。“住口！我怎么会认错人？家住平河天满宫内的小幡勘兵卫景宪的第一弟子北条新藏便是在下。这下你该明白了吧？”

“啊，小幡的弟子？”

“你羞辱我恩师，又连杀我同门兄弟。”

“这不过是武士的常事，你若觉得不服，我随时奉陪。佐佐木小次郎绝不是会躲逃的武士。”

“你以为我杀不了你？”

“杀得了吗？”

一尺，二寸、三寸，新藏一点点逼近。小次郎一面盯着步步紧逼的对方，一面平静地张开手臂，将右手移到腰间的大刀上，“来吧。”他引诱道。

就在北条新藏为小次郎的引诱而产生警惕的一刹那，小次郎的身体，不，只是腰部以上的半身突然一弯，手臂一闪，响起丁零一声。而接下来的一瞬间，刀的护手已然返回鞘中。

当然，这一过程的速度之快是肉眼根本就看不清的。唯见一线寒光朝北条新藏的脖颈附近射去，至于射没射到，就没人能看清楚了。

新藏仍跨步站在那里，没有一处地方流血，但他无疑已遭到了某种打击。尽管他仍然平举着刀，可左手却不由得捂住左边的脖颈。

就在这时，“啊？”一个声音忽然越过那僵住的身体传了过来，既非小次郎的声音，也不是身后黑暗中传来的声音，分不清来自何处。小次郎吓了一跳，在黑暗中加快脚步。

“啊，到底是怎么了？”奔来者正是耕介。他只觉得眼前直挺挺的身影很奇怪，正要抱住，北条新藏的身体却像朽木一样，忽然朝地上栽去。突如其来的重量压向手臂，耕介大吃一惊。“啊，杀人了！快来人啊！各位行人、住户，快来人啊！有人被杀了！”他立刻朝黑暗中呼喊起来。

随着他的呼喊声，只见新藏的脖子上有一处如蛤蜊的单片贝壳般的伤口一下子裂开，温热的液体汩汩地沿耕介的手臂流向衣服的下摆。

心形无业

一

吧嗒，中庭的黑暗中不时传来青梅落地的声音。武藏正面对一簇灯火，弯着身子，头都不抬一下。灯盏中摇曳的灯火把他蓬乱的月代头清晰地映在地上。他的头发看起来很硬，毫无油气，微微发红。再仔细一看，发根上还有一大块灸痕般的旧伤。这是他年幼时所患的疔疮的疤痕。

世上哪有这么难养的孩子——这块不知让母亲嗟叹过多少遍的难缠伤疤，至今在他的头上仍清晰可见。此刻，他忽然想起母亲，于是雕刻的佛像面容也逐渐像起母亲。

之前，不，就在刚才，这家的主人耕介未敢从夹层的隔扇擅自进来，只是在门外说道："您还是那么干劲十足啊。刚才，店前来了一个叫佐佐木小次郎的人，说是想见您，您是见，还是婉拒说已经睡下呢？怎么办？怎么也得给他个回信啊。"

耕介似乎在外面说了两三遍，而武藏究竟有无回答，就连他自己都分不清。

不久，耕介便"啊"了一声，似乎听到什么声音忽然离去。可武藏仍未分心，弯着腰，专心地拿小刀刻向那八九寸大小的木头雕像，从小桌案到膝盖，再到身体四周，全都落满了木屑。他正在雕刻一尊观音像，为了回报耕介赠送的无铭名刀，他答应要雕一尊观音像送给对方，从昨天早晨起，便专注地雕刻起来。

向来认真的耕介也对这尊雕像寄予了特别的期望，还说道：“难得请您雕一次，多年来我一直秘藏着一块古木，能否请您用那个来雕？”

耕介便郑重其事地拿出一块木头，竟是块一尺左右的枕形方木，果然大有来头，得有六七百年历史。这块木头究竟珍贵在哪里，武藏有些不解。耕介便解释说，这是一块曾被用于河内石川郡东条矶长的灵庙中的天平年代的古木，年久失修的圣德太子的御庙修缮时，寺僧和工匠将其替换下来并轻率地将其截断，要搬到斋堂里烧火，耕介看见后觉得甚是惋惜，虽然是在旅途中，他还是请对方截下一尺左右带了回来。

这块木头木纹细致，刀感也好，一想到耕介如此珍重，一旦失败便无可替换，武藏的刻刀也不禁僵硬起来。

咣当，夜风吹开了院子的柴门。武藏抬起头，忽然叨念了一句“难道是伊织”，竖起耳朵。

二

既不是武藏一直担心的伊织回来了，也不是风吹开了后面的柴门。只听主人耕介嚷嚷道：“快点，老婆！发什么愣？那人伤势严重，刻不容缓，说不定还有救呢。睡床？哪儿都行，快抬到安静的地方。”

除了耕介，抬回伤者的人也纷纷热情地说道：“有没有清洗伤口的烧酒？没有的话我回家去取。”“我这就去叫医生。”

只听得人们慌乱了一会儿，但不久便安静下来。“街坊邻居们，多谢了，多谢诸位相助。看来此人的性命是保住了，请大家安心地回去睡吧。”

听这话语，似乎是主人的家人遇到了意外，武藏不由得想。自己怎能置之不理呢。于是他撣掉膝上的木屑，走下夹层的楼梯。看到走廊最里面露出灯光，他便往里瞅了瞅，只见里面躺着一个濒死的伤者，耕介夫妇则在枕边伺候。

“您还没睡啊？”耕介回过头，轻轻空出位置。

武藏在枕边静静地坐下，望着灯下那苍白的睡脸问道：“是谁？”

“我也吓了一跳……”耕介也显出一副受惊的样子，说道，“我稀里糊涂地救了回来，等抬到这儿一看，这不是经常出入我家的老主顾、我最为尊敬的甲州流军学者小幡先生的门人吗？”

“哦，就是这人？”

“是。他叫北条新藏，是北条安房守的公子，为修行兵学，常年侍奉在小幡先生身边。”

“哦。”

武藏轻轻掀开缠在新藏脖子上的白布，只见刚刚用烧酒清洗过的伤口处已被剜去了一块赤贝肉片大小的肉。灯影照着凹陷的伤口底部，淡红色的颈动脉露了出来，清晰可见。

人们经常用“发引千钧”来形容性命的危险，而这位伤者正是如此。可这如此骇人、如此利落的刀法究竟是谁的呢？从伤口来看，太刀一定是从下面抠上来的，然后又折了一个燕尾，否则不会如此精确地瞄准颈动脉剜下一块赤贝肉般的肉片。

斩燕！武藏一下子想起了佐佐木小次郎最拿手的太刀刀法，顿时忆起耕介刚才在室外告知其来访时的话语，不禁一怔。

“知道内情吗？”

“不，什么都不知道。”

“这也难怪。但我知道下手人是谁了。总之，最好等伤者恢复之后再问吧。看来这对手是佐佐木小次郎了。”武藏说着，自言自语般点了点头。

三

返回房间后，武藏头枕胳膊，骨碌一下便倒在满地的木屑中。被褥并非没有铺开，可他没有心情钻进被窝。

今天已是两天两夜了，伊织仍未回来。就算是迷了路，这时间也太久了。当然，送信的地点是柳生家，木村助九郎也是熟人，说不定看他是个孩子，就留下他玩耍，结果他就当真了。

担心归担心，不过这并未耗费武藏太多心力，反倒是从昨天早晨起就一直在雕刻的那尊观音像，让他颇感疲惫。对于雕刻这门手艺，武藏并不是深谙技巧的内行人，也不懂得要点手腕或是故意留下一些貌似精湛的刀痕来糊弄别人。他唯一拥有的，便是自己在心底描绘的一尊观音像。他不过是专心地在将心目中的形象变成木雕展现出来，可是在他的真挚意念转化为手、转化为刻刀下的动作之前，种种杂念却让他心绪飘散。

结果，眼看木雕好不容易现出点观音的模样时，他便因为杂念而不得不将其削掉，重新雕刻。结果心绪又乱，又重新雕。就在这反复之间，有如在刮取调味用的干鲣鱼一样，耕介给的天平古木也在不知不觉间缩到了八寸，又瘦到五寸，最后差一点就剩下三寸。

恍惚间，耳边似乎传来两次杜鹃的啼声，原来，武藏竟已迷迷糊糊地睡了半刻时间。一觉醒来，充沛的体力已将大脑里的疲劳清洗干净。

“这下没问题了。”他一起来便想。接着他便来到后面的井旁，洗把脸，漱漱口，重新剪剪将近黎明的灯芯，精神焕发，再次拿起刻刀。

沙棱、沙棱、沙棱……睡前与睡后就是不一样，小刀的刀感都截然不同。千年前的文化正在古木的纹理下刻画着细致的旋涡。若再刻不成，这贵重的古木也无法再度由木屑变回一尺的方木了，今夜无论如何也要雕成。

有如把剑对敌，武藏的目光炯炯有神，小刀上充满了力量。他背也不直一下，水也不喝一口。天亮了，小鸟开始啁啾，家中除了他的房间，所有的房间都打开了，可他却浑然不觉，进入了忘我的境界。

“武藏先生。”直到主人耕介担心他出事，打开门进来查看时，他才直起腰来。

“啊，不行。”他这才丢下小刀。再一看那被自己一圈圈削瘦的木材，莫说是原型，就连拇指大小都不剩了，全都变成了木屑，像雪一样洒落在周围。

耕介睁大了眼睛。“啊……雕不成？”

“唔，没成。”

“那天平古木呢？”

“全都削掉了。我一削再削，最终还是没能从木头中削出菩萨的样子。”

武藏回过神来，叹息一声后，像是被从菩提与烦恼中解放到地上一样，两手扣在脑后，说道：“不行，我得坐一会儿禅。”说着便仰面躺下。

等他闭上困倦的眼睛后，种种杂念才终于离去，平静的思绪中只剩下一个“空”字，迷迷糊糊地在脑海中飘荡。

四

清晨起程的客人们喧闹地走出泥地房，多数都是马贩子。最近四五日的马市总账似乎在昨天清了，这儿的客栈也自今天清闲下来。

伊织终于在今晨赶了回来，正要上二楼时，客栈的老板娘连忙从柜台后喊道："喂喂，小孩。"

伊织从楼梯上扭回头。"什么事？"他俯看着老板娘斑秃的头顶问道。

"你这是要去哪儿？"

"我师父就住在二楼，我要去二楼啊，有什么大惊小怪的。"

"哎？"对方一脸惊讶，"那你到底是什么时候从这儿出发的？"

"这个嘛。"伊织掐指算起来，"好像是前天的前一天。"

"那不是就是大前天吗？说是要去柳生大人家，现在才回来？"

"啊，是啊。"

"你还好意思说呢。柳生大人的府邸就在江户城内。"

"就是因为大婶你告诉我在木挽町，才让我多绕了好多路。那儿是仓库，住宅是在麻布村的日窪呢。"

"不管在哪里也花不了三天时间啊。是不是让狐狸什么的给缠住了？"

"你怎么知道的，大婶，你是狐狸的亲戚吗？"

伊织揶揄着老板娘，就要爬上楼梯，老板娘连忙拦住他。"你师父已经不住在这儿了。"

"骗人！"伊织不信，跑上楼梯，不久却又垂头丧气地下来了，"大婶，师父换房间了吗？"

"你这孩子，我不是告诉你了嘛，还不信。不信你看看这账本。你看，已经结账了。"

"为、为什么？为什么我还没回来他就走了？"

"还不是因为你这跑腿的回来太晚了。"

"可是……"伊织哭起鼻子来，"大婶，师父到哪儿去了？你知道吗？师父有没有留下话？"

"什么也没说。你师父一定是觉得像你这种孩子带着也没用，就把你扔了吧。"

伊织顿时脸色大变，连忙跑到大街上，东瞧瞧，西望望，不一会儿便脸朝着天，眼泪吧嗒吧嗒地掉了下来。看到他着急的样子，老板娘一面用梳子齿挠着头顶上剃掉头发的地方，一面咯咯笑了起来。“我骗你的，骗你的。你师父搬到对面磨刀铺的夹层去了，就在那边呢。别哭了，快去看看吧。”

话音还未落，一只马草鞋便从大街上飞进了老板娘的柜台中。

五

伊织畏畏缩缩地凑到睡着的武藏的腿旁边。“我回来了。”他说道。

将他领到这儿的耕介，似乎也立刻蹑手蹑脚地躲回了主屋后面的病室里。

今天，这一家的气氛似乎格外阴沉，连伊织也能感觉到。而且武藏周围散落着一地的木屑，油尽灯枯的烛台也没有收拾。

“我回来了……”伊织最担心的便是挨骂，连大气都不敢出。

“谁？”武藏问道，然后睁开眼睛。

“是伊织。”

武藏一听立刻起身。看到恭恭敬敬地跪坐在脚边的伊织平安无事，他这才长出一口气。“伊织啊。”说完这一句，他便什么也没说。

“我回来晚了。”见武藏仍未吱声，伊织便又说道，“对不起。”

尽管伊织连连行礼致歉，可武藏仍不理不问，而是重新系了系衣带。“打开窗子，打扫一下这儿。”他吩咐一句后，便走了出去。

“是。”伊织从主人家借来扫帚，清扫起房间来，可由于仍很担心，不知武藏出去干什么，便瞅瞅后庭，只见武藏正在那里的井边漱口。

井的周围落满了青梅果。一看到青梅，伊织立刻便想起蘸着盐啃食的滋味。接着又想，若是将这些青梅全捡起来腌渍好，一年之中就不愁没梅干吃了，可这家人为什么不拾起来腌制呢?

“耕介先生，伤者的情况怎么样了？”武藏擦着脸，朝后面的房间打招呼。

“稳定多了。”传来耕介的声音。

“很辛苦吧。稍后我替你一会儿吧。”

听武藏这么一说，耕介回答说不必。“只是，我想这件事怎么也得告诉平河天满宫小幡景宪先生的学塾才行，可由于人手不够，正不知如何是好呢。”他与武藏商量道。

既然这样，那就由自己或伊织跑一趟吧——武藏便将此事揽了下来。不久后再登上夹层的楼梯一看，房间早已收拾得整齐利落。

武藏重新坐下，说道:“伊织。”

“在。”

“那家是怎么回话的？”

一直担心会劈头盖脸挨一顿骂的伊织终于微笑起来，答道:“信已送到了。我还带回了柳生大人府中木村助九郎先生给您的回信。”说着，他从怀里取出一封书信，一脸得意。

“让我看看……”武藏伸出手，伊织便立刻膝行两步，将信递到武藏手里。

六

木村助九郎的回信大致内容如下：

难得您提出要求，然柳生流乃将军家御止流，禁止与任何人公然比试。不过，若非前来比武，主人但马守有时也会在道场待客。倘若真想体验柳生流真骨法，愚以为最好是与柳生兵库比试，可不巧由于本国大和的石舟斋先生旧病复发，兵库先生已于昨夜连夜赶往大和，十分遗憾。由于府中上下正担心此事，造访但马守一事改作他日如何？

信的正文至此结束，不过后面又追加了一句“届时，在下亦可帮阁下斡旋”。

武藏微微一笑，缓缓地将书信收了起来。

看到他的微笑，伊织便更加安心，这才伸伸跪麻的双腿。“师父，柳生大人的府邸不在木挽町，而是在麻布的日窪，宅子又大又气派。木村助九郎先生还给了我好多好吃的呢。”

伊织刚一狎昵起来，武藏的眉间便现出些不高兴。“伊织。”

伊织见状，慌忙收回腿，规规矩矩地回道：“是。”

“就算走错了路，今天也是第三天了，是不是太迟了？为什么这么晚才回来？”

“我在麻布的山上让狐狸迷住了。”

“狐狸？”

“是。”

“你从小就在荒野上长大，怎么会被狐狸迷住呢？”

“我也不知道，可我还是让狐狸迷了半天。过后想想，我连走的是哪儿都想不起来了。”

“唔……奇怪啊。”

“是够奇怪的。我从未把狐狸当回事，大概是江户的狐狸比乡下的更会迷人吧。”

“这样啊。”看到伊织一本正经的表情，武藏也无心责备了，说道，“那你是不是使坏了？”

“哎，那狐狸老是尾随我，为了防止被它迷住，我就砍伤了它，也不知是腿还是尾巴，结果那狐狸就寻仇了。”

“不。寻仇的不是你看见的那狐狸，而是眼睛无法看见的你的心。你就好好想想吧。在我回来之前想明白是怎么回事，然后告诉我。”

“是。师父要出门吗？”

“我要去一趟麴町的平河天满宫。”

“今夜能回来吗？”

“哈哈哈，我若是也让狐狸迷住，或许也得花三天时间吧。”说着，武藏便把伊织留在家里，一人朝阴沉沉的天地间走去。

罗雀之门

一

平河天满宫的森林淹没在一片蝉鸣之中，间或传来一阵阵枭的啼声。“就是这儿了吧。”武藏止住脚步。夕月下有一栋建筑，死气沉沉，鸦雀无声。

“打扰一下。”武藏站在玄关处喊道。仿佛在对着洞口喊话一样，自己的声音立刻又返回耳朵，里面竟如此没生机。

不久，终于传来了脚步声。只见一名年轻的武士提着刀出现在武藏面前，并不像是守门人。“哪一位？”对方挡在门前说道。年纪有二十四五岁，虽然年轻，可从头到脚没有一点凡夫俗子之气。

武藏便报出姓名，问道：“小幡勘兵卫先生的小幡兵学所是这儿吧？”

“正是。”青年冷淡地应道。

不用说，武藏接下来的话肯定就是“在下乃是为修行而游历诸国者”——青年分明将武藏错看成了前来比试之人，可武藏继续道：“贵门弟子中有叫北条新藏者，因故被救至您熟知的磨刀匠耕介家里，正在疗养中。因受耕介所托，特来告知。”

听武藏如此一说，青年顿时惊愕不已。“哎，北条新藏也反被杀？”稍稍平静下来后，他又连忙说道，“请恕在下刚才失礼。我乃勘兵卫景宪之子，名小幡余五郎。多谢您前来报信，请进舍下一憩。”

“不不，我只把口信送到即可，马上告辞。”

“那，新藏的性命……”

“今晨似已有好转。但纵然贵门前去接回，如今恐也动弹不得，还是先留在耕介家为好。”

“那就有劳您传个话，当下就先拜托耕介了。”

“我会转告的。”

“父亲勘兵卫仍卧病床之时，代替父亲指导门人的北条新藏就于去年秋天不见了人影，因而本门如今已关闭讲堂，人手不够，还请见谅。”

“莫非贵门与佐佐木小次郎有什么宿怨？”

“我当时不在家，详情并不清楚，只听说那什么佐佐木羞辱了病中的父亲，在门人中酿下仇恨。门人们几次意欲杀他，结果反被他所杀，最终北条新藏也离开了这里。现在看来，他也是去找小次郎寻仇了。”

“原来如此，这样缘由就清楚了。不过在下还是忠告一句，不要再跟那佐佐木小次郎争了。无论是堂堂正正地比武还是运用计谋，此人都是一个不可战胜的对手。总之，无论刀术、口才还是策略，此人都非同一般，一般人绝非他的对手。”

听到武藏竟如此高抬小次郎，余五郎年轻的眼里顿显不快。武藏见状，便再次提醒道：“对于狂妄者，我们任由其狂妄便是。为了小小的宿怨而招来大祸，这实在不值得。既然连北条新藏都已惨遭毒手，你们就不要再去寻仇，重蹈血的覆辙，否则就太愚蠢了。”

忠告完毕，武藏立刻从大门前返回。

二

武藏走后，余五郎仍倚在墙壁上，不觉抱起胳膊。“遗憾……”脆弱的嘴唇仍微微颤抖，“连新藏都反遭毒手……”他呆滞的目光凝望着天空。空旷的讲堂和主屋如今已是冷冷清清，几无一人。自己旅行回来时，新藏便已经不在了，只给自己留下了一封遗书，上写一定要杀死佐佐木小次郎回来，否则今生便再无见面之日。

自己最不希望看到的情况，如今却已变成了事实。

自从新藏走后，兵学的教授自然也就停了，世上的评论也多倾向于小次郎。人们还讽刺说，到这儿的兵学所学习的全都是些懦弱之人，只有理论，没有实力。于是门人们有的以此为耻，有的则在看到勘兵卫景宪的病态以及甲州流的衰微之后，转投长沼流。不知不觉间，这里便冷清下来，最近只剩下两三名打杂的入室弟子。

“不能告诉父亲。”余五郎当即便下了决心，“以后的事以后再说。”总之，先尽心伺候老父的重病吧，这才是为儿者当前最大的任务。可是，医生早已如实地告诉过他，父亲的恢复已经没指望了。以后的事以后再说。想到这里，他强忍住悲痛。

“余五郎、余五郎。”后面的病室里忽然传来父亲的声音。儿子眼里已病入膏肓的父亲不知受到了什么刺激，呼唤儿子时的声音竟完全不像病人。

“是。”余五郎连忙跑过去，还没到里间便问道，“您在叫我吗？”

跪到床前一看，只见病人一如平常躺累时那样，自己早已打开了窗子，正倚着枕头，坐在床铺上。“余五郎。”

“是，儿在。”

“刚才有个武士来了吧。我从窗户里只看到一个背影。”

莫非父亲已经知道了？原本打算隐瞒的余五郎顿时有些慌乱。“啊……那个……大概是刚走的信使吧。”

“信使？哪儿来的？”

“说是北条新藏出了事，前来告知的，好像叫什么宫本武藏。”

“唔？宫本武藏……奇怪啊，他不是江户人吧。”

“说是作州的浪人。莫非父亲与他有交情？”

“不。”勘兵卫景宪使劲摇摇白髯稀疏的下巴，说道，“什么关系都没有。只是我景宪从年轻到这把年纪，莫说是战场，就连平时都阅人无数，却未见过几个堪称真正的武士之人。但刚才离去的武士不由得吸引了我。真想见一面啊，真想跟那位宫本武藏谈谈。余五郎，你立刻追上他，把他领到这儿来。”

三

不能说太久话——医生曾如此叮嘱过勘兵卫景宪。“给我叫来。”即使只是病人稍微亢奋的一句话，都让余五郎担心会对病情带来不利影响。

“遵命。”尽管他暂且依着勘兵卫的意思答应下来，却并未起身，“可是父亲，刚才那武士究竟有什么地方如此吸引您，让您只是从病室的窗户里看了一眼背影便如此欣赏？”

“你是不会明白的。等你到了能明白的时候，也就变成我这般朽木枯枝了。”

“可您总该有理由吧。就请父亲给儿讲一下吧，也好让儿增长些见识。”

“刚才那武士，对我这个病人都非常关心，光这一点就了不起。”

“可是，他不可能知道父亲就在这窗内啊。”

“不，他早就知道了。”

“为什么？”

“他进门的时候，先是在那里停了一下，然后便把这宅子的结构、开和未开的窗子、庭院里的近道以及其他，全都一个不落地看了一遍，进来时毫无造作之嫌，反倒给人以谦恭之感。当时，我从远处一望，当即便吃了一惊：此人是何者？！”

“刚才那武士竟是如此谨慎之人？”

“一时也说不完。你赶快追上他，给我叫来。”

“可是，我怕影响您的病情。”

“多年来我一直在等待这种知己。我的兵学并非只为传给儿子而历练的。”

“这可是父亲的老话了。”

“虽称甲州流，可勘兵卫景宪的兵学并非只弘扬甲州武士的方程式阵法。与信玄公、谦信公和信长公等人争霸的时代比起来，这世道已完全不同了，学问的使命也不一样了。我的兵学终究是小幡勘兵卫流的，今后要构筑真正和平的兵学。我该将它传承给谁呢？余五郎。我倒是很想传给你啊。可是，你与刚才的武士打过照面后，并未看出对方的器量，你还远未成熟啊。”

“孩儿不孝。”

“即使从偏爱儿子的父亲的角度来看，你都是这种程度，自然无法传承我的兵学。等为父把兵学传给该传之人后，再把你托付给他，就为父一直在悄悄地等待这种人。正如花落之时，必然要将花粉托付给风，撒向大地一样……”

“父、父亲，请您千万不要凋落。您一定要好生休养，千万别凋落了。”

“胡说！瞎说！”勘兵卫连骂了两遍，说道，“快去！好生说明我的意思，千万不要失礼，务必要将他带回我面前。”

“是。”余五郎答应一声，慌忙赶出门外。

四

等余五郎追出去时，武藏早已不见。他在平河天满宫附近找了找，甚至找到了麴町的大街上，却仍未找到。“没办法。只好等下次吧。”

他立刻便放弃了。他并未觉得武藏有父亲所说的那么优秀。年龄跟自己差不多，纵然再有才华，本事也高不到哪里去。加之武藏回去前留下的那句忠告仍萦绕在脑海的一角，说以佐佐木小次郎为对手实在愚蠢至极，小次郎绝非等闲之辈，抛弃小的宿怨才是上策。这话俨然就像特意前来称颂小次郎似的。这种成见已深深印在了余五郎脑中。有什么了不起的！他自然对武藏生出反感。

正如他对小次郎那样，对于武藏，他也抱有一种轻视。不，即使对父亲，尽管他表面上乖乖听从，心底里却是一百个不服。他认为自己决没有父亲说的那般不成熟。

每次告假时，有时一年，有时则是两三年，余五郎都会去修行，或是到他处成为兵学的入门弟子，有时甚至还造访禅家。他自以为已经有了相当的积淀，父亲却永远将他看作吃奶的孩子，还对隔窗看到的像武藏那样的年轻人过分夸赞。你也好好跟人家学着点——简直都带着这种口吻。

“回去吧。”余五郎决定回家，心里却忽然失落起来，“难道为人父母者，就永远觉得儿子断不了奶吗？”

有时候，他真想让父亲夸自己一句：你也终于出息了。可父亲已是连明日还在不在都无法确定的重病之身，真是寂寞。

“余五郎先生，这不是余五郎先生吗？”

余五郎循声望去。“哎呀，是你啊。”他转过身，双方朝彼此走近。

原来竟是细川家的家士中户川范太夫，虽然最近没怎么见面，他从前也经常来此听课。

“老先生的病后来如何？在下公务缠身，久疏问候。”

“还是老样子。”

“毕竟年事已高……哦，对了，我听传闻说，教头北条新藏先生反被杀……”

“您已知道了？”

“今早才在藩邸里听到的。”

“昨晚才发生，今早就传到细川家了？”

“佐佐木小次郎是藩中重臣岩间角兵卫府中的食客，一定是那角兵卫传扬的吧。就连少主忠利公都知道了。”

余五郎年轻气盛，怎能心平气和地听下去。不过，他也不愿让对方看到自己的脸色，便装着若无其事的样子与范太夫告别回家。此时，他已下定了决心。

街上杂草

一

耕介的妻子正在为后面的病人熬粥。

“大婶，梅子已经黄了。”伊织伸头往厨房里瞅了瞅，告诉对方。

“是，熟了啊。蝉也叫起来了。”耕介的妻子却毫无感谢。

“大婶，为什么不把梅子腌起来呢？”

“人太少啊。腌那么多梅子，光盐就要用不少呢。”

“盐烂不了，可这梅子若不腌透就会烂掉。虽然人少，那平常也得防备着兵荒马乱或是洪涝灾害不是？大婶忙于照顾病人，那就由我来腌吧。”

“你这孩子，连洪涝灾荒的事都想到了，都有大人心了。”

说话间，伊织已钻进库房，将一口空桶搬到院子里，然后仰起头，打量起梅树来。伊织颇有一种不似小孩的才智和自立的能力，连女主人都自愧不如。可他毕竟还是个孩子，比如现在，他发现了停在树上的一只蝉，一下子便被吸引过去。

伊织悄悄地靠过去，一把捂住那蝉，蝉便在他的手掌中似老人悲鸣般啼叫起来。望着自己的掌心，伊织忽然觉得不可思议。蝉身上应该没有血，可其身体却比自己的手掌还热。纵然是没有血的蝉，当面临生死绝境的时候，也会从身体中燃起火一般的热。伊织当然想不到这些，又是忽然害怕起来，又觉得其可怜，就把手掌松开，伸向天空。

于是蝉撞到了邻家的屋顶，又飞向街上。伊织立刻往梅树上爬。好大的一棵树，从未受过惊吓的毛毛虫穿着惊艳的毛刺在慢慢蠕动。还有花大姐，绿叶的背面也沾着小青蛙。小蝴蝶在睡觉，虻在飞舞。

仿佛在窥探人世之外的另一个世界，伊织看得入了迷。大概是怕忽然摇晃树枝会吓到这些昆虫王国的绅士和淑女，他先揪下一个浅色的梅子，使劲啃了一口，然后便从手边的树枝开始摇。虽然梅子看起来就要落地，却怎么也晃不下来。伊织便把能够到的梅子揪下来，扔到下面的空桶里。

“啊，畜生！”也不知看见了什么，伊织忽然大喊一声，接着便朝一旁的小巷里接连扔了三四个梅子。搭在墙上的晾衣杆掉到地上，发出巨大的声响。接着，便传来从小巷里朝大街上奔去的慌乱的脚步声。

今天武藏又外出了，正好不在家。

这时，正在手工作坊专心磨刀的耕介从竹窗里探出头，惊讶地问道：“刚才的声音是怎么回事？”

二

伊织于是从树上跳下。“大叔，刚才那小巷后面又来了一个奇怪的男人，蜷缩在角落里。我用梅子打他，他吓了一跳，就逃走了。不过可得小心，弄不好还会来的。”他朝作坊的窗子里报告。

耕介于是擦着手走了出来，问道：“什么样的家伙？”

“无赖汉。”

“半瓦的手下？”

“最近晚上不也闯进过店里吗？差不多就那德行。”

“真是猫一样的家伙。”

“他们到底要来干什么？”

“找里面的伤者寻仇。”

“啊，找北条先生？”伊织回头望了望病人所在的房间。病人正在吃粥，身体已恢复得可以解下绷带了。

“主家。”

听到新藏在唤自己，耕介便朝外廊走去。“怎么样？”他安慰道。

新藏收拾起吃饭的盆钵，重新坐好，说道：“耕介先生，没想到会给你添麻烦。”

“哪里的话。由于手头还有活计，照顾多有不周。”

“不光给你添了麻烦，意图加害在下的半瓦家的人似乎也不断来晃悠。待久了更添麻烦不说，万一他们找你寻仇，那在下就实在过意不去了。”

“不用如此顾虑……”

“不，更主要的是，你看我的身体也完全恢复了，我想今天便告辞。”

“哎，你要回去？”

“日后另行致谢。”

“请等一下。今日正好武藏先生外出了，等他回来后再走不迟。”

“给武藏先生也添了不少麻烦，他回来后请转达我对他的谢意。你看，我走起路来一点障碍都没有了。”

“可是那一晚你杀了菰十郎和侍童小六，半瓦家那些无赖一定怀恨在心。他们恐怕早就埋伏好了，只等你离开这里一步，他们就会上来找茬。既然已知道他们每日每夜都来窥探，我不会放你回去。”

“没什么，我杀菰十郎和侍童小六也有堂堂的理由，他们恨我是我自找的。可是，一旦他们前来寻衅……”

“话虽如此，但我还是对你的身体放心不下。”

“多谢关心，不过我没什么要紧的。尊夫人在哪里？我还要向尊夫人致谢呢……”说着，新藏整了整衣饰，站起身来。

怎么留也留不住，不得已，耕介夫妇只好将其送出门来。可刚到店前，正巧碰上武藏满脸大汗地从外面回来。两人迎头撞上，武藏睁大了眼睛问道：“北条先生，你这是要去哪里？什么，回家？身体能恢复得如此好，这当然是好事，但一个人回去可十分危险。看来我回来得正好，就由在下把你送到平河天满宫吧。”

三

新藏一度婉拒，武藏自然不答应。“没什么。不用客气。”

于是新藏便接受了他的好意，在他的陪伴下离开了耕介家。

“好久没有走路了，很吃力吧？”

“总觉得地面似乎高出来一些，迈步都踉踉跄跄的。”

“这也难怪。到平河天满宫挺远的，等碰到揽客的轿夫后，你就坐着轿子回去吧。”

武藏刚一开口，新藏便说道：“请恕我刚才没说清楚，我并非要回小幡兵学所那边。”

“那回哪里？”

“在下实在无脸见人。”新藏低下头说道，“我想暂时回到父亲身边。”随之又告诉了武藏目的地，“牛込。”

武藏便找到轿夫，硬是让新藏坐进轿子。轿夫劝武藏也乘坐，可武藏就是不肯，而是跟在一旁步行。

“啊，坐到轿子里了。”

“看到我们了。”

“慌什么？别慌。”

当轿子和武藏拐向外围护城河的右侧时，街角的一群无赖便撸胳膊挽袖子尾随而来。这些都是半瓦家的人，一副誓雪耻辱的架势，所有的目光都紧紧咬住武藏的背和轿子。来到牛渊的时候，一块石头啪的一下弹在轿子的架杆上，无赖们已远远地围了过来。

“喂，站住！浑蛋，站住！”

战战兢兢的轿夫一看这阵势，顿时丢下轿子撒腿就跑。随后，又有两三块石头越过逃跑的轿夫朝武藏飞来。

北条新藏哪受过这窝囊气，立刻持刀从轿子里爬出来，喝道：“是让我站住吗？”说着便挺起身，做好应战的架势。

武藏保护着新藏。“什么事？”他朝石头飞来的方向说道。

无赖们像涉过浅滩似的，渐渐围拢过来。“少给我装糊涂！”有人咄咄逼人地反问道，“你只要把那家伙交出来就行，若敢撒野，连你的小命都得丢！”

无赖们气势汹汹，杀气腾腾，却没有一人敢率先杀过来。当然，也可以说是武藏的眼神使他们不敢轻举妄动。总之，双方隔着相当的距离对峙，一方在狂妄叫嚣，武藏与新藏则默默地盯着他们。

“那个叫什么半瓦的无赖头目在里面吗？若在的话，给我出来一下。”

武藏突然这么问了一句，于是无赖中便有人回道：“头儿不在，家里的事全由我老头子做主。我叫念佛太左卫门，有什么话你就说吧。”说着，一名身穿白色单衣、脖子上挂着大串念珠的老无赖走上前来，自报家门。

四

武藏说道：“你们为什么不放过北条新藏先生？”

念佛太左卫门耸耸肩膀，代替众人说道：“我们的两名兄弟都死在他刀下，若是坐视不管，我们的脸面往哪儿搁？”

“可是，我听北条先生说，那菰十郎和什么侍童小六曾帮助佐佐木小次郎暗杀过小幡家的好几名门人，难道不是？”

“一码归一码。既然我们的兄弟被人干掉，我们就要为他们报仇，否则我们怎么在江湖上混饭吃，怎么有脸做男子汉？”

“那倒也是。”武藏先肯定了对方的说辞，继之又道，“或许在你们的世界里是这个道理，可是在我们武士眼里却不是。在武士的世界中，根本就没有无缘无故的仇恨，更不允许冤冤相报。武士重义，为了名分而复仇是允许的，可为宿怨而寻仇的做法，连女人都不如。比如你们这样。”

“什么，你竟敢骂我们不如女人？”

“若是以佐佐木小次郎以武士的名义前来，倒尚可理解，可你们这些帮凶是不配做对手的。”

“武士就是会夸夸其谈啊，真会扯！我们虽是无赖，也有自己的脸面。”

“一个世界里既有武士的道理，也有无赖的逻辑，若想要两者都站得住脚，恐怕不光是这里，我想整条大街都会鲜血横流了。若非要辩出个子丑寅卯不可，我看就只有请奉行所来裁断了。怎么样，那个什么念佛先生？”

“什么？”

“去奉行所吧，请官家裁断一下是非。”

“满嘴屁话！若是去奉行所，老子还用费这么大事吗？”

“你多大年纪了？”

“什么？”

“年纪都一大把了，居然还混在年轻人里，来看这胡乱杀人的热闹。”

“少在这儿胡说八道！别看我这样，打起架来，我太左卫门还不算老。”

看到太左卫门拔出腰刀，尾随在后的无赖们也齐声道：“剁了他！别让他伤着老爷子！”便一齐扑了上来。武藏躲过太左卫门的腰刀，一把抓住他的白头发，拎起来疾走了十来步，一下子将其扔到了护城河里。随后，他又往无赖中一冲，趁敌人大乱的空隙，一把抱起北条新藏，夹在腋下。就在敌人还未明白过来是怎么回事的时候，他已经在牛渊的平地上飞跑起来，直到九段坂的中段，身影越来越小。

五

牛渊或九段坂之类，当然是后世才有的地名。当时这一带只有苍翠的山崖，还有汇向外围护城河的溪流，甚至还有湛满了蓝色水汪的湿地。即使是地名，也只有一些蟋蟀桥或冬青坂等极其土气的称呼而已。

武藏丢下那群惊呆的无赖，一口气奔到坡道中间，这才说道：“行了，北条先生，咱们逃吧。”说着才从腋下放下新藏，催促着迟疑的他，继续向远处跑去。

无赖们这才如梦初醒。“啊，他们逃了！”顿时又来了气势，“别让他们逃了！”他们一面从坡下追赶，一面纷纷谩骂：“懦夫！只会耍嘴皮子！”“不知羞耻！这也算武士？”“胆敢把太左卫门扔到河里！浑蛋，你等着！”“武藏也是我们的死敌了！都给我站住！”“卑鄙！不要脸！没用的武士！还不给我站住！”

各种谩骂纷纷从背后传来，可武藏理都不理，也不让北条新藏停下。“三十六计走为上计。”他只顾催促着逃跑，“连逃跑也不是件轻快活啊。”他一面笑着，一面撒腿逃去。

回头一看，身后已没有人影追来。病后的新藏跑两步就已经脸色苍白，气喘吁吁。

“累了吧？”

“不……不……倒没大碍。”

“你是不是觉得，就这么让人骂很窝火？哈哈哈，等平静下来后就会想开了。有时候，逃跑也是一件快事啊。那儿有条河，喝口水漱漱口吧，然后再送你回去。”

赤城神社的森林已经在望。北条新藏的家就在赤城神社的下面。

“务请进去一叙，与家父见一面。”新藏邀请道。

可武藏只送到红泥墙下便站住了。“咱们后会有期，请好好休养。”说罢便径直离去。

经历了这件事，武藏在江户城的大街小巷更有名了。他是个冒牌武士，典型的胆小鬼，不知羞耻，玷污武士道。他在京都挑战吉冈一门，不是吉冈太弱，就是因为他的逃跑功夫一流，徒有虚名。

这里的有名指的是恶名声，没有一人出来为武藏辩护。因为后来半瓦的人不仅极力中伤，还公然在江户城的大街小巷里立下好几十个告示牌，上写：

> 告看见我们后屁滚尿流撒腿就跑的宫本武藏，本位田家的老婆婆正找你寻仇，我们兄弟也不会放过你。若不出来，你就不配做武士。
>
> 半瓦全体同仁

剑圣宫本武藏

5 二天之卷

〔日〕吉川英治 著
王维幸 译

南海出版公司

新经典文化股份有限公司
www.readinglife.com
出　品

目录

二天之卷

3 众口

11 如雨虫鸣

22 鹫

34 青柿

45 露水

57 四贤一灯

70 槐之门

80 皂荚坂

89 忠明发狂始末

104 仁慈之心

112 鼓槌

119 魔之眷属

129 八重垣红叶

143 下坡的驮马

151 漆桶

156 师兄弟

165 大事
178 石榴之伤
184 梦土
197 花落 · 花开
206 海市蜃楼记
222 荣华之门
234 天音

二天之卷

众口

一

早饭前做学问，白天察看藩中事务，间或入江户城值守，其间还时常习武，晚上则与年轻侍从们消遣，这便是忠利一天的生活。

“怎么样，近来可有什么趣闻？”

每当忠利如此问起的时候，尽管不允许乱了礼节，侍从们还是会变得随意。

“最近听说有这样一件事……”

于是，借着各种各样的话题，主从间的气氛便融洽起来，虽然礼节上不能乱，可彼此间就像围着家长的一个大家族，其乐融融。

由于主从有别，办理公务时，忠利也会板起面孔。但晚饭之后，他会换上一件单衣，与侍从们谈话家常。他想随意，也想让其他人放松一下。而且忠利自身也与年轻的侍从有很多近似之处，所以他也喜欢与他们促膝长谈，倾听他们的心声。不只是为了满足好奇心，这在了解世事方面也很有裨益，胜似早晨读经典。

“冈谷，听说，你的枪进步不少啊。”

“是长进了。”

“哪有你这么自夸的。”

“别人都说我进步了，唯独我自己还在谦虚，这岂不成撒谎了？”

“哈哈哈，你还真自信啊。好，有空露两手给我看看，看你到底有多少长进。”

“我真希望合战的那一天早日到来，可是天不遂人愿啊。”

“不打仗岂不更好？”

“最近流行一首歌谣，不知少主听没听说？”

“什么歌谣？”

“枪手枪手满天下，冈谷五郎次是第一。”

“瞎说。”忠利笑道。

大家也都笑了。

“那不是‘名古谷山三第一枪’的歌吗？”

“啊，您知道啊？”

“这么点小事我怎会不知。”忠利本想再透露一点自己对下情的熟知，可他还是打住，转而问道，“你们这儿平常练枪的多，还是练太刀的多？”

当时正好有七个侍从，答曰枪的有五人，答曰太刀的则只有两人。于是忠利又问那五人：“为什么要学枪呢？”

“在战场上，枪比太刀好使啊。”他们一致回答道。

“那么，练刀的呢？”忠利再问。

“无论在战场上还是在平时都很好使。”自称练习太刀的两人回答道。

二

究竟是枪好用，还是太刀好用，这永远是人们争论的话题。

支持枪者的理由是："在战场上，平时练习的小招数往往不管用。说到武器，只要身体掌控得住，那自然是越长越好。尤其是枪有三益：可突，可打，可拉。即使在战斗中折损，也还能当太刀用。而太刀一旦折断或卷了刃就完了。"

支持太刀者则认为："不，我们并不认为只有战场才是武士施展本领的场所。行住坐卧，武士一直都把太刀当作灵魂佩带在身上，练习太刀便是在研磨灵魂。纵然在战场上有些许不利，练武还是应当以太刀为主。只要掌握了武道的奥妙，从太刀中得到的修为便可一通百通，拿枪则通枪，拿火枪则通火枪，绝不会有生疏之感。正所谓一艺通万法。"

这种争论似乎永无结论。

忠利虽然并不偏袒其中任何一方，可他还是对力主太刀好处多的一个名叫松下舞之允的年轻侍从说道："舞之允，你刚才所说似乎不像是你的口吻啊，是照搬别人的吧？"

舞之允坚持道："不，这是在下一贯的论调。"

"没用，你骗不了我。"

发现被忠利看破，舞之允这才乖乖地招了实话："其实，这些话是属下从佐佐木小次郎那里听来的。有一次，小的应邀去岩间角兵卫先生在伊皿子坂的宅邸，正巧也发生了同样的争论，当时一个叫佐佐木小次郎的食客就是这么说的。由于跟我平常的主张完全一致，我就将其当成自己的想法说了出来，并无欺瞒之意。”

“我说是吧。”忠利苦笑一下，忽然想起一件藩务来，那便是是否招用岩间角兵卫推荐过的佐佐木小次郎一事。当时只是听了听而已，并未决定，结果作为问题遗留至今。

尽管推荐者角兵卫说，由于对方还年轻，只须给二百石即可，可问题并不在于俸禄多少。养一名武士是何等重大之事，尤其在招募新人的时候则更须谨慎，父亲细川三斋就曾屡次告诫过他。首先是人，其次是和。再怎么是人才，也要考虑那些构筑起细川家今日之况的谱代家臣。

若将一个藩比作一面石墙，纵然是再大再好的石头，倘若无法与已叠加在一起的石头结合，那它也派不上用场。与他者不协调的石头，即使再难得，也无法将其作为藩墙的一石。天下有多少伟材名石，就因为无法与他者相容而埋没荒野。

尤其是关原合战后理应有很多这种石头，可是，大小合适、哪儿的石墙都能嵌进去的石头太多了，让大名们都挑花了眼，不是嫌这个棱角太尖，便是嫌那个无法与他者协调，怎么也找不到一块满意的砌到自己的墙上。

从这一点来说，小次郎又年轻又优秀，完全具备为细川家所用的资格。况且他现在还没有成为石头，还是一块年轻的半成品。

三

一想起佐佐木小次郎，细川忠利自然同时又想起宫本武藏。

有关武藏的事情，起初他是从老臣长冈佐渡那里听说的。就像今晚的夜谈一样，有一次，在主仆同乐之时，佐渡忽然说道：“最近，老臣发现了一名奇特的武士。”接着便讲起武藏在那法典原垦荒的事来。但后来，他从法典原空手而归。“真可惜，后来就去向不明了。”他叹息着向忠利复命。

可是，忠利并未死心，还说务必要见那武藏一面，于是命道：“只要多加留意，总会打听到他的下落。佐渡，你继续留意就是。”

就这样，不知不觉间，忠利便在心里比较起佐佐木小次郎和武藏来。据佐渡所讲，武藏不仅武艺精湛，即使在山野的村落里，他也会教民众开荒，启发他们的自治意识，可谓是既有经略，又有人望。

而据岩间角兵卫所说，佐佐木小次郎乃是名门之子，深谙剑道，精通兵法，年纪虽轻，却自称已创立岩流一派，看来也绝非那种粗犷的草莽英雄。尤其是除了角兵卫，其他人最近也屡屡在江户听到小次郎的刀名。据说他曾在隅田河滩轻松斩杀小幡的四名门下，恬然而归，在神田川也一样。街头巷尾都在谈论，连那复仇的北条新藏也反被他击杀。

与此相比，武藏之名却鲜有所闻。只是据说在数年前，武藏曾在京都的一乘寺单挑吉冈一门的几十名弟子并获胜，一时名噪天下。可不久后便立刻有人出来反驳说：“那传言殊属可疑。武藏擅长沽名钓誉，花拳绣腿，一旦遇到动真格的时候，便一溜烟逃到叡山上了，这才是真相。”

而且他一有好名声，就立刻有人出来反驳，于是不久后，他的刀名便被抹消了。

总之，武藏出名时，总会有恶言随之而来，甚至连武者中究竟有无他这一号人物都成了悬念。而且身为出生在美作国山坳里的无名乡士之子，谁都对他不屑。尽管尾张的中村里出了一个天下伟人秀吉，可重视出身、炫耀血统的世风仍未有些许改变。

“对……”忠利似乎忽然想起什么，手在膝盖上一拍，然后环顾着年轻的侍从们，向他们询问起武藏的事来，“你们有没有人认识一个叫武藏的年轻人？有没有听说过他的传闻？”

“武藏？”众人立刻面面相觑，“最近武藏的名字已遍布大街小巷，所以谁都知道。”

年轻的侍从们全都是一副很了解的口吻。

四

“哦？武藏的名字大街小巷都知道了，何出此言？”忠利惊奇地问道。

“被人写到告示牌上了呗。”

一个年轻人刚说了这么一句，另一个姓森的随之说道：“好多人都在抄写告示牌的内容呢，我也觉得好玩，便在怀纸上抄了一份。我现在就念给主公听吧。”

“唔，念来听听。”

“那属下就念了。”于是，森展开怀纸念道：“告看见我们后屁滚尿流撒腿就跑的宫本武藏。”

大家顿时扑哧一声全笑了出来。

忠利则板着面孔。“就这些吗？”

“不。”森继续念道，“本位田家的老婆婆也正找你寻仇，我们兄弟也不会放过你。若不出来，你就不配做武士。”随后又解释道，“听说这是半瓦弥次兵卫的手下们写的，在各处都立了告示牌。文字粗俗，真不愧是出自无赖汉之手，街上的人都觉得好玩。”

忠利的表情有些痛苦。这与自己心目中的武藏也相差太远了。他觉得不但武藏受到了唾弃，甚至连自己的愚昧也受到了他们的嘲讽。

“唔……那武藏原来竟是这般人物？”忠利仍不放弃最后一抹希望问道。

结果众人异口同声地答道：“似乎是个无聊之辈啊。不，更重要的是，看来此人是一个十足的懦夫，即使遭到市侩的如此羞辱都不敢露面。”

不久，自鸣钟响了起来，年轻侍从们全都退了下去。

忠利就寝后，仍在考虑这件事。但他的想法并不与众人一致，他反倒觉得武藏“真是个有意思的人”。甚至还站在武藏的立场上前思后想起来。

次日早晨，忠利依例在读经的书房听完早课，然后来到走廊，看到长冈佐渡在院子里，便喊了起来：“佐渡，佐渡！”

老人回过头来，从庭前殷勤地行晨礼。

“你之后又留心过没有？”

由于忠利的问话太过突然，竟弄得佐渡一下子丈二和尚摸不着头脑。

“就是武藏那事儿。”忠利又补充一句。

“是。”佐渡这才低下头来应答。

“总之，发现他之后立刻给我领来。我想见见他。”

而在同一日，稍稍过午时分，忠利又照例来到靶场时，早已在靶场休息间等他的岩间角兵卫再次有意无意地向他推荐起小次郎来。

忠利握着弓，点点头，说道："我都差点忘了。唔，什么时候都行，有空你就领那佐佐木小次郎来趟靶场吧。至于用还是不用，等见了后再定。"

如雨虫鸣

一

这里是伊皿子坂的中部，岩间角兵卫的朱门私宅便坐落在这里。小次郎的住处就在这宅院中，是一栋独立的房屋。

“您在吗？”这时，有位访客问道。

小次郎正坐在屋里，静静地望着他的爱刀晾衣杆。这把刀原本是要研磨的，由于厨子野耕介经常出入细川家，他便托此处的主人角兵卫将其交给了耕介，要其研磨。可是自从出了上次那件事，他与耕介家的龃龉越发严重，于是在岩间角兵卫的催促下，这把刀今早便被从耕介家送还回来。

当然并未研磨——小次郎本以为是这样，可是当他坐在房间中拔出来一看，发现根本不是如此。

自己的眼前竟忽然现出一道百年清泉，如湖水般深沉苍翠的刀身上反射着璀璨的白光。原先那黑痣般的锈斑不见了，埋没在血污中的花纹也如朦胧月夜般动人地呈现出来。

“简直就像是换了一把刀。”小次郎百看不厌。

由于这房屋就坐落在月岬高台上，所以坐在屋里望去，从芝的海滨到品川的大海一览无余，就连从上总的海上涌起的云峰都近在咫尺。此刻，云峰的影子和品川的海色也全都融入了他的刀光中。

“在家吗？小次郎先生在家吗？”门外的声音停了一会儿，又忽然从柴门处传来。

“哪一位？”小次郎将刀收入刀鞘，答道，“小次郎在家，有事请从柴门绕走廊进来。”

外面的访客立刻便应道：“啊，在啊。”说话间，阿杉与一名无赖汉的身影出现在廊前。

“我当是谁呢，这不是老婆婆吗。是哪阵风把您吹来了，这大热天的。”

“招呼就待会儿再打吧。先给我点水洗洗脚吧。”

“那儿有一口井。但这儿是高地，井很深呢。喂，汉子，好好照看着，可别让老婆婆掉下去了。”

小次郎喊的那“汉子”，便是从半瓦家一路把阿杉领到这里的半瓦的手下。

阿杉在井旁擦擦汗，洗洗脚，这才进屋与小次郎打招呼，然后对着穿堂的凉风眯起了眼睛。“真凉快的房子啊，闲居在这么舒服的地方，连您都要变懒了吧？”她说道。

小次郎微微一笑，道：“我可跟您的儿子又八不一样。”

阿杉眨了眨落寞的眼睛，又说道：“是啊。我也没什么礼物，这是老身我抄的经书，就送一部给您吧，闲来也可读一读。”说着便递上一本《父母恩重经》。

小次郎早就听说过阿杉的誓愿，原来竟是这般东西，所以只是打量了一眼。“对了对了，汉子。”他问身后的无赖汉，“上次我给你们写的告示，你们有没有立出去？”

二

无赖汉上前一步，说道：“就是那个要武藏出来，他不出来就不配做武士……的告示？”

小次郎使劲点点头，说道：“没错。你们有没有分别立在各个街口？”

“我们只花了两天，就把那些显眼的地方差不多都插遍了，师父您没看到？”

“我就不必看了。”

阿杉一听，也从一旁插进话来，说道：“今天我们来这儿的路上还看到那告示牌了呢，旁边围了好多人，都在七嘴八舌地议论呢。我在一边听着，心里别提有多痛快啦。”

“若是看到了这告示还不出来，武藏的武士名分也就等于废了，将会沦为天下笑柄。这样老婆婆也可以雪恨了吧。”

“什么啊。就算别人再怎么嘲笑，那种不知羞耻的厚脸皮也会不痛不痒。若只是这样，我老婆子既不会解恨，也不会挽回一丝脸面。”

“呵呵……”小次郎看她如此执着，喜笑颜开，道，“不愧是老婆婆，年龄再大也矢志不渝，令人敬佩啊。”他不失时机地鼓动道，“对了，今天来此所为何事？”他又问道。

阿杉于是郑重相告：也不为别的，只因寄身在半瓦家已两年有余，老给人家添麻烦也过意不去，而且自己也厌倦了照顾这些粗野男人。正好铠渡口附近有间出租房屋空了出来，就想搬到那里去，倒不是想另立门户，只是想一个人住。“您觉得怎样？”她带着商量的语气，继续说道，“看样子武藏一时半会儿也不会出来，儿子又八虽在江户，却不知下落……于是我就想跟老家那边要点钱，先在那儿住一阵子。”她与小次郎合计道。

小次郎原本就没有异议，觉得这样也好。其实他也只是由着性子，对半瓦的人半消遣半利用而已，而最近，他也对与这些无赖汉的交往感到了些许厌倦。考虑到自己将来还要事主，就更不能与这些人深交了。最近，就连武艺的教授他都几乎不去了。

于是，小次郎便叫来岩间家的仆从，让其从后面的田里摘来西瓜招待了阿杉和无赖汉，又说道：“武藏那边有什么动静，立刻派人向我报告。我最近也忙得脱不开身，就先不去半瓦那边了。”

就这样，天还没黑，他就把二人打发回去了。

阿杉回去后，小次郎简单打扫了一下屋里，又往院子里洒了些井水。山芋和牵牛花的藤蔓从篱笆一直缠绕到洗手盆下，一朵朵白花在晚风中摇曳。

“今天角兵卫先生又值夜吧。”

小次郎躺在屋子里，望着萦绕着主屋的蚊香冒出的熏烟。这里并不需要灯火，即使点上也很快会被风吹灭，况且不久后晚月就会离开海面，照到他的脸上来。

就在这时，一名年轻的武士从坡下的墓地打破篱笆，潜入到这伊皿子坂的山崖上。

三

岩间角兵卫每次都骑马赶赴藩邸，所以每次回到伊皿子坂，他总是把马拴在坂下。一看到他的身影，寺门前的花店老板便会出来替他看马。可今天傍晚，角兵卫瞅了瞅花店里面，也没有看见老板的影子，便准备自己把马拴到后面的树上。

“哦，老爷。”这时，花店老板慌忙从寺后山上跑了过来，跟往常一样从角兵卫手里接过缰绳，说道，“刚才有个形迹可疑的武士打破了墓地的栅栏，上到那连条道都没有的崖上了。我告诉他那儿没有近道，结果他瞪了我一眼，就不知消失到哪里去了……”老板自顾自地继续说道，“该不会是最近传说中经常擅闯大名府邸的盗贼吧？”他似乎仍不放心，不时抬头望望黑黢黢的树后。

角兵卫似乎没有在意。尽管传言说有怪盗不时潜入大名府邸，可细川家未曾遭遇过，更没有大名自曝其辱说遭遇过盗贼。于是他便笑道：“哈哈，那只不过是传言而已。既是潜入寺后山上的盗贼，充其量也不过是些小毛贼或试刀杀人的武士罢了。”

“可这一带是东海道的出入口，一些逃亡他国的家伙经常会打劫过往路人，所以傍晚时一看到形迹可疑之人，一整晚都让人不得安生。”

“一旦有事，立刻跑来敲门就是。我家的一个食客正等着这样的机会，可是老碰不上，每天都在发着髀肉复生之叹呢。”

“您是说佐佐木先生吧？这一带人都夸他呢，模样那么潇洒，功夫却那么高强。”

听到有人夸赞小次郎，岩间角兵卫也有些飘飘然。他喜欢年轻人，尤其在现在的世风下，家里养一个有为的青年，也是身为武者的荣誉。

一旦有事需用人的时候，哪怕多带一个家臣到主君的马前效力也行，这样自然会深得主公赏识，并且将超群的人才推荐给主家，这既是家臣的义务，同时又会扶植自己的势力。作为当值的家臣，自私自利当然不好，可那种完全舍己为公的，即使像细川这样的大藩中，似乎也没有几人。

话虽如此，若说岩间角兵卫是一个不忠者，似乎也有失公允。他绝不比一个好武士差多少，只不过他并不是一个超凡的谱代武士。可在平常的事务中，反倒是这种人更方便更实用，往往会事半功倍。

“我回来了。”由于伊皿子坂很陡，每当他来到自家门前与家人打招呼的时候，总是有点气喘。由于妻子儿女都安置在了老家，家里自然只剩男佣女仆。不过，在角兵卫不值夜的日子里，每当角兵卫傍晚回来晚时，仆人们便会在朱门到玄关之间的路上洒上水，因而连竹叶上都沾着亮晶晶的水珠。

“老爷回来了。”看到他回来，仆人们连忙出来迎接。

“唔。”角兵卫应了一声，“佐佐木先生今天在家还是外出了？”他立刻问道。

四

“今天似乎一整天都在家，现在正躺在屋里凉快呢。”

“是吗。那好，赶紧备酒。准备好之后，把佐佐木先生给我叫过来。”说话间，角兵卫已进入浴室，立刻脱掉汗湿的衣服，在洗澡间换上便服。

“您回来了？”等他再来到书院时，小次郎早已一手摇着团扇，坐在那里等他了。

酒上来了。

“来，先敬您一杯。”角兵卫斟上酒，说道，“今天有件好事，所以就想尽快告诉您。”

“哦？好事？”

“就是上次推荐您的事。最近主公也听到了不少有关您的新闻，已经答应要我近日带您去见见了。哎呀，事情运作到这一步可真是不容易啊，毕竟整个藩中家臣们推荐的人也太多了。”

角兵卫满以为小次郎一定会欣喜异常，可是小次郎并未吱声，只是用嘴唇碰了碰酒杯沿儿，听完后只说了一句：“回敬您一杯。”脸上也毫无欣喜之情。

不过，角兵卫并不以为这是对方的不满，反倒更尊敬起来，说道：“这样一来，我也终于没有辜负您所托，没有白费劲啊。今晚咱们就庆祝一下，多喝一些。”

小次郎这才稍稍点头致意，说道：“多谢您关照。”

“不，能将您这样的人才推荐给主家，也是我的职责之一啊。”

“您实在是高抬在下了。在下原本就没有指望什么高官厚禄，只是觉得细川家有幽斋公、三斋公以及现在的当家人忠利公，是接连三代名主的望族。而且只有在藩中效劳才能实现武士的抱负，这才求您帮忙引荐。”

“不不，我绝无吹捧之意。现如今，佐佐木小次郎的名字在江户可是家喻户晓啊。”

“像我这样每天好吃懒做，怎么会如此出名呢？”小次郎自嘲地笑道，露出充满朝气的牙齿，“并非是在下出色，或许是世上的冒牌货太多吧。”

“忠利公说随时都可以召见……那么，您什么时候去一趟藩邸？”

“在下也随时恭候。”

“那，明日可否？”

“可以。”小次郎一脸不卑不亢。

角兵卫见状，更为他的气度倾倒。但他忽然又想起忠利曾嘱咐的一句话来，便又说道：“不过，主公说了，怎么也得见过一面之后方能定夺。话虽如此，这不过是走走过场而已，仕宦之事已经八九不离十，几乎已定。”为防万一，他先和小次郎打好招呼。

结果小次郎放下酒杯，注视了一会儿角兵卫。“算了。角兵卫先生，多谢您的好意。不过，这去细川家当差的事情还是以后再说吧。”他昂然说道，饮酒后的耳朵充血，变得通红。

五

“哎？为何？”角兵卫一下子惊呆了，不解地望着他。

“在下并不中意。”小次郎只是淡淡地说了一句，并未交代理由。

不过，小次郎突然变得不高兴，似乎是因为角兵卫刚才所打的招呼：“怎么也得见过一面之后方能定夺”。他一定是对这条件不满意了。

又不是离开细川家这棵大树，自己就吃不上饭了。无论走到哪里，三五百石还是不在话下的。一定是小次郎平日的自负被角兵卫毫无遮掩的说辞伤害了。小次郎本就是那种从不替人着想的性格，因此他也不管角兵卫是一脸为难，还是觉得他做事太随便，毫不在意，吃完饭后便立刻回了住处。

皎洁的月光映在没有灯光的榻榻米上。小次郎一上去，便仰面躺下，头枕着胳膊。

“呵呵呵……”也不知想起了什么，他竟忽然独自笑了起来，“真是个老实人啊，这角兵卫。”他喃喃道。

他早就摸透了角兵卫的脾气。听自己如此一说，角兵卫在他的主君面前肯定很为难，而且他再怎么急也肯定无法冲自己发火。

不求厚禄——这话是出自小次郎口中，可他浑身充满了欲望。他不光要得到厚禄，还想得到最大的名声和显赫的官位，否则自己干吗如此辛苦修行呢？不就是为了出人头地，为了扬名，为了衣锦还乡，为了满足一个人所有的荣耀吗？要实现这一切，在当今时代，武道精湛才是捷径。而幸运的是，自己生来便对刀怀有天赋。他一直是带着这种想法，带着自尊心，圆滑处世，一步步走过来的。

他的一进一退都是为了这个目的。在他的眼里，这里的主人岩间角兵卫虽然年长得多，心思却太幼稚了。他只能这么认为。

不知不觉间，小次郎竟抱着美梦睡着了。月光在榻榻米上移动了一尺多，他仍未醒。凉风不断地摇曳着窗外的山竹，可他从白天的暑热中获得解脱的肉体似乎连打都打不醒。

这时，一直躲在蚊虫群集的山崖后的人影露了出来。好！眼见时机已到，人影便像癞蛤蟆似的一直溜到没有灯光的房檐下。

六

好一个威风凛凛的武士。这不正是傍晚时一度引起坂下花店老板怀疑并消失在寺后山里的那个年轻武士吗？

只见这人悄悄爬过来，从廊前朝屋内窥探了一会儿。由于他避开月光蜷曲着，只要他不出声，就没人能察觉。

屋内微微传来小次郎的鼾声。一时骤歇的虫鸣也从草露中再次回响起来。不久。人影倏地站起身，拔刀出鞘，噌的一下跳上走廊，瞄准小次郎躺着的身影。

“拿命来！”人影咬着牙根就是一刀，可几乎同时，一条黑棒却从小次郎的左手中呼地打了过来，狠狠打在其小臂上。

也不知人影在挥下的利刃上用了多少力气，虽然手臂被打中，那利刃仍砍透了榻榻米。可是，原本还躺在上面的小次郎，却像躲过水面一击的鱼儿早已悠然游至他处一样，唰的一下躲到墙边，转向人影站定。同时，他已将爱刀晾衣杆一分为二拿在手里，左手握着剑鞘，右手握着利刃。

“谁？”从小次郎的气息中也不难猜出，他早就预感到了这名刺客的偷袭。就连对滴落的露珠和虫鸣都丝毫不放松警惕的他背靠墙壁，气定神闲，毫不慌乱。

“是、是我！”与此相对，偷袭者的声音却显得歇斯底里。

“光一个‘我’字怎知你是谁？报上名来！趁人熟睡偷袭，卑鄙至极，不配做武士。”

“小幡景宪之子余五郎景政！”

“余五郎！”

“呸……亏你做得出来！”

“做得出来？你什么意思？”

“你竟然趁家父卧病在床，向世上散布小幡家的坏话。”

“等等。散布坏话的并非在下，而是世间人向世间散布的。”

“挑衅门人决斗并痛下杀手的难道不是你？”

“是我小次郎无疑。可谁让他们实力不济，没有本事呢。在武道上，唯有这点让人无奈啊。”

“真、真是大言不惭！你还让一个叫什么半瓦的无赖帮忙……”

“那可就是后话了。”

“你说什么？”

“我没空跟你啰唆！”小次郎火起，往前迈出一步，“你爱怎么恨就怎么恨。为武道上的胜负而寻仇，你不光要被人耻笑为懦夫中的懦夫，而且连自己的一条小命也要搭上，这些你可都想清楚了？”

“……”

“看来你是下定决心了啊。”说着，小次郎又进一步，晾衣杆一尺多长的白刃已映在月光下。唰！忽然间，一道白光飞向余五郎，令余五郎头昏眼花。

刀是今天刚刚研磨好的。小次郎就像饥渴的肠胃遇见了美味，把对方的身影当成了猎物，盯得直了眼睛。

鹫

一

一方面求人帮着推荐，另一方面又对欲投靠的主公的话语不满，关键时刻还要起性子。岩间角兵卫好不尴尬。我再也不管了，他想，并且自省起来：喜欢后生是好事，却不能连后生的错误思想都纵容。

不过，角兵卫十分喜欢小次郎其人，并坚信他不是寻常之辈。因而，虽然被夹在小次郎与主公之间的他当时愤愤不已，可数日过后，他又重新思考起来：倘是凡人，一听说要见主公，一定会欣然前往，可小次郎……或许这便是他的超凡之处吧，于是他又善意地自我开解，反倒认为年轻人有这种气概更为难得，愈发高看小次郎，还认为他完全有资格对主公说不。

时间到了四日之后。此前，他要么值夜，要么就是心情尚未恢复，也无法与小次郎见面，可这天一早，他却忽然来到小次郎的住处。

“小次郎先生，昨天我正要从藩邸回来时，忠利公又催起您的事来。怎么样，主公说了，要在靶场见见您，去一趟如何？就当是让主公看一下家臣的弓法就是。”角兵卫试探道。

小次郎微微一笑，并未作答。

于是，角兵卫又道："若想入仕，无论哪里都要先让主公见一下，这是通例，所以您也不必认为这是一种耻辱。"

"可是，主家。"

"有话请讲。"

"倘若人家说不中意，被人家拒绝，那我小次郎岂不就变成了旧货？我小次郎还没有沦落到到处推销自己的地步。"

"那就是我传达得不好了。主公并非此意。"

"那么，您是如何回复忠利公的呢？"

"我还没正式回复。因此，主公那边还一直在期待。"

"哈哈哈，让您这恩人为难，在下实在过意不去啊。"

"今晚又是我值夜，主公或许又会问起什么来，所以您就不要为难老夫了，怎么也得到藩邸露次面才是。"

"好吧。"小次郎卖弄人情般点点头，答道，"那就为您去一趟吧。"

角兵卫欣喜道："那么，今日就行？"

"好，今日就去。"

"正合我意。"

"时间呢？"

"虽说是随时都行，可主君午后才会去靶场，这样也不会拘束，可轻松拜访。"

"知道了。"

"一言为定。"角兵卫又叮嘱了一遍，这才先赶奔藩邸而去。

之后，小次郎便悠然地打扮起来。尽管嘴上常豪爽地说并不在意装扮，实际上他却颇爱打扮，尤其注重衣饰。他要人拿来身轻罗礼服和舶来衣料的裙裤，草履和斗笠也要了新的，又朝岩间家的仆人问道：“有马吗？”

仆人告诉小次郎，角兵卫换乘的白马就寄存在坂下花店的小棚里。小次郎于是来到花店前，可今天老板也没在。他往远处一瞧，只见寺院旁边围了好多人，有花店的老板和僧侣们，还有附近的许多人，正在吵嚷着什么。

二

出什么事了？小次郎也凑过去看，只见地上躺着一具尸体，盖着一张草席。围在一旁的人们则正在商量埋葬的事情。

死者的身份不明，年纪很轻，还是一名武士。从肩头被深深地劈了一刀，血迹早已干黑，身上没有任何物件。

“我看到过这个武士，是在四天前的傍晚看到的。”花店的老板说道。

“哦？”僧侣和附近的人都好奇地盯着他。

老板刚要开口接着再说，忽然有人拍了拍他的肩膀，便回过头。只听小次郎说道：“我听说岩间大人的白马就寄放在你的小棚里，快给我牵出来。”

“啊，哎呀。”老板连忙行礼，说道，“您这是要外出啊。”说着便与小次郎急急忙忙朝家里赶去。

小次郎抚摩着从小棚中牵出来的月毛驹，说道：“好马啊。我去也。”

老板仰望着飞身上马的小次郎的雄姿，不由赞叹道："真是宝马配英雄啊。"

小次郎又从钱袋子里抓出若干钱，在马上说道："老板，就用这些给他供点香和花吧。"

"哎？给谁供？"

"刚才那死人。"说着，小次郎便从坂下的寺门前往高轮大道而去。

"呸！"小次郎不禁从马上吐了口唾沫。看到污秽后的那种不快的唾液仍残留在嘴里。他只觉得，四日前的月夜用刚磨好的晾衣杆斩杀的那人似乎正踢开身上的草席，从马后尾随而来。

"他没道理怨恨我。"他在心里为自己的作为做着辩解。

炎炎烈日下，他的白马一路疾驰而去。无论是商家、旅人，还是行路的武士，都连忙为他让路，还不住地回头看。以他这马上的雄姿，就是到了江户的大街上也会引人注目。这究竟是哪里的武士啊？人们纷纷驻足回望。

来到细川家的藩邸时，正好是约定的时间。小次郎交好马，刚来到府内，岩间角兵卫便立刻跑了出来。"您来得正好。"他仿佛是给自己办事似的慰劳道，"请稍稍擦擦汗，在休息间先等一下。我现在就去禀告主公。"说着，他立刻叫来麦茶、冷水和烟盆，将小次郎奉若上宾。

不久，便有另一名武士前来引路。当然，小次郎将引以为豪的晾衣杆交到家臣手里，自己只佩带小刀随之而去。

细川忠利今天也照例在这里射箭。他说夏天每日要射百箭，已持续了好多天。一群近侍正围着忠利，有的跑来跑去拔箭，有的则在一旁侍奉，还有的屏气凝神，注视着忠利的一举一动。

“手巾，手巾。”忠利竖起弓。他已经射累了，汗水已流进眼中。

“主公。”角兵卫趁机跪到一旁，说道。

“什么事？”

“佐佐木小次郎正在等候拜谒，恭请主公赐教。”

“佐佐木？啊，是吗。”忠利连理都未理，又搭上一支箭，接着拉开弓步，将握弓的左手举过眉梢。

三

不光是忠利，连家臣们也没有一个对候在一旁的小次郎看上一眼。不久，百射结束。

“水，水。”忠利长舒一口气，说道。家臣们立刻汲来井水，倒满大盆。

忠利于是光起膀子，又擦汗又洗脚。家臣们有的在一旁拿着衣袖，有的则打来新水换上，丝毫不敢怠慢。尽管如此，忠利的举止仍像个野人一样粗野，毫无一点大名的仪态。

现在待在老家的老主公三斋是一名茶人，再上一代的幽斋公则更是一名风雅歌人。所以这第三代忠利公，恐怕不是风雅的公卿风度，就该是那风流的阔少气质，没想到却如此不雅，这令小次郎深感意外。

忠利连脚都没擦干就穿上草履，急急忙忙地返回靶场。看到从刚才起便彷徨不安的岩间角兵卫，这才忽然想起来似的，说道：“角兵卫，那就见见吧。”于是令人在帷幕的阴影下摆好折凳，背倚着九曜纹家徽坐了下来。

在角兵卫的招呼下，小次郎跪坐在忠利面前。在这个爱惜人才、礼贤下士的时代，接受谒见时都是采取这种礼节，忠利也不例外。

“赐座。”忠利旋即说道。

受赐折凳后便是贵客。小次郎于是起膝谢道：“请恕小人无礼。”他一面点头示意，一面坐了上去，与忠利面对面。

“你的详情，我都听角兵卫说过了。你出生在岩国？”

“正是。”

“岩国的吉川光家公素以英迈闻名，你的父祖也是吉川家的侍从？”

“据传，在下的远祖乃是近江佐佐木一族，可室町将军灭亡后，便潜入母方故里，故未曾食过吉川家俸禄。”

询问完家系和亲戚等问题后，忠利问道：“这是你第一次出来当差吗？”

“尚未事主。”

“听角兵卫说，你想在此当差，那你到底是看中了本家的哪一点？”

“我想，只有这里才是武士愿意为其赴死的地方。”

“唔，唔。”忠利唔了两声，似乎很满意，“你的武道是……”

“岩流。”

“岩流？”

“是在下独创的。”

“该是有渊源的吧？”

“在下先是学富田五郎右卫门的富田流，后又从老家岩国的一位名为片山伯耆守久安的老隐士那里传承了片山拔刀术，同时又在岩国川的河畔练习刀斩飞燕，自得此道。”

“哈哈，所谓的岩流，这名字便取自岩国川吧。”

“大人明鉴。”

“真想见识一下啊。”忠利于是从折凳上环顾起家臣的面孔来，问道，“谁起来与佐佐木比一下？”

四

这名男子便是佐佐木？这就是最近以来名声大噪的那个人？没想到这么年轻啊。从刚才起便注视着忠利与他对话的家臣们正感慨时，突然听忠利说“谁起来与佐佐木比一下”，顿时面面相觑。

于是，众人的眼神自然立刻转向了小次郎，可他毫无为难之意，反倒是一副求之不得的神情，脸上泛起兴奋的红潮。

不过，未等有家臣自告奋勇起身请战，忠利便指名道：“冈谷。”

“在。”

“上次在谈论枪与刀的利弊时，比谁都坚持枪有用的，就是你吧？”

“是。”

“机会来了，你去试试。”

冈谷五郎次答应下来，然后转身对小次郎道：“在下不才，愿与阁下过几招，阁下可愿意？”

小次郎心中大喜，使劲点点头。“承让。”

双方表面上礼貌有加，无形中却透着一股切肤的杀气。

帷幕中，清扫靶场沙子以及整理弓箭的人也都汇集到忠利身后。即使这些三句话不离武艺，拿太刀和弓箭有如筷子一般的人，除了练功，能真正领略正式比武的机会，一生中也不过几次。

倘若设问一句，赴战场作战与平常的比武，究竟哪一个更恐怖？如果老实回答，恐怕眼前的这群武士都会说：当然是比武更恐怖。

战争是集体的行动，而比武则是一对一的挑战。如不能取胜，则非死即残。从每根脚趾头到一毫一发都得动员起来，穷尽毕生的力量去战斗。像战争时那样，趁着别人作战的空隙自己赶紧喘口气，比武时是绝不会有的。

五郎次的朋友们都在严肃地注视着他的举止。看到五郎次从容不迫的样子，这才稍稍松口气。他是不会输给这小子的，大家都如此想。

细川藩中从来都没有枪术专家。自幽斋公和三斋公以来，在无数战场上历练成人者全被收入麾下，就连足轻中也不乏擅长枪术者。而擅长使枪并非是当差人的特别技能，所以也可以说，这里并不怎么需要枪术教头之类。尽管如此，五郎次等人也算是其中的枪师了。他既有实战经验，平时也积淀了不少功夫，堪称老手。

“请主公稍候。”五郎次向主公和对手点头示意后，平静地退到了后面。当然是为了装扮。

早晨笑着出去，傍晚或许就会躺着回来，这是一名当差人必需的思想准备，今天也不例外。从束带到内衣，五郎次穿得都很洁净，当他退下去准备时，这一身装束却忽然让他悲凉起来。

五

小次郎全身舒展，身形挺立，提着借来的三尺木太刀，裙裤的褶皱也垂了下来。可他连拢都不拢，选好比试的地点后，便率先等在那里。他魁伟猛健，无论在谁看来，即使是带着憎恨的目光，也能看出他威风凛凛的气概。尤其是他如鹫一般勇猛且帅气的侧脸上，丝毫看不出与平时有一点异样。

怎么回事？同伴们的目光不禁全涌向即将上场的冈谷五郎次。一看到小次郎的异彩，人们便不由得担心起五郎次的能力，不安的眼神不觉间朝他正在做准备的幕后移去。

不过，五郎次早已平静地装扮好。他之所以耽误了一些时间，是因为他又仔细地在枪尖上缠了一些湿布。

小次郎见状，说道："五郎次先生。你那是作什么用呢？如果是怕万一伤着在下，那就大可不必了。"

言辞听起来很平常，却分明带着桀骜不驯。如今，五郎次拿着的缠着湿漂白布的枪便是他在战场上得心应手的短刀形菊池枪，柄长九尺有余，握手以下是珍珠色的泥金画，光是菖蒲状的枪尖便有七八寸长，真是一杆宝枪。

"真枪就行。"小次郎嘲笑着他的徒劳。

"不必？"五郎次顿时横眉立目，主公忠利和一旁的朋友也都在用眼神说道：太猖狂了！别理他，挑了他！

小次郎则催促般加重了语气，道："没错！"他凝视着对方。

"这可是你说的。"五郎次于是解下湿布，握住长枪中间，毫不客气地逼了过来，"那就遂了你的心愿。但既然我用真枪，那也请你用真刀。"

"不，我用这个就行。"

"不，不行。"

"不。"小次郎压住他的气息，"在下乃藩外之人，怎能如此造次，在别人家的主公面前持真刀？”

“可是……”五郎次仍不满地咬着嘴唇。

忠利似乎已对五郎次的磨蹭很不耐烦，便说道：“冈谷，这不卑鄙，你就由着对手吧。快比！”他的语气中也分明对小次郎有了看法。

“请。”

两人于是互致注目礼，凄厉的杀气映在双方脸上。一瞬间，只听啪的一声，五郎次跳了出去。可是小次郎却像粘在粘鸟竿上的小鸟一样，竟一下子贴到了枪柄之下，径直朝五郎次的心口冲去。五郎次无暇出枪，便猛一转身，用枪尾的金属箍朝小次郎脖颈附近砸下去。只听铿的一声，金属箍的头部带着回声被弹入空中。而小次郎的木刀随之紧咬过来，嗖的一声，朝着随枪势掀起的五郎次的肋骨打来。

噌、噌、噌！五郎次顿时连退三步，又跳到一边。他连气都来不及喘，只能一避再避。可是，他已经是一只被鹫追赶的隼了。忽然，枪柄在纠缠不休的木刀下戛然而断。一刹那，五郎次只觉得自己的魂魄仿佛被硬生生地从肉体中剜了出来，一声惨叫。眨眼间，胜负已决。

六

回到伊皿子坂的宅院后，小次郎便向主人岩间角兵卫问道：“今日在主公面前，我是不是做得有些过了？”

“不，上乘。”

“那我回去后，忠利公是怎么说的？”

“也没怎么说。”

“总会说上几句什么吧。”

“什么也没说，只是默默地去了座间。”

“唔……”小次郎对他的回答似乎并不满意。

“不久后会有消息的。”角兵卫又补上一句。

“用与不用都无所谓。但忠利公果然名不虚传，是位名主。若早晚都要仕宦，真是非此莫属啊。不过，这也靠缘分了。”

在角兵卫看来，小次郎的锋芒终于显露出来。从昨天起，他就觉得有些反感。一直呵护在怀中的小鸟，不觉间再一瞧，竟已变成了一只鹫。

昨天，小次郎本打算至少要与四五个人过招给忠利看看，可大概是由于最初与冈谷五郎次的比武太过残忍了吧，“见识了，已经行了”忠利一句话便结束了比试。

听说五郎次后来苏醒了，不过恐怕已经瘸了，左侧的大腿骨或腰部的骨头应该已经粉碎。光是让他们瞧瞧这些就行，即使与细川家无缘也毫无遗憾，小次郎暗想。可是，他仍十分割舍不下。自己将来的托身之所，除了伊达、黑田、岛津、毛利，细川家是很可靠的一个藩。可由于大坂城这个悬而未决的存在仍孕育着战争，一旦自己委身错了，便极有可能再度沦为浪人，遭受逃亡之苦。即使寻找效劳的主公，也得把将来算进去通盘考虑才行，否则就会因半年的俸禄而白白搭上一生。

小次郎已经看透了这一点。只要三斋公还在老家那边发挥余威，细川家便会稳如泰山，前途一片光明。而且既然是乘船，最好搭乘这样的大船，才能把握住自己的人生之舵，驶向新时代的大潮。

可是，越是好的世家便越难挤进去。小次郎有些焦虑。也不知想到了什么，数日之后，他忽然丢下这么一句便出了门。“我去探望一下冈谷五郎次先生。”

这一日他是徒步去的。五郎次的家在常盘桥附近。突然见到小次郎前来热情探望时，五郎次仍无法从病床上起来。“不，比武的胜负乃是实力的差距，我就算恨自己不成熟，也不能怪您……”五郎次面露微笑，“您太热情了，劳您看望，真过意不去。”他眼含泪滴。

小次郎回去后，五郎次便向来探望的朋友说：“他真是个文雅的武士。本以为他是个傲慢的人，没想到竟也这么有情有义。”

小次郎料定五郎次会这么说。果如所料，他碰巧从一位访客的嘴里听到了卧病在床的对手对他的溢美之词。

青柿

一

隔两天便去一次，隔三天再去一次，小次郎前后去冈谷家探望了四次。有一日，他还让人专门从鱼市送去活鱼以作慰问。

江户已进入伏天，空地上的荒草遮蔽了房屋，螃蟹慢腾腾地爬上了干燥的大街。武藏快给我出来，若不出来就不配做武士——半瓦手下立在各个街口的告示牌或是被夏草淹没，或是被风雨吹倒，或是被偷去做了柴火，已经无法看见。

“得找个地方吃饭了。”小次郎想起了饥肠辘辘的肚子，环顾四周。

这里可不是京都，连卖“奈良茶饭”的店铺都没有。只见眼前空地的草芥中，有人撑起一片苇帘，上写“屯食”二字。据传，这所谓的屯食就是古时候的饭团，大概就是屯集食物的意思吧。可是，这儿的屯食又究竟是什么来头呢?

从苇帘后面散出来的烟缭绕在草丛里，怎么也不肯散去。小次郎走近一看，顿时闻到烹煮食物的香味。当然不会是卖饭团的，但确是卖食物的店家无疑。

"给我来一碗茶。"小次郎说着走进阴凉，但见里面的凳子上，一人正捧着酒碗，另一人则托着饭碗，两人吃得正香。

小次郎便走到对面桌凳的一头。"老板，你这儿能做些什么？"

"米饭、炖鱼和酱汤。酒也有。"

"我看你的招牌上写着屯食二字，究竟是何意思？"

"大家也都这么问，但我也不知道。"

"这难道不是你写的吗？"

"是在这里休息的一个年长的旅人说要给我写，于是就写了这两个字。"

"这么说，还真是好手笔。"

"据说是一个到各地求神拜佛的人，看来在木曾也是十分了得的富豪，什么平河天满宫、冰川神社，还有神田神社，他在每一处都捐献了庞大的数目呢，还说这是他最大的乐趣，真是一个奇人。"

"唔，那人叫什么名字？"

"奈良井大藏。"

"我好像听说过。"

"他给我写下了屯食二字，虽不知是什么意思，可毕竟是大德之士给小人写的招牌，若是挂出去，至少也能赶赶穷神吧。"老板笑道。

小次郎瞧了瞧摆在桌上的瓷碗，于是盛好饭和菜，一面用筷子驱赶着苍蝇，一面弄成泡饭吃了起来。

坐在对面的两名浪人中的一个不知何时已站了起来，正从苇帘的窟窿里窥着草原。"来了。"只见他回头看看伙伴说道，"浜田，是不是那个卖西瓜的？"于是，另一个男人也慌忙放下筷子起身，同样把脸凑到苇帘上。"唔，就是他。"他使劲点头道。

二

大热的天，连青草都散发热气，一个卖西瓜的人正挑着扁担走来。一名浪人从苇帘下面追出，忽然抽出刀，一下子便砍断了扁担上捆货的绳子。卖瓜人顿时一个跟头，连人带瓜一齐朝前倒去。

“喂！”这时，刚才被唤为浜田的另一名浪人也立刻跑上去，从一旁揪住卖瓜人的脖子，“前些天一直在护城河边的石堆那儿送茶水的姑娘，你把她弄到哪儿去了？你少给我装糊涂。一定是你藏起来了！”

一个人责问着，另一人则把刀贴到卖瓜人的鼻尖上，喝道：“快说！你说不说！你住哪儿？”两人威胁着。“就凭你这副德行还敢诱拐女人，岂有此理！”说着还用刀面敲打着卖瓜人的脸。

卖瓜人面如土色，只一个劲地摇头，可是一看到空隙，他便愤然推开一个浪人，拾起扁担朝另一人打去。

“还敢打我？”浪人嚷嚷道。

“这小子看来绝不是个寻常的卖瓜人。浜田，小心。”

“哼，料他也没多大本事。”说着，浜田一把夺过对方打来的扁担，顺势将其打倒在地，然后将扁担压在卖瓜人背上，用现成的绳子将其结结实实地绑在扁担上。

就在这时，他的身后忽然传来一声猫被踢飞般的惨叫，同时，地上也发出扑通一声。他无意中回头一看，噗！一股红色的细雾混在夏草的热风里，一下子吹打在他的脸上。

“啊！”浜田一下子从卖瓜人身上跳开，仿佛看到了难得一见的情景，睁大了怀疑的眼睛，愕然大叫一声，“何人……你、你是何人？”

可是，像蝮蛇一样哧溜哧溜逼到他胸口来的刀锋却冷而不答。原来是佐佐木小次郎。

不用说，这刀自然是小次郎一直用的长刀晾衣杆了。自从厨子野耕介用研磨桶磨掉旧锈，令它重现光芒以来，它便嗜血不已，见血就想吸。

小次郎笑而不答，只是在夏草上追赶着后退的浜田，被绑在扁担上的卖瓜人一看到小次郎，顿时大吃一惊。“啊……佐佐木……佐佐木……佐佐木小次郎先生，救命啊！”他趴在地上拼命大喊。

小次郎却连理都不理，只是数着以刀相向一步步后退的浜田的呼吸，仿佛要将其赶入死地。他一退，自己便一进，他往旁边一绕，自己也横着一绕，一直让对方无法逃离自己的刀锋。

脸色苍白的浜田听到佐佐木小次郎的名字，顿时惶然起来。“哎，佐佐木？”绕来绕去间，竟忽然撒腿就跑。

“哪里走！”话音未落，晾衣杆已越过空中，削掉浜田的耳朵，又从肩头深深地劈了进去。

三

佐佐本小次郎立刻给卖瓜人割断绳扣，可卖瓜人仍未从草丛里抬起头。虽然坐是坐起来了，脸却一直不敢抬。

小次郎擦了擦晾衣杆上的血，将其收回刀鞘中，仿佛见了奇景一样。“老兄。”他拍拍卖瓜人的背说道，“这没什么丢脸的。喂，又八。”

“是。”

“是什么是，抬起头来。咱们也算是好久不见了。”

“您挺好的？”

“当然。可是你怎么做起这莫名其妙的生意来了？”

“别说了，丢人。”

“先把西瓜捡起来吧。对了，先寄放在那屯食小店如何？”于是，小次郎便从草地中招呼道：“喂，老板。”

把又八的行李和西瓜寄放在屯食，小次郎又取出矢立，在拉窗一旁写道：

> 空地上此二尸体，斩杀者乃居于伊皿子坂月岬之人，日后寻仇请便。
>
> 佐佐木小次郎

“老板，这样一来就不会给你添麻烦了。”

“多谢多谢。”

“也谈不上谢，只是死者的亲友来时，请帮我传一下话。小次郎决不会逃匿，随时都会恭候大驾。”然后又对苇帘外面的又八说道：“走吧。”他催促着又八前行。

本位田又八一直低着头。最近，他挑着西瓜担子到处叫卖，主要卖给那些在江户城各处劳作的采石场劳工和木工棚工匠，还有在外廓的脚手架上工作的泥瓦匠等。

刚来江户时，他还一度踌躇满志：哪怕只为了阿通一人，自己也要像个男人那样去做一样修行或是事业。可无论做什么，他立刻就会气馁。没有生活的能力，这是又八的天性，光职业都换了不下三四次了。尤其是阿通走后，他就更加颓废，要么住在各处的流氓窝里，要么给赌徒们放哨混顿饭吃，要么就在江户的庙会或是出游等节日里卖一些适时的小东西。总之，他连一份固定的工作都没有找到。

不过，小次郎早就知道他的脾性，根本就不觉奇怪。只是，既然自己写下了声明，不久后一定会有人找上门来，自己必须要做好心理准备，于是便问道："你究竟跟那些浪人有什么仇恨？"

又八闻言，羞于启齿地说道："实际上，是为了女人的事情……"

又八的生活中总是摆脱不了女人，似乎他与女人从前世就结下了深重的孽缘。小次郎不觉苦笑起来。"唔，看来你还是改不了那好色的本性啊。那么，你说的那女人究竟是何来历，又是为了何种原因？"

撬开又八那张难以张开的嘴巴还真是费劲，可即便回到伊皿子坂，自己也没什么事，所以对小次郎来说，哪怕只听听女人的故事也能让他打发时光，而且与又八相遇也是意外。

四

终于，又八交代了事情的原委。原来护城河边的市场上撑起了几十家挂着苇帘的休闲茶屋，专门做那些筑城的劳工和往来的路人的生意。其中一家有个十分惹眼的卖茶女，于是人们便趋之若鹜，那些不想喝茶的也去了，不想吃凉粉的也去了，而在那些别有用心的家伙中，就有刚才那个姓浜田的浪人。

又八也时常在卖完西瓜回去时顺便休息一下。有一次，姑娘偷偷告诉他："我十分讨厌那个武士，可这儿一打烊，茶屋的主人就逼我去陪那武士。你能否把我藏到你家里？我是个女人，浆洗缝补的活儿我都会。"

既然这样，自己也没理由拒绝，于是两人便串通好，又八立刻把姑娘藏到了自己家。没有别的，就这些理由——他频频为自己辩白。

"真可笑。"小次郎并不认同。

"为什么？"又八有些不满，追问自己的话中究竟哪里可笑。

大热的天，听着又八那似恋爱又似辩解的冗长糗事，小次郎哭笑不得，便说道："算了。先领我到你住的地方，然后咱们再慢慢说吧。"

又八却停住了脚步。脸上分明现出为难的神情。

"不行？"

"可是，我根本就没个像样的家领您去啊。"

"没事，没关系。"

"可是……"又八又谢绝道，"那就下次吧。"

"为何？"

"今天有点那个……"

看到又八一本正经的样子，小次郎也不便强求，忽然爽快地说道："是吗？既然这样，那你就抽空到我的住处来吧。我就住在伊皿子坂中部的岩间角兵卫大人府内。"

"改日一定拜访。"

"啊……那也行。对了，前一阵子立在各个街口的告示牌，你看到了没有？就是给武藏看的那个，半瓦的人立下的。"

"看到了。"

“那上面写着‘本位田家的老婆婆也在找’，你没看到？”

“看到了。”

“那你为何不立刻去寻找你的母亲？”

“以我现在这种样子……”

“别犯傻了。对母亲哪还讲什么面子？说不定什么时候就会遇上武藏。身为儿子，到时候若是不在场，岂不是一生的过错？你会抱憾终生的。”

又八并未诚心接受小次郎的建议。他们母子间的感情并不像他人看到的那样。尽管心里有些不快，可鉴于对方刚才搭救的恩义，他便留下了一句含混的话语：“好的，过几天就去。”便在芝的路口与小次郎分别。

小次郎果然奸猾。表面上做出分别的样子，却立刻折返回来，尾随又八拐进了狭窄的后街。

五

眼前是几栋长屋。这是人们不断砍伐树丛和杂木后逐渐形成的一片区域。道路之类也没有修，全凭两脚踩出小道来，也没有下水道，每户的洗澡水和厨房污水肆意流淌，自然地汇入小河。

江户的人口正在激增，倘若对居住环境没有如此麻木的神经是根本生存不下去的。其中多数人都是劳工，尤以修筑河川和城池者居多。

“又八，回来了？”邻家挖井的老板招呼道。老板正盘腿坐在浴盆中，将头从横放的防雨窗上面探出。

"啊，洗澡啊？"刚回到家的又八应道。

盆中的老板又说道："怎么样，我马上就出来了，要不你也洗洗？"

"多谢，不过我家朱实今天也烧好水了。"

"你们感情可真好。你们是兄妹还是夫妻啊？长屋的人也都不大清楚，到底是哪一种啊？"

"呵呵。"

说话间，正好朱实走了过来，又八和老板就都闭了嘴。朱实把提来的大盆放在柿子树下，不一会儿，又把桶里的热水倒进盆。"又八哥，你试试凉热。"

"有点热。"耳边传来滑车水井吱吱转动的声音。又八裸着身子跑过去，拎来一桶凉水，自己倒好后，便立刻坐了进去。"啊，真舒服。"

老板已换上浴衣，在丝瓜架下拿出竹凳。"今天的西瓜都卖了？"他问道。

"明知故问。"又八看着指缝间干黑的血渍，不快地用手巾擦掉。

"我说，比起卖西瓜来，还是挖井赚钱轻松啊。"

"虽然老板您一直这么劝说，可一旦挖起井来就得进城，那就很少能回家了。"

"那倒也是。没有工头的许可是不能回家的。"

"朱实说了，那样太寂寞了，让我不要干。"

"哦，舍不得老婆？"

"我们绝不是那种关系。"

"跟老婆在一块儿，凉水都会比蜜甜吧。"

"啊，痛！"

"怎么了？"

“头上掉下来一个青柿子。”

“呵呵呵，谁让你恋老婆来着。”

老板用茶色的团扇拍拍膝盖，笑了。这老板是伊豆伊东人，名叫运平，在这一带深得人们敬重。他已年逾六十，有着一头乱麻般的头发，是日莲宗的信徒，早晚都要念经，不过照顾年轻人的体力还是有的。

长屋的入口处竖有一块牌子，上写“介绍城用挖洞、掘井中介运平宅”，此处便是这位老板的家。由于城郭水井的开凿需要特别的技术，一般的掘井者胜任不了。而运平有在伊豆挖矿山的经历，于是便被聘请做工程顾问并介绍挖井工。这便是这位运平老板每晚喝烧酒喝到兴头上，经常在丝瓜棚下谈论的得意往事。

六

没有许可便不让回家，干活时还受到监视，在家留守的家人则形同人质，甚至还要受到町名主和老板的束缚。不过，在城内做事比起外面的工作要轻松得多，工钱也会多一倍。工程结束前，吃住都是在城内，连零花钱都没处花。所以，你就忍耐一时半会儿，等挣到钱后就别卖西瓜了，用这些钱做本钱弄点小生意多好。

邻家的运平老板一直这么劝又八，朱实却总是摇头。“若是又八哥去城中打工，我立刻就跑。”她威胁道。

“我怎么会去呢？把你一个人留在家里。”又八也不想做这种工作。他要寻找的，是那种既轻松又有面子的工作。

他从洗澡盆中一出来，朱实便加上几块挡板，自己开始洗。然后，两人都换上浴衣，又谈起了刚才的话题。“为了一点钱就要像犯人一样被绑着去工作，我讨厌。但我也不打算一直卖西瓜。你说呢，朱实？眼下虽过得凄苦，你就先忍忍吧。”又八吃着绿紫苏拌豆腐说道。朱实也连连赞成：“那是那是。”她吃着泡饭，“哪怕一辈子只那么一次也行，怎么也得拿出点出息来让世人看看。”

朱实和又八来到这里后，一直被长屋里的人视为夫妇，可朱实压根就没想把又八这种没出息的人当作丈夫。她看男人的眼光早已变高了。来到江户后，尤其是在置身于繁华堺町的玩乐世界期间，她见识了各种各样的男人。她之所以又逃到又八家来，不过是一时的权宜之计。她不过是一只把又八当成跳板，想再度飞向天空的小鸟而已。可是，她现在还不能让又八到城中去干活。说白了，她是在担心自己的安危。若是被自己做卖茶女时认识的那个男人——姓浜田的浪人发现可就惨了。

“对了对了。”吃完饭后，又八又说起这件事来。自己被浜田抓住，正要倒霉的时候，却被佐佐木小次郎相救。那小次郎非要让自己领他来这儿不可，自己最终没答应，委婉地分开便回到家里。又八一面观察着朱实的神色，一面详细讲述了事情的经过。

“哎，你碰到小次郎了？”朱实顿时脸色大变，呼吸急促起来，“那你说了我在这儿的事情没有？你该不会说吧？”她叮问道。

“谁会把你在的事告诉那种家伙啊。一说出来那还不完了，那么执拗的小次郎岂不又……啊！”说话间，又八忽然喊了起来，手捂侧脸。是谁扔的呢？从后面飞来的一个青柿子啪的一下正打在他的脸上。青柿子仍很硬，白色的果肉碎裂开来，又迸到了朱实的脸上。

而这时，夕月下的树丛中，一个酷似小次郎的身影正若无其事地朝街市方向走去。

露水

一

“师父！”伊织追着武藏喊道。临近秋天的武藏野上，荒草比伊织还高。

“快来！”武藏不时回过头，等待着那从草海中传过来的雏鸟般的脚步声。

“路倒是有，可就是看不清。”

“不愧是绵延十郡的武藏野，果然很大。”

“咱们到哪儿去？”

“找个住着舒服的地方。”

“要住下来？在这里？”

“挺好的吧？”

伊织既没有说好，也没说不好。只是抬头望着与原野一样广阔的天空，说道：“这个，我也说不好。”

“等到秋天就好了。天空是那么蓝，辽阔的荒原上结满了露珠。光是想想，就让人神清气爽，不是吗？”

“看来师父还是不喜欢城里？”

“不，待在人中间也很有意思。可是街上到处都竖着骂我的告示牌，我武藏的脸皮就是再厚，也没法在城里住啊。”

“所以您就逃出来了？”

“唔。”

“真不甘心啊。”

“说什么呢，就这么点事。”

“可是无论走到哪里，人们都不说师父的好话。真窝火。”

“没办法。”

“谁说没办法？我真想把那些说坏话的人全都打一顿，然后自己也立个牌子，让那些说坏话的人全都滚出来。”

“不，我并不想打那种没用的架。”

“可是，师父若真想教训他们，不管是无赖还是什么样的家伙，师父是绝不会输给他们的。”

“会输的。”

“为什么？”

“他们人多啊。我若是打倒十个对手，就会增加一百个敌人，可还未等我把这一百个敌人全打倒，又会有一千个敌人向我冲来。就这样，我怎能打得过呢？”

“那您一辈子都要这样被人耻笑吗？”

“我也珍惜自己的名誉，也觉得愧对祖先。我也不想做一个任人耻笑的人啊，所以我就来到这武藏野的露水中寻找了，寻找怎样才能不遭人耻笑的答案。”

“可这种地方，再怎么走也不会有人家啊。就是有，也只是百姓……我看，还是得去寺院借宿。”

“那倒也行，但我们也可以找一处有树的地方，把树伐倒，铺上竹子，再葺上茅草，那样住着也不错啊。”

“还像在法典原时那样？”

“不，这一次我们就不做农夫了。每日坐坐禅什么的。伊织，这样你就能读书，还能一心一意地练习太刀呢。”

两人从甲州口的歇脚点柏木村进入荒野。从十二所权现山丘下了十贯坂之后，无论怎么走，四周都是一片原野。在夏草的波浪中，一条小道若隐若现。

又走了一段，他们来到一座倒扣斗笠般的松树山丘上。武藏察看了一下地形，说道：“伊织，就住这儿吧。”

到处都有天地，随处都可生活。同鸟儿筑巢比起来，建一处两人住的草庵似乎更简单。伊织到附近的农家做了一天工，不久便借来了斧头和锯等工具。

二

算不上是草庵，也称不上是一般的小屋，总之，就在数日之间，一栋奇怪的房子便矗立起来。

“神话时代的房子大概便是这样吧。”武藏从外面打量着自己的家，一个人兴奋地喃喃道。

房子是由树皮、竹子、茅草和木板搭成的，柱子用的则是附近的圆木。只有用在屋中墙壁和小拉窗上那仅有的一点废纸绽放着人类文化的光和气息，显得弥足珍贵，可算是这屋子并非是神话时代的证据。而且草帘子后还传来伊织朗朗的读书声，尽管秋蝉的鸣声仍十分噪耳，可终究敌不过伊织的声音。

“伊织。”

“是。”随着一声应答，伊织早已跪在武藏脚下。

最近，武藏对伊织的礼节要求严格起来。对于以前的少年弟子城太郎，他并未如此要求过。他认为，让孩子随心所欲地长大，这对成长迅速的孩子有好处。树大自然直，因为武藏便是如此长大的。

可是随着年龄的增长，他的思想也出现了变化。人的本性中，既有可以伸展的部分，也有不能放纵的部分。一旦任其自然，不能伸展的天性就会滋生起来，而好的天性就得不到发展。比如要搭建这草庵，就需要割草木，可无论二人如何伐刈，本希望它们生长的植物长不起来，而那些杂草和碍事的灌木却怎么割都盘踞不动，让人实在无奈。

自应仁之乱以来，尘世便一团乱麻。尽管织田信长也曾大力剪除，丰臣秀吉也一度捆扎，德川家康甚至将地面荡平并在上面建起建筑，可西面仍弥漫着危险的气息，只需一把引火，天下恐将再度陷入火海。

可是，这种漫长的乱麻般的尘世也该转变了。野性之人肆意撒野的时代已经过去，即使只看看武藏的足迹范围也不难发现，将来，天下无论是归德川还是落到丰臣手里，人心的大方向已经确定。尘世已经从乱麻走向整齐，从破坏走向建设。无论人们愿意与否，下一期文化大潮已经势不可挡地涌向了所有人的心头。

武藏有时也会独自沉思。我生迟了，哪怕早生二十年，不，即使早生十年，或许还能赶上。自己出生的时候已经是天正十年小牧合战那一年，十七岁时则是关原合战。从那时起，野性之人大放异彩的时代就已经过去了。现在想来，自己从乡村中只扛着一杆枪便梦想得到一城一国，实在可笑，完全是落伍的乡巴佬的无知妄念。

太快了，时代就像水流一样快。就在太阁秀吉的出世让家家户户的青年热血沸腾之际，再沿袭太阁秀吉那一套已经不行了。

要教育伊织，武藏便不能不考虑到这些。因此，与对待城太郎时不同，他尤其注意礼节的训练。他必须要培养下一个时代的武士。

“师父，有事吗？”

“太阳快要落了。来，跟往常一样，拿起木刀，我要教你练习。”

“是。”伊织说着拿来两把木刀，放在武藏面前，“拜托。”他恭敬地低头行礼。

三

武藏的木刀长，伊织的短，长短木刀都对准对方的眼睛，即所谓的正眼互对，师徒对峙。

从草叶上升起又落下的武藏野的太阳，将余晖倾洒在地平线上。草庵后的杉林也暗淡下来。无意间抬头倾听蝉鸣时，一弯细月早已悄然爬上枝头。

练习正在进行。伊织在模仿武藏架势的同时，自己也端着架势。由于武藏让他出手，他也想要打过去，身体却怎么也无法像设想中那样行动。

“眼睛。”武藏说道。

伊织便睁大眼睛。

武藏又说道：“看着。盯着我的眼睛。”

伊织也拼命想瞪武藏。可一看到武藏的眼睛，自己的目光便立刻被弹了回来，反倒被武藏睨视。

尽管如此，伊织仍忍着与武藏对视，可最后竟连自己的头究竟是自己的还是别人的都分不清了。不止头，手和脚，连整个五体都恍惚起来。于是，他再次受到武藏提醒：“眼睛！”

可不知不觉间，眼神便像要从武藏的目光中逃离一样，慌乱地游移起来。当伊织忽然回过神来，注意力又集中到眼睛时，便连手中的木刀都忘记了。而且短木刀有如百贯重的铁棒，越来越重。

“眼睛，眼睛。”说着，武藏一点点逼上前。

每当此时，伊织都会不自觉地想向后退，因此不知被武藏叱骂了多少次。他也模仿着武藏努力往前逼，可每次一看到武藏的眼睛，便连脚拇趾都挪不动了。

退则挨骂，进则不能，伊织的身体一下子燥热起来，仿佛被抓住的蝉一样变得滚烫。“我要做点什么！”伊织年幼的精神中铿然迸出火花。

武藏一感到这种火花，便立刻引诱他。“来！”说着便像躲闪的鱼一样，垂下肩膀向后退去。

伊织随之“啊”地大喊一声，冲了上去，可武藏早已不在那里。一转身，武藏已站在伊织刚才站的地方。然后，两人又恢复了跟最初一样的姿势。

不觉间，周围已结满夜露，眉一般的月亮已离开杉林。每当风儿阵阵吹来，虫鸣便会骤歇。白天时不怎么起眼的秋草小花也装扮起自己，如舞动着霓裳羽衣一样在风中摇曳不已。

“好，到此为止。”

当武藏放下木刀，将其递到伊织手里时，伊织才听到后面山林一带的人声。

四

“有人来了。”

“是迷途的旅人来求宿吧。”

“去看看。”

“是。”

伊织于是朝后面绕去。武藏则坐在竹廊上，凝望着武藏野的夜色。穗芒已是白茫茫一片，秋光在草波上跳跃。

“师父。”

“是旅人吗？”

“不是，是客人。”

“客人？”

“是北条新藏先生。”

“哦，北条先生？”

“本来从野道上过来就行，可他在杉林中迷了路，好不容易才找到了这里。马已经拴在对面，正在后面等着您呢。”

“这屋子也没有前后。就在这边吧，快把他领来。”

“是。”

于是，伊织便绕到屋子一旁，喊道：“北条先生，师父在这边呢。请到这边来吧。”

武藏连忙起身迎接。看到新藏完全恢复了健壮，他立刻睁大了欣喜的眼睛。

“久疏问候。在下猜想您恐怕是避人而居了，唐突来访，还望见谅。”

面对新藏的问候，武藏一面连连点头致意，一面将他请进廊内。“啊，您请坐。”

“多谢。”

“我应该没告诉任何人这个住处，您是怎么找来的？”

“我是从厨子野耕介那里听来的。前些日子，听说您与耕介约定的观音像雕好了，让伊织送了过去……”

“呵呵，看来是伊织透露的。武藏我虽未到避人闲居的年纪，可正所谓流言不过七十五日，所以暂避一段时间后，那烦人的流言也就消逝了，而且也不会给耕介先生添麻烦。”

“我得向您致歉才行。”新藏低头致歉道，“全都是因为在下，才给您带来这么多麻烦。”

“不，您的事情不过是些细枝末节，这里边的原因更深呢。这是小次郎和我武藏之间的事情。”

“就是因为这佐佐木小次郎，小幡老先生的儿子余五郎先生才遇害。”

“哎，那儿子？”

“是复仇不成反被杀的。由于听说我惨遭毒手，他便一心想杀死小次郎，结果反倒丢了性命。”

“我都那样劝阻了……”武藏想起站在小幡家玄关前的余五郎那年轻的身影，甚觉可惜，不禁喃喃道。

“可是他的心情也可以理解。门下全都离去，连我都倒下了，老先生前不久也病死了，他再也没什么牵挂，才会去小次郎家行刺的吧。”

“看来还是我阻止得不够啊……不，越是阻止，恐怕越会激起余五郎先生的血气吧。实在可惜。”

“所以，小幡家的家业只能由我来继承了。除了余五郎先生，老先生再无血脉，所以家父安房守便将实情告诉了柳生宗矩大人，在他的操持下，我办了养子的手续，继承家名。可我担心自己远未成熟，反倒会玷污了甲州流军学的名誉。”

五

听到北条新藏提到父亲安房守，武藏忽然追问道：“您所说的这北条安房守，就是与甲州流的小幡家齐名的北条流军学的宗家吧？”

“是的。先祖兴于远州，祖父曾侍奉过小田原的北条氏纲和氏康两代主人，父亲则被大御所家康公所识，正好三代都以军学相续。”

“那，出身军学世家的您，怎么就做了小幡家的入室弟子呢？”

“家父安房守也有门人，也给将军家讲授军学，对儿子却什么都不教，还让我去别处师事他人，先体味一下世间疾苦。父亲就是这样的人。”

新藏的言行举止中处处显露出他不俗的修养。他的父亲大概就是那继承了北条流的第三代安房守氏胜吧。如此说来，他的母亲当是小田原北条氏康的女儿了。怪不得为人处事中难掩脱俗之处。

“不觉间又扯远了。”新藏回归正题，说道，“其实今夜突然造访，也是受了家父安房守的吩咐。原本是要由家父亲自来致谢的，可正巧一位贵客也来了，等着要与您见面，于是便让我来迎接您。”说罢，他观察着武藏的脸色。

“奇怪啊。”武藏似乎仍未参透他的语义，说道，“您说一位贵客已在您的府里静候在下？”

“正是。就由我来给您带路吧。”

“现在就走？”

“对。”

“您说的这位贵客，究竟是哪一位啊？武藏我在江户该没有一个知己啊。”

“您幼小时便十分熟悉的一人。”

“什么，小时候就认识？”武藏愈发不解。究竟是谁呢？若说这幼小时的朋友还真令人怀念。是本位田又八，还是竹山城的武士？或是父亲的旧知？说不定还是阿通呢。

武藏实在猜不透，便问是谁，新藏却一副为难的样子，说道：“在将您领去之前，您就别问了。对方说了，要给您个意外惊喜。快请动身吧。”

于是，武藏越发想见这位猜不透的客人了。该不会是阿通吧。他一面猜测，一面在心底想，或许是阿通。

“去。”武藏站起身来，说道，“伊织，你先睡吧。”

新藏眼见出使任务即将完成，十分欣喜，立刻将拴在后面杉林的马匹牵到廊前。马鞍和马镫已全被秋草上的露水打湿。

六

“请上马。”北条新藏抓住马辔，请武藏上马。

武藏也没推让，翻身上马。“伊织，你先睡，我可能要明天才回来了。”

伊织也来到外面，送行道：“师父走好。”

不久，马背上的武藏和手牵马辔的新藏便踏着胡枝子和芒草，消失在远方的茫茫白露中。

伊织一个人呆呆地坐在竹廊上。独自留守在这草庵里也不是一次两次了。再想想以前在法典原上孤棚中的事，他一点都不觉得孤独。

眼睛……眼睛……每次练习时，伊织总被师父如此提醒，这已经深深地印在了他的脑子里。现在也是，伊织一面仰望着天上的银河，一面又思考起武藏的话来。为什么呢？为什么被师父一瞪，自己就不敢看那眼睛了呢？伊织怎么也想不明白。少年那纯真的执着比大人还深，他幼小的头脑总想将这个谜解开。

就在这时，他真就遇上了睨视他的一对眼睛。缠绕在草庵前一棵树上的野葡萄叶子后面，一双眼睛正盯着他。

“咦？”

那分明是一对活物的眼睛，带着不逊于武藏拿木刀瞪着伊织时的目光。

“是鼯鼠吧。”

伊织看得出，那是常来偷吃野葡萄的一只鼯鼠。在草庵灯光的映衬下，那琥珀色的眼睛就像妖怪一样发出恐怖的亮光。

“畜生！真觉得我好欺负啊，连你这小小鼯鼠都瞪起人来了。我怎么会输给你这畜生呢。”

伊织也认真起来，死死地回盯着鼯鼠的眼睛。他从竹廊上张开两臂，屏气凝神，与之对视。或许是感受到了什么，这只顽固、猜疑、执着的小动物并未逃走，反而在眼神里加了些锐光，一动不动地与伊织对视起来。

我怎么会输给你这种畜生！伊织瞪大眼睛，连气都不换一下，一直就这么盯着。不久，或许是伊织的眼神终于把它慑服了吧，只见野葡萄的叶子忽然摇晃了一下，一瞬间，鼯鼠便消失得无影无踪。

“认输了吧。”伊织得意起来。虽然浑身是汗，他的心里却酣畅淋漓。下次与师父对峙时，用刚才那样的眼神回击就行了，他想。

于是他放下苇帘睡下。尽管灯已熄灭，可银色的露光仍从苇帘的缝隙中透进来。他觉得自己一躺下便立刻睡着了，大脑中却浮现出一种珠子般熠熠闪光的东西，渐渐就像鼯鼠的眼睛一样进入了梦境。

“唔……唔……”他呻吟了数次。后来，他觉得那双眼睛就在自己被窝旁，于是一下子坐了起来，果然，在微明的草席上，一只小动物正在死死地盯着他。

“啊，畜生！”伊织抄起枕边的刀就想砍过去，却一个跟头连刀带人摔倒在地，鼯鼠黑乎乎的影子又停在了那晃动的苇帘上。

“畜生！”伊织顿时一通乱砍，连苇帘和外面的野葡萄也砍乱了。他在原野上四处寻找，却在天空的一角发现了那两只眼睛的行踪。

原来竟是两颗耀眼的大星星。

四贤一灯

一

远处传来神乐笛的声音，大概是正在举行夜祭吧，篝火的火花映得神林的树梢红彤彤的。尽管骑在马上只是一刻，可对于手牵马辔一路跟来的北条新藏来说，赶回这牛込来，无疑是相当长的一段路程。

“就是这儿。”

这里正是赤城坂下方。坡道一边是赤城神社广阔的院落，另一边则是围墙环绕的深宅大院，其占地之大毫不次于对面的神社。

武藏看到这豪门大院，便翻身下马。“辛苦了。”说着便将缰绳交给新藏。

门开着。一听到马匹的蹄声清脆地传进府内，早就候在那里的侍从们立刻手持纸烛迎了出来，“您回来了。”他们从新藏手里接过马匹，并给武藏引路。“请跟我来。”说话间武藏便与新藏一起穿过树林，来到大玄关前。

迎客的式台左右早已备好烛台，管家级别以下的仆从们全都低头致意。

“恭候多时。请。”

“有劳。”

武藏于是登上楼梯，随仆从的引导径直入内。

这里的建筑实在奇特。从楼梯到楼梯，一直是拾阶而上。大概是因为借着赤城坂的崖势，在楼台上面又建了一些房屋的缘故。

“请稍事休息。”

仆从们将武藏引进一室后便退了出去。武藏一坐下，便立刻察觉到这里房间位置之高。从崖前的庭院便可望见江户城的北护城河，若是白天，一定可以眺望围绕着城墙的丘陵上的森林。

这时，火灯形出入口的拉门轻轻开了。一位美丽的侍女楚楚地出现在武藏面前，摆好茶点、烟草之类后，又默默地退了出去。仿佛从墙壁里出来又被吸进墙壁一样，那艳丽的衣带和衣摆消失后，屋内便只留下几缕淡淡的香气，让武藏忽然从心底里想起曾一度被他忘记的“女人”的存在。

不久，带着侍童的主人便出现在眼前，正是新藏的父亲安房守氏胜。一看到武藏的身影，安房守便非常亲昵，不，或许由于武藏与自己的儿子是同辈人，他便把武藏也看成他的孩子。

“啊，欢迎光临。”他略去了严谨的礼仪，豪放地在侍童铺好的坐垫上盘腿坐下，“听说小儿新藏多蒙照顾，本该前往致谢才是，却让你亲自跑过来，于礼不合，还请见谅。”说着，便把手搭在扇子前端，微微点头致意。

“不敢当。”武藏也微微致意。看安房守的年纪，尽管已掉了三颗门牙，可皮肤仍散发着年轻的光泽，嘴唇两边蓄着浓粗的胡须，虽然夹杂着少许白须，却巧妙地将嘴唇附近的梅干皱纹遮了起来。

看来是个孩子很多的老人。或许也是因此，一看就是个让年轻人容易亲近之人。武藏深有此感，也随意地问道："听令郎说，府里来了位认识在下的客人，究竟是谁呢？"

二

"马上就会让你见的。"安房守不慌不忙，"是跟你很熟之人。可巧的是，这二人你也都很熟悉。"

"是来了两位客人？"

"每一位都是我的好朋友，其实是我今天才在城内碰上的，然后就顺便来了这里，闲谈之中，新藏前来问候，这才谈起你的事。于是，一名客人立刻便说好久没见你了，想见见。另一位也说要见你一面。"

安房守只说这些细枝末节，怎么也不肯透露客人是谁。可是武藏隐隐猜了出来，不禁微微一笑，试探着说道："我知道了，不会是宗彭泽庵大师吧？"

"还真让你猜着了。"果然，安房守一拍膝盖，说道，"你的判断还真准。不错，今天在城内遇到的正是泽庵和尚。很怀念吧？"

"已久未见面了。"

其中之一是泽庵，如今已然明白。可另一位究竟是谁，武藏怎么也想不出来。

安房守于是起身引路。"请跟我来。"说着便将武藏引到屋外。

来到屋外，又登上一段短楼梯，便朝弯钩状的回廊深处走去。走着走着，前面安房守的身影突然不见了。或许也是因为回廊和楼梯都很昏暗，不熟悉环境的武藏脚步有点慢，可老人的性子也太急了。

武藏刚停下脚步，安房守便从远处亮着灯光的一个房间内喊道：“在这儿！”

“哦。”虽然回答了，可武藏一步也没有迈出。亮着灯光的房间与他站立的走廊间约九尺的黑暗带中断开来，他总觉得一旁暗壁的岔道有些不对劲。

“怎么还不过来？武藏先生，是这儿，快过来！”安房守又喊道。

“是。”武藏只得应一声，可他还是没有迈步。只见他静静地转过身，倒退了十来步，走到院中的洗手处，然后穿上脱鞋处的木屐，沿着院子绕过去，这才来到安房守喊话的房间前。

“啊，你怎么从那边来了？”安房守一脸意外地从房间一头回过头来。武藏并不在意。“哦。”他朝房间里唤了一声，然后面带由衷的微笑，朝坐在上座的泽庵迎上去。

“哦。”泽庵也同样睁大眼睛，起身迎接，“是武藏啊？”他也带着满脸的怀念，连说自己已等候多时。

三

多年后相遇，两人打量着对方，相视良久。更何况地点也是这么巧合。武藏只觉得恍如隔世。

“我先说说咱们分别后的事吧。”泽庵说道。他的装扮一如从前，还是那一身简陋的僧衣，没有一点金线织花和珠玉等衣饰。不过，与从前相比，他的风貌大不一样，话语也亲切多了。

武藏已从以前那个野小子中蜕变出来，尽管仍有些粗野之气，却无形中增加了一种温厚。同样，泽庵的性格中也有了一些风度和禅家的底蕴。当然，他与武藏在年龄上相差十一岁，不久便是四十岁的人了。

“上次分别是在京都吧。当时正巧我的母亲病危，我便返回了但马。”泽庵继续说道，“为母亲服丧一年，不久便又踏上旅途，寄身在泉州的南宗寺，后来又去了大德寺，还与光广卿等人不问世事，吟歌作赋，品茶饮酒，不觉间又过了数年。最近才与岸和田城主小出右京进一同东下，忽然想看看江户开发的样子，便信步而来。说白了，我就是想来逛逛景……”

“哦，也就是说，您最近才东下而来？”

“与右大臣（秀忠）曾在大德寺见过两次面，也经常去拜谒大御所，可独独这江户，我还是第一次来呢。那么，你呢？”

“我也是今年夏初前后才来的。”

“可是，你的大名在整个关东都传遍了。”

武藏顿时一哆嗦，内心一阵羞愧。“全是些恶名……”他低头说道。

泽庵端详着他，似乎想起了他仍未改名时的样子。“没什么，像你这种年纪，若是早早地出了美名，反倒是……即使是恶名也没什么。只要不是不忠、不义、叛徒之类的恶名就行。”泽庵继续说道，“那，你的修行，还有你最近的境遇如何，快给我说来听听。”

武藏便把这几年的经历大致说了一遍，然后又感慨地说道：“我至今仍觉得自己极不成熟，很失败，始终都悟不到真谛。只觉得自己越走，道就越远越深，仿佛一直走在无尽的山里。”

“唔，就是这样啊。”泽庵反倒把他的叹息听作真正的心声，高兴地说道，“如果你还不到三十岁，便放言已悟出了‘道’，那你的人生之穗恐怕也就停止了。尽管野僧我比你早生十年，可一谈起禅来，仍觉得后背发凉呢。但不可思议的是，世人却非抓住我这个烦恼儿不放，非要我给他们讲法、讲教义不可。而你没有人高抬，比我轻松多了。住在法门里面最为害怕的，便是被人们像活佛一样崇拜啊。”

两人畅谈之际，不觉间，膳食和酒壶等已经摆了上来。

“对了对了。安房先生，快把另一位客人叫来，给武藏先生也介绍一下吧。”泽庵忽然想起来说道。

酒菜被分成了四人份，而眼下在座的却只有泽庵、安房守和武藏三人。另一位还没现身的客人是谁呢？武藏早已明白，可他默不作声，不去挑破。

四

被泽庵这么一催，安房守神色有些慌张，这才说道：“喊来？”他犹豫着，然后又看看武藏，说道：“看来，我们的伎俩还是让你看穿了啊。作为提案人，我实在没面子。”他别有意味地致歉。

泽庵笑道：“既然都失败了，那就干脆缴械投降，快把事情挑明了吧。不就为了增加点气氛嘛，就算是北条流的宗家，也用不着如此摆谱啊。”

“从一开始我就输了。”安房守喃喃着，脸上仍挂着不解的神情。就在挑明自己计划的同时，他又向武藏问道：“其实在下已从犬子新藏和泽庵大师那里听到不少有关先生的事，对你已颇有了解，才把你请来。请恕失礼，由于无从知道你的修行究竟到了何种层次，与其见面后询问，莫如先不动声色地试探一下，而正好在场的那位同仁也有同感，我们二人便一拍即合。于是，那位便在昏暗走廊的岔道里潜伏下来，手按刀柄，单等你前来。”安房守这才为自己试探武藏的行为深感可耻似的，表示歉意，“我故意从这边几次三番地喊你快过来快过来，就是想诱你入套。可当时你为什么又退到后面，绕那么大弯，从庭前赶到这里呢？我想知道是为什么。”他注视着武藏的脸，问道。

武藏只是唇边绽出微笑，并未解释缘由。

于是，泽庵便说道：“不，安房先生，这就是身为军学者的您与武者武藏先生的差别啊。”

“什么差别？”

“可以说，这便是以智为基础的兵理学问，与以心为神髓的剑法之道间感觉上的差异。从道理上来说，既如此引诱，便要让对方不能不如此来，这便是军学；而未等肉眼所见肌肤所感，便已察知自己已身处险境，遂抽身于危险，这便是心机。”

“何为心机？”

“禅机。”

“那么，连泽庵大师也明白这些？”

“这个嘛，贫僧似乎也领悟了一二。”

“无论如何，在下实在佩服啊。尤其倘若是世之常者，一旦感到杀气，不是惊慌失措便是想一展身手。可看到先生倒退回去，又从庭口穿上木屐来到这客厅时，安房我实在是惊讶至极啊。”

武藏自觉理所当然，丝毫也没有为对方的佩服而感到兴奋，反倒觉得正是因为自己揭穿了主人的计划，才让那位客人一直站在墙外不好意思进来，实在可怜，于是说道：“但马守大人，快请入席吧，在下已恭候多时。”

“哎？”

一句话不仅让安房守大吃一惊，就连泽庵都惊愕不已。“你怎么知道是但马守先生的？”他问道。

武藏一面退席，将上座让给但马守，一面解释道：“虽然昏暗，可隐藏在岔道里的清澈剑气，再结合眼前诸位，除了但马守还能有谁呢？”

五

“唔，真是明察秋毫。”安房守赞叹着点头。

泽庵也说道：“没错，正是但马守先生无疑。喂，角落里那位，人家已经知道你了，快出来吧。”

他冲室外一喊，一阵笑声随之传来。不久，进来的果真是柳生宗矩。不用说，这便是他与武藏的第一次会面。

在此之前，武藏已经退身到末席。尽管众人早就为但马守空出了壁龛前的席位，可他并未坐到那里，而是直接来到武藏面前，对等地与其打起招呼来：“在下乃又右卫门宗矩，幸会幸会。”

武藏也客气道：“初次见面。在下作州浪人宫本武藏，今后还请多多赐教。”

“前些日子便从家臣木村助九郎那里得到阁下书信，可不巧的是，老家的父亲患了重病。”

“石舟斋老先生后来病情如何？”

“毕竟年事已高，随时都可能……”接着，他话锋一转，“不过，先生的事情，无论是从家父的书信中，还是泽庵大师的口中，在下可都是时有耳闻啊。尤其是您刚才的机敏，实在令人佩服。虽然有些于礼不合，不过，先生一直以来想与在下比试的愿望，刚才也已有所了解。请不要介意。”

一股温厚之风顿时包围了寒酸的武藏。而武藏也立刻感受到但马守果然名不虚传，的确是个聪明的高人。

“您言重了，在下实在诚惶诚恐。”武藏自然要比对方更谦逊，不由得说道。

但马守即使只有一万石，也是位列诸侯之人。从很久以前的天庆年间起，柳生庄便作为豪族天下闻名，而但马守现在又是将军家教头，与只是一介武夫的武藏相比，无疑是天壤之别的出身。

在当时人们的观念中，仅仅是如此同席就已经破格了。只不过，由于这里已有旗本学者安房守，而且野僧泽庵也毫不拘泥这种差别，武藏也就如同获救了一般。

不久，酒杯举起，酒壶对酌，几人谈笑风生。席上既没有阶级差别，也没有年龄大小之分。在武藏看来，这并非是他们给自己的特别礼遇，而是“道”之德，是“道”的交融使然。

“对了。”泽庵忽然想起了什么，放下杯子说道：“阿通怎么样了？最近……”他忽然问起武藏来。

面对这突如其来的追问，武藏有些脸红，说道：“也不知道怎么样了，之后就杳……”

“杳无音信？”

“是啊。”

“真可怜。可总这样杳无音信也不是回事啊。”

宗矩一听，忽然问道：“你们所说的阿通，是不是曾在柳生谷的家父身边服侍过的那个女子？”

“正是。”泽庵代答道。

“那她现在应该已经跟在下的侄子兵库返回老家，照顾家父去了。”宗矩说道，“武藏先生与她以前就相识？”他惊奇地问。

泽庵笑了。“岂止是相识啊，哈哈哈。”

六

这里有军学家，却不谈军学。有禅僧，却不谈半个禅字。也有武者但马守和武藏，却从刚才起就未曾提及武道。

“武藏先生可不要脸红。”泽庵半开玩笑先打了个招呼，然后挑明了话题中提到的阿通的经历，以及她与武藏的关系，“这两人的事早晚要办，但野僧我帮不上忙，还是要仰仗两位先生。”言外之意，便是委托但马守和安房守为武藏找个安身之处。

“武藏先生年纪不小了，应该成家立业了。”在闲谈其他事情时，但马守也感慨地说。

安房守也附和着：“先生能修行到这般程度，已经足够了。”他从刚才起便不动声色地劝武藏常留江户。

按照但马守的想法，即使现在不急，也该尽早把阿通从柳生谷叫回来，让武藏迎娶她，这样一来，武藏在江户自立门户，再加上柳生和小野两家，便会形成三派鼎立之势，在这新都府掀起一股武道的高潮。而泽庵的心情和安房守的好意也差不多都一样，尤其是安房守，就算只为报答儿子新藏所受的恩义，也一定要把武藏推举入将军家教头之列才肯罢休。基于这种考虑，在打发新藏把武藏叫来之前，他就已经同二人商量过了。

先看看他的人品再说——由于但马守提出要先见见真人，所以事情最初并未决定。不过试过武藏之后，但马守也应该非常清楚了，至于武藏的出身、性格、修行等履历，自有泽庵作保，当然谁都没有异议。

只是推举做将军家教头者，首先要位列旗本重臣。因为德川家自三河时代以来就有众多嫡系谱代，打下天下后对于后来的新人也有歧视的倾向，以至最近引起了一些麻烦。若要说困难，便在这里。不过有泽庵的说和，再加上两人的推举，也并非没有可能。

还有一个可预见的困难，便是武藏的家世。武藏当然没有系谱图。虽说他的远祖乃赤松一族，为平田将监的后裔，可他没有凭证，与德川家也没有什么交情。而他所拥有的恰恰相反，虽然关原合战时他只是肩扛一杆枪的无名走卒，可再怎么说也是德川的敌人，这点经历对他似乎有些不利。

不过关原合战以后，在曾为敌人的浪人中，也有不少为德川家所用的例子，而且在家世方面也早就有了类似的前例。比如小野治郎右卫门，原本只是隐居在伊势松坂的北畠家的一名浪人，如今却被提拔为将军家教头。所以，这一点也应该不足为虑。

“总之，先推举一下看看。但最重要的还是你自己的想法，也不知你是怎么想的？”泽庵最后作了个总结，探问武藏道。

“诸位实在高抬在下了。在下现在仍一无所成，远未成熟。”

武藏刚一推让，泽庵便直率地责问道。“不不，正因如此，我们才推荐你，要让你有所成就。你有没有想成家的想法？难道你打算让阿通一直这样下去？”

七

阿通怎么办？一想到这些，武藏也很自责。就算不幸，可我还是坚持我的心意——这是她曾说给泽庵，也经常说给武藏的一句话，可世人不会认同。世人会认为是男人的责任：即使只是女人的一厢情愿，结果如何却全在于男人一边。

这绝不是自己的责任。武藏绝没有这么想过，不，更准确地说是他不愿去想。他知道阿通一直恋着他，也知道恋爱的责任要由双方来承担。可是一旦到了“该如何负责”的时候，武藏便无法给出一个确切的答复。其根本原因就是他心里仍有一种潜意识：自己成家还为时过早。越钻研越深，越钻研越远，他对武道的执着追求让他无法为此分一点心神。

总之，在武藏心里，从法典原垦荒的时候起，他对刀的认识便完全发生了改变，他的探求已走向与以往的武者完全不同的另一条路。

与其执将军家之手教授武道，莫如执乡民百姓之手开拓治国之道。征服之术，杀人之术，前人已经将其发挥到了极致。而自从垦地亲土之后，对于这更高层次的术和道，武藏不知苦思冥想了多少次。修、护、磨——如果这种与生命伴随终生的道成立，那么可否用这种道来治世，又能否以此道来安民呢？从此以后，他便不再喜好单纯的术。

武藏上次让伊织拿着书信，让其一探但马守之门时，早已没有昔日那种挑战石舟斋、妄图打倒柳生大宗的肤浅欲望。因此他现在的希望倒不是做将军家教头，而是参与政事，哪怕只是一个小藩也行。与其教导剑法，莫如布施仁政。

历来的武者们若听到他这种抱负，一定会耻笑他，恐怕不是骂他“狂妄至极”，就是笑他“极端幼稚”。熟悉他的人也会对他感到惋惜。人，一旦接触政治就堕落了，尤其是以纯洁为贵的刀，更会遭到玷污。

武藏深知，若说出自己的真意，恐怕就连眼前的三人也都会耻笑他。因此他只好以未成熟为理由，几次回绝。

“好了，不要推辞了。”泽庵打断他。

安房守也心领神会。“总之，你不用担心，就交给我们吧。”

夜深了。酒仍未尽，烛台却不时现出灯晕来。北条新藏不时过来剪剪灯芯，间或听到他们谈论的话题，也不禁插上一句：“这完全是好事一桩啊。如果大家的推举真的实现，那么为了柳营武道，为了武藏先生，我们就再摆一场晚宴，举杯庆祝。”他对父亲和客人们说道。

槐之门

一

这天早晨，又八起床一看，朱实不见了。

“朱实！”又八从厨房里露出头来，喊了一声，“不在？”他有些纳闷。

由于并非没有预感，他打开壁橱一看，果然连朱实来这儿后做的新衣也都没了。他顿时脸色大变，立刻穿上泥地上的草履，赶到外面，又往邻家挖井老板运平的家里瞅了一眼，也没有。

又八终于慌了神。“您看到过我家朱实没有……”他从长屋一直打听到大路的街角。

“看见了，今早看见的。”有人告诉他。

“啊，是炭屋的老板娘啊。您是在哪儿看见的？”

“我看到她跟平时不一样，打扮得挺漂亮的，就问她到哪儿去，结果她说要到品川的亲戚家去。”

“哎，品川？”

“你那边有亲戚吗？”

这一带都把又八当成了朱实的丈夫，而他也每天都摆出一副丈夫的样子，所以他只能答道："是啊……那，或许是去了品川吧。"他并没有"追"的强烈意念，只觉有点微微的苦涩，又气又恼，咂舌不已。

"随你的便……"又八吐了口唾沫，喃喃道。他反倒死了心，朝海边走去。海很近，穿过芝浦大道就是。

一些渔人住在那里。以前，朱实做早饭的时候，又八常到海边溜达一圈，捡上五六条从网中漏出来的鱼，然后串在芦苇上提回家，早饭也正好做好。今天也是如此，沙滩上又撒了一些鱼，其中还有活的，可是又八已没有心情去捡。

"怎么了，阿又？"

这时，忽然有人拍了拍他的肩膀。回头一看，只见一个五十四五岁的肥胖商人正朝他微笑，一脸福相的脸上堆着皱纹。

"啊，是前头当铺的老板啊。"

"早晨就是好啊，空气又清新。"

"嗯。"

"你每天早饭前都在这海边散步吧，这样对养生可绝对有好处啊。"

"哪能呢，像老板这样的身份，出来走走才养生呢………"

"你脸色不大好啊，怎么了？"

又八抓起一把沙子，往风中撒去。每次有急用的时候，又八和朱实总是会在当铺里与这老板打照面。

"对了，有件事我一直想跟你说说，却没机会。阿又，你今天还去做生意吗？"

"什么事？我那破生意，就是卖点西瓜卖点梨，去不去都无所谓，反正也赚不了大钱。"

“那你去不去钓沙钻鱼？”

“老板，”又八仿佛为做错事而道歉似的，挠挠头说道，“我不喜欢钓鱼……”

“没事，那不去钓也行。那边就是我家的船，到海里去遛遛也能散散心。船篙你总该会撑吧？”

“会。”

“那就来吧。我想跟你谈一件让你发财的事，你愿不愿意？”

二

从芝浦的海边往海里划了五町远，海水仍浅得可以撑篙。

“老板，您刚才跟我说赚大钱的事，到底是什么事？”

“啊，你不要急嘛……”当铺老板巨大的身躯稳稳地坐在小船里，不慌不忙地说道，“阿又，你先把钓鱼竿从船舷上放出去。”

“怎么弄？”

“做出一副钓鱼的样子就行。虽然是在海上，可还是有不少人的眼睛啊。若是让人看到咱们两个人在船上交头接耳，不被怀疑才怪呢。”

“这样吗？”

“嗯、嗯，那样就行了……”老板又在陶制的烟管里填上上等烟丝，慢慢地抽着，说道，“在我交出实底之前，我想先问问你，你所住的长屋里的人对我这奈良井屋都怎么评价？”

“您的当铺？”

“没错。”

“若说当铺，肯定都很刻薄，但奈良井屋经常借钱给人。老板大藏先生，只要是穷人……”

“不，我说的不是当铺的生意，而是奈良井屋的老板我。”

“好人啊。大家都夸您是个慈悲的老板呢，绝不是恭维。”

“就没人说我是笃信神佛的信徒？”

“是啊，正因为这样您才会帮助穷人，大家没有人不佩服的。”

“那，奉行所的小吏等，有没有走访调查过我？”

“这种事情……怎么会呢。”

“哈哈哈，你或许纳闷，我怎么净问些无聊的话，不过说实话，我大藏并不是做当铺买卖的。”

“哎？”

“又八。能一次赚到千万两横财的机会，恐怕你一辈子也不会碰到第二次吧？”

“大概……是吧。”

“那你就不想抓住试试吗？”

“什么？”

“赚大钱的门路啊。”

“怎、怎么抓？”

“只要答应我就行了。”

“是……是。”

“干不干？”

“干。”

“不过，你若是中途反悔，可就要掉脑袋了。我知道你很想要钱，但你还是好好考虑一下再答复我吧。”

“到底……干……什么呢？”

“挖井，活儿很简单。”

“那，就在江户城中？”

大藏环顾了一下海面。江户湾里塞满了船只。满载着木材和伊豆石等筑城用料的船只，夸张一点说，简直就是船头连着船尾，飘扬的藩旗挤满了江户湾。藤堂、有马、加藤、伊达，其中还有细川家的藩旗。

“聪明，又八。”大藏重新填了下烟叶，说道，“没错。正好你的邻家就住着挖井老板运平，而且他也一直劝你去做挖井人吧？你只要顺水推舟就行了。”

“只这样就行？只要我去挖井，就能得到一大笔钱？”

“啊……你先别急，要商量的事还在后头呢。”

三

“晚上你再偷偷过来，我先预付你三十锭黄金。”

约好之后二人分别，又八脑中只剩下大藏这一句话。而作为代价，真要干吗？对于大藏开出的条件，他连想都没想，就茫然地答应了：干！事后他只记得这些，可是回答时自己颤抖的嘴唇上那微麻的感觉似乎仍停留在嘴角。

无论如何，对又八来说，金钱是具有绝对魅力的，而且那还是一笔惊人的巨额。多年来的不走运光是用这些钱就足以弥补，而且一辈子的生活也有了保证。不，在他的心底，比这欲望本身更为强烈的，其实是一颗报复心，他要让多年来一直小看自己的所有家伙看看自己的发达。这种强烈的魅惑占了上风。

从船上返回陆上，回到长屋的家里骨碌一下仰面躺下，占据又八大脑的仍全部是金钱的梦魇。“对，我得去求一下运平……”

想到这里，又八瞅了瞅邻家，不巧运平出去了，并不在家。“那我晚上再来。”于是他回到家，内心却像患了热病似的，怎么也定不下来。然后，他终于想起大藏在海上命令他要做的事情，顿时哆嗦起来，连忙环顾后面那没人的树丛和前面的空地。

“究竟是干什么的呢？那个人……”

他现在才思索起来，同时，也想起了大藏在船上的命令。挖井的工人会进入江户城中一处叫西丸新城的工地，大藏连这些都非常清楚。“你伺机用火枪将新将军秀忠打死。”他是如此说的。

“暗杀用的短枪，这边的人会在城内埋好。地点就在红叶山下西丸后门内的一株树龄有好几百年的巨大槐树下，火枪和火绳都会事先藏在那里，你挖出来，然后伺机动手就行了。”大藏又说道，“当然，工地的监视一定很严密，奉行、监督等人的警戒肯定也会有。但秀忠将军年轻豁达，据说经常会领着侍从们出现在工地上。到时候，只要用远射武器，瞬间便可达到目的。然后你就立刻趁着混乱放把火，跳到西丸外围的护城河里，我们的同伴会早早就把援救之手伸到那儿，一定会把你救出来。”

又八呆呆地望着天花板，脑子里还在回忆着大藏的私语，身上顿时一片鸡皮疙瘩。他慌忙跳起来，“真是荒谬。我现在就去拒绝他！”

他刚想这样做，大藏当时的话又在耳边回响起来：“既然我把话都告诉你了，如果你想反悔，虽然你很无辜，可我的伙伴还是会在三日之内揪下你的脑袋。”连大藏那凶狠的眼神都又在他眼前浮现。

四

从西久保的路口往高轮大道方向一拐，就会来到一个十字路口，半夜的海面就浮现在这小巷的尽头。又八望望一旁那熟悉的当铺仓库的外墙，轻轻地叩起小巷的后栅门。

“开着呢。”里面立刻有人说道。

“老……老板。”

“又八？你来得正好。去仓库。”

于是，又八立刻钻进防雨门，顺着走廊被领进一个土窖。

“坐吧。”主人大藏把烛台放在衣柜上，支着胳膊，“你去了运平老板那里了？”

“是。”

“那——结果如何？”

“他答应了。”

“那，他有没有说何时把你弄进城？”

“说是后天将有十来个新工人进去，到时候就把我带进去。”

“那你这边都没问题了？”

“只要町名主和町内的五人组盖了担保的章就行了。”

“是吗？哈哈哈。从这个春天起，我也在町名主的推荐下，被迫成为五人组的一员了。这一点你就不用担心了。”

“哎，老板也……”

“这有什么好吃惊的？”

“我、我没有吃惊。”

“哈哈哈，是吗，像我这样危险的人物都进入了町名主手下的五人组，这让你惊呆了吧？只要有钱，即使像我这样的人物，世人也会把我当成慈善家、大善人，即使我不愿意，也会强加给我这些名号。阿又，你也要抓住赚钱的机会啊。”

“是、是。”又八突然浑身发抖，连说话都结巴起来，“干、干！所、所以，请先给我定金。”

“你等等。”大藏拿着手烛，把头伸进仓库里面，从架子上的文卷匣里抓来三十锭黄金，“你有装钱的东西没有？”

“没有。”

“那就用这个卷起来，揣在钱腰带里吧。”说着又扔给他一块破花布。

又八连数都没数就裹了进去。“那我给您写个收条什么的吧。”

“收条？”大藏不由得笑了，“你真是个可爱的老实人。收条就不用了。如果出了差错，我会拿你脖子上的人头来顶的。”

“那，老板，我这就告辞了……”

“等等。可不是光拿了定金就没事了，你可别忘了正事啊，白天我在海上吩咐你的那事。”

“我记住了。”

“城内西丸后门内，那棵大槐树下面。”

“火枪的事？”

“没错。不久我就会打发人去给你埋上的。”

“哎，谁去埋？”又八一脸不解，瞪大了眼睛。

五

光是裸着身子进城都得有中介老板运平的介绍和町名主及五人组作保，可见不是一般的严格，更不用说那火枪和弹药之类了，他们怎么能从外部带进去呢？而且就跟定好的一样，半个月后就会如约埋在西丸后门内的槐树下，他们又不是神仙，怎么能做到呢？

又八十分狐疑，眨巴着眼睛盯着大藏。

“这件事你就不用担心了，你只要做好自己该做的事就行了。”大藏一语带过，又说道，“尽管你已经接受，可心里一定还忐忑不安吧。但进城干上半个月，心情自然就放松下来了。”

“我也是这么指望的。”

“等你有了胆量，再伺机动手。”

“是。”

“还有，我刚才给你的钱也不要疏忽大意，在事情成功之前你最好先别动，先找个别人看不见的地方藏起来。毕竟，好多事情的败露都是由钱引起的。”

“这些我也早想好了，您不用担心。可是，老板，当我完成任务后，您可别推托不给尾款啊。”

“呵呵，又八，不是我说大话，我奈良井的仓库里有的是钱，你看看，那边堆的全是千两箱。你过去饱饱眼福吧。”

说着，大藏擎起手烛，在落满灰尘的仓库一角转了一圈。什么碗箱、铠甲柜，乱七八糟的东西堆满了仓库。

又八连看都没怎么看就解释道："我并不是怀疑您。"然后，他又与大藏密谈了半刻左右，不久后心情也略微放松下来，便从后门偷偷回去了。

他刚一出去，大藏便把头伸进点着灯的隔扇里面，喊道："喂，朱实，看他那样子，一定是去埋金子了，你跟在他后面去看看。"

随之便从浴室口传来有人出去的声音。仔细一看，那正是今早刚从又八家消失的朱实。跟邻人所谓的"到品川的亲戚家去"之类，当然是她的谎话。她抱着典当的东西来了这里几次后，不知不觉间，店主大藏的眼睛就把她俘虏了，她将现在的境遇和心情都倾诉给了他。

当然，他们并不是最近才第一次见面。当年，朱实与从中山道下江户的娼妓们一起住到八王子的客栈时，就在那里看见过城太郎的同伴大藏，而大藏也从二楼在喧闹的一群人中看到了朱实的身影，隐约有些印象。

"我现在正愁没有女帮手呢。"大藏一暗示，朱实二话不说便逃到这里。对于大藏来说，朱实当天就用上了，又八也当天就派上了用场。而且前后连起来一想，一切不过是一天内的事情而已。

毫不知情的又八一直走在朱实前面。只见他先返回家里，拿着铁锹趁夜色穿过屋后的树丛，不久便爬到西久保的山上，把金子埋在了那里。

朱实看准后连忙报告给大藏，大藏便立刻出去，回来时已是黎明时分。他在土窖中清点了一下挖来的金子，交出去的三十锭黄金怎么数都少了两锭，这让他仿佛赔了钱似的摇头不已。

皂荚坂

一

虽然只是个心怀悲苦、不解风情的老婆婆，可若是置身于秋虫、芒草和徜徉的大河——这种环境中时，她也绝非一个毫无感伤之人。

“在吗？”

“谁？”

“半瓦家的。葛饰那边送来了好多蔬菜，头儿吩咐说给老婆婆也分一些，我就给您背了一些来。”

“总烦劳记挂，代我向弥次兵卫先生问安。”

“放在哪儿？”

“先放在厨房的水槽边上吧。我待会儿再收拾。”

小桌旁边掌着灯，阿杉今夜仍在执笔抄经，一行行地抄着她发愿要抄一千部的《父母恩重经》。她在这浜町的平野上租了一处房子，白天时就给病人做点针灸之类来糊口，晚上则安心地抄经。习惯了一个人的生活后，老毛病也很久不犯了，这个秋天，她觉得身体硬朗了很多。

“啊，老婆婆。”

“什么事？”

“黄昏时有没有一个年轻男子来访？”

“针灸的客人？”

“也不像是要针灸的样子，好像有什么事，到木工町问老婆婆搬到了哪里。”

“多大年纪？”

“差不多有二十七八吧。”

“长相呢？”

“有点胖乎乎的，个子并不算高。没来吗，那个人？”

“没来……”

“说话跟老婆婆的口音很像，我还以为是您同乡呢。那，您先歇着吧。”说完，跑腿的男人回去了。

对方的脚步声刚一离去，停顿下来的虫鸣又像秋雨似的包围了整座房子。阿杉搁下笔，凝望起灯影来。忽然，她想起了灯火占卜。

她还是姑娘的时候，从早到晚天天都在打仗，由于无法知道外出打仗的丈夫、儿子或兄弟的音信，也不知自己明天的命运将会如何，那时的人便常常进行一种灯火占卜。具体做法是每晚看点着的灯火，若是灯晕辉煌便是有吉事，有紫色阴影便一定是有人死了，若是灯火爆裂成松叶状，便是有等待之人欲归来……就这样，人们因灯影或喜或忧。

那已是很久以前的少女时代流行的事情，所以她已把这种古老的占卜方法忘记了，可今晚的灯火像在告诉她一件吉事似的那么灿烂。大概也是心理作用吧，甚至连彩虹色的灯晕都映了出来，格外美丽。

"难不成是又八？"想到这里，她连笔都没心思拿了。她恍惚地描绘着傻儿子的身影，半刻，一刻，连自己的存在都忘了。

哗啦，后门忽然传来一声声响，将阿杉一下子从梦幻中晃醒。一定又是捣乱的黄鼠狼来糟蹋厨房了，她端着灯出去查看，只见刚才男子放下的蔬菜上竟有一封书信般的东西。无意间拆开一看，里面竟包着两锭黄金，包装纸上则写着：

> 我现在仍无颜见您，请再原谅儿半年左右的不孝。请恕儿自窗口悄悄别过。
>
> 又八

二

"浜田，不是吗？"一名满脸杀伐之气的武士踏着杂草跑过来，气喘吁吁地问道。

站在大川边上环顾河滩的武士有两名，其中被唤作浜田的似乎是个仍未成家的年轻人。"嗯……不是。"只见他哼了一声，又瞪起发亮的眼睛，似乎在寻找什么人。

"看上去的确是那家伙啊。"

"不，是个水手。"

"水手？"

"我追过来一看，结果进到那船里去了。"

"可这也说明不了什么啊。"

“不，我调查过了，完全是另一个人。”

“奇怪啊。”

三个人从河边回过头，望望浜町的平野，说道：

“傍晚时，他的确在木工町闪了一下，然后我就一直追到这边来了。这小子，腿脚还够快的。”

“到底跑到哪儿去了呢？”

阵阵波浪声传进耳朵。三人仍站在那里，各自在黑暗中探寻着动静。

这时——“又八……又八……”隔了一会儿，平野的某处又传来同样的声音，“阿又……又八……”

开始时三人还怀疑是听错了，都没有吱声，接着却忽然彼此相视。

“啊，在喊又八呢。”

“是个老太婆的声音。”

“又八，不就是那家伙的名字吗？”

“对啊。”

姓浜田的未成家年轻人率先跑了起来，剩下的二人也跟在后面。循着声音追当然不是难事，对方只是个老太婆，而且一听到他们的脚步声，阿杉反而自己迎了上来。“又八没跟你们在一起吗？”她喊道。

三人分别揪住阿杉的双手和衣领，喝道：“我们也在追赶那又八呢，你到底是什么人？”

“你们干什么？”还未回答，阿杉就像一条愤怒的鱼一样竖起刺来，甩掉他们的手，“我还要问你们是什么人呢！”

“我们？我们是小野家的门人。这位是浜田寅之助。”

“小野是什么人？”

“将军秀忠公的教头、小野派一刀流的小野治郎右卫门先生，你不知道？”

“不知道。”

“你这老太婆。”

“等等，先问问这老太婆与又八的关系再说。”

“我是又八的母亲，怎么着？”

“你就是卖西瓜的又八那小子的母亲？”

“你说什么？别觉着我们是外地人就好欺负，还什么卖西瓜的小子。我告诉你，他本是侍奉美作国吉野乡竹山城的主人新免宗贯、乡地百贯的本位田家的儿子，而我就是他的母亲。”

三人却根本连听都不听，其中一人更是很不耐烦。

“喂，少啰唆。”

“想怎么样？”

“扛走。”

“做人质？”

“既然是他母亲，还怕他不救？”

一听这话，阿杉顿时扭动着骨瘦如柴的身子，像虾蛄一样挣扎起来。

三

最近扫兴的事情真多。佐佐木小次郎一肚子不平。这里仍是他在月岬的住处。最近，他染上了嗜睡的毛病，老是睡觉，而且是在不该睡的时刻。

“恐怕连晾衣杆都哭了吧。”佐佐木抱着长刀，仰面往榻榻米上一躺，发狠地喃喃自语着，“就凭这把名刀，这剑法高强的持刀人，居然连不到五百石的俸禄都吃不到，难道要让我永远做一个寄人篱下的食客不成？”说着，只听他怀抱的晾衣杆刀柄铿锵一响，“瞎子！”他将长刀朝空中一挥，一瞬间，画了个巨大半圆寒光的刀立刻又如活物一般钻回鞘内。

“漂亮。”岩间家的仆人从廊前说道，“您是在练习抽刀法吗？”

“瞎说。”小次郎又俯卧下来，用指尖拈起落在榻榻米上的飞虫尸体，啪的一下弹到走廊里，“这家伙绕着灯飞来飞去的真讨厌，我就杀了它。”

“啊，是飞虫？”仆人靠近一看，睁大了眼睛。那是一只类似蛾子的飞虫，柔软的翅膀和肚子被一劈两半。

“你来铺床？”

“不……您看我差点忘了正事。”

“什么事？”

“有个木工町的使者带来一封信。”

“信……拿来。”

是来自半瓦弥次兵卫的。最近这阵子，小次郎对那边也不怎么关心，有点厌烦。他躺着拆开书信，但读着信，他的神情逐渐紧张起来。信上说阿杉从昨夜起便失踪了。为此，半瓦今天撒出所有人找了一天，终于打听到了下落，可由于阿杉被绑到了他也无能为力的地方，所以才来找小次郎商量。能够找到阿杉下落，完全是因为小次郎上次写在“屯食”拉窗上的字句被人篡改了。“告佐佐木先生，抓又八母亲者乃小野家浜田寅之助”——弥次兵卫的书信连这些都仔细地抄上了。

“来了……”小次郎读完大喜，抬眼望着天花板自言自语道。一直等到今天，小野家才终于有了动静。当初将小野家的两名武士抛尸在“屯食”旁的空地上时，他把自己的名字光明正大地写出来，就是为了今日。如今他正等得不耐烦呢。

来了——他这喃喃自语，完全是因为对方终于有了反应忍不住窃喜而发出的。他来到走廊，环望夜空，有云，却不像是要下雨的样子。

不久，高轮大道上便出现了骑着驮马而去的小次郎的身影。驮马很晚才赶到木工町的半瓦家。他从弥次兵卫那里问完详情，制订了第二天的计划，当夜便直接住下了。

四

小野治郎右卫门忠明，以前曾称神子上典膳，自关原合战以后，因在秀忠将军的阵营里教武道为契机被擢为幕士，得赐江户神田山的宅地，与柳生家并为教头，连姓也改成了如今的小野。

这里便是神田山的小野家。由于从神田山可以清晰地望见富士山，而且近年来有不少骏河人也移居过来，纷纷在这一带落户，于是这一带最近也开始被叫作“骏河台”。

“奇怪啊……都说是在皂荚坂啊。”小次郎爬上坡顶站住。今天看不见富士山。从崖边瞅瞅深谷，隐约可见一条穿过树缝的淙淙溪流。原来是御茶水的溪流。

“师父，我去找找，您先在这儿稍候。”领路的半瓦家年轻人独自跑去。不一会儿，年轻人便返回报告说："找到了。"

"哪里？"

"就在咱们刚上来的坡上。"

"有那样的宅邸吗？"

"听说是将军家教头，我还以为跟柳生大人的府邸一样气派呢，原来刚才在右边看见的那面肮脏的老宅土墙就是。我记得，那儿以前曾是一个什么马奉行的宅子。"

"我说呢。那是因为柳生家是一万一千五百石，而小野家只有区区三百石。"

"差那么多？"

"本领倒是差不多，不过家世可不一样。在这一点上，柳生家的俸禄光是祖先就给他创下了七成多啊。"

"就是这儿……"年轻人停下脚步往前一指。

小次郎顺势望去。"果然是在这儿啊。"他也停了下来，打量宅子的构造。只见马奉行时代的旧土墙从坡的中央朝后山的树丛绕去，里面非常宽阔。从并无门扉的门口往里一望，只见主屋后面有一栋木色很新的增建的房子，似乎便是道场。

"你可以回去了。"小次郎对年轻人说道，"你告诉弥次兵卫，若是晚上之前我没有带回阿杉婆婆，那就是连我小次郎也化为白骨了。"

"是。"男子一面不时回头望望，一面朝皂荚坂下面跑去。

对于柳生，再怎么接近也没用。即使想去打败他，妄图把他的名声转移到自己身上也没用，因为柳生毕竟是最高的御止流。对方会以自己的门派是将军家流为借口，概不接受浪人的挑衅。

而与此相反，小野家则无论是无禄的浪人还是豪强高士，似乎都来者不拒，接受一切比武挑战。因为再怎么摔跟头，也无非只是三百石。而且，这里也与柳生的大名剑法不同，是以杀伐实战的锻炼为目标。

不过迄今为止，还未听说过一个敢去小野家蹂躏小野派一刀流的前例。世人都尊敬柳生家，但剑法更强的是小野——人人都这么说。

小次郎自从来到江户，得知这件事情，便悄悄地把目标定在了这皂荚坂的门内。总有一天……而这门，今天就在他的眼前。

忠明发狂始末

一

浜田寅之助乃三河出身，即所谓的德川家“谱代”，尽管俸禄不高，在如今的江户也算有头有脸的幕士之一。现在，同门沼田荷十郎正若无其事地从道场旁边的所谓“准备房”的窗户里望着外面，忽然，他又急忙探寻起寅之助的身影来。

“来了、来了。”他一面跑到身在道场正中央的寅之助旁边，一面小声告诉他，“浜田。好像是来了、来了。”

寅之助并不回答，他正架着木刀教一名后辈练习。只见他一面背对沼田荷十郎听着，一面喝道：“好了吗？”他先是从正面朝后辈发出攻击预告，然后伸直木刀，嗒嗒地踩着地板逼了过去，直到把后辈逼到道场北面的一角。咕咚一声，后辈一个跟头，木刀也飞了出去。

寅之助这才回过头来。“沼田，你说的来了，指的是佐佐木小次郎吗？”

“没错。刚进了门……马上就会到这儿。”

“没想到来得这么快，看来还是人质管用啊。”

“可是，怎么办？”

“什么怎么办？”

“谁出去？又该怎么招呼他？你想，这个胆大的家伙，一个人都敢来闯，要是准备不充分，万一让他给弄出乱子来可就不好了。”

“把他领到道场正中央，让他坐在那儿就行。至于招呼，我会去跟他打，你们都乖乖地待在一边别出声。”

“唔，如果是这些……”荷十郎环顾了一下在场的人。光是龟井兵助、根来八九郎、伊藤孙兵卫等人的面孔就让他底气十足，此外还有不到二十个同门也在场。

这些同门也早就知道了事情的经过。在“屯食”的空地上被斩杀的两名武士中的一名，便是眼前这浜田寅之助的兄长。

虽然寅之助的哥哥并不是什么好人，即使在这道场中口碑也极差，但小野派的人对佐佐木小次郎仍是愤慨至极。决不能就这样放过他！尤其是浜田寅之助，在小野治郎右卫门精心调教的众门徒之中，也是与前面所提的龟井、根来、伊藤等并称为皂荚坂骁将的高徒之一。而小次郎竟敢在“屯食”的拉窗上写下不逊的文字，大曝于天下。倘若寅之助置之不理，岂不有损小野派一刀流的名誉？于是他在关注事态进展的同时，也在暗中憋足了劲。

昨夜，寅之助和荷十郎等人抓来阿杉后，便如此这般将缘由跟其他人讲明，同辈和后辈们都拍手叫好。“真是抓了个好人质。”“让小次郎自己送上门来，真是一条妙计。”“等他来了之后先痛揍一顿，再割掉他的鼻子，绑在神田川的树上示众。”

人们个个摩拳擦掌，今天早晨还在打赌他敢不敢来。

二

大部分人都断言他不敢来，可没想到听荷十郎说，小次郎居然已经进门了。

“什么？来了？”在场人的脸色顿时如白木板一样苍白。除了浜田寅之助，其他人都悄然从宽阔的道场地板上起身，咽着唾沫。

道场门口马上就会传来声音，小次郎马上就会来造访，人们拭目以待。

“喂，荷十郎。你看准他进门了？”

“看准了。”

“那他怎么还没来这儿？这么慢。是不是认错人了？”

“不会的。”

正当紧张地跪坐在地板上的众人沮丧地发现自己竟已被紧张打败时，一阵啪嗒啪嗒的草履声忽然在休息间的窗外停了下来。

“各位。”一名同门往里探了探头，说道。

“哦，什么事？”

“再怎么等，小次郎也不会到这边来了。”

“奇怪啊，荷十郎刚才明明说看见他进门了。”

“他已经去了宅邸了，也不知是如何向里面递的帖子，反正现在正在客厅里与老恩师谈话呢。”

“哎，跟老恩师？”一听到这话，浜田寅之助先是吓了一跳。关于哥哥被杀一事，若真要追查原因，哥哥的不轨行为必然会露馅。因此，他事先就把这件事委婉地告诉了师父小野治郎右卫门等人。至于昨晚抓来阿杉做人质，他当然没有禀报。

“喂，真的？”

“谁骗你们？若不相信，你们可以绕到后山，隔着院子望望老恩师书房旁边的客厅啊。”

“这可麻烦了。”

其他人却对浜田寅之助的叹息不解起来。就算小次郎直接去了师父治郎右卫门的住处，并巧言令色笼络师父，只要跟他堂堂对决，揭露他的罪状，将他拉到这里不就行了吗？

“有什么麻烦的。我们这就去看看情形。”

当龟井兵助和根来八九郎二人穿上草履，正欲从道场的门口出去时，一个姑娘神情紧张地匆匆奔来，似乎宅邸那边发生了事情。

“原来是阿光啊。”两人叨念了一句停下脚步。道场内的门人也蜂拥出来，忐忑不安地听着她尖厉的声音。

“大家快来啊！伯父和客人双双拔出利刃去外面，在院子前面厮杀起来了！”

三

阿光是治郎右卫门忠明的侄女。也有人背地里说，阿光本是一刀流的师父弥五郎一刀斋的小妾的女儿，是忠明领养的。这或许是真的，或许是谣传。总之，她是一个肤白可爱的姑娘。

众人大惊，阿光则继续说道：“我正纳闷伯父怎么跟客人那么大声说话，出去一看，他们竟在院子里厮杀起来了。伯父年纪又大了，万一有个三长两短可怎么办？”

不等她把话说完，龟井、浜田、根来、伊藤等高徒便“啊”了一声，来不及细问情形便奔了起来。

道场与宅邸离得很远，需要通过一道篱笆和竹柴门。虽然都是在一个大院中住，可房屋却要分开，在中间结起篱笆，这是城市生活的风习。若是稍大点的武士家，还要另建门人住的杂院或其他。

“门关着！”“什么，没开？”吵嚷的门人们顿时破柴门而入，朝环绕后山的约四百坪的平坦庭园一望，只见师父小野治郎右卫门忠明已拔出平日用的行平刀，刀尖对着对方的眼睛。不，准确地说，刀尖的位置还要稍高一点。远处对面无疑是那佐佐木小次郎，只见他将晾衣杆傲然举在头顶，眼睛如火炬一般直盯着治郎右卫门忠明。

众人见状无不惊愕。约四百坪空旷的庭园的紧张空气中仿佛拉起了一条线，使其他人无法靠近。

对峙的双方之间透着一种无形的森严，让人无法从一旁出手。若是无知蒙昧之人，恐怕不管三七二十一就闯上去了，而出生在武士之家、自幼便受到熏陶的这些人却被这一瞬的庄严震撼，一时间竟连憎恨都忘了，忘情地在一旁观看起来。

不过，这种忘情只是一瞬而已，愤怒的感情随之又从全身复苏。

“呜！去帮忙！”

两三名门人就要逼到小次郎身后。

结果忠明却大喝一声：“不要过来！”声音与平常迥异，且带着一股逼人的寒气。

“啊……”

纵身过去的几人只能退回来，再次徒劳地握住无法出手的刀柄。

不过，众人还是互相使了个眼色。只要忠明露出一点败象，纵然是违抗师命也要从四面围住小次郎，一口气将其剁成肉酱。

四

治郎右卫门忠明仍很健壮，年龄有五十四五岁，乌黑的头发让他看起来只有四十来岁。他身材虽然矮小，却很壮实，四肢舒展，全身没有一丝僵硬之感，看起来也并不矮小。

面对忠明，小次郎也未挥下一刀。不，应该说是无隙可乘。不过，就在忠明将小次郎置于自己刀前的一刹那，这家伙——他顿时产生一种不容小觑之感，全身也随之紧绷。他甚至感叹起来：难道是善鬼再世！善鬼——对，自善鬼以来，自己已经很久没遇上这种充满霸气的刀风了。

这位善鬼，便是忠明还年轻，还叫神子上典膳，跟随伊藤弥五郎一刀斋修行的时候，同样跟随一刀斋修行的另一名可怕的师兄。善鬼是桑名一个船夫的儿子，虽没什么教养，却有着强悍的性格，后来甚至连一刀斋都对善鬼的刀无可奈何。一刀斋一衰老，善鬼便藐视起师父来，还妄称一刀流是自己的独创。一刀斋眼见善鬼的刀越厉害便越会成为社会的祸害，不禁无奈地感叹："吾一生之过，便在善鬼矣！"还说："我一看到善鬼，便只觉是他攫走了我身体里所有的恶，化为一只胡作非为的妖怪。所以一看到善鬼，我就连自己都讨厌起来。"

可是，对于典膳来说，善鬼成了他的一面镜子，成了他练武的动力。终于，在下总的小金原上，他与善鬼比武并将其斩杀，于是被一刀斋传授了一刀流的出师证明。

可是今天，一看到佐佐木小次郎，他不禁又想起了善鬼。不过，善鬼虽强悍却无教养，而小次郎有着绝世的智慧，也有武士的教养，身与刀浑然天成。

忠明凝视着对手，立刻便在心里果断认输了——自己不是他的对手。即使面对柳生，他都决不妄自菲薄，对但马守宗矩的实力也毫不买账。可今天，面对佐佐木小次郎这样一介年轻人，他竟真心感到自己的刀已老。莫非，自己已被时代甩在后面？

有人说：“追越先人易，不被后人超难。”再也没有比现在更让他痛感这真谛的时候了。就在自己与柳生并雄，见证了一刀流的全盛，老来想安享人生的时候，没想到社会上正有如此的麒麟儿。他不禁带着无比的惊愕审视小次郎。

五

双方胶着在原地，姿势上也一直没有任何变化。可是，小次郎和忠明都在消耗惊人的体力。这种生理上的变化化为沿双鬓淌下的冷汗，化为鼻腔中的喘息，化为苍白的脸色。尽管眼看就要杀上去，可刀与刀却依然保持着最初的姿势。

“我输了！”忠明喊了一声，刀和身子也啪的一下，径直往后退去。

可是，或许是因为这话听起来有点像“等等”，小次郎的身体顿时在空中画出一道弧线。同时，挥起的晾衣杆也欲把忠明一劈两半似的刮起一阵旋风。就在忠明的发髻与刀相碰的一瞬，由于速度太疾，发髻竟猛地倒立起来，扑哧一下被从根部斩断。

可是，就在忠明肩膀一落的同时，随之反弹回来的行平刀的刀锋也把小次郎的袖子斩飞了五寸左右。

“不讲理！”愤怒顿时在门人们的脸上燃烧起来。忠明刚才的一句“输了”，分明显示出双方的对峙并不是打架，而是比武。可是，小次郎反而将此看成可乘之机，竟毫不客气地斩了下去。既然他胆敢如此不敬，也没必要袖手旁观了，顿时，门人的同仇敌忾立刻化为了行动。

“别跑！”众人顿时雪崩一般冲向小次郎，而小次郎早已像飞跃的鱼鹰一样变换了位置。平坦的庭园一边有一株大枣树，只见小次郎从树干背后露出半个身子，眼睛一面骨碌碌地转着，一面大声呵斥道：“胜负决出了吧？”分明是一种胜利者骄傲的姿态。

“决出了。”忠明在远处答道，然后又斥责门人：“退下！”说着还刀入鞘，返回书斋的走廊，坐了下来。

“阿光。”他叫来侄女，“帮我结好发髻。”说着，他拢起散乱的头发。

让阿光帮忙梳头的时候，忠明这才真正地喘息起来，胸膛上大汗淋漓。“简单梳理一下即可。”然后，他转过头看看阿光，吩咐道，“给那边的年轻客人打点洗漱用水，把人家请到客厅里。”

“是。”

不过，忠明却没有进入客厅，而是穿上草履，环顾着门人们，吩咐了一句：“到道场集合。”说罢自己竟率先朝那边走去。

六

究竟是怎么回事？门人们丈二和尚摸不着头脑。师父治郎右卫门忠明居然对小次郎喊投降，这令他们深感意外。这一声让一直无敌的小野派一刀流名声扫地。脸色铁青的门人当中，甚至还有的强忍着愤怒的眼泪，怒视着忠明。

随着一声吩咐，二十余名门人全都跪坐在地，分成三列，表情严肃。治郎右卫门则寂然地坐在上座更高的席位上，久久地凝望着门人们的面孔。

“我也老了，眨眼间时代也变了。”终于，开口的忠明先是蹦出了这么一句，“回顾一下自己过去的历程，跟随师父弥五郎一刀斋除掉善鬼之时，正是自己刀锋最亮的时候。而在这江户设立门户，位列将军家教头之列，开始被世上尊奉为‘无敌一刀流’或者‘皂荚坂小野’之类的时候，便已是我的刀开始走下坡路的时候了。”

门人们仍未猜透师父究竟要说些什么，虽然都很严肃，可每个人的脸上都充满了不满和疑惑的神情。

“想来，”说到这里，忠明突然厉声起来，一直低垂的眼睛也瞪得很大，“这是所有人都有的共性，是随安乐而来的衰老征兆。而在这期间，时代自会变化，后辈也会超越前辈，年轻的下一代会开辟新的道路。这就对了，因为世间总是在转变之中前行的。可是，剑法却不容许这一点，武道必须是不老的道。比如伊藤弥五郎师父，虽然现在仍没有他的消息，也不知道他是否还健在，可当我在小金原上斩杀了善鬼的时候，师父便立刻将一刀流的出师证明传给了我，自己则径直出家进了深山，继续探索刀、禅、生、死之道，欲登上大彻大悟的峰顶。而我治郎右卫门忠明却相反，竟早早就现出了衰老的征兆，酿成今天这样的失败，真是愧对恩师弥五郎先生啊。想想我此前的生活，真是不虑啊。”

“师、师父，”根来八九郎终于忍不住说道，“虽然您说失败了，可我们一直坚信师父是不会败给那种年轻人的。今天的事情，是否有什么内情？”

“内情？”忠明一笑，摇摇头，“这是真刀间的对决，其中怎么会容许丝毫的情面呢？虽说对方还是个年轻人，可我并非因为他是个年轻人才失败的，而是败给了不断前进的时代。”

“您的意思是……”

“你先等等。”忠明平静地打断根来的话，又重新打量了一下众人同样的表情，说道，“那我就说得快一些吧，那边还让人家佐佐木先生等着呢。有件事想告诉大家，希望大家能听听我的希望。”

七

“从今天起，我想退出道场，也要遁身世外，但并不是隐居，而是进入山中，想效仿弥五郎入道一刀斋，以期晚成大悟。这是我第一个希望。”治郎右卫门告诉众弟子道。

由于弟子中的伊藤孙兵卫是自己的侄子，所以拜托他照顾儿子忠也。“至于幕府那边，也请帮我说一下，就说我出家遁世就行了。”

“这是我第二个请求。接下来，趁这个机会，还有一件事我要告诉大家。输给晚辈佐佐木一事，我并不悔恨。可是，别处已出了他这样的可畏后生，而我小野的道场里居然还未出一名骏足，我深感耻辱。道场之所以出现这种情况，也是因为我的门下多是谱代幕士，动辄便耍起威风，有了一点修行后便妄称是无敌一刀流，自高自大。”

“啊，师父，请恕徒儿打断您讲话，我们可绝没像您说的那样骄横懒惰地混日子啊。”这时，龟井兵助声音颤抖着从弟子的座席上说道。

“住口！”忠明瞪着他的脸，从师座上大喝一声，“弟子的懒惰便是师父的懒惰，我是自感惭愧才如此决定的。我并未说你们所有人都骄横懒惰，但我看你们当中还是有这种人。我必须要一扫这股恶习，让小野道场变成一个正直的、年轻的时代苗床。否则，我的隐退改革也就失去意义了。”

他沉痛的诚意终于打动了弟子们。并坐在弟子席位上的门人全都低下头，一面咀嚼着师父的话，一面反省着自己。

“浜田。”不久，忠明终于说道。

浜田寅之助忽然间被点名。“是，”他下意识地应了一声，抬头望着师父的脸。

忠明狠狠地瞪着他。

寅之助为忠明的目光所慑，不禁低下头来。

“站起来！”

“是。”

“站起来！”

“是……”

“寅之助，你还不站起来？”忠明厉声说道。

坐成三列的弟子之中，只有寅之助一人直立在那儿。他的同辈和后辈们都猜不透忠明的用意，全都鸦雀无声。

“寅之助，从今天起，你被逐出师门了。将来，等你洗心革面，立志修行，成为一个顿悟兵法之道的人，咱们再以师徒的名分相见吧。你去吧。”

“师、师父！请说明理由，徒儿犯了什么过错，竟至被逐出师门？”

“你把武道张冠李戴，居然还不知犯错？日后你好好地扪心反思一下就会明白的。”

“请师父申明！请师父明示！您若不说，寅之助便无法离此而去。”寅之助激愤的脸上青筋暴起，一再申辩。

八

“既然这样，那我就告诉你。”忠明迫不得已，便当众宣布了将其逐出师门的理由，“卑怯是武士最不齿的行为，而且也是武道上最严厉的戒条。当行为卑怯之时便要逐出师门，这是本道场的门规。然而，浜田寅之助，虽兄长被杀却仍不务正业，而且对那佐佐木小次郎，非但不去雪耻，反将仇恨撒在一个叫什么又八的卖西瓜的男子身上，还把其老母亲抓来当人质，关押在这府内，这也算是武士所为吗？”

“不，这是为把小次郎引到这里采取的手段而已。”寅之助拼命抗辩。

“这正是你的卑怯之处。既然想杀小次郎，为什么不堂堂正正去挑战！自己去小次郎的住处也行，送决战书也行。”

“这、这些我也不是没有想过。”

“想过？那你为什么犹豫了呢？你仗着人多势众，想将佐佐木先生诱骗到这里痛打一顿，你自己刚才的话不正好是你的招供吗？相反，佐佐木先生的态度却令人敬佩。他只身一人来到我面前，根本就不屑以你这卑劣的门徒为对手，而是直接来指责师父。弟子的卑劣便是师父的卑劣，当直接找师父挑战。”

在座的弟子们这才明白事情的来龙去脉。

忠明则继续说道：“而且，真刀对真刀的结果，我治郎右卫门自身的可耻错误也被挖掘出来。认识到这些错误，我才认了输。寅之助，即使都这样了，你却还不反省，还不认为自己是个无耻的武者吗？”

“我认罪了……”

“去吧。”

“那好，我走。”寅之助低着头，后退了十几步，然后两手扶地，重新跪拜一礼，“师父也要保重。”

“唔……”

“诸位也保重。”他声音无力地与众人作别，然后悄然离去。

“我也要遁世了。”说罢，忠明站了起来。弟子们的座席中传来了呜咽声，还有的号啕大哭。

忠明望着垂头丧气的弟子们，说道：“各位，振作点。”他满怀着师爱，送出最后的师言，“有什么好悲伤的？你们必须要昂扬起来，把你们的时代迎到这道场。从明天起，你们就要谦虚，比以前更要相互鼓励。”

九

不久，从道场返回宅邸，出现在客厅里的忠明说道：“失礼了。”他一面向刚才就候在那里的小次郎致中途退席之歉，一面平静地坐下，脸上毫无动摇，与平常无异。“其实，”忠明开口道，“门人浜田寅之助刚才已被我逐出师门，以让他洗心革面，潜心修行。而且，寅之助藏匿的人质老婆婆也当然要送还先生，不知先生是当面带回，还是由这边亲自送回去？”

闻听此言，小次郎说道：“在下已很满意。那就由在下带回去吧。”说着就要起身。

“既然如此，那就让一切恩怨都化为流水，请干一杯吧。阿光，阿光。”说着，忠明击掌喊过阿光，“备酒。”他吩咐阿光道。

在刚才的真刀对决中，小次郎也觉耗尽了所有精力，而且之后又独自等了很长时间，本想立刻回去，可又担心对方会觉得自己胆怯，便只好坐了下来。“那就恭敬不如从命了。”他说着端过杯子。

小次郎始终还是轻视忠明，嘴上却不住地赞赏，说什么自己今日也得遇高人，从前还从未曾和贵公这样的刀对决过，不愧是一刀流的小野云云，以此进一步提高自己的优越感。

小次郎年轻，强悍，充满霸气。就连喝酒，忠明都深感不如。不过，以忠明年长的眼光来看，对方身上的那种强悍和年轻极其危险。这种素质，倘若打磨好了，可天下披靡，可一旦走上邪道，恐怕会沦为善鬼之流。忠明深感惋惜，若是我的弟子——他刚把这句忠言送到喉咙边，却还是咽了回去。对于小次郎的话，他全都谦虚地付之一笑。

闲谈之间，两人也谈到了有关武藏的传言。最近听说在北条安房守和僧人泽庵的推荐下，或许有一名叫宫本武藏的武士将被提拔，就要加入将军家教头之列。忠明透露道。

“哦？”小次郎只是淡淡应了一声，脸上却明显带着不安。

眼见日已西斜，小次郎便想告辞。“在下得回去了。”

忠明便吩咐侄女阿光道：“你牵着老婆婆的手，送到坡下去。”

治郎右卫门忠明恬淡，正直，不像柳生一样擅长结交政客，一直保持着粗朴的武士气质。而不久后，他的身影就从江户消失了。

“连将军家都能直接接近的人，却——”

“若是干好了，前途无限啊。”

世人对他的遁世深感惊讶，不久便夸张地传扬起他负于佐佐木小次郎的事来：听说小野治郎右卫门忠明发疯了。

仁慈之心

一

昨晚的风真是可怕。连武藏都说，那样的暴风雨他生来还是头一次遇到。真是个灾难日，大灾难日。

尽管伊织比武藏更了解，也更擅长处理这种恐怖天气，并在昨晚风暴来袭之前就爬上屋顶系好了天花板，压好了石头，可屋顶还是在半夜被吹走。今天早晨起来一看，竟连被吹到哪里都不知道了。

“啊，连书都读不成了。”山崖上，草丛里，到处是散落的书。望着眼前一片凄惨的情形，伊织惋惜地叨念着。但他们所受的影响绝不只有这书，他与武藏所住的屋子已坍塌得不像样了，修都没法修。

可武藏并不理会，只丢下一句“生好火”就出去了，半天都不回来。

“师父可真有闲心，还去看稻田里的洪水玩。”伊织生起火来，用的木柴便是屋子的地板和板壁，“今晚又没地方睡了。”刚想到这里，一阵浓烟便呛进眼睛。火着了。

武藏仍未回来。

伊织无意间一抬头，远处一些尚未裂开的栗子和被风雨吹打而死的小鸟尸体映入眼帘。伊织便将其用火烤熟，当早饭吃了。

中午时分，武藏终于回来了。过了半刻左右，后面又来了一群穿着蓑衣的村民。他们不住地道谢，又是“多亏了先生，洪水才能这么快就退下去”、又是“病人很高兴”等等。“以前，每次遇到灾害的时候，人们都只扫自家门前雪，你争我抢，可这一次却在先生的带领下，村人齐心协力，不分彼此，没想到这么快就击退了水患。”年长的村民们不住地致谢道。

“啊，原来师父是去指挥他们抗洪了？”伊织这才明白武藏天不亮就出去的缘由。

伊织还特意为武藏留下了一些死鸟，早就拔去鸟毛烤好了，村民们却说：“食物我们那儿有的是。”于是便拿来了一堆食物，甜的辣的什么都有，还有伊织喜欢的年糕。

死鸟肉实在难吃。只顾考虑自己，匆匆以死鸟肉果腹的伊织后悔了。他现在才明白，只要舍弃自己，为大众着想，食物自然会有人给。

“房子我们也会亲手帮您搭建一座更结实的，今晚您就住在我那儿吧。”一位老农说道。这位老农的家在附近的乡村中算是最古旧的。武藏和伊织请他把昨晚濡湿的衣服烘干，当晚便在老农家睡下。

“咦？”就寝后，伊织翻身朝睡在一旁的武藏小声说道，“师父。”

“唔？”

“您听到远处那神乐伴奏没有？远处。”

“好像有，又好像没有。”

“奇怪。这种大风暴后，居然还能听到神乐的声音。”

武藏并未回答，只传来睡息。于是，伊织也不知不觉睡着了。

二

次日清晨。

“师父，我听说秩父的三峰神社不是很远。”

“离这儿确实不远啊。”

“那你就领我去吧，去参拜一下。”

也不知想起了什么，今天早晨，伊织竟忽然如此说道。一问原因，他才说昨晚的神乐让他念念不忘，今早起来后就立刻去询问这家的老农，结果对方回答说，在距离这里不远的阿佐谷村，从古时候起就流传着一种“阿佐谷神乐”，那里有一位旧神乐师，每次三峰神社月祭的时候，便会在家里演奏神乐，然后一路演奏到秩父去，所以昨晚才会听到。

若说起雄壮的音乐和舞蹈，伊织知道的只有这神乐。而且他还听说三峰神社的神乐有日本三大神乐之一的美誉，是古典神乐，很想去秩父看看。

“好不好嘛，师父。”伊织撒着娇，“反正草庵五六天之内又搭不起来……”他死缠硬磨。

被伊织这么一纠缠，武藏不禁想起了分别已久的城太郎。从前带着城太郎的时候，城太郎就很磨人。又是哭闹，又是撒娇，任性至极，令人棘手。

伊织却很少这样。他缺少一种孩子气，这种冷淡有时甚至让武藏都感到寂寞。

虽然伊织的出身和性格跟城太郎不一样，但有很多行为都是武藏培养的结果。他一直严格要求伊织，要他严守师父与弟子之间的界限。以前带着城太郎时就缺乏管教，一任自流，鉴于此，这次他便有意识地在伊织面前端起师父的架子。

伊织好不容易撒一回娇，武藏便含糊地应了一声：“唔。”然后想了想，说道，“好，那就带你去吧。”

伊织顿时欢呼雀跃起来，“正好天气也不错。”他顿时忘记了对前天晚上坏天气的怨恨，立刻告诉这家的老农，要来便当和草鞋，“那，咱们快上路吧。”他催促着武藏。

老农说他们回来之前会把草庵搭好，然后就把两人送出门去。尽管风暴之后到处都是水洼，可现在眼前已是伯劳低飞，天高云淡，仿佛前天的风暴根本就没发生过。

三峰的月祭一连持续三天。既然已决定去，伊织也不再着急。他毫不担心会赶不上。

当日两人早早地便住在田无驿站的一家简易客栈，第二天也仍行走在武藏野的茫茫荒原上。

入间川的水也涨了两倍，平日的土桥被淹没在河中，已经废掉了。附近的村民正驾着田舟打桩，从两岸接补土桥。

两人正等着通过，伊织忽然喊道：“啊，那边有很多箭镞，还有头盔顶呢。师父，这一带一定是个古战场。”

伊织挖掘着被洪水冲刷的河沙，兴奋地捡拾着生锈的断刀和稀奇古怪的旧金属等，忽然吓得一缩手。

“啊……人骨头。”

三

武藏看到后，便说："伊织，把那白骨拿过来。"

虽然不觉间已碰过一次，可伊织再也不敢伸手。"师父，您要干什么？"

"埋到人脚踩不到的地方去。"

"可是也不止一两块啊。"

"正好桥修好之前我们也没事干，有多少都给我捡过来。"说着，武藏环顾河滩背面，"就埋在那边龙胆花的附近吧。"

"可是我们没有铁锹啊。"

"那就用断刀来挖。"

"是。"

伊织挖好坑，然后把收集起来的箭镞和头盔顶连同白骨一起，全都埋了起来。

"这样行吗？"

"唔，再压上块石头。好，这样就可以供养了。"

"师父，这一带的合战是什么时候的事？"

"你忘了？你应该在书里读到过啊。"

"忘了。"

"《太平记》中记录的元弘三年和正平七年的两次合战，新田义贞、义宗、义兴等一族与足利尊氏的大军交锋的小手指原，就在这一带。"

"就是那场小手指原合战的战场啊。若是这个，师父对我讲过好多次了，我知道。”

“那么，伊织，”武藏似乎在试探伊织平时的学习效果，说道，“当时，宗良亲王说，‘虽久居东方，秉持武士之道，然征东将军之宣旨下，犹觉意外，即咏诗一首’，说罢便咏了一首和歌，你还记得吗？”

“记得。”伊织当即答道，然后便一面仰望掠过蓝天的鸟影，一面吟诵起来，“多年不碰梓木弓，今又随吾赴疆场，谁人可曾想？”

武藏微微一笑，又道：“不错。那么，‘同一时期，打至武藏国，于小手指原之处’，在这一注释的词条中，这位亲王还有一首歌是……”

“……”

“忘了吧。”

伊织仍不服输。“等等，等等。”他不住地摇头，不一会儿便想了起来，开始抑扬顿挫地朗诵，“为君为世何所惜，一腔热血皆可抛。对吧，师父？”

“那意思呢？”

“我知道。”

“那说来听听。”

“这还用说？如果连这首歌都不懂，那还算是武士，还算是日本人吗？”

“唔。可是伊织，既然如此，那为何你从刚才起就嫌拿白骨脏呢？”

“可是，师父也不喜欢那白骨吧？”

“这古战场的白骨，全都属于宗良亲王的歌中所泣、所唱的奋战而死的人们。土中那些武士的白骨，虽然我们肉眼看不到，可正是因为他们的牺牲，才保护了我们这个国家的和平，保护了这个几千年的丰秋津岛啊。”

“是这样啊。”

"尽管时常战乱，可这些战乱就像前天的暴风雨一样，并没有让我们的国土本身发生丝毫变化。而且，尽管现世的人也做出了很大的贡献，可我们决不能忘记这土中的白骨之恩。"

四

听着武藏一字一句的教导，伊织不禁连连点头。"我明白了。那，我就给刚才所埋的白骨供上一枝花，给他们行个礼吧。"

武藏笑了。"行礼倒不必了。只要将为师刚才的话铭记在心就行了。"

"可是……"伊织似乎仍觉得于心不安，于是采摘了一束秋草花，奉在石前。他刚要双手合十，却忽然回过头来，喊了一声"师父"，有些犹豫地说道："这土中的白骨，若真像师父刚才所说都是忠臣，那倒没什么，可如果是足利尊氏一方的士兵，那可就没劲了。我可不想祭拜他们。"

面对这唐突的质疑，武藏一时无言以对。伊织则显出一副只要武藏不给予明确回复，自己就决不祭拜的样子，一面注视着武藏的表情，一面等待答复。

忽然，武藏耳边传来了蝈蝈儿的声音。抬头一看，白天的淡月已映入眼帘。可武藏仍不知该如何回复伊织。

不久，武藏终于说道："即使是十恶不赦之徒，佛道也要拯救。即心即菩提，只要能诚心向菩提，即使是恶逆之徒，佛也会宽恕，更不用说他们在化为白骨之后了。"

“那，忠臣和逆贼，死了以后就会变成一样的东西吗？”

“不一样。”武藏严肃地打上一个句号，“绝不能贸然断定。武士重名，玷污了名声的武士永世都不会得救。”

“那佛祖为什么还要说恶人和忠臣都是一样的东西呢？”

“人的本性原本都一样。可是，在名利和欲望的驱使下，有的就变成了逆徒，变成了乱贼。可却并不憎恨，而是通过千万经言劝人们即心即佛，打开菩提之眼，而这一切说的其实都是在活着的时候。人死之后就抓不住救赎之手了，人死即空。”

“这样啊。”伊织显出一副理解了的样子，忽然有力地说道，“可武士不是这样的吧？即使死了也不会成空吧？”

“为什么？”

“会留下名声啊。”

“嗯！”

“若是恶名就遗臭万年，若是芳名就流芳百世。就算化为白骨也一样。”

“可是……”武藏怕伊织纯真的知识欲会陷入片面的歧途，便补充道，“可是，那些武士心中还有一种叫作仁慈的东西。不懂得仁慈的武士，就如同没有月亮和花香的荒野。若只是武艺高强，就跟前天晚上的暴风雨没什么两样了。若每天只顾修炼剑法，埋头于此道，就更需要仁慈之心。”

此时的伊织已经沉默下来，默默地为土中的白骨供上花，虔诚地并起了双掌。

鼓槌

一

像蚂蚁一样的人影从秩父的山麓连绵不断地往上攀登，一度全部消失在环绕在山周围的密云里。不久后，这些人又从山顶的三峰神社现出身来。仰望天空，一朵云彩也没有。

这里是横跨坂东四国，直通云取、白石、妙法岳三山的天上街市。紧挨着神社佛阁的堂塔门屋一带形成了一片闹市，其中既有寺院别当的官邸、神社神主的住宅，还有土产店、参拜茶店。也有一些神领百姓的住家，虽然零散，可至少也有七十户。

“啊，大鼓响了。”从昨夜起便跟武藏一起住在别当的观音院的伊织，慌忙把未吃完的红豆饭扒拉进嘴里，“师父，开始了。”接着便急不可耐地放下筷子，说道。

“神乐吗？”

“快去看吧。”

“昨晚已经看了，我就不去了。你一个人去吧。”

“可昨晚只演奏了两支曲子啊。”

“你急什么，不是说今晚会通宵演出吗？”

也难怪，武藏木皿里的红小豆糯米饭还没吃完呢。吃完后一定会去。伊织于是改变了主意，乖乖地说道：“今夜也出星星了。”

“是吗？”

“这山上从昨天起就上来了几千人，要是一下雨可就惨了。”

武藏觉得他可怜，便说道：“那就去看看吧。”

“嗯，去。”伊织顿时跳了起来，率先跑到门口，借来稻草鞋放好。

无论是别当寺院前面，还是山门的两侧，全都熊熊燃着大堆篝火。寺前闹市的各家各户也都在门口插着火把，照得几千尺的山顶亮如白昼。银河在如湖水一样的深色天空中朦胧闪烁，人们在璀璨的星光和火光的映照下也变得朦胧，纷纷围绕着神乐殿舞动，完全忘记了山上的寒冷。

“哎？”伊织一面在人群中挤来挤去，一面骨碌骨碌转着眼睛东张西望，“师父去哪儿了？刚才明明还在啊。”

笛声和鼓声在山风中回响，人群也不断拥到这里，可神乐殿只是寂然地摇曳着灯影和帷幕，没有舞者出现。

“师父……”伊织在人流中钻来钻去，终于发现了武藏的身影。原来武藏正仰视着挂在前面佛堂梁柱上的捐赠牌。伊织便跑了过去。“师父。”可即使拉拉袖子，武藏也仍在默默地凝望。

在众多的捐赠牌中，有一个的捐赠金额特别大，木牌也比其他的大一倍。上面的内容完全吸引了武藏的眼睛：武州芝浦村奈良井屋大藏。

若说这奈良井的大藏，不正是数年前武藏从木曾一路寻到诹访，不知寻找了多久的那个人吗？听说这大藏带着走失的城太郎去他国旅行了。

“武州的芝浦？”这地方不也位于直到前一阵子自己还一直在住

的江户吗？如今偶然看到这大藏的名字，让武藏茫然地想起了分别已久之人。

二

武藏平日里并未忘记城太郎。伴随着伊织一天天成长，武藏也偶然会想起来。“三年多了，如梦一样。”武藏在心里数着城太郎的年龄。

这时，神乐殿的大鼓忽然高鸣，武藏这才回过神。“啊，已经舞起来了。”

伊织的心早就飞到了那边。“师父，看什么呢？”

“没看什么。伊织，你先一个人看神乐吧，我想起点事来，随后就去。”说着，武藏将伊织打发走，一个人朝神社办事处的方向走去。

“我想打听一下捐赠者的事。”

听他这么一说，对方便答道：“这里并不办理，我带您到别当的总衙门去吧。”

有些耳背的老神官在前头带路。只见入口处挂着一个森严的牌子，上写“总别当高云寺平等坊”，里面还能看见宝库的白壁。看来，这里便是处理神佛诸事的总衙门了。老神官在门口絮絮叨叨地说了半天。不久，役僧便非常郑重地把武藏引到里面。“请。”

茶端来，精美的点心也奉了上来，不一会儿则上了第二份副菜，还有俊俏的稚儿僧拿来酒壶侍奉。

不久，一位权僧正现身。“欢迎来到敝山。只有山菜不成敬意，请随意。”他殷勤地说道。

奇怪啊。武藏觉得情形有些不对，所以连酒杯都没碰一下便说道："实际上，在下是前来打听一个捐赠者的。"

"哎？"听他这么一解释，这位五十岁上下的肥胖的权僧正顿时瞪大了眼睛，"打听？"他惊讶不已，眼色也顿时变得毫不客气，骨碌骨碌地上下打量起武藏来。

当武藏接连问起那捐赠牌中的武州芝浦村奈良井大藏是何日登山，是经常来还是偶尔，是独自一人还是带着一名同伴等诸多问题的时候，权僧正终于变得极不高兴，说道："怎么，原来你并不是前来捐献，而是来打听捐赠者来历的？"

也不知是老神官听错了，还是这位权僧正自以为是，总之他一脸恼怒，就差没说那句"岂有此理"了。

"或许是听错了吧，在下并没有说要捐赠，而是要打听一下奈良井大藏其人。"

话未说完，权僧便道："既然这样，在门口说清楚不就行了。我看你倒像是一介浪人。我们从不对来路不明者透露半点捐赠者的信息，否则会招惹麻烦。"

"不会的。"

"我看你还是去问问役僧怎么说吧。"仿佛亏了钱似的，说罢，权僧正拂袖而去。

三

役僧找出捐赠者的账簿，敷衍了事地查看了一下，便说道："这里也没有详细记载，似乎曾数次参拜敝山啊。至于随行者有多大，我们就不清楚了。”他冷淡地说道。

尽管如此，武藏仍致谢道：“给您添麻烦了。”便来到外面。他到神乐殿前寻找伊织，发现伊织正在人群后面。由于个子矮，他干脆爬到树上，正坐在树梢上看得起劲，连武藏来到树下都不知道。

武藏抬眼一看，只见黑色扁柏搭成的舞台上垂着五色帷幕，绕在四周的稻草绳随山风舞动，院内篝火的火星不时飞过眼前。

武藏不知不觉间跟伊织一起看起了神乐。他也有过跟伊织同样的日子。故乡的赞甘神社的夜祭似乎跟这里差不多。在拥挤的人群中，既有阿通那白皙的面孔，也有吃着东西的又八，还有走动的权叔，以及因担心武藏回去迟了而四处探寻的母亲那彷徨的身影。儿时的幻影如今又一幕幕浮现在眼前。

坐在舞台上架笛执琴、展现古雅的近卫舍人风采的神乐师的那奇怪衣裳和金线织花的锦缎，再加上院内篝火的火光，恍惚间将人们拉进了那遥远的神话时代。

舒缓的大鼓声在四周的杉树丛中震荡，笛子和太鼓的曲调随之悠扬地传来。舞台上，只见神乐司的统领正戴着神代人的假面，假面的脸颊和下巴上的漆已经脱落。他一面款款舞动，一面唱道：“神垣神山上，枝繁叶又茂，在神御前，欣欣向荣，欣欣向荣。”

统领唱罢一曲，舍人们又加入段拍、叠拍，并合起乐器来，于是。舞、乐、歌终于描绘出一曲快旋律：“皇神御山之禅杖，祈祷山人千千岁，英明的禅杖，英明的禅杖。”又唱：“这是何处矛，直凌云霄，是丰冈姬宫的神矛，神宫的神矛。”

神乐歌中，有几首武藏小时候也曾唱过，因而眼前的场景不禁让他回忆起自己戴着假面在故乡的赞甘神社神乐堂前又唱又舞的情形。

“在神御前，供一太刀，保四方百姓，国泰又民安。”

武藏倾听着歌词，凝视着坐在太鼓席上击鼓的舍人的手，忽然忘情地大喊起来：“啊，就是它！二刀！”

四

“咦，是师父啊。”伊织忽然被武藏的喊声吓了一跳，从树杈上往下一望。

武藏却连头都没抬，虽然眼睛凝视着神乐殿的地板，可神情与陶醉于舞乐的周围人完全不同，显得很可怕。

“唔……二刀，二刀，跟二刀是一样的道理。鼓槌虽有两个，声音却始终唯一。”武藏凝然望着，虽然紧抱的胳膊仍未松开，多年来困扰心头的一个心结却已然解开。

这便是二刀的刀法。

人生来有两只手，可持刀时，人却只用一只。所有人都是这样的习惯，这倒还没什么，可如果是两手把双刀对阵只手把单刀，单刀的一方又会如何呢？

至于实例，武藏早已有所体验。那便是自己在一乘寺垂松的战斗中一人力敌吉冈多人时的经历。战斗结束时他才意识到，自己竟是两只手持刀作战，右手是大刀，左手是小刀。但那只不过是本能使然，是两只手下意识地使出所有力气来保护自己，是人在生死攸关时的必然选择。即使在大军对大军的合战时，也不可能有放着两翼兵力不用的迎敌兵法，更何况是一个个体。人的日常生活习惯便是如此，不自然也会在不知不觉中变得自然，变得理所当然。

二刀法真的存在，而且反倒是最自然的。自那以来，武藏便一直坚信如此。可是日常生活天天有，生死险境却一生也不会遇到几次。刀的极致之道就在于将生死的要义日常化，这不是下意识，而是有意识的行为。而且，这种意识会在下意识间自由发挥出来。

二刀法必须是这样。武藏一直在思考这个问题，他想把这种理念化为自己的信念，抓住二刀法的根本原理。而就在刚才，他竟恍然大悟。在神乐殿上击打太鼓的舍人那两只握着鼓槌的手，让他猛然间悟出了二刀法的原理。

击鼓的鼓槌虽是两个，可发出的声音只有一个。而且，左与右，右与左，既有意，亦无意，完全是一种自由之境。武藏只觉得豁然开朗。

五场神乐是从统领的歌词开始的，可不知不觉间舞者也加入进来，粗犷的岩户神乐也开始表演，随着荒尊的矛舞，快节奏的笛子啁啾动听，铃声也是那么铿锵悦耳。

“伊织，还看吗？”武藏望着树梢说道。

“看。”伊织心不在焉地答道。他的魂早被神乐舞勾去，仿佛自己也成了一名舞者。

“明天还要爬山到里面的寺院呢。快回去吧，别太晚了。”说完，武藏便一个人朝别当的观音院方向走去。

这时，他的身后忽然出现了一个男人的身影，手牵一条大黑犬悄悄地跟踪他。看到他走进观音院，男人这才回过头，“喂，喂”地朝黑暗中小声招呼起来。

魔之眷属

一

据传，犬乃是三峰的使者，所以在这一带的山上，人们都称其为神的眷属。参拜者下山时之所以要买一些犬的护符、木雕、陶器等，原因便在这里。而且这山上也有很多真犬，虽然被人饲养，受人崇拜，可由于是在山里，仍不免要猎食一些自然生物，所以仍是一群尚未脱掉山犬本质的长着獠牙的畜类。

据说，这些眷属的祖先是由两种犬杂交而生的一种猛犬。一种是一千多年前随大批渡海来武藏野的高丽人迁来的犬，另一种则是更早以前就在秩父山上的纯坂东种山犬。

这些且不说。此刻，一直跟在武藏身后尾随到观音院的这名男子手里就用麻绳拴着一条犬。只见男子朝黑暗中一招手，牛犊般的黑犬也朝着黑暗的四周哼哼起来，大概是嗅到了熟悉之人的气味。

“嘘。”狗主人收收绳子，抽了下摇尾的狗屁股。

这名狗主人也长了一副不次于狛犬的狰狞面孔，脸上刻着深深的皱纹，年纪有五十岁上下，粗大的骨架里透着一股年轻，不，甚至连年轻人都少有的精悍。个子有五尺左右，四肢的关节上到处都透着逼人的弹力和斗志。可以说，这狗主人也跟他所牵的狗一样，仍未完全退掉野性，大概仍介于野兽和家畜之间的过渡期，是一个山武士。

不过，由于是山寺之人，衣饰倒也还齐整。一件看似背心，又似整身礼服，还似和服外褂的衣服上系着腰带，下身则穿着麻质裙裤，脚穿祭祀时的新木屐，木屐带则是纸捻的。

“梅轩先生。”从黑暗中悄悄靠过来的女人说道。由于狗老想去咬女人的衣摆，女人只能保持一定的距离。

“狗东西！”梅轩一面用绳头稍用力地抽了下狗头，一面说道，“阿甲……好眼力。”

“果然是那家伙吧？”

“嗯，是武藏。”

二人便不再作声，一同抬眼望着云缝里的星星。神乐殿的快节奏表演正在黑杉树丛后面如火如荼地上演。

“怎么办？”

“怎么也得除掉他。”

“难得他主动送到这山里来。”

“对，决不能让他囫囵着回去。”

阿甲频频使着眼色，唆使梅轩下决心。但梅轩难以做到。他眼睛深处分明闪烁着一种顾虑，那是害怕的眼神。

不久，他才问道：“藤次在吗？”

“哎，喝祭酒喝醉了，傍晚时就在店里睡下了。”

“那，你先把他叫起来。”

“你呢？”

“我还有要务在身。等巡视完宝库办完事，我就去。”

“那，去我家？”

“嗯，去你的店里。”

于是，两个身影分别消失在不时有篝火闪过的黑暗中。

二

一出山门，阿甲便一路小跑。门前町有二三十户，多数都是土产店和休闲茶屋。也有一些小餐馆，飘来的酒菜香味中不时夹杂着食客的喧闹声。她所说的家也是其中之一，泥地房里摆着长凳，门前写着“敬请休息”几个字。

“我家那口子呢？”一回来，她便立刻朝趴在长凳上打盹的雇来的小女仆问道，“一直在睡吗？”

小女仆以为阿甲是在骂自己，连连摇头。

“我问的不是你。是我家那口子。”

“啊，老爷啊，老爷还在睡呢。”

“啧啧，你看看。”阿甲咂着舌，“好容易赶上这祭典，人家都在忙活，只有我家这口子如此浑浑噩噩，真是的。”她一面说，一面环顾昏暗的房间。

临街的门口处，雇用的男仆和老婆子正在泥灶前煮着明天的红小豆饭。红红的火焰在炉膛里跳跃。

“喂，当家的。”阿甲在一张长凳上看到一个呼呼大睡的身影，立刻走过去，“喂，睁开眼醒醒。你也真是的。”然后轻轻晃起对方的肩膀来。

“什么事？”睡觉的男子蓦地起来。

“咦？”阿甲往后一退，惊愕地打量着男人的脸。对方竟不是她的丈夫藤次，而是一个圆脸大眼的乡下年轻人。忽然被一个陌生女人晃起来，年轻人眼睛直直地瞪着阿甲。

“呵呵呵。”她假笑了一声，掩饰着自己的冒失，“原来是客官啊，对不起了。”

于是，乡下年轻人捡起滑落在长凳下面的席子，盖在脸上，又默默地睡了过去。木枕前放着用过的碗盘，从草席一角露出来的双脚上则系着沾满土的草鞋，墙边放着旅包、斗笠和一根圆木杖。

“是客人吗，那年轻人？”阿甲问小女仆。

“是。他说睡一觉后就去后面的寺院，请求在这儿睡一会儿，于是我就借给他木枕用了。”小女仆说道。

“那为什么不早跟我说一声，害得我把他当成了我家那死鬼。那，我家那死鬼到底在哪儿……”

还没等她说完，一只脚便从一旁破旧的隔扇里伸到了泥地上。横躺在席地上的藤次说道：“没长眼啊，连我在这儿都看不到。先说说你自己吧，不在这儿看着店，又跑到哪儿瞎逛去了？”藤次发出睡醒后不甚愉快的声音，随即起身。

当然，这名男子便是那曾经的祇园藤次，如今他已完全变了样。不过，仍跟他孽缘未断生活在一起的阿甲也没有了往日的姿色，变成了一个黄脸婆。

藤次懒惰，女人不做事自然就生活不下去。在和田岭上靠那悬在半空的小屋打劫中山道上过往旅客来满足欲望的时候还算可以，可由于后来连贼窝都被武藏烧了，原先的手下们也一哄而散，如今，藤次只有在冬季打点猎来糊口，阿甲则成了这家“御犬茶屋”的老板娘。

三

大概是没睡好的缘故吧，藤次的眼睛仍有些发红。他起身走到泥地房里的水缸前，用勺子咕咚咕咚地喝着解起酒来。

阿甲一只手支在长凳上，斜着身子回头说道：“再怎么是祭典，喝起酒来也不能这么没数啊。命都快没了还不知道，居然没在外面被人砍死。你也太不小心了。”

“到底出什么事了？”

“武藏来这儿的祭典了，你还不知道？”

“哎，武藏？就是那个宫本武藏？”

“那还能有谁。从昨天起，人家就住在别当的观音院了。”

“真、真的？”比起那满缸的凉水，还是“武藏”二字管用，藤次顿时清醒过来，“那可不好了。阿甲，那家伙下山之前，你最好也别来店里了。”

“怎么，你的意思是听到武藏二字就要躲起来？”

“那也用不着重蹈和田岭的覆辙吧。”

“胆小鬼。”阿甲冷笑一声，“莫说和田岭那次了，武藏跟你自从在京都与吉冈结怨以来，不就是不共戴天的仇人吗？连我这个女人都被他反绑了双手，眼睁睁看着住惯了的小屋被他烧毁，当时的仇恨，我一辈子也忘不了。”

“可是……当时还有很多手下啊。”藤次知道自己那两下子。一乘寺垂松激战时，他虽未加入战阵，可后来从吉冈的残党口中听说了武藏的本事。在和田岭，他也亲自领教了武藏的厉害，所以他清楚自己压根就没有一丝胜算。

“所以，”阿甲凑过来说道，“光你一个人，也的确是为难你，不过这山上不是还有一个人与武藏有深仇大恨吗？”

经她一提醒，藤次也想了起来。她说的那个人，无疑就是山寺总务所高云寺平等坊的武僧，负责总务所宝库警卫任务的宍户梅轩。自己能够在这里开茶屋，也是完全托梅轩的照顾。而自己被赶出和田岭，四处流浪后在这秩父与梅轩结识也算是一种缘分。

后来，随着相互间逐渐熟悉，变得无话不谈，他们这才知道了梅轩的经历。梅轩曾住在伊势铃鹿山的安浓乡，手下也一度有不少野武士，一直趁战国之乱以打劫为生。后来世道太平了，便在伊贺的山坳里化为百姓，做了一名铁匠。可随着领主藤堂家藩政的统一，就连这样都混不下去了，于是他把时代的遗物野武士集团解散了，一个人到江户寻求发展，可江户也没有什么合适的机会。后来他碰巧在一个与三峰有交情之人的介绍下，被这里的总务所雇用，看守起这里的宝库来。由于比此地更深的武甲深山里仍有一些比野武士更凶悍的人带着武器盘踞，为了以毒攻毒，他便成了看护这里宝库的不二人选。

四

宝库里不光有神社和寺院的宝物，还有捐赠者捐献的现金。在这山中，宝库时常受到山贼的威胁。作为这宝库的守卫，宍户梅轩实在是不二人选。他熟悉野武士和山贼的习性和袭击特点，更重要的是，他还是宍户八重垣流锁镰的高手，在锁镰功夫方面堪称是天下无敌的高人。

若不是他那做贼的前科，他也早该是拥有主公之人了。他的血统实在太黑，亲哥哥辻风典马也是在伊吹山到野洲川一带为害乡里，终生都在血腥中猖狂的野盗头目。这辻风典马之死已经是十年以前，当时的武藏仍未改名，正值关原乱后之际，就在伊吹山下的原野里，辻风典马被武藏用木刀打得吐血而死。

宍户梅轩并不认为自己没落的原因在于时代的推移，而一直认为哥哥的死才是他霉运的开始。因此，他对武藏恨之入骨。后来在伊势路的旅途中，两人在安浓的山乡不期而遇。梅轩于是设下圈套，欲置武藏于死地。不料武藏却死里逃生，销声匿迹。自那以来，梅轩便再也没有看到过武藏的身影。

阿甲曾数次听他谈及此事，同时也把自己的遭遇透露给他。为了加深与梅轩的亲密关系，她总是极力煽动其对武藏的怨恨。每当这时，梅轩深埋在皱纹中的眼睛便总是透着杀气，喃喃自语："走着瞧。此仇不报，我誓不为人。"

因此，对于武藏来说，此山恐怕是再危险不过的诅咒之山了，可武藏偏偏带着伊织于昨日爬了上来。

阿甲无意间从店里瞥见了武藏的身影，心里当时就咯噔一下，可转瞬间那人影就消失在祭典的杂乱人群里。她想与藤次商量，可藤次总是去吃酒。阿甲放心不下，就趁着傍晚的空当到别当门口窥探，正巧看到武藏和伊织朝神乐殿方向走去，终于确定是武藏无疑。于是她去总务所叫出梅轩，梅轩便牵着狗一直尾随武藏，直到武藏进入观音院。

“唔……原来如此。”藤次听了，终于有了些底气。既然梅轩愿意介入，那就略微有一些胜算了。于是，前年的一段记忆又浮现在他脑海。在三峰祭祀神佛时举行的比赛上，梅轩曾使出八重垣流的锁镰秘技，几乎横扫坂东的武者。

“那你早把这件事吹进梅轩先生的耳朵了？”

“他说，完事之后就来这里，”

“来密谋？”

“那还用说。”

“可对手毕竟是武藏啊。这次可得好好合计一下……”藤次颤抖着，不觉大声起来。

阿甲十分警惕，连忙回头望望昏暗的房间角落。那盖着草席趴在长凳上的乡下年轻人，从刚才起就已睡得鼾声如雷。

“嘘……”

“啊！有人？”经阿甲一提醒，藤次这才连忙捂住嘴巴。

五

“谁？”

“说是客人。”阿甲并不在意。

藤次却皱起眉来说道：“快叫起来撵走。而且宍户先生也快来了。”

再没有比这更重要的了。阿甲立刻吩咐小女仆撵人。小女仆便走到长凳前，晃起仍在打鼾的年轻人，然后拉下脸说已经到打烊的时间了，让他快出去。

“啊，睡得可真香！”年轻人于是伸伸懒腰，从泥地上起身。从旅装和口音来看，此人似不是附近的百姓。只见他一起来便微笑着眨巴眨巴大眼睛，骨碌一转那充满活力的年轻身体，眨眼间便披上草席，拿起斗笠，抱起拄杖，将旅行包袱绕在脖子上。“打扰了。”他身行一礼便朝外走去。

“他付茶钱了吗？真是个奇怪的家伙。”阿甲回头吩咐小女仆道，“快把长凳收起来。”说着，她和藤次也都卷起苇帘，收拾起店铺来。

就在这时，一条牛犊般的黑犬慢腾腾地钻了进来。梅轩的身影当然紧随其后。

“哦，你来了。里面请。”

梅轩默默地脱下草履。黑犬则忙着寻觅掉在地上的食物。

旁边有几间下房，虽然是粗墙陋檐，却也架着木板走廊。不久，灯火便在其中的一间亮了起来。梅轩一坐下便说道：“听武藏刚才在神乐堂前跟同行的小孩说话的意思，他们明天似乎要去内殿。为了先行确认一下，我就悄悄溜到观音院探查了一番，所以就来晚了。”

“那，武藏明早要去内殿？”阿甲和藤次都吃了一惊，不觉隔着屋檐望望矗立在星空中大岳那黑黢黢的影子。

若用寻常的方式是打不过武藏的，这一点梅轩比藤次还清楚。宝库的看守人，除了他还有两名身强力壮的僧人。另有一名同样为吉冈残党的男子，在这神领的地盘上建了一处小小的道场，教授村落中的年轻人。如果再凑一下，还有一些从伊贺追随自己而来的野武士，虽然现已改做他行，但至少很快就能凑到十人以上。

藤次只须带上惯用的火枪就行，梅轩则早已备好了拿手的锁镰。其他两名看守宝库的僧人也应该带上矛头先出去了。“我又尽量叫了一些帮手，天亮之前也会在通往大岳途中的小猿泽谷川桥与我们会合，如此一来就可确保万无一失了。”只听梅轩如此说道。

藤次非常吃惊，不禁现出怀疑的眼神。“哎？你连这些都安排好了？”

梅轩不禁苦笑一下。藤次只把梅轩看成寻常寺僧，当然会很意外。不过，若是从他的前身，即辻风典马的弟弟黄平的身份来看，这点小事，简直如一头刚睡醒的野猪嗖的一下窜过一丛山草一样简单。

八重垣红叶

一

雾仍很浓，渺小的残月高悬在山谷之上，大岳正在沉睡。只有流经小猿泽底的流水喧闹不已，忽而淙淙，忽而轰然而下。

谷川桥畔，一群人影正黑黢黢地聚集在浓雾中。“藤次。”只听低低的呼唤声传来，是梅轩的声音。于是，人群中传来同样低低的回答声，是藤次。“不要把火绳弄湿了。”梅轩提醒道。还有两名武僧也混在这透着腾腾杀气的人群中，扎着法衣，手持短矛。剩下的大概就是附近村落的武士和地痞流氓之类，虽然服装杂乱，可看看他们的腿脚，个个都是轻装上阵。

“就这些吗？有多少人？”于是，人影们相互清点起人数来。无论由谁清点，加上自己后都是十三人。

“好……”梅轩又把行动的步骤向众人重复了一遍。众人默默点头，立刻行动起来，从谷川桥直奔山上的羊肠小道，消失在云中。

内殿道距此三十一町——除了在白色残月下微微显露出来的谷川桥断崖旁的里程碑上的文字，就只剩下溪流的水声和空中的风声了。

人群散去之后，一度潜藏起来的兽类又在树梢之间喧闹起来。原来是猴群。从这里到内殿，到处都是数不清的猿猴，有的在滚动山崖上的小石头，有的则抓着藤蔓荡到路上，还有的跑到桥上，躲进桥底，越过溪谷。雾气追逐着猴群，与它们嬉戏。倘若此时能有一个神仙降临，用仙语召唤它们说："你等既然有生，为何还要在这狭隘的山谷里与云儿嬉戏呢？云既起，何不驾云而去。西行三千里，可卧庐山，指峨眉，足浴长江，吸大天之气。该真正享受生命才是。快随我来吧。"或许这里所有的云都会化为猿猴，所有的猿猴也都会化为云，升天而去。猿猴的嬉闹让人浮想联翩。在残月的映照下，浓雾中的每只猿猴看上去都像两只一样。

汪！汪！汪！忽然，狗叫声传来，声音震荡着山谷。仿佛秋风扫落叶一样，猴群瞬间消失得无影无踪。接着又传来清晰的脚步声，原来是梅轩为看守宝库而饲养的黑犬挣断了绳子奔了过来。

"阿黑，阿黑！"从后面追来的是阿甲。

大概是这狗看到梅轩等人去了大岳，才咬断绳子追来的吧。

二

阿甲好歹抓住了牵黑犬的绳头。黑犬被拽住后，立刻便转过硕大的身体，朝她吼叫起来。

"畜生！"她讨厌狗，一面吓唬，一面用绳子抽打，"回去！"

可她刚想要将其拽回，那黑犬却又咧开大嘴，汪汪地狂叫起来。绳子虽已抓住，可以她的力气怎么也拽不动。若是硬拽，那黑犬就会像狼一样狂吠不已。

“干吗非要带这畜生来不可！要是拴在宝库的狗棚里，哪会这么麻烦！”她生起气来。

狗狂吠不已，若是今早离开观音院的武藏提早起程，一定会对这狗叫声产生怀疑。这狗光是在路上转来转去，就足够引起他的警惕。

“真拿你没办法。”阿甲无可奈何。黑犬仍狂叫不已。“真服了你，那就走吧。不过，到了内殿后，可不要再叫了。”阿甲没办法，只好牵着狗，不，准确地说是被狗牵着，气喘吁吁地往先登山而去的人群身后追去。之后，那狗便再也没有狂叫，大概是兴奋地追着主人的气味去了。

整夜都飘忽不定的雾气像厚厚的积雪一样沉积在山谷里，武甲群山、妙法、白石、云取等山逐渐清晰，通往内殿的山路也白茫茫地显露出来。唧唧，唧唧，唧唧……小鸟的鸣声开始清洗人的耳朵。

“师父，究竟是怎么回事？明明都天亮了，怎么还不见太阳啊？”

“你看的不是西面吗？”

“啊，原来是我搞错了。”不过，伊织却看到了月亮，那是正落向那边山峰的一抹淡月。

“伊织，这山里怎么这么多你的亲友啊。”

“在哪里？”

“那儿。那边也有呢。”

伊织朝武藏指向的山谷里的树上一瞅，只见一群小猴子正围着一只老猴子。“什么乱七八糟的……不过，师父，猴子可真让人羡慕。”

“为何？”

"它们有父母啊。"

山路陡了起来。武藏默默地在前攀登。爬过一段山路后，地势又变得平坦。

"那个，上次寄存在师父那里的钱袋子，也就是我爹的遗物，师父还带在身上吗？"

"掉不了。"

"师父看过里面的东西吗？"

"没看过。"

"里面除了护身符，还有一样写着字的东西呢，有空您看看吧。"

"嗯。"

"从前我带着的时候，还有很多难字我不认识，现在大概认得了。"

"有空你自己打开看吧。"

两人一步步前行，夜空开始泛白。武藏边走边观察着路上的杂草。自己尚未踏足的前方，杂草上的露水早已被行人的足迹弄脏。

三

山路蜿蜒盘旋，不久，两人便来到一处东向的平地。

"啊，日出！"伊织顿时欢呼起来，指给武藏看。

"哦。"武藏的脸也被朝阳染得通红。

眼前是一片云海。坂东的平原，还有甲州、上州的山脉都化为了蓬莱仙岛，漂浮在怒涛中。伊织抿着嘴，一脸凝然地望着太阳。壮丽的景象不禁让少年感动得哑然，都不知道该说什么好。他只觉得浑身的血液跟火红的太阳化为了一体，以至于他甚至把自己当成了“太阳之子”。不过，他的感动与人类精神并未完全重合到一起。

因此，他仍默默地出神地望着，却突然大喊：“天照大神！”同时回过头来望着武藏，“对吧，师父？”

“对。”

伊织高高地举起双手，十指对着太阳，又大喊起来：“太阳的血和我的血是一个颜色！”他击掌合十，俯身下拜，心中默念着：猴子有父母，我却没有；猴子没有大神祖，我却有！

默念间，一股欢愉之情顿时充满心中，眼泪也随之滚落。这痛楚竟不禁让伊织的手脚舞动，昨晚的岩户神乐竟从云的那边穿进他的耳朵。

“嗒啷、噹、噹、噹……咚咚、咚……”他不禁捡起一节小竹枝，舞了起来。“梓弓啊梓弓，每当春天降临时，在皇神的丰明宴会上，便可一睹尊荣，便可一睹尊荣。”伊织陷入了陶醉，一回过神来，发现武藏早已远去，这才慌忙追赶起来。

道路又往密林里钻去。大概快到参道了吧，两边的树木井然有序。粗壮的树干上覆盖着厚厚的苔藓，上面上绽满了白花。这些树怎么也得有五百年甚至上千年了吧，伊织感动得甚至连树都要叩拜。脚下的路被山白竹挤得越来越窄，爬山虎火红的叶片分外夺目。树林深处仍很昏暗，仰起头来，清晨的阳光只是微微地透进几缕。

就在这时，两人脚下的大地忽然开始摇动，轰的一声，地动山摇之感随之传来。

“啊！”伊织慌忙捂住耳朵，趴在山白竹里。“啊！”一声恐怖的惨叫随之从飘散着弹烟的树后传来，有如动物临死前的惨叫。

四

“伊织，别起来！”武藏从杉树后朝着头已钻进山白竹里的伊织喊道，“就是被踩到也别起来！”

伊织连回答声都没有。硝烟如薄雾一般漫过伊织的后背朝远处飘去。远处的树、武藏旁边的树以及路前路后，所有东西后面都潜伏着枪穗或利刃。

潜伏的人们一时找不到武藏的身影，纳闷不已。而且他们大概也在确认火枪的效果，所以并没有搜查，而是观望了一会儿。

虽然刚才那声“啊”的惨叫像是武藏被击中后的反应，但武藏刚才所待的位置附近却没有人倒下，这无疑也让他们疑惑。

随着火枪声起，山白竹中只有伊织像只小熊一样露出屁股。所有的眼睛都看到了，伊织已完全置身于四面的视线和利刃之中。别起来——虽然他恍惚记得刚才有人这么提醒他，可迫近毛孔的恐惧和震撼鼓膜后瞬间的死寂，还是让他不由得抬起头来，藏在旁边巨大杉树后的一把太刀顿时像蟒蛇一样闪现在他眼前。

他立刻忘记了一切，尖叫起来：“师，师父。那儿藏着人！”接着一下跳了起来，拼命想跑。

“兔崽子！”紧接着，他刚看见的太刀顿时从树后飞出，像恶鬼一样朝他挥来。

就在这时，啪！一把小刀忽然扎向来人的侧脸。不用说，自然是武藏因无暇扑救而掷过来的小刀。

“唔！浑蛋！”话音未落，一名和尚已刺过枪来。武藏立刻用左手一把抓住枪，而右手在投出小刀后仍完全空着，以备下一波攻击。由于重重的树木遮住了敌人，让他难以辨别敌人的数量，不敢轻举妄动。

“啊！”这时，仿佛挨了一石头似的，某处又传来一声凄厉的惨叫。令人意外的是，对方似乎发生了倒戈，开始了惨烈的格斗，而且与武藏毫无关系。

“咦？”武藏循声望去。一瞬间，觊觎他已久的另一名和尚顿时连枪带人向他猛扑过来。

“嗨！”武藏把枪拽到肋下。用枪夹住他身体的两名和尚顿时大喊起来：“上啊！都干什么呢！”

武藏的声音却立刻盖过两人：“什么人？是什么人要暗害我武藏！报上名来！否则就休怪我把你们全当敌人。我本不想玷污这圣地，可你们若欺人太甚，我就让你们尸体成山！”

说着，武藏一抡抓住的两杆枪，两个和尚顿时被扔了出去。他飞身跃起，拔刀的一瞬已斩杀一人，接着一个翻身，又迎向拔刀相向的三名歹人。

五

路很窄，武藏在路上步步紧逼。端着白刃的三人和从一旁加入的两人全都耸着肩膀，步步后退。令武藏担心的是看不见伊织的影子，而他对当前的敌人仅止于防御而已。

“伊织……”他试着喊了一声。无意间一抬头，只见杉林中有一人正被人追赶，正是伊织。原来是刚才漏网的另一名和尚捡起了枪，正在追赶伊织。“啊！救命！”

武藏正要抽身搭救，对面的五人并起利刃斩杀过来。“哪里走！”武藏立刻如疾风一般迎向利刃。霎时间一阵惊涛骇浪，血花飞溅。武藏低着身子杀向敌人，脊背有如一道旋涡。鲜血的喷溅声，刀斩肉躯的声音，甚至还有斩断骨头的恐怖声接连传来，其中还夹杂着两三声惨叫，令人毛骨悚然。尸骸全被拦腰斩断，像朽木一样倒向左右两边。武藏正右手握着大刀，左手握着小刀迎战。

“哇！”这时，有两人踉跄着开始逃跑。

“哪里逃！”话音未落，武藏已一个箭步追上去，左刀斩向一人的头后部。噗！暗红色的血顿时喷向武藏的眼睛。武藏不由得用左手挡住眼睛。就在这时，一种异样的金属声带着风声从后面朝脸上扑来。啊！他的右刀无意间向其一挡。这一动作纯粹是下意识的反应，可就在同时，刀的护手附近却噌的一下被金属块缠住。

完了！武藏暗呼一声，刀身和细长的锁链已经紧紧地拧成了一条绳子。

“武藏，”宍户梅轩握着镰刀，将带金属块的锁链紧紧缠绕在武藏的刀上，一面拽着链子，一面说道，“你还认得我吗？”

“哦？”武藏抬头一看，“你是铃鹿山的梅轩吧。”

“辻风典马的弟弟。”

“啊，果然。”

“你不请自来，这是你劫数已到。我的亡兄正在针山和地狱里召唤你呢，快去吧！”

缠在武藏刀上的链子怎么也不松开。接着，梅轩开始慢慢收回链子。不用说，这是为接下来抛出手中的利镰而做的准备。对于镰刀，武藏仍可以用左手的小刀来应对。倘若只有右手的大刀，此时的他恐怕已无任何防身之物了。

“嗨！”梅轩的喉咙猛地膨胀，胀得几乎跟脸一样粗。就在用尽浑身力气挤出这一声的同时，链子已将武藏连人带刀拽了过来。他的身体也逼近链子。

六

难道武藏今天要犯下终生的错误？对于锁镰这种武器，武藏并非没有见过。曾几何时，这宍户梅轩的妻子也曾在安浓的铁匠铺里，用实物向武藏演示过宍户八重垣流的镰法，一度让武藏看得入迷，连连佩服。他甚至想，连妻子都如此娴熟，那丈夫梅轩的技艺可想而知。同时，他也意识到了这种罕见的、天下鲜有人使用的特殊武器的恐怖。

对于锁镰的知识，就在今天以前，武藏还一直以为自己已经掌握。可一旦到了性命攸关的时刻，这种知识却毫无用处。当武藏意识到这一点时，自己早已被锁镰的恐怖性能俘虏。而且他还无法只应对梅轩一个人，因为身后也有敌人逼过来。

梅轩很得意。他一面收紧链子，一面露出牙齿狞笑。武藏知道自己必须放弃被链子缠住的大刀，但他得寻找机会。“嗨！”接着，第二声叫喊又从梅轩的嘴里鼓出，左手的镰刀朝武藏飞来。

“哦！”武藏右手离刀。

镰刀顿时从头顶呼啸飞过，可镰刀刚一消失，金属块又飞了过来。

金属块刚一打空，镰刀又接踵而至。两者轮番袭向武藏，无论躲闪哪一样都极其危险。因为躲开镰刀的一瞬间，金属块正好可以砸过来。

武藏只好闪躲腾挪，不断变换位置，而且还得以极快的速度，并提防不断朝身后逼来的其他敌人。莫非我要落败？他的五体逐渐僵硬。这不是有意识的，而是本能使然。皮肤和肌肉本能地开始搏命，甚至连汗都没空淌，全身的毛发都竖了起来。

对付镰刀和金属块的最好战法便是以树为盾牌，可是武藏连靠近树的空隙都没有。更何况树后还有敌人。

就在这时，某处又传来一声清晰的惨叫："啊！"

"伊织？"武藏无法回头，只有在心底为伊织祈福。即使在这一瞬，镰刀仍不停地闪过脸前，金属块也呼啸而来。

"去死吧！"这怪喊并非是梅轩的，当然也不是武藏的，而是有人在武藏身后如此大喊了一声，"武藏先生，武藏先生，何必跟这等鼠辈费事！这后面的就交给在下吧。"

接着，只听同一个声音又骂道："去死吧，畜生！"

地动声，惨叫声，还有踩烂山白竹的脚步声混在一起。从刚才起就在另一处帮助武藏的人终于击溃了隔在中间的对手，驰援到武藏身后。

七

谁呢？武藏猜测着。自己身后这意外的朋友究竟是谁？可是他连确认这些的时间都没有。他对身后放下心来，终于可以专心地对付前方的梅轩。可是他的手里只剩一把小刀，大刀已经被梅轩的链子叼走。只要他往前一逼，梅轩便立刻机警地往后一跳。

对梅轩来说，最重要的便是保持自己与敌人间的距离。镰刀与金属块之间链子的长度，便是他的武器的长度。而对于武藏，比这距离远一尺也行，再近一尺也无不可，可是梅轩并不允许。

武藏不禁为梅轩的秘技咋舌。仿佛面临一座固若金汤的城池，他体会到久攻不破的疲劳。不过，在对战的过程中，武藏还是看破了他这秘技的核心。因为这跟二刀流完全是一个原理，链子虽是一根，但金属块便是右刀，镰刀则是左刀，而且对方将两者运用自如。

“领教了！八重垣流！”武藏忽然大喊一声，声音中已透着胜利的信念。就在金属块飞来的一瞬，他一下子后跳了五尺，握在右手的小刀嗖的一下朝敌人抛了过去。而梅轩正是追扑过来的姿势，面对突然飞来的小刀，他无一物可挡。

啊！他不禁一转身。小刀刺空，扎在了远处的树干上。可是由于突然间转身，链子竟一下子在他自己身上缠了一圈。

“啊！”悲壮的声音刚从梅轩口中喊出，武藏已经像个铁球一样向梅轩扑去。梅轩刚要去抓刀柄，武藏的手早已打在他的小臂上，他没握住的刀柄已然被握在武藏手里。

可惜——武藏默念一句的同时，已经用梅轩的大刀将梅轩一劈两半。由于是从离护手七八寸的地方砍下去的，刀刃有如劈开树木的惊雷，从脑袋一直劈到了肋骨处。

“啊……”仿佛在配合武藏的气息，身后一人顿时感叹起来，“一劈两半，我还是第一次看见呢。”

武藏回过头来。只见一名乡下年轻人正站在面前，手拄一根四尺左右的圆木杖，宽厚的肩膀、圆圆的脸膛上淌满汗水，正露着白牙冲自己微笑。

“啊……”

“是我。好久不见。”

“这不是木曾的梦想权之助先生吗？”

“很意外吧？我想这大概是三峰大神的撮合吧，也是授给我导母之杖亡母的在天有灵。”

“这么说，令堂她——”

“已经故去了。”

于是，两人漫无边际地谈了起来。

“对了，伊织呢？”武藏立刻探寻起伊织的身影。

权之助说道：“请不用担心。我已经把他救下，让他先爬到那边去了。”说着指指头顶的天空。

伊织正在树上用奇怪的眼神注视着两人。这时，杉林的深处忽然传来猛犬“汪汪”的吠声。“咦？”伊织顿时转动起眼睛。

八

伊织手搭凉棚，从树上寻找猛犬狂吠的地方。只见杉林深处，从林边到沼泽的中途有一小块平地，一条黑犬映入眼帘。黑犬被拴在树上，正咬着旁边一个女人的衣袖。女人拼命想逃，可黑犬就是不撒口。结果衣袖被撕裂，女人于是连滚带爬地在林间跑了起来。而刚才跟梅轩一伙、在杉林中追赶伊织的那名和尚头上仍流着血，正拄着枪当拐杖，踉踉跄跄地走在女人前面，可女人忽然超过那和尚，朝山麓方向奔去。

汪！汪！汪！或许是刚才的血雨腥风让黑犬近乎发狂，回音追着真声，真声逐着回音，阴森森地吠个不停。

正疑惑时，猛犬终于挣断了绳子，像个黑球一样朝女人逃走的方向奔去。正在蹒跚前行的受伤和尚以为狗是来咬自己的，顿时挥起长枪，砰的一下朝狗脸上打去。由于被枪尖打到，黑犬的脸顿时划开了一道小伤口。

呜！黑犬立刻往旁边一拐，跑进了杉林。之后，吠声也听不见了，影子也看不见了。

“师父！”伊织从树上喊道，“那边有个女人逃了。”

“下来，伊织。”

“杉林那边还有一个人，一个负伤的和尚正在逃呢。不追了？”

“算了。”

当伊织从树上下来的时候，武藏已从梦想权之助的口中听完了事情的大致经过。

“既然说有一个女人逃走了，一定就是刚才所说的阿甲了。”

权之助昨晚就睡在她茶屋的长凳上，大概是吉人天相吧，无意间竟把他们今天的企图听了个正着，立刻明白了一切。

武藏深表谢意。“那么，一开始打死那放黑枪的也是你了？”

“不，不是我，是这木杖。”权之助诙谐地笑道，“即使他们想暗算，也不看看对手是什么人，那可是您呢。如果做得不是太过分，我看看热闹就算了，可没想到他们竟有人拿了火枪。于是我就在黎明前事先绕到这里，潜伏在那人身后，趁他瞄准的时候，从后面一杖将他击毙。”

然后，两人清点了一下死尸的数量，发现被木杖击毙的有七名，遭武藏斩杀的则是五名，木杖击毙的占了多数。

“虽然错并不在我们，可这里毕竟是神领的圣地，也无法就这样甩手走人，所以我想先跟神领的衙门说一声。有关先生自上次以来的事情我很想听听，在下的事情也想跟您聊聊，但咱们还是先回一下观音院，把事情了结了吧。”

可是，还没等他们回到观音院，神领官衙的差役们便已聚集到谷川桥，于是武藏便一人前去报案。差役们多少觉得有些意外，不过还是当场命令手下：“给我拿绳子绑了！”

绑了？武藏被这意外的遭遇惊呆了。自己前来报案，反倒被当成了罪犯，简直是莫名其妙。

“走！”

看到自己俨然成了囚犯，武藏大怒，可已然来不及了。光是看看差役们的阵势就已非同小可，而越往前走，汇集而来的差役就越多，更令他惊讶不已。

还没到门前町，武藏四周就已经汇集了百名以上的差役，将五花大绑的武藏围了一二十层，严加戒备，生怕他跑了。

下坡的驮马

一

“别哭，别哭。”权之助把伊织紧紧搂在怀里，生怕他哭出声来，“别哭了。你不是男子汉吗？男人是不哭的。”

听他如此安慰，伊织却说道：“正因为是男人……正因为是男人我才哭呢……师父被抓去了，师父被人绑走了。”说着，他挣脱权之助，又咧开大嘴，朝着天空哭了起来。

“武藏先生不是被抓去了，他是去报案了。”尽管嘴上这么安慰，权之助的心里也有些不安。毕竟来到谷川桥的差役们个个杀气腾腾，而且还有十人二十人一组的捕吏严阵以待。对于一个报案者，至于用如此阵势吗？权之助很不解，也充满疑虑。

“好了，走吧。”他正要牵起伊织的手。

“我不。您不把师父叫回来我就不走。”伊织摇摇头，似乎还没哭够，在谷川桥边一动不动。

“武藏先生肯定立刻就会回来。你要不走，我可不管你了。”

可是伊织仍未动弹。就在这时，刚才看见的那条猛犬似乎已从杉林一带噬足了鲜血，疾速跑来。“啊，大叔！”伊织顿时朝权之助身旁跑去。

权之助哪里知道，这个小不点曾独自一人居住在旷野里，葬父的时候，由于一个人扛不动尸体，他甚至还磨起刀来，欲把父亲的尸骸劈成两半带走，完全是个无所畏惧的少年。

“累了吧。”权之助安慰道，“吓坏了吧。这也难怪。我背你走吧。”说着，把后背亮给伊织。

伊织不再哭泣。“嗯。”他撒着娇搂住权之助的后背。

祭典昨晚就结束了，那么多人一夜之间如秋风扫落叶般下山而去，无论是三峰神社里还是门前町，全都冷清下来，只有人群留下的竹皮和纸屑等垃圾在小小的旋风中打转。路过昨晚借长凳睡觉的御犬茶屋时，权之助偷偷往里瞅了瞅，结果背上的伊织说道：“大叔，刚才山上的那个女人就在这里。”

“应该在里面。”权之助停下来，说道，“既然连武藏先生都要抓，不先把那个女人抓起来岂不是笑话。”

刚逃回家的阿甲，一回来就把钱物都带在身上，正忙着准备逃跑时，忽然抬头看见站在门口的权之助。“畜生！”不禁回过头咕哝了一句。

二

权之助背着伊织站在檐下，迎着阿甲那充满怨恨的眼神，笑着回道：“准备逃跑啊？”

里面的阿甲忽地站了起来。“真是狗拿耗子多管闲事。对了，我问你，年轻人。”

“哦，什么事？”

“今天早晨，就是你钻了我们的空子，帮了武藏吧？还打死了我丈夫藤次。”

“你们自作自受，我也是迫不得已啊。”

“你给我记着。”

“你想怎样？”

权之助话音未落，背上的伊织也骂了起来：“坏蛋！”

阿甲一下了钻进里面，嘲笑道：“如果我是坏蛋，那你们就是抢走平等坊宝库的大盗。不，是大盗的手下。”

“什么？”权之助放下背上的伊织，走进店里，“你说我们是盗贼？”

“别装糊涂了。”

“你再说一遍？”

“你马上就会明白的。”

“快说！”权之助一把抓住阿甲的手腕，阿甲却突然拔出藏着的匕首，朝权之助刺来。

虽然木杖就拿在左手里，却根本就不需要。只见权之助一把夺过匕首，将阿甲推到檐前。

“山上的人啊，都快来啊！抢宝库的同伙——”阿甲从刚才起就说些莫名其妙的话，现在又滚到街上如此叫嚷。

权之助顿时火起，一下子把抢来的匕首向阿甲背上丢去。匕首顿时穿透了她的肺。“啊！”阿甲立刻鲜血涌出，扑倒在地。

这时，也不知刚才那黑犬从哪里蹿了出来，只见它嗷的一声扑到阿甲身上，立刻舔舐起伤口处的鲜血来，边舔还边仰起头冲着天空的乌云阴森森地长啸几声。

“啊，那狗眼——”伊织大吃一惊。狗的眼睛中已露出发疯的迹象。

不，何止这狗眼。就连这座山上的人，从今天早晨起就全带着类似的眼神，吵吵嚷嚷闹翻了天。

祭典之时，无论白天还是黑夜，这街上都充斥着杂乱的人群、灯火和神乐。在这祭典的混乱中，就在昨晚深夜到今晨，总务所平等坊的宝库竟被洗劫了。事情显然是外部的人干的，虽然宝库内的古刀和古镜之类没有遭劫，可多年积蓄的砂金、金锭和铸币都被洗劫一空。

看来这并不是传言。从刚才起山上就来了大批差役和捕吏，原因或许就在这里。不，更明显的证据是，阿甲刚才只在大街上喊了那么一声，附近的居民就呼啦一下全赶了过来。

“这儿！就在这里面！抢宝库的党徒逃到里面了！”

人们立刻远远围住茶屋，吵嚷间有人拿起家伙，有人则捡起石块往里面扔。由此可见山上住民的愤慨已是非同寻常。

三

两人沿着山，终于逃了出来，一直跑到从秩父下到入间川的正丸岭上。直到这里，手拿竹枪和打野猪的土炮，追着高喊“抓抢宝库的盗贼同党”的人群才不见了踪影。

权之助和伊织虽然自身已安全，可武藏的安危还不清楚。不，准确地说是越发不安了。现在想来，武藏一定是被错当成了抢宝库的魁

“那，木曾那边的人今晚都会去首冢松那边会合？”

“没错。”

“什么时刻？”

“说好是半夜，所以我们现在赶去正好。”

年老者称同伴为城太郎，年轻者则喊年老者为老爷子。莫非这两名盗贼是一对父子？伊织思忖着，愈发害怕。虽然以自己的力量很难抓住他们，但他还是坚信，只要查清楚两人所回的住处，然后再报告官府，武藏的冤情自然就可以昭雪，可以从大牢里释放出来。虽然他也没把握究竟能否做到这些，但这两人一定就是三峰的怪盗！他童心里瞬间闪过的直觉似乎并不错。

川越一带的街道已如沼泽一般陷入沉睡。两匹驮马穿过一排排熄灭了灯影的房屋，朝首冢丘方向爬去。路口有一块路标，上写“首冢松由此往上”。伊织由此潜进了崖后。只见山丘上有一株巨大的孤松，一匹马拴在树上。树下有三名男子，全都是旅途装扮的浪人，抱着膝盖，早就一副等得不耐烦的样子。看到来人后，他们忽然站了起来。“哦，大藏先生。”说着，连忙朝爬坡而来的两匹驮马迎了上去，然后亲密地畅叙起久别的离情，互庆平安。

不久，趁着天色未明，他们便开始忙活。在大藏的指挥下，他们将孤松下面的巨石挪开，其中一人用铁锹挖。埋好的金银连同泥土被一同挖出。看来他们每次盗来钱财后都埋在这里，数额之大实在惊人。

包脸的额发男人，即被唤为城太郎的年轻人从驮马背上卸下全部漆桶，打破盖子，把里面的东西全倒在地上。结果倒出来的并不是漆，而是三峰神社的宝库里消失的砂金和金锭，跟从土里挖出来的合到一起，堆了一大堆，有几万两之巨。

首被抓。他因另一个案子去自首，却被阴差阳错地抓进了秩父的大狱。

“大叔，武藏野都快到了，也不知师父怎么样了，还没被差役们释放吗？”

“唔……恐怕被送进了秩父的牢狱，现在正在受苦吧。”

“权之助大叔，您就不能帮我救救师父吗？”

“当然能。他是冤枉的。”

“请您救救师父吧，我求您了。”

“对我权之助来说，武藏先生也形同师父一样。所以就算你不求我，我也会想办法救他的。伊织小兄弟。你还小，跟着我碍事。既然来到这里了，你一个人就能回到武藏野的草庵了吧？”

“啊，回是能回去……”

“那，你一个人先回去。”

“那权之助大叔呢？”

“我要返回秩父的街市，打探一下武藏先生的情况再说。如果衙门不讲理，一直把武藏先生关在牢里，强加罪名，我就是去劫狱，也要把他救出来。”

说着，权之助把木杖往地上一戳。伊织早就见识了那木杖的威力，二话不说便点点头，答应就此与权之助分手，独自回武藏野的草庵。

“真乖，真乖。”权之助夸奖道，“你要乖乖地在草庵里等着，直到我平安地救出武藏先生，一起回来。”

叮嘱完后，他把木杖重新夹在腋下，再次朝秩父方向走去。

于是，又只剩下伊织一个人。但他并不觉得寂寞。他本来就是在旷野中长大的野孩子，而且是按去三峰神社时的原路返回，根本就不用担心迷路。只是他实在困极了，昨晚沿着山路连夜逃到这里，一路上完全没合眼。虽然吃了些栗子、蘑菇、鸟肉之类，可在赶到这山岭之前，他哪里还有空打盹。不过一旦沐浴着秋日的暖阳，默默地前行，他便不由自主地犯困。终于在走到坡下后，他再也坚持不住，一下子钻进路旁的草中睡了过去。

伊织正好躺在一座石佛像后面。不久，当照在石佛上的夕阳暗淡下来时，前面忽然传来了窃窃私语声。伊织一下子睁开眼睛，又意识到一旦贸然逃出肯定会惊动说话人，便继续装作昏睡。

四

只见一人坐在石头上，另一人则坐在木桩上，似乎休息了一会儿。稍远一点的树上拴着两匹驮马，大概是两人骑的。马鞍两侧驮着两个漆桶，一边的漆桶上还有一个签，上写“西丸筑城御用，野洲漆业”。

从这签来看，这两名武士不是改建江户城的木工手下，就是漆奉行的手下。可是根据伊织从草丛里窥探的结果，两人都目露凶光，全然没有悠闲官差的样子。

其中一人已是年逾五十的老武士，但体格和肌肉根本不次于壮年人。他戴的一字斗笠强烈地反射着夕阳，斗笠下的脸因而显得很昏暗，看不清楚。对坐的另一名武士则是一名十七八岁的清瘦青年，留着额发，面孔尚显稚气，苏芳染的手巾包着双颊，在下巴上打着结，点头时总会露出微笑。

“怎么样，老爷子，我这漆桶的创意还算不错吧？”

额发青年这么一说，被唤为老爷子的一字形斗笠男人说道：“哎呀，你现在越来越机灵了，连我大藏都没想到这漆桶啊。”

“那还不是您平日里教导有方。”

“你小子还真得意起来了。看来不出四五年，连我大藏都得听你使唤了。”

“那是当然。年轻人的成长想拦都拦不住，老朽再怎么着急也只会衰老下去啊。”

“连你都看出我着急了？”

“是啊，虽然可怜是可怜，可您自知力不从心，着急的情绪也就显露无遗了。”

“你小子也不知不觉间长成一个有心的青年了，连我的心思都能看穿。”

“怎么样，走吧。”

“是啊，趁着脚下还没黑。”

“别说这不吉利的话啊，咱们的脚下还亮堂着呢。”

“哈哈哈，这可不像血气方刚的你啊，还这么迷信。”

“大概是我入这一行尚浅，还没有历练出来的缘故吧。一有点风吹草动，我心里就会发毛。”

“那是因为你把自己看成跟普通盗贼一样的人了。只要在心里想着这是为了天下，你就不会胆怯了。”

“尽管您一直这么说，我也一直在这么想，可盗贼始终是盗贼，总感到有些内疚啊。”

“真没骨气。”看来戴斗笠的老人也多少有点心虚，也不知是朝青年人还是对自己，有些谨慎地叨念了一句，然后骑上绑着漆桶的马。

包脸的额发青年也轻快地跳上马鞍，超过正要先行的老人的马，说道：“我来开道吧。若是有什么动静，我立刻就会打暗号，可不要大意。”他提醒后面道。

道路一路南下，一直伸向武藏野。无论是马头还是斗笠，还是那包脸的手巾，不一会儿便全都沉浸在夕阳的阴影下。

漆桶

一

睡在石头后的伊织无意间听到了两人的全部对话，却只是觉得纳闷，并不理解这谈话的内容。但两人骑上驮马一离开，伊织便立刻跟了上去。两人觉得奇怪，从马背上回头看了一两次，或许是觉得他年龄幼小不足为戒吧，之后便似乎再没有在意他。

不久，夜色降临，四周一片漆黑。路到武藏野之前几乎全是下坡。

“哦，老爷子，能看见那边扇町屋的灯光了。”

当包脸的额发年轻人从鞍上指着前方的时候，路也终于变得稍稍平坦起来。前方的平原上，入间川像解开的衣带一样在黑暗中蜿蜒盘旋。

虽然前行的两人似乎没抱任何戒备，可跟在后面的伊织人小鬼大，格外留神，生怕让他们起疑。

那两人一定是小偷——唯有这一点伊织是明白的。他深知盗贼的可怕。他出生的法典村每隔一年便会遭到贼匪的袭击，之后村里就会凄惨得连一个鸡蛋、一升红小豆都不剩，而且他们杀人如麻。这种恐怖的印象自幼便烙在他的心灵里，他担心一旦被发现就会没命。

既然如此害怕，那伊织为何不赶紧钻进岔道躲开，为何偏要跟着那两匹驮马紧追不舍呢？理由十分简单：他早就在心里认定，闯进三峰神社的宝库劫走无数钱财的盗贼肯定就是这两人。

刚才在石头后面犯嘀咕的一瞬，伊织的脑海里就忽地闪现出了这种念头。少年的直觉从来不存在怀疑和动摇。一旦认定，那他们就一定是三峰的盗贼不可。

不久，他和驮马也都走进了扇町屋的驿站。只见骑在后面驮马上的戴斗笠男人朝前面的包脸额发男子招招手，在马鞍上喊道："城太郎，城太郎，先在这里填饱肚子再走吧。马也得喂些草料，我也想抽袋烟。"

两人便将驮马拴在灯光昏暗的饭铺外面，走了进去。年轻的额发男子坐在入口边，一边吃饭，一边不停地留意着驮马。他一吃完便立刻来到外面，给两匹马喂起干草来。

二

其间，伊织也买来零食吃了起来。看到驮马上的两人又往驿站前方行进，他便一面嚼着零食，一面又追了上去。

路又昏暗起来，不过尽是武藏野平整的草地。马鞍上的两人不时扭过脸面向对方，一路都在闲谈。

"城太郎，给木曾那边通风报信的信使已经出发了吧？"

"早就安排好了。"

接着，他们又将其分别装进数个草包，捆在三匹马的背上，然后把空漆桶和没用的东西全部踢进坑里，再巧妙地盖上土。

“好了好了，离天亮还有一段时间，先歇一会儿吧。”

大藏吩咐着，在松树下坐定。其他四人也拍拍土，围坐四周。

三

木曾的百草批发商大藏自称去各地礼佛，自从他离开奈良井的本家以后，今年已是第四个年头。他的足迹遍及关东，但凡有神社佛阁之处，没有一处看不到他奈良井大藏的捐赠牌。这名奇人的巨额钱财究竟从何而来，从没有一个人调查过。不仅如此，从去年起，他还在江户城下的芝一带购置了房产，开设了当铺，甚至还成了市镇五人组中的一员，即使在城内也有极高的威望。

就是这个大藏，前些日子还把本位田又八骗到芝浦的海上，用重金诱惑他狙击新将军秀忠，现在却又趁着三峰祭典的混乱，盗出宝库的金银，连同以前埋在首冢松下数年的赃物，让人一并装进草包驮在三匹马的背上。

世道可真是恐怖，最难以琢磨的恐怕就是人。话虽如此，倘若因此就怀疑一切，那可就没完没了，到最后恐怕连自己都要怀疑。因此，谁都会多长一个心眼。可偏偏有缺心眼的又八之流，轻易就被大藏的花言巧语所骗，为了金钱甘愿犯险。此时的又八恐怕已身在江户城中，并且也一如与大藏约好的那样，早就拿起埋在槐树下的火枪，等待把秀忠将军一击毙命的那一天。殊不知，那一天便是他自取灭亡的日子。

总之，大藏是个怪人。又八之流乖乖地被他俘虏本就奇怪，朱实现在也已沦为侍奉他的特殊小妾。更令人吃惊的是，甚至连武藏花了数年亲手调教的少年城太郎，不觉间也变成了年已十八留着额发的青年，而且还尊称这大藏为“老爷子”。这些全是事实。总之，城太郎已变成了一个认贼作父之人。若是知道了城太郎的这种变化，且不说武藏，恐怕光是阿通就不知有多难过。

闲话少说。围坐的五人商议了将近半刻工夫，认为大藏当前最好藏身到木曾去，不再返回江户，这样更为安全。

“可是，芝那边还有一家当铺呢。家财之类且不说，那儿还有一些文件急须焚毁，另外朱实也留在那里，所以必须要去一个人处理一下。”谈到这里时，大家全都异口同声提议：“那就城太郎吧。派城太郎去最合适。”事情就这样决定下来。

于是不久，驮着草包的三匹马再加上大藏和三名木曾的人便趁着黎明前的黑暗，折向甲州路方向而去，而城太郎则独自一人前往江户。

拂晓的明星仍在山丘上闪烁。当所有人影都离去后，伊织这才跑到山丘上。“到底该跟踪哪个好呢？”他迷惘的眼睛朝四面望望，天地间仍像漆桶里面一样漆黑一片。

师兄弟

一

今天又是一个好天气。秋天的天空格外晴朗，强烈的阳光甚至晒到了皮肤下面。在如此的青天白日之下，身为盗贼的同党应该不敢大摇大摆地招摇过市，可城太郎毫无这种阴暗的想法。他像一个想在这大好时代里一展身手的有志青年一样，傲然地往武藏野的天地间走去。

只是这城太郎像是有什么顾虑似的，不时回头望望。这绝非是他做贼心虚，而是因为从今早离开川越时起，那个奇怪的少年就一直尾随。

莫非是个迷路的孩子？城太郎想。可少年脸上没有迷路孩子那样的迷茫。难道是有事？可当他停下来等时，少年却又躲藏起来，并无靠近的意思。

于是，城太郎警惕起来，故意藏进没路的芒草丛里，观察起少年的举动。

“咦？”跟丢了的伊织，一追过来便慌张地四面打量，似乎在寻找城太郎的影子。

城太郎仍像昨天那样，用那条苏芳染手巾包着脸并结在下巴上。这时，他霍地从芒草中站了起来。“小家伙！”他忽然喊道。

就在四五年前，城太郎自己还被别人喊作小家伙。而如今，他已长成了大个子，有了喊别人小家伙的资格。

“啊……”伊织吓了一跳，下意识地想逃，但大概是自己也意识到根本就逃不掉，便说道：“什么事？”还装出若无其事的样子，故意迈着小碎步朝前走。

“喂喂，你要去哪里？小屁孩，你还不给我站住！”

“什么事？”

“我倒要问你有什么事呢？装也没用。你从川越起就一直在尾随我吧？”

“没有啊。”伊织摇摇头，“我是要回十二社的中野村。”

“不，不对。你一定是来跟踪我的。快说，你究竟受了谁的指使？”

“你管得着吗？”

伊织撒腿就要跑，城太郎伸手一把抓住他的衣领。

“你说不说？”

“可我……可我……什么都不知道啊。”

“还嘴硬。”说着，城太郎稍微一用力，“你一定是受官府指使的密探。不，是密探的儿子。”

“那……既然你看着我像密探的儿子……那你就是盗贼了？”

“什么？”城太郎大吃一惊，死盯着伊织的脸。伊织挣开他的手，一猫腰，一溜烟便朝远处逃去。

“啊，你小子！”城太郎立刻追了起来。

几间土蜂巢般的茅屋并排在草地对面，是野火止村。

二

看来这村落里住着锻造锄头的铁匠，只听咣当、咣当，某处传来悠闲的锤声。红色的秋草丛里，鼹鼠挖出来的泥土早已变干，晾晒在民家檐前的衣服有的还滴答滴答地落着水滴。

“小偷，小偷！”这时，路边忽然有个孩子大喊起来。人们立刻呼啦一下，纷纷从吊着柿子干的檐下和昏暗马棚的一旁跑了出来。

伊织连忙冲人们挥挥手，大声地喊道：“有个包脸的男人正从那边追我，他就是抢劫秩父神社宝库的盗贼中的一个，大家快抓住他啊！啊，来了，过来了！”

村里的人们被伊织突如其来的呼喊吓住，顺着他所指的方向一望，果然，一个下巴上系着苏芳染手巾的年轻武士正朝这边飞也似的跑来。

可是，村民们仍只是呆呆地望着那人追过来。于是伊织又喊道：“抢宝库！抢宝库！真的，他真的是秩父大盗的同党啊！快抓啊，不抓就让他逃了！”

伊织就像指挥着没有勇气的士兵的大将，虽然他声嘶力竭，可村里平静的空气仍没有产生一丝震动。表情木讷的村民只是对他的呼喊流露出些许惊慌的眼神和害怕的神情，仍在袖手旁观。

这时，城太郎已经来到眼前。伊织无奈，只好像松鼠一样迅速藏起来。也不知城太郎知不知道这边的情况，只见他恶狠狠地盯着排在路两旁的村民，故意放缓脚步，大摇大摆悠然走了过去，俨然一副“谁敢狗拿耗子就出来试试”的神情。

其间，村民们一声未吭，目送着他离去。刚听到有人喊抓偷盗宝库的贼人时，他们还以为是多么凶悍的野武士，没想到竟是个十七八岁、五官端正、气度不凡的青年。因此，村民们甚至怀疑是不是出了什么差错，反倒憎恨起伊织刚才的恶作剧来。

再说伊织，由于喊破了喉咙都没有一个正义之人冲向眼前的盗贼，他不禁对大人们的卑劣厌恶至极。不过，他也深知自己无能为力，于是就想赶快回到中野村的草庵，告诉附近的熟人和官府，好把那人抓起来。

于是，他便绕到野火止村的后面，在既无田地也无道路的荒草中赶了一阵子。不久，远处便冒出一片熟悉的杉林，再走十町路就能赶回上次被暴风雨摧垮的草庵旧址了。想到这里，他兴冲冲地跑了起来。

就在这时，一个人忽然张开双手挡在他的眼前，原来是从岔道里忽然跳出来的城太郎。伊织顿时像被当头浇了一盆凉水，不过这里已经是他的地盘，他知道逃跑没用，于是后退一步，抽出腰间的野砍刀。“啊，畜生！”他像头野兽一样，叫骂着扑了上去。

三

即使对方已拔出刀来，城太郎也没把这个小毛孩放在眼里，赤手空拳便迎了上去。他本想一把揪住伊织的衣领，不料伊织大喊一声“嗤”，挤过城太郎的手腕，横着跳出十尺远。

“狗杂种！”城太郎气急败坏，又要逼上去，可右手指尖竟忽然有一滴温热的东西落了下来。无意间抬起胳膊一看，原来上臂不觉间已被对方划出了一道两寸左右的伤口。

“啊，好小子！”城太郎重新审视起眼前的伊织。伊织则一如武藏平时所教的那样架着刀。眼睛，眼睛，眼睛——平时师父严格要求的力量不由得一下子涌入伊织的眼睛里。整张脸的力量都汇集在眼睛上。

“我决不放过你。”瞪不过伊织的城太郎咕哝了一句，拔出长长的腰刀。这时，被他看扁的伊织已从最初伤到对手小臂的一刀中完全找到了自信，啪的一下，高举着野砍刀朝他砍来。

由于伊织连跳跃的姿势都与平常扑向武藏时一样，所以虽然也能招架得住，却无疑给城太郎的体力和精神带来了意外的压迫感。“不要太猖狂。”城太郎也使出了全力。更何况这小毛孩竟不知怎的获知了自己等人抢劫宝库一事，因此即使为了同伴，也不能让他活命。

城太郎并不躲避拼命杀上来的伊织的攻势，而是拿太刀迎了上去。可伊织的敏捷却远胜城太郎。

“这跳蚤般的臭小子。”城太郎不由得想。

正当城太郎思考时，伊织忽然跑了起来。城太郎刚以为他要逃跑，不料他又猛地停住，突然反扑。而当城太郎跟他较起真来时，他又巧妙地跳出去，再次奔逃。

看来，聪明的伊织是想通过这种方式，逐渐把敌人引诱到村里。而最终他将对方引到了草庵旧址附近的杂树林中。

夕阳早已暗淡，薄暮笼罩着树林。城太郎火往上撞，追着伊织来到这里，却忽然跟丢了，便一面喘着粗气，一面打量四周。“臭小子，藏到哪儿去了？”

就在这时，一旁的一棵大树上忽然落下一堆碎树皮，落到了他脖子里。

“在那儿啊。”城太郎望着天空喊道。可是树梢上面黑黢黢的，只有一两颗白星在闪耀。

四

树梢上没有任何回应，只有水滴落下来。城太郎略加思索，认定伊织逃到树上了，便抱住一棵粗大的树干小心地攀爬起来。

果然，树梢上有样东西唰地动了一下。被追赶的伊织像猴子一样朝树顶爬去，可前面已连可抓的树枝都没有了。

“臭小子！插翅难逃了吧。快求饶吧，或许我还会放你一马。”

伊织像只小猴子似的蜷缩在树枝上。渐渐地，城太郎从下面越逼越近，可伊织仍默不作声。于是城太郎把手朝伊织的脚附近伸去，企图抓住伊织的脚后跟。

伊织仍不作声，而是把脚移到更上面的树枝上。城太郎便把两手搭向他刚缩回脚的树枝。

“唔！”城太郎刚一探身，伊织候个正着，立刻从上面用藏在右手的刀朝旁边的树杈砍去。

树枝被猛地一砍，再加上城太郎本身的重量，顿时咯吱咯吱地发出巨响。啊！就在城太郎在树叶间晃动的一瞬间，脱离树干的树枝已经与城太郎的身体成为一体，咔嚓一声落向大地。

“怎么样，小偷？”伊织在半空中说道。

由于城太郎是像抓着降落伞一样落下的，树枝在其他树枝的接连阻碍下缓缓下落，城太郎一点也没有摔到。

“好小子，有两下子！”城太郎再次望望树上，旋即又以猎豹上树之势向伊织脚下逼近。

于是伊织便朝下抡刀，在树枝间乱砍。由于双手根本无处安放，城太郎也无法顺利接近伊织。

伊织身形虽小，却富有智慧。而城太郎则仗着年长，根本没把对手放在眼里。但老在树上这么僵持也不是办法。不，从位置上说，个头小巧的伊织反而更有利。

就在两人僵持之际，林中杉树丛深处竟忽然有人吹起尺八来。当然，既看不见吹奏人，也弄不清其位置，只知道在声音能传到两人耳朵的范围内，正有个人在吹尺八。就在听到声音的一瞬，伊织和城太郎停止了争斗，在黑漆漆的树叶间竖起全身的毛孔倾听。

“臭小子！”城太郎忽然从沉默中回过神来，再次朝伊织的影子利诱道，“真是人不可貌相，你很顽强，我很佩服。只要你说出是受谁的指使来跟踪我的，我就饶你不死。”

“休想。”

“什么？”

“再怎么说我也是宫本武藏的弟子，堂堂的三泽伊织。倘若向一个小偷求饶，岂不玷污了师父的名声？你休想！浑蛋！”

五

城太郎一愣，比刚才被从大树上抛向大地时还震惊。由于太过意外，他甚至怀疑起自己的耳朵。“什、什么？你再说一遍、再说一遍！”他连反问的声音都颤抖起来。

伊织不由得对刚才的自报师门得意起来。“你听好了。我乃是宫本武藏的弟子三泽伊织。吓坏了吧？”

“吓坏了。”城太郎乖乖认输。接着，他又带着半信半疑和一丝亲近的语气说道：“喂，师父他身体可好？还有，他现在在哪里？”

“什么？”这一次则轮到伊织害怕起来。他一面躲避着不断靠近的城太郎，一面说道：“师父？武藏师父怎么会有你这样的盗贼徒弟？”

“别一口一个贼，多难听啊。我城太郎并没有那么坏。”

“哎，城太郎？”

“如果你真的是武藏师父的弟子，那你一定在闲谈中听说过吧。我跟你差不多大的时候，也在武藏师父身边侍奉过好几年呢。”

“骗、骗人。我才不上你的当呢。”

“千真万确。”

说话间，城太郎平日里对师父武藏的思念之情汹涌而出，他不由得一下子朝伊织靠过来，想要抱住伊织的肩膀。

伊织无法相信。当城太郎朝他抱过来，告诉他两人是师兄弟时，伊织立刻便将这话当成了伎俩，用尚未收回鞘中的刀朝城太郎的侧腹捅去。

“啊，等等！”城太郎在狭窄的树枝间好不容易抓住了伊织的手腕，可就在这一瞬，由于伊织的手离开了树枝，整个身体都向他冲来，他也只得抱着伊织的脖子，想用力蹬在树梢上站住。

当然，两人顿时全倒了下来，从半空中压折无数的树叶和树枝，朝大地上落去。这一次与城太郎刚才掉下去时不同，两个人的重量叠加在一处，速度极快。只听“呜”的一声，两人仰着身子跌落在地上，全都昏死过去。

这里的杂树林与杉林连成一片，而杉林边上便是上次被暴风雨毁坏的武藏的草庵。不过，就在武藏去秩父的那天早晨，村民们便按照约定，从当天起就一齐帮他重建倒塌的草庵来，但现在只有屋顶和柱子是新的。

武藏还没有回来，可在这既无墙壁也无门窗的屋顶下，今夜却燃着灯火。原来是从江户前来查看水灾的泽庵一个人住在里面，说是一直要等到武藏回来。

不过，孤独绝不是这个尘世的常态。就在泽庵在这里燃起灯火后，虽然昨晚还是一个人过夜，可是今晚就有一名云游的虚无僧过来讨热水吃晚饭了。

刚才传到杂树林的尺八声，大概就是这位年老的虚无僧吹给泽庵听的。因为那时正好是他吃完包在槲树叶中的便当的时候。

大事

一

也不知是患了眼疾还是老眼昏花，虚无僧无论做什么都要用手摸索。泽庵并未主动提出想听，是他自愿提出要吹奏一曲的。但他的尺八吹得实在不怎么样，有如外行人娱乐消遣一样。

不过，泽庵还是从中听到了诸多感慨。正如非诗人的诗一样，虚无僧吹奏的尺八里也透着一股朴素的真情。虽然并不合乎平仄，却足以让人理解吹奏人的心情。

那么，这名为世人所弃的老虚无僧，他究竟想要从这管破竹中倾诉些什么呢？其实，他只为忏悔。自始至终，尺八里面流淌的几乎全都是忏悔哭泣的竹音。

泽庵在侧耳倾听之间，渐渐地明白了这名虚无僧走过的一生。无论是伟人还是凡夫，人的精神生涯其实并没有太大差别。伟人与凡夫的差别，只在于超越同样的人性和烦恼而表现出来的外在形式，即使是这虚无僧和泽庵，一旦通过一管竹子让彼此的心灵交融，最终的结果便是发现每个人都有着同样的过去，都只是皮包着烦恼的凡人而已。

“咦，我们好像在哪里见过啊……”泽庵喃喃起来。

结果，虚无僧也眨巴眨巴眼睛，说道：“如此说来，我也一直觉得您的声音耳熟。您该不会是但马的宗彭泽庵大师吧？在美作的吉野乡时，我曾在七宝寺长期逗留……”

虚无僧的话还未说完，泽庵也一下子想了起来，他挑了挑角落里昏暗的灯芯，仔细打量起虚无僧那稀疏的白髯和瘦削的脸颊来。“啊……这不是青木丹左卫门吗？”

“您果然是泽庵大师。我真想找个洞钻进去啊。您看我这副落魄的惨样。泽庵大师，您就别把我看成从前那个青木丹左了。”

“真巧，没想到会在这里见到你。已经是十年前了吧，从在七宝寺的时候算起来。”

“您这么一说，我真是如同淋在冰雨里一样难受啊。虽然我丹左已形同荒野的白骨，却仍徘徊在思念儿子的黑暗中苟延残喘。”

“为了儿子？那你的儿子现在何处，过得如何？”

“听传言说，他成了别人的弟子。就是从前被我青木丹左轰到赞甘山上，后来又被绑在千年杉上吃尽苦头的那个武藏的弟子，来到这关东了。”

“什么，武藏的弟子？”

“听到这件事时，我真是惭愧无比，觉得没脸见人。我哪还有什么脸面到人家面前去呢。一时间我深感恐惧，连儿子都想忘记，也不愿到武藏面前丢人现眼，可我总是忍不住想见见……掐指算来，城太郎今年也该有十八岁了。哪怕只看一眼他成人后的样子，我也死而无憾了。因此，我索性就把羞耻和老脸全都扔掉，从前一阵子起便在这东路上打探。”

二

"也就是说，武藏那个叫城太郎的幼徒就是你的儿子？"

这件事泽庵也是第一次听说。不知为何，尽管自己跟那孩子那么熟悉，却从未从阿通或武藏那里听到过他的一点来历。

虚无僧青木丹左默默地点点头。他干枯的身体上已难觅当年蓄着泥鳅胡时的威风和旺盛欲望的影子。除了怃然地看着他，泽庵也完全找不到一句话来安慰他。因为对于一个已从油汪汪的躯壳中超脱出来，置身萧条荒野的晚钟一样的人来说，他已经无法接受任何敷衍客套了。

不过，泽庵也实在不忍看丹左徒为过去的事情而忏悔伤心，毫无希望地拖着皮包骨头的身体四处流浪。这种人一旦从社会高处跌落下来，失掉一切，一定会连佛陀的救赎和法悦之境的存在都一同忘记。得势时专横跋扈，恣意妄为——越是这种人，越是拥有完全相反的另一面，有着顽固的道德良心，所以他们跌落的同时，也会随之用良心把余生给完全绞杀。

所以当他实现了最大的愿望，见到武藏说上一句谢罪的话，并亲眼看到儿子成人后的样子，对儿子的将来放下心后，说不定他立刻就会走进那边的杂树林，第二天早晨便上吊身亡。

泽庵想，在让这个男人见儿子之前，必须先让他见见佛陀。即使是十恶之徒，五逆之恶人，只要肯求救，大慈大悲的弥陀尊佛也会伸出救赎之手，因此让他先见过佛陀再见城太郎也不迟。至于与武藏的见面，那最好更往后推，对这个男人没有坏处，对武藏也会更好一些。

想到这里，泽庵便告诉丹左，说城府内就有一座禅寺，只要报出泽庵的名字，在那里逗留多久都可以，不久后自己也会抽空去看他，闲谈一下。至于城太郎，自己也不是没有线索，日后一定会力促父子二人见面。“不要太想不开，人，即使在五六十岁之后，也仍有长命的乐土，亦有充实的人生。在我去看你之前，你也可以好好听听禅寺里法师们的说教。”

说完这些，泽庵便故意冷冷地将青木丹左打发走。看来丹左也领会了他的心意，数次施礼后，便背上草席和尺八，借着不怎么好的视力和竹杖，离这没有四壁的屋舍而去。

由于这里是山丘，丹左害怕下坡路滑，便朝树林走去。杉林的小道至杂树林的小道，道路十分顺畅。

但不一会儿，丹左的竹杖忽然被某样东西绊住。他并非完全的盲人，便弓下身子环顾。起初他什么也没看见，可不久后，借着在树间摇曳的蓝色星光，他依稀看到有两个人横躺在地上，浑身已被露水打湿。

三

也不知是如何想的，丹左竟又沿原路返回，然后瞅瞅草庵里的灯影，说道：“泽庵大师，我是刚才告辞的丹左。前面的树林中有两个年轻人从树上掉下来昏过去了，仍躺在地上。”

泽庵闻言从灯下站起身，把脸伸到外面。丹左便继续说道：“不巧的是，我没有带药，眼神也不好使，所以连水都没给他们喂。是两个少年，恐怕不是附近乡士的儿子，就是出来郊游的武家兄弟。恕我多事，请赶紧去救一下吧。”

泽庵于是答应一声，立刻穿上草履，然后朝着山丘下露出屋顶的茅屋大声喊起人来。茅屋下顿时有人影钻出，朝草庵这边仰望，原来是住在那儿的一个老农。泽庵吩咐人影立刻准备好松明和竹筒水过来。

当松明的火光爬上来的时候，丹左早已在泽庵的指引下下山了。这一次，他是顺着山丘的道路下去的，与上来的松明正好在坡中间擦身而过。

如果丹左还是沿最初的林间小道走下去，一定会在松明的照耀下发现儿子城太郎，可是由于他重新问了去江户的路，反而主动从有缘摸向了无缘的黑暗。不过这究竟是幸还是不幸，恐怕只有到后来才会明白。人生就是这样，只要没有到回顾的时候，谁也无法断言究竟是真正的无缘还是不幸。

带着竹筒水和松明匆匆上来的老农是最近两天都在帮忙修缮草庵的村民之一。他一脸狐疑，不知发生了什么事，便跟在泽庵后面朝林中走去。

不久，松明的红光便在同样的地方发现了刚才虚无僧丹左发现的两人，只是，现在与刚才的状态已有了些许不同。丹左发现的时候，城太郎和伊织都还昏迷不醒，可现在看来，城太郎已经苏醒，正呆坐在那里，一只手搭在伊织身上陷入沉思，似乎不知道该救起倒在身旁的伊织问一问师父的情况，还是径直逃走为妙。

这时，由于感到了松明的火光和人的脚步声，城太郎顿时如机警的夜间野兽一样，做出一副随时都能一跃而起的姿势。

“咦？”

原来是一个老农，正从泽庵的一旁伸过一把熊熊燃烧的松明。城太郎顿时觉得对方并不足以令自己戒备，便安下心来，抬头望着人影。

虽然泽庵刚才的那声“咦”是因为本该昏迷的人竟坐在那里，可当双方都仔细地相互打量时，这一声“咦”便成了两人共同的惊愕之声。

虽然泽庵眼中的城太郎长大了很多，脸型和身形也都变了样，一时没能认出来，但城太郎应该能一眼便认出泽庵。

四

“这不是城太郎吗？”不久，泽庵睁大了眼睛说道。只抬头望了自己一眼，城太郎便立时双手伏地行礼。泽庵定睛一看，这才认出是城太郎。

“是……是，正是。”只抬头看了泽庵一眼，城太郎便立刻变回了从前那个流着鼻涕的小毛孩，惶恐不已。

“唔，你就是那个城太郎啊？不觉间也一副大人样了，长成一个机灵的年轻人了。”

泽庵对城太郎的变化惊愕不已，呆望了一阵子，但最重要的还是先救伊织紧。他抱起伊织一看，体温还有，便立刻喂了他几口竹筒里的水，伊织立刻恢复了意识。他怯生生地环顾四周，突然大声哭了起来。

“疼吗？哪儿疼吗？”

泽庵一问，伊织摇摇头。虽然身上哪里都不疼，可师父不见了，被抓到秩父的牢房里去了。他害怕师父出不来，又哭诉起来。

由于伊织的哭诉太突然，泽庵好大一会儿都没弄明白他的意思，经过仔细盘问，这才终于明白出大事了，泽庵也不禁与伊织一样担忧起来。

这时，在一旁听着的城太郎忽然满脸惊愕，连汗毛都竖了起来。“泽庵师父，我有件事要跟您说。请借个没人的地方说话……”他微微颤抖着声音说道。

伊织停止了哭泣，眼里闪着狐疑的目光靠近泽庵，指着城太郎说道：“那家伙就是盗贼的同伙。他说的肯定都是假的，你可不要相信他啊，泽庵师父。”

城太郎一瞪眼，伊织随即用随时准备决斗的眼神回击。

“你们两个都不要吵了。你们本来不就是师兄弟吗？都跟我过来，交由我裁断吧。”

原路返回后，泽庵命两人在草庵前燃起火堆。老农办完事后便返回了下面的茅屋。泽庵坐在火旁，让两人也友好地围坐，可伊织怎么也不靠过来，满脸都是拒绝跟身为盗贼的城太郎做师兄弟的表情。

可是看到泽庵和城太郎亲密地谈论以前的事情，伊织产生了微微的妒忌，不知不觉间，他也朝火堆凑了过来，然后便在一旁默默地听起泽庵和城太郎的低语。只见城太郎像在弥陀前忏悔的女人一样，睫毛上挂着泪水，就连泽庵没问到的事也都一五一十地交代出来。

“哎……是的。自从离开师父身边，前后已有四年了。其间我被一个叫奈良井大藏的人抚养，受他的教诲，也经常倾听他的愿望和未来世道的大势，便立志不惜为此人献出生命，一直帮这大藏先生做事。可是没想到竟被喊成了盗贼，实在是遗憾。因为我也是武藏先生的弟子，即使在离开师父后，我也一直觉得自己一天都没有背离过师父的教诲。”

五

城太郎继续说道："我和大藏先生已对天地的神祇起誓，相约绝不把我们的目的透露给任何人，所以就算是对泽庵大师，我也不能讲。可是，既然师父武藏因此落下偷盗宝库的冤名而被抓进秩父的大牢，那我也不能坐视不管。我明日就去秩父自首，说作案人就是我，把师父从牢狱里救出来。"

泽庵一直默默地听着城太郎的话，点头不已。不过听到这里时，他忽然抬起头来。"如此说来，盗取宝藏的事真的是你和大藏所为？"

"是。"城太郎的回答中带着一种无愧于天地的语气。

泽庵狠狠地盯着城太郎的眼睛。城太郎终于没能跟他的话语一样豪壮，最终低下头来。

"那不还是盗贼吗？"

"不……不，我们绝不是普通的盗贼。"

"盗贼也分门别类？"

"我们没有私欲，只不过是为了天下黎民动一下公家的财富而已。"

"我不明白。"泽庵不屑地说道，"你是说，你这样的盗贼属于义贼？中国的小说里就经常有剑侠或侠盗等怪物，你们也是他们的追随者？"

"我若一辩解，自然就会把大藏先生的秘密说出来，所以，无论您说什么，我也会一忍再忍。"

"哈哈哈，那你死活都不说了？"

"不过，为了解救师父，我还是会去自首的。还有，武藏师父那边，也请大师随后帮忙说和一下。”

“这种说和泽庵我可做不来。武藏先生本身就是被冤枉的，就算你不去，他也一定会被释放。更重要的是，你应该诚心礼佛，幸好有我泽庵来为你引导，难道你就不想真心向佛陀自首吗？”

“向佛陀自首？”城太郎似乎从未想过这些，反问道。

“正是。”泽庵像告诉他寻常道理似的说道，“听你的语气，不是为了天下就是为了黎民，似乎很高尚，可眼下比起别人的事来，最重要的难道不是你自己的事吗？难道你周围就没有一个不幸之人？”

“若是只考虑自己，是无法成就天下大事的。”

“黄口小儿！”泽庵大喝一声，砰地打了城太郎的脸一拳。城太郎一下子被打蒙了，手捂着脸吓得不知如何是好。“你自己难道就不重要吗？任何事情都是由自己做起的。连自己都不考虑的人，还能为他人做什么？”

“不，我的意思是，我并不是为了自己的欲望。”

“住嘴！你知不知道，你还乳臭未干呢。连尘世的一根汗毛都没看清，就装出一副通晓天下的模样，做起痴心妄想的美梦，再也没有比这种人更可怕的了。城太郎，你和大藏所做的事情我已经大致上明白了，不用再问你了。傻小子，光长个子有什么用，心智一点都没见长。别哭了，有什么好后悔的？快好好擤擤鼻涕吧。”

六

泽庵吩咐睡觉。也只能睡觉了，城太郎于是盖上草席躺了下来。

泽庵睡下了，伊织也睡了，城太郎却睡不着，整夜都在想牢窗里的师父武藏。“对不起”。他把双手并拢在胸膛上，心里不住地道歉。

仰面躺着时，眼泪便会顺着眼角淌进耳朵。侧卧过来后，却又胡思乱想起来。也不知阿通姐怎么样了——若是阿通姐在，自己也无颜见她。虽然泽庵打的那一拳还隐隐作痛，但若换作阿通姐，她虽然不会打自己，可一定也会揪着自己的衣襟哭着责备个不停吧。

尽管如此，也决不能泄露给旁人，自己与大藏先生起誓守护的秘密谁都不能告诉。天亮之后或许还会受到泽庵师父的责骂，对，索性趁现在溜走吧。

想到这里，城太郎悄悄起身。没有墙壁和屋顶的草庵最容易溜走了。他立即来到户外，望望星空。若不快走，黎明就要来临了。

“喂，站住。”城太郎刚要迈步，却被背后突如其来的声音吓了一跳。抬头一看，泽庵早已像自己的影子一样站在那里。泽庵来到一旁，把手搭在城太郎的肩膀上，说道：“看来，你无论如何也想去自首？”

城太郎默默地点点头。泽庵可怜地说道：“你真就那么想白白送死？真是缺根筋。”

“白白送死？”

“没错。你以为只要你承认自己是作案人，就能救出武藏先生？这世上哪有这么便宜的！就连那些你没有告诉我的事情，一旦到了官府，若不一字不漏地全吐出来，官府是决不会善罢甘休的。最后的结果就是武藏依旧被关押在牢狱里，而你呢，他们是不会让你死的，哪怕花上一两年的工夫也要拷问出来。准保是这样。难道这样你还认为自己不是白死？你若真想为武藏洗冤，就得先洗干净自己。你到底想在官府接受拷问，还是要向我泽庵坦白？我泽庵乃是佛陀的弟子，就是听了也不会做任何裁断。我只是个引荐人，引荐你去向佛陀忏悔而已。如果你还不愿意，那还有一个办法。昨晚，我与你的父亲青木丹左卫门竟在这儿不期而遇。也不知是何等的佛缘，没想到之后我就立刻遇见了他的儿子——你。丹左去了江户我相熟的一座寺院，既然早晚都是死，你最好先见你父亲一面再去死吧。而且你也可以问问你的父亲，我说的话是对还是错。城太郎，你的面前有三条路，就是我刚才所说的三个办法。你任选一个吧。”

泽庵丢下这句话，就要进入被窝。一瞬间，昨天在树上与伊织打斗时从远处传来的尺八声又在城太郎耳际回响。原来那竟是父亲所吹。光是听那尺八的声音，即使不用问，他也能想象出父亲后来是以何种面貌和心情在这世上彷徨。

“呃，请等一下，泽庵师父，我说！我说！虽然我跟大藏先生发过誓不告诉任何人，可对佛陀……我愿意对佛陀坦白一切。”城太郎忽然这么喊道，然后便拉着泽庵的袖子，把他拽回林中。

七

城太郎坦白了。仿佛在黑暗中进行长长的自语一样，他把一切都付诸声音，从心底吐了出来。泽庵从头至尾都在默默地听着，一句话也没插。

“我已经全说完了。”说完，城太郎沉默下来。

泽庵这才开口，问道：“就这些？”

“是的，只有这些。”

“好。”泽庵再次沉默，足有半刻。

杉林上空现出了拂晓的浅蓝色，乌鸦群变得喧闹，四周逐渐发白。再看泽庵，似乎已累得坐在杉树根上。城太郎则在等待他的责骂似的，半截身子倚在树上，低垂着头。

“原来是被骗进了危险团伙。真是一群可怜之人啊，连天下大势都看不清。幸好事情还没有发生。”叨念的泽庵已不再是担忧的表情。忽然，他从毫不起眼的怀里摸出两锭黄金，交给城太郎，要他现在就上路。“一刻也不能耽误了，否则别说是你，就连你的亲人和师父都会被连累。你快远走他乡吧，走得越远越好。还有，要避开甲州路到木曾路一带，因为从今天下午起，所有的关卡都要戒严了。”

“那师父怎么办？师父是因我才遭的难，我怎么能就这样远走他乡呢？”

“这件事就交给我泽庵好了。等两三年后事件平息下来，你再去找武藏先生谢罪吧。到时候我也会帮你说和的。”

“那……我走了。”

“等等。”

“还有什么事？”

“你顺便绕回江户一趟，去麻布村一座叫正受庵的禅刹看看，你的父亲青木丹左已在昨晚先去那儿了。”

“是。”

“还有，这是大德寺僧的开悟证明。你到正受庵领一套斗笠和袈裟，和丹左都化装为僧人一起逃命去吧。”

“为什么必须化装为僧人呢？”

“傻瓜！你连自己犯下了什么罪都还不知道？你们想暗杀德川家

的新将军，并趁乱在大御所所在的骏府放一把火，一举让关东陷入混乱。你不正是这群愚蠢暴徒的一个走卒吗？往大里说，你就是破坏安定的逆贼之一。一旦被抓住，不被绞死才怪。快走！趁着太阳还没升起来。”

“泽庵师父，我还有一句话想问。为什么打倒德川家就是叛逆呢？那打倒丰臣家横夺天下的为什么就不是叛逆呢？”

“不知道……”

泽庵只是用可怕的眼神盯着寻根问底的城太郎。此事谁也无法解释。虽然泽庵也不是无法找到令城太郎信服的理由，不过，他连让自己信服的理由都还没找到。只是如今有一个不容忽视的事实：即使把挑战德川家的人都称作逆贼，也没人会觉得奇怪，这已经是天下大势所趋。而违背这种潮流者必会背上污名，接受悲惨的命运，被抛到时代之外死去，这也已经是一个显而易见的事实。

石榴之伤

一

当日，泽庵便把伊织领在身后，进了赤城坂北条安房守的家门。“大人在吗？”他问小厮道。

“在，请稍候。”说着，小厮跑进后面。

出来迎接的是儿子新藏。新藏说父亲进城不在家，请先进来一叙。

“进城了？那正好。”说着，泽庵也要立刻进城，并委托新藏暂时收留伊织。

“小事一件。”新藏瞥了一眼便笑了，他早就跟伊织认识。随时立刻吩咐备轿送泽庵进城。

“那就拜托了。”

等轿子期间，泽庵站在树下欣赏红叶。可他忽然想起了什么，问道：“对了，江户的奉行一职，叫什么来着？”

“町奉行？”

“对，听说江户新设了町奉行一职？”

“是堀式部少辅大人。”

轿子来了，是类似于肩舆的涂漆轿子。泽庵嘱咐伊织不要淘气，便钻进轿子，悠然地在烂漫的红叶下朝门外而去。

而伊织在眨眼之间便消失了。他早已窥探起马厩来。马厩有两栋，栗毛、白眉、月毛等众多良马个个都膘肥体壮。也用不着种田干活，干吗要养这么多马呢？伊织不禁对武士家的经济好奇起来。

“对了，是为了战时之需吧。”他自我解释道，再好好端详一下马脸，果然，就连那脸都与野马脸不一样。从小时候起，马就是他的好朋友。他喜欢马，百看不厌。

这时，门口方向传来新藏的高声话语。伊织以为是在骂自己，连忙回头看去，只见门前有一位干瘦老太婆正拄着杖，厚颜无耻地与站在式台上的新藏理论。

“我干吗要骗你说不在家呢？我有何必要骗你这么一个陌生的老年人，诈称父亲不在家呢？不在就是不在。”

看来新藏被老太婆的态度激怒了，而老太婆也为他的语气发怒。“不乐意了？从你称安房大人为父亲来看，你一定就是府里的公子吧，可你知道吗，从前一阵子起，我老婆子就不知来这里叩过多少次门了，不下五六次了，可每次都说不在家。有谁会相信？”

“你来多少次与我有什么关系？父亲就是不喜欢见人。明明不愿见，你却硬要来，那是你自找的。”

“什么，不愿意见人？真是可笑至极。那你父亲为何还要住在人间呢？”阿杉又表现出她一贯的伶牙俐齿，大有一副今天不见到安房守便誓不回去的架势。

二

有句俗语叫“雷打不动”，说的大概就是阿杉此刻的嘴脸。欺负我是老太婆——阿杉也有这种偏见，不，她甚至比别人更强烈。因此，不甘被人小瞧的固执便制造出了这副雷打不动的表情。

年轻的新藏疲于应付，一句话说得不到位，阿杉就会横挑鼻子竖挑眼，而呵斥一两声她也不害怕，甚至还时而不屑地露出牙齿嘲笑。

真是蛮不讲理，新藏甚至都有想拔刀吓吓她念头。可心急吃不了热豆腐，而且这么做对老太婆有无效果也是个未知数。

“父亲的确不在家，要不这样吧，你先在这边坐坐如何？如果是我能听明白的，你先跟我说说也行。”新藏强压住怒火说道，没想到竟比预期远远有效。

“我从大川边走到这牛込来也不容易，说实话，我的腿脚也累坏了，那我就恭敬不如从命，先坐坐吧。”阿杉立刻坐在式台一角，搓起脚来，舌根却丝毫没有疲劳的样子，“哎呀，公子，你刚才这么一说软话，我老婆子也觉得刚才的确吼得太大声了，那我就先对你说说，等安房守大人回来之后，你再帮我转达。”

“我知道了。那么，你让我转达或是提醒父亲的事情究竟是……”

“也不为别的，就是为那作州浪人宫本武藏的事。”

“唔，武藏怎么了？”

“他可是个十七岁就奔赴关原战场，与德川家为敌之人啊。而且为害乡里作恶多端，村里没有一个人不痛恨他。他还杀了不少人，连我这老婆子都在到处找他报仇呢。他到处逃亡，是个无恶不作的浪人。”

“等、等等，老婆婆。”

“别打断我，请接着听，不止这些。还有我儿子的未婚妻阿通，武藏竟哄骗了她，把本已成为朋友之妻的女人拐走……”

“你先等等、等等。”新藏抬手打断她说道，“老婆婆，你到底是来干什么的？是专门来说武藏坏话的吗？”

“你真傻，我可是为了天下。”

“毁谤武藏怎么就是为了天下呢？”

“怎么不是？”阿杉将错就错，趁势胡扯起来，“听说在你家北条安房大人和泽庵和尚的推举下，也不知那巧言令色的武藏是如何逢迎巴结的，近日竟要被提为将军家教头。”

“你是听谁说的？这还只是内部消息呢。”

“好像是小野道场的一个人传出来的。”

“那你想说什么？”

“我刚才已说过，武藏是一个声名狼藉的家伙，这样一个武士，连安排到将军身边都不吉利，更别说做教头了，真是岂有此理。将军家教头是天下之师，像武藏之流，光是想想就让人觉得恶心，浑身不自在。老身我就是来向安房大人进谏的。你明白了吗，公子？”

三

新藏相信武藏。父亲和泽庵推荐武藏做将军家教头，他也认为是一件好事，十分高兴。因此对于阿杉的说三道四，尽管他强忍着怒火在听，可还是禁不住变了脸色。而阿杉一旦唾沫横飞地絮叨起来，竟连对方的脸色都注意不到了。

“因此，我劝安房大人赶紧罢手也是为了天下。你也最好多注意一下，千万别被武藏的花言巧语所骗。”阿杉继续喋喋不休。

新藏早就感到不快，他真想大喝一声“住口”，又怕这样反倒会再次被纠缠住，于是说道：“我明白了。”他强压着不快催阿杉走，“我明白你的意思了。我会转告给父亲的。”

“那就拜托了。”阿杉又叮嘱一遍，这才像终于达到了目的似的，拖着草履，啪嗒啪嗒地朝门外走去。

正在这时，不知哪里传来一声叫骂：“臭老太婆！”

阿杉停住脚步。“什么？”她瞪着眼睛四处寻找。

结果，躲在树后的伊织顿时像学马叫一样龇着牙喊道：“让你尝尝这个！”说着便丢过来一样硬东西。

“啊，痛！”阿杉捂着胸口，看看落在地上的东西，好几个石榴中的一个已碎裂开来。

“你这家伙！”阿杉捡起一个石榴，抬手就要回击，伊织却逃了起来。阿杉一直追到马厩一角，刚往旁边一瞅，另一样黏糊糊的东西却又打到了脸上。

竟是马粪。阿杉噗噗地直吐唾沫。刚用手把粘在脸上的东西扒下，眼泪便滚落下来。自己所吃的这些苦头，还不全是因为四处流浪，全是为了儿子？想到这里，年迈的身躯竟颤抖着委屈地哭了起来。

伊织逃到远处，从隐蔽处露出头。看到阿杉哭泣的样子，他也忽然变得沮丧，像犯了罪似的害怕。他想到阿杉的面前谢罪，可阿杉毁谤师父武藏的愤怒仍塞在心里没有消散。不过，他还是为阿杉哭泣的样子悲伤，心情复杂，不知所措地咬着指甲。

这时，新藏在高崖上的屋里喊了起来。伊织顿时像得救了似的，顺着山崖跑去。

“喂，黄昏的红色富士山，快来看啊。”

“啊，富士山。”顿时，伊织忘记了一切。新藏也一副忘我的神情，至于今天的事情，原本在听的时候，他就从未想过要转告父亲。

梦土

一

秀忠将军才三十出头。父亲大御所在完成一代霸业的九分后便认为自己已完成任务，如今已去骏府城养老了。“这前面的父亲都帮你打下来了，剩下的就要由你去完成了”，于是，秀忠刚过三十就从父亲手里接过了将军之职。

父亲的功绩是通过一代战争打下来的。无论是学问、修养、家庭生活还是婚姻，无一不是在战争中养成和度过。而今，这战争仍未结束，决定乾坤的下一次大战已在江户和大坂之间孕育。不过，在一般人看来，这一次肯定是连绵战争的最后一场终结战，一战之后，动荡已久的战国时代也将真正回归和平。

应仁之乱后，日本陷入长期战乱，世人都渴望和平。且不说武家如何，对黎民百姓来说，丰臣也罢德川也罢，只要能建立起真正的和平就行，这无疑是他们真切的渴求。

据说，家康在把将军职位让给秀忠的时候，曾如此咨问道：“你要做的是什么？”

结果秀忠当即答道:“我想是建设。”

后来听亲信们说，家康听了他的回答后非常放心。

秀忠的想法直接在现在的江户体现出来，这也是大御所认可的。于是，他的江户建设得越来越快，规模也越来越大。

与此相反，在太阁遗孤秀赖坐拥的大坂城里，人们正忙着准备下一场战争。将星们全都躲在合谋的黑幕后频频谋议，通过密使之手不断向各州发送命令，大肆征召浪人和散兵游勇，囤积弹药，厉兵秣马，深挖战壕，毫不懈怠。

马上又要决战了——以大坂为中心的五畿内的民众无不战战兢兢。

今后终于可以安心了——这则是江户城周边普通市民的心理。

因此，百姓势必会源源不断地从不安的上方地区向繁荣发展的江户涌来。而且从这移民潮中也可以看出人们的一种心态，即大多数人已摒弃了以丰臣为中心的国家，转而艳羡德川的统治。老百姓已厌倦了战乱，与其让丰臣方获胜使战乱继续，不如祈祷德川一方就此结束乱局，让百姓过上安心日子。

这种心态当然也映在了正在为把子孙托付给关东还是上方而陷入抉择的各藩大名及其臣下身上。于是，新时代的力量便逐渐加入到以江户城为中心的土地划分、河川整治以及城镇建设中来。

今天也一样，秀忠穿着一身野游的装束，刚从旧城的本丸沿吹上丘去新城的工地巡视了一圈。他全身都沉浸在高昂的工地噪音中，一时竟连时光的流转都忘记了。身边陪侍的有土井、本多、酒井等阁臣及近侍，还有僧侣的影子。秀忠让人在一高处安放凳子，暂时歇身。

就在这时，木工们劳作的红叶山山麓一带忽然传来高喊："浑蛋！浑蛋，你给我站住！"

杂乱的脚步声传来，七八名木工正在追赶一名逃跑的挖井工，大声叫嚷着跑了过去。

二

那名挖井工有如脱兔一般逃去。只见他钻进隐没在木材之间的泥瓦匠小屋，又从那里跳出来，然后爬上土墙脚手架上的圆木，正想跳到外面。

"不逞之徒！"追上来的两三名木工立刻抓住男子的腿，男子顿时一个跟头栽到了锛子屑里。

"这家伙！真恶心！揍扁他！"人们又是踹他胸口，又是踢脸，还揪着衣领拽来拽去，围着他一顿痛揍。他既不喊疼，也不吭声，只把大地当成了唯一的救星似的，拼命趴在地上。无论对方怎么踢，怎么揪他的衣领，一有机会他便立刻趴到地上，拼命抱着大地。

"怎么回事？"木工头武士立刻赶来。

工地目付也跑了过来。"肃静。"他说着分开人群走近。

于是，一名木工便激昂地向目付申诉："他踩了我们的曲尺。曲尺可是我们的灵魂，就像武士的佩刀一样，可这小子竟给踩了。"

"你给我小声点说。"

"这怎么能让人平静下来？若是你们武家的刀被别人踩了，您又会如何？"

“我知道。可将军大人正在巡视工地，正在那边的山丘上坐着休息。你给我忍忍，不要惊扰了将军。”

“是……”尽管怒吼一度沉寂下来，可木工们还是不依不饶，说道：“那就把这家伙拉到那边，非让他洒水净身，跪在被他踩过的曲尺前给我们谢罪不可。”

“这事由我来裁断，你们快回工地干活去吧。”

“明明踩了人家的曲尺，警告他一句，他不但不道歉，还敢还嘴。若是就这么不了了之，我们就没法干活。”

“知道了，知道了，一定会帮你们处理他的。”说着，目付揪起低着头的挖井工的衣领，说道：“抬起头来。”

“是。”

“咦？你不是个挖井的吗？”

“是、是的。”

“这片工地上是建书库和涂抹西后门墙壁的工程，干活的都是泥瓦匠、花木匠、土工、木工等，应该连一名挖井工都没有啊。”

“就是就是。”木工们为目付的怀疑添油加醋，“这个挖井的，昨天和今天都来到别人的工地瞎转悠，结果还把他的泥脚踩在我们宝贵的曲尺上，我照着他的颧骨就是一拳头，可竟然不服气地顶起嘴来，同伴们便一哄而起，嚷着要揍他。”

“这些事先放放。喂，挖井的，你到底有什么事，竟然到与你无关的西后门的工地上来乱转？”

目付死死盯着挖井工苍白的脸。虽然是个挖井工，又八却相貌俊美，体质羸弱，让目付起了疑心。

三

秀忠周围当然有众多警卫，什么近侍、阁臣、僧侣、茶人等，而且在以这片高地为中心的远处各个要地上又设了两重警戒。工地中发生的琐碎事故，这些警卫也丝毫不敢大意，特意跑到又八被群殴的地方来查看所为何事。

听了目付的报告后，警卫们提醒道：“你们在这里会惊扰大人的，快到大人看不见的地方去吧。”

言之有理，目付于是与木工头武士合计了一下，撵着木工们各回各的工作岗位。“这个挖井的男人，我们还要另外调查，你们就先回去吧。”说罢就把又八拉走，交目付处置。

工地上有好几处隶属于工程奉行的目付的值班房，都是临时的小屋，供官吏休息或轮班所用。地炉上挂着个大水壶，闲着的官吏们或是来喝点水，或是来换换草鞋。

又八被扔进紧挨这小屋的柴棚里。这里不光有柴火，还堆放着咸萝卜桶、酱菜桶、炭包等。进出这柴棚的都是些做饭的仆人，被称为窝棚仆人。

“这个挖井工是个可疑分子，在调查结束之前就关在这儿了，好生看着。”

虽然窝棚仆人被吩咐监视又八，却没有刻意将其绑起来。因为他们觉得，既然是罪犯，想必马上就会交出，而且这工地本身就已经处在江户城严密的护城河和城门的监护之中，根本就没必要绑。

虽然目付也打算在此期间与挖井老板及其监督者交涉一下，查一下又八的身世及平常的品行，可这也仅仅是因他的外貌而怀疑他不是挖井工，此外他并没做出别的什么事。所以，对于被扔进柴棚的又八，一连几天都没有进行调查。

可是，又八自身陷入了一刻一刻濒临死地的恐惧。他自认为“一定是那件事败露了”。所谓的那件事，不用说，自然是他受奈良井大藏的唆使，伺机“暗杀新将军”的企图。既然在大藏的胁迫下经挖井老板运平的介绍进入城内，又八就本该做好听天由命的思想准备，可是自进城到现在，尽管他数次得遇秀忠将军巡视工地的机会，可是从槐树下挖出埋着的火枪暗杀新将军这种大逆不道的事，他怎么也做不来。

当初受大藏胁迫的时候，如果说半个“不”字，自己很可能当场就会丧命，而且他也想要钱，于是就发誓说“干”。可等进了江户城，他才发现就算自己一辈子都做挖井工，也做不来这种暗杀将军的恐怖事情。于是他便拼命地与其他劳工一起劳动，想努力忘记与大藏的约定。

可后来的一个非常事件，却让他再也无法这样拖延。

四

事情源自位于西后门内的那棵大槐树。由于要建红叶山书库，必须要将其挪到其他地方。尽管挖井工们的吹上工地与这里隔得很远，可又八知道奈良井大藏会设法将火枪埋在这里，所以他一直在悄悄关注。

他常趁吃饭的空闲或早晚工作的闲暇来西后门查看，看到槐树还没有被挖出，他便放下心来。而且他还一直处心积虑，想趁人不注意把树下的火枪挖出来丢到别处。所以，当他不小心踩到木工的曲尺，惹了众怒被追上时，比起被殴打，他更害怕的是事情会立刻败露。

之后，这种恐惧也一直挥之不去，每天都在昏暗的小屋里折磨着他。槐树或许已被移走了吧？一挖树根就会从地下发现火枪，当然，调查也就会开始。当自己再被拉出去的时候就没命了。他每晚都做噩梦，大汗淋漓，还有好几次梦见自己赶赴冥途，路上长的全都是槐树。

一夜，又八还清晰地梦到了母亲。阿杉毫不可怜他现在的境遇，而是愤怒地把蚕篓朝他身上砸来。满篓的白茧从头上倾泻，他到处奔逃。于是，白发倒竖的阿杉便像茧妖似的不停地追赶他。梦中的又八大汗淋漓，从悬崖上跳了下去，身体却轻飘飘地浮在了地狱的黑暗中，怎么也落不到下面。

对不起，娘！他发出孩子般的惊叫，一下子醒了过来。可睁开眼睛后，自己反倒回到了比梦里还恐怖的现实，更是备受折磨。

对……为了从这种恐惧中解救自己，又八决定冒一次险，去看看那槐树究竟是仍平安地待在那里，还是已被移走。江户城的要害又不在这小屋里，虽然出江户城很难，可从这小屋走到槐树那边却不是一件难事。当然，小屋也上了锁，但并没有人通宵值守。于是，他踩着酱菜桶，打破天窗爬到了外面。

又八顺着木材场、石材场和被挖出来的土堆来到西后门。一打量，那株巨大的槐树仍立在原处。“啊……”又八舒了口气，顺顺心口。正是由于这棵树还没有被移走，自己的生命才延续到了现在。

“好机会……”不一会儿，他就从别处捡来一把铁锹，在槐树下挖了起来，仿佛能从这里捡到自己的生命，每挖一锹，他的心脏都为这响声跳动不已，敏锐的眼神不时打量四周。

真是好运气，竟连巡视的人都没有。他逐渐大胆地挥舞起铁锹，坑的周围渐渐堆起新的土山。

五

又八像一条刨土的狗一样，没命地挖土。可是无论他怎么挖，挖出来的也只是土块和石头。

莫非让人抢先挖走了？又八担心起来，继续徒劳地挥舞铁锹。脸上和胳膊上全是汗水，泥土溅到汗上，浑身像浇过泥水一样，呼哧呼哧直喘粗气。

咔嚓、咔嚓，尽管无力挥动的铁锹和疲劳的呼吸逐渐搅和到一起，头晕目眩，可又八仍不停下。不久，只听铿的一声，有样东西碰到了铁锹刃上，只见一样细长的东西躺在坑底。他顿时丢掉铁锹，把手伸到坑里。“找到了。”

若是火枪，应该包在油纸里，或是密闭在箱子里，可又八碰到的东西有一种奇怪的触感。不过，他还是带着几分期许，像拔牛蒡一样将其拽了出来，一看，竟然是一根分不清是人腿还是手臂的白骨。

又八再也无力拾起铁锹了。他甚至怀疑自己又在做梦。抬头望望槐树，夜露和星星璀璨迷人。不是梦。他意识很清醒，就连槐树的树叶都能一片一片数得过来。那大藏的确说过要把火枪事先埋在这树下啊，而且还让又八用它来打死秀忠，不可能是撒谎。因为就算撒这样的谎言，对他也没有任何好处。可现在莫说火枪了，就连块破铜烂铁都没挖出来，这到底是怎么回事呢?

可找不到火枪也是个麻烦，又八的心病仍去不了。于是他又在槐树四周转悠起来，踢着泥土到处寻找。

就在这时，有人走向又八背后，不像是才来的样子，而是从刚才起便恶作剧般在角落里观察着他的所为。只见来人忽然拍拍又八的后背，在他耳边笑道："怎么会有呢？"

尽管拍得很轻，可又八还是立刻被吓瘫，险些跌到自己所挖的坑里。他回过头，呆望了对方一会儿，这才"啊"的一声，惊愕地喊出声来。

"过来！"泽庵一把拽过他的手。

又八的身体仍僵在原地，冰冷的指尖简直要把泽庵的手扭下，脚跟则一阵阵打哆嗦。

"你来不来？我叫你过来！"泽庵狠狠地瞪着他说道。

可又八却像个哑巴一样。"那、那边……那边的，痕迹……"他一面用打卷的舌头说着，一面用脚尖把土往坑里踢，看来是想掩盖刚才的行为。

泽庵可怜地说道："别弄了，没用的。人做下的行为，无论是善业还是恶业，都像是墨落白纸一样，千载也不会消弭。你刚才的行为也是这样，自以为用脚踢一踢就消失了？正是因为有这种想法，你才会过着潦倒的人生。快，过来！你已经是犯下弥天大罪的大罪人，我泽庵要把你碎尸万段，踢到地狱的血池里。"

又八仍一动不动，泽庵便揪着他的耳朵而去。

六

泽庵竟知道又八逃出来的小屋。只见他一面揪着又八的耳朵，一面瞅瞅仆人们睡觉的地方，使劲敲打起门来："还不快起来？里面的人，快起来！"

窝棚仆人起床出来，狐疑地望望泽庵，许久才认出原来是经常跟在秀忠将军身边，与将军家和阁老们都能谈笑风生的那个和尚，于是放下心来，答道："什么事？"

"什么事个头！"

"啊？"

"我也不知道那边是究竟味噌小屋还是酱菜棚子，总之快给我打开。"

"那小屋里正关押着一个可疑的挖井工，您总得拿样凭证给我看看吧。"

"我看你是不是睡糊涂了？你难道没看见那个被关的人早破窗出逃了？是我给你抓了回来，又无法像蝈蝈儿一样把他塞进笼子，才让你开门的。"

"啊，这家伙！"窝棚仆人这才惊愕不已，赶紧去叫值夜的目付。

目付慌忙出来，连连为自己的疏忽谢罪并反复恳求泽庵，千万不要将此事透露到阁老等的耳朵里。

泽庵只是点点头，把又八推进小屋里，自己也钻了进去，从里面关上门。

怎么回事？目付和窝棚仆人面面相觑，也无法离去，只得站在外面。

这时，泽庵又从门口露出脸，说道：“你们都有自己的剃刀吧？不好意思，能否好好磨一下，借一把给我？”

虽然不清楚他究竟要干什么，不过二人一时也难以判断究竟该不该问，便把剃刀磨好后递给了他。

“好、好。”

泽庵接过剃刀，又用命令般的语气说：“已经没事了，快去睡觉吧。”目付和窝棚仆人无法违背，便各自退回。

小屋里非常黑暗，但星光微微从打破的窗户透进来。泽庵坐在柴捆上，又八则在草席上低垂着头，一直沉默不语。

那剃刀究竟是在泽庵的手里，还是就放在附近？尽管又八很担心，眼睛却看不到。

“又八。刚才从那槐树下挖出什么来了？若是我，会挖出这样一些东西来让你见识一下。不过可不是火枪，是无中生有，从虚无的梦土中挖出尘世的真相。”

“是……”

“是，就算你嘴里说是，恐怕也毫不明白真相。你一定还像在做梦一样吧？反正你像个婴儿一样单纯，看来我只能手把手教你了。喂，你今年多大了？”

“二十八岁了。”

“跟武藏同年吧？”

听他这么一说，又八不禁两手捂脸，呜呜地抽泣起来。

七

泽庵并未作声，似乎要任由他哭个够。等又八的呜咽终于平息下来时，他才再次开口道：“你难道不觉得可怕吗？那槐树差点就变成你这傻瓜的墓碑了。你这是自掘坟墓啊，连头都钻进去了。”

“救、救救我吧，泽庵大师。”又八突然跪在泽庵膝下哀求，“我、我……我终于醒悟过来了。我被奈良井大藏骗了。”

“不，你还没有真正醒悟过来。奈良井大藏并没有骗你，他是相中了你的贪婪、单纯、小心眼，却又拥有非同常人的大胆，才找到你这个天下第一的傻瓜，想拿你当枪使呢。”

“我、我明白了，我愚蠢。”

“你知不知道那个奈良井大藏是什么人，就答应了他？”

“不清楚，这至今仍是个谜。”

“他是关原败北者之一、与石田治部乃是刎颈之交的大谷刑部的家臣，名叫沟口信浓。”

“哎，原来他是在逃的残党？”

“否则他也不会觊觎秀忠将军的性命了。不过事到如今，我仍好奇你究竟是怎么想的，竟会信他。”

“不，是他告诉我，他只是对德川家有怨恨。与其让天下成为德川家的囊中物，还不如成为丰臣家的天下对万民更有利。所以，他这么做并不仅仅是为他自己，更是为了天下百姓……”

“那，当时你为什么不仔细思考一下此人的底细呢？稀里糊涂就盲从别人，连给自己挖坟墓的勇气都出来了。真可怕啊，你的勇气。”

“那怎么办？泽庵大师！”

“闪开！再怎么纠缠我也晚了。”

“可、可是，我不是还没有把火枪瞄向将军大人嘛。您就救救我吧，我一定会洗心革面，重新做人，一定、一定……”

“不，那是因为前来埋火枪的人途中出了意外才没来得及。没想到那城太郎也被大藏拉拢，加入了他的恐怖阴谋。若是他平安从秩父返回江户，说不定火枪早就被埋在那里了。”

“哎？您说的那城太郎，莫不是……”

“算了，你就先别管这些了。总之，你犯下的大逆之罪，不用说律法了，就连神明都不会饶过你的。你就别想着获救了。”

“那、那……无论如何也没救了？”

“当然。”

“您就发发慈悲吧！”又八抱住泽庵苦苦哀求。

泽庵却忽地站起来，一脚踢开他，说道：“浑蛋！”他简直要把小屋的屋顶吹飞似的大喝一声，瞪着又八，俨然一尊毫不容情、无论如何忏悔也不会伸出救赎之手的可怕之佛。

又八怨恨地望着他的眼睛，忽然垂下绝望的脑袋，又怕死地抽泣起来。

泽庵从柴捆上面拿过剃刀，轻轻抚摸着他的头。“又八……既然横竖都是一死，那就起码把自己变成释尊弟子的样子后再去吧。你我也算相识一场，唯有引导我还是会帮你做的。你闭上眼睛，静静地盘起腿来就行。生死无非在眼皮的一闭之间，也没那么可怕，用不着哭。善童子，善童子，不要嗟叹，我会让你死得舒服些的。”

花落·花开

一

阁老的房间是一间密室。为防止政治机密从这里泄露出去，周围又设置了一些隔间和走廊。从前一阵子起，泽庵和北条安房守就频频加入这里的议席，终日在商量什么事。有时为得到秀忠的裁断，甚至还一同去秀忠面前，同时，信匣也频繁往来于内部与密室之间。

“去木曾的使者回来了。”这一日，前堂的人来阁老房间报告说。

“赶紧去问问。”阁老们急不可耐，立刻便把使者招到了另外的房间。

使者是信州松本藩的家臣。数日前阁老房间便发出急信，下令抓捕在奈良井驿站百草批发店的大藏。可大藏一家早已关闭店面，搬到上方去了，不知行踪。

搜宅后也发现了一些未完全销毁的商家禁藏的武器弹药，以及与大坂方面来往的信件等，作为日后的呈堂证供，已打包装了起来，不日便会运到城中，总之事情就是这样——快马使者报告说。

“晚了？”阁老们咂舌不已，心情有如撒下大网却连一根虾毛都没网到时一样。

次日，酒井家的家臣从川越给身为阁老一员的酒井忠胜送来报告说：“按照大人吩咐，即日便将囚禁的宫本武藏从牢房释放出来。正巧名为梦想权之助者前来迎接，在下便将误会过程详细告知，将武藏交与了他。”

这件事随即便从酒井那里传到了泽庵的耳朵里。泽庵微表谢意道：“有劳了。”

由于是发生在自己领内的错案，酒井反倒连连致歉：“也希望那武藏不要介意此事。”

就这样，在江户逗留期间，泽庵的心事全都一一解决。至于眼皮底下那芝口的当铺，即大藏曾居住的宅子当然也立刻被町奉行查封，家财密信之类被悉数没收，而毫不知情留守在此的朱实也已被抓到奉行所里。

一夜，泽庵来到秀忠的房间，把一切都告诉了秀忠。“事情便是这样的。”他又说道，“大人可不要忘记，天下还有无数的奈良井大藏啊。”

唔，秀忠使劲点点头。泽庵知道秀忠通情达理，于是接着说道：“这无数的大藏，若是一一都抓捕审讯，恐怕您就会天天忙于这些，而无暇继承大御所的家业，来完成您作为二代将军的基业了。”

秀忠并非不明事理之人，泽庵的一句话他都会当成百言来咀嚼，以进行自我反省。于是他说道：“那就从轻处置。这次就依着法师的进言，请法师处置吧。”

二

泽庵深表谢意，之后又道：“不觉间，野僧也在府中逗留月余，想于近日再踏上云游之旅，顺便去一趟大和柳生，探望一下石舟斋的病情，再从泉南返回大德寺。”随后又说出了作别之词。

一听到石舟斋三字，秀忠似乎忽然被唤起了回忆，问道：“那柳生的老爷子后来怎么样了？”

“听但马守的意思，这次恐怕要辞别人世了。”

“没救了？”秀忠不禁回忆起自己的幼时时光，想起跪坐在相国寺的大营里谒见父亲家康时石舟斋宗严那音容笑貌。

“还有一事，”泽庵打破沉默，“这事野僧也早已跟阁老们商量过，也得到了大家的认同，就是安房大人和野僧曾推举那个宫本武藏做将军家教头之事，还请您多多提携。”

“唔，此事我也听说了。听说是连细川家都很推崇的一个人物，虽然已有柳生、小野两家，不过再立一家也行。”

如此一来，泽庵觉得所有事情都已办妥，不久便从秀忠面前退了下来。秀忠用心赐给他各种礼物，可他全都捐赠给了城下的禅寺，只带着平时那根手杖和一顶斗笠去了。

可无论如何，人言总是可畏。有人说泽庵插嘴政治抱有野心，也有人说他是一个受德川家笼络、不时为德川家传递大坂一方情报的黑衣密探，总之，背地里流言四起。可泽庵心中装着的一直是那面朝黄土背朝天的庶民的幸福与不幸，至于一座江户城或是一座大坂城的盛衰之类，无非像过眼黄花一样，任其开谢罢了。

可是，在辞别将军家，离开江户城之前，泽庵却带了一个男人作弟子。在秀忠的授权下，他临行之前顺便去了一趟筑城工地的小屋，并让人打开后面的小棚子。黑暗中，一个脑袋光光的年轻和尚正低着头，孤零零地坐着，身上裹的法衣则是上次泽庵造访这里后的次日让人拿来的。

“啊。”被门口的光一照，年轻的新信徒眯着眼抬起头来。

“出来。”泽庵从外面招招手。

新信徒站了起来，脚却像烂掉了一样踉跄不已。泽庵抓过他的手。

处决的日子终于来了——又八闭上彻底死心的眼睛，腿脚的关节瑟瑟发抖。断头台的草席似乎已然闪现在眼前，眼泪顿时簌簌地从瘦削而苍白的脸颊上滚落。

“能走吗？”

又八欲言又止。在泽庵的搀扶下，他只是无力地点点头。

三

出了中门，穿过多门，又钻过平河门，又八恍恍惚惚地越过几道大门和护城河的桥，那跟在泽庵身后缓缓而行的脚步不禁令人联想起待宰的羔羊。南无阿弥陀佛，南无阿弥陀佛，南无阿弥陀佛，南无阿弥陀佛……又八只觉得自己在一步一步走向死刑场，不住地念诵，这样可以让他稍微忘记死亡的恐怖。

终于来到了外护城河。山手的宅邸区看到了，日比谷村附近的田地与河流上的船只也看到了，下町来往的行人也看到了。啊，这红尘！又八不禁留恋起尘世来。真想再一次漂流在这红尘之中啊，他的眼泪不禁又吧嗒吧嗒落下。

南无阿弥陀佛，南无阿弥陀佛。他闭上眼睛，念诵的声音终于冲破嘴唇，最后竟陷入忘我。

泽庵回过头，催了一声：“喂，快走。”他沿着护城河，朝前门方向绕去，然后又斜穿过荒原。又八只觉得有千里之遥，仿佛这路一直会持续到地狱，连白天都那么黑暗。

“在这儿等着。”

在泽庵的吩咐下，又八站在荒原中央。荒原的一旁，一条溪流从常盘桥御门一直流到这里，水里混着泥土的颜色。

“是。”

“逃也没用。”

又八悲伤地蹙起半死的脸，点点头。

泽庵离开荒原，朝大街方向走去。眼前是一道土墙，匠人们在往上抹白土。连着土墙有一道高栅栏，内部与寻常商家或宅邸不同的黑色建筑鳞次栉比。

“啊，这儿是……”又八心里一惊。这里竟是新建的江户町奉行所的牢狱和官衙。只见泽庵从其中的一个门钻了进去。

又八的腿脚再次急剧战栗，甚至连他的身体都支撑不住了。他一下子瘫坐在地上。不知何处传来鹌鹑的啼叫，连大白天草丛里发出的这种声音听起来都像是冥途路边的鬼号。

“对，何不趁现在……”又八忽然打起逃跑的主意来。自己的身上既未上绳也未戴枷，若是逃跑也不是不行。

不，不，不行。即使自己像这荒原上的鹌鹑一样潜藏起来，一旦在将军家的威令下搜索，这里连处躲藏的草丛都没有。而且自己头也被剃光了，还被逼着穿上了法衣，这个样子是逃不掉的。

娘！他在心里呼唤起来。尽管悔之晚矣，可他还是怀念起母亲。若不是离开了母亲，自己怎么会落到被人砍头的田地。

阿甲、朱实、阿通，还有许多人，这些曾出现在他的青春岁月中，或成为他的联想对象，或是与他交欢过的女人，虽然在临死之前也不是想不起来，可现在，他由衷想呼唤的人只有一个：“娘，娘……”

四

若是能再活一次，自己再也不会背叛母亲，一定要尽最大的孝心。又八发誓如此，可是这已经是毫无意义的后悔。马上就要被砍了，衣领处的寒气不禁让他抬头望望云彩。天上一副要下阵雨的样子，两三只大雁正展开翅膀，朝那边的沙洲飞去。

真羡慕这大雁！逃跑的欲望逐渐涌了上来。对，就是再次被抓到也不过是一死。他用锐利的眼神望望大街对面的门，泽庵还没有出来。

“就趁现在。”于是他站起身，跑了起来。

这时，不知何处传来一声怒斥：“站住！”

只这一声，又八就已经丧失了逃跑的勇气。一个持棒的男人竟站在意想不到的地方，原来是奉行所行刑的官吏。男人一跑过来便痛打了又八的肩头一下。“哪里逃！”说着，便像按住青蛙的后背一样用木棒一头按住又八。

这时，泽庵出现了，此外还有奉行所行刑的官吏。从头目到属下的杂役，陆陆续续全都出来了。当这群人来到又八身旁的时候，又有四五个狱卒模样的人拉着另一名犯人走了过来。

官吏头目选定行刑的地点，令人铺上两张粗席，然后催促泽庵道：“请见证。”于是行刑人呼啦一下围住粗席，官吏头目和泽庵则被请上上座。

“起来！”

被棒头按住的又八在严厉的呵斥下站起身，可他连走的气力都没有了。不耐烦的行刑人一把揪住他的法衣衣领，三下五除二便把他拖到了席子上。

又八在全新的粗席上战战兢兢地低下头，连鹡鸰的叫声都听不到了。只有周围人的吵嚷声像隔着墙壁传过来一样，听上去十分遥远。

“啊，又八哥？”

这时，有人在旁边说了一声。

又八一愣，看看旁边，居然另有一个女囚并排被按在粗席上。“呀……这不是朱实吗？”

可他刚一开口，两个行刑人顿时插进来，用擀面杖般的橡木棒把二人分隔开来。“不许说话。”

这时，泽庵旁边的官吏头目从座位上起身，以严厉的语调宣布二人的罪状。朱实并未哭泣，又八却不顾在场众人的瞩目涕泪横流，因而连官吏宣判的罪状也没有听到。

“打！”接着，官吏坐回长凳，立刻严厉地命道。于是，从刚才起就拿着尖竹竿等在后面的杂役顿时跳了出来。

“一、二……三！”

杂役一面数，一面打起又八和朱实的后背。又八开始尖叫，朱实则铁青着脸伏在地上，牙关紧咬。

“七！八！九！”

竹竿裂了，前端似乎冒起了烟。

五

荒原外面的行人稀稀落落地站住，远远地围观。

“干什么呢？”

“行刑。”

“啊，杖责一百啊。很痛吧。”

“挺痛的。还有一半才过百呢。”

“你数了吗？”

“嗯。连惨叫都发不出来了。”

这时，刑吏抱着棍子走了过来，把棍子往草地上一磕，呵斥道：“不许围观！”

行人便走开了。再回过头来看时，百杖似乎也已打完，杖责的杂役扔掉竹炊帚似的竹竿，用手臂擦起汗来。

“有劳了。”

“辛苦了。”

泽庵与官吏头目一本正经地行完礼，就此作别。接着，官吏杂役们蜂拥钻进奉行所内，泽庵则在男女两人垂着头的粗席旁站了一会儿，然后默然地一句话也没说就穿过荒原，朝远处走去。

一缕阳光从阴云的裂缝里露出，洒落到草上。人一离去，鹌鹑又啼叫起来。朱实和又八一动不动，但他们并未完全昏过去，只是浑身火辣辣地痛，而且也无颜抬起头面对这天地。

“呃……水。”朱实先喃喃起来。粗席前就放着一个提桶，还附有一把竹勺，看来是官吏默默放在那儿的，似乎在借此展示奉行所的一点体恤之情：即使鞭笞囚犯的奉行所也还有一丝仁慈。

咕咚……朱实仿佛一口咬过去似的率先喝了起来，在那之后又让又八喝。“你不喝吗？”

又八终于伸出手。水咕咚咕咚地流进喉咙里。官吏走了，泽庵也不在了，可他仍一脸恍惚，未回过神来。

“又八哥……你当了和尚？”

“没事了？”

“什么？”

“处刑就这样完了？我们没被斩首啊。”

“怎么会被斩首呢？坐在长凳上的官吏不是已经对我们二人宣判了吗？”

“他说什么？”

“说是驱逐出江户。幸亏没有把我们驱逐到冥途。”

“啊……那，我的命……”又八顿时发出疯狂的声音。一定是高兴坏了。他立刻起身迈步，对朱实理都不理。

朱实则抬起手，拢拢散乱的头发，然后正正衣领，系好腰带。此时又八的身影已经在草原的彼方越来越小。

“窝囊废……”朱实歪着嘴嘟囔着。竹竿的伤痛每疼一次，她便愈发坚强。经年之后，因命运坎坷而扭曲的性格终于让她绽放成一朵妖冶的花。

海市蜃楼记

一

被托付在这座府邸里已有数日，伊织已经厌倦了嬉闹。“也不知泽庵师父怎么样了？”其实在这种心思背后，他担心的并非泽庵，而是师父武藏。

北条新藏也很同情他。“父亲大人也还未回来，看来是一直住在城内了。不久后肯定就会回来，你就再跟马厩里的马玩会儿吧。”

“那，那马能借给我用用吗？”

“当然可以。”

伊织顿时往马厩飞去，选了匹良马牵了出来。他昨天和前天就偷偷骑了这匹马，还曾背着新藏骑了出去。而今天他得到了允许，自然逞能起来。

一跨上马，伊织便如疾风一样从后门奔了出去。他的目的地在前两天就已经确定了。住宅区、田间道、山丘、田地、原野、森林，晚秋的风物眨眼间便全落在了身后。不久，闪着银光的武藏野的芒草海洋展现在眼前。

伊织停住马。“就在那山的对面——”他不禁怀念起师父的身影。

秩父的峰峦横亘在原野尽头。一想起被囚禁在牢狱中的师父，伊织的脸颊便不禁湿润。野风冰冷地抚摸着泪脸，光是看看眼前草阴里通红的土瓜和发红的草叶，就知道秋意已浓。不久，山的那边也该是白霜遍野了吧，伊织不由得想。

“对！我去见见师父。”这个念头一浮现，伊织便立刻快马加鞭。骏马在芒草的波浪中飞跃，眨眼间已跑过半里。

“不，慢着。说不定师父已经回草庵了呢。”这一日他总有这种感觉。于是他朝草庵驰去。屋顶、墙壁等被风暴毁坏的地方全修好了，里面却没人住。

“你们看见过我师父没有？”他试着朝正在田里收割的人喊道。附近的农民看到他的身影，全都悲伤地摇摇头。

“若是骑马，一日就能赶到吧。”他打定主意，无论如何也要到秩父走一趟。他以为只要到了秩父，就能见上武藏，于是又拼命在原野上奔驰。

不久，他便来到野火止的歇脚点。他记得上次曾被城太郎追赶到这里，可是今天，这里挤满了骑乘的马匹、货物、衣箱和轿子。似乎有四五十名武士正挡在道上吃午饭。

“啊，过不去。”虽然并未禁止通行，可要过去必须下马牵着。伊织觉得麻烦便掉头折返，反正这武藏野又不愁没道走。

正在这时，吃饭的武士们追着他的马，喊道：“喂，小不点，站住！”随之有三四人接连跑过来。

伊织掉过马头，怒道：“什么事？”虽然他个头不大，骑乘的马和鞍子却威风凛凛。

二

“下来！”武士们逼近马鞍两侧，望着伊织。

伊织莫名其妙，而武士们看起来很生气。

“什么事？干吗让我下来？我回去还不行？”

“少啰唆，快下来！”话音未落，一名武士已掀起伊织的腿。脚离了马镫的伊织顿时跌到马的另一侧。“那边有人正有事等着你呢。别哭，过来。”伊织被揪住衣领，哧溜哧溜地往歇脚点方向拖去。这时，一名老婆婆拄着拐杖从对面走来，抬了抬手，一面制止武士们，一面惬意地笑道：“呵呵呵，逮着了。”

“啊。”伊织站在老婆婆面前。这不是上次在北条家扔石榴打她的那个老太婆吗？再一看，老太婆已与上次不一样，连装扮也变了。不过，她竟然混在这么多武士之间，究竟要去哪里呢？不，伊织根本无暇考虑这些了。他只是战战兢兢，不知道老太婆要把自己怎么样。

“小孩，你叫伊织？上一次，你可把我老婆子害苦了。”

老太婆用拐杖的一头捅捅伊织的肩膀。伊织直起身来刚要反抗，又想到这里中有这么多武士，若他们全都是老太婆一伙的，自己怎么能敌得过。他只好强忍住眼泪。

“武藏可净收了些好弟子啊。你也是其中之一？呵呵呵。”

“什、什么？”

“算了。武藏的事情，上次我都对北条的儿子说得口干舌燥了。”

“我、我跟你们无冤无仇。我要回去，我要回去！”

“不，事还没完呢。今天，你究竟是受谁的指使来跟踪我们的？”

“谁跟踪你们了？”

“别满嘴脏话，兔崽子。是你师父教你这样的吗？待会儿看你还嘴硬不，过来！”

“去、去哪儿？我要回去！我要回去！”

“我让你喊！”老太婆的拐杖顿时带着风声，一下子打在伊织的小腿上。

“痛死我了！”伊织喊着坐到地上。

老太婆使了个眼色，武士们于是再次揪住伊织的衣领，把他扭到歇脚点的磨坊一旁。等在那里的分明是一名藩士。只见他穿着武士裙裤，腰佩华丽的大小两刀，换乘的马匹拴在一旁的树上，现在似乎已吃完便当，正在树荫里喝着仆人打来的白开水。

三

一看到被抓来的伊织，武士得意地一笑。真是个恐怖之人，伊织不禁惊呆了，原来竟是佐佐木小次郎。

老太婆得意地对小次郎道：“您看看，果然是伊织那小子吧？一定是武藏那家伙心怀叵测，让他尾随我们。”她伸过脸说道。

“唔……”小次郎似乎也心有同感地点点头。这才让身边的仆人们全退下。

“可别让他跑了。为防止他逃跑，小次郎先生，我看还是先把他绑起来吧。”

小次郎又微微一笑，摇了摇头。在他的笑脸面前，莫说是逃跑，就连站都站不起来，伊织完全断了念头。

“小家伙，”小次郎用毋庸置疑的语气说道，“刚才，老婆婆对我说的对不对？一定没错吧？”

“不、不对。我只是骑着马来郊游，根本就不是什么尾随跟踪。”

“是吧？”小次郎暂且露出肯定伊织的样子，说道，“既然武藏也算是一名武士，想必也不会如此卑劣。不过，一旦突然得知我和老婆婆凑在一起，混在细川家的家士中上了路，武藏也一定会心生疑忌……怎么也想不明白……于是就让你尾随跟踪，这也是人之常情，理所当然。”他完全自以为是，根本就听不进伊织的辩解。

听他这么一说，伊织也才对小次郎和老太婆的境遇疑惑起来。最近，两人身上一定是发生了什么。小次郎就像完全换了一个人，额发剪短了，张扬华丽的和服外褂也变成了质朴的短外褂和武士裙裤。唯独没有改变的是他的爱刀晾衣杆，不过，也已将太刀改成了普通的佩刀，佩在一侧。

老太婆是一身旅途打扮，小次郎也是。而且在这野火止的歇脚点，除了细川家的重臣岩间角兵卫，还有十多名藩士与家臣以及运行李的劳工在吃午饭休息。小次郎也是其中的一名藩士，由此看来，他长久以来做官的愿望终于实现了。即使达不到他希望的一千石，起码也会妥协到四五百石吧，而推举他的岩间角兵卫也保住了面子，终于把他招进了细川家。

如此想来，最近有传言说，细川忠利要回故土丰前的小仓。由于三斋公年老体迈，忠利的归国愿望早在很久以前就向幕府提出。而幕府的准许从另一个角度来说，也是信赖细川家忠贞不渝的证据。

岩间角兵卫以及新人小次郎等一行，此时就是作为先发，走在赶赴老家丰前的途中。

四

同时，阿杉身上也发生了一些事情，必须要回故乡一趟。继承家业的又八离家出走，身为顶梁柱的她最近几年从未回过家，连亲戚中赖以仰仗的河滩的权叔也在旅途中送了命。在此期间，故乡的本位田家无疑攒下了各种问题。

因此，阿杉虽然仍惦记着找武藏和阿通报仇，可由于小次郎在下丰前小仓之际提出要与她结伴同行，她便决定在途中取回寄放在大坂的权叔的遗骨，简单处理一下老家的各种问题，顺便再祭祀一下多年没能祭祀的祖先，同时也祭奠一下权叔，然后再次踏上征途。

可是，阿杉就是阿杉，只要与武藏有关，她连一丝一毫的复仇机会都不会放过。根据小野家透露给小次郎，小次郎又传到她耳朵里的传言，最近，武藏在北条安房守和泽庵的推举下，要与柳生家和小野家并列成为将军家教头之一。从小次郎那里听到这消息时，阿杉的脸色就极为不悦。因为如此一来，她就更难报仇了。而且她还坚信，自己到处去投诉、阻止这件事是为了将军家好，阻止武藏的出世，也是为警示世人。

因此，虽然唯独泽庵她没能见上，可其他两家，北条安房守的大门她也进了，柳生家的门槛她也迈了，极力抗议提擢武藏。不光是这两家推荐者，她还利用各种关系，连阁老们的府邸都去了，到处毁谤武藏。

当然，小次郎对此既未阻止也未煽动。可是这老太婆一旦豁出命去，不达目的是不会罢休的。她甚至还投书到町奉行和评定所，肆意歪曲武藏的身世和品行。这种阻止武藏升迁的举动愈发变本加厉，令小次郎都有些看不下了。

“尽管我要赶赴小仓，可总有一天还会再次遇上武藏。而且所有事情也都是命中注定的。您不妨先放他一马，只看他踩空官场的楼梯如何跌落下来就行了。”

就这样，小次郎在赶赴小仓时提出了同行的建议。尽管阿杉仍惦念着又八，但她还是心存希望：又八也一定会迷途知返，追随自己而来。于是，就在这武藏野都进入了深秋的时节，她暂时放弃了所有妄念，踏上了旅程，今天正走到这里。

可是，两人身上发生的这些变化伊织哪里会知道，他无论如何也想不明白。想逃又逃不掉，哭鼻子抹眼泪又有辱师父的名声，于是，他便在极度的恐惧中极力忍耐，盯着小次郎的脸。

小次郎也有意盯着伊织的眼睛，可伊织并不移开视线。正如上次独守草庵时与鼯鼠相对时一样，他一面用鼻腔微微地呼吸，一面长久地正视小次郎。

五

不知会遭遇何种不测？但伊织的战栗只不过是小孩子莫名其妙的害怕而已。

小次郎根本不会像阿杉那样，他压根就没有把小孩当成对等对手的念头，更不用说今天的他已身处藩士之位。

“老婆婆。”小次郎喊道。“您带了矢立没有？”

“矢立是带了，可墨斗已经干了。要笔干什么？”

“我想给武藏写封信。”

“给武藏写信？”

“没错。这武藏，即使往路口上竖告示牌也不露面，压根不知他住在哪里。碰巧遇上这伊织，这不正是打着灯笼都难找的信使吗？在离开江户之际，我要先给他写封信。”

“您要写什么？”

“不需要文饰。而且，我下丰前的事他大概也听人说了。我只是要他好好磨炼功夫也下丰前罢了，我一生都会等他。只是向他传递这样一个意思，好让他有了信心后放马过来。”

“这么麻烦……”阿杉摆摆手，说道，“如此拖沓怎么行？虽然我要回作州老家，可立刻就会重返征程。而且两三年之内，我必除掉武藏。”

“就交给我吧。老婆婆的愿望，我会在解决自己与武藏的事情时顺便帮您了结，您放心。”

“可是，毕竟我也老了。若是无法在有生之年赶上……”

“那您就好好养生，让自己长命百岁，好等到我用毕生之剑加诛武藏的日子。”

小次郎接过矢立，手指蘸了蘸身边的水流，让手指上的水滴滴到墨斗里。接着便站着，在怀纸上唰唰地走起笔来。文字流畅，文辞中充满了才气。

“就用饭粒封吧。”说着，阿杉将吃剩的便当饭粒抹在树叶上递给他。小次郎封好，又在正面写上收信人姓名，背面则是“细川家家臣佐佐木岩流”。

“小家伙。不用害怕。把这个带回去，里面写着重要的事情，一定要交到你师父武藏手里。”

伊织有些犹豫，不知是该带走还是断然拒绝。“唔……”他点点头，从小次郎手里一把夺过书信，然后一下子站了起来，“这里面写的什么，大叔？”

“就是刚才跟老婆婆说的内容。”

“我能看看吗？”

“不能启封。”

“可如果是对我师父无礼的书信，我就不拿。”

“放心。我根本就没写什么无礼的话。我只是提醒他不要忘记从前的约定，纵然我下了丰前，也还后会有期。”

“你说的后会有期，指的是你和师父相会吗？”

“没错，在鬼门关前相会。”小次郎点点头，脸色有些泛红。

六

“我一定送到。”伊织这才将书信揣到怀里，“老太婆！”他迅速从阿杉和小次郎面前跳出六七间远，大喊道：“笨蛋！”

“什、什么？”

阿杉正要追，小次郎却拉住了她的手，苦笑道：“让他说去吧。不过是个孩子……”

伊织又停了下来，他还想再骂些堵在心里的话，眼睛却湛满了不甘的眼泪，嘴唇也突然间不听使唤了。

“怎么了，小鬼？你好像骂了句笨蛋，就这些吗？哈哈，可笑的小家伙，快走吧。”

“多管闲事！你等着瞧吧，这封信我一定会交给师父的。你们就等着后悔吧。你们咬牙切齿也没用，师父是不会输的。”

“你倒很像武藏，是个不服输的小不点弟子。不过，你忍着眼泪给师父帮腔的样子还是蛮招人喜欢的。武藏死了之后就来找我吧！我会让你当个清扫工的。”小次郎揶揄道。

伊织觉得连骨头缝都感到了耻辱。他立刻捡起脚下的石头，正要扔过去，可就在手挥起来的一刹那，小次郎立刻对他怒目而视。“兔崽子！”

与其说是“视”，不如说眼神中带着一股扑过来的冲动，哪里是那一晚鼯鼠的眼神可比的。

伊织顿时把石头往旁边一丢，没命地跑了起来。可无论怎么跑，也甩不掉心里的恐惧。最后，他连气都喘不动了，便一下子瘫坐在武藏野中，一直坐了有两刻工夫。

在这期间，伊织头一次朦朦胧胧地思考起师父的境遇。师父的敌人太多了，即使小孩也能看出这一点。我也要有出息才行。要想永远保护师父，侍奉师父，自己得同时有出息，必须要尽快拥有保护师父的力量。

“可是，像我这样的，能有出息吗？”伊织认真地思考起来。可当他想起小次郎刚才那可怕的目光时，不禁又吓得毛骨悚然。也许连师父也敌不过那个人。他甚至开始产生如此的不安。倘若这样，师父也得不断历练。总之，他又如往常一样杞人忧天起来。

就在他抱着膝盖坐在草丛里的时候，野火止的歇脚点和秩父的峰峦已全被乳白的夕雾裹了起来。

“对，新藏先生或许会很担心，可我还是得去一趟秩父，把这封信送到牢狱里的师父手里。就算太阳落山也没关系，只要过了那正丸岭。”伊织于是站了起来，环顾原野。忽然，他想起被丢弃的马匹。“去哪儿了？我的马呢？”

七

那可是从北条家的马厩里牵出来的名驹，还配着螺钿马鞍，是野盗发现后绝不会放过的一匹良驹。伊织实在找累了，便吹起口哨，眺望枯草中的原野尽头。也不知是水是雾，只见一些薄烟状的东西在草间低低徘徊。伊织觉得那里似有马蹄声，但跑过去一看，那里既无马的影子，也无水流。

“咦？那边！”他又看到一个黑乎乎的东西在动，再次跑过去，原来是一头正在觅食的野猪。

野猪顿时像旋风一样掠过伊织旁边，朝胡枝子中逃去。再回头一看，只见野猪通过的地方有如魔术师的手杖画出的线，一道白雾正隐约在地上升起。

刚才看着还是雾，可不一会儿，那雾却发出潺潺水声来，不久，潺湲的水流上面竟鲜明地浮现出月影来。

伊织害怕起来。他从幼时起便知道原野的各种神秘属性，坚信即使芝麻粒大小的花大姐身上也会有神的意志。那摇曳的枯叶、呜咽的水流和追逐的风儿，在伊织眼里，没有一样东西是无心的。因此，一接触到这有情的天地，他年幼的心灵也跟逝去的秋草、秋虫和水流一起萧萧地战栗。

他忽然大声抽泣。并非因为找不到马而哭泣，也不是忽然为自己没有父母的孤独而流泪。他只是将胳膊弯起来贴在脸上，脸和肩膀不时地抽搐一下，边走边哭。此时，少年的眼泪也会跟自己撒娇。

倘若有星星或原野上的精灵问他：你为什么哭了？他一定会毫不犹豫地回答说：我怎么会知道。若是知道，我还哭什么啊？倘若再哄着问，他一定还会这么回答：我经常这样，一到旷野里就想哭，总觉得法典原那孤零零的茅屋就在眼前。

独自哭泣是这名少年的毛病，同时也是他的乐趣。哭够之后，天地就会可怜自己，慰劳自己。然后，当眼泪一干，他便又如跳出云雾一般神清气爽。

“伊织！那不是伊织吗？”伊织的身后忽然传来人声。他于是带着哭肿的眼睛回过头，只见两个人影正出现在浓浓的夜色中。其中一人骑在马上，看上去比随行者伟岸得多。

八

“啊！师父！”伊织连滚带爬地扑到马上人影的腿旁，又喊了一声，“师父！师……师父！”他抓住马镫大喊起来。这不会是在做梦吧？他忽然用怀疑的眼神仰望武藏的脸，又打量起拄着手杖站在马侧的梦想权之助。

“怎么了？”从马上往下看的武藏，或许是因为月光照射，脸色看上去十分憔悴，声音却无疑是伊织日思夜想的师父那慈祥的声音。

“你怎么一个人走到这种地方来了？”权之助接着问道。他的手立刻摸在伊织的头上，朝自己胸前抱来。

倘若刚才没哭，伊织恐怕要在这里痛哭一场，月光下，他脸上的泪早就干了。“我想到师父所在的秩父去……”刚一开口，伊织便打量起武藏所骑的马的鞍子和毛色来，“咦？这匹马……是我刚才骑的马。”

权之助笑道：“是你的吗？我也不知道是谁的，只看见它在入间川附近徘徊，就以为是天赐给身体疲倦的武藏先生的，便牵来劝你师父骑。”

“啊，一定是荒野的神明特意让它逃去迎接师父的。”

“可是，你说是你的马，岂不更奇怪吗？这马鞍怎么也是千石以上的武士的东西。”

“这是北条大人家里的马。”

武藏下了马。“伊织，那迄今为止你一直受安房府邸的照顾？”

“是的。是泽庵师父领我去的，也是泽庵师父让我待在那里的。”

“那草庵怎么样了？”

“村民们已经完全帮我们修好了。”

“那么，现在回去至少也能遮风蔽雨了？”

“师父……您瘦了……您怎么瘦了这么多啊？”

“是因为师父在牢中坐禅了。”

“那您是怎么出的牢狱？”

“过后再听权之助给你慢慢讲吧。简而言之，或许是老天的护佑吧，昨天竟突然宣布我无罪，就把我从秩父的牢狱里放出来了。”

权之助则立刻补充道：“伊织，已经不用担心了。昨天川越的酒井家已派来急使，一再致歉，先生这冤枉已经昭雪了。”

“那一定是泽庵师父求的将军大人吧。因为泽庵师父进城后，就再没回北条大人府中。”伊织顿时滔滔不绝地讲了起来，包括邂逅城太郎的事情、城太郎与亲生父亲虚无僧落荒的事情，还有阿杉几次三番到北条家大门前恶语中伤的事情等，边走边谈，一提到阿杉，他似乎忽然想起什么，说道：“还有，师父，又出大事了。”说着便在怀里摸索了一通，取出佐佐木小次郎的书信。

九

“什么，小次郎给我的信？”虽说互为仇敌，可许久未见也颇感怀念，更不用说两人还是互为砥砺互相切磋之人。武藏反倒像得到了期待已久的消息似的，问道：“你是在哪儿遇见的？”他一面看收件人姓名一面问伊织。

“在野火止的歇脚点。”伊织答道，“那个可怕的老婆婆也跟他在一起呢。”

“你说的老婆婆，指的是本位田家的那个老人吗？”

“说是要去丰前。”

“哦？”

“是跟细川家的武士们一起……具体情况都写在信中了吧。师父也不要大意啊，一定要坚持住。”

武藏把书信收进怀里，然后默默地朝伊织点点头。

可伊织仍不放心。“小次郎那个人也很强吧。师父跟他有恩怨吗？”就这样，他滔滔不绝，不等武藏发问，便将今天的始末一五一十讲了出来。

不久，三人终于到了几十日未归的草庵。最急需的便是火和食物了。虽然夜已很深，可就在权之助弄来柴火和水的时候，伊织还是朝村中的百姓家跑去。

火着起来了。三人坐在炉边，围着熊熊燃烧的炉火，互叙平安，欣享着只有经历波折才能体味到的人生喜悦。

“啊？”伊织忽然发现，师父藏在衣服里的手腕、脖颈等处还残留着好多伤疤，不禁问道，“师父，您怎么弄的？怎么浑身……都那样了……”说着心疼地皱起眉，就要查看武藏的其他地方。

“没什么。”武藏连忙岔开话题，说道，“那马喂了吗？明天必须把那马还给北条大人。”

“是，天亮之后我就去。”

伊织没有睡懒觉。他知道新藏一定正在赤城下的府中担心他，于是次日早晨便率先起床，跑到屋外，没吃早饭就跨上了马背。正要快马加鞭时，一轮巨大的红日正离开草的海洋，从武藏野的正东方冉冉升起。

“啊！”伊织勒住马，惊叹地凝望了一会儿，然后忽然掉过马头，在草庵外喊道：“师父！师父！快起来看啊。就跟上次一样，跟从秩父的山上拜的时候一样，巨大的太阳像在地面上滚动一样，正从草中升起来呢。权之助大叔，您也快起来看看吧。”

“哦。”武藏不知在何处应道。其实武藏早已起来，正在小鸟的啁啾中散步。

“我去了。”当武藏听到清脆的马蹄声轻快地奔去，然后从树林里出来，将视线投向那令人眩晕的草的海洋时，伊织的影子早已像一只乌鸦朝太阳的火焰中飞翔而去，转瞬间便变小了，成了一个小黑点，不久便完全燃尽，融到了太阳中。

荣华之门

一

庭园里每夜都会积攒一层落叶。当守门人清扫完院子，打开大门，将堆成山的落叶点燃，然后吃早饭时，北条新藏早已结束了晨读，并与家臣练完了刀。他在井台边擦干身上的汗水，顺便又查看了一下马厩里马匹的情况。

“那匹栗毛驹昨晚没回来？”新藏向仆从问道。

“先别管马了，也不知那孩子到底跑到哪里去了。”

“伊织吗？”

“就算再怎么贪玩，也不至于彻夜乱跑啊。”

“不用担心。他不仅贪玩，简直就是个野孩子，一定是想去看看原野了。”

这时，守门的老头跑了过来，向新藏禀告道：“少爷，您的一大群朋友来了。”

“朋友？”新藏于是迈步相迎，朝聚集在大门前的五六名青年打招呼：“啊。”

青年们也应了一声“哦”，接着便一齐扭过晨寒中有点发青的脸，一面朝他走近，一面寒暄着：“好久不见。”

“一块儿来的？”

“身体可好？”

“你们看，挺好的。”

“听说你受了伤？”

“没事，没什么大碍。大清早诸位兄弟便前来寒舍，难不成有事？”

“唔，是有点事。”五六人相视一下说道。这几名青年全都是大家子弟，不是旗本家出身，便是儒官的公子。而且直到前些日子，他们还都是小幡勘兵卫军学所的弟子。所以，对于曾一时在那里代掌一门的新藏来说，大家也都是他军学上的弟子。

“先到那边去暖和暖和吧。”新藏朝在庭园一角燃烧的落叶堆一指，众人便围拢过去。“天一冷，这儿的伤口还是隐隐作痛……”新藏摸摸脖子。

青年们于是纷纷察看新藏的刀伤，说道：“听说，下手人正是那佐佐木小次郎？”

“没错。”新藏扭过被烟熏到的脸，陷入沉默。

“今天来此，其实也是为了商量那佐佐木小次郎的事……昨天我们终于查明，杀害亡师勘兵卫儿子余五郎的凶手，也是那小次郎。”

“我也一直怀疑是他……不过，你们有证据吗？”

“余五郎先生的尸骸就是在芝的伊皿子坂的后山发现的。我们从那里分头调查，结果发现伊皿子坂上面住着一个细川家的重臣，名叫岩间角兵卫，而那佐佐木小次郎就住在角兵卫宅邸内的厢房里。”

“唔……那，余五郎先生是只身前往小次郎住处的？”

“看来是反遭杀害。就在从后山山崖发现尸骸的前一日傍晚，花店的老板还说曾在附近看见过一个相似的人影……一定是小次郎加害后顺便又将尸体踢下了山崖。”

说到这里，谈话中断，几双年轻的眼眸满含师家灭绝的仇怨，在落叶燃起的烟雾中悲痛相视。

二

“那……”新藏抬起被火烤得发烫的脸说道，“找我商量什么事？”

于是，一名青年说道：“师家的将来，还有找小次郎报仇的事。”

其他人则补充道：“我们都听你的，想请你拿个主意。”

新藏陷入了沉思。青年们仍极力游说：“或许你也听说了，佐佐木小次郎正巧被细川忠利招纳，据说现在已经踏上赶赴藩地的旅程。难道我们就这样眼睁睁地看着师父被气死，师父的儿子被杀，多名同门尽遭他蹂躏，而他自己则飞黄腾达……”

“新藏先生，你就不觉得窝囊吗？身为小幡的门下，就这样忍气吞声？”

有人被烟呛了一下。白烟在火苗中飞舞。

新藏依然沉默，面对同门们无尽的悲愤，他终于说道：“可在下也已被小次郎所伤，天一冷，伤口仍在隐隐作痛，可以说也是一名耻辱的败者。当下我是无计可施了，不知各位有何打算？”

“到细川家去抗议。我们逐一陈述事由的经过，让他把小次郎交到我们手里。”

“交给你们后再怎么做？”

“把他的人头祭奠在亡师和公子灵前。”

“若细川家肯将小次郎绑起来交给我们，那当然最好，可细川家是不会这么做的。而若是我们能杀死小次郎，他也根本不会活到今天。细川家之所以招纳他，也是相中了他超群的武艺。各位若让细川家交人，反倒更抬高了小次郎。既然是如此的勇者，细川家就更不会交出来了。尽管是新家臣，可既然已经成了家臣，人家绝不会轻易交人。不光是细川家，天下所有的大名都如此。”

“那逼不得已只能采取最后的手段了。”

“还有其他手段？”

“岩间角兵卫和小次郎一行昨天才上路。若是追赶，一定能在半道追上。我们六人就以你为首，再纠合小幡门下的一些义士……”

“你们是说半道截杀？”

“没错。新藏先生，你也别憋着了。”

“我不想干。”

“为、为什么？听说你已经继承了小幡家的家业，要重振亡师的家名啊，可是——”

“谁都不想高抬自己的敌人，可公平地讲，我单凭刀是打不倒他的。即使纠集同门，几十人袭击，那也只能是徒增耻辱罢了。”

“那就这么干等着？”

“不，我新藏也很气愤。只是我在等待机会。”

“你可真沉得住气。”一人咂舌道。

“找借口！”甚至有人骂了起来，“没什么好谈的！”

于是，这群血性的早客立刻将落叶的烟灰和新藏丢在原地，拂袖而去。

他们刚出去，在门前下马的伊织便牵着缰绳嗒嗒地走进府来。

三

伊织将马拴在马厩里，问道：“新藏大叔，您怎么在这里啊？”说着，他跑到火堆旁。

“呃，你回来了。”

“想什么呢？喂，是不是吵架了，大叔？”

“怎么这么问？”

“刚才我回来的时候，看到有几个年轻武士气冲冲地出去了，还回头冲门里骂骂咧咧呢，说什么看走眼了、胆小鬼之类。”

“呵呵呵，是这件事啊？”新藏付之一笑，“你还是先过来烤烤火吧。”

“我哪里还用得着烤火啊。我从武藏野一口气奔到这里，您看，我全身都在冒热气呢。”

“有火力。昨晚在哪儿睡的？”

“啊！新藏大叔，武藏师父回来了。”

“是啊。”

“怎么，您知道了？”

“是泽庵大师说的。他说你师父大概已从秩父被放出来，差不多该回来了。”

“泽庵师父？”

“在后面呢。”新藏朝后面使了个眼色，“伊织，你听说了吧？”

“什么？”

“你师父发迹的好事啊。天大的喜事。不过他大概还不知道呢。”

“什么啊？快告诉我。师父要发迹了，究竟是什么事？”

“他就要加入将军家教头的行列，成为一派武宗的日子来了。”

“哎，真的？”

“高兴吗？”

“当然高兴。那，您能不能再把马借我用一次？”

“干什么？”

“我要赶紧报告师父。”

“不必了。今天之内阁老就会正式给武藏先生下召见书，明日便会持召见书到辰口的等候室，进城的许可下来后，即日便可拜谒将军家。所以，阁老的使者一来，我就得去迎接他。”

“那，师父也来这里？”

“嗯。”新藏点点头，一面离开火堆，一面问道，“早饭吃了吗？”

“没有。”

“没吃？那还不快吃去！”

跟伊织说了一会儿话，新藏觉得心中的郁闷略微轻了一些。不过，对于愤然离去的朋友们的命运，他还是有几分担心。

之后又过了一刻左右，阁老派遣的使者来了。除了给泽庵带来书信，还命令明日将武藏带至辰口传奏府的等候室等待谒见。新藏得令后，立刻上马，并令仆从牵来另一匹华丽的乘换马，作为使者往武藏的草庵驰去。

“在下来迎接您了。”

当抵达草庵时，武藏正巧在与权之助晒太阳，膝盖上托着小猫，聊得正起劲。

“岂敢岂敢，我还正打算要前去致谢呢。”

于是，武藏径直跨上迎接的马背。

四

武藏才从狱中被释放，便有将军家教头的荣华在等着他。可更让武藏感动的是这人世的无限恩情。老友泽庵、知己安房守，还有新藏这名好青年，他们对自己这一介旅人温席而待，令人感动。

翌日，北条父子特意为武藏准备好一袭衣服，甚至还备好了扇子和怀纸。“这大喜的日子，就请神清气爽地去吧。”早膳是红豆饭和带头的整条鱼，俨然自己家孩子元服似的，格外周到。

面对这温情，再加上泽庵的好意，武藏再也无法固执坚持自己的愿望。虽然在秩父的狱中，武藏也曾深思熟虑。在法典原上从事开垦的时间虽不足两年，可他亲近土地，与农人一起劳作，一直抱着一股野心，试图把自己的武道活用在更大的治国和经纶政治方面。可江户的实情和天下的风潮，却远未达到可让他一展抱负的状态。

丰臣和德川之间难免会再次掀起一场巨大的战争，思想和人心也必须为此冲破混沌的暴风期。在目睹国家究竟是统一于关东还是上方之前，圣贤之道和治国兵法都还谈不上。假如这种大乱明天就发生，那自己究竟是加入哪边的军队呢？是支持关东，还是加入上方呢？抑或是与世无争，遁入山中，风餐露宿，静待天下平定？可无论如何，如今一旦成为将军家教头，并满足于此，那么自己的道业也就到头了。

在朝阳灿烂的路上，武藏身着礼服，腿跨华丽的马鞍，朝荣华之门一步步靠近，却仍在心底某处有所不甘。

“下马！”

这时，一面高牌浮现在眼前，原来已到传奏府门前。铺满石子的门前有拴马桩。武藏刚一下马，便有一名官吏和看管马匹的杂役赶奔过来。

“我乃昨日阁老召见书征召的宫本武藏，烦劳给等候室的大人通禀一声。”

今日，武藏当然是只身一人。等待期间，他先被带到了另一房间等候。“请在这里等待回复吧。”

这里简直称得上兰花间，隔扇上绘的全都是春兰和小鸟。房间长达二十叠，十分宽敞。茶点端上后便没人再露脸，之后又等了小半天也没人出现。隔扇上的小鸟不啼，绘制的兰花也无香气，武藏不禁打起呵欠来。

五

不久，大概是阁老之一吧，只见一名红颜白发、气宇不凡的老武士终于现身，跟武藏打招呼道：“你就是武藏先生吧？让你久等了，请恕无礼。”

对方淡淡地打着招呼坐了下来。武藏无意间仰脸一看，原来是川越的城主酒井忠胜。但在这里，他只是江户城的一名吏事，所以也只带了一名侍者，似乎不拘礼节。

“在下奉召而来。”武藏立刻跪伏，殷勤行礼道。无论对方是否有威仪，但起码是长者。“在下乃作州浪人新免氏一族宫本无二斋之子，名唤武藏。因将军家征召，故来城门前候旨。”

忠胜微微点点那肥厚的下巴，受礼道：“辛苦了，辛苦了。”然后表情略带尴尬，眼神中透着同情，“那个……关于你受泽庵和尚和安房大人等推举之事……至昨夜时，因事情有变，暂时作罢。我们还有些不解，便想请将军再三考虑。其实就在刚才，我们又在御前评议了一下。不过很遗憾，这次的事情仍是无果而终。”言罢，忠胜似乎不知该如何安慰武藏，于是又说道：“毁誉褒贬，乃是世之常事，希望不要因此妨碍你的前程。一切人事，光看眼前的结果是无法判断何为幸、何为不幸的。”

武藏仍平伏在那里。“是。”他跪拜道。他觉得忠胜的话语听起来反倒格外温馨，从心底涌出的感激之情袭遍了他全身。反省当然有，可他毕竟是个有思想之人。倘若被顺利任命，就此成为幕府的一名吏事，那么厚禄和荣华或许反倒会让他武道的幼树就此枯萎。

“在下明白大人的意思了，非常感谢。”武藏完全是自然而然地说出这话，毫不觉得颜面扫地，也未有受讽刺之感。对他来说，此时，一个比将军还高的存在正在用神的语言，将一件比做将军家教头还重要的大任授于他的心间。

真是个神奇之人——忠胜凝视着武藏，又道：“虽然只是些闲事，但我听说你也有不似武道的一些风雅嗜好，真想让将军家领略一下啊……对于那些俗人的中伤，虽无回答的必要，但若能超乎毁誉褒贬，将心操无言地留于喜好的艺术上，我想，这不但毫无妨碍，更堪称一种高士的回应啊。”

当武藏还在心里琢磨忠胜的话语时，忠胜说了一句“再会”，便离席而去。

什么毁誉褒贬，俗人的中伤或恶语，忠胜在言语中意味深长地重复了好几遍。武藏理解为这是忠胜对他的暗示：他自己虽无必要回答，但要表现出一名纯洁武士的心操来！

“对，决不能让自己颜面扫地，以免玷污了推举自己的人们……”

于是，武藏把视线停留在大厅一角纯白的六曲屏风上。不久，他叫来一名传奏府的小厮，说是奉酒井大人之命要留一笔余技，恳请借最好的墨、最古的朱和少量青色颜料一用。

六

小的时候谁都画过画。画画与唱歌一样，长大成人之后便全都不画了，因为一知半解的智慧和眼光妨碍了画画。武藏也一样，幼小时经常画画，孤独的他尤其喜欢拿起画笔。可是，从十三四岁到二十岁这段时间，他几乎忘记了画画。之后遍历诸国时，他经常在借宿的寺院或显贵的宅邸里接触到壁龛里的挂轴或壁画，尽管自己不画，却再次对画产生兴趣。

曾几何时，当他在本阿弥光悦家里观赏梁楷的那幅《松树落栗图》时，粗朴之中透出的王者气质和笔墨的深邃让他永远难忘。大概就是从那时候起，他再次关注起画来。

北宋南宋的珍品，东山大人时期的名匠国画，还有作为现代画而受捧的山乐、友松、狩野家的作品等，武藏有机会便会观赏，其中自然也有他的喜厌。

梁楷的豪健笔触，即使从武道的角度来看也让人感受到巨人的力量，而海北友松由于是武人出身，无论是其晚年的节操还是画作本身，都足以让人仰为师尊。

此外，武藏对京城外泷本坊的隐士松花堂昭乘那恬淡的即兴风格也颇为神往。听说他与泽庵也是深交，于是武藏对他的画益发仰慕。可是与自己所走的道路相比，尽管都生于同一尘世，却只觉恍如隔世一般。

因此，有时武藏也会背着人偷偷地描摹几笔。可是不知不觉间，他也变成了一个无法提笔的成人。徒有智慧，却无心提笔。只想画巧，却无真情的流露。

于是他便厌倦起来，不再作画。可是，当忽然间被什么东西再次唤起感兴时，他仍会暗地里画上几笔。模梁楷，仿友松，有时还会学习松花堂的画风。他的雕刻虽然已为两三人展示过，可画从未示人。

“好！”

而今，他却索性将其画了出来，而且还是在六曲的单扇屏风上一气呵成。

有如比武结束后心头长舒一口气，武藏静静地将笔尖搁在笔洗里，对自己的画看都不一眼，径直从传奏府等候室的大厅离去。

“门。”武藏跨过那豪壮的门，忽然回过头来。进是发迹之门，抑或出才是荣华之门？

大厅里空无一人，只有那墨迹未干的屏风被留在那里。其中的一面上画着一幅武藏野之图，仿佛在昭示一片丹心，上面只有一轮巨大的红日涂着朱色，剩下的则全是墨色的秋野。

酒井忠胜坐在画前，默然地抱着胳膊凝视了一会儿，然后独自叹息了一句："啊，放虎归山了。"

天音

一

也不知武藏是怎么想的，当日离开辰口的御门后，他没有返回牛込的北条家，而是径直回到了武藏野的草庵。

“啊，回来了。”留守的权之助立刻跑出来，抓住马笼头。

跟平常不同，今日的武藏一身挺括的礼服装扮，搭配华丽的螺钿马鞍。权之助以为今天已进城拜谒完毕，顺利完成了就任事宜，高兴地说道：“恭喜恭喜……明天起就可以去上任了吧？”武藏刚一坐下，他也在草席下角跪坐下来，一面伏地行礼，一面高兴地说道。

武藏笑道：“不，任命取消了。”

“啊？”

“你就高兴吧，权之助。是今天突然取消的。”

“奇怪啊，真让人不解。到底是怎么回事？”

“别问了。追根问底又有什么用呢？太感谢了，真是天意。”

“可是……”

“难道，连你也认为我的荣华只在那江户的城门里面？话虽如此，我自己也曾一度抱有野心。不过，我的野心不在于地位和厚禄。虽然听起来可能愚蠢可笑，可我一直在想，能否用武的精神来成就政道？可否用武的境界立安民之策？武与人伦、武与佛道、武与艺术，倘若将所有东西都看作一种道，武的真髓与政治的精神也该是完全一致的，我坚信如此。正是因为想尝试一下，才想当一名幕士。”

“真遗憾，一定是有人毁谤。”

“不要说了。你可不要误解我。我的确曾一度抱有这种想法，可后来，尤其是今日，我才豁然开朗。原来我的想法竟近乎是一个梦想。”

“不，不是这样的。我也认为好的政治与高尚的武道，其精神是一致的。”

“这么想并没错，可这只是理论，而不是现实。学者在书房里穷究出的真理未必就与世俗中的真理一致。”

“那么，我们要穷究的真理，难道对现实的尘世就没有用处了？”

“胡说。”武藏嗔怪道，“只要这个国家存在，无论世事如何变化，武道这种男子汉的精神之道就不会成为无用的技艺。”

“是……”

“可是仔细想来，政治之道并非只以武为本。只有文武并举的圆明境界，才能有完美无缺的政治，才能有拯救世界的大道的武之极致。所以，我幼稚的梦想不过是梦而已，我自己更应谦虚地侍奉文武二天，磨炼自己。在以政治救世之前，更得先从尘世学起才是……”说完，武藏微微一笑，似乎抑制不住自我解嘲，又道，“对了……权之助，你有没有砚台？若没有砚台，就把矢立借我一用。”

二

武藏写下一封信，说道："权之助，可否辛苦一趟，帮我做一趟信使？"

"送往牛込的北条大人府吗？"

"对，事情的详细经过和我的心情，我全都写在信中了。还有，请代我向泽庵大师和安房大人致意。"武藏叮嘱着，又道，"对了对了，还有一件我替伊织保存的东西，你顺便也还给他。"说着，他将东西取出来，与书信一并交给权之助，原来是上次伊织交与武藏保管的旧皮钱袋。

"师父，"权之助疑惑地膝行几步，说道，"到底是什么原因，您竟如此郑重，甚至连伊织寄存的东西也突然归还？"

"武藏我想离开所有人，再次进山待一阵子。"

"我和伊织是您的弟子。师父进山我们就进山，师父进城我们就进城，无论您走到哪里，我和伊织都愿意陪伴在身边。"

"我不会待很久，也就两三年时间。在此期间，伊织就先交由你照顾了。"

"哎？就是说，您绝没有隐遁的意思？"

"怎么会呢。"武藏笑着，松开盘膝，手撑在后面，说道，"我现在还乳臭未干呢，怎么可能现在就——刚才我也说过，我也有大志，而且今后也还会有各种欲望与迷惘。记得有人如此唱过：常住人乡里，愈想探深山。"

权之助低头倾听武藏的吟唱，然后径直把要送往安房家的两样东西塞进怀里，说道：“就要入夜了，我得赶紧动身了。”

“唔。将我拜借的马匹还到马厩。至于衣服，你就说武藏我弄脏了，就收下了。”

“是。”

“本来今天应该从辰口立即返回安房大人府中，可这次的事情既然无果而终，那就说明将军家对武藏我还有猜忌。倘若与直接侍奉将军家的安房大人交往过密，恐怕对他也不利，所以我才特意直接返回草庵。此事我并未记在信中，就劳烦你口头帮我转达一下。”

“我知道了。总之，我会在今夜赶回来。”

红彤彤的夕阳正在下沉。权之助抓住马辔，急匆匆而去。由于是别家借给师父用的马匹，既然要返还回去，自己当然就无法骑了。而且也没有别人看见，空着就空着吧，他便牵着马离去。抵达赤城下时，已是夜里的丑时左右。

怎么还未回来？北条家正在担心，所以权之助立刻就被请入里面，书信也被呈到了泽庵手中，当即被启封。

三

其实，就在权之助至此之前，席上的人们便已经从某些途径获知了武藏就任取消的消息。这里所谓的某些途径，其实也是幕阁中的一员，据此人讲，武藏的任用突然被取消，原因就在于有大量不利于武藏来历品行的投诉材料从阁老和奉行所方面被提交到将军家。

武藏被弃用的最大理由便是树敌太多，坊间甚至有传言说过错全在他，由于据说长年找他报仇的竟是一个年逾六十的老婆婆，因此同情自然全都倾向了老人。就在决定任命武藏的节骨眼上，对武藏不利的东西却一股脑全涌现出来。

为什么会产生这种误解？正在大家纳闷之际，北条新藏这才披露说：若是这事，那老太婆甚至都把这阴招使到本家的大门口了。于是，他便把自己在家时，那位本位田家的老太婆咒骂完武藏后离去的事情告诉了父亲和泽庵。真相由此大白。可令人不解的是，一个老太婆的一面之词，世人竟全然相信。而且若只是些市井之人倒也罢了，可连那些深具分辨力的人，而且还是为政者，居然也会采信，这不禁让聚在安房府的人哑然半晌。

正巧武藏的信使权之助也带来了书信。一定是一封不平之信吧，可拆开一看，竟是如下内容：

委细皆由权之助一并告之。或歌曰：常住人乡里，愈想探深山。近来在下突感兴趣，加之过往毛病又犯，欲踏上云游之旅。下面一首，乃在下再次起程之际即兴拙作，见笑见笑：若把乾坤作庭院，吾则正踏家门槛。

另外，权之助又转告说：“本应从辰口返回贵府，说明详细经过，可既已被阁僚猜忌，再轻易进出贵府恐有不妥，于是故意未归而径直回了草庵。这也是师父武藏让在下转达的口信。”

北条新藏和安房守一听，愈发惋惜，顿时说道：“他太客气了，可这样我等也于心不安。泽庵大师，此时此刻，恐怕请他也不会来了，不如由我等并辔前往武藏野去拜访他吧。”说着便站起身来。

“啊，请稍等一下，在下也随你们回去。不过师父还吩咐将一件东西还给伊织，所以请烦劳把伊织叫来。”说着，权之助从怀里掏出武藏递给他的那个古旧的皮革钱袋，放在那里。

四

伊织立刻便被唤来。“什么事？”他眼尖，话音未落便已经发现了自己的皮钱袋。

“师父把这个还给你了。师父说了，既然是你父亲的遗物，就要好生保管。”权之助将其交给伊织，并把武藏欲再度踏上修行之旅，暂时离开一段时间，因此从今以后伊织要跟自己共同生活等事告诉了他。

伊织有些异议，可是由于泽庵在场，安房守也在，于是极不情愿地点点头。“是。”

泽庵一听说这皮钱袋是伊织父亲的遗物，便仔细询问起伊织的身世，这才知道他的祖先是最上家的旧臣，代代名唤三泽伊织。也不知是在几代之前，主家没落，于是一族人便在战乱中离散，之后便漂泊诸国。到了父亲三右卫门一代时，终于在下总的法典原上拥有了一块土地，成为农夫定居下来。

“只是还有一点不大清楚，父亲虽然一直说我还有一个姐姐，却从未告诉我详细情况，母亲也死得早，所以姐姐现在身处何地，是死是活，也都不知道。”

泽庵一面听伊织直率的回复，一面将这颇有来历的皮钱袋放在膝上，仔细地查看里面早已腐蚀的纸条和护身符袋。看着看着，他忽然睁大惊愕的眼睛，不停地打量着一张纸条上的文字和伊织的脸，许久才说道：“伊织，你的姐姐，就记在你父亲三右卫门所写的这纸条上。”

“就是写着我也看不懂啊，连德愿寺的住持都看不懂呢。”

“可是我懂啊，泽庵我懂啊……”于是，泽庵便将那张纸条在众人眼前展开，读了起来。文字长达数十行，泽庵略掉了前面的部分，读道：

“虽饥寒交迫，却无事二君之心，夫妇长年辗转，颠沛流离之际，一年弃一女于中国之一寺，添祖传之天音一管于襁褓，祈慈悲之佛保佑吾女，复漂泊他国。后，于下总原获一茅屋并田地，虽经年思念，然山河远隔，又消息断绝，今虽心忧女之幸福如何，却只能一任岁月流逝。可叹哉，人之父母。镰仓右大臣亦歌曰：天下野兽虽不言，亦有怜悯心，自知疼幼子。然，倘事二君，争名负我，玷污武门，祖先亦恐心寒。吾子亦为为父之子，不可因贪食斗米而污名声。”

“你能见到你的姐姐呢。若是这个姐姐，我从年轻时就很熟。武藏也很了解。伊织，快，你也去。”说着，泽庵起身离席。

可是当夜，急匆匆赶往武藏野草庵的这些人最终还是没能见上武藏，只看见一朵白云飘浮在黎明的原野尽头。

剑圣宫本武藏

6 圆明之卷

〔日〕吉川英治 著
王维幸 译

南海出版公司

新经典文化股份有限公司

新经典文化股份有限公司
www.readinglife.com
出　品

目录

圆明之卷

3	报春鸟
12	奔牛
20	麻籽
31	草埃
40	童心地描图
46	大日
53	古今逍遥
61	绳子
68	春带雨
84	港
95	热水
106	无可先生
113	无为之壳
121	麻线球
137	圆
144	饰磨染

153 风信
169 观音
180 世上的潮路
190 待宵船
201 鹰与女人
209 十三日前
219 马鞋
232 日出时分
239 彼人 · 此人
257 鱼歌水心

圆明之卷

报春鸟

一

这里是柳生城所在的柳生谷，以黄莺闻名。二月的太阳懒懒地照在道场的白壁上，笔直的梅花枝影静静地落在上面，俨然一幅画卷。即使有南枝的梅花引诱，也不过只听到几声黄莺初啼，不过随着野路和山路上积雪的融化，莺啼声便多了起来。同时，那些遍历天下前来拜访的所谓修行武者也明显增多。

“拜托，拜托。”拜访者有之。“恳请大祖石舟斋先生赐教一二。”祈求者有之。“在下乃是某某流的某某。”总之，徒劳地叩响这石垣坂紧闭大门的访客接踵而来。

“无论持谁的介绍信来也没用，宗祖年事已高，概不见客。”这里的看门武士十年如一日地重复着同样的言辞，谢绝着访客。

其中还有钻牛角尖者愤愤指责：“既然都是艺道，就不该有贵贱之差，不该有名人和初学者之别……”说完愤而离去。

可无论他们如何抱怨，石舟斋已于去年变成故人了。只是由于身在江户的长子但马守宗矩公事繁忙，在今年四月中旬前无法告假归乡，才一直秘不发丧。

也许是心理作用吧，仰望一下从吉野朝以前就存在于这里的古堡式城池，尽管春天已从四面的山上迫来，仍不免有一种寂寥的冷寂感。

“阿通小姐，”此时，一个小孩正站在内城的中庭，环顾四面的楼栋，“阿通小姐，您在哪儿呢？”

于是，一个房间的隔扇打开了，被关在室内的香气随着阿通流淌到外面。或许是过了百日忌后仍未见到阳光的缘故，阿通愁容满面，有如白色的梨花。“我在持佛堂呢。”

“噢，怎么又去那儿了？兵库先生说让您过去一下。”

“好的。”于是，阿通便沿着走廊穿过桥廊下，朝远处的兵库房间走去。

兵库正坐在走廊里，看到阿通便说道：“哦，阿通小姐，你来了，我想请你代我去打个招呼。”

“来客人了？在客厅里？”

“早就来了。木村助九郎前去应酬，可他实在胜任不了那种长谈，尤其是与和尚谈论兵法，更是让他叫苦不迭。”

“这么说，还是那个宝藏院的僧人？”

二

奈良的宝藏院与柳生庄的柳生家，不光在地理上相隔不远，在枪法和刀法上也有着不浅的因缘。已故的石舟斋与宝藏院的初代胤荣生前就是至交，虽说让石舟斋在壮年时代真正睁开悟道之眼的恩人乃是上泉伊势守，可最初把伊势守介绍到这柳生庄来的则是胤荣。不过，胤荣如今也已成故人，二代胤舜便秉承了师法。之后，这宝藏院流的枪法借着武道兴隆的大潮蓬勃发展，如今已成为这时代的一大渊薮。

“兵库先生怎么还没来，到底有没有禀报胤舜我前来的事？”

今天，这位客人带了两名弟子坐在书房的客座上，一直在闲谈。他便是宝藏院的二世权律师胤舜，而坐在下座上应酬的，便是柳生四高徒之一的木村助九郎。

出于与故人的关系，他经常造访这里，而且在既非忌日也非法事的日子里来拜访，目的似乎就是想捉住兵库谈兵法。并且如果得便，似乎还有一丝想与兵库比试一番的意思。因为故人石舟斋对兵库宠爱有加，曾几次三番说兵库的才华“连叔父但马都不及，比身为祖父的我都要优秀”。他还听说石舟斋生前把自己受自上泉伊势守的新阴流家传秘诀、三卷秘诀、一卷绘目录等都悉数传给了兵库，因此他很希望能用自己擅长的枪法与故人之孙柳生兵库比试一下。

或许是看透了他的来意吧，最近两三次，兵库都对他的拜访表示推托，不是说“偶感风寒”便是“有事不便”，避而不见。今天也是，胤舜似乎仍无回去的意思，仍在期待着兵库现身。

木村助九郎看出他的来意，便不置可否，含糊其词地应道：“在下早就禀报了，只要身体舒服，他一定会出来跟您打招呼的……”

“还在感冒？”胤舜说道。

“是啊，真让人……”

“他平时体质就不好吗？”

“一直身强体健啊。可由于久居江户，在山国越冬是近年未尝有之事，或许是被并不适应的寒气所伤吧。”

“说起这身强体健，听说当年肥后的加藤清正公看中兵库先生，正欲以厚禄聘请之时，故人石舟斋老先生曾为孙子开过一个有趣的条件呢。”

“是吗？在下倒是未曾听说。”

“拙僧也是从先师胤荣那里听来的。此处大祖向肥后大人所提的条件是：‘因我孙性急短虑，为君效劳亦难免出错，倘能赐三次饶过死罪的机会，我方能将他交出。’呵呵，可见兵库先生是何等性急，也可见大祖对他是何等宠爱。”

三

这时，阿通前来打招呼道："哎呀，原来是宝藏院大师来了。不过真不巧，兵库先生正在誊写上呈给江户城的不知什么清单呢，说十分对不住，无法出来见您。"说完，她便将在套间准备好的茶点奉了上来，"一点粗茶，请……"她先奉茶给胤舜，又奉给也在席上的法弟子。

胤舜有些失落，说道："那太遗憾了。其实我这次见他是有要事相告。"

"若不妨碍，可否由在下帮忙转达？"木村助九郎从一旁说道。

"只好如此了，那就劳烦转告一下先生吧。"

于是，胤舜终于进入了正题。他想告诉兵库的事情原来是这样的：在距这柳生庄东一里，即生有许多梅树的月濑附近，正好是伊贺上野城领地与柳生家领地的交界处，可那里到处都是崩落的山石和纵横的溪流，村落也十分分散，根本就不像国境。伊贺上野城之前是筒井入道定次的领地，被家康没收后，又转封给了藤堂高虎，这藤堂藩从去年入驻接管时起，便大力改建上野城，又是修改年租，又是大力治水，充实国境，全力实施新政。或许是这种改革的气势有点过猛，最近他们又往月濑一带派驻了许多武士，肆意搭建屋棚，滥伐梅林，任意阻拦旅人，侵害柳生家领地之事屡有耳闻。

"想来，藤堂高虎一定是想趁着贵府治丧之际，故意挤压国境，或许不久后就会擅自构筑关卡。虽然我这么说有多管闲事之嫌，但若是不加以抗议，到时候恐怕会后悔莫及啊。"

对于胤舜的这番话，助九郎作为家臣之一深表谢意："多谢相告。我们会尽快调查，提出抗议。"

客人回去后，助九郎立刻赶奔兵库的房间。兵库听了，付之一笑。“别管他。等不久后叔父回国之际再行处理吧。”

可是，既然是有关国境的问题，即使是一尺土地也不能疏忽大意。助九郎觉得无论如何也得与其他老臣和四高徒合计一下，拿出个对策才行。毕竟对手是藤堂这个大藩，须小心应对。

次日早晨，助九郎照例教授完家中的年轻人，从新阴堂上面的道场刚一出来，一直站在外面的炭烧山的小家伙顿时从他身后跟上。“大叔。”然后在他的身前深施一礼。

这男孩常常跟随进城的大人一起，从月濑深处一个叫服部乡荒木村的偏僻地方挑来木炭和野猪肉之类，名叫丑之助，是个十三四岁的山家孩子。

“哦，是丑之助啊？又偷窥道场了吧？今天有没有土产的山药啊？”

四

丑之助带来的山药比附近出产的要好吃，因此助九郎半开玩笑地问道。

“今天没带山药来，但我给阿通姐带来这个了。”说着，丑之助便把提在手里的蒲包举起来给他看。

“是款冬的花梗吗？”

“不，是活的东西。”

“活的？”

“我每次路过月濑时，都会有黄莺在甜美地啼叫。我就特意捉了一只，想送给阿通姐。”

“对啊。你每次从荒木村到这里来时，都要穿过月濑吧？”

“嗯，别的地方没有路。”

“那我问问你……最近，那一带有很多武士入驻吗？”

“有是有，可没那么多。”

“他们都在干些什么？”

“搭建小屋，住在里面，睡觉。”

“有没有构筑栅栏模样的东西？”

“没有。”

“那有没有砍伐梅树，调查行人？”

“伐梅树是用来搭建小屋，或是搭建被融雪冲走的桥，再就是烧火用吧。至于调查路人，我从来没看见过。”

“哦？”由于他所说的情形与宝藏院僧人所言相差悬殊，助九郎不禁纳闷起来，“我听说那些武士是藤堂藩的人，可他们为何要屯驻在那里呢？荒木村有没有传闻？”

“大叔，您说错了。”

“怎么错了？”

“住在月濑的那些武士，全是被赶出来的浪人。他们被从宇治和奈良赶出来，无处容身，就钻进深山了。”

“是些浪人啊？”

助九郎这才释然。自从德川家的大久保接任奈良奉行一职之后，曾经在各地大力驱逐那些关原乱后无官无职、只会扰乱市镇的浪人。

“大叔，阿通姐在哪儿？我要把黄莺送给阿通姐。”

“在后面吧。不过，丑之助，你可不能在城内乱跑。你长得不像个农民的儿子，又喜好武艺，所以让你从外面偷窥道场，就已经是特别恩典了。”

“那，您能不能把阿通姐叫来？”

“呃……正好，从庭口往那边走的，好像就是你阿通姐哦。”

“啊，是阿通姐！”丑之助于是跑了过去。

阿通经常拿点心给他，对他和蔼可亲。而且在这个山家少年眼里，阿通身上还有一种不似凡人的神秘之美。

阿通回过头，远远地微笑起来。

丑之助跑了过去。“我抓了一只黄莺，送给阿通姐吧。给——”说着便递出蒲包。

“哎，黄莺？”

丑之助本以为阿通会高兴异常，不料她眉头紧皱，并未伸手来接。丑之助十分不平，说道：“这东西叫起来可好听了。阿通姐，你不喜欢喂小鸟吗？”

五

“倒也不是不喜欢，可是放在蒲包里或是装进笼子里，黄莺就会变得很可怜。就算不装在笼子里喂养，放到广阔的天地间，它也一样会为我们带来美妙的啼声……”

听阿通这么一劝，刚才还在为对方不接受自己好意而心存不满的丑之助也欣然同意。

“那，就放了吧。”

“谢谢你。”

“放了后阿通姐会更高兴吧？”

“嗯。你特意送给我的心情，我领了。”

“那就让它飞走吧。”丑之助高兴地说着，打破蒲包。一只黄莺从里面跳了出来，有如战场上的箭一样往城外飞去。

“你看，高兴地飞走了吧？”

“我听说，黄莺又叫报春鸟？”

“咦？是谁告诉你的？”

“这么点小事我怎么会不知道？它一定会给阿通姐带来好消息的。”

“你说我也会收到报春般的好消息？不过，我心里倒真的有件期待已久的事呢。”

说着，阿通走了起来，丑之助也跟在后面。不久，本城后面的树丛出现在眼前，于是丑之助说道：“阿通姐，你打算去哪里？这里已经是城中的山了。”

“每天净待在屋子里闷得慌，我想去看看那儿的梅花，散散心。”

“那为什么不去月濑呢？城里的梅花有什么好看的。”

“那儿很远吧？”

“一会儿就到了，才一里路。”

“那倒也想去看看……”

“去吧。我驮柴火来的牛就拴在这下面呢。”

“骑着牛？”

“嗯，我给你牵着。”

阿通忽然心动了。就像那蒲包里的黄莺一样，这个冬天，她一直没出过城。

于是两人便顺着山，从本城向后门闲杂人员的出入口走去。城门处有人昼夜把守，总是拿着明晃晃的枪来回巡视，但一看到阿通的身影，守门士兵就远远地点头微笑。丑之助当然有出入证，可他也早已跟守门士兵混熟，连出示的必要都没有。

“早知道披上头巾就好了。”骑到牛背上后，阿通才意识到这点，喃喃自语。

无论认识不认识的，但凡从路边店面看到她的人，或是过往的农人，都会朝她亲切地打招呼：“今天真是个大好天。”

可走了一会儿后，城下的人家便稀疏起来。回头望望，身后的柳生城也开始在山脚泛白。

“没打声招呼就出来了，天黑之前能赶回来吗？”

“当然能回来。我还会把你送回来的。”

“可是，你不是还要回荒木村吗？”

“就这么一里路，我就是走上好几个来回也……”

就在他们边聊边走之际，在城郊一家盐店门前用野猪仔肉换盐的一名浪人模样的男子竟悄悄地尾随上来。

奔牛

一

道路沿月濑的溪流伸向前方，越走越崎岖。冬天的积雪消融后，连行路的旅人都很稀少，到这里来寻梅的人更是几乎没有。

“丑之助，你从村里来的时候，都是走这里吗？”

“嗯。”

“可你干吗非得来柳生不可呢？从你们荒木村出发，无论干什么，都还是到上野的城下更近吧？”

“可是上野没有柳生家那样的剑法府邸啊。”

“你喜欢剑法？”

“嗯。”

“做农民又用不着剑法。”

“现在虽然是农民，可以前不是。”

“武士？”

“嗯。”

“你也想做武士？”

“嗯。”

丑之助突然丢下牛缰绳，朝溪流边跑去。原来是架在石头上的独木桥的一头掉到水里了。他把桥头正了正，又返了回来。

于是，一直在后面尾随的浪人模样的男子便率先渡桥而去。无论是渡桥时还是渡桥后，男子都毫无顾忌地回头盯了阿通好几次，然后迅速隐没在山谷里。

“谁呢？”阿通不禁在牛背上打了个冷战，喃喃道。

丑之助笑了。“你害怕那种人？”

“怕倒是不怕……”

“那是被从奈良赶出来的浪人。他们就住在前面的山里，有很多呢。”

“很多？”

阿通犹豫起来，很想回去。梅花已经随处可见，可山峡的寒气逼人，而且她心里总担心那浪人，哪里还有心思赏梅。

丑之助却只知道一心一意地牵着缰绳往前走，还不住地说：“阿通姐，你就行行好吧，帮我求求木村先生，让他给我在城里安排个差事吧，哪怕打扫院子或者挑水也行。”

丑之助一直以来的愿望似乎就这一个。由于祖先姓菊村，代代以又右卫门相称，所以他将来当上武士后，也要改名为又右卫门。不过因为祖先中还没有出过大人物，所以有朝一日凭剑法自立门户后，他打算直接以家乡的名字“荒木”为姓，取名为荒木又右卫门。他不停地讲着自己的愿望。

每当听到这名少年的梦想，阿通就不禁像怀念弟弟似的想起城太郎。也不知他怎么样了，已经是十九或二十岁了吧，一数起城太郎的年龄，她顿时感到一阵不堪的寂寞，因为这让她想起了自己的年龄。虽然月濑的梅花尚在早春，可自己的春天正在过去。女人一旦过了二十五岁——

“回去吧。丑之助，原路返回。”

丑之助一脸失望，但他还是听话地掉转了牛头。就在这时，远处忽然传来一声呼喊：“喂！”

二

刚才那名浪人和其他两个气质相似的男子走上前来，抱着胳膊在阿通所骑的牛周围站定。

“大叔们，你们叫住我们有事吗？”

丑之助问道，却没有一个人理他。三个人全都猥亵地上上下下地打量阿通。

“果然。”一人哼哼道。

“唔，是个美人。”其中一人无所顾忌地说了一句，“喂，”他又回头看看同伴，“我在哪里见过这个女人，好像是在京都。”

“一定是京都，一看就跟山里女人不一样。”

“也不知是在城里偶然看见的，还是在吉冈师父的道场里看见的，虽然记不清了，可我的确见过这个女人。”

“你还在吉冈道场待过？”

“当然待过。关原合战后，我在那儿吃了三年饭呢。”

也不知有什么事情，三人把他们喊住后却闲谈起来，还用下流的眼神上下打量阿通。丑之助火了。“喂，山里的大叔，有事快说。我们要回去，太阳就快落山了。”

这时，其中一个浪人把眼珠子一转，看看丑之助。“你不是荒木村炭烧山的小家伙吗？”

“这跟你们有什么关系！”

“住嘴！这里不关你的事，该回哪儿回哪儿！”

“不用你说我也会回去，闪开！”说着丑之助就要牵缰绳。

“给我。”另一个男子一把抓住缰绳，朝丑之助投去可怕的眼神。

丑之助并不撒手，吼道：“你们想干什么？”

“想借这个女人用用。”

“去哪儿？”

“去哪儿关你屁事！闭嘴，给我缰绳！”

“不行！”

“好小子，居然天不怕地不怕，还敢顶嘴！”

这时，其他二人也露出威胁的眼神，端起肩膀。

“你说什么？”三个人顿时围住丑之助，挥起松树瘤子般的拳头。

阿通吓得瑟瑟发抖，紧贴在牛背上。看到丑之助脸上已是一副拼了命的神情，她不禁“哎呀”一声想要制止，可丑之助反因她的惊呼而愈发激昂，顿时猛一抬腿，一脚踢倒眼前的男子，又用像石头一样硬的脑袋猛地朝斜对面的浪人胸膛撞去，然后一把从敌人怀里抽出刀，连看都没看，就朝身后胡乱砍去。

三

阿通简直不敢相信丑之助的力量。他的动作是那样迅猛有力，而他对远比自己高大威猛的三个大人发动的瞬间反击，也给对手带来不小打击。也不知是少年在凭感觉行动还是天生鲁莽，丝毫未把他放在眼里的大人们居然一下子蒙了，竟先挨了他当头一棒。他胡乱挥舞的刀狠狠地砍到了身后的浪人。阿通不禁发出一声惊叫。倒下来的浪人身上喷涌而出的鲜血，顿时像雨雾一样从牛角溅到牛脸上，而他的怒吼声则大得足以吓倒牛。

突然，牛也一声嘶吼，原来丑之助的第二刀竟砍在了牛屁股上。受惊的牛顿时狂吼着驮着阿通发疯地奔了起来。

“唔！兔崽子！”两名浪人拼命地追起丑之助来。丑之助则跳向溪流，在岩石之间逃来逃去，还说：“我可不是好欺负的！”

大人的猛追远没有孩子灵便。两名浪人忽然醒悟过来。“这小家伙回头再收拾。”于是转而追赶驮着阿通的牛。

一看到两人掉头，丑之助又在后面追。“吓跑喽！”他在两人身后叫骂起来。

“什么？”其中一人十分窝火，正要回头。

“小破孩儿回头再收拾。”同伴提醒了一句，于是两人一个劲地追着向前狂奔的牛。

牛像闭着眼在黑暗里瞎闯一样，早已偏离了原路，奔过了河边，绕着低矮的山脊——人称笠置大道的一条窄路没头没脑地狂奔。

“站住！”两人原以为自己的腿脚会比牛快，可是这种平常对牛的认识此时毫无用处。奔牛眨眼间便跑到了柳生庄附近，不，准确地说，是一口气跑到了更接近奈良的街道上。阿通吓得两眼紧闭，不敢睁开。倘若牛背上没有那绑着炭包和柴薪的驮鞍，恐怕她早就摔下来了。

“哦，快看那人！牛疯了！快救救她。那女人可真可怜。”

看来牛已经跑上了人行道，阿通耳边隐约传来过往行人的惊呼声。

“天哪！”

可是，人们的惊呼声也转瞬即逝。

四

已经接近般若野了。阿通只觉得已没有活路。牛仍无休无止地狂奔，后果不堪设想。往来的行人都回过头，为阿通惊叫。这时，一个胸前挂着信匣的不知何家的男仆从远处的路口朝牛走来。

“危险！”

有人喊了一声，可男仆仍径直走过来。在众人眼里，那横冲直撞的奔牛跟男仆几乎是狠狠地撞到了一起。

“啊，被牛角顶了！傻瓜！”同情之余，旁观者反倒嘲笑起这男仆的鲁莽。

可是，路人眼中男仆被奔牛撞上的一幕完全是错觉，因为随之而来的啪的一声正是男仆的巴掌猛击在牛脸上发出的声音。看来这一下打得不轻，只见奔牛那粗大的脖子顿时折向一旁，身子转了大半圈。正当众人以为它会再次撞向男仆时，它却以更猛的势头狂奔起来。可这一次，奔了还不到十尺，它就一下子停了，大量的口水从嘴里淌出，巨大的身体颤抖着，终于老实下来。

“小姐，赶紧下来吧……”男仆从后面说道。

被眼前这一幕惊呆的来往行人顿时呼啦一下围了过来，全都睁大眼睛惊奇地看着男仆的脚下。

原来，他竟用一只脚踩住了奔牛的缰绳。

究竟是谁家的男仆？既不像武家的仆人，也不像商家的用人。聚拢过来的行人立刻便好奇起来，打量一下他的脸，再看看被他踩在脚下的缰绳，不禁啧啧称奇：“真是神力。”

尽管阿通下了牛背，向男仆点头致意，可她仍一副未回过神来的样子。而且众多围观者也让她有些羞怯，久久无法恢复平静。

“这么老实的牛，怎么会发疯呢？”男仆抓起牛的缰绳，将其拴在路边的树上，这时才恍然大悟，“哦，原来是屁股受伤了啊，还是刀砍的重伤，怪不得会发疯呢。”

正当他望着牛屁股喃喃自语之际，一名武士一面斥责驱散着围观的人群，一面嚷道：“啊，那不是平常为胤舜大师拿鞋的宝藏院仆人吗？”说着便站到男仆面前。

武士分明是匆匆赶来，话语中喘着粗气，原来是柳生城的木村助九郎。

五

宝藏院的拿鞋仆人说道："这么巧，正好遇上您。"说着便卸下挂在胸前的皮信匣，说自己正奉院主之命前往柳生送信，如果方便，请当场拆阅，并递过书信。

"给我的？"助九郎又问了一句，然后拆开书信。原来是昨天刚见过的胤舜的书信，大致内容如下：

> 关于月濑的武士一事，昨日奉告之后，又仔细调查了一遍，结果并非是藤堂家的武士，乃是些流浪之徒在此越冬而已。拙僧昨日所说实乃误传，无须采信。为谨慎起见，特先通知。

助九郎将书信收入袖中，说道："辛苦了。关于书信所提之事，我方也进行了调查，结果确为误传，已放下心来，请转告大师，不用担心就是。"

"那，请恕在下在路边失礼，告辞。"

说着，仆人就要告别，可助九郎忽然喊住了他："啊，等等。"他的语气略有改变，问道，"你是从什么时候起到宝藏院做仆人的？"

"就在最近，是新来的。"

"名字是……"

"寅藏。"

"咦？"助九郎仔细打量起来，"你该不会是将军家教头小野治郎右卫门先生的高徒浜田寅之助先生吧？"

"哎？"

"虽然在下只是初次与先生相见，可城里似乎有隐约认识你的人，说给胤舜大师拿鞋的仆人好像就是小野治郎右卫门的高徒浜田寅之助。”

“这个……”

“难道是我弄错人了？”

“实际上……”浜田寅之助顿时羞红了脸，低下头，“只因为……一点心愿，我就来做了这宝藏院的仆人，这实在是有辱师门，也是我自己的耻辱……还请不要声张。”

“请不要多虑，在下也并无寻根问底之意。只是平日里如此猜测，所以就……”

“想必您也早就听说了吧，师父治郎右卫门之所以舍弃道场隐遁山里，是因为我寅之助的一时鲁莽。我自己后悔莫及，决心哪怕劈柴担水也要在宝藏院修行一阵子，便隐姓埋名进了这里，说来实在丢人。”

“小野先生败在佐佐木小次郎手下之事，那小次郎在前往丰前的途中到处宣扬，恐怕已是人尽皆知。看来你是痛下决心，要一洗师门的耻辱了。”

“早晚……早晚有一天。”拿鞋人寅藏羞愧难当，说罢便匆匆离去。

麻籽

一

“怎么还不回来？”柳生兵库惦记着阿通，来到城前的中门。

阿通骑上丑之助的牛出去后，半天都没回来，人们顿时慌乱起来。发现阿通并不在城里，也是因为江户那边有一封信被送到兵库手里，兵库想给阿通看，这才发现她不见了。

“月濑那边都有谁去查看了？”兵库问道。

“请放心，已有七八个人赶去看了。”一旁的家臣们异口同声。

“助九郎呢？”

“到城下去了。”

“找去了？”

“是的，说是要从般若野一路到奈良去找找看。”

“也不知怎样了。”兵库顿了顿，叹了口气说道。他一直对阿通抱有一种纯洁的爱恋。他之所以没抱非分之想，是因为他深知阿通的心里爱的是谁。阿通的心里有一个武藏，而兵库也在暗恋着她。通过从江户到柳生这段漫长的旅途，还有在祖父石舟斋枕边伺候到临终的这段时间，阿通的性情兵库全都看在了眼里。

能让这样的女人思念的男人，真是幸福的男人。有时，兵库甚至会忌妒武藏。可是兵库并无窃取别人幸福的心思，他所有的思想和行为全都依照武士道的铁律来执行，即使恋爱也无法背离武士道的精神。

虽然他并未见过武藏本人，不过光是被阿通选中这一点，他便可以大致想象出武藏的为人。因此他常常想，有朝一日要把阿通平安地送到武藏手里，这大概既是祖父的遗愿，也可以算是自己这个心怀暗恋的武士的一点心意。

今天这封来自江户的泽庵的书信，日期明明是去年十月底，不知何故却送迟了，年都过了，直到今天才被送到他手里。打开一看，首先映入眼帘的字句便是“关于武藏，由于令叔父但马大人以及矢来的北条大人的推举，行将出任将军家教头”。

不止如此，信件还补充说，如果武藏就任，立刻便会拥有宅邸，身边照料的人也不能少。如今哪怕只让阿通一人先来江户也好，其余诸事下封信再谈。

阿通该多高兴！兵库就像对待自己的要事般，立刻拿着书信去了她的房间，这才发现四处都没有阿通的身影。

二

不久，令人担心的阿通终于在助九郎的陪伴下回来了。而且到月濑方向寻找的侍卫们也遇上了丑之助，不久便把丑之助也带了回来。

仿佛自己犯下了大罪似的，丑之助连连向每一个人谢罪：“请原谅，全都是我的错。”然后立刻又说道，“我娘也一定在担心我，我得回荒木村了。”

话音未落，助九郎便斥责了一句：“别说傻话！你现在要是回去，一定又会在半路上让月濑的那些浪人逮住，连小命都会没有。”

其他武士也纷纷劝导：“今夜就先住在城里吧，明天再回去，明天再回去。”

于是，丑之助便被安排到外廓的柴房里，跟下人们住到一起。

而在另一个房间里，柳生兵库正给阿通看那封江户的来信。“你打算怎么办？”兵库试探着她的意思。

不久就要到四月了，叔父宗矩就要告假从江户回乡了。是届时跟叔父一起回江户，还是现在立刻就一个人动身？在看到泽庵书信的那一瞬，阿通觉得连墨香都那么亲切，更何况信上说武藏近期就要出仕幕府，要在江户自立门户。

多年来杳无音讯，如今一朝获知消息，阿通顿觉一日如隔千秋。哪还有心思等到四月？她只觉得自己的心已经飞到了江户，掩饰不住喜悦的神色。

“明天就……”她小声吐露着想离开的希望。

兵库点点头。“我猜也是这样。”

兵库自己也无法长留此地。多年来，尾张的德川义直公一直想聘用他，所以他怎么也得赶赴名古屋一趟才行。可是，这也得等叔父回乡，将祖父正式下葬后才能离去。“本想尽量送你一程，可鉴于此，若你还是想提前上路，那恐怕就只能独行了。这样也可以吗？”

去年十月底就已从江户发出的信，到了过年后的今天才送到，虽然驿递和驿站的秩序表面上看起来还算平稳，可社会仍未完全安定。一个女人独自上路，总让人不放心，如果你连这些都不怕……兵库再三叮问。

“可以……”尽管阿通十分感动于他胜似亲人的好意，还是说道，“我已经习惯了旅途，对世上的艰辛也有了一点体验。这些还请不要挂怀。”

于是二人就此告别。当夜阿通便打点行装，众人也为她举行了一场小小的饯别宴。

次日早晨，风和日丽，也是一个赏梅的好日子。助九郎等和阿通相熟的家臣们分列在中门两侧，为她送行。

三

“对了……”助九郎望着阿通的身影，自言自语了一句，又对身旁的人说道：“哪怕用牛把她送到宇治一带也行啊。昨晚丑之助正好睡在城内的柴房里。”于是立刻打发人去叫丑之助。

“那再好不过了。”众人也都赞成，尽管已彼此别过，可大家还是挽留下阿通，让她在中门附近等一会儿。

可是，不久后返回的侍卫报告说：“丑之助不见了。下人们说他昨夜就趁着夜色穿过月濑赶回荒木村了。”

“哎？昨夜就回去了？”助九郎不禁愕然。

听说了昨日之事的人们，无不为丑之助的胆魄而震惊。

“那，牵马。”助九郎一声吩咐，一名年轻武士立刻奔向马厩。

“不了，我一介女流之辈，就不用浪费这鞍马了。”阿通谢绝，可兵库力劝不已。“那就恭敬不如从命了。”

于是，阿通乘上年轻武士牵来的一匹月毛驹。马驮着阿通，从中门走下前门的缓坡。当然，到宇治这一段，年轻武士自会给她牵马。

阿通从马背上回过头，向众人还礼。崖边伸过来的梅枝碰到她脸上，两三朵梅花带着花香飘散而去。

“再会……”虽然并未出声，兵库的眼神却脉脉含情。坡道上飘散的梅香微微袭来，兵库忍着无尽的寂寞和苦楚，默默地祈祷阿通的幸福。渐渐地，她的身影在城下的道上越来越小。兵库久久地站在原地不肯离去，最终四周只有他一个人留下来。

那武藏可真让人羡慕。他寂寞的心里不由得喃喃道。而不知何时，都说昨晚已返回荒木村的丑之助竟站到了他身后。

“兵库先生。”

“呃……是你这小孩啊。昨晚回去了？”

“我怕我娘担心。”

“路过月濑？”

“嗯，不走那儿就无法回村。”

“那你不害怕？”

“那有什么好怕的……今早也走的那儿。”

“就没有被浪人们发现？”

“真滑稽，兵库先生。那些住在山上的浪人，后来得知昨天调戏的女人是柳生城中的女眷，一定是害怕柳生大人不会放过他们，于是连夜翻山越岭，不知逃到了何处。”

“哈哈哈，是吗？那，小孩，你今早又来干什么？”

“我？”丑之助有点害羞，说道，“昨天木村先生夸我们山上的山药好吃，所以，今早我就让母亲帮忙，早早挖了些带来。”

四

“是吗。”兵库寂寞的脸色这才稍稍好转。这名纯朴的山里少年让他暂时忘记了失去阿通的空虚。“这么说，今天能够喝到美味的山药汁喽？”

“如果兵库先生也喜欢，我再给您挖就是，要多少有多少。”

“呵呵，那倒不必。”

“今天阿通小姐在哪里呢？”

“刚刚去江户了。”

“哎，去江户了？那我昨天求她的事情，她肯定没跟兵库先生和木村先生说。”

“求什么事情？”

“让我在城里当差的事。”

“要在城里当差，你年纪还小，等大了之后我们会招你的。你为什么想为城里效劳？”

“我想学武。请教教我吧，教教我。我想在娘的有生之年，练好了给她看看……”

“你口口声声说想学，是不是已经在跟人学了？”

“我只是把树木野兽当作对手，或者一个人耍木刀而已。”

“这就够了。”

“可是……”

“过些天你再来找我吧，到我所在的地方。”

“您待的地方是哪儿？”

“大概会在名古屋吧。”

“名古屋？是尾张的名古屋吗？可娘还在世，我无法去那么远。”每次提到娘这个字，丑之助的眼里总噙着泪水。

兵库不由得感动起来，忽然说道：“那你过来吧。到道场来。我先看看你有没有成为武士的天赋。”

“哎？”丑之助像做梦似的，简直不敢相信自己的耳朵。这城中道场的大屋顶对于他幼小的心灵来说，无异于终生敬仰的希望殿堂。对方竟让自己去一趟那里，而且还是出自既非门徒也非家臣的柳生一族之口。

丑之助欣喜若狂，连说什么好都不知道了。兵库已走在前面，他便匆忙追了上去。

“洗脚。”

“是。”

丑之助在蓄着雨水的池子里洗起脚来，连粘在趾甲里的泥土都用心搓掉，然后便站在生来第一次踏上的道场的地板上。地板像镜子一样明净，连人影都映得出来。四面粗犷的护板和结实的檩木让他感到一股威严，他不禁有些畏缩。

“拿木刀。”进入这里后，兵库的声音似乎都不一样了。正门旁的武士聚集处有一面挂着木刀的墙壁，丑之助走过去，选了一柄黑橡木刀。

兵库也取了一柄，拎着走向地板中央。“准备好了吗？”

丑之助平举起手中的木刀，应道：“好了。”

五

兵库并未举起木刀，只是将其提在右手，身子微微侧着拉开架势。而丑之助则平举木刀，浑身像刺猬似的膨胀。

少唬人！少年横眉立目，气血上涌，一脸不服气。

出招了！兵库并未开口，只是用眼睛示意。丑之助顿时一绷肩膀，“唔”地沉吟一声。

就在这一瞬间，兵库已哒哒哒地踩着地板，逼向丑之助，木刀已朝丑之助的腰部横扫过去。

“还没完呢。”丑之助大喊一声。话音未落，脚随之一踩身后的壁板，噌的一下跳过兵库的肩膀。

兵库身子一沉，用左手轻轻一扳他的腿。丑之助由于动作迅速且用力过度，顿时像竹蜻蜓一样转了一圈，一个跟头朝兵库身后栽去。骨碌骨碌，手中的木刀顿时像滑在冰上一样飞向远处。丑之助随即一跃而起，仍不服输，追上木刀，准备捡起。

“行了！”兵库说道。可丑之助回过头说了一句“还没结束呢”，便再次举起重新握好的木刀，像猛鹫一样朝兵库冲来。但兵库啪的一下用木刀尖一指，丑之助便在中途呆立，眼里噙着不甘的眼泪。

兵库直盯着丑之助，心里却暗暗叹道：这小子有武魂！

可是，他故意怒目而视。“小家伙！你这混账东西，竟敢跳过我兵库的肩膀！一个乡巴佬竟然如此放肆，无礼至极。起来，跪到那儿！”

丑之助跪坐下来。

虽然莫名其妙，可他还是双手扶地准备谢罪。

谁知兵库竟哗啦一下将木刀丢到他眼前，一下子拔出腰刀，指着他的脸。“我要杀了你。你要胆敢喊一声，我就一刀劈了你。”

“啊，杀我？”

“伸过头来。武者最看重的便是礼仪。虽说你只是个乡巴佬小孩，可刚才的行为实在令人忍无可忍。”

“那……您是要治我的不敬之罪了？”

“没错。”

丑之助盯着兵库看了一会儿，露出一副死心的样子，说道：“娘……我就要化成城里的泥土了。您一定会很悲伤，可您就当是孩儿不孝，宽恕孩儿吧。”

说着，跪向兵库的手转向荒木村的方向，然后静静地伸出脖子。

六

兵库微微一笑，立刻收刀入鞘，拍拍丑之助的背。“好了，好了。”他安慰道，“我刚才是开玩笑的。我怎么会杀掉你这样的小孩呢？”

“哎，刚才是玩笑？”

“你可以安心了。”

“可您刚才还说要重视礼仪呢，武者能开这种玩笑吗？”

“别生气，我只是想试试你有没有以武立人的天赋。”

“我还以为是真的呢。”丑之助这才松了一口气，却同时生起气来。

兵库觉得他生气也情有可原，于是又宽慰着问道：“你刚才说从没跟人学过武，我看你是在撒谎吧？起初我故意把你逼到壁板处，平时就连一般的大人都会背靠壁板认输投降，可你竟跳过了我的肩膀。这种本事，就连那些练过三四年木刀的人都不会有。”

“可是……我的确从没有跟任何人学过啊。”

“撒谎。”兵库不信，“你想瞒也瞒不住。你一定有个好师父，为什么不敢说出师父的名字？”

被兵库这么一责问，丑之助沉默起来。

“你好好想想，有没有指导你入门者？”

丑之助忽然抬起头。“啊，有、有。听您这么一说，我想起来了，的确有教过我的。”

“谁？”

“不是人。”

“不是人？那还能是天狗不成？”

“是麻籽。”

“什么？”

“麻籽，就是能喂鸟的那种麻的种子。”

“别胡言乱语。麻籽怎么会是你的师父呢？”

“虽然我的村子里没有，可是如果再往里走，就会有很多伊贺忍者或甲贺忍者的宅子。看到那些人在修行，我也就跟着模仿。”

“唔？用麻籽？”

“嗯，初春要播种麻籽。不久后，嫩芽就全从土地里钻出来了。”

“用那个怎么练？”

“跳啊。我的修行就是每天从麻芽上跳过去。等到天暖和了，麻芽就会疯长，再也没有比麻长得更快的东西了。于是我就早晨跳，晚上跳，麻也一尺一尺地呼呼往上长。一旦懈怠，人就会输给麻，最后就跳不过去了。”

“哦！你就是练这个？”

“嗯，我从春天跳到秋天，去年在跳，前年也跳了……”

“怪不得。”兵库一拍大腿，感佩不已。

正在这时，木村助九郎来到道场外。“兵库先生，江户那边又送来一封书信……”说着，便拿着书信走了进来。

七

书信仍来自泽庵。前件之事，突然有变——正如书信开头所写，果然是紧跟前一封的第二封。

“助九郎，阿通还没有走多远吧。”读完书信，兵库似乎十分着急，忽然说道。

“这个……虽然骑着马，可由于有牵马的随行，想必连二里路也走不了吧。”

“那我现在就去追。我去去就来。”

“啊……出什么急事了？”

“是这样的，据这封信说，关于任将军家教头之事，由于武藏先生的身世等出了点问题，已被取消了。”

“哎？取消了？”

“可阿通竟浑然不知，还在兴冲冲地赶往江户。我也不想告诉她，可不告诉她不行啊。”

“那就由在下去追吧，请拜借一下那书信。”

“不，我去。丑之助，我现在突然有急事，你下次再来吧。”

“是。”

“在时机到来之前，你要好好磨炼意志，好好孝敬母亲。”

说话间，兵库已到了外面。他立刻从马厩里牵出一匹马，飞身跨上，朝宇治方向赶去。

可是，就在追赶的途中，他忽然重新考虑起来。其实，武藏是否成为将军家教头，对阿通毫无影响。她只是一心想见武藏而已，单从她连即将到来的四月都等不及，一个人便急匆匆上路这一点就不难看出。即使给她看了书信，劝她回来，恐怕她也不会听从，反倒只会徒让她心情黯淡，徒让她的旅途变得阴郁。

“等等……”兵库勒住马。他已从柳生城追出了大半里，如果再追一里，大概就能追上。可他明白，即使追上了也无用。只要阿通能见到武藏，两人能在相遇的欣喜中互诉衷肠就行了，至于其他事情，完全无足轻重。

于是，兵库又徐徐掉转马头，返回柳生。尽管路边的春色是那么靓丽，他的身影看上去也那么悠闲，可只有他自己才清楚内心里有种缠绵的留恋。哪怕再多看她一眼……莫非正是因为这种留恋，才让他策马在阿通身后追赶？

倘若有人如此发问，兵库一定无法果断地摇摇头，回答一声“不”。

兵库在心里不住地祈祷阿通幸福。武士也有留恋，也有抱怨，但这只是用武士道的精神看破一切之前的瞬间心情而已。只要一步跨过这些烦恼，便会进入风轻柳绿、心旷神怡的别样天地。人岂能让恋情把青春燃尽！时代的大潮正高举着双手，呼唤着世上的弄潮儿：莫要理睬那路边花！要珍惜时光，在这大潮中乘风破浪！

草埃

一

自从阿通离开柳生，转眼已二十日有余。去者日渐远离，春意日益变浓。

“人可真多。”

“是啊，今天是奈良也少见的好天气啊。”

“一半是游山玩水吧？”

“嗯，是啊。”

说话的两人正是柳生兵库和木村助九郎。兵库戴着草笠，助九郎脸上缠着僧人头巾状的东西，原来是乔装出游。

这里所说的“一半是游山玩水”，究竟指的是他们自己，还是路上的行人？听起来似乎两者都是，但两人脸上还是挂着一丝淡淡的苦笑。

随行者是荒木村的丑之助。近来，丑之助深受兵库喜爱，比以前更常出没于城里，今天则成了两人的随从，背着便当包裹，腰里掖着一双兵库换用的草履，俨然一个小拿鞋人跟在后面。

无论是这主从三人，还是来往的行人，不一会儿，大家就都不约而同地涌到了奈良城中广阔的原野上。

原野旁边是兴福寺，周围是森林，还有高耸的塔。原野远处的高地上，还有僧房和神官的住处。奈良的街市则在更前面的低地上，即使在白天看上去也朦朦胧胧的。

“结束了吗？”

“不，大概是饭后休息吧。”

“原来如此，法师们也用便当啊。看来法师也得吃饭啊。”

听兵库这么一说，助九郎不禁扑哧笑出声来。

尽管有四五百人聚集在这片原野上，可由于原野实在广阔，看上去仍稀稀落落的。有如春日野上的鹿群一样，人们有的站着，有的坐着，还有的在悠闲地散步。

不过，这儿并不是春日野，而是旧平安三条的内侍原。今天，这里似乎有什么演出活动。

即使是演出活动，除了都市，也很少见到搭台子的。就算是少见的幻术师或傀儡师来，或是举行赌弓、赌剑的比赛，也都是露天举行。但今天显然不是凑热闹的集会，而是更严肃的活动。原来今天是宝藏院的枪法师们齐聚一堂，进行一年一度公开比武的日子。由于这次比武的结果将决定他们在宝藏院的位次，又是当着众人的面，所以打斗格外激烈。

不过现在，整片原野却十分空旷，氛围也极其幽静。原野一角撑起的三四处帷幕附近，挽着衣袖的法师们有的在吃槲树叶包的便当，有的在喝热水，用“悠闲自在”一词来形容最贴切不过。

“助九郎，那我们也找个地方坐下来吃便当吧。看来还得等一段时间。”

“请稍候。”于是，助九郎便四处张望，寻找合适的场所。

这时，丑之助不知从哪里迅速拿来一张席子，选了一处好地方铺下。“兵库先生，请坐在这儿吧。”

真是个有心的小家伙。虽然兵库屡屡为他的机敏而感叹，但在成长为武士的路上，这种机灵也同时让人稍感不安。

二

主从三人于是坐在席子上，剥开竹皮。里面是糙米团子，添了些腌梅子和味噌。

“好吃。”兵库像在吞吃蓝天似的，享受这露天的便当。

“丑之助，”助九郎说道，“去给兵库先生弄碗水喝。”

“我马上就去，到法师们汇集的那边去要。”

“唔，快去要……但不要告诉宝藏院的僧人柳生家有人来的事情。”兵库在一旁提醒道，“主要是嫌麻烦，千万别让他们过来打招呼。”

“是。”丑之助准备从席子的一角站起身。

“咦？”有两个旅人从刚才起就在远处的草地上东张西望。“席子不见了，席子不见了。”在距离兵库等人十间远的地方，尽管也有稀疏的浪人、女人和商人之类，可谁都没有铺用旅人丢失的席子。

“伊织，算了。”其中一个人找腻了，说道。此男子体格健壮，脸膛浑圆，肌肉发达，手提一根四尺二寸长的橡木杖。既然是伊织的同伴，不用说，自然就是梦想权之助了。

“算了，不用找了。”权之助又说了一遍。可伊织仍未放弃，说道：“到底是哪个家伙？一定是有人拿走了。”

“算了，不就是一张席子嘛。”

“就算只是一张席子，也不能让人偷偷摸摸拿走啊，真可恨。”

权之助早把这事丢到脑后，已在草地上坐下，拿出矢立，记起今天上午旅程的花费来。即使在旅行期间，也要详细记录一路的花费，这完全是因为跟伊织一起旅行，受伊织影响之故。伊织平常就时时留意生活，有时成熟得甚至都不像个孩子。他仔细周到，从不浪费东西，甚至对每碗饭和每天的天气都心存感激。因此，他也有着与常人不同的另一点，即认死理的怪脾气。尤其是离开武藏身边，融入社会中，这种脾气就更厉害了。因此，虽说只是一张席子，可伊织还是对这种擅自拿走别人东西的行为恨之入骨。

“啊，是他们吧？”伊织终于发现了正若无其事地铺着权之助一路带着的睡席，吃着便当的主从三人，“喂！喂！”他立刻跑过去。可是，就在只差十步远时，他忽然停了下来，思忖起抗议的词句。

这时，起来要水的丑之助正好跟他迎头撞上，于是问道：“干什么？”

三

伊织过年后是十四岁，丑之助虚岁十三，可是丑之助看上去比伊织年长许多。

“我还要问你干什么呢？”伊织责问丑之助的无礼。

丑之助根本就没把这个不像本地人的小旅人放在眼里，说道：“是你先嚷嚷的，我才问你干什么。”

“你偷偷拿走人家的东西，你是小偷。”

“小偷？你小子居然敢说我是小偷？！”

“就是。难道不是你偷偷拿走我的同伴铺在那儿的席子吗？”

“席子？那张席子是掉在那儿的，我才拿过来。有什么了不起的，不就一张席子嘛。”

“就算是一张席子，对于旅人来说，也是遮风蔽雨、晚上栖身的重要东西。还给我！”

“还倒也行，可你的话惹恼了我，我就不还。除非你为刚才说我是小偷的话道歉，我才还给你。”

“要回自己的东西，居然还要道歉，真是笑话！你若不还，我就是跟你拼了也要拿回来。”

“那你就试试啊。我可是荒木村的丑之助，你以为我会输给你小子吗？”

“好大的口气！”伊织也毫不相让，耸起小肩膀说道，“胆敢小瞧我！我也是武者的弟子。”

“那好，待会儿到那边去。别仗着身边有人就吹牛，有本事就离开人群到那边单挑。”

“什么？这可是你说的。”

“你敢来吗？”

“哪儿？”

“兴福寺的塔下面，不要带帮手。”

“当然。”

“我举手之后你就过来，听到没有？”

两人打了一阵嘴仗，便暂时分开了。丑之助径直去要热水。可当他不知从何处提回一壶热水时，原野中央已生起阵阵尘土，法师们已经开始比武。人群立时围成一个大圈，挤着看起热闹。

丑之助提着水壶穿过人群后面。这时，与权之助并排看热闹的伊织回过头看了看丑之助。丑之助则用眼神挑衅：待会儿过来！伊织也用眼神回击：当然去了，你等着！

比武一开始，内侍原的悠闲气氛也陡然一变，在不时升起的黄色尘土中，人群像行进时的武士一样发出阵阵喊声。

胜还是负？人都会争胜，比武便是如此。不，这个时代便是如此。这一点也反映在少年身上。他们毕竟也是在时代中长大的，正如生来羸弱就无法成为强者一样，他们从十三四岁起就已经形成了绝不服输的骨气，这已远非是一张席子的问题。

不过，由于伊织和丑之助都有大人同伴，暂时还得跟在他们身后观看这原野上的比武。

四

从刚才起，原野中央就站着一个法师，立着一根粘鸟竿一样的长枪。已经有好多人跟他过了招，可不是被他踢飞，就是被打趴下，几乎没有敌手。

“谁还上来？”法师催促着后面的人。可半天竟没人应战。似乎此时不出场才是明智之举，无论是东边的幕后，还是西边的汇集处，大家全都屏息旁观，任由那法师吵嚷。

“如果再没有人上来，那野僧就要退场了。今天的比武结果就是十轮院的南光和尚第一，大家有没有异议？”和尚似乎在到处炫耀，瞅瞅东边，望望西边，向人们挑衅。

十轮院的南光和尚从初代胤荣那里得到宝藏院流直传，不觉间已自成一派，自称十轮院枪法，与如今的胤舜已经反目。也不知是害怕，还是想避免争斗，胤舜今天并没有露面，理由是生病了。南光和尚俨然一副将宝藏院的所有门徒全都打倒的样子，不久便将竖着的枪横了过来。

“那，我可要退场了。已经是无敌了。”

“等等。”这时，只见一名僧人啪的一下，斜端着枪，径直跳了出来，“胤舜门下，陀云。讨教一二。”

“请！”

接着，只听啪的一声，两人脚下顿时腾起一阵尘土。就在彼此跳开的一瞬，枪与枪已经像猛兽一样相互睨视。

本以为比武会就此结束的失望的围观者们顿时狂呼，但人群转瞬就像窒息了一样沉寂下来。铿！人们听到这强音的一瞬，还以为是一支枪打在了另一杆枪的柄上，实际上那名叫陀云的法师的头已然被南光和尚的枪狠狠击中。

仿佛被风打歪的稻草人，陀云顿时横倒在地。紧接着，三四名和尚呼啦一下从一旁的汇集处冲上台来。人们起初还以为他们是要上来挑战，不料他们匆匆抬起陀云后便退了下去，剩下的就只有狂妄的南光和尚那愈发不可一世的架势。

“应该还有几个勇士啊。如果有就赶快出来，三四个人绑到一块儿上也没事。”

就在这时，只见一名修行僧将背箱卸在汇集处后，来到宝藏院众僧人的面前，问道：“这比武仅限于院中的弟子吗？”

宝藏院的人异口同声地答道“非也”，并解释道，虽然他们早就在东大寺前和猿泽池畔所立的牌子上言明，只要是有志于武道的道友，无论何人都可交手，但面对这些专修枪法，比往昔的凶僧还要凶悍的僧人，大家全都缩手缩脚，生怕在众人面前丢丑不说，最后还可能落个残废，所以从没人敢自告奋勇上前挑战，否则就会被看作傻瓜。

修行僧听了，便向列座的僧人们微微施一礼，说道：“既然如此，在下便想当当这个傻瓜，可否拜借木太刀一用？”

五

兵库也混在围观的人群里。他望着对面野地的情形，回头说道：“助九郎，有热闹看了。”

“似乎出来一个修行僧。”

“既如此，胜负已分。”

“是南光和尚胜出吗？”

“不，南光和尚大概不会应战。倘若真比，那他就是个不成熟的人。”

“是吗？有这种事？”助九郎一脸不解。尽管兵库深知南光和尚的为人，但为什么跟现在出场的修行僧比武就是不成熟呢？助九郎纳闷了一会儿，但不久，他使明白了兵库的意思。

这时，修行僧手提借来的木刀，走到南光和尚面前。来吧！他发出挑战。看到他的样子，助九郎这才明白，虽不知该人是大峰山的修验道修行者还是圣护院派，但他年龄有四十前后，体壮如铁，与其说是修验之功，不如说是在战场上锤炼出来的更准确。那分明是几经生死所磨炼出的肉体。

“拜托。”修行僧话语平静，目光也十分柔和，却显然不是凡类。

“外地生人？”南光和尚打量一下眼前这位新的劲敌，问道。

“是，是临时加入的。”修行僧微微点头道。

“等等。”南光和尚忽然把枪立了起来，似乎已意识到自己不是对手。或许自己在招数上会略胜一筹，但他从这名新对手身上感到了一种不可战胜的东西。在当今的修行僧中，隐姓埋名韬光养晦者不胜枚举，还是避开为妙。大概是出于这种顾虑，南光和尚摇摇头说道。“我不与外地生人交手。”

“可我刚才已在那边问过了规则……”修行僧不卑不亢，指出自己的出场毫无不当，仍步步紧逼。

南光和尚却说道：“别人是别人，拙僧是拙僧。拙僧的枪并非是为了随便战胜别人而使的，只求在这枪中锻炼法身而已，并不喜欢比武。”

“是吗？”修行僧苦笑一声。尽管似乎还想说些什么，但大概是不喜欢在人群中说话吧，他只好无奈地将木刀返还给汇集处的僧人们，径直离去。

南光和尚也趁机退场。对于他的脱逃，虽然僧人们和围观者都觉得很卑劣，他却毫不在意，仍如凯旋的勇将般带着两三名弟子打道回府。

“怎么样，助九郎？”

“果如您所料。”

“应该是这种结果。”兵库说道，“那修行僧恐怕是九度山上的人。倘若把头巾和白衣换成铠甲，一定是位赫赫有名的老将。”

或许是比武已经告终的缘故，围观之人也各自散去。助九郎环顾四周。“咦，哪儿去了？”他不禁嘟囔起来。

“什么事，助九郎？”

“丑之助不见了。”

童心地描图

一

这是两人的约定，他们要单独比试。趁着大人们全都被野地比武吸引，丑之助朝伊织使了个眼色，示意他出去，于是伊织背着权之助，悄悄从人堆里溜了出来。丑之助也瞒着兵库和助九郎跑出来，来到兴福寺的塔下。

在高耸的五重塔下，两个小武者怒目而视。

“搭上小命可别后悔啊。”

听伊织这么一说，丑之助不甘示弱。“少吹牛！”说着随手捡起一根木棒，因为他没带刀。

伊织却带了。只见伊织一下拔出刀来。“看刀！”说着便砍了过去。

丑之助往后一跳。伊织以为他胆怯，又追着再砍。结果丑之助把伊织当成了麻，一下子跳了起来，在空中朝伊织的脸踢去。

“啊！”伊织顿时用一只手捂住耳朵，一个趔趄。但他立刻站了起来，继续挥刀。丑之助也舞起木棒。伊织将武藏的教诲和平常跟权之助学的东西都忘记了，只觉得自己不打过去，就会挨对方的打。

眼睛，眼睛，眼睛——武藏曾那么不厌其烦地提醒他，而今他全忘到了脑后，只知道闭着眼睛，用刀朝对方一阵瞎砍。而坐等机会的丑之助却身子一躲，再次狠狠地将伊织打趴在地上。

“呜……”伊织已经起不来了。

“我赢了！”丑之助一阵骄傲，但看到伊织动不了了，他忽然害怕起来，朝山门方向跑去。

“喂！”这时，忽然有人从他背后大喊一声，仿佛四面的树丛在怒吼。随着喊声，一根四尺左右的木杖挂着风声飞了过去，前端啪的一下打在丑之助的腰部。

“痛！”丑之助顿时摔倒在地。

紧接着，有一个人随着木杖跑了过来。不用说，自然是前来寻找伊织的梦想权之助。“站住！”

一听到声音，丑之助连腰上的疼痛都忘了，又如脱兔般跳起。可还没跑出十步，便与从山门进来的另一个人迎头撞上。

“这不是丑之助吗？怎么回事？”原来是助九郎。丑之助慌忙躲到助九郎背后。追赶而来的权之助与助九郎不期而遇，顿时互相瞪起眼珠对峙。

二

两人用眼神对峙，打斗一触即发，不禁让人觉得后果难料。助九郎的手摸向刀，权之助的手则伸向木杖，步步紧逼。可是，两人最终都没有动手，而是，用对话了解起事情的真相。幸亏两人都拥有能洞彻对方的敏锐的观察力。

“旅人，我虽不知详情，可你身为一个大人，为何要打这么个小孩子呢？”

“我还正要问你呢。你先看看前面倒在塔下的我的同伴吧。他都被那小孩打昏过去了，正痛苦呢。”

“那少年是你的同伴？”

“正是。”权之助应了一声，立刻反问了一句，“那小孩是你的奴仆吗？”

“虽不是奴仆，却是在下主人关照的一个小孩，名叫丑之助。喂，丑之助，你怎么把那旅人的同伴打得起不来了？”他回头看看躲在背后默不作声的丑之助，“老实交代。”

助九郎责问起来，可未等丑之助开口，倒在塔下的伊织忽然抬起头从远处喊道：“我们是比武、比武！”说着，他带着仍旧作痛的身体走了过来，“我们是比武，是我输了，不是那孩子的错，是我没用。”

面对坦承失败的伊织，助九郎不禁感叹地睁大眼睛。“哦，你们是约定比武啊？”说着眯起微笑的眼睛，又回头看了看一旁的丑之助。

丑之助此时也有些不好意思，说道：“是我拿了他们的席子，我不知道那是他们的，就偷偷拿了过来，是我不对。”他说明了原委。

被打倒的伊织也恢复了精神。一问才知道是小孩子间的事情，本就该一笑了之，可倘若权之助刚才追过来，与跑来的助九郎迎头撞上，然后两个大人毫不相让，不问青红皂白便用武器，恐怕两人白洒的鲜血早已染红大地。

“啊，实在是失礼。”

“彼此彼此。也怪在下一时鲁莽。”

“那，主人已在那边等不及了，就此告辞。”

“后会有期。”

双方于是相对一笑，出了山门。助九郎领着丑之助，权之助则带着伊织。正当双方欲在兴福寺门前分别时，权之助忽然返回问道：“啊，稍微打听件事。去柳生庄该怎么走？顺着这条道直走可以吗？”

助九郎回过头来，答道：“你要去柳生的何处？”

“在下要造访柳生城。”

“哎，去柳生城？”助九郎顿时停下脚步转过来，折回权之助身旁。

三

真是不打不相识，双方竟无意间获知了彼此的身份和来历。不久，等待助九郎和丑之助的柳生兵库也走了过来，及至闻听事情的始末，不禁连连叹息："哎呀，真可惜。"然后用同情的目光望着千里迢迢从江户赶到这大和路来的权之助和伊织，说道，"哪怕你们早来二十天也好啊。"他连连惋惜道。

助九郎也连称可惜，茫然地望着天空，不知对方所找之人已身在何处。

不用说，梦想权之助之所以将伊织带到这儿来，就是为了寻访据称身在柳生城的阿通。他找阿通并非为了自己，而是前些时候在北条安房守的府邸时谈起伊织姐姐的事情，无意间得知阿通就伊织的亲姐姐，便决定动身前来。

可没想到，双方竟走岔了，他们要寻找的阿通早在二十多天前便去江户寻找武藏了。更不巧的是，听权之助说，武藏本人也早在权之助动身之前就离开江户，连身边的朋友都不知其去向。

"这下谁也找不到谁了。"兵库忽然叨念起来，接着又想起自己曾一度追阿通到了宇治途中，却没将其叫回便折返，不禁有点后悔，"真可怜，她怎么总是这么不幸呢。"淡淡的留恋又勾起对阿通的思念，让他不由得陷入回忆。

可是，这里还有一个可怜之人，那便是一面在一旁听他们谈话，一面呆呆站着的伊织。出生后便杳无音讯的姐姐——在以前毫无希望的时候，他既不想见她，也并不觉得寂寞。可自从听说姐姐还活在世上，而且就在柳生，他便像在漂浮的海面上发现一片陆地一样，再也抑制不住生来第一次喷涌而出的思慕和对亲人的眷恋，怀着满腔的希望，不停催着权之助，风尘仆仆地赶到了这里。

尽管快要哭出来，可伊织还是忍住了。若要哭，他宁愿到一处没人的地方哭个够。由于权之助被兵库问这问那，一直在说江户的事情，伊织便一面低头望着一旁的草花，一面慢慢地从大人们身边离去。

“你去哪里？”丑之助从后面跟来，面带安慰，将手搭在伊织的肩膀上，“你哭了？”

伊织使劲摇摇头，眼泪却从眼中飞散而去。“我怎么会哭呢？你看，我哪儿哭了？”

“咦，那边有山药的秧子。你知道怎么挖山药吗？”

“我当然知道，我的故乡也有山药。”

“咱们比比吧，看谁挖得快。”

听丑之助这么一说，伊织便蹲下挖了起来。

四

什么叔父宗矩的近况、武藏的事情，还有江户市街的变化、小野治郎右卫门失踪的传闻等琐事，问起来没完，说起来也没头。在这大和的山里，若是偶尔从江户来个人，那么此人的一字一句全都会成为令人耳目一新的社会知识。

不觉间已过了许久，兵库和助九郎也都意识到天色不早。“总之，眼下就先来城里小住一阵子吧。”兵库邀请道，而权之助只是深表谢意，谢绝道：“既然阿通小姐不在——”他表示自己想继续旅行。

虽说如此，不过权之助原本就是修行之身，而在故乡木曾逝去的母亲的遗发和牌位至今仍带在他身上，让他时时惦念，所以他想趁着来到这大和路的机会，顺便去一趟纪州的高野山或是人称“河内女人高野”的金刚寺，把母亲的牌位寄存在那里，将遗发放进佛塔。

“那太遗憾了。”兵库知道强留也没用，只好分别，这时才忽然发现身边的丑之助不知何时不见了。

“咦？”权之助也四处张望，寻找伊织的影子。

“在那儿。两个人都蹲在地上挖东西呢。”

顺着助九郎手指的方向一望，果然，伊织和丑之助二人稍微拉开距离，正各自挖土。大人们微笑着，偷偷站到他们背后。不过两人都没有发现。他们一直在挖山药秧的根部，为了不让易断的山药折断，两人都小心地呵护着山药的周围，各自挖了一个深洞，洞大得简直连一只胳膊都能伸进去。

“啊……”不久，两人终于注意到背后的动静。丑之助回过头，伊织也扬起笑脸。看到大人们都在看自己比赛，两人便越发起劲。

“我拔出来了。”不一会儿，丑之助把一个长长的山药抛到地上。

伊织则把肩膀都探到了坑里，仍默默地扒着土坑。

看到他没完没了的样子，权之助说道：“还不行？走了。”

被他一催，伊织便像个老人一样捶捶腰，站了起来，说道：“不行不行，这山药得挖到晚上呢。”接着恋恋不舍地望望土洞，拍打身上的泥土。

丑之助瞅了瞅，说道：“怎么，都挖这么深了还不行？你也太小心了，我给你拔出来。”说着就要伸手。

“不行不行，会折断的。”伊织拒绝了他，接着用脚把周围的土踢回好不容易挖到八分深的土坑里，又照原样埋了起来。

“再见！”丑之助骄傲地把自己挖出的山药扛在肩上。可是那山药并不完整，断口处正冒着白汁。

“丑之助，你输了。比武你虽胜了，挖山药你却输了。”兵库使劲按了下他的头，就像用脚踩踏长势太凶的麦苗。

大日

一

吉野的樱花也该褪色了吧，路边的蓟菜花已开始绽放，尽管走起路来仍有点汗津津的感觉，但这一带的路让人怎么走也不厌，即使是路上的牛粪也能让人联想起往昔的宁乐朝，感叹时代的流转。

“大叔，大叔……”伊织回头拉着权之助的袖子，再三提醒，“他又跟来了，昨天的那个修行僧。”他小声说道。

权之助故意不听他的提醒，径直往前走。“别看，别看，不关你的事。”

“可是真奇怪啊。”

“怎么奇怪？”

“昨天在兴福寺门前与柳生兵库先生分别后不久，他就一会儿在前一会儿在后地跟着我们……”

“这与你有什么关系？人嘛，都在走各自的路。”

“那他到别处投宿不就行了，偏偏连客栈都跟我们住的一样。”

“他爱怎么跟就怎么跟，反正我们又没有值得偷的东西，不用担心。”

“可我们有命啊，也不是空无一物。”

“呵呵呵，我早就把生命之门锁好了。伊织你也是吧？”

"我也是。"

越是不让看，伊织就越想回头。他的左手一刻也未离开那把野砍刀的护手，权之助也觉得不怎么舒服。那修行僧很面熟，就是昨天宝藏院举行比武时希望临时参加却被拒绝的人。但权之助无论怎么想也找不出他们能有什么理由被对方缠上。

"咦，不知什么时候不见了。"伊织又回头说道。

权之助也回头望望。"多半是跟腻了吧。啊，这下爽快了。"

当晚，两人便在葛木村的一户民家借宿。翌日一早，两人就进入南河内的天野乡，边走边注意清流沿岸的门前町那低矮的房檐。

"打听一下，听说有个从木曾的奈良井嫁到这里一户酿酒人家的女人，名叫阿安，你们知道吗？"权之助仅凭渺茫的线索边走边打听。

这个阿安，其实是他在故乡认识的一个人。听说嫁到了这天野山金刚寺附近，他就想找找看，若是能找到，就托她把亡母的牌位和遗发放进金刚寺供养起来，倘若找不到就去高野。不过，听说高野是达官显贵灵柩的供奉场所，供养的全都是名门望族的灵牌，贫贱的旅人根本就没指望。不过，如果这儿实在不行，那就还得去一趟高野山。

正当他想到这里的时候，没想到竟误打误撞地得到了阿安的消息。

"啊，你要找阿安啊。她就在酿酒坊的大院里。"告诉他消息的是门前町一家店铺的老板娘。老板娘还热心地为他引路。"进了这个门后，右侧的第四家听说就是酿酒人藤六的家，你过去问问吧，藤六就是阿安的丈夫。"

二

天下无论哪里的寺院似乎都有"荤酒不许入山门"的规定，天野山金刚寺的僧房里却允许酿酒。这酒当然不会拿到市面上卖，但由于丰臣秀吉曾盛赞这里的寺酿香醇，且在诸侯之间也以“天野酒”闻名，尽管在秀吉亡后，这股风气已日渐消亡，但年年酿制后送给讨要的施主的旧习却仍然残留。

“因此，我等十来个酿酒人就被雇到了这山寺来。”阿安的丈夫、酿酒人的头目藤六当夜便解释了来龙去脉，解开了权之助的疑惑。谈到权之助的请求时，藤六答道：“这还不容易。既然是为了尽孝，明天我就去求一下僧正，给你供奉进去。”

次日，权之助起床的时候，藤六已经不见了。但刚过午时，藤六便现身说道：“我去求过僧正了，他很爽快就答应了。请跟我来吧。”

于是，在藤六的引领下，权之助跟在后面，伊织则紧跟着权之助，三人匆匆朝寺里走去。

四面是幽静的峰峦，未完全凋谢的山樱花已经发白，七堂伽蓝便处在天野川溪流环绕的山谷里。从通往山门的土桥上往下望望，但见山樱花的花瓣一簇簇地汇聚在水流上，朝下游泻去。

伊织正了正衣领。权之助也缩紧了身子，不由得被山峦的气势和僧房的庄严打动。可令人意外的是，一个轻快的声音忽然从正殿上面传来：“是你求我供养你的母亲吗？”说话的僧人身肥体壮，个头很高，脚板宽大。既然是僧正，想来一定是身披金线织花袈裟、怀抱拂尘的威仪之人，这位却头戴破笠、手持拐杖，即使让他站在市井陋巷也不显奇怪。

不过藤六却道：“是，所托者便是此人。”从他恭敬地叩拜在堂下的地上，代替权之助回答的样子来看，此人果然是僧正。

权之助也打了声招呼，正要跟藤六一样跪下来，僧正却已然把大脚伸进台阶下脏兮兮的草履，说道：“那，就请到大日佛祖处来一趟吧……”说着，便拿了一串佛珠，朝前走去。

在五佛堂、药师堂、斋堂之间绕了一会儿，又从僧房稍稍走了一阵后，眼前便现出金堂和多宝塔。这时，一名从后面追过来的佛家弟子问道：“打开吗？”

见僧正点头示意，那人便用一把大钥匙打开了金堂大门。

“请落座。”在对方的催促下，权之助和伊织便坐进空荡荡的伽蓝之内。抬头一望，台座之上是一座一丈有余的金色大日如来像，正在天花板下面含微笑。

三

不久，僧正穿好袈裟，从佛像后面走出，然后坐在台座上朗朗地诵起经来。刚才还只是一名脚穿破草履的寒酸山僧，可往台上一坐，背影竟也流露出毫不逊色于运庆那鬼斧神工般雕像的威严。

权之助双掌并拢于胸前，心里描绘起亡母的音容。但见一朵白云流过，盐尻岭的山峦和高野的草也浮现在眼前。武藏正脚踏着随风摇曳的小草，拔刀站在那里，自己则手持木杖与其对峙。在野地里的一株杉树下，老母亲正像地藏菩萨一样孤零零地坐在那儿。母亲的眼中充满了担心和焦虑，满含着恨不能自己也要跳到这刀与杖之间的眼神。那完全是担心儿子的爱的眼神。当时，正是母亲的一声大喝，让他悟出了“导母之杖”那一招。

“娘，现在您大概仍跟那时候一样，用担心的眼神关注着我的前途。不过，您不用担心。幸亏武藏先生答应了我的请求，现在正在教我。我离自立门户的日子或许还很远，可无论世道多么混乱，孩儿都决不会脱离正道。”

随着屏息凝神的专心祈祷，权之助只觉得眼前高高在上的大日如来化成了母亲的面容，就连那微笑都化成了母亲在世时的微笑，沁入了心里。

“呃……”当权之助忽然回过神来，分开双手时，僧正早已消失，经已经念完了。一旁的伊织也呆呆地仰视着大日如来的面容，似乎忘记了起身。于是权之助喊了声“伊织”，将其唤醒。“你怎么看得那么出神？”

听他一问，伊织这才回过神来，说道：“这大日如来跟姐姐好像啊。”

权之助不禁哈哈笑了起来。“你连阿通姐姐的面都不曾见过，怎么会知道她的长相？而且大日如来的脸就是大日如来的脸，如此慈悲圆满的具相，凡尘中怎么会有呢？这只是运庆那种名匠的修行碰巧在凿下显现出来的奇迹，绝不是凡界之物。”

听他这么一反驳，伊织仍一口一个“可是”，使劲摇头。“我有一次到江户的柳生府邸出使，半夜迷路，就曾遇到过一个叫阿通的小姐。当时要知道她就是姐姐，好好看看就好了，现在却想不起来了。想着想着，就在方才僧正念经的时候，我双手合十，觉得大日如来的脸变成了我姐姐的脸。真的，她还跟我说话了呢。”

“唔……”权之助已无法再反驳，他自己也久久不愿离去。

山谷的黄昏来得格外早。太阳已沉到山后，只有多宝塔塔尖上的水烟像镶嵌着七宝珠一样，璀璨地映在余晖中。

“啊，虽然这点祈福对去世的母亲远不够，可身为生者，今天我还是度过了积善的一天，似乎血腥的尘世已不存在。”

面对沉沉薄暮，两人仍坐在金堂的走廊里。

四

不知何处传来沙沙的清扫落叶的声音。权之助于是抬起头。“咦？”一望右边的山崖，但见山崖中段建有室町风格的古雅的观月亭和庙宇，一条狭窄的石子路上爬满青苔，往幽翠的山上伸去。

一个是高雅的尼姑模样的老妇人，另一个则是体态丰盈的五十岁上下的男子，朴素的木棉衣物上套着无袖外褂，碎樱花图案的皮袜上穿着新草履，腰佩一把鲨鱼柄的小刀，既不像武士也不像商人，显得分外高雅。他手拿扫帚，忽然伸伸腰站了起来。老尼则头裹白色软绸头巾，同样手持扫帚。

“呃……稍微干净点了吧。”老尼打量着一路清扫下来的山路和山崖的角落。

看来这一带人迹罕至，也没人去管理，冬天的残枝败叶和鸟类的尸骸就像农家的堆肥一样腐烂堆积在路上，丝毫看不出春天的样子。

“母亲，挺累了吧？太阳也沉了，剩下的就由我来扫，您先歇歇吧。”那个肥胖的男子说道。

看来这老尼是年近五十之人的母亲。听了儿子的话，她反倒笑了。“大概是在家时也闲不住的缘故吧，我一点都不觉得累，倒是你，身子那么胖，这种活儿又不常干，手都让土弄糙了吧。”

“是啊，您说得没错，拿了一天的扫帚，我的手掌心都起水泡了。”

“呵呵……这倒是件好礼物。”

“不过，今天倒是有一种说不出的神清气爽。或许，这也是我们母子这点卑微的心意感动了天地的缘故吧。”

“反正今晚我们还要在寺里住上一夜，剩下的就明天再干，先回去吧。”

“天开始黑了，小心脚底……”儿子一面提醒，一面执起老尼的手，从观月亭的小路朝权之助和伊织休息的金堂走下来。老尼和儿子都没有想到黄昏中的金堂走廊下会有人，看到忽然有人影起身，都吓了一跳。

“谁？”两人一下子停住，但老尼脸上立刻就浮起慈祥的笑容，“你也在这儿斋戒祈祷吗？今天可真是个吉日啊。”看到人影，她迎面打着招呼。

权之助也还之以礼。

“是。我是来供养母亲的，看到这幽静的黄昏之景，不禁着迷地欣赏起来。”

“难得你这份孝心啊。”说着，老尼把目光移向伊织，“真是个好孩子……是你弟弟？”说着，她抚摸着伊织的头，回头对儿子说道：“光悦，在山上吃的麦点心，你袖子里还剩了一点吧？给这个孩子吧。”

古今逍遥

一

被唤作光悦的老尼的儿子从袖中取出一纸包点心，让伊织拿着，然后说道："不好意思，这是剩下的一点东西，如不嫌弃，你就拿去吃吧。"

伊织托在手里，不知如何是好，便回头问权之助："大叔，这个能要吗？"

"你就收下吧。"

权之助替伊织致了谢，于是老尼又说道："听口气，你们两个人似乎不是兄弟啊。像是关东人，这是要到哪儿去旅行？"

"无尽之道，无终之旅啊。正如您所料，我们两个的确不是亲人，虽然年龄相差悬殊，却是武道上的师兄弟。"

"学刀？"

"是。"

"那可不是一般的修行。敢问师父是哪一位？"

"宫本武藏。"

"哎？武藏先生？"

"您认识？"

老尼竟一时忘了回答，只是惊奇地瞪大眼睛，似乎沉浸在回忆中，看来她与武藏绝非一面之识。老尼的儿子也仿佛听到了熟悉的名字似的凑上来，问道："武藏先生现在何处？一向可好……"

两人详细询问，权之助也竭尽所能作答。男人不断与母亲交换眼神，不住地点头。

于是，权之助问道："那，敢问您是……"

"啊，忘了介绍了。"对方慌忙致歉，"我住在京都的本阿弥路口，名叫光悦。这是家母妙秀。我们与武藏先生在六七年前偶然相识，平时也时常谈起他来。"接着，光悦便随口说出两三段当时的旧事。

光悦的名字，权之助早听说过。而且在草庵的炉边，权之助也听武藏说起过与这光悦之间的交往。今天竟在这意外的地方遇上了意外之人，权之助十分惊讶，还有一丝不解：在京都拥有赫赫家世的妙秀尼和本阿弥光悦母子，怎么会到这人迹罕至的山中伽蓝来，还拿起竹扫帚，清扫起连寺中杂役都懒得打扫的山中败叶，扫到这么晚呢？他的疑惑不由得加深。

不觉间，朦胧的月亮已升到了多宝塔的水烟附近。这迷人的夜色连匆匆过客都会留恋不已，权之助更是不愿离去，他问道："看样子，您二人打扫了一整天这山上的山道。是山上有有缘之人的墓碑，还是游山时闲来无事……"

二

"不是，不是。"光悦摇摇头，说道，"这里可是庄严的圣地，心血来潮忽然划拉两下，那成何体统。"尽管权之助说者无心，可光悦还是怕被误解似的，努力解释自己并非为打发无聊才拿起扫帚。"你是头一次来这金刚寺参拜吧？想必也从未听山僧们提起过这座山的历史吧？"

权之助实话实说："是的。"他并不觉得这种无知是身为武者的自己的耻辱，便照实回答。

光悦于是说道：“那就恕我多嘴几句，替山僧把道听途说来的一点东西介绍给你听听吧。”说着，他环顾四周，“正好朦胧的月色也照过来了，我就是站在这里也能如数家珍，这上院的坟墓、灵堂、观月亭，还有远处的求闻持堂、护摩堂、大师堂、斋堂、丹生高野神社、宝塔、楼门都能一览无余吧。”

光悦指了一圈，自己也仿佛沉浸在净土中。“请看。那松，那石，纵然是一草一木，也跟这个国家的民众一样，有着不屈的节操和代代相传的优雅，像在对寻访之人诉说着什么。”他似乎变成了草木精灵，追述起草木的心声，“就在从元弘、建武到正平年间这段漫长的乱世里，这座圣山时而变成大塔宫护良亲王祈愿胜利的大炉，变成密谋的场所，时而又变成楠正成等人精诚守卫的地方，后来又变成京都六波罗的贼军大举进攻的目标。江河日下，到了足利氏篡世的乱世，更是无一宁日。自从后村上天皇逃至男山，御辇在兵火之间到处漂泊，不久便把这金刚寺当成了行宫，常年忍受着形同山僧的艰苦生活。”

“还有，更早以前，由于光严、光明、崇光三位上皇都曾御幸这座圣山，所以整座山上驻满了大量守护的武士和公卿，时间一久，不要说为防止贼军偷袭而准备的兵马粮草了，就连上皇的早晚膳都不够了。目睹当时惨状的禅惠法印曾感叹说：坊舍山房全扫光，损亡不计其数。而且在此期间，主上甚至把寺里的斋堂充为政厅，寒日不生火，炎夏不休息，勤政不已。”

说到这里，光悦忽然沉默下来。“这一带就是那斋堂，叫摩尼院，无处不是遗迹啊。这上院的墓地，据说也是供奉着光严院法皇部分遗骨的灵地，可是自足利世以来，围墙倒塌，败叶深埋，实在是太荒凉了。于是今天从早晨起，我便跟母亲一道，从上院的墓地一带漫无目的地清扫起来。当然，您若说是闲来无事，那也没办法。”光悦又含笑说道。

三

听着听着，权之助心生敬畏，不知不觉间正襟危坐听得入了神。不，比起他来，伊织更是一脸严肃，目不转睛地盯着讲述人光悦的脸。

“所以，在从北条到足利的长期乱世中，就连那些石头和草木也全都成了维护皇统一系的战士。石头成了护国的要塞，树木成了天皇用膳的柴薪，绿草则成了士兵的被褥。”光悦像是找到了真挚倾听的对象，仿佛要吐尽郁怀至情，面带不忍离去的神色，环顾着夜空和净土万象，又说道：“大概是当时与贼军对抗时，在这儿一面吞咽草根一面潜伏的一个亲兵，或者是一个手持降魔剑、与士兵同仇敌忾的僧兵吧……总之，今天我们母子在上院墓地附近清扫山道的时候，忽然从一处草丛里发现了一块石头，上面竟刻了这样一首歌：纵使战争历百年，春天不再来，世之人民啊，亦莫忘歌声。看到这首歌后，我的心久久不能平静。在长达几十年的战争岁月中，这是何等豁达的心胸，这里多么坚定的护国信念！那曾经豪言死去七次也要卫国的大楠公的信念，甚至已铭刻在一个无名小卒心里。而且，正是因为拥有这种传承的优雅和博大的心胸，这儿的堂塔才会历经百年战争仍巍然屹立于皇土之上。这难道不可贵吗？”光悦最后总结道。

权之助舒了口气，说道：“在下这才知道，原来这圣山竟是如此令人敬仰的战场。不知者不为怪，请恕在下刚才的唐突之问。”

“不用，不用介意……”光悦摆摆手，说道，“说实话，在下正想找个人聊聊，一吐平日里的郁闷呢。”

“那，我还有一个无聊的问题，您听了或许会觉得好笑。您已在这寺院里逗留很久了吗？”

“是的，这次已待了七天。”

“是因为您的信仰？”

“也不是，是因为家母喜欢来这一带走走，而我自己来到这寺里，也能看到奈良、镰仓以后的绘画、佛像、漆器等各种名匠作品……”

不觉间，光悦和妙秀，权之助和伊织，四人分成了两组，在朦胧的地面上拖曳着影子，从金堂朝斋堂方向走去。

“不过，我想明天早晨就动身。倘若遇见武藏先生，请转告他，有空再到京都的本阿弥路口去坐坐。”

“我记下了。那，晚安。”

“嗯。晚安……”

四人在山门下月光照不到的暗处分别。光悦与妙秀朝僧房走去，权之助和伊织则一起走向山门外。

土墙外面是环绕的溪流，就像天然的护城河。可刚踏上土桥，一样白色的东西竟一下子从隐蔽处袭向权之助背后。伊织还没喊出声来，便一脚踩空了。

四

扑通！伊织立刻从水花中跳了起来。水流虽急，却很浅。怎么回事？只是一瞬间，怎么就掉下来了呢？连他自己都觉得莫名其妙。可再望一下土桥上面，伊织这才发现，将自己抛出的力量早已在桥上形成一个容不得任何异物的真空圈，进入对峙。其中一方便是忽然袭击权之助的白影。伊织被踢飞的一刹那所看到的白色东西，便是那人的白衣。

“啊，修行僧？”该来的还是来了，伊织想。果然是那个从前天起便莫名其妙地尾随他们的修行僧。

修行僧手持木杖，权之助也拿着惯用的木杖。尽管是突然袭击，可权之助并不慌张，突然一个闪身，修行僧便隔着土桥堵住路口，权之助则背对山门。

“什么人？”权之助大喝一声，“弄错人了吧？”他厉声责问道。

修行僧却一言不发，分明不是弄错人的样子。尽管他背着背箱，行装不便，可踏在地上的脚却像扎了根的大树一样牢固。

这对手绝非善类——权之助不敢小视，浑身绷紧，将木杖捋在身后，又喝问一声：“谁？卑怯之辈，报上名来！为何无缘无故偷袭我梦想权之助，说出理由！”

修行僧却像没听到一样，眼里燃烧着葬人火海般的烈焰，金刚草鞋里的脚趾头如同百足虫的脊背一样，一缩一缩地逼了过来。

“唔，那就休怪我不客气了。”权之助再也忍耐不住，大喝一声，滚圆的五体充满了斗志，也朝逼近的修行僧压了上去。

咔嚓一声，修行僧的木杖已被权之助的木杖打成两段，飞向空中。可修行僧仍不罢手，立刻把留在手中的另半截木杖朝权之助脸上扔来。权之助一躲，一把抽出腰间的戒刀，如飞燕般朝修行僧扑去。

就在这时，修行僧忽然“啊”地大喊一声，同时，溪流中的伊织也大喊了一声“可恶”。嗒嗒嗒，修行僧径直从土桥朝大路方向后退了五六步。

原来是伊织扔出的一块飞石狠狠击中了修行僧的面部，说不定还击中了左眼。总之，修行僧遭受了这突如其来的致命打击，知道大势已去，顿时败下阵来，立刻转身如箭一般沿着寺院的土墙和溪流朝市街方向逃去。

“站住！”伊织跳上河岸，手中仍握着石头，正要追击，却被权之助叫住。“活该！”他这才把石头朝早已没有人影的暗处远远地丢去。

五

回到酿酒人藤六家不久，两人便钻进了被窝，却怎么也睡不着。

夜越深，呼啸的山风便越发凄厉地绕过屋顶传入耳朵。不过，两人难眠却并非全因这些。在迷迷糊糊之间，权之助的脑海里不禁回放起光悦的话来，想起了建武、正平的往昔岁月，又想到了当今的世道。

自应仁之乱开始，室町幕府崩溃，信长一统霸业，秀吉横空出世。时光荏苒，秀吉死后，关东和大坂两大势力为争夺霸权，正酝酿着一触即发的战争。想来，现在与建武、正平年间的岁月有何不同？在那最令人生厌的时代里，尽管有北条、足利之徒搅乱国家大局，可另一方面，仍有像楠氏一族那样、像诸国的尊王武族那样的真正武士涌现出来。可现在的武门如何？武士道又在哪里？这样能行吗？

眼看着天下霸权在信长、秀吉、家康的手里匆匆易手，民众也在不知不觉中失去了真正的依靠，民心涣散，天下失统。武士、商人、百姓——所有一切都因武家的霸权而存在，人们早已迷失了身为天皇臣民的本分。

忽然意识到这一点时，权之助又继续想，尽管社会繁荣了，人们的生活也变得有活力了，可在根本上这国家从建武、正平的时候起就没怎么变好。现实的世道与大楠公信奉的武士道和理想仍相差甚远。

想着想着，横躺在被窝中的身体变得燥热，河内的峰峦、金刚寺的草木还有夜半吼叫的风声，都如精灵一般钻进了他的梦乡。

伊织也没有睡好，也在思来想去。刚才那修行僧究竟是什么人？那个白色的幻象似乎怎么也无法从眼前消失，于是他不由得担心起次日的旅程来。“真可怕。”伊织喃喃着，冷飕飕的山风让他不禁裹紧了被子。于是，梦中的大日如来也不再微笑，寻访的姐姐的影子也不再出现。第二天早晨，他早早便睁开了眼睛。

藤六夫妇听说两人今早就起程，天还不亮便准备好了早饭和便当，等到临上路时，又一些把烧酒糟包在纸里，塞给伊织。“这个路上吃吧。”

“给你们添麻烦了，后会有期。”

一上路，只见七色朝霞在山间涌动，天野川的流水正升起腾腾的雾气。就在这迷人的朝霭中，忽然有一个轻装出行的行商商人从附近的人家出来，在权之助和伊织身后打起招呼：“哟，上路这么早啊。”对方精神十足。

绳子

一

由于是陌生男子，权之助只是象征性地寒暄了一下。伊织也因为昨晚的事情没作声，只是默默地走着。

“贵客昨夜住在藤六先生处吧？在下也常年受藤六先生的照应，他们夫妇可真是好人。”行商男子似乎已把两人当成了同伴，越发亲昵。

权之助只当是耳旁风，于是对方又说道：“在下也深受木村助九郎先生的照顾，也经常去柳生城办事。”他频频扯着话题，“既然您都到人称‘女人高野’的金刚寺参拜了，那一定也得爬爬纪州高野山才行啊。现在山道上的雪已经没了，坍塌的山路也完全修好了，正是登临的最好时机。白天悠闲地爬爬天见、纪伊见等山，今夜正好可以桥本或学文路休息——”

由于对方对自己的情况太熟悉，桩桩件件都在迎合自己，权之助不禁警惕起来。“你是干什么的？”

“我是卖绳子的。您看我这背囊里面——”说着，对方脖子一歪，把背着的小包给权之助看，“我带着绳子的样品，在远近乡里跑来跑去，寻求订货人。”

“哦，是卖绳子的啊。”

“由于藤六先生的关系，我也深受金刚寺的照料。其实我昨天本也打算照例住到藤六先生家，可藤六先生说正好有位推不开的客人，要我去邻近的人家看看，于是我就睡到了同为酿酒坊的另一家长屋。不不，我并没有责怪你们的意思，只是如果能住到藤六先生家，他总会款待我好酒的，说白了，我也不是为了去睡觉，只是想讨点他的酒喝而已……哈哈。”

如此一听，倒也没什么奇怪的。权之助索性就借这名男子熟悉当地的地理和风俗人情，开始充实自己的知识见闻，边走边询问，不觉间便熟络起来。

三人登上天见高原，从纪伊见的山岭上能望见高野大峰的正面。“喂！”这时身后忽然有人呼喊，回头一看，又一个跟同行的卖绳者一样打扮的行商跑了过来。“杉藏，你太过分了。”对方一追过来，便气喘吁吁地责问，“咱们不是早就说好了吗，今早动身的时候喊我一声，害得我在天野村口等了老半天，你却一声不响地一个人走了。”

“源助啊……真不好意思。我这不正好遇上藤六先生家的客人嘛，一迷糊就忘了招呼你一声。哈哈哈。”卖绳子的行商挠挠头，不好意思地说道，“只因跟这位先生聊得太投机了，结果就——”说着又望望权之助，笑了。

看来两人是卖绳子的同伴，一路不断聊着销售额和市场行情。不久，两人同时停住脚步。“啊，危险。”

前方是一处仿佛太古时代的大地震留下的断痕一样的裂谷，上面胡乱架着两根圆木。

二

“怎么回事？”权之助凑到两人身后，停下脚步。

行商杉藏和源助则说道：“先生，请先等等。这儿的独木桥坏了，不稳。”

“崖要塌？”

“那倒不至于，但由于融雪，土石都坍塌了，一直也没人修。这么多人都走呢，我们现在就去加固，您先稍微歇息一下。”说着，两人便迅速在断崖边弓下腰，往两根朽木桥的根脚处填上石块，培上土。

真是少见的好人。权之助心里很感动。越是经常旅行的人，便越会对旅途的困苦深有体会，可越是这种人，却多半对其他旅人的困苦不管不顾。

“大叔们，我再帮你们搬些石块来吧。”伊织也为两人的善行感染，主动帮忙，麻利地搬起附近的石头来。

裂谷很深，往下一看，起码两丈有余。由于地处高原，裂谷底部并没有水流，满是石头和灌木。

不久，源助踩着朽木桥的一头试了试。“差不多行了。”然后对权之助说道：“那，我先过了。”说着，他一面摇晃身子，一面维持身体平衡，麻利地过到对面给权之助看。

“请，请过吧。”

在杉藏的催促下，权之助随之走上桥，伊织也跟在后面上去。刚走三五步，两人正好走到谷底的正上方。

“啊？”

伊织和权之助突然尖叫一声，拥抱在一起，呆立在原地。

原来，率先过去的源助早有准备，忽然从脚下的草丛里抓起一杆枪，明晃晃的枪尖朝毫无防备的权之助刺来。

难道是遇上野盗了？权之助心头一惊，回头一看，不知何时，身后的杉藏也拿出一柄枪，从背后威胁着伊织和权之助。

“完了！”权之助后悔地咬起嘴唇。面对这突如其来的危险，他不禁毛骨悚然。前面是枪，后面也是枪，两根朽木只是将两个吓得发抖的身子支撑在断谷的半空中。

“大叔！大叔！”伊织不由自主地尖叫不停，拼命抓住权之助的腰。

权之助庇护着伊织，一瞬间闭上了眼睛，只好听天由命了。他说道：“鼠辈！原来你们蓄谋已久。”

这时，某处忽然传来另一个声音：“住嘴，旅人！”声音很粗，既不是在前面用枪逼着的源助，也不是在后面包夹的杉藏。

“咦？”权之助抬起头，只见对面的山崖上忽然出现了一名修行僧，左眼上有块肿胀的青斑，立刻让他想起了昨晚伊织从金刚寺的溪流中扔出去的飞石。

三

“不用慌。”权之助对伊织轻轻地说了一句，接着又把脸一翻，顿时像换了个人似的，朝敌人骂道：“浑蛋！”他一面倾吐满腔敌意，一面用愤怒的眼神环顾桥的左右，“原来是昨夜修行僧的诡计啊，下流卑鄙的贼人！我劝你们可别看走了眼，连自己的小命都白白搭上。”

从左右包夹着他和伊织的两个枪手只专注于手上的枪尖，既不往危险的朽木桥上前进一步，也不吭一声。

命悬一线，连身子都无法动弹。被置于裂谷空中朽木桥上的权之助怒发冲冠，发出临死的号叫，而修行僧则在一旁的山崖上冷眼旁观。

“什么，贼？”修行僧顿时尖锐地挖苦道，“把我们当成了图财害命的抢劫之辈？就你们那点破路银。就这么点眼光，还配到敌地来做密探？”

“什么？什么密探？”

“关东人！”修行僧大喝一声，“把你的木棒扔到山谷里吧，然后把腰间的大小两刀也扔掉，再把双手背在背后，乖乖地束手就擒吧。”

“啊。”权之助长出一口气，顿时丧失了大半斗志，说道，“等等，等一下。听你刚才的一句我才明白，这里面一定是有什么误会。我是从关东来的不假，可我绝不是什么密探。我叫梦想权之助，为修行梦想流的杖术而遍历诸国。”

“别说了，少啰唆！有哪个密探会自己乖乖招认？”

“不，我绝对不是。”

“别狡辩了！都到这个份上了。先把你绑了，到时候会慢慢问你的。”

“我也不想无谓地杀生。请再告诉我一句。你们凭什么认定我就是密探？说出理由来。”

“我们早就从关东密探那里收到谍报，说有一形迹可疑的男子，带着一个小孩，从江户城的军学家北条安房那里接受了密命，潜到这上方来了。而且，我们也看到了你在来这儿之前曾与柳生兵库及其家臣悄悄接头。”

“这纯粹是无中生有。”

“有还是没有，这由不得你。先去你该去的地方，到时候有你说的。”

“该去的地方？”

“去了你就明白了。”

“我凭什么听你们的！我若是不去呢？”

话音未落，堵在桥左右诈称行商的杉藏和源助两人顿时把明晃晃的枪头一晃。“那就只能把你捅死了。”说着便逼了过来。

“什么？”话音未落，权之助忽然猛地一推贴在身边的伊织后背。伊织的身体顿时一个趔趄。“啊！”随着一声大喊，仿佛主动跳下去一样，他从只能容下脚的两根圆木上朝两丈多深的裂谷底部坠去。

就在这一瞬间，权之助大吼一声，高举的木杖顿时挂着风声，连同整个身体向一边的枪手扑去。

四

若要枪发挥出充分的效用，必须要把握分秒的时间，计算寸步的距离。尽管严阵以待，也毫无懈怠，可是杉藏仍只是把所有力气用在了嘴上，枪完全刺空了，身子也与连人带杖撞过来的权之助重重地压到一起。扑通一声，他在崖边摔了个四脚朝天。

就在滚到一起的刹那，权之助的木杖已换到左手。杉藏正要跳起，权之助的一记右拳早已落在杉藏的脸中央。

哇！鲜血顿时从杉藏脸上喷出，杉藏龇牙咧嘴的整张脸已经完全凹陷。权之助踩着那脸纵身一跃，一下子站在了高原的平地上。接着，他头发倒竖，大喝一声："来吧！"立刻握紧木杖，准备迎战下一个敌人，他本以为已经死里逃生，却不料真正的死地正在这一瞬等着他。

说时迟那时快，嗖嗖嗖，两三条像绦虫似的绳子顿时从脚下的草丛里飞出来。一条绳子的一头缠在刀护手上，另一条绳子则连鞘带刀全缠了起来。随之，飞速而来的绳子又缠住了权之助的脚踝和脖子。就连权之助一瞬间指向源助和修行僧——看到同伴杉藏失手，源助和修行僧立刻从裂谷的桥上冲了过来——的木杖和手腕，也被一条绳子像藤蔓一样骨碌骨碌缠了住。

"啊！"权之助顿时像想从蜘蛛丝中逃脱的昆虫一样，本能地挣扎起来。可接下来的一瞬，只听呼啦一下，他挣扎的身影便被围过来的五六个人影完全淹没了。围上来的人立刻摁住他的手脚。"果然有两下子。"

当人们松开手擦汗时，权之助已经像个圆球一样被绑了个结结实实，扔到了地上，只能听天由命。将他五花大绑的绳子便是在这邻近的乡里，不，近来已经声名远播的结实的扁棉绳，又叫九度山绳或真田绳，已经行销远近，四处兜售这种绳子的行商几乎是无处不见。

刚才从草丛里一跃而起，将权之助俘虏后才现身的六七人，全都乔装成卖绳子的行商，只有一个修行僧装扮的男子与众不同。

“有马吗？马！”修行僧立刻指挥起来，“一路步行着押送到九度山也太麻烦了。把他绑在马背上，外面再盖上片草席，岂不更好？”

“那是最好。”

“只要到了这前面的天见村就好办了。”

听他这么一说，大家全无异议。于是他们便一路赶着权之助，黑压压凑成一堆，急匆匆地朝云霞和草原的尽头走去。

可在此之后，每当冷风吹过时，便会有一阵阵人声从地底下飘荡到这高原的上空来。不用说，那正是坠落到谷底的伊织的喊声。

春带雨

一

即使同样是鸟啼声，也会因时因地而异，更会因人的心情而不同。

高野深处的高野杉上，到处都能听到一种人称“天鸟”的频伽鸟的曼妙啼声。在这里，平日所见的伯劳鸟、白头鸟，还有其他的鸟儿，也全都鸣啭着迦陵频伽般的啁啾声。

“缝殿介。”

“在。”

“世事无常啊……”一名老武士站在人称“迷悟桥”的拱桥上，回头望着随行的一名叫缝殿介的年轻人，说道。

老武士一身粗布外褂下配裙裤的旅途装扮，看起来像是名乡下武士。不过，他随身佩带的大小两刀却是出奇地好，看起来超凡脱俗。而且，那随从缝殿介也是气质脱俗，看起来与那些经常更换主家的下人完全不同，似乎从小就跟在这位主人身边了。

“看到了没有？织田信长公的墓、明智光秀的墓、还有石田三成和金吾中纳言的，在这些长满青苔的旧石头中，从源家的家人到平家的族人……啊，不知多少人都已作古了。”

“这里就完全没有敌我之分了吧？”

“大家全都只是一块寂寞的石头而已。上杉、武田的盛名也如梦一样逝去了。”

“可我怎么总觉得有点怪怪的呢？我总觉得，这世上所有的一切，都像是不存在的、假的一样。”

“这里是假的，还是世间是假的？”

“我也说不清楚。”

“也不知是谁给取的名字，把这内殿和外殿的分界桥叫作迷悟桥。”

“取得可真好。”

“迷惘是真的，顿悟也是真的。我是这么想的。若把一切都看成是假的，那这个尘世也就不存在了。不，身为随时都要为主君献出生命的当差之人，可万万不该有这种虚无观啊。因此，我的禅是活禅，是娑婆禅，是地狱禅。若是被无常吓倒，产生了厌世情绪，怎么能做为主公效劳的武士呢？”说罢，老武士又道：“我得往这边走，得赶紧返回人世了。”说着，他加快脚步在前面走了起来。

虽然上了年纪，可他的脚步仍很稳健，脖子上还隐约能看到头盔护颈的印痕。山上的名胜和寺院的美景他已看了一遍，内殿也参拜过了，径直朝下山口走去。

“呃，又都来了。”刚走到下山口的大门处，老武士便远远地叨念着，为难地皱起眉来。原来，那里早就聚集了二十名以上的和尚，从本山青岩寺的房头到僧寮的年轻僧人，全都分列在两边等候。

他们都是来送别老武士的。为了躲避这些繁冗的礼数，今晨动身的时候，老武士就已经在金刚寺与众人辞别过一次，不料在这里又受到如此隆重的送行，尽管他对对方的好意感谢不已，可身为微服之身，他无疑还是觉得这样太过张扬。

还礼辞别，急匆匆地从人称“九十九谷”的山谷中下来后，他终于松了一口气。而且，他所谓的娑婆禅和地狱禅所需要的下界的气息和凡心，也在不知不觉间回归了心里。

“啊，您是？”在一条山道的拐角处，迎面走来一位年轻武士。对方身材魁梧，肤色白皙，虽称不上是美少年，却也并不粗俗。年轻人惊讶一声，随即停了下来。

二

被对方这么一打招呼，老武士和随从缝殿介也是一愣，停住脚步。

“你是哪一位？”老武士问道。

“我是奉九度山的家父之命，前来送信的。”年轻武士殷勤行礼后，又说道，“若是我弄错了，也请您见谅。请先恕我失礼，尊台莫不是从丰前小仓过来的、细川忠利公的老臣长冈佐渡大人？”

“哎，你说我是佐渡？”老武士十分惊愕，“你竟能在这种地方认出我来，你到底是谁？不错，我的确是长冈佐渡。”

“果然是佐渡大人。请恕我报名迟了，我便是住在这九度山山麓的隐士月叟的儿子，贱名大助。”

“月叟？”佐渡一脸迷惘，想不起来此人是谁。

大助便注视着他说道：“虽然真名早就弃之不用了，不过，在关原合战前，父亲还一直名叫真田左卫门佐。”

“啊？”佐渡不禁愕然，“真田先生——就是那个真田幸村先生？”

“正是。”

“你是他儿子？”

“是……”大助脸上现出害羞的神色，这与他魁梧的身材似乎有点不协调，“今晨时分，一个青岩寺的僧人偶然到家父住处造访，闲谈中得知您登山的事情。父亲便说，虽说您只是微服出行，可既然好不容易来一趟，又正好路过这山麓，虽然没什么招待的，可还是请到柴门一叙，喝上一杯粗茶。因此便打发我来迎接您。”

“呃，承蒙挂念。”佐渡眯起眼睛，回头看看随行的缝殿介，问道：

“人家盛情难却，你看怎么办？”

“这个……”缝殿介一时无法回答。

大助便再次说道：“还有，天色尚早，倘无不便的话，若能在寒舍住上一宿，实是求之不得的幸事。家父也一定很高兴。”

佐渡沉吟了片刻，似乎已做出了决定，兀自点着头说道：“那就叨扰了。至于住还是不住，就到时候再说吧——你说呢，阿缝，总之，先去喝杯茶吧。”

“是。我陪您去。”主仆不动声色地交换了一下眼神，便随大助的引领而去。

不久便来到九度山的山村里。只见在离民家稍远的山溪旁有一座宅院，周围叠着几层防止土石坍塌的石垣，还绕有一圈篱笆，正是那种豪族风格的山宅。不过，低矮的篱笆和门却又不失风雅。作为隐士的家，这个宅院确实透着股闲雅之气。

“家父早在门前恭候了。就是那间茅屋。”大助指点道。于是便把客人让到前面，自己跟在后面，朝宅院走去。

三

石垣里面有几块田地，种着大葱和能摘来做汤的青菜等蔬菜。主屋背靠山崖，从院子里即可遥望远方低处的民家和学文路的驿站。曲廊一旁是青翠的竹林，内有流水潺潺。竹林对面似乎也有住居，隐约间能看到三两栋房屋。

佐渡被引进一处雅致的房间内坐了下来，随从缝殿介则规规矩矩地跪坐在走廊上。

“真静啊。”佐渡喃喃着，不禁环视四周，连屋内的角落都打量起来。至于主人幸村，在进门时便已经见过了。

不过，在自己被引领到这里坐下后，幸村却一直没过来打招呼，大概还会重新来打招呼吧。而茶，一名貌似大助妻子的妇人刚才文雅地放下后便退出去了。

已经等了好大一会儿。不过，佐渡并不厌烦。即使主人不在，这房间里所有的物什也足以宽慰客人了。隔着庭院眺望而去，虽不见流水之影，却能听见潺潺水声，亦能望见茅屋檐前开着的苔草花。而且，周围虽没有一样华贵的物什，可毕竟也是上田城三万八千石的城主真田昌幸的次子，就连那熏香用的都是民间罕见的名木。梁柱很细，天棚很低，恬静的粗墙小壁龛上插着一支荞麦，还有一枝梨花。

梨花一枝春带雨，佐渡不禁想起了白乐天的词句，又似乎听到了那长恨歌中杨贵妃和唐明皇的爱情呜咽。忽然，他的眼睛又被悬挂着的一联书法打动。

那是一行五字的字幅，浓墨重笔，饱满大胆，无形中又透着一股天真幼稚。五字一气呵成，写的是“丰国大明神”，而且，大字的旁边还有几个小字“秀赖八岁书”。怪不得。

于是，佐渡再不敢背朝着这字幅坐，而是稍微往一旁移了移。原来，这里焚的名木并不是为了今天到访的自己突然焚起来的，而是早晚清扫这里，供奉酒食时的气息也不觉间渗透到拉门和墙壁中的缘故吧。

“哈哈，幸村的心境，果然名不虚传。”佐渡立刻便想起了外面的传言。九度山的传心月叟，即真田幸村，是个不可掉以轻心的人物。还有人说他是个十足的老狐狸，是一棵见风使舵的墙头草，是一条深渊中的蛟龙。总之，世上的谣言满天飞，佐渡屡有耳闻。

“这幸村。”佐渡实在难以猜度他的用意。这些东西本来应该尽量隐藏起来才是，可他为何偏偏要挂在自己眼前呢？原本挂一副大德寺的墨迹之类即可啊。

这时，走廊上传来脚步声，佐渡若无其事地移开视线。只见刚才默默在门前迎接的那个身材瘦小之人，身穿无袖外褂，腰佩一柄短刀，一进来便恭敬地施起礼来：“失礼了。请恕在下差犬子半道挽留先生的鲁莽之过。”说着便连连致歉。

四

这儿是隐士的闲宅，主人是浪人。

虽然主客双方本就不拘社会地位，不过，客人长冈佐渡是细川藩的家老，是陪臣。而主人幸村，虽然如今名字已换成传心月叟，但他毕竟是真田昌幸的嫡子，其亲兄长信幸现在也是德川系的诸侯之一。

面对幸村如此谦恭的行礼，佐渡十分惶恐。“快请起身！”他也频频还礼，“不想今日能得见先生。常听外人谈起先生，今日见您身体康健，甚是欣慰。”

佐渡如此一说，幸村也愈发客气起来：“您老也愈发矍铄啊。”

为了不让客人如此惶恐，幸村便随意起来，说道：“听说，您家主公近来无恙，前些日子已从江户回了故国。尽管远隔千里，在下还是送上祝福。”

“是啊，今年正好是忠利公的祖父幽斋公在三条车町别墅辞世后的三年忌。”

“原来如此。”

“只是顺便归国而已。幽斋公、三斋公，还有现在的忠利公，我佐渡也已是侍奉了三代主公的老古董喽。”

至此，谈话也随便起来，主客一起哈哈大笑，如两个久疏世事的闲居者一样言谈融洽。虽然对于迎接的大助来说，佐渡是初次见面的客人，可幸村与佐渡，今天却不是初次会面。闲谈之间，幸村问道：“最近，您有没有跟大师见面？就是花园妙心寺的愚堂禅师。”

听幸村这么一问，佐渡答道：“没有，已经久疏音信了。对了，在下头一次跟幸村先生见面，就是在愚堂大师的禅室里吧？当时先生正服侍在令尊昌幸大人身边。在下则奉主人之命在妙心寺内建造春浦院，当时经常造访。啊，一切都成往事了。那时您还年轻。”

佐渡深有感触地怀起旧来，幸村也道：“当时，一些粗鲁之人为了反省自己，经常聚集到愚堂禅师的禅室。禅师也全都一视同仁，既无诸侯与浪人之分，也没有长者与年轻人之别。”

“他还尤其喜欢浪人和年轻人。禅师经常说：流浪之徒并非真正的浪人，真正的浪人是怀着流浪的忧愁，拥有坚强的意志和节操之人。真正的浪人不求名利，不媚权势，处世不为己，临义无私心，身如白云般飘渺，行如暴雨般骤急，并且深懂安贫乐道之奥，即使不达目的也不会怨天尤人……”

“您居然仍记得如此清楚啊。”

“只是，他经常感叹说，这种真正的浪人如同沧海之珠，实在是少之又少。不过，翻开历史看看，每当国难当头时，那些无私无欲、舍身救国的无名浪人，却不知有多少。因此，多少埋在这土地中的无名浪人的白骨，变成了国家的根基……然后，又说现在的浪人如何云云。”

佐渡一面说，一面直视幸村。幸村却仿佛感觉不到他的视线，说道：“是啊。您这么一说我倒是忽然想起一件事来，当时，在愚堂禅师膝下还有一名年少的作州浪人，似乎姓宫本，不知老先生还有没有印象？”

五

“作州浪人宫本？”

被幸村一问，佐渡不禁又重问了一遍，“您说的是武藏吧？”

“对对，宫本武藏。是叫武藏。”

“他怎么了？”

“虽然当时尚年少不满二十岁，却是透着一股厚重之风，每次总是穿着满是污垢的衣服来到愚堂大师禅室的一角。”

“呃，那个武藏？”

“您记起来了？”

“不，不记得。”佐渡摇摇头，说道，“在下只是听说他近年来在江户。”

“他现在在江户？”

“实际上，我也正在奉主公之命，一直在暗中寻访他，却怎么也找不到他。”

“愚堂大师曾说，此人大有前途，将来一定会有出息，所以我也一直在暗中留意他，谁知后来他竟忽然离去。数年后，便听说他在一乘寺垂松的比武中声明大噪，大师果然有眼力啊。”

“我所听到的倒不是他的武名，而是他在江户的时候，在下总的一处名为法典原的土地上，调教乡民，开垦荒地的事情，实在是一个颇有见识的浪人，便想会他一会，可找去一看，他早已不在那里了。后来才听说他名叫宫本武藏，现在仍在留意他呢。”

“总之，据我了解，那个人便是大师所说的那种真正浪人。或许，他便是那所谓的沧海明珠吧。”

“您也如此认为？”

“虽然是谈到愚堂大师时才忽然想了起来，不过，他倒的确是个值得留意的好汉。”

“事实上，后来我就一直向主君忠利公推荐，可这颗沧海明珠实在是难遇啊。”

“若是这武藏，在下也觉得值得推举。”

“不过，此人若是做官，恐怕也绝不只为俸禄，而是想一展自己的抱负吧。说不定，他并不稀罕细川家的招募，反倒正在等待着九度山的迎接呢。”

“哎？”

“哈哈哈哈。”佐渡立刻一笑而过。刚才无意之间对幸村所说的话语，也未必完全就是无心之话。说不定，是他话锋一闪，在试探幸村的用意也未可知。

“您见笑了。”幸村也陪着一笑，不过，他觉得光是一笑似乎仍不能释疑，便又说道，“我现在连一个仆人都养不起，怎么会往九度山上招募这么有名的浪人呢。况且，他也不会来的。”虽知辩解无用，幸村还是不由得解释起来。

佐渡又趁机说道：“您就不用掖着藏着了。关原合战时，细川家参加了东军，已经旗帜鲜明地加入了德川一方，而您，太阁的遗孤秀赖君是您唯一的同伴和依赖，这一点已经是世人皆知。刚才无意间观瞻到壁龛的挂轴时，在下便已经明白您的心境了。”

战场是战场，眼前是眼前，佐渡一面回头望望墙上秀赖的字幅，一面把话挑明。

六

“您这么一说，幸村真是无地自容。”没想到，佐渡的一番话竟让幸村十分惶恐，连说道，“秀赖公的那字幅，是大坂城的一个人特意送给我，让我借此缅怀太阁大人的，所以在下也不敢怠慢，就挂在了那里……而且，太阁大人如今也已故去。”说着，幸村低下头，沉默了一会儿，又说道：“时代的变迁无可避免。大坂的运势如何，关东的威势又会怎样，现如今，即使傻瓜也会一目了然。可在下无法立刻改弦更张，不顾名节去事二君，这也是幸村无奈的选择。实在是让您见笑了。”

“不，就算您自己这么说，世上也没人会相信您。恕在下直言，您每年都会从淀夫人和秀赖君那里暗中得到大量的资金援助，在九度山这个地盘，听说您豢养了大批浪人，只要您振臂一呼，恐怕立刻就会有五六千人武装起来随时听您调遣吧。”

“哈哈哈，这真是莫须有啊……佐渡先生，人活在世，再也没有比自己被人高估更痛苦的事了。”

“不过，世人如此看待您也无可厚非。您从年轻时起，便被置于太阁身边，深受万众瞩目。这种恩典，再加上身为真田昌幸的次子，人称当代楠木先生或是活孔明，更是备受期待啊。”

“您就饶了在下吧，听得我浑身起鸡皮疙瘩。”

“那，这都是些误传？”

“我真心希望能在这法山的脚下走完余生，在下虽不懂风雅，可至少也能垦点田地，抱抱孙子，秋天吃点新荞麦，春天尝点鲜嫩菜，我已将那血腥的修罗地狱和战场杀戮当作无谓之物，只求长命百岁。”

“那，这是您的真心话？”

“最近，我甚至闲得啃起那老庄的书来，我已经顿悟，在这个世上，享乐才是人生主题，痛苦并非人生真谛。虽然这话听起来可笑至极。”

“呵呵呵……”佐渡并不相信，但他还是装出一副信以为真的表情，故意一脸惊讶。

闲谈之间，半刻的工夫转瞬即逝。主客间的茶水也续换了好几次，每次都是貌似大助妻子的女人上来，细心侍奉完后恭敬地退下。

佐渡从点心盘里捏起一块麦落雁点心，“哟，聊的时间也不短了，承蒙款待。缝殿介，咱们告辞吧。”他回头望望走廊说道。

“啊，就请再坐会儿吧。”幸村挽留，“儿媳和犬子正在那边打荞麦，准备做些什么。虽然山家野人也没什么好招待的，不过天色尚早，如果要投宿到学文路，时间还很充裕。您就再待片刻吧。”

这时，大助上来，说道：“父亲，请您过去看看。”

“都弄好了？筵席也好了？”

“设在那边了。”

“是吗，那就去……”说着，幸村催促着佐渡，沿走廊往前走去。

盛情难却，佐渡便欣然跟在后面，这时，只听一阵奇怪的声音从竹林对面传来。

七

那声音听起来像是织布机的声音，却比织布机声音大，声调也不一样。

竹林后面的筵席上，主客的荞麦面已经端上来，酒瓶也早已添好。

“实在没什么招待的。”大助说着，劝客人举箸。

“请喝一杯。”尚有些怯生生的大助妻子则端起酒瓶。

“这酒嘛……”说着，佐渡倒扣下酒杯，说道，“我就不喝了。”说罢便吃起荞麦面来。

由于无法强劝客人，不久，大助和妻子便退了下去。而在此期间，竹林对面仍频频传来织布机般的声音，佐渡于是问道：“那是什么声音？”

听佐渡如此一问，幸村这才意识到惊扰了客人似的，说道：“呃，那声音？说起来丢人啊，为贴补生活，我不得不让家人和自幼跟在身边的仆人都去搓绳子的作坊里干活，那声音便是他们摇动搓绳木车的声音。这是我们平常的活计，早都听习惯了，竟没想到因此惊扰了贵客。来人，赶紧去说一声，让他们把木车停下来。”

说着，幸村拍拍手，就要喊大助妻子的样子。

“不必了。妨碍了做工，在下反倒不好意思。请见谅，包涵。”佐渡阻止道。

看来，这处后客厅离族人们待的地方很近，能听到人们进进出出的声音、厨房里的声音，还有数钱的声音，与前面房屋的气氛截然不同。

奇怪。莫非真到了不干这些苦力活就吃不上饭的境地？佐渡十分疑惑，即使大坂城那边一点物资援助也没有，一个落魄的大名也不会沦落到这种地步吧。莫非是族人众多，又不谙农事，坐吃山空，把家底都吃光了？

佐渡一面思来想去迷惑不解，一面吃着荞麦面。可他怎么也无法从荞麦面的滋味中品味到幸村的品性为人。总之，这是一个难以琢磨的男人。与十年前在愚堂禅师膝下所了解的那个幸村相比，似乎多了一些随意之感。不过，就在一个人唱独角戏的这段时间里，或许，幸村就已经通过闲谈中的只言片语嗅到了细川家的用意以及近况之类了吧。虽然他压根就没流露出一点探问的语气。

若是想打探，幸村至少应问问自己是带着何种要务来高野山的才对，可他根本没有探问这些的意思。

佐渡此次登山，当然是奉了主人之命。已故的细川幽斋公，不光在太阁在世时就曾陪太阁来过这青岩寺，还曾长期待在山上，写了一个夏天的诗歌著述，幽斋公当时的亲笔著述和文房用品等遗物仍存放在青岩寺里。因此，佐渡特意在三周年忌辰之前从小仓那边轻装赶来，目的就是来商量一下这些东西的整理和领回之事。

幸村却问都不问这些。正如前去迎接自己的大助所说的一样，莫非，他这次挽留自己，真的就只是为了尽地主之谊，让自己喝杯粗茶？看来只能如此理解了。

八

虽然缝殿介一直毕恭毕敬地跪坐在走廊上，他的心里却一直在担心着被请进后面的主人佐渡。无论表面上如何款待，可这里毕竟是敌人家里，而且还是一个对德川家来说绝不能掉以轻心的、需要严加监视的大人物家里。

为此，听说纪州的领主浅野长晟早已奉德川家之命严密监视这九度山了。由于对方是个大人物，是令人琢磨不透的幸村，所以外面早就有传闻说这个人十分棘手。

“简单应付一下，借个机会回去多好。”缝殿介忧心不已。

这家人难保不会要什么诡计，就算不要诡计，恐怕负责监视的浅野也会向德川家报告细川家的藩老在微服出行的途中顺便又去了幸村家，光是这一点就足以破坏德川家对细川家的信任。

事实上，关东与大坂之间的局势已经十分险恶，对于这些，佐渡先生也不会意识不到啊。

就在缝殿介一面胡思乱想，一面频频朝里面窥探时，忽然，走廊旁边的连翘和棣棠花摇晃起来，紧接着，啪嗒，雨滴掠过木板屋檐，从不觉间已阴成墨色的天空中落下。“好机会！”他忽然灵机一动，下了走廊，沿着庭院朝佐渡所在的房间走去，喊了起来：“要下雨了。主人，要动身的话，得趁早了。”

真是个机灵的家伙。听他这么一喊，一直被对方缠住难以脱身的佐渡立刻应了一声：“是阿缝啊。什么，要下雨了？再待下去就要挨雨淋了。请恕在下马上告辞。”

他跟幸村打完招呼后，立刻着急地站起来。虽然幸村一再挽留住一宿，不过，他大概也察觉出这主从二人的心情了吧，并没有勉强，便把大助叫来，吩咐道：“快去给客人拿蓑衣来。还有，大助，你把客人送到学文路去。”

“是。”大助于是拿来蓑衣。

接过蓑衣后，佐渡就要辞别而去。尽管迅急的云脚正从千丈谷和高野的峰峦上汹涌而来，雨却没怎么下。

“保重。”幸村及家人将他们送到门口，然后辞别。

佐渡也殷勤还礼，然后对幸村说道：“无论是狂风还是暴雨，我们还会有再见面的日子。保重。”

幸村也微笑着点头。

等着瞧——在这一瞬，双方的眼前大概都浮现出那马上长枪的对峙情形吧。墙外的杏花湿淋淋地飘散下来，落在送行的主人和离去的客人的蓑衣上，描绘出一幅斑驳的惜春图。

大助一面送行，一面沿途宽慰着：“不会有大雨的。山里的晚春就是这样，每天都会出现这样的疾风乌云。”

不过，在云脚的追赶下，三人的脚步自然也快起来。不久，当来到学文路的驿站入口附近时，三人忽然遇上一匹从对面奔过来的驮马和一名白衣修行僧。

九

驮马的背上盖着粗席，马鞍上有一名五花大绑的男子，两侧还绑着柴捆。修行僧走在前面，后面则跟着两个行商模样的男子，一人手牵缰绳，另一人手持细竹条，一面拼命抽打马屁股，一面急匆匆地朝前赶。一行人正好与佐渡等人迎面撞上。

大助忽然一怔，立刻把视线岔了过去，故意与同行的长冈佐渡搭起讪来，而修行僧根本没有注意到他的眼神，大声地呼喊起来：“大助先生！”

尽管如此，大助仍装出一副没听见的样子，佐渡和缝殿介却流露出异样的表情，立刻止住脚步。“大助先生，有人在喊您。”然后一面提醒，一面转过头去。

不得已，大助只好应道：“是林钟法师啊，这是去哪儿啊？”说着便若无其事地凑上去。

修行僧立刻答道：“我等从纪见岭那边一口气赶来，正要赶往山上的宅邸呢。”说着，僧人开始大声地解释：“我们在奈良发现了前些日子密探所报告的那个形迹可疑的关东人，终于在纪见岭上将他生擒。此人相貌不俗，面露英武之气，倘若将他拉到月叟先生面前，逼他招供，或许还会从他的口中获知关东方面的机密呢……”没等大助吱声，这名修行僧便像竹筒倒豆子一样，带着一脸的得意，连大助未问的事情都说了出来。

大助终于说道：“喂喂，林钟法师，你到底在胡说些什么呢？我怎么一句也听不懂啊。”

“您看，被绑在马背上的家伙，就是那个关东的密探。”

“哎？你瞎扯什么？”大助再也忍耐不住，似乎眼神和神情已经不够用了，冲修行僧一声怒喝，“在大路边上便如此胡扯，也不看看我正陪着的客人是谁！这位就是丰前小仓细川家的老臣长冈佐渡大人。怎么可以如此胡言乱语……就算是开玩笑也该有个分寸才是。”

“哎？”林钟和尚这才把视线移到其他人身上。

佐渡和缝殿介则装出一副什么也没听到的样子，眺望着四周，而在这期间，每当迅疾的云脚越过头顶，夹着雨滴的山风一阵阵吹来时，佐渡所披的蓑衣就会像鹭鸶的羽毛般随风飞舞。

他竟是细川家的人？林钟和尚顿时哑口无言，一脸意外，用满含惊愕和疑惑的眼神侧目瞅了一会儿，“怎么回事？”他这才小声地问大助。

大助跟他嘀咕了三言两语便立刻返了回来，佐渡趁机说道："请就此留步吧。若再送下去，在下反而更惶恐。"说着，便硬是与大助分别，微微点点头后，匆匆离去。

大助无奈，只好站着目送佐渡离去，然后立刻又把视线转回驮马和修行僧身上。"蠢货！"他大声责备起来，"也不看看是什么场合什么人就信口开河。一旦传到父亲的耳朵里，不大动肝火才怪呢！"

"是……怪我一时大意……"修行僧惭愧地谢起罪来。其实，他便是在这一带无人不知的真田的手下鸟海弁藏。

港

一

难道，我疯了不成？伊织不时陷入这种恐惧。望望映在水洼中的自己的脸，还能认得，这才稍稍安心下来。

从昨天起，伊织就在漫无目的的行走，却不知道该往哪里走。从那裂谷的底部爬上来后，他就一直在走。

“来吧。”有时，他突然发神经似的朝天空大吼一声，“畜生！”然后又瞪着大地，泄起气来，弯起胳膊，擦拭着眼泪。

“大叔——”他试着呼唤权之助。看来他已不在世上了，一定是被谋杀了。自从看到散落在附近的权之助的遗物后，伊织就坚信权之助已经遇害。

“大叔，大叔——”尽管这名善感少年知道喊也是白喊，他还是忍不住要喊。从昨天起就在四处游走的脚似乎也不知疲劳。他的脚上、耳边还有手上都沾着血迹，衣服也撕裂了。可他全然不顾。

“这是哪儿呢？”当他不时回过神来的时候，便是肠胃咕咕叫的时候。尽管他也吃了些东西，可究竟吃的是什么，他已经不记得了。

前天晚上才住过的金刚寺也行，之前的柳生庄也行，只要他能想起其中任意一个，就有了目的地，可是伊织掉进裂谷以前的记忆似乎全丧失了。他只是茫然地感到自己还活着，茫然地寻找着忽然一个人落了单之后的生路。

吧嗒吧嗒，伴随着响声，一条长虹般的东西忽然遮住了眼睛，原来是野鸡。山藤的香气阵阵袭来。伊织瘫坐下来，这是哪儿呢？他又一次思考起来。

忽然，他找到了依靠。那就是大日如来的微笑。无论是对面的云，还是山峰上和山谷里，他只觉得到处都是大日如来的影子，于是便一屁股在草地上瘫坐下来。请告诉我去处——他双手合十，闭着眼睛祈祷。

过了一会儿，当他抬起头时，远远地从山与山之间望到了大海。海面隐隐约约的，就像一层碧蓝的雾霭。

“小孩……”两个女人站在他的身后，好奇地望着他。大概是一对母女吧，两人都是轻便的旅人装扮，干净利落，似乎连个随行的男人也没有。看来，不是住在这附近的良家妇女出来求神拜佛，便是出来春游的。

“什么事？”伊织回过头，盯着眼前的母女二人，眼神还有些恍惚。

女儿看看母亲，悄悄地问道：“他怎么了？”

那母亲有些纳闷，便来到伊织的身边，皱起眉，看看他手上和脸上的血迹，问道：“不疼吗？”

伊织摇摇头。母亲又回头看看女儿，“好像还有意识。”

二

于是，母亲和女儿一一询问起来：你从哪里来，家在何处，名字叫什么，为什么要坐在这种地方，又究竟在拜什么，等等。伊织终于回过神来，神情也逐渐恢复，回答起来：“我的同伴在纪见岭上让人给杀了。然后我就从山的裂谷中爬了上来，从昨日起就一片茫然，不知该往哪里走，于是就想拜拜大日如来，结果就看到了远方的大海。”

听了伊织的话后，开始时还有点害怕的女儿反而比母亲更同情他，说道：“好可怜的孩子。母亲，就把他带到堺港去吧。他的年龄也正合适，说不定还能在店里当个伙计呢。”

“那你愿意来吗……小孩？”

伊织“嗯”了一声。

“那就走吧。不过，你能不能先帮我拿一下行李？”

“嗯。”看来伊织还是有点认生，尽管彼此已成为同伴走在了一起，可起初无论对方问什么，他都只是回答一声“嗯”。

不过，这种状态并没有持续很久。等下了山，走过村道后，不久便到了岸和田的市镇，伊织刚才从山上看到的大海便是和泉的海湾。走在人群熙攘的市镇上时，伊织终于与母女俩熟络起来，话也多了起来：“大婶家在哪里？”

“在堺港。”

“堺港在这边吗？”

“不，在大坂的附近。”

“大坂又在哪里？”

“从岸和田坐上船，就能回去了。”

“哎？坐船？”对伊织来说，这是一个意外的惊喜。他兴奋至极，禁不住叨叨起来，说他从江户来这大和的时候，河里的渡船倒是坐了不少次，可海里的船还从没坐过。虽然出生地下总也有大海，可他从来都没有坐过海船。若是真能坐上海船，那可真是太高兴了。总之，他絮絮叨叨地说个没完。

“伊织。”女儿已经记住了他的名字，说道，“你别老一口一个大婶的，听起来怪怪的。我看这样吧，你以后就管我的母亲叫夫人，管我叫小姐吧。从现在起就得养成习惯才行。”

"嗯。"

"'嗯'……这听起来也怪怪的。哪有老是'嗯嗯'地回答别人的。要说'是'。今后要记住。"

"是。"

"对对，你真是个好孩子。如果你在店里干得好，我们就让你当正式伙计。"

"大婶家……啊，不对，夫人家到底是做什么的？"

"我们做堺港的海船货运生意。"

"海船货运？"

"这么说你大概听不懂，就是我们家拥有很多船，或是帮中国、四国、九州的大名们运东西，或是装上货物运到各个港口码头……就是商人。"

"什么，就是商人啊？"伊织像轻视这对母女似的嘟囔起来。

三

"'什么，就是商人啊？'你这孩子，口气还挺大的！"女儿与母亲相视一下，有些厌恶似的，重新打量起自己好心收留的小个头伊织来。

"呵呵，若说商人，他一个小孩，顶多也就能想起那些卖年糕的，或是市镇上的绸布店之类。"母亲并不在意，反倒把伊织的话当成了小孩的可爱之处，而女儿似乎对堺港商人的身份颇为骄傲，不教训伊织几句就不解气。根据她的炫耀，她们那海船货运的店就在堺港唐人街的海边上，有三个仓库和几十艘私家船。而且，店铺也不光只有堺港一家，在长门的赤间关、赞岐的丸龟、山阳的饰磨港还有分号。尤其是小仓细川家的大小藩务都会用她家的船，所以，不仅发给她们航路许可，还准许她家称姓佩刀，一提起赤间关的小林太郎左卫门的鼎鼎大名，在中国和九州一带是无人不知。

女儿罗列了一大堆，教训着伊织道："你懂什么，商人也有豪商巨贾和街头小贩之分。海船货运可不是闹着玩的，一旦天下发生大战你就会明白了。无论是萨摩藩还是细川藩，光他们藩里的那点船根本就不够用。尽管我们平常只是普通的货运商，可一旦发生战事，就能助他们一臂之力呢。"这小林太郎左卫门的女儿阿鹤很不服气，频频教训道。

后来，伊织终于弄清楚，阿鹤的母亲即太郎左卫门的妻子，名叫阿势。大概伊织也觉得自己刚才的话有些过分，于是讨好地说道："小姐，你生气了？"

阿鹤和阿势全都笑了，说道："气倒是没生，只是像你这样的井底之蛙，说话也未免太没规矩了。"

"对不起。"

"店里有伙计也有小厮，船一到，就会有大量的水手和搬运工进进出出。一旦你口无遮拦，会挨他们教训的。"

"是。"

"呵呵，原以为你很狂妄，却也有低头的时候啊。"二人像逗玩具似的戏弄着他。

转过街市后，海的气息迎面扑来，已到了岸和田的码头。装载着本地物产的载重五百石的船只便停在那里。

阿鹤指着那船告诉伊织："我们就乘那个回去。因为那艘船也是我们家的船。"阿鹤十分自豪。

这时，有三四个人从岸边茶屋里看到了母女的身影，顿时跑了过来。似乎是船老大和小林家的伙计。

"您回来了。早就在等着您了。"众人一起迎接着。

"不巧的是载货很多，座席不够宽敞，不过，我们还是在那边给您准备好了，请即刻过去。”说着伙计便走在前面，将他们往船内引去。进去一看，只见在靠船尾的地方已用帷幕围出一块地方，里面铺着绯色的毛毯，一个豪奢的小筵席早就摆好，上面摆放着绘有桃山泥金画的酒壶、料理的食盒等，让人简直不敢想象这竟是在水上。

四

当晚，船顺利抵达堺港，阿势夫人和阿鹤小姐一来到河口对面的店门前，上至老掌柜下至小伙计全都迎了出来：“您回来了。”“今天回来得挺早啊。”“今天又是个好天气。”

在众人的迎接之中，阿势夫人一面往里走，一面说道：“对了对了，掌柜的。”她在店面与后宅之间的间壁处回过头来，对老掌柜佐兵卫说道：“站在那边的那个小孩。”

“是是，就是您领来的那个脏兮兮的小孩？”

“虽说是在去岸和田的途中捡来的，不过倒是个机灵的孩子，你就在店里调教看看吧。”

“刚才我还纳闷怎么跟来一个奇怪的小孩呢，敢情是您在路上捡来的。”

“若是他身上生有虱子可就不好了，你去找件衣服给他，让他在井边洗洗澡之后再睡觉。”

从间壁的内宅布帘再往前，一般就不许外人进入了，就像是武家的内外宅有别一样，没有允许就连掌柜都不能进入，更不用说一个被捡来的流浪儿伊织了。当晚，他就被安置在店铺的一个角落里，之后好几天，连夫人和阿鹤的影子都没有看见。

“讨厌的店家。”伊织不但没感觉到他们的收留之恩，反倒事事都受制于商家的各种规矩，渐渐不满起来。

“学徒，学徒”，大家全都叫他学徒，“给我干那个”，“给我干这个”。下至年轻的伙计，上至老掌柜，全都像对待狗一样驱使他。而同样是这些人，一旦见到内宅的人或是客户，立刻便点头哈腰，只差把额头贴到地上。并且，这些人们从早到晚，嘴里念叨的只有钱钱钱，干活干活干活，都是些大活人，却都被活儿撵得团团转。

“待够了，我得逃出去。”伊织想了好多次。他留恋蓝天，怀念那睡在土地上时青草的气息。

五

待够了，我得逃出去。每当如此盘算时，伊织便会深深地思念起武藏的话语和教导他磨炼心志的身影，甚至连权之助的身影也会浮现在脑海。他还无比思念那据说是自己的亲姐姐，却仍没有见上一面的阿通。

尽管他朝思暮想，可是这处名为泉州堺的码头所拥有的绚烂文化、充满异国情调的建筑、多彩的船舶，还有当地人的豪奢生活，都让这名少年眼界大开。

天下竟还有这种世界！他由衷地感到吃惊。于是又拥抱起憧憬、梦想和欲望来，就这样，日子便在不知不觉中消逝。

“喂，阿伊！”老掌柜佐兵卫忽然在账房喊了起来。伊织还在清扫着宽阔的泥地地面和仓库外的露天地面。“阿伊！”由于伊织并未答应，佐兵卫便从账房出来，一直来到那黑得像涂了漆似的店前榉木门框处，接着便呵斥起来：“新来的学徒，我在喊你呢，你为什么不答应？”

伊织回过头来，答道：“啊，叫俺？”

“谁让你说‘俺’了？要说‘我’。”

“噢。”

“不是‘噢’。要说‘是’。要弯着腰说。”

“是。”

“你没长耳朵吗？为什么不答应。”

“可你刚才一直在喊阿伊阿伊的，我还以为不是叫我呢。因为俺——我，我的名字叫伊织。”

“伊织不像个学徒的名字，叫阿伊就行。”

“是吗？”

“最近我都是怎么提醒你的，不让你带那些奇怪的东西，你怎么又插在腰上了？插那么一把破木柴似的刀干什么！”

“是。”

“那种东西是不能随身带的。身为一个商家的小伙计，怎么能带刀呢。小笨瓜。给我！噘什么嘴？”

“这是我父亲的遗物，不能离身的。”

“臭小子，给我！”

“我才不稀罕当这破商人呢。”

“什么，破商人？喂，如果没了商人，这尘世就不能运转了。就算信长公再厉害，太阁大人再伟大，如果没了商人，什么聚乐第啦，桃山啦，全都建不起来。各种东西也无法从异国运来。尤其是我们堺港的商人，南蛮、吕宋、福州、厦门我们都去过，我们做的可都是大买卖。”

“我知道。”

“你知道什么？”

“看看这街市就会知道，什么绫街、绢街、锦街等街道上都有大织布庄，高台上则有吕宋屋那城池一样的别墅，海边则是鳞次栉比的大财主家的豪宅和仓库。与这些一比，让后面的夫人和阿鹤小姐引以为豪的这家店根本算不上什么。”

“你这臭小子！”

佐兵卫顿时跳到泥地上。伊织见状，立刻把扫帚一丢，逃了起来。

六

“年轻人，抓住那个学徒。给我抓住。”佐兵卫从檐前大喊道。

正在岸边指挥卸货的店里人一听，“啊，是阿伊那小子吗？”说着顿时一拥而上，立刻捉住伊织，把他拖到店前来。

“这小子可真讨厌。满嘴脏话，还侮辱我们商人，今天给我好好地教训教训他。”佐兵卫擦擦脚，坐回账房后，又立刻吩咐道：“还有，把阿伊插着的那根破木柴给我夺了。”

于是，店里的年轻人先是收缴了伊织插在腰里的刀，又把他反绑起来，像绑猴子那样，将他绑在堆在店前的货捆上。

“你就等着路人的耻笑吧。”说着，众人哄笑而去。

伊织最看重的便是耻辱了，而且，武藏和权之助平时也一直教导他要知耻。当众出丑！一想到这些，体内年轻的热血顿时喷涌沸腾。“给我解开！”他狂喊着。“我再也不敢了。”他又谢罪。可对方仍不饶恕他。于是他又恶骂起来：“浑蛋掌柜。这样的破店谁稀罕待，快给我解开绳子。还我刀。”他叫嚷不已。

佐兵卫于是又下来。“我让你吵。”说着团起一块布塞到伊织嘴里。由于伊织咬到了他的手指，佐兵卫又招呼起年轻的伙计：“把他的嘴给我封了。”于是，伊织什么也喊不出来了。

来往的路人走过时全都看着他。在这河口和唐人街的河岸上，什么搭乘渡船的旅客啦、运送货物的商人啦、卖东西的女人啦，过往的行人不绝如缕。

“该……该……该死……”嘴被塞住的伊织拼命发出声音。他挣扎着，不停摇着头，不久，竟簌簌地落下泪来。而在伊织的一旁，一匹驮着货物的马竟哗哗地撒起尿来，尿液都流到了伊织这边。

我再也不插刀了，再也不顶嘴了，只求你们快给我解开吧。虽然伊织在心里告着饶，却已无法说出来。

就在这时，一个女人忽然向驮马对面走去。由于天气已近炎夏，女人头戴遮阳的市女笠，手持细竹杖，麻质的旅衣挽得很短。

啊……咦？伊织的眼珠顿时鼓了起来，目光全被那女人白皙的侧脸吸引过去。就在他心里咯噔一下，全身发热，大脑一片混乱的一霎，女人已目不斜视地径直穿过店前，只留下一个背影。

“姐、姐姐。是姐姐阿通……”

伊织伸着脖子，拼命尖叫。不，大概只有他一个人以为自己是在尖声呼喊着女人吧，实际上，没有一个人能听得到他的声音。

七

哭够之后，他连声音都发不出了。只有肩膀在不住地抽搐，泪水濡湿了塞口布。

刚才过去的一定是姐姐阿通！近在眼前却见不上。她连我在这儿都不知道就过去了。去哪儿？她究竟去了哪儿？

尽管他禁不住地胡思乱想，在心中哭泣，却没有一个人回头看他一眼。

由于货船靠岸，店前愈发混乱起来。过午的路上弥漫着热气和尘埃，来往的行人也是脚步匆匆。

“喂喂，佐兵卫先生，你怎么像耍狗熊似的，把这个学徒给绑到这种地方来了。你这样也太不像话了。”

虽然主人小林太郎左卫门并不在堺港的店里，不过，一位据称是他堂兄的南蛮屋的人——此人虽然一脸黑麻子，长相骇人，可每次来玩时都会给伊织点心吃，是个和气之人——这人忽然发起火来。“这么小的小孩，你在这人来人往的大街上再怎么惩罚，也只会有损小林家的声誉。还不快解下来。”

“是，是。”佐兵卫一面应承着，一面又絮絮叨叨地数落起伊织的不是来，说伊织十分难缠。

于是那个南蛮屋的人说道：“既然是这么难缠的小子，那就给我吧。我今天就跟夫人和阿鹤说说。”说着，便连听都不听，径直进了里面。

若是让夫人知道就麻烦了，佐兵卫也害怕起来，于是顿时对伊织好了起来。不过，解开绳子之后，伊织也半天没有停止抽泣。

大拉门放下来了，店铺也关了，时间已是黄昏时分。看来那个南蛮屋的人在后面受到了款待，只见他带着一点微醉，乐滋滋地正要回去，忽然在泥地房间的一角看到了伊织，便说道：“我跟他们交涉了半天想要了你去，可夫人和阿鹤说什么也不肯。看来她们还是喜欢你的。所以你就先忍忍吧。不过，从明天起，他们再也不敢对你那样了。喂，你听见没有，小子，哈哈哈。”说着便摸了摸伊织的头，回去了。

那人并未撒谎。或许真的是他的话管用了吧。从第二天起，伊织便被送到了店附近的私塾，被准许上学了。而且，内宅里还传下话来，准许伊织在去私塾上学的这段时间里佩刀。从此之后，佐兵卫和其他人也都不大刁难他了。

可是，自此以后，伊织的眼神再也没有安稳下来过。即使在店里，他的眼睛也总是盯着外面的道路。而且，一看到有身影跟他那日思夜想的姐姐相似的女人路过，他的脸色便会一下子大变。有时甚至还跑到路上，目送对方离去。

就这样，八月过去了，时间到了九月初。从私塾回来的伊织无意间往店前一站，“啊？”他顿时惊呆在了那里，脸色大变。

热水

一

从这天早晨起，就有大量的行李货物从淀川运到小林太郎左卫门的店铺和河岸的前面，接着又装载到去门司关的渡船上，因此十分混乱。每件行李上都附着木牌，不是“丰前细川家某某”，便是“丰前小仓藩某组”，看来，几乎都是细川家家士的行李。

就在这时，伊织从外面回来，可他刚来到店前便“啊”的一下脸色大变。原来，从宽敞的泥地到店前的凳子上，全坐满了正喝着麦茶或摇着蒲扇的旅装打扮的武士，就在这些武士中间，伊织竟忽然看到了佐佐木小次郎。

“店家，”只见小次郎正坐在一件行李上，一面回头与佐兵卫闲谈，一面摇着扇子，“天太热了，真没法在这儿等到出船。渡船还没有到吗？”

“没有，没有。”佐兵卫一面忙着写发货单，一面隔着柜台指着河口说道，“诸位老爷要乘坐的‘巽丸’号船已经抵达了，由于客人登船比行李装载快得多，所以我已经吩咐水手，让他们先整理座席了。”

“同样是等待，在水上总会凉快些。真想快点登船休息一下。”

“是是。我再去催他们一下。请您再忍耐一下。”佐兵卫连擦汗的空暇都没有，立刻从泥地房往大街上赶去，无意间看见了呆立在角落里的伊织，“那不是阿伊吗？都忙成这样了，你怎么还像吃了棒槌似的傻站在那里？快去给客官们上点麦茶或是打点冷水来。”他呵斥一声后便匆匆离去。

“是。”虽然伊织装出答应的样子，可等他飞快地跑到仓库一旁开水处的后面时，却又忽地站住，死死地盯着泥地上那佐佐木小次郎的身影。

你这东西！伊织死死地瞪着他。可是，小次郎似乎根本就没有注意到伊织。自从被细川家招用，定居在丰前小仓之后，他的体态和样貌便愈发丰润。虽然只是极短的时间，不过，那做浪人时锋芒毕露的眼神已变得愈发深沉，原本白皙的脸也愈发丰满，唇枪舌剑般的讽刺挖苦也逐渐收敛。总之，他已经变得老成持重，天生的剑一般的锐气也终于富有人性。

大概是这种缘故吧，如今，他身边的圆熟的家士们全都尊称他为“岩流先生”或是“师父”，虽说他刚到细川家不久，却没有一个人流露出轻视的神情。

虽然小次郎这个名字并没有废弃，不过，大概这名字已经与他的职位、风范和年龄逐渐不相配了，自从去了细川家后，他已将名字改为岩流。

二

佐兵卫连连擦着汗水，从船上回来。“让诸位久等了。由于船中间的座席还没有整理好，所以还请再稍候一下。不过船头的一组座席已经好了，请即刻登船。”

乘坐船头的一组都是身份卑微者和年轻武士。他们一面寻找着各自的行李物品，一面与小次郎打着招呼：“那我们先走了。”“岩流老师，我们先过去了。”

众人络绎不绝地从店前离去。岩流佐佐木小次郎和其他的六七人则留了下来。

“佐渡大人还没来？”

“一会儿就到吧。”

剩下的一组全都是年长者，从服饰来看，全都是藩中身居要职者。

这细川家的一行人，上月从小仓起程，走陆路进入京都，然后在三条车町的旧藩邸里停留了数日，为在此病殁的已故幽斋公做完三周年忌辰的法事，又拜访了幽斋公生前亲近的公卿和故交旧识，整理完故人的文库和遗物之类后，便于昨天乘船顺淀川而下，今天则要踏上海路之旅，于海上过夜。

现在想来，今年晚春前后从高野下来，顺便又去了趟九度山的长冈佐渡主从二人，为了准备八月的法事，后来便绕到了京都，凭着长冈佐渡的资历和人脉，办完一切公事后，便在该地待到了今天吧。

“太阳晒到这边了。诸位，岩流先生，请到里面休息吧。”尽管佐兵卫已返回账房，可他仍不断地留意着客人，说着客套话。

岩流一面背对着太阳，一面不时地驱赶着苍蝇。“可恶的苍蝇。”他不停地用扇子驱赶着。“老口渴。真想再喝一碗刚才那热麦茶。”说道。

“是是。热水还很热。不过，我刚才已让人打来凉井水。”

“不，路上我是从来不喝凉水的。热水就行。”

“喂！”佐兵卫伸伸脖子，往热水处瞅了瞅，顿时呵斥起来，“那不是阿伊吗？你到底在干什么？还不赶紧给岩流大人送热水。给其他各位大人也都来点。”

然后，佐兵卫又低下头，忙着打理起发货单及其他事情，由于没听到回音，他刚想抬起头再呵斥一次时，但见伊织已经在托盘上放了五六个碗，一面注意着碗里的水，一面畏畏缩缩地从泥地房间一头走了过来。

于是佐兵卫便不再理会，继续抄写起送货单。

“请喝热水。”伊织走到一名武士的面前行上一礼，送上热水。“请。”然后又送上一碗，行一礼而去。

“不，我不要。”也有的武士并不要，他的托盘里仍剩下了两碗热麦茶。

“请用。”伊织最后才站到岩流面前，把托盘伸过去。岩流仍没有注意到他，漫不经心地伸出手来。

三

啊！岩流忽然把手缩了回去。并非因为碰到的热茶碗太烫手的缘故。手还没有碰到茶碗，他的眼睛和端着盘子的伊织的眼睛便像溅出的火花一样碰撞到一起。

“啊，你是——”岩流惊呼一声。

伊织则完全相反，稍稍松开紧咬的嘴唇，说道：“大叔，上次见面还是在武藏野的荒原上吧？”说着咧嘴一笑，露出尚显稚嫩的小牙齿。

面对伊织可恼的挑衅，“什么！”岩流不禁发出孩子气的声音来，就在下一句话就要吐出来的一刹那。

“你还记得？”顿时，伊织将手里端着的盘子，连同盘子上的茶碗和热水，忽地朝岩流脸上扔去。

岩流坐着一扭脸，同时一把抓住伊织的手腕，“烫死我了！”这才一面闭着一只眼睛，一面愤然站起身来。

茶碗和盘子顿时飞向后面，碰在泥地房的角柱上碎落了一地，洒出的热水溅到了岩流的脸上、胸前和裙裤上。

“烫死你！”

“好你个臭小子！”

就在二人突如其来的喊叫声混着茶碗打碎的声音传来，令所有在场的人吓了一跳的同时，伊织已经像一只小猫似的，被岩流一脚踢倒。

伊织刚要起身，“唔。”岩流顿时更加用力地踩住伊织的后背，“店家。”他手捂着一只眼睛大嚷起来：“这臭小子是你们家的小伙计吗？虽说他还是个孩子，可实在难以饶恕。掌柜的，快给我抓起来。”

大吃一惊的佐兵卫还没来得及跳下来阻止，趴倒在岩流脚下的伊织便大喊一声：“哈！”接着，也不知是他怎么拔出来的，只见他忽然拔出佐兵卫平素一直禁止佩带的刀，从下面直直捅向岩流的胳膊肘。

“臭小子！”岩流又大喝一声，顿时像踢球一样，一脚把伊织踢到了泥地上，同时，身子倒退了一步。

“惹事精！”当佐兵卫一声尖叫赶过来时，伊织已经跳了起来，嘴里仍发疯似的喊着：“哈！”佐兵卫的手一碰到他的身体，便被他一下甩开。“活该！浑蛋！”只见他冲着岩流一声大骂，接着突然抽身朝外面逃去。

可是，跑了还没有两间远，伊织便一个跟头栽倒在地。原来是岩流从泥地房间随手抓起一根扁担，打中了他的脚后跟。

四

佐兵卫与众伙计合力捉住伊织的双手，将他拖到仓库旁的开水处。岩流也来到了这里，正让仆人给他擦拭濡湿的裙裤和肩膀。

“实在是冒犯。请恕罪。还请您宽宏大量……”尽管佐兵卫和众伙计把伊织按住，齐声地致着歉，可岩流仍充耳不闻，连睬都不睬，只是用仆人拧干的布手巾不在乎地擦着脸。

在这个空当里，即使被伙计们扭住胳膊，脸贴在地上的伊织仍痛苦地大喊："放手，放开我。我是不会逃的，我凭什么要逃？我也是武士的儿子。我在下手之前早就想到这些了，老子是不会逃跑的！"

梳理好头发，整理好衣饰后，岩流这才回过头来。"放开他。"他平静地说道。

"哎？"佐兵卫等人反倒非常意外，惊异地望着他平静的脸。"放了他？"

"不过——"岩流又补充道："不过，如果让这名少年误以为无论做错什么事情，只要道歉就能获得饶恕，对他的将来是没有好处的。"

"是。"

"原本就是小孩的胡闹而已，微不足道。我岩流是不会计较的，不过，若是你们觉得就此放了这小子未免有点太便宜了他，作为对他的惩罚，你们不妨用那勺子从茶釜里舀满热水，从他的头上倒下去，反正也死不了人。"

"啊……用热水浇他？"

"当然，若你们觉得就这样放了他也行，那你们随便……"

这么一来，佐兵卫和伙计们都面面相觑，犹豫再三后，终于说道："怎么能就这样算了呢？这小子平时就不听管教，杀了他都不解恨，倘若这样处置就能让您原谅，那实在是求之不得。臭小子，这可都是你自找的，可别怪我们心狠哪。"众人齐声说道。

一定是全疯了。接着，人们顿时夸张地忙碌起来，有人拿来绳子，就要捆起伊织的双手双脚，伊织却甩掉他们的手，说道："你们要干什么？"接着重新坐在地上，又说道："我不是早就说了吗？一人做事一人当，我是不会逃的。我并不是无缘无故才用热水泼那个武士的。作为报复，如果想用热水再浇回来，那就任凭你们浇好了。若我是一个商人，可能还会认错，可身为武士的儿子，我没道理谢罪，我决不会因为这么点破事就哭鼻子。"

"算你有种！"佐兵卫撸起袖子，从大茶釜里舀了满满一勺子热水，慢慢地端到伊织头顶上。

只见伊织牙关一咬，瞪大了双眼，等着惩罚。

就在这时，某处忽然传来提醒的声音：“闭上眼。伊织！不闭上眼睛，眼会瞎的！”

五

谁呢？不过，伊织还没来得及确认说话人是谁，便遵照那人的提醒闭上了眼睛。然后，一面等待着就要从头顶浇下来的热水，一面忽然回忆起从前在武藏野的草庵里时，有天晚上从武藏那里听来的快川和尚的故事，仿佛已将可怕之事忘记。

故事说的是一名甲州武士皈依佛门成了一名禅僧，当织田和德川的联合大军杀入峡中，火烧山门的时候，他竟一面在楼上平静地让烈火焚烧着自己的身体，一面吟诵着“灭却心头火自凉”的词句死去。

伊织闭着眼睛想道：有什么啊，不就是一勺子热水吗？可转念又回过神来：我怎么还这样想啊，我不能再这样想了才是。于是便从头到脚努力让自己的全身进入虚无的忘我境界，虽有形，却没有迷惘和烦恼。

可是伊织无法达到这种境界。倘若他再年幼一些，抑或年龄再大一些，或许还能达到这种境界。可他现在已经是个太过懂事的孩子。

马上……马上，额头上滚落下来的汗珠都让他觉得是那滴落的热水珠。微微的一瞬却似百年那么长，伊织都想睁开眼睛了。

这时，“呃，是老前辈啊。”只听岩流忽然在身后说道。端着勺子正要往伊织头上浇去的佐兵卫和周围伙计们的注意力，也全被刚才的一声提醒吸引过去，就在众人循声望去的一瞬，就要浇在伊织头上的勺子也迟疑起来。

“要出大事喽。”被尊为“老前辈”的人从路对面移步而来。他带着一名仆从，上着茶色的麻质窄袖和服，下穿冬夏几乎都不变样的裙裤，只有脸上的汗水似乎多于常人一倍，正是藩老长冈佐渡。

“没想到让您给看见了。哈哈哈，在下正让人惩戒这小子呢。”大概是自己也觉得这么做不像个大人，抑或是想在藩中的老前辈面前卖乖吧。总之，岩流搪塞地笑了起来。

佐渡仔细打量了一会儿伊织，说道：“唔，让人惩戒他。如有正当理由，惩戒一下也无妨。快，那就快开始吧，我佐渡也看看热闹。”

佐兵卫手端着勺子，从一旁注视着岩流的脸色。岩流立刻意识到对方只是个少年，自己明显处于不利，于是说道：“算了。这样这小子已经得到惩戒了。佐兵卫，撤下勺子。”

于是，伊织这才看向一直眯着眼注视着眼前情形的“老前辈”。“啊，我认识这位武家。这位武家大人曾经常骑马到下总的德愿寺吧？”伊织顿时要冲上去似的大喊起来。

“伊织，你还记得我？”

“嗯！我怎么会忘记呢？在德愿寺，您还给过我点心吃呢。”

“近来你师父武藏如何？最近，你没跟在师父身边？”

听他这么一问，伊织忽然抽起鼻子来，眼泪从鼻子和手之间簌簌滚落。

六

佐渡认识伊织，这让岩流深感意外。不过，岩流早就听说过，在自己为细川家效劳前，长冈佐渡便是力主将宫本武藏推举到自己现在位置的人，而且之后也仍要践行与主公的约定，一有机会便会留意武藏的下落。所以，岩流推测，佐渡不是通过伊织认识的武藏，就是在寻找武藏的过程中认识的伊织，必定是这两种情形之一。

不过，岩流并无意追问佐渡是怎样结识这一少年的，他并不喜欢由此引出武藏的话题。不过，无论自己喜欢与否，岩流还是隐隐有一种预感，将来总有一天自己会与武藏见面。这不仅源于自己与武藏历来的恩怨，同时也是主公忠利和藩老长冈佐渡的期待。更为甚者，他到丰前小仓赴任后才发现，原来中国、九州的百姓和各藩的剑客都怀着这种期待，简直让他意外。

或许也是乡土的关系吧，武藏的籍贯和岩流的出生地都属于中国地区，而且武藏和岩流的名声在家乡和西国一带也都远超他们在江户时的想象，早已成为人们街头巷尾的议题。而且，在整个细川家的本藩与支藩里，也自然而然地形成了对立的两派，一派高度评价传闻中的武藏，另一派则力挺新来的岩流佐佐木小次郎。另外，由于把岩流介绍到细川家的便是同藩的藩老岩间角兵卫，虽说这种氛围大半是源自天下剑客的兴趣，可真正的原因，也可以说是藩老岩间派与长冈派的对立。因此，岩流对佐渡抱有成见，而佐渡对岩流也没有好感，这也是显而易见的事实。

“都准备好了。坐在船中间的诸位大人也随时可以登船了。”这时，正好巽丸号的船长过来迎接，岩流顿时找到了摆脱尴尬局面的台阶，“老前辈，在下就先行一步了。”

岩流冲佐渡打完招呼后，又招呼着其他家臣，匆匆朝船的方向走去。佐渡则留在了后面。

“开船时间是黄昏时分吧？”

“是，是的。”佐兵卫仍担心这件事还没结束似的，在店里的泥地上惶恐地答道。

“那么即使再休息一会儿，也能来得及？”

“当然来得及。您先喝杯茶吧。”

“就用这热水勺子？”

“岂、岂敢岂敢。”

佐兵卫深受挖苦，尴尬地挠着头。就在这时，阿鹤从前店与内宅之间的间壁布帘处探出头来，小声喊道：“佐兵卫，你过来一下……”

七

“在店前太靠近街道了。不会让您多花时间的，只是到后面的茶室而已。”说着，佐兵卫便在前面引起路来。

“那就恭敬不如从命了。要见我的是你家夫人吗？”

“是，说是要向您致谢呢。”

“致什么谢？”

“大概是……”佐兵卫挠挠头，尴尬地说道，“是您帮着给平息了伊织的事情，夫人大概是想替主人跟您打个招呼吧。”

“呃，说起这伊织来，我也还有话要跟他说呢。快把他叫来。”

“遵命。”

这庭院果然体现了堺港商人的风雅，虽然与仓库只有一墙之隔，却别有洞天，店里的那种炎热和吵闹顿时销声匿迹。清泉、奇石、各种名木尽被水打湿，潺潺的水声让人内心澄净。茶室的一个房间里铺着毛毡，茶点和烟叶早已备好，吸烟用的小火罐里已焚好熏香，阿势夫人和阿鹤姑娘上前迎接客人。

长冈佐渡说道：“老夫一身尘土，还穿着草鞋，请夫人宽恕。”说着便随意坐下，吃起茶来。

“刚才之事，还请见谅——”阿势夫人再次为店员的鲁莽和伊织之事致歉并致谢起来。

佐渡于是说道：“不不，没什么。那孩子我以前因故见过，今天能遇上也是一件幸事。不过，我还是有一事未明，他怎么成了贵府的伙计呢？此事也尚未听伊织说起过……”

听他这么一问，阿势夫人便叙述了在去大和参拜的途中无意间看到伊织并将其捡来的经过，佐渡也将多年来寻找伊织的师父宫本武藏等事情说了出来，并说道：“刚才他都差点被热水浇头了，可据我隔着大路对他的观察，他坐在众人之间，仍旧气定神闲，毫无胆怯之状，老夫暗自佩服。如此有血性的孩子，倘若放在商家，或许反倒会扭曲了他的性情。我看索性就送给老夫吧。老夫想把他带回小仓，亲手调教。”

一听佐渡的请求，“真是求之不得……”阿势十分同意，阿鹤也很高兴，立刻起身就要把伊织叫来。而伊织从刚才起似乎就已站到了附近的树后，一字不漏地听到了他们谈话的全部。

“你不愿意吗？”

听众人一问，他哪里会不愿意，还连连请求赶紧把自己带到小仓去。

船也马上起航了。

阿鹤趁着佐渡喝茶之际兴奋地为伊织准备起衣服、裙裤、斗笠和绑腿来，仿佛在打发自己的弟弟上路一样。伊织生来头一次穿上裙裤，俨然成了武家的一名随从，不久，便随佐渡一起上了船。

黑帆在晚霞中张开，船沿着潮路朝丰前小仓驶去。大家全都目送着伊织的离去，其中有阿鹤的面孔，阿势夫人那白皙的面孔，佐兵卫的面孔，其他送行人的面孔，还有那整个堺港的面孔。伊织也在船上挥动着斗笠。

无可先生

一

这里是冈崎的鱼屋小巷。巷口钉着一个牌子，上写：童蒙道场，指导读写，无可。看来是闲居的浪人为糊口而开设的私塾。

不过，从这老师自书的招牌来看，这老师的字实在是不敢恭维。估计许多有识之士看过之后，都会苦笑而过吧。不过，这无可先生并不以此为耻。据说，若有人质疑，这位先生便总会回答说“因为我也还是个孩子，尚在修行中啊”。

小巷的尽头是一片竹丛，竹丛的对面则是马场，天气晴好时，经常会扬起滚滚尘土。原来，那些所谓三河武士的精锐，即本多家的家臣们每天都在这里骑马练功，尘土自然就多了。

或许也是因为这个，无可先生总是在原本敞亮的窗前挂上一面帘子，弄得狭窄的室内愈发昏暗。

他原本就孤零一人。现在，看来他是才从午睡中醒来吧，只听得井台上的辘轳响了一阵子后，扑通！竹丛中忽然传来一声巨响，是伐竹的声音。一根竹子轰然倒下。不一会儿，无可先生便截了一节。若是用来做尺八，既粗又短。他从竹丛里走出来，头戴灰色头巾，身穿灰色单衣，腰佩一柄短刀。尽管穿戴灰土，不过年纪尚轻，才三十岁上下。

他把这节竹子在井边洗了洗，然后又来到屋内，将竹节放在形似壁龛的木板上。这室内并没有壁龛，只在墙壁一角放着一张木板，上面挂着一幅也不知是出自谁手的祖师像。如此，竹节便成了插花的花瓶。他又把一枝缠绕着杂草的旋花插在里面。不错。他自己似乎也很满意。

然后，无可先生便在桌前坐下，开始习字。案头放着的则是褚遂良的楷书范本和大师流的拓本。

在这里住下已一年有余。大概是每日都练字的结果，他笔下的字比招牌上的显然长进多了。

“邻家的老师。”

“是。”他放下笔，应道，“原来是隔壁的大婶啊。今天还是这么热啊。快请进吧。”

“不了不了。哪能老进去打扰……怎么回事啊，我刚才听到一声很大的声响。”

“哈哈哈，是我的恶作剧。”

“您可是教导孩子的先生，怎么能恶作剧呢？”

“实在抱歉……”

“那您做什么了？”

“只是砍了根竹子。”

“那就好。我还以为出了什么事呢，吓了一跳。不过，有件事是从我家丈夫那儿听来的，估计不怎么可靠，他说经常在这一带转悠的那些浪人，似乎想要您的性命……”

“没事，我的人头又不值钱。”

“话虽然说得轻巧，却经常会有人死在一些连自己都不曾记得的仇恨下。您可得小心啊。我倒是没什么，附近的姑娘们到时候可就要流泪了。”

二

邻家是制笔的匠人。夫妻二人都是热心人，尤其是老板娘，经常教这位单身的无可先生一些炊事烹调的技巧，有时甚至还帮他缝缝补补洗洗涮涮。这倒也没什么，只是有一事常常令无可先生为难，这便是她每次来时都会给无可先生提亲：“我认识一位好姑娘，不知先生……”

每次被无可先生婉拒时，她总会追问个不停：先生到底为什么不娶媳妇呢？您不会是讨厌女人吧？她的追问有时甚至让无可先生穷于回答。

不过，这不全是老板娘的过错，无可先生自己也有不是，所以，他便常常托词道：自己是播州浪人，也无家累，只想立志做点学问，因在京都和江户学过点东西，便想将来在这里开个私塾什么的，安定下来。而且，他也到了该谈婚论嫁的年纪，人品也不错，更重要的是老实本分，所以，邻家的夫妇除了在生活上周济他之外，也当然会操心起他的终身大事。并且，还有许多姑娘在看到偶然出门的他后，立刻便被深深吸引，纷纷托制笔夫妇去提亲，都要嫁给他。

除此之外，陋巷也有陋巷的乐趣。像什么祭礼啦、舞蹈会啦、秋分时节的盂兰盆会啦，尽管生活圈很小，大家却过得温馨快乐，就连那令人悲伤的葬礼或照顾病人之类的事情，大家也能像一个大家庭一样热热闹闹地给办过去。

真有意思。就这样，无可先生一面寂寥地生活在其中，一面在独腿的书桌前审视着世间，虚心向世间学习。

不过，这世间并不只有一个无可先生，还有些什么人，谁也无法知道。反正眼下的世道不是很安稳。前些日子，大坂的柳马场后街曾住着一个名叫幽梦的光头习字先生，可后来被德川家的人一查，才发现他竟是前土佐守长曾我部宫内少辅盛亲，沦落至此，顿时轰动一时，当邻近得知此事的时候，他却在一夜之间不见了身影。还有一件传闻。德川家的手下发现在名古屋的街头占卜的一名男子有些可疑，一调查，竟然是关原残党毛利胜永的家臣竹田永翁。九度山的幸村、流浪的豪士后藤基次，像这些时刻牵动着德川家神经的人，全都隐居世外，韬光养晦，尽量避人耳目。

当然，并非只有这种大人物才隐居世间，无数酒囊饭袋亦会浪迹尘世，他们混迹一处，真令人浑然莫辨，当然，这也是后街的神秘之处。

即使这位无可先生，最近，也不知是谁先开始说的，人们竟纷纷叫起他武藏来，不再喊他无可了。“那个年轻人名叫宫本武藏，开私塾之类只是他的权宜之计而已，事实上，他可是那个在一乘寺垂松一人勇胜吉冈一门的剑道名人啊。”甚至还有好事者在到处为他宣扬。

“真的？”人们于是半信半疑地审视起他来。而最近，经常有人趁夜躲进那后面的竹丛或小巷口，偷窥他的动静，这便是那邻家的老板娘提醒他要取他性命的可疑之人了。

三

或许，无可先生根本就没把这些时刻都在觊觎着自己的人看在眼里。今日也是如此，邻家的女人刚刚提醒了他，可一到晚上，“大哥大嫂，我稍微出去一下，麻烦帮我照看一下家”，他向邻家夫妇打了个招呼便出去了。

制笔夫妇当时正大开着门吃晚饭，一眼就看到了他穿过门前的身影。只见他身穿灰色单衣，头戴斗笠，虽然佩着大小两刀，却没有穿裙裤，只着一身素色便服。倘若再套上袈裟和挂罗，简直就像是一名虚无僧。

老板娘咂了下舌，嘟囔起来：“邻家那先生究竟要去哪里呢？上午指导孩子，中午就睡午觉，而一到晚上就像只蝙蝠一样出去……”

丈夫则笑道：“谁让人家是单身来着。你也管得太宽了吧，连他人夜间的玩耍都忌妒。”

一出胡同，傍晚的冈崎虽然热气尚未散尽，可夏夜的灯火已闪烁起来，人流中充满着尺八声、虫笼里的虫鸣声，还夹杂着盲人按摩师们打着节奏的吆喝声，甚至还有卖西瓜卖寿司的叫卖声。夜间出来散步的旅人，三五成群，与新城市江户的躁动不同，这里处处都透着一种悠闲的风情。

“啊，先生过去了。无可先生装模作样地走了。”街市上的姑娘们立刻彼此交换着眼神，窃窃私语，有的还向他行起礼来。就连无可先生的去处都会成为她们的话题。

不过，无可先生径直往前走去。从远古王朝起，矢矧川这一带驿站的娼妓们便引领着脂粉的潮流，如今也是一样，冈崎女郎已然成了这里的一面招牌。不过，无可先生根本无意拐向那里。

不久，他便来到城外的西郊。无边的黑暗中传来澎湃的海潮声，暑热也暂时退去，前方是一座桥，桥长据说有二百零八间，借着星光，微微能看出桥桁的第一根柱子上写着三个字“矢矧桥”。

这时，似乎早就约好的一样，只听早已等在那里的一名瘦法师问道：“是武藏先生吗？”

“呃，又八吗？”无可先生立刻走上前去，笑着答道。

不错，那人正是本位田又八。他在江户町奉行所门前挨了百杖责罚之后，便被流放，如今则仍是当时那个样子。

无可乃是武藏的化名。在矢矧桥上，星光之下，二人已没有了往日的恩怨。

“禅师如何？”武藏问道。

“旅行未归，也无音讯。”又八说道。

“日子不短了。”二人一面喃喃着，一面并肩走在矢矧桥上，亲密地过桥而去。

四

对岸的山丘上长满松树，上有一座古刹。大概是这一带叫八帖山的缘故吧，古刹也被人称为八帖寺。

“怎么样，又八？禅寺的修行很艰苦吧？”武藏一面登上通往山门的昏暗坡道，一面问道。

“很辛苦。”又八诚实地低下那青色的光头，答道，“我也曾多次产生过逃走的念头，有时甚至还想，倘若只有受这种煎熬才能成人，那我宁愿上吊自杀。”

“你尚未拜师，尚未成为禅师的入门弟子，这些才只是修行的开始。”

“不过，多亏了你的鼓励，最近我已经有了进步，一打退堂鼓时，便会自我鞭策。”

“光是这一点便足以说明你的修行已初见成效。”

“痛苦的时候总是会想起你来。我每次都在想，你所取得的这些成就，我绝非不可能做到。”

“没错。我能做到的，你也一定能办到。”

“并且，每当我想起被泽庵法师从鬼门关救回来的这条性命，想起在江户町奉行所前面被杖责一百时的经历，一想起当时的痛苦，我便咬紧牙关，朝夕同修行的艰辛做斗争。”

“克服艰苦之后，你就会立刻体会到莫大的快乐。人只要活着，痛苦与快乐便会朝夕相伴，永不停歇地做斗争。人若只想择其一，贪图安闲，那么人生也就失去了意义，失去了活着的快乐和滋味。”

“我已经隐约领悟了。”

“即使打一个呵欠也一样，在痛苦中潜心修行之人的呵欠和懒惰之人的呵欠完全不同。在芸芸众生之中，有多少人尽管活在这个世上，却连呵欠的真正滋味都体味不到，便像虫一样死去。”

“待在寺里，还能从周围人那里听到各种逸闻趣事，这也是一种乐趣。”

“真想早一点见到禅师啊，你也好好求求他，我也想请教道的问题……”

“可他到底什么时候才会回来呢？都一年没有音讯了。”

“别说是一年了，就算两年三年都像白云一样云游四方的人，在禅家中一点也不稀奇。既然你好不容易留在这块土地上，就要做好长期的思想准备，即使四年五年也要等下去才是。”

“在这期间，你也一直会待在冈崎吗？”

“当然。住在陋巷，在尘世的底层体验繁杂的生活，这也是一种修行。我并非只是为了空等禅师的回来，我也是为了修行才住在陋巷中。”

虽说是山门，可这里却是与金碧二字毫不相关的一座茅草门。虽说是寺院，却连正殿都十分简朴。又八将好友引至斋堂旁的一间小屋里。由于他尚未正式加入寺籍，所以在禅师回来之前，他只能先住在这儿。

武藏不时会到这儿造访，每每谈到深夜才回去。二人早已重修旧好，又八也舍弃了一切，当然，在此之前，他们还有一段离开江户之后的故事。

无为之壳

一

事情要追溯到以前。去年自从仕宦将军家的希望破灭，武藏便奋笔在传奏府的单扇屏风上留下一幅武藏野之图，然后便离开了江户。之后他究竟去了哪里呢？有时他忽然现身，有时则飘然遁形，有如飘荡在山间的白云一样，他的足迹一直飘忽不定。看上去，他似乎有一个确定的目的和一定的原则，却又似什么都没有。

虽然他自以为心无旁骛，专心前行，可在路人看来，他完全是一副自由自在、随心所欲、走走停停的样子。

从武藏野西郊走到相模川的尽头，从厚木驿站起，他的眼前便尽是大山、丹泽等山峦了。而由此之后的一段时间里，他究竟是如何度过的，恐怕就无人知晓了。大约两个月后，蓬头垢面的他从山上下来。尽管是为了解开心中的迷惘才隐遁到山里，可被冬季的山雪驱赶下来的他，脸上却刻着比进山前更为痛苦的迷惘。难解的心结不断地折磨着他的心灵。一个心结刚解开，另一个心魔随即又向他扑来。他甚至觉得剑和心全都变成了空虚的东西。

“不行。”有时，在嗟叹之中，他甚至想抛弃自己。“索性……”他不禁憧憬起常人的安逸来。也不知阿通怎样了？他立刻挂念起来。他觉得，只要自己愿意享受安逸，立刻就能和她实现安逸生活。只要自己愿意寻找那一百石或二百石的食禄来糊口，这种机会随处都是。

可是，这样就行了吗？回头再扪心自问，他决不甘受这种终生的束缚。他责骂起自己来："懦夫！你在迷惘什么？"他仰望着难以攀登的高峰，痛苦挣扎。

有时，他觉得自己浅薄、卑鄙，像饿鬼一样陷入烦恼之潭。有时，他又会心静如水，有如峰顶的明月一样，毫不怯懦，独享孤高。总之，从早到晚，他浊了又清，清了又浊，他的心灵，他的热血，太过多情，太过多恨，又太过浮躁。

如同心中忽明忽暗的幻象一样，表现在外的他的剑，也仍未达到令自己满意的境界。他太了解自己在剑道上的差距和不成熟了，迷惘和苦闷便会时常向他更加猛烈地袭来。

进入山里后，心越静，他便越留恋人间，越思念女人，热血简直要令他发疯。不管如何吃野果浴瀑布，如何折磨自己的肉体，他还是会梦到阿通，陷入梦魇。

大约两个月后，他就再也无法在山里待下去，垂头丧气地下了山。在藤泽的游行寺驻足数日后，他又绕到了镰仓，不料，竟在禅寺里遇见了一个比自己还痛苦的男子，便是旧友又八。

二

自从被赶出江户后，又八就来到了镰仓。他早就听说镰仓寺院众多，他也正陷入另外一种意义上的烦恼之中。不过，他再也无意回到过去的懒散生活。

武藏便对他说："仍不为迟。只要从现在起重塑自己，融入这个世界就可以。一旦自暴自弃，那你的人生就完了。"

武藏不断地鼓励着他，又补充说："话虽如此，不过，说实话，我武藏现在也有一种面临四壁之感，也时常被困于虚无之中，常常怀疑自己，做什么都提不起神来。这种无为之病，我每隔两三年便会患一次。每当患病时，我就鞭笞着自己的懦弱，鼓励自己，而一旦踢碎无为的躯壳，从里面爬出来，便又会有崭新的前途展现在眼前。我便会一路狂奔，径直走下去。只是，到了第三年或第四年的时候，我就会又碰到一面挡在眼前的绝壁，又患上无为之病。”

武藏坦诚地告白之后，又向又八说道：“可是，我这次的无为之病有些重。我一直在壳中与壳外的黑暗中无力地挣扎，怎么也打不开这躯壳，每天都在受这种无为日子的痛苦折磨。后来，我忽然想起一个人。我想我只能借助此人的力量了。于是，我便下山来到这镰仓，打探此人的消息。”

武藏所说的是在他二十岁前后，迷惘于求道之途时，曾经常去京都妙心寺的禅室接受启蒙的前法山住持愚堂和尚，又名东寔的一名禅师。

听他这么一说，又八立刻说道：“若是这位禅师，请一定帮我引荐一下，求他收我为弟子。”

开始时，武藏也一度怀疑又八所说是否出自真心，可听到又八在江户的种种惨痛经历之后，“原来如此，你竟如此可怜，怪不得会有如此想法”，武藏这才理解了他的心情，发誓入门之事一定会帮他引荐。二人一起找遍了镰仓的所有禅门，却始终没有找出禅师的下落。

虽听说愚堂禅师数年前已离开妙心寺，从东国踏上了奥羽之旅，可他云游四方飘忽不定，有时会被招至主上后水尾天皇的御前，在清凉的法筵上讲禅，有时则连一名弟子僧人都不带，独自走在偏僻的乡间路上，日暮途穷，连一顿晚饭都难以吃上。

“你们不妨去冈崎的八帖寺问问，大师经常会在那里停留。”

就这样，在好心人的指引下，武藏与又八便来到了冈崎，可愚堂禅师仍未在这里。不过，寺里人说，禅师前年曾在这里露了一面，说是返回陆奥时可能还会来这里一趟。

“那我们就在这里等禅师回来吧，等多少年也要等。”于是，武藏便在市镇上寻了处临时的房子住下，又八则借住在斋堂后面的小屋，二人一同等待禅师的归来，一晃已在此等了半年有余。

三

“小屋里蚊子太多了。”尽管又八一直焚着蚊香，可他还是无法忍耐。“武藏先生，咱们还是到外面去吧。虽说外面也有蚊子，毕竟会好一点……”说话间仍揉搓着眼睛。

“嗯，哪儿都有。”武藏便先出去。就这样，倘若每次造访都能为又八的心弥补一点不足的话，他也能比较心安。“去正殿的前面吧。”

因为是深夜，那儿没有一个人，大门紧闭，风很通透。

“我想起七宝寺来了。”又八坐在走廊上，脚放在台阶上，喃喃说道。每当二人碰面时，即使野果野草的话题都会让他们立刻谈起对故乡的回忆来。

“嗯。”武藏也涌出了同样的回忆。之后二人便陷入沉默，不再谈论故乡，每次都是这样。

因为一旦谈起故乡，二人自然会联想起阿通的事情，又八母亲的事情，以及种种苦涩的回忆，这都会破坏二人如今的友情。又八似乎害怕这个话题，武藏也刻意回避这个话题。

可唯独今晚，又八似乎想谈得更深入一些，便说道：“七宝寺的山比这儿的要高，山脚也跟这儿的矢矧川一样流淌着吉野川。只是，这里没有千年杉。”又八一面注视着武藏的侧脸一面说着，突然，“对了，武藏先生。我一直想找个机会跟你说，想求你件事，可一直说不出口。有件事我想请你答应我。不知你能不能做到？”

“我？唔，什么事？说来听听。”

“就是阿通的事。”

“哎？”

“阿通……”话还未说出来，又八涌动的感情便缠住了舌头，眼看着落下泪来。

武藏也有些动容。又八突然提起这彼此讳莫如深的话题，武藏也难以揣测他的意图。

“虽然你我已经消除隔阂，能够在这样的夜里彻夜畅谈，可那阿通，也不知现在怎么样了。不，是将来会怎样。最近，我时常想起这件事，总觉得有愧于她。多年来，是我让阿通吃尽了苦头。我曾一度像鬼一样缠着她，虽然也曾在江户共居一室，可她怎么也不原谅我。想来，自从去关原参战后，阿通便已是从我这根树枝上落到地上的花了。如今的阿通，已经是盛开在别处土地、别处花枝上的鲜花了。”

“……”

“喂，武藏，不，武藏先生，我求你了！你就娶了阿通吧。能拯救阿通的只有你。若是从前的又八，我无论如何也不会这么说，可是为了弥补从前的过错，我决定今后皈依沙门。我已经完全死心，只是仍不能彻底放心。求求你，找到阿通，满足阿通的愿望！”

四

是夜已经到了丑时三刻。只见武藏从八帖的山门出来，在松涛的黑暗中默默朝山麓走去。他抱着胳膊，低着头，仿佛无为和空虚的烦恼正纠缠在脚底似的朝下走去。

刚才在正殿前分别时又八的话语，无论任松涛如何冲刷，也始终无法从耳畔消失。“我求你了，阿通就交给你了！”那声音是那么真切，神情也是那么诚挚。

在对自己说出来之前，又八一定不知烦闷了多少个夜晚，一定不知经历了多少痛苦吧。可令武藏无法否认的是，其实，自己反倒有更多的迷惘和苦闷。

“我求你了！”差点要跪求自己的又八，在从这日夜的煎熬中解脱出来后，反倒因为终得解脱而泣不成声，在悲伤和法悦交织的莫名心情中，有如一个新生儿一样，已在寻找其他的生命意义。

当又八对自己说出这些的时候，武藏无法说不。至于“我无意娶阿通为妻。她以前就是你许婚的妻子。你要展示出自己的忏悔和真心来，与阿通破镜重圆！”之类，武藏更是说不出口。

那么，他到底是怎么说的呢？实际上，自始至终，武藏什么都没有说。无论说什么，武藏的话都是虚伪的。因为，盘踞在他心底的真心正在审视着他，让他什么也说不出口。

相反，今夜的又八却是彻底放下了。因为，只要阿通的事情解决不了，即使自己变成沙门弟子，即使去做其他任何修行，自己也终将一事无成，又八如此说。他还说：不是你劝我修行的吗？既然你还把我看作朋友，那就连阿通也一起救救吧，这同时也是在拯救我。那语气俨然是七宝寺时代年幼的挚友的语气，最后，他竟号啕痛哭。从四五岁时起就熟悉这张面孔了，没想到他竟是一个如此纯情的男子。望着他的身影，武藏由衷地被他的真挚打动，同时，也为自己的丑陋、迷惘深感惭愧。

临别时，又八抓住他的袖子，绝望地又求他，武藏只好说了一句“我会考虑的”。可又八并不放弃，仍要他立刻答复，他这才终于丢下一句“你容我想想”，便仓皇逃出山门。

卑怯！武藏一面责骂自己，一面叹息地审视着越发无法从无为的黑暗中解脱出来的自己。

五

若未被无为所困，便无法体会到无为的痛苦。安乐是所有人的希求，无为却与安乐的心境有着天壤之别。想做点什么却什么都做不到。尽管拼命挣扎，大脑和眼睛却充满迷茫。说是一种病，可肉体上并无任何异样。就像头已撞向墙壁，退无法退，进又不可能。真是一筹莫展，寸步难行。最终竟怀疑起自己，蔑视起自己，不由得哭泣起来。真是浅薄的自己。

武藏尝试着愤怒，试着反省自己。可是，仍旧无济于事。其实，就在从武藏野抛下伊织，离开权之助，并且与江户的所有知己诀别，像风一样离去的时候，他就已经隐隐感到了些许征兆。“所以，我决不能就这样下去！”他自以为自己勇往直前，已经打破了那个躯壳。可半年多以后，他才发现，那个本该破碎的躯壳依然在顽固地包围着空虚的自己。所有的信念都开始丧失，自己俨然蝉蜕似的身影，直至今晚仍轻飘飘地行走在黑风之中。阿通的事情，又八的嘱托，现在的他根本无法解决这些，无论怎么想也理不出个头绪。

矢矧川的水面越来越宽阔，四周已微明。河风掀着草笠的边缘，嗖嗖而过。

这时，只听嗖的一声，混着呼啸的河风，一样东西忽然低吼着从武藏身边掠过。当那东西从距武藏不足五尺的地方一穿而过时，武藏却似乎更快，再看时，他早已不在原地。

轰的一声！连矢矧川都同时鸣动。分明是火枪的声音。是用强大的火力从远方射过来的，仅仅凭借那弹吼与轰鸣之间两次呼吸的间隔便不难明白。

武藏呢？再看时，他早已飞身跳进矢矧桥桁的后面，像蝙蝠一样立刻贴在那里。他这才不由得地回想起邻家夫妇一直提醒自己的话来。可是，冈崎怎么会有敌视自己的人呢？他实在想不明白。到底会是什么人呢？他想象不出来。

对。干脆就趁着今夜看个究竟。就在身体贴上桥桁的一刹那，他如此想道。于是，他屏住呼吸，静观其变。

不久，只见三个男人的影子像松果一样被风吹了过来。果如所料，一来到这里，三人便频频在武藏刚才所站地方的附近张望。

“奇怪啊。怎么没有呢？不是在更靠近桥的那边吗？”

看来，对方满以为所狙击的目标已倒地成为尸骸，所以已将火绳扔掉，只带着火枪赶来。火枪上的黄铜卷熠熠闪光，即使带到战场上去也毫不逊色。而抱着火枪的男子和另外两名男子全都是黑色装束，只露出眼睛。

麻线球

一

什么人呢？看着眼前的三个人影，虽然武藏怎么也想不起来对方是谁，不过，他每时每刻都在提防着。

不只是武藏，但凡生活在这种世道中的人，平常对所有的一切都需要警惕。杀伐混乱的战国余风绝没有彻底平息。由于人们仍生存在诡计和反间之中，当警惕过头时什么都会怀疑，甚至连自己的妻子都不敢掉以轻心，连骨肉亲情都会遭到破坏——这社会的弊病仍沉积在人们之中。更何况，迄今为止，不知已有多少人死于武藏的刀下，至于因他而身败名裂者更是一个庞大的数字，倘若再算上这些失败者的家小及族人，恐怕已是不计其数。

即使是正当的比武，或者是过错并不在武藏一边的冲突中，从失败者的角度来说，也必然会将武藏视为终生敌人，又八的母亲便是典型的例子。所以，在当今的时势之下，凡是有志于武道者，都会不断地面临生命危险。除掉一个危险之后，便又会生出下一个危险，制造出下一个敌人。不过，对于修行之人来说，这危险同时又是不可或缺的磨砺砥石，这种敌人也堪称是不断激励自己的有益之人。

武藏就是在这种连睡觉都无法掉以轻心的历练中，以不断威胁自己生命的敌人为师的过程中成长起来的，而且，他的剑道目标就是救人济世，让自己达到菩提的安乐境界，与世人共享人生的喜悦。可正当他在这至难的修行途中疲惫至极，被虚无袭扰，为无为所困之时，蓄势待发的敌人竟忽然现身。

刚才，武藏一下就蜷缩在矢矧桥的桥桁下，那一瞬间，平日里的惰气和迷惘顿时从他的毛孔里一吹而散。赤裸裸地暴露于危险中的生命，忽地感到一阵清凉。

“奇怪……”

为了故意让敌人靠近，摸清敌人到底是什么人，武藏屏住呼吸。结果，由于敌人并未在附近找到预期中的武藏的尸体，似乎也吓了一跳，立刻便躲到了隐蔽处，战战兢兢地窥探着静悄悄的大路和桥畔。

武藏之所以对人影的举动感到奇怪，不仅是因为对方那异常敏捷的动作和黑色装束，更是因为他们的佩刀和绑腿之类怎么看也不像是一般的野武士。

若说这一带的藩士，便只有冈崎的本多家和名古屋的德川家了，不过，他们没理由要加害自己。真是不可思议，或许是弄错人了吧。不，如果是弄错人，那么，从前一阵子起就有人在胡同口窥探和在竹丛里潜伏的事又如何解释？连邻家夫妇都察觉了，这难道不奇怪吗？看来，他们还是在确定自己是武藏后才伺机下手的。

“哦……桥对面还有同伙呢。”就在武藏屏息观察时，潜藏在黑暗角落里的三人重新点上火绳，朝着河对岸摇晃起来。

二

潜伏在这边的人带着远程武器，桥对面还有同伙，若真是这样，敌人倒真是做了相当充分的准备。看来，敌人摩拳擦掌，一定是想在今夜将自己彻底置于死地。

武藏曾数次在夜里前往八帖寺，也频频路过这座桥，所以，敌人在确认了这一点后，完全有充裕的时间利用这天时地利来做充足的准备。因此，武藏决不可轻易离开桥桁。

很明显，只要自己一跳出来，子弹立时就会飞来。而丢下敌人，一溜烟跑过桥去更是极度危险。不过，一味地躲在这里也绝非长久之计，敌人已经用火绳向对岸的同伙打了暗号，时间拖得越久，事态便越对自己不利。

不过，武藏一瞬间便想出了应对的办法。他并非是根据兵法做出的决断，所有的事理，当将其上升为理论时，都只适用于平常的情况，而实际面临各种突发状况的时候，总是需要瞬间的决断，所以，他的决断并非出自理论，而是仅凭着一种“感觉”。虽然平常的理论构成了“感觉”的纤维，可这个过程是缓慢的，一遇到紧急事态便来不及发挥，因此，往往会招致失败。由于无知的动物也有“感觉”，所以这很容易与“通灵”混同。但是这被智慧和训练所磨炼出的“感觉”已经超越了理论，瞬间便可以穷极理论，当机立断。剑道尤其需要这种感觉，武藏此刻所处的环境更需要这种“感觉”。

这时，武藏蜷缩着身子，大声地朝敌人喊了起来：“就是潜藏在那里，火绳也照样能看得见。没用的。若找我武藏有事，那就给我过来。武藏在这里，就在这里。”

河风猎猎，甚至让武藏怀疑自己的声音究竟有没有传出去，武藏并未接到回答，接到的却是循声而来的第二弹火枪。只是武藏早就沿着桥桁换到了九尺之外的地方。就在与弹丸擦肩而过的一瞬间，他已经飞身一跃，朝敌人躲避的暗处扑去。

由于无暇继续装弹点火，三名敌人顿时慌了神。尽管三人拔刀做出了迎击武藏的动作，却是十分勉强，看来三人之间的配合并不熟练。武藏挥刀杀入了三人中间，大刀一闪，正面的敌人顿时倒下，看到左侧的男子，武藏则用左手抽出短刀拦腰一斩，那人顿时一命呜呼。剩下的一个则逃了起来，由于过度慌乱，竟像瞎子一样撞到了桥桁上，接着便跌跌撞撞地从矢矧桥上跑去。

三

武藏以平常的步履，身子贴着栏杆，渡桥而去，结果什么事也没有发生。回家后他便睡下。

第三天，当无可先生坐在习字的孩子们中间，在独腿书桌上持笔习字时，“打扰——”忽然有个武士从檐前瞅了瞅，前来造访。是二人一起的。由于狭窄的门口堆满了孩子们的鞋子，对方招呼一句后，便绕到连木栅门都没有的后面，站在廊前。

“无可先生在家吗？我等是本多家的家臣，奉命前来出使。”

武藏从孩子堆里抬起脸来，答道：“我就是无可。”

“尊公就是化名无可的宫本武藏先生？”

“是。”

“没有隐瞒？”

“在下的确是武藏。尊使前来所为何事？”

“藩中的武士头领亘志摩先生，您可认识？”

“在下并不认识。”

“可亘先生对您很熟，您在冈崎的俳谐会上曾露过两三次面吧？”

“受人之邀，是去过那俳谐会。无可也并非是化名，而是在俳谐会上忽然想出的俳号。”

“原来是俳号啊？那好，亘先生也喜欢俳谐，本多家中的诗友也很多。所以，亘先生想邀您静谈一夜，不知可否赏光？”

“若只是为谈论俳谐，想必有更多的风流雅士比我更适合吧。虽然在下一时心血来潮，也曾应邀参加过本地的俳筵，可在下生来便是不解风雅的野人。”

“不，并不是要开俳筵吟俳谐的那种。亘先生因故听说了先生，便想见见您，可能还会跟您谈论一些武道方面的事情呢。”

这时，习字的孩子们全都停下笔，担心地打量着武藏和站在庭院里的两名武士。

武藏默默地注视了两名武者一会儿，然后，似乎已做出决定似的说道：“那好。在下就应邀前往。那，日期是？”

“若是方便，今晚即可。”

“亘先生的府第在哪里？”

“只要您肯来，届时自会有轿子前来接您。”

“既如此，在下就恭候了。”

“那——”，两个武士交换一下眼色，点点头说道：“那就告辞。武藏先生，请恕我们冒昧打扰您上课。那就请及早准备，务请准时赴约。”说罢回去。

这时，隔壁的制笔商老板娘立刻从厨房里探出头来，不安地窥探着。

等二人一离去，武藏便环顾着孩子们那沾满墨迹的手和脸，笑着说道：“喂喂，不许让别人的话语给分散了注意力，忘了手中的笔。快，快学习。老师也学习。要两耳不闻窗外事。小时候一旦懈怠，以后就会像你们的老师这样，无论长多大都还得习字。”

四

黄昏，武藏忙着打理装束，穿上裙裤。

“别去了。最好是找个托词回绝……”其间，邻家老板娘又来到廊前劝个不停，最后都快哭起来。

不久，迎接武藏的轿子就到了胡同口。并非街面上常见的那种网篮般的轿子，而是有点像舆的涂漆轿子。跟着的有今早的两名武士，还有三名随从。

这是要干什么呢？邻近的居民全睁大了眼睛，轿子四周围满了人。武藏在武士的迎接下乘进轿子后，便有人煞有介事地传扬说，私塾的先生发迹了。

孩子们则相互说着：

“先生可真了不起。”

“那样的轿子，除了了不起的人物，谁还能坐得上。”

“去哪儿呢？是不是不回来了？”

放下轿门后，“喂，闪开闪开。”武士一面开路，一面催促起抬轿的仆人，“快。”

天空红彤彤的，喧闹的市镇也被晚霞染红了。人群散去后，邻家的老板娘立刻便泼洒起夹杂着瓜种和泡涨了的饭粒的污水来。

就在这时，一名带着年轻弟子的和尚走了过来，一看法衣便知道是位禅家的行脚僧。油蝉一样的黑色皮肤，深深凹陷的眼窝，高高的眉骨下面一双炯炯有神的眼睛，年龄约在四十至五十岁之间，凡人是很难看透禅家人的年龄的。个头很小，骨瘦如柴，声音却很粗犷。

“喂，”只见禅僧回头看看身边的越瓜一样的弟子，说道，“喂，又八。”

“是，是。”一面张望着一面徘徊的又八慌忙来到油蝉般黑脸的实时僧面前，恭敬地低下头。

“还没找到？”

“我正在找。”

“你一次也没来过？”

“是的。每次都是他到山上来，所以我就……”

“那就到那边找个人问问。”

“是。我这就去。”

又八刚要抬脚却立刻又返了回来，“愚堂大师。我找到了。就在那边，前面的胡同口钉着一块牌子，上面写着‘童蒙道场，指导习字，无可’。”

“唔。是那儿啊。”

“我先去看看。请愚堂大师在此稍候。”

“不用。我也去看看。”

前天夜里，又八向武藏拜托了阿通的事后与武藏分别，昨天和今日总觉得有点放心不下，正担心时，没想到却有一件天大的好事从天而降。二人翘首以待望眼欲穿的东寔愚堂禅师，竟满面尘灰地飘然出现在八帖寺。愚堂禅师立刻从又八那里听说了武藏的事，他也记忆犹新，说道：“那我就见见他。去给我叫来。不，他已经是一个顶天立地的男子汉了，还是我去见他吧。”

于是，愚堂禅师只在八帖寺休息了片刻，便立刻在又八的引领下，下山朝市镇上走来。

五

虽然武藏早就知道亘志摩在冈崎的本多家是位列重臣的人物，却一点都不清楚他的为人品性。他为何要让自己去一趟呢？对于这一点他百思不得其解。如果非要寻找答案，莫非，自己前天晚上在矢矧桥附近斩杀的那两个黑衣装扮的卑鄙之徒便是本多家的家臣，他们在查明是自己杀的后，便找上门来了？或者，平日里就觊觎自己性命的那些人，发现自己很难对付后，索性撕下了亘志摩这块背后的黑布，布下陷阱，想直接跟自己来一场较量？

无论如何这都不是一件好事。不过，既来之则安之，既然已答应前去，武藏也一定做好了心理准备。

什么心理准备？倘若有人问他，他一定会以两个字来回答对方：“临机”。不亲自去一趟是不会水落石出的。只根据一知半解的兵法来胡乱揣测乃是此时的大忌。除了随机应变，别无他法。那么，这较量究竟会发生在去的途中还是目的地？敌人究竟会外柔内刚，还是一开始便咄咄逼人？这些全是未知数。

仿佛在海中摇晃的船一样，轿子的外面很暗，不时响起阵阵松涛。冈崎城的北郭到外郭一带松树很多，现在大概正走在这一带吧。武藏丝毫未显露出已痛下决心的样子。他眼睛半睁半闭，迷迷糊糊地在轿子中打着瞌睡。

吱，不久，耳边传来门开的声音。抬轿仆人的脚步随之舒缓下来，接着，家臣们低语的声音传来，四面的灯影也十分柔和。

“到了吧？”武藏走出轿子。殷勤迎接的家臣们默默地将他请至宽敞的客厅。帘子已被卷起，四面敞开，这儿也沐浴在涛声般的松籁之中，凉爽得简直让人忘记了夏季，不过，灯火颤抖得很厉害。

“鄙人亘志摩。”主人开门见山地说道。五十岁上下的年纪，一看便透着一股刚健稳重，毫无轻薄之气，是那种典型的三河武士。

“在下武藏。”武藏还礼道。

“请随意。”志摩点点头，然后一本正经地说道，“我听说，前夜我家中有两名年轻武士在矢矧桥上被人所杀。这是真的吗？”对方开门见山，让人连思考的余地都没有。

武藏也压根没有隐瞒之意。“是事实。”看你接下来还有什么招数——武藏凝视着志摩。烛光摇曳在二人平静的脸上。

“关于这件事——”志摩迟疑着说道，“我必须要向您致歉。武藏先生，首先请您原谅。”说着，他微微低下头。

可是，武藏无法就这样接受他的致歉。

六

“此事是今天才传入我耳里的。”亘志摩解释道，“有死亡报告递到了藩里，说他们是在矢矧一带被杀。让人一调查，结果说是阁下所为。早就听闻阁下的大名，没想到您竟然就住在这城下。”亘志摩说了起来。

听起来并不像撒谎。武藏也相信他，便认真倾听了。

“那么，究竟因何要夜袭阁下呢？我命人严加调查后发现本家的客人中有位东军流的兵法家，名叫三宅军兵卫，是他的门人和藩里的四五个人策划了这件事。”

“哦？”武藏仍是不解。不过，他随后便逐渐明白了。亘志摩的解释让一切都变得明了。

三宅军兵卫的门生中有些曾在京都吉冈家待过，而本多家的子弟中也有数十人是吉冈门流者。这些人最近都在议论着一件事——听说，最近在城下化名无可的那个浪人，便是在京都的莲台寺野、三十三间堂、一乘寺等地相继令吉冈一族送命，并最终导致吉冈家灭门的那宫本武藏……

此事一传开，在那些如今仍痛恨武藏的人的煽动下，“我看着他就不顺眼，我就不信除不掉他”，于是这些人便窃窃私语，最终达成一致“干掉他”。他们耐心地寻找起机会，并最终招致了前天晚上的失败。

吉冈拳法的名字至今仍受人追慕，诸国无人不知其大名，可知其鼎盛时在诸国拥有的门下之多。据说，仅仅是在本多家，习过其刀流的就有几十人之多。武藏在了解真相的同时，也深深体会到那些憎恨自己的人的心情。可是，这不是武门的感情，纯粹只是个人的情感而已。

“所以，今天我已经在城里严厉斥责了他们，痛斥他们鲁莽卑鄙的行径。可是，三宅军兵卫说，由于也有他的门人牵涉其中，深感愧疚，所以就想务必见阁下一面，当面致歉。如果您不介意，那就容在下将其叫来，给您引荐一下。”

“如果军兵卫先生并不知情，那就不必了。对于一个兵法者来说，前夜之事也没什么，就算了吧。”

“不，这怎么能行呢。”

“完全用不着致歉，只是作为讲道之人，在下早就听闻三宅先生的大名，所以，见一面倒也无妨。”

“实际上，军兵卫先生也正有此意。那，我即刻请他前来。”亘志摩立刻令家臣过去传话。

看来三宅军兵卫早就在别的房间等候了，不一会儿便带着四五名弟子走了进来。所谓的弟子，当然就是本多家的家臣了。

七

危机已解。起码，表面看起来是这样。

亘志摩将三宅军兵卫及其他人引荐给武藏后，军兵卫说道：“前夜之事，还请不要往心里去。”

为门人之过致歉过后，他便畅谈起武道掌故和世上见闻来，席间氛围顿时变得热闹。

“东军流的流名，世上很少能见到名字相同的流派啊，莫非是阁下始创？”武藏问道。

“不，并非在下创始。”军兵卫答道。“鄙人恩师乃越前人，名川崎钥之助，据传曾隐居上州白云山，开创了这一新流派。虽然传书上是这么说的，实际上却是从一名天台僧的东军和尚那里学来的这一技法。”说罢，军兵卫又上上下下打量了一番武藏，绵里藏针地说道：“久闻大名，一直感觉阁下会更年长一些，没想到今日一见，阁下竟如此年轻，实在是意外。难得见面一次，务请指教一二。”

“改日有机会的话……”武藏一语带过，将话题轻轻岔了过去，“由于道路不熟……”说着就要与志摩辞别。

军兵卫则连连挽留，说天色尚早，回去时会派人送到街口，接着又说道：“实际上，听到有两名门人在矢矧桥边被杀的消息时，在下也赶过去察看了尸首，却发现两具尸首的位置和二人所受的刀痕并不一致，在下深感不解。于是就询问逃走的那名门人，门人说他自己也没有看清楚，不过，他说当时阁下的两只手似乎同时握着刀。如此说来，这实为世上罕见的流派了，难不成是什么二刀流？”

武藏微笑着回答，自己从未有意识地去使用两把刀。平时都自觉是一体一刀。迄今为止，自己也从未自称过什么二刀流。

可是，军兵卫等并不认可，“不，您谦虚了。”并且就二刀的刀法提出了很多问题，甚至连“究竟该如何练习，具有怎样的力量后才能自如地使用二刀”这种幼稚的问题都不知羞耻地提出来。

尽管武藏十分想回去，可他知道，如果不满足这些人的好奇心他们是不会放自己走的。他的视线忽然落在竖在壁龛上的两杆火枪上，便问主人亘志摩可否借用。

八

得到主人的许可后，武藏便从壁龛上取下两杆火枪，来到座席的中央。

“咦？他到底要干什么呢？”众人都好奇地望着他。莫非是想用两杆火枪来回答有关二刀的问题？

只见武藏将火枪的枪筒分别握在左右手里，单膝点地，说道："二刀便是一刀，一刀便是二刀。虽有左右两手，可身体仍是一个。任何事物都无二理，说到底，无论何流何派都万变不离其宗。在下给诸位演示一下就明白了。"说着，他把握在两手的火枪向众人展示了一下，说了声"献丑了"。话音未落，只听他大喝一声，呼呼地抡起双枪，座席上顿时刮起旋风，他所舞动的两杆火枪有如旋转的麻线球。

人们不由得惊呆了，脸色煞白。

不久，武藏忽然收住胳膊，将火枪放回原处，说了声："失礼了。"然后微微一笑，并未就二刀刀法做出一点像样的说明便径直离席，辞别而去。

大概是全都被吓傻了吧，原本说好武藏回去时会派人相送，可直到他出了门都没有一个人送出来。回头望望门里，只见如墨汁一样的飒飒松涛中，客厅里的灯影仿佛留下无尽遗憾，仍在瑟瑟发抖。

武藏不由得舒了口气。与其说是逃离了重围，莫如说虎口逃生更合适。因为对对手一无所知，他也是无计可施。不过，既然人们都已知道自己就是武藏，还策划了密谋杀害自己的事件，那么也就无法在冈崎久待了。最好今夜便速速离去。

"可自己与又八还有约定，该怎么办呢？"武藏一面思忖，一面行走在漆黑的松涛中。当冈崎的街灯忽然从路尽头映过来时，路旁的小佛堂里忽然传来一个声音："噢，武藏先生。我是又八。我一直在担心地等着你呢。"

没想到竟是又八在喊他，并为他的平安归来而高兴。

"你怎么在这儿？"武藏疑惑地问道。可当他忽然发现坐在小佛堂走廊里的另一个人影后，便连缘由都没来得及问又八就立刻走上前去，"这不是禅师吗？"说着一下跪拜在地。

愚堂望着他的后背，停顿了一会儿，开口说道："好久不见了。"

武藏抬起头，说着同样的问候："好久不见了。"

这只言片语间却凝聚着百感交集。

对武藏来说，能够把自己从无为困境中解救出来的，除了泽庵便是此人了。面对着翘首以待的愚堂禅师，武藏抬起头，有如凝望黑夜的明月一样，深情地端详起愚堂的身影。

九

又八和愚堂都为武藏今晚能否平安回来捏着把汗。弄不好，武藏很可能连亘志摩的府邸都出不了。出于这种担心，二人便想来确认一下，正走到半路上。

傍晚时分二人正好与武藏走岔了，武藏前脚刚出门，二人便造访，于是邻家的老板娘便将平日里发生在武藏身边的那些令人担心的细节，以及刚有武士使者前来的情形等详细告诉了二人。“不好，要出事了”，二人再也无心等下去，便商量着先到亘志摩的府邸附近转一下，看看能有什么办法，结果便来了这里，又八解释道。

武藏听后，说道：“没想到让你如此担心。实在抱歉。”他对让又八如此担忧深深地致歉，跪在愚堂脚下的身子怎么也不愿起来，一直跪坐在地上。不久，他才终于使劲喊了一声“大师”，定定地仰视着愚堂的眼眸。

“怎么了？”仿佛母亲解读自己孩子的眼神似的，愚堂立刻便察觉到武藏对自己有所求。“怎么了？”他又问道。

武藏突然一把握住他的双手，说道：“从在妙心寺参禅，与大师初次见面的时候算起，一晃已有近十年了吧。”

“差不多吧。”

“时光已走过了十年，可我自己在地上爬了没有几尺。回头望望，我甚至连自己都怀疑起来。”

“你怎么还说些小孩子般的话。这是当然了。”

“太遗憾了。”

“你遗憾什么？”

“我永远都达不到修行的顶峰。”

“修行，修行，你的嘴上老挂着这两个字，怎么能成功？”

“那就索性放弃？”

“没用，立刻就会恢复老样子。而且，比那些从一开始便不懂事的无知者还难以救药，甚至会成为人渣。”

“一松手就会滑落深渊，可爬又爬不上去，我现在正挣扎在绝壁的中间。无论是剑，还是我自己。”

“问题就在这儿。”

“大师，为了等待与您见面的这一天，我不知等了有多少日子。我该怎么办？我该怎么做才能从现在的迷惘和无为中解脱出来？”

“这种事我怎么知道。只能靠你自己。”

“请把我和又八一同置于您的膝下，斥责一声吧。要不就棒喝一声，痛斥我一声，让我从无为中清醒过来。大师，求您了。”

武藏的脸几乎要贴到地上，哀求不已。虽然眼泪并未流出来，声音却呜咽了。苦闷的呜咽在悲痛地敲打着人的耳朵。

可是，愚堂似乎毫不感动。他默默地离开小佛堂，“又八。过来。”他只丢下这么一句，便在前面走了起来。

十

“大师。”武藏起身追了过去，抓住愚堂的袖子，仍祈求一言之教。

愚堂默默地挥起拳头，可武藏仍不松手，愚堂便说道：“无一物。”然后顿了一下，又道：“什么也没有。我没有任何东西可施与你。有的只是呵斥。”说着举起拳头，一副真的要打的样子。

武藏松开手还想说些什么，可愚堂早已急匆匆地向前走去，连头都没有回。

武藏茫然地目送着他离去的背影，留在后面的又八则匆匆安慰他道：“大师似乎不喜欢啰唆。刚才来到寺里后，当我告诉他你的事情，并说了我自己的心情，求他收为弟子时，他竟听都没怎么听就说‘是吗，那你先给我系一阵子草鞋绳再说吧’。所以你最好也别絮叨，默默地从后面跟着就是。趁他心情好的时候，再多问几遍试试。”

这时，愚堂在远处停下脚步，喊起又八来。又八一面大声地回答“是”，一面又丢下一句：“听明白了没有？照我说的试试。”慌忙朝愚堂的身后追去。

愚堂似乎很中意又八，已获准被收为弟子的又八令武藏十分羡慕。他不禁反省起又八的单纯和自己的不坦率来。

“对。任凭大师说什么——”武藏顿时点燃了浑身的热血。即使那愤怒的拳头落在自己脸上，也要讨得一言之教诲，否则，自己就再也不会有这样的机会了。天地悠悠，在数万年的历史长河中，六七十年的人生如闪电一样短暂。在这短暂的一生中，再也没有比得遇难遇之人更珍贵的事情了。

“一定要抓住这珍贵的机缘。”武藏满含热泪地凝望着愚堂禅师远去的身影。他暗暗下定决心，决不放过这近在眼前的机缘。无论跟到哪里，不得到一言之教誓不罢休！

武藏立刻加快脚步追赶起来，朝着愚堂远去的方向跟去。

愚堂知道呢，还是不知道？总之，他并未回八帖寺，恐怕他已再无回八帖寺的想法，早已把水和云当成自己的住处了吧。只见他上了东海道，朝京都而去。

愚堂若是住在小客栈里，武藏便睡在那小客栈的檐下。清晨，当看到又八为师父系草鞋绳的身影时，武藏不禁替朋友而高兴。而愚堂，即使看到武藏的身影也不睬一眼。

可是，武藏并不气馁。他反倒离得更远，以免让愚堂看着心烦，仍旧每天都追慕在其身后。至于那天夜里被他径直留在冈崎陋巷里的那间茅屋、那个书桌、那半截竹筒里的插花，还有邻家的老板娘、姑娘们的眼神、藩中人的怨恨纠葛，一切都已被他抛到了脑后。

圆

一

京都，已越来越近了。想来，愚堂一定是要去往京都吧。花园妙心寺本就是他的总本山。至于何时才能到达京都，这就完全要看他的心情了。

在被雨封在客栈里出不了门的日子里，武藏每每往里窥探，总会看到又八在给愚堂针灸。

他们已来到美浓。在大仙寺待了有七天之多，在彦根的禅寺也住了好几日。禅师住客栈，武藏也住客栈附近。禅师住寺院，武藏便睡在山门。他在什么地方都能入睡，一门心思等待着从禅师口中获得一言之教的良机。不，不是等待，是在苦苦追寻这机会。

睡在湖畔寺院山门的那晚，武藏感知到秋天的降临。不觉间已是秋天了。再看看自己，已完全变成了一名乞丐。在得到禅师的心药之前，他发誓不梳理蓬乱的长发，不洗澡也不剃须，任凭雨露打湿自己的衣服。他的胳膊和胸膛也干巴巴的，摸上去像松树皮一样粗糙。

一吹即落般的星星，是秋已到来的征兆。一枚草席便是自己的归宿。

“我到底在犯什么傻？”武藏忽然冷冷地嘲笑起自己发疯般的心情来。我究竟要知道什么？到底要向禅师求什么？倘若不如此追求，就无法生活了吗？他可怜起自己来，甚至可怜起寄生在自己愚钝之身上的虱子。

面对苦求的自己，禅师已明确回绝。他已经说了：无一物。向人强求并没有的东西，这也实在是勉为其难。无论自己再怎么追随，禅师也只把自己当成路边的狗一样睬都不睬一眼，可即便如此，自己也没有理由憎恨禅师。

武藏透过须髯望着月亮。不知何时，一轮秋月已挂在山门之上。四周仍有蚊子，他的皮肤甚至已感知不到蚊子的叮咬。可是，被叮咬之后的皮肤会形成血肿，形成无数芝麻粒般的肿包。

“啊，想不明白。”解不开的心结只有一个。只要将其解开，那郁结的剑，还有其他一切都会迎刃而解，可他怎么也解不开。倘若自己的道业就此终结，还不如死了好。找不到活着的意义，让他寝食难安。

那么，武藏想不开的究竟是什么呢？是剑的修为？不全是。是处世的方向？也不止如此。是阿通的问题？不，若是只为恋情，一个男人不会如此消瘦和憔悴。这是一个包容一切的大问题。可是，如果从天地之大来看，或许，这又只是沧海一粟般的小事。

武藏把草席裹在身上，像结草虫一样卧在石头上。又八睡得如何？感觉不到痛苦的又八跟因为痛苦而追赶痛苦的自己两相比较，他竟忽然羡慕起又八来。

不知看到了什么，不久，武藏站了起来，凝望着山门的柱子。

二

武藏久久地凝望着挂在山门柱子上的一副长联。借着月光，他读起那两根柱子上的文字来：汝等请务其本，白云感百丈大功，虎丘叹白云遗训，先规如兹，切莫误摘叶寻枝。

这一定是这里开山大灯的遗训吧？切莫误摘叶寻枝——武藏反复回味着这一句。枝叶，对，世上只为细枝末叶而心烦的人何其多。自己也是其中的一个。想到这里，他顿觉浑身轻松。

为什么追求剑人合一的剑法就无法大成呢？为何就不能心无旁骛呢？为何就做不到心静如水呢？那件事？这件事？不需要左顾右盼。一条道走下去就行了，为何还要瞻前顾后？！

道理虽是这样，可正是因为这一条道已无法再走下去，自己才心生旁骛，才被摘叶寻枝这种愚蠢的焦躁所困扰。

怎样才能打开这种僵局呢，如何才能进入核心并打破这个核心呢？

自笑十年行脚事，瘦藤破笠扣禅扉，原来佛法无多子，吃饭吃茶又着衣。这是愚堂禅师自嘲之作的一个偈子。

武藏现在想了起来。自己也正好是那年龄。慕愚堂禅师的大名初次赴妙心寺造访时，愚堂突然大喝一声：你究竟有何见地，要来作愚堂的门中客？简直要踹出来似的把自己轰了出来。后来，或许是自己的某些方面得到了愚堂的认可，便被允许入室，可有一次，愚堂竟将前面的诗展示给自己，并嘲笑说，修行，修行，你的嘴上老挂着这两个字，怎么能成功？

自笑十年行脚事。愚堂早就在十年前教给自己了，看到十年之后的自己仍彷徨在“道”上，他一定觉得自己是一个难以救赎的蠢物而唾弃自己了吧。

武藏呆呆地站着，再也无心睡觉，便绕着山门转了起来。

这时，夜半的寺院中忽然有人走了出来。武藏无意间抬头一看，竟是带着又八的愚堂。脚步比任何时候都急。莫非本山那边出了急事要匆匆赶回京都？他们拒绝了寺里人的送行，径直过濑田大桥而去。

武藏当然不会就此错过。“若落在后面就糟了。”于是他追赶着银白月光下的身影，无尽地追慕而去。

三

临街的房子全陷入了沉睡。白天时看到的那大津绘屋、混杂的客栈、药店的招牌，也全都关门闭户，在空无一人的深夜街道上，只有白亮的月光投下。这儿是大津的市镇。不过，眨眼间这里也被抛在身后。道路变成了爬坡。夜雾静静地笼罩在三井寺和世喜寺的山上。路上的行人很少，几乎没有。

不久，武藏来到山岭上。前面的愚堂已停了下来，正与又八说着什么，仰望着月亮歇息。

前方便是京都。倘若回头望望，琵琶湖已尽收眼底。除了一轮淡月之外，天地全是一色，夜雾中的大海正映着云母光。

武藏稍迟一步登上山顶。没想到愚堂和又八竟停下了脚步，当近在咫尺地望着二人的身影，看到对方也在凝望着自己时，武藏不由得愣住了。

愚堂无言，武藏也无语。事实上，这种无言的对视已不知是第几十天了。

“机会就在眼前。”武藏顿时反应过来。京都已近在咫尺。一旦禅师躲进妙心寺的禅洞里，自己就算再等上几十日也未必有接近的机会。

“喂！”他终于喊了起来。可是他思虑过度，结果胸腔膨胀，声音阻塞，正如一个孩子欲对父母说出难言之隐时的恐惧一样，竟畏畏缩缩地不敢上前了。

什么事——对方连这么一句都没有问。有如涂过干漆一样的愚堂脸上，只有两只眼睛是白色的，憎恨般地盯着武藏的身影。

“喂，大师……”第二次喊起来的时候，武藏甚至已无法分辨前后方向。他只觉得自己像一个痛苦燃烧的火球一样滚了过去，扑倒在愚堂脚下。

“赐我一言！赐我一言！”只说了这一句后，他便脸伏在大地上，再也不起。然后，他全神贯注地用全身的力量等待着对方的一言，可一直，一直都没有回应。

武藏终于等不下去，今晚一定要把心中的疑问弄清楚，可他正要开口时——

“我早就知道了。”愚堂这才开口，“又八每晚都会跟我说，我已经全知道了。连那女人的事也知道了。”

最后的一句让武藏只觉得如同被泼了一盆冷水，连脸都抬不起来了。

“又八，借我棒子一用。”

愚堂说着，接过又八捡起的木棒。武藏早已做好头上要挨三十棒的思想准备，闭上眼睛。可是，木棒并未朝他的头上打来，而是在他所跪坐的周围画起圈来。

愚堂用木棒在地上画了一个大大的圆，武藏正处在圆的中央。

四

“走。”愚堂丢下棒子，催促着又八头也不回地走去。

武藏再次被留了下来。与在冈崎时不同，到了这一步后，他终于愤怒了。对于一个心情惨淡，苦行修炼，数十日真心求教的晚辈，这样太不仁慈了。残酷无情，不，简直是太愚弄人了！

“臭和尚。”武藏瞪着远方，愤然地咬着嘴唇。上次说的“无一物”，便是和尚惯用的骗人把戏，还煞有介事地说是什么绝无的头脑——空空如也的头脑云云。

"好，走着瞧。"从此以后再不求他。世上哪里有什么可以仰仗的师父，这种想法是错误的，武藏甚至为自己一贯的想法而后悔。自力更生，除此之外别无他道。总之，他是人，自己也是人，无数的先哲也全都是人，自己用不着再去求他。

武藏忽然愤怒地站了起来。虽然仍在睨视着远处的月亮，可渐渐地，他眼中的火焰冷却下来，视线也自然地返回到自己的身上和脚下。

"咦？"他站在原地，不禁环视起四周。他发现了立在圆中央的自己。"借我棒子一用"，他想起了愚堂刚才说的话。当愚堂把木棒戳在地上时，他还以为是要向自己打来呢，没想到竟是在自己周围画了个圆圈，武藏这才意识到。

"什么圆呢？"武藏一动不动地思索起来。

圆——圆——无论怎么看，圆线始终都是圆的。没有尽头，没有曲折，没有穷极，没有迷惘。若把这圆在乾坤中展开，便会成为天地。若将这个圆缩小，就会变成自己这一点。自己是圆，天地也是圆，二者是同一物。

啪！武藏忽然右手拔出一把刀，立在圆中凝视。只见自己的影子形状就像日语片假名的"**才**"字一样映在地上，而天地之圆仍庄严存在。既然没有两个不同的异物，自己的身体也应该是同一的道理，只是影子以不同的样子映出来而已。

"影子——"武藏望着自己的影子，影子并非自己的实体，自觉日暮途穷的道业壁垒也是影子，是自感走到尽头的心的影子。

"哈！"他剑劈长空。虽然左手划过的短刀的影子看上去变了，可天地之象仍未变化。二刀即一刀，即是圆。

"啊……"武藏顿觉开悟。抬头一看，月亮就在天空。圆满的月轮既能看成是剑相，也能看成是渡世的心体。

"噢！大师！"武藏忽然如疾风一样奔跑起来，追赶着愚堂。

不过，他已经对愚堂没有任何希求了，只是想为一时的憎恨说一声歉意。

可是，他却打消了这念头。

“这也是枝叶……”就在他茫然地伫立在蹴上一带时，京都各街市的屋顶和加茂之水已隐隐地从浓雾之中现出轮廓。

饰磨染

一

当武藏和又八离开冈崎，伴随着秋天的到来转往京都之时，伊织则正被长冈佐渡从海路带往丰前，佐佐木小次郎也搭乘同一艘船，正在返回小仓的途中。

阿杉则在去年小次郎从江户赶赴小仓之际与他同行了一程，然后为了处理家事和做法事，返回了美作的老家。

泽庵也离开了江户，听说，最近似乎在但马的老家。

如此，以上这些人的足迹和下落便在今秋时大致有了眉目，至今仍杳无音讯的，便是那在奈良井大藏逃亡后也断绝了消息的城太郎。

朱实又如何呢？她也同样，没有一点消息。

当前还有性命之忧的则是那被押到九度山的梦想权之助，不过，只要伊织向长冈佐渡透露一下此事，让佐渡交涉一下，总能找到搭救的办法。当然，倘若在此之前权之助就被当成“关东的间谍”而被九度山的人杀死，那自然就没了搭救和交涉的余地。不过，以幸村父子的聪明过人来看，权之助的嫌疑恐怕当即便会洗清，或许，如今的他早已恢复了自由之身，反倒正在担心和寻找着伊织呢。

不过，这里还有一个人。身家虽平安无事，命运却令人担忧。即使抛下上面所提的任何人，也得先讲一讲此人才行。不用说，此人自然便是阿通。这个因为有了武藏才有了生命和希望的女人，仍在执着地走着女人该走的道路。在离开柳生城后，她又在路人怀疑的眼光中，把自己那行将错过出嫁妙龄的落单鸳鸯般的孑然一身徒然地推上了旅途。在这个秋天，她究竟在何处凝望着武藏也在同时凝望的月亮呢？

“阿通姑娘，你在吗？”

“我在。哪一位？”

“万兵卫。”说话的万兵卫隔着镶嵌着白色牡蛎贝壳的篱笆伸过脸来。

“是麻店老板啊。”

“你总是那么勤快。尽管我并不忍心打扰你做活，可有件事……”

“快请进吧。推开柴门进来吧。”说着，阿通抬起被靛青染蓝的手，把盖在头发上的手巾轻轻取了下来。

这里是播州饰磨湾的一个渔村，志贺磨川在入海处形成了一片三角形的河口，这个渔村就位于河口处。不过，阿通现在所待的地方并不是渔家，而是一看那晾晒在松树枝和竹竿上的染成蓝色的布匹就知道是染坊的院子里，这染坊平素以染藏青色布匹为业，人称“饰磨染”。

二

像这种小染坊，在这海边的村落里有好多家。他们采用一种叫“捣染”的方法染布，即把染过多次的蓝布放在臼里，反复用杵来捣。据说这里的蓝布即使穿到线都烂了也不会褪色，因而远销诸国。

手持杵在臼里捣蓝布是年轻姑娘们的活计，染坊的篱笆里面，经常会有歌声飘至海边。听听她们的歌声就能知道哪些姑娘的心上人就在那年轻水手之中，村里人经常这么说。

不过，阿通却从来不唱。她来到这里时已是夏季前后，还不很熟悉捣杵的工作。现在想来，夏天时曾在烈日中头也不回地穿过泉州堺港小林太郎左卫门的店前，朝码头方向走去的那位旅行的女子，当时伊织只看到背影的那名女子，或许真的就是阿通。因为当时阿通正好从堺港的码头搭船去赤间关，船在饰磨靠岸时便下船来到了这里。

倘真是这样，就太可惜了。被命运捉弄的人，实在太可怜了。她所搭乘的船无疑是太郎左卫门的船只。或许日期并不相同，可同样从堺港码头出海的太郎左卫门的船之后便搭载了细川家的家士。长冈佐渡、伊织和岩流佐佐木小次郎都在走着同一条海路。

虽然与岩流和佐渡等人即使打了照面也会在不知不觉间错过，可为什么偏偏就把伊织给错过了呢？明明任何船只都会在饰磨湾靠岸。亲姐姐！到处寻找亲姐姐的伊织就这样错过了，尽管船只在同一个海边靠了岸。不，也可以说根本就不可能遇上。由于细川家的家臣乘了船，船头和船中间的席位周围全都围上了帷幕，普通的商人、农民、香客、僧侣、艺人等则全都被隔到了箱子一般的船底，连窥都窥不见。而且到了饰磨后，阿通下船时也是黎明那十分昏暗的时候，伊织当然无从知道。

饰磨是阿通乳母的故乡。从她来到这里一事来推测，当她春天离开柳生赶往江户的时候，武藏和泽庵都已经离开江户了，她简单造访了柳生家和北条家，问过武藏的消息后，为了能够再次与武藏见面，她又执着地踏上了旅程，从春天走到夏天，后来终于来到了这里。这里离姬路的城下很近，距离她成长的美作吉野乡也不算远。在七宝寺时曾哺育过自己的乳母便是这饰磨染坊家的妻子。于是她便心血来潮栖身在这里，只是由于离吉野乡很近，她未曾外出过。

乳母已年近五十，膝下却无一儿半女，家里又穷，阿通不忍心闲着，于是决定一面帮乳母做捣杵的工作，一面看看能否从距此不远的中国街道的传言中打探到武藏的消息。于是，她将自己从未唱出来的多年的“难圆之恋”埋在心底，在秋日下的染坊院子里，每天都在默默地拿着杵，边捣边思念自己的心上人。

就在这时，迎来了说是有事造访的万兵卫——附近一家麻店的老板。

什么事呢？阿通在水槽里洗了洗被染蓝的手，顺便也擦了擦那有点汗津津的俊俏的额头。

三

“真不巧，大婶出去了，请进来坐吧。”

阿通就要将客人往主屋的走廊请，万兵卫连忙摆摆手，说道：“不了不了。我不会久待的。我也很忙啊。”于是，他便站着说道：“阿通姑娘是在作州的吉野乡长大的吧？我长年从竹山城城下的宫本村去下庄一带收麻，最近，忽然在那儿听到一个传闻。”

“传闻？谁的传闻？”

“你的啊。”

“呃……”

“还有。”万兵卫笑嘻嘻地又说道，“还有宫本村一个叫武藏的人的消息。“

“哎，武藏先生？”

“看看，你连脸色都变了吧？呵呵呵。”

秋日映得万兵卫的头油光光的。看来是很热，万兵卫将折叠的手巾搭在脑门上，说道：“你知道阿吟小姐吧？”说着，他在地上蹲了下来。

阿通也在被靛青染蓝的布桶旁蹲下。“您所说的阿吟小姐，指的是……武藏先生的姐姐？”

“没错。”万兵卫使劲点点头，又道，“我在佐用的三日月村见到了阿吟小姐，偶然间谈到了你，结果把她吓了一跳。”

“那您有没有把我在这里的事告诉她？”

“告诉了，这又不是什么坏事。有一次这染坊的大婶还求过我呢，说如果在宫本村打听到武藏先生的消息，可千万要告诉她。结果我在路边遇到阿吟小姐，就主动和她攀谈起来。”

“阿吟小姐现在在哪里？”

“说是平田某某家，名字我忘了，说是在三日月村的一个乡士家。”

“是亲戚家吗？”

“大概……是吧。这些倒无所谓，阿吟小姐说她心里也攒了不少话，也想找个人偷偷倾诉一下。最主要的是思念你，想跟你见一面，后来，她竟忘记了是在路边，差点哭起来……”

阿通也忽然红了眼睛。听到心上人姐姐的消息，她便倍觉怀念，对故乡的回忆也一下涌上了心头。

“只是不巧的是，在路边也没法写信，于是她便说最近一定要到三日月村的平田家去找她。虽然她自己也很想过来，可是事情很多脱不开身……”

“要我去？”

“呃，具体情况倒是没说，她只说武藏先生不时有来信。”

阿通一听，恨不得立刻就去，可自从寄身在这染坊后，乳母为自己操心不少，又经常开导自己，若是背着乳母答应下来实在不妥，便对万兵卫说道：“至于能不能去，晚上前我再给您回信。”

万兵卫劝说最好一定去，若是明天能去，自己也正好去佐用做生意，最是方便不过了。

篱笆外，如油一般发亮的大海正在秋日下不断发出慵懒的波涛声。而此时，一名年轻武士正背靠篱笆，面对大海，抱着膝盖，呆呆地沉思着什么。

四

年轻武士看上去也就十八九岁，还未二十出头。一身凛凛的装束，大概是距此只有一里半的姬路城的人吧，一定是池田家藩士的儿子。难不成是来钓鱼的？可是他并没有携带鱼篓和钓竿之类。从刚才起他便背靠着染坊的篱笆墙，坐在沙子很多的崖上，不时地抓着沙子玩。由此看来，此人身上还带着些孩子气。

“那，阿通姑娘。”篱笆中又传来万兵卫的声音，“傍晚你能给我回信吗？你若是去，我明早就早早动身。时间上正合适。”

沙滩上除了拍岸的海涛声，一片空旷静谧。万兵卫的声音因而显得更加清晰。

“好的，傍晚之前我给您回信。谢谢您的好意。”就连阿通那低低的声音都听得十分清楚。

万兵卫打开柴门出去后，坐在篱笆后面的年轻武士忽然站起身，目送万兵卫的离去，似乎在确认什么。

不过，由于年轻武士的脸被银杏状的草笠遮挡了起来，所以，那张脸上究竟是什么表情，从一旁无法窥见。奇怪的是，目送万兵卫离开之后，他又频频地窥探起篱笆内来。

咚，咚，里面又响起杵声。阿通似乎什么都没有察觉，等万卫兵回去后，她又捣起臼中的蓝布来。别处染坊的院子里也传来同样的捣杵声和染坊姑娘的甜美歌声。阿通的杵声比刚才更加有力。我的心中恋，越染色越深，不及饰磨染，胜似饰磨染。虽然她嘴上并没有唱，心里却不由得唱起一首似乎是出自《词花集》中的恋歌。

既然阿吟小姐那边都收到武藏先生的来信了，所以，只要见到她，恋人的消息自然也就有眉目了。彼此都是女人，见着阿吟小姐后也能坦陈自己的心声。她是武藏的亲姐姐，一定会把自己当成亲妹妹一样来倾听吧。

想着想着，阿通手中的杵也不由得慢了下来。可是，这种久违的幸福心情，正如《堀川百首》中“才辞播磨滩上恨，今宵又宿逢松原”传达的心情一样，连那看上去总充满悲情的灰色大海今天都变得亮丽起来，璀璨的波光映着睫毛，仿佛正在拍打着希望的波浪。

她把捣好的布晾在高高的竹竿上，心情愈发好了起来，不觉间从万兵卫未闭上的柴门里探出头，忘情地凝望起大海来。于是，便见一个头戴草笠的身影迎着白色的潮风，慢吞吞地朝海滩边走去。

阿通不由得目送那身影离去，这并非是因她想起了什么。因为，除了这人影之外，她的眼前就只有一片连一只海鸟都看不见的大海。

五

看来是跟染坊的大婶商量了，跟万兵卫也约好了，次日一大早，“那就有劳您了。”阿通便到麻店叫上了万兵卫，在万兵卫的陪伴下从饰磨的渔村起程。

说是起程，也不过是从饰磨到佐用乡的三日月村而已。即使是女人步行，只需住一夜便可轻松赶到。二人迎着北面的姬路城方向，朝龙野大道走去。

“阿通姑娘，你腿脚挺有劲嘛。”

“是啊，我早已习惯旅行了。”

“我听说你都到过江户。你可真能干，一个女人竟能一口气走到那里。”

“染坊的大婶连这些事都说了？”

“我什么都听说了。就连宫本村那边都在谈论你呢。”

“太丢人了！”

“这有什么丢人的？为了心上人而毕生追慕，这种心情实在可敬可佩。不过，阿通姑娘，你可别怪我说话难听，那武藏先生也实在有点薄情寡义。”

“事情并不是这样的。”

“那你一点都不恨他？哎呀，那你就越发可怜了。”

“他只是一门心思走他的修行之路而已……割不断的倒是我。”

“你是说过错在你？”

“是我对不起他。”

“唔……真想让你把这话也说给我老婆听听啊。女人就得是这样才对。”

“阿吟小姐还没有嫁到别处，还住在亲戚家吗？”

“这个……怎么说呢。”万兵卫连忙岔开话来，说道，“那边有家茶店，咱们休息一下吧。”说着便走进路边的茶店，喝起茶，打开便当。

“哟，饰磨的那个。”一看到万兵卫，路过的赶马人和搬运工们顿时毫不拘束地跟他打起招呼来，“今天不去半田的赌场了？上次全让你麻万给赢去了，大家可全都恨得牙痒痒呢。”

“今天不用马。”万兵卫前言不搭后语地应了一句，慌忙起身，说道：“阿通姑娘，走吧。”说着便出了茶店。

赶马人们仍在身后嘲笑个不停：“怪不得今天这么冷淡呢，敢情跟这么个漂亮姑娘在一块儿啊。”“小子，看我不告诉你老婆。”“哈哈哈，连腔都不敢搭了。”

饰磨的麻商万兵卫，虽说只开了家不值一提的小店，可他从四邻的乡里收购麻，再卖给渔民的女儿和女人们做副业，加工成帆绳或网制品之类，怎么说也算得上一个老板，却被街头的壮工们像哥们儿一样如此亲密地取笑，实在令人诧异。

或许万兵卫也有些不安，走出两三町后，似乎在回应阿通的疑虑般咕哝起来：“一群难缠的家伙。每次都雇他们驮货，竟没大没小地胡乱开起玩笑来。”

可是，万兵卫没有注意到，比起这群赶马人来，一个更需他注意的人已从刚刚休息过的茶店附近尾随而来，是昨天在海滨的那个头戴粗草笠的年轻武士。

风信

一

昨晚住在了龙野，万兵卫的热情一如从前，路上也没什么变故。今天抵达佐用的三日月村时，已经日薄西山，接近黄昏。

“万兵卫先生，”大概是走累了，阿通喊起默默地走在前头的同伴来，“这儿不就是三日月村吗？翻过那座山马上就是赞甘的宫本村了。”阿通独自在后面发着牢骚。

万兵卫也止下步来，说道：“啊，宫本村和七宝寺都在山那边。你一定很怀念吧。”

阿通并没有点头，只是默默地望着渐浓的暮色中那黑黢黢连成一线的山的轮廓。没有那该有之人的山河太过落寞了。

“再走一点就到了。阿通姑娘，你累了吗？”万兵卫又走了起来。

阿通也跟着走起来。“哪能呢，倒是把您给累坏了吧。”

“没什么，我做生意一直走这条路。”

“阿吟小姐所在的乡士家在哪里？”

“就在那边。”万兵卫指指前面，说道，“阿吟小姐也一定在苦苦等待。再加把劲吧。”于是他又加快了脚步。

不久便来到山边，到处都是人家。由于这儿是龙野大道的一处驿站，虽然没有市镇那样多的户数，不过路两边也能看到几处小饭馆、赶马人的揽客处和便宜的客栈。

万兵卫到这儿后仍没有停下，径直穿了过去，说道:“前面是段坡路，小心点。”说着，便登上石阶往山的方向走了起来。

这不是杉林中的村社里面吗？凄冷的小鸟叫声不禁让阿通忽然产生了掉进险境的感觉。“万兵卫先生，您是不是搞错路了？这一带连户人家也看不到啊。”

“在我去告诉阿吟小姐之前，你就先在佛堂的走廊休息一下吧，就是有点凄凉。”

“您要把阿吟小姐叫来？”

“我忘了告诉你了，阿吟小姐说，你拜访的时候，万一家里正巧来了不方便的客人就不好了，所以……她就住在这片树林子后面。我马上就把她给你叫来，你先稍等一下。”

杉林中已十分昏暗。只见万兵卫穿过林间小道，急匆匆离去。生性就不会怀疑别人的阿通，此时仍未对万兵卫的举动起疑。她乖乖地坐在佛堂的走廊上，凝望着傍晚的天空。夜色越来越浓。当她无意间将视线落下，才注意到一缕昏暗的秋风拂过，飘落在佛堂走廊的叶子忽然飞舞起来，有两三片落在自己的膝盖上。她捏起其中一片，一面在手里把玩，一面耐心地等待。

这少女般的样子究竟是愚蠢还是单纯呢？此时，有人在佛堂的后面望着她的身影嘿嘿窃笑。

二

阿通吓了一跳，猛地从佛堂的走廊里躲开。正因为她从无防人之心，一旦遇到意外，她更容易受到惊吓，反应也比一般人更强烈。

“阿通，别动！”笑声在佛堂后消失的一瞬，另一个尖利的、透着种无名恐怖的老太婆的沙哑声音也从同样的地方传来。

“啊！”阿通不由得用两手捂住耳朵。既然如此害怕，那就该立即逃跑才是，可她没有这样做，只是惊呆在原地，仿佛被雷鸣给吓傻了，浑身哆嗦个不停。

这时，小佛堂后面又现出数个人影，往佛堂前走去。即使闭上眼睛捂上耳朵，阿通也能辨认出其中一个凶神恶煞的人物——是她做梦都会梦见的那个白头发阿杉。

“万兵卫，辛苦了。待会儿再谢你。好，各位，趁着她还没有喊出声来，赶紧把她的嘴堵住，给我抬到下庄的宅子去。”阿杉手指着阿通，像断狱的阎王似的在下着命令。

其他四五人全都是乡士模样的男子，看来是阿杉的族人。阿杉一声令下，众人顿时答应一声，如狼似虎地扑向阿通，将她五花大绑起来。“抄近道。快！”他们抬着阿通便跑了起来。

阿杉微笑着目送几个人离去后，暂时留了下来。大概是为了付给万兵卫约定的好处费吧。只见她从衣带中拿出早就准备好的钱，交给万兵卫。“干得不错，成功地把她骗了出来。我刚才还一直担心能不能成功呢。”阿杉一面夸奖，一面又叮嘱道：“千万不要让人知道。”

万兵卫清点了一下钱数，一脸满足地说道：“这哪是我的功劳，还不全是老婆婆您的锦囊妙计。还有，阿通那丑女人做梦都不会想到，您老人家竟回到了故乡……”

“真让人解气。看到没有，阿通刚才吓成了什么样。”

“都吓傻了，连逃跑都不会了。哈哈哈……不过，回想起来，总觉得有种罪恶感。”

“有什么罪恶感，我一点都没有。”

“是啊，您的深仇大恨早就听过了。”

“对了。我也不能在此久留。以后有空到我下庄的宅子来玩。”

“老婆婆，那我告辞了。那边的小道不好走，小心脚下。”

“你也把嘴捂严实点，不要跟人乱说。”

“是是。我万兵卫的嘴巴紧着呢，放心吧。这些您只管放心……”

说着，万兵卫便与阿杉分别，可他的脚刚试探着踏上昏暗的石阶，立刻便“啊”地喊了一声，扑通一下倒在地上。

阿杉回头一看，“怎么了？那不是万兵卫吗？万兵卫……”她连忙朝着地上大喊。

三

不可能回答她了，万兵卫已经断气了。

“啊？”阿杉倒吸一口凉气，忽然在万兵卫横躺的一侧发现了一个人影。刀，沾满血迹的太刀，正明晃晃地被那人提在手里。

“谁、谁？是谁？吐、吐出名来？”阿杉虚张声势，勉强挤出干涩的声音。

这阿杉已经一大把年纪了，却仍不改那虚张声势和恫吓的老毛病。不过，对方似乎早就熟悉了她这一套，在黑暗中晃了晃身子，微微耸耸肩膀。“是我。老太婆。”

“哎？”

“认不出来吗？”

“不认识。声音也没有听过。是打劫的吧？”

“哼。若是打劫，我也不会盯上你这样的穷老太婆啊。”

“那你是干什么的？这么说，你早就盯上我了？”

“没错。”

“找我？”

“少啰唆。若只是为了杀万兵卫之辈，我干吗吃饱了撑的要追到这三日月村来。我就是为了找你。”

“啊！”阿杉婆顿时高喊一声，身子一个踉跄，“你弄错人了吧？你到底是谁？我可是本位田家的遗孀，名叫阿杉。”

“噢，好熟悉的名字啊。我今天终于可以报仇了。老太婆，你以为我是谁？难道你忘了我城太郎不成？”

“城……城太郎？”

“岁月无情。你已经老了，而我正是盛年。真可怜，我已经不是那个任凭你摆布的鼻涕鬼了。”

“你……你真的是城太郎？”

“你折磨了我师父武藏多少年？师父可怜你是个老人，才不跟你计较，四处躲藏。你却不知好歹，四处诽谤，还跑到江户去散布谣言，不仅口口声声说要报仇，还妨碍师父的出仕。还有，你鬼迷心窍，连阿通姐都不放过，一有机会就追逼阿通姐。我还以为你是痛改前非，回乡隐居呢——没想到，你竟唆使万兵卫做你的同伙，妄图再次加害阿通姐。真恨不得杀了你，老太婆。一刀杀了你倒容易，不过，我城太郎如今已不再是流浪汉青木丹左之子。父亲丹左终于回到姬路城，自今春起，他已恢复以前的池田家藩士身份。为了不伤害父亲的名誉，我就留你一条老命。”说着，城太郎逼上前来。虽说要给阿杉留一条老命，不过，他右手所提的白刃仍未收回鞘中。

阿杉一面一步步往后退，一面寻找着逃走的机会。

四

见有隙可乘，阿杉顿时朝杉林小道上跑去，紧追不舍的城太郎纵身一跃，“哪里逃？”一下按住阿杉的脖子。

“你干什么？”虽然上了年纪，可倔强的性格如往昔，阿杉猛一回头，冷不丁地拔出短刀，猛地朝城太郎的侧腹捅去。

城太郎已不是从前的小孩子。他身子一闪，顺势把阿杉往前一推。

"啊，臭小子，算你狠！"阿杉婆顿时一头栽进草丛里，叫嚷起来。尽管头已经撞在地上，可她心目中那个鼻涕虫城太郎的印象仍没有改变。

"哈！"城太郎怒喝一声，一脚踩住阿杉那用力一踩便可踩折的后背，不费吹灰之力便将她胡乱挣扎的手反扭起来。城太郎也够心狠的，丝毫不觉得阿杉那咬牙切齿的样子可怜。虽然已过了儿童时代，个子也长高了，却仅仅是个子长高了而已，仍没有人把他当成大人来看。他大概已有十八九岁，虽然是个好青年，可思想仍很幼稚。心中充满了常年累积的憎恶。"该怎么处置呢？"

他把阿杉拖到佛堂前，丢在地上，然后脚踩在阿杉那仍不失斗志的瘦弱身体上，迷惑起来。杀也不是，饶她一命又不甘心，该怎么办呢？不，还有更重要的事，刚才在阿杉的指挥下，被五花大绑地押往什么下庄宅子的阿通姐才最令人担心呢。

那么，城太郎究竟是如何到这儿来的呢？说来话长。他无意间得知阿通在饰磨染坊一事，完全是与父亲丹左卫门一起居住在附近的姬路城的缘故。今年秋天，他经常到海滨奉行处出使，在数度往返之间，有一次竟无意间从篱笆墙的缝隙中看到了那熟悉的身影。

这么像——由于他一直对阿通比较留意，没想到竟在阿通危急之际与她邂逅。

这一定是神的指引，城太郎不禁感谢这意外的机缘，同时对无休止地迫害阿通的阿杉恨之入骨，已开始淡忘的仇恨又被重新唤醒。若不除掉这老太婆，阿通姐一辈子都无法安生。

想到这些，他一度产生了杀意。不过，父亲丹左好不容易才重返姬路城，而且，一旦跟那些原本就喜欢惹是生非的乡士们结下矛盾就不好了。在这些事情上城太郎还是能像大人一样思考的，于是他便决定，只要惩罚一下阿杉，然后再把阿通平安救出来就行了。

“唔。那边有个好隐蔽处。老太婆，过来。”

城太郎抓住阿杉的衣领想让她站起来，可阿杉死死抱住大地，不肯起身。“麻烦。”于是他一下夹起阿杉，朝佛堂后面奔去。那儿有一处建佛堂时削平的断崖面，下面有一个小洞穴，勉强能容一个人爬进爬出。

五

远处有隐约的灯火，大概是佐用的村落吧。山峦、桑田、河滩，全都笼罩在无尽的黑暗中，刚才所翻越的三日月山也沉浸在黑暗中。

几个人正脚踩碎石，沐着佐用川的水声前行。这时，“喂，等等”，后面的人忽然喊住前行的二人，“怎么回事，说好过一会儿就来的老婆婆怎么还没来？”

“唔，这么说来，应该早就追上来了啊。”

“就算不服老，可依着老婆婆的腿脚，爬坡总是很费力的。一定是耽误了时间。”

“那就在这儿歇一歇？还是赶到佐用之后，在二轩茶屋等她？”

“反正都是等，那就干脆在二轩茶屋喝一杯。拽着这么个累赘也够累的。”

于是，三人便沿着明晃晃的水影，正要蹚过浅水，这时，“喂——”远处的黑暗中传来喊声。三人回过头来，当他们竖起耳朵听时，“喂——”，第二次喊声已很近。

“是老婆婆吗？”

“不，不是。”

“谁呢？”

“是个男人。”

“不可能是喊我们的。”

“对。没人会喊我们。老婆婆也不会发出那样的声音。”

秋水像刀子一样冰冷。扑通，扑通，被赶进水中的阿通，更是觉得脚底冰冷彻骨。

这时，嗒嗒嗒，后面传来飞快奔跑的脚步声。当三人听到这声音的时候，追来的身影已经忽地来到三人的身旁。

“阿通姐！”来人一面喊着，哗哗哗地溅起一片片水花，一口气跑到了对岸。

“啊？”三名乡士边抖落溅在身上的水花，边围住阿通，呆立在浅水中。

先过河的城太郎站在他们正要上岸的河滩上，挡住去路。“站住。”他张开双手。

“你是什么人？”

“我是谁无所谓。你们要把阿通姐带到哪儿？”

“这么说，你是来救阿通的？”

“没错。”

“少管闲事，不然要你的命。”

“你们跟那老太婆都是一伙的吧？老太婆吩咐过了，把阿通姐交给我。”

“什么，老婆婆的吩咐？你说谎！”乡士们嘲笑起城太郎来。

六

“我没有说谎。不信你们看看这个。”城太郎挡在前面，塞给他们一张有阿杉婆笔迹的擦鼻涕纸。只见上面写道：

我落他手，现已无计可施，阿通之身暂且交还城太郎，然后回来带我走。

"这是什么？"三名乡士读完皱起眉头，从头到脚打量着城太郎，狐疑间，濡湿的脚已经站到了河岸上。

"看看就知道了。怎么，不认字吗？"

"住口！这上面所写的城太郎，看来就是你喽？"

"正是。在下青木城太郎。"

话音未落，"啊……城太郎！"阿通突然尖叫一声，往前一个趔趄。从刚才起，她就凝视着城太郎的身影，惊疑不已，听到城太郎自报家门，她顿时忘我地尖叫起来。

"塞嘴布松了，再重新塞塞。"应对城太郎的乡士朝后面吩咐一句，接着又道："不错，这的确是老婆婆的笔迹，不过，老婆婆所写的'回来带我走'是怎么回事？"

听他如此逼问，城太郎说道："她被我抓了当人质。"然后又一本正经地说道："只要你们交出阿通姐，我就告诉你们老太婆待在哪里。怎么，答不答应？"

看来，再怎么等阿杉也不会来了。三人相互使着眼色，分明没有把乳臭未干的城太郎放在眼里，说道："别开玩笑了。我们虽然不知道你是哪里的黄毛小子，不过，你知道我们是谁吗？下庄的本位田家，我想姬路城的藩士也该有所耳闻吧。"

"少啰唆！我只问你们答应还是不答应。如不答应，不过是将老太婆抛弃而已，让她在山上饿死就是。"

"好小子！"其中一人顿时跳了上来，扭住城太郎的手腕，另一人则握住刀柄，做出一副要杀人的架势。

"你再敢胡说八道，小心砍掉你的脑袋！你到底把老婆婆藏到哪儿了？"

“你们交出阿通姐吗？”

“不交。”

“那我也不说。”

“死活不说？”

“所以我才要你们交出阿通姐，如此双方都可相安无事。”

“呸，黄毛小子。”

扭住城太郎手腕的男子出脚就要绊倒城太郎。“哈！”城太郎却反借他的力量，隔着肩膀将他摔了出去。

可是，就在这一瞬间，城太郎也摔倒了，顿时捂住右大腿。“啊……”

原来，被摔出去的男子拔刀砍中了他的大腿。

七

城太郎知道摔人的方法，却不懂得摔人的道理。既然被摔的对手也是活人，那就不能只考虑将其摔出去。因为就在这一瞬间里，对方可能会拔刀，并且，对方即使是赤手空拳也可能会抱住你的腿。既然要把敌人摔出去，那就必须要在摔出他之前先考虑到这些，可城太郎却像摔青蛙似的，只是将那人摔倒在自己的脚下，身子也没有闪开，所以才会中敌人的招。

摔死你——就在他得意的瞬间，大腿附近已经被对方砍了一刀，结果他也同时捂着伤口倒在地上。所幸伤口很浅，城太郎顿时跳了起来，对方也站了起来。

“别杀他。捉活的！”顿时，另外两个乡士大喝一声，与正面的同伙合力，从三面朝城太郎包围过来。他们有所顾忌或许也是因为，一旦杀了城太郎，他们便无法知道阿杉藏在何处，以及是如何被抓为人质的了吧。

同样，城太郎也不想与这些纠缠的乡士们拼命。考虑到藩里的影响，他不想连累父亲。

不过，事情的发展有时并非是由一厢情愿的自己所能控制的。尤其是这种三打一的格斗，只身一人的一方容易冲破愤怒的堤口，城太郎自然也被血冲昏了头脑。

“让你狗咬耗子。”“可恨的家伙。”“看你还敢不敢。”三个人顿时一顿拳打脚踢。

眼看就要被对方摁住时，“哈！”城太郎从自己刚才的疏忽大意中受到启发，也来了个出其不意，猛地拔出短刀朝正扑上来的一个男子腹部扎去。

“嗤！”仿佛把手伸进了腌梅桶里一样，城太郎的刀柄到半个肩膀顿时全变成了红色，此时，他的大脑已经空了。“浑蛋，你也吃我一刀。”他一站起来便朝另一人迎面砍了下去，刀刃碰到骨头后斜着削了出去，生鱼片般的肉顿时从刀尖上飞出。

“你……你砍我！”虽然对手大喊起来，可连拔刀都来不及了。正由于过度相信三人的力量，才招致了如此的狼狈。

“来吧。来吧。”城太郎像念咒语似的，每砍一刀便狂喊一声，把剩下的二人当成敌人拼命杀了上去。

他没有刀法，因为他从未像伊织那样接受武藏传授的刀法基本功。可是，他的见血不惊，以及与年龄不符的持刀时的从容和残暴，恐怕便是跟他在黑暗中共同行动了两三年的奈良井大藏所训练的结果吧。

乡士一伙，虽说是两个人，可其中一人已经负伤，不由得血性大发。而城太郎的大腿上也洒落着鲜血，真是一场你死我活的惨烈对决。

若是放任不管，他们不是两败俱伤就是城太郎被对方剁成肉酱。阿通完全忘记了自己，没命地在河滩上狂奔，一面试图解脱被绑起来的不听使唤的双手，一面朝黑暗中狂喊，祈祷着神的救援。“快来人啊。快救救他吧，救救那个正在跟人厮杀的年轻武士吧！”

八

可是，无论她如何呼号，如何奔跑，眼前除了那无尽的暗夜、呜咽的河流和吹过虚空的风声，没有一个人回答她。这时，懦弱的她终于意识到自己的力量。她忽然想到，在呼救之前，为什么不拿出自己的力量来试试看呢?

“嗤！”她在河滩上坐下来，在石头的棱角上磨起绑在自己手上的绳子。那只是乡士们在路边随意捡来的草绳，眨眼间便磨断了。

阿通顿时抓起两把小石头，径直朝城太郎与两名乡士厮杀的地方奔去。“城太郎！”阿通一面喊，一面把石头朝城太郎对手的脸上扔去。“我也在这儿呢！不用怕！”说着又扔了一块。“城太郎，挺住！”嗖，又丢了一块。

可是，三块石头都没有打中对手，全打空了。她急忙又捡起石头。

这时，一名乡士大喊一声:“啊，你这臭娘们。”说着便从城太郎那边跳开，抡起刀背就要朝她的后背砸下去。

“住手！”城太郎随即追了上来。就在那名乡士就要抡刀的一瞬间，“去死吧！”城太郎的拳头已直接顶在乡土的背上。原来，他直刺而入的短刀已经刺穿了对方的后背，只剩刀护手和拳头留在外面。

实在是骇人的一刀，可同时城太郎的短刀却拔不出来了。倘若另一名乡士趁他慌乱之际，突然扑过来，结果将可想而知。可是，那一名乡士刚才已经负伤在身，看到自己所依靠的这位同伴一命呜呼，顿时变得狼狈。

再抬头一看，这名男子已经像瘸腿的螳螂一样，踉踉跄跄地朝远处逃去。城太郎见状，也从狼狈中摆脱出来。他立刻用脚踩住尸体，使劲把刀拔了出来。

“站住！”他当然想去追，此刻的他已经破罐子破摔，想追上再给对手一刀。可这时，阿通紧紧抱住了他，呼喊起来：“住手……住手！放过那个逃跑者。他已经都伤成那样了，你就放他一马吧。”

她的声音犹如庇护自己的骨肉一样真诚，城太郎不禁愣住了。为什么要庇护折磨自己的人呢？他甚至怀疑起阿通的心理来。

“先别管他了，我想先听听你后来的种种经历，我也想跟你说说。城太郎，咱们赶紧离开这儿吧。”

“对。”城太郎也没有异议。这里与赞甘只隔着一重山，一旦让下庄那边得知此事，本位田家的亲戚们必定会招集村子里的所有人，一齐袭来。

“你能跑吗，阿通姐？”

“嗯，我没事！”

于是，二人一面回忆着以前青涩时代的往事，一面上气不接下气地往无尽的黑暗中跑去。

九

三日月村的驿站处，还闪烁着灯火的只剩下一两家，而其中的一个灯影便是驿站中唯一的一家客栈。来往矿山的五金商、但马的卖线商还有行脚僧等等，刚才还在主屋里喧闹不已，而今却已各自睡去，只有远离主屋的一间耳房里还亮着一抹微弱的灯火。

这二人或许是被错当成私奔的情侣了吧。为了阿通和城太郎，客栈的老人还特意把放着煮茧的锅和纺车的自己独居的小屋给二人腾了出来。

“城太郎，这么说，你在江户也没能见到武藏先生？”从城太郎那里逐一听了后来的经过后，阿通不禁有点黯然神伤。

而城太郎听到阿通自木曾路失散以来，至今也仍未见到师父武藏的伤感述怀后，也心情沉重，说不出话来。

“不过，阿通姐，你也用不着唉声叹气。最近，我在姬路城听到这样一个传闻，当然，这也只是个风传。”

“哎？什么传闻？”以她现在的心情，哪怕只是些风言风语，她都想去抓住。

“师父近期或许会来姬路。”

“姬路？这是真的？”

“因为是传闻，所以我也不知道有几分是真的，不过，藩里似乎都当成了真事。说是为了践行与细川家教头佐佐木小次郎的比武约定，师父他最近会来小仓。”

“这种传闻我也曾听说过。也不知究竟是谁传起来的，我一打听，竟连一个知道武藏先生消息，甚至是下落的人都没有。”

“不，在藩里流传的传言多少会有一点真凭实据。我听说，与细川家颇有渊源的京都花园妙心寺查到了师父的下落，在细川家家老长冈佐渡的斡旋下，小次郎的挑战书已经送到了师父手里。”

“那，比武就在近日举行吗？”

“至于这些，究竟是在何时比武，又是在哪里比武，我就一点都不知道了。不过，既然是在京都附近，要去丰前小仓，一定会路过姬路城下。”

“可是，不是还有海路吗？”

“不，恐怕——”城太郎摇摇头说道，“师父不大可能坐船去。因为无论是姬路还是冈山，山阳的各藩都想趁师父路过之时留他住一宿，他们都想见识一下这个人物，并打探师父是否有出仕的意愿。总之，他们早就带着各种想法翘首以待了。最近我就听说，姬路的池田藩已经给泽庵大师写信，还打听妙心寺那边，并且还给城下的各驿传下命令，一旦发现有貌似师父的人通过，立刻通知藩里。”

听城太郎这么一说，阿通反而叹起气来，绝望地说道：“那恐怕就更不可能了。武藏先生是不可能走陆路的。他最讨厌这种大张旗鼓的阵势了，倘若他们真在城下等着。”

十

哪怕只是些传言也会让阿通高兴吧，于是城太郎才说了出来，可听阿通这么一说，师父途经姬路的期待完全是自己的一厢情愿而已。

“那，城太郎，如果去京都的花园妙心寺，就能知道确切消息了吧？”

“这个，或许能知道，不过，这也只是传言啊。”

“可毕竟无风不起浪啊。”

“那你想去？”

“嗯，听你这么一说，我恨不得明天就起程。”

“喂，你别这么急嘛。”城太郎已经与从前不一样，对阿通也有了一定的认识，“阿通姐，你之所以总见不着师父，便是因为你总是捕风捉影，一听到传言便一路追着跑。人，若想看到布谷鸟的样子，必须把视线投向声音的前方才能看到。阿通姐若总是跟在后面，只会一次次地迷失……”

“或许你说得对。丧失理智，这或许就是恋爱吧。”

对着城太郎，阿通总是什么能说出来。可是现在，当她无意间说出恋爱两个字，再看城太郎时，她不禁一怔，城太郎的脸色不禁变红了。城太郎已不再像一个小孩一样将恋爱一事当球耍了。比起他人的恋情来，他自己也到了为此而烦恼的年龄。

阿通连忙岔开话题："谢谢你提醒。我会好好考虑的。"

"最好是这样。总之，先去姬路一趟吧。请一定去一趟我家，去父亲和我的家。父亲丹左也是，一谈起阿通姐的事情，他竟连你在七宝寺时的事情都很熟悉。不知为何，他一直说想见你一面，也想跟你说说话呢。"

阿通并未回答，而是无意间回头望望那即将熄灭的灯芯，又从破旧的房檐下仰望着夜空。"啊，下雨了。"

"下雨？明天要回姬路，可偏偏天公不作美。"

"没事，只要有蓑衣斗笠，这点秋雨算什么。"

"可别下大了。"

"起风了。"

"关起窗子吧。"

城太郎于是站起来，关上防雨窗。屋子里顿时闷热起来，城太郎只觉得阿通身上那女人香气一阵阵袭来。"阿通姐，你好好睡吧。我就这样将就着睡了——"说着，城太郎取过木枕放在窗下，面朝墙壁躺下。

阿通仍没有躺下，一个人听着雨声。

"不睡怎么行？阿通姐，你还没睡着吗？"看来城太郎也没睡着，只见他背朝阿通，一面说着，一面往上拉拉薄被子，连脸都捂了起来。

观音

一

雨潇潇地打在破屋檐上，风也在呼号。这里是山村，秋季的天气就是这样，或许到早晨时就会放晴吧。

阿通陷入沉思，连衣带都没解，仍坐在原地。刚才还在被子里翻来覆去难以入睡的城太郎，不知不觉间也睡着了。吧嗒、吧嗒……不知何处传来漏雨的声音，雨花也啪嗒啪嗒地敲着门窗。

“城太郎。”阿通忽然喊了起来，“你快醒醒，城太郎。”

她叫了好几次，城太郎似乎没有要醒来的样子。要不就强行叫起来——可她立刻又犹豫了。她忽然想把城太郎叫起来，只是想问问阿杉的事。

刚才在河滩上就听到城太郎对阿杉的同伙说起过，在路上时她也曾问过一两句，如此的大雨却将阿杉一个人丢在外面，城太郎给阿杉的惩罚也太残酷，太可悲了。她一定被这风雨打湿了，一定在忍受寒冷吧。她都那么一大把年纪了，弄不好，不到天亮就死了。不不，若是几天都没人发现，即使冻不死，她也一定会饿死的。

莫非自己生来就是操心的命？阿通甚至担心起阿杉的安危来，既没有仇，也不觉得恨，只是风雨越大，她便越心痛。那位阿杉并没有多么坏，她的内心还是善良的。阿通甚至代替阿杉朝天地祈求起来。

“只要以诚相待，总有一天，这种真诚会融化任何人的心。对，尽管城太郎以后会迁怒我，可是——”她似乎终于下定决心，打开防雨拉门朝外走去。

天地一片漆黑，只有雨脚泛着白色。阿通穿上摆在泥地上的草鞋，戴上挂在墙壁上的竹笠，然后挽起衣服下摆，穿上蓑衣。哗、哗、哗……接着便在雨水的敲打下往外走去。朝着距此并不算远的、驿站一旁佛堂所在的那座有着高高石阶的山上走去。

此时，傍晚时曾与麻商万兵卫一起爬过的那段熟悉的石阶已在雨中变成了小瀑布。爬到尽头时，只听得杉林在呼呼地吼叫。比起下面的驿站，山顶的风大多了。

“老婆婆究竟在哪儿呢？”详细地点阿通并没有问。她只是听城太郎说，为了惩罚，就把阿杉塞到这一带了。“说不定？”她往佛堂里面瞅了瞅，又往地板下面喊了几声，没有回应，没有人影。她又绕到佛堂后面，当她置身于大海狂潮般的树木吼叫声中时，“喂——来人啊。那边有人吗？呜，呜。”只听见一阵分不清是呻吟还是呼喊的声音，时断时续地从风雨中传来。

“噢，一定是老婆婆。婆婆，婆婆。”她也迎着风雨喊了起来。

二

尽管喊声顿时便被风雨攫走，消失在黑暗的虚空里，可大概是她的心与黑暗中看不见的人产生了感应吧。

“噢，是谁在那儿？救命啊！我在这儿！救救我啊。”阿杉仿佛在回应她似的，声音时断时续地从某处传来。

原本喊声就已被怒涛般的风雨声打散，根本听不清一句完整的话，不过，阿通却顿时明白，一定是阿杉在拼命喊叫。

于是，她探寻的喊声也嘶哑起来，“在哪儿啊？婆婆。”

阿通绕着佛堂四处寻找，不久，在从佛堂绕过杉林走了二十多步后，在内殿登临口的崖道被削平的一边，她终于发现了一个熊窝般的洞穴。

“啊……在这儿？”她连忙走过去往里瞧，阿杉的声音的确是从洞穴里面传来的。

可是，洞口却堆了三四块以她的力气根本挪不动的大石头，封住了出入口。

“是谁？外面的人是哪一位！难不成是我老婆子平日里信奉的观世音菩萨的化身？大慈大悲，救救我吧。救救我这遭旁门左道陷害的可怜老太婆吧！”阿杉从石头缝里一瞅见外面的人影，顿时狂喜地哭喊起来。她半哭半诉，在生死的深渊里产生了幻觉，还以为是见到了平日里所信奉的观世音，遇到了生机，继续祈祷起来。“太高兴了，太高兴了。一定是平日里就怜悯我老婆子的善心，在我大灾大难之际，便化身下凡来搭救我吧？大慈大悲，南无，观世音菩萨——南无观世音菩萨。”随之，阿杉的声音戛然而止。善哉。

想来，身为一家之长，身为人母，身为一个人，阿杉一直坚信自己是完美无缺的善人。自己的所有行为都是在行善。对她来说，自己便是善的化身，倘若神佛不保佑自己，那神佛恐怕便是邪魔鬼祟了。所以，在这风雨中，即使观音菩萨化身下凡来救她，她也毫不觉得奇怪，认为这完全是理所当然的事。

可是，这并非幻觉，而是确实有人来到了洞窟的外面，当阿杉一下子回过神来时，便一下昏迷过去了吧？

阿杉那疯狂的声音忽然断绝，让洞穴外的阿通不安起来。尽管她使出浑身力气想尽快打开洞口，可她连一块石头都移不动。竹笠的绳带被风吹断，黑头发和蓑衣都被风雨吹乱。

三

这么大的石头，城太郎一个人是怎么搬动的呢？阿通又是推，又是搬，尽管用尽了所有力气，洞口却仍连一寸都没有打开。阿通筋疲力尽。城太郎也太残酷了，她甚至憎恨起城太郎来。

原以为自己来了阿杉就能得救了，没想到自己竟陷入了困境，就此下去，阿杉一定会在里面疯死，还有刚才竟突然没声了，难不成她已经昏死过去？

“婆婆，您先等一下。要挺住！我马上！马上就救您出来。”阿通把脸贴在岩石缝上往里说道，里面仍没有回应，却隐约传来阿杉念诵观音经的声音：或遇恶罗刹，毒龙诸鬼等，念彼观音力，时悉不敢害，若恶兽围绕，利牙爪可怖，念彼观音力……

阿杉的眼睛和耳朵已感知不到阿通的身影和声音。她只能看见观音，只能听到菩萨的声音。她双掌合十，完全入定，一面老泪纵横，一面哆嗦地念诵着观音经。

不过，阿通并没有神力，堆积的三块石头中的任何一块都没挪动。风不止，雨不休，不久，她的蓑衣被风吹烂，手上、胸前、肩膀上全沾满了雨泥。

四

不久，大概阿杉也忽然疑惑了吧，她把脸贴到石头缝上，窥探着外面，大喊起来：“谁？你是谁？”

风雨中，阿通已筋疲力尽，一脸无奈，缩着身子站在那里。“是婆婆吗？我是阿通。您的声音似乎仍很有力啊。”

“什么？”阿杉将信将疑地问道，“你是阿通？”

“是。”

停顿了一会儿后，阿杉再次问道：“你真是阿通？”

“是……是阿通。”

阿杉这才愕然不已，被从自己的幻觉中抛出来。“你、你、你怎么到了这里？啊，这么说，是被城太郎那小子追上了。”

“我现在来救您。婆婆，您就宽恕城太郎吧。”

“你是来救我的？”

“是。”

“你……救我？”

“婆婆，以往的所有事情就让它们都付之流水，全都忘记吧。我一直都记着小时候您对我的照顾，那些憎恨和折磨，我决不会怨您。原本我也有些太任性。”

“那你是说，你已经大彻大悟、痛改前非，愿意回来做我们本位田家的媳妇了？”

“不，不。”

“那你来这儿干什么？”

“我，我只是觉着婆婆可怜。”

“你是想卖弄人情，要我把以前的老账全勾销？我是不会求你的。谁让你来救了？如果你觉得卖给我老婆子个人情，我就会把所有老账都一笔勾销，那你就大错特错了。就算我吃尽苦头，也不会为了活命低声下气。”

“可是婆婆，您都这么大年纪了，我怎么能忍心看您遭受这种折磨呢？”

“说的比唱的还好听，你和城太郎那小子不是一伙的吗？算计我老婆子，让我遭此下场的就是你和城太郎。如果我从这洞里出去，我一定、一定会立刻就报这个仇。”

“以后、以后，总有一天，婆婆会理解我的初衷。可不管怎么说，您待在这里面会生病的。”

“开什么玩笑！你一定是跟城太郎算计好了，特意来嘲笑我的吧？”

“不，不，不信您就看着。哪怕是用尽我所有的诚心，也要融化掉您的愤怒。”说着，阿通又站起来，边流着眼泪，边推着岿然不动的岩石。

原本凭她的力气绝对不可能动摇的岩石，此时却因她的眼泪而松动。三块石头中的一块竟扑通一下率先掉到地上，接着，后面的石头也意外地动摇起来，洞口终于打开了。

其实，不只是因为阿通的眼泪，阿杉也在里面推着石块。于是，阿杉满脸欣喜，以为单凭自己的力量冲破了壁垒，一下跳到洞外。

五

精诚所至，石块被移开了。太高兴了！石块被推开时，阿通踉跄了几下，心里却在欢呼着。可是，阿杉从洞里一跳出来，便猛地往阿通的脖子扑去，似乎她在这世上重生的最重要目的便是这个。

“啊——婆婆。”

“少啰唆。”

“为、为什么？”

“你当然知道。”阿杉用力将阿通按在地上。

阿通怎么都没想到会是这种结果。只要对人付出真心，必会得到真心的回报，她一直都如此坚信不疑，这种结果当然令她惊异万分。

“喂，过来！”阿杉抓着阿通的颈后头发，在雨地上拖着。雨虽然小了些，可仍白花花地浇在阿杉的白发上。

阿通一面被拖拽着，一面仍双掌合十：“婆婆，您原谅我吧。在您解气之前，我会任您折磨，可一旦被这冷雨冻着，你的身体日后也会落下病根。”

“你说什么？你可真是死不要脸。宁愿受折磨，也还想求人原谅？”

“我是不会逃的。您让我去哪里都可以，您就放手吧……啊……痛。放、放手。咳咳……”阿通咽喉憋得难受。她不禁掰开阿杉的手，要站起来。

“想逃，没门。”阿杉立刻又抓住阿通的黑发。雨水浇在阿通那仰面朝天的苍白脸上，她闭着眼睛。

“喂，你知道吗，就为了你，这么多年，你让我尝尽了多少苦头？”阿杉咒骂着。

阿通越是辩白，越是挣扎，阿杉就越是疯狂地拽她的黑发，又是拳打又是脚踢。可是不久，阿杉却一下傻了眼，慌忙松开手。

阿通突然倒下，一丝气息都没有了。阿杉顿时狼狈起来，“阿通，阿通啊！”望着阿通那苍白的脸呼唤起来，那被雨水冲刷的脸如死鱼一般冰冷。

“死了……”仿佛这与自己无关似的，阿杉茫然地喃喃起来。她并无意杀阿通，虽然从未有要饶恕她的打算，可也没有要把她弄死的想法。

“干脆先回一趟家再说。”阿杉就要弃之而去，却忽然返了回来，把阿通冰冷的身体抱进洞穴。入口虽然很窄，可里面出奇地宽阔。看来是从前的求道行者打坐过的地方。

“哦，真见鬼……”正当阿杉欲再次爬出去的时候，洞口却已经变成了瀑布。煞白的飞沫直刮到洞里来。

六

若想出去，自己随时都能出去，这么大的雨，自己也没必要非得淋湿。“不久，天就会亮了。”想到这里，阿杉便蹲在洞窟中，等待暴风雨的结束。

不过，在黑暗的洞窟中与阿通那冰冷的身体待在一起，阿杉不由得有些害怕。她只觉得，阿通那苍白冰冷的脸似乎在责难自己似的，一直盯着自己。

“一切都是天意。你就成佛去吧……别怨我。”阿杉闭上眼睛，小声地诵起经来。诵经期间便忘记了苛责，也忘却了恐惧。就这样过了数刻。

唧唧，唧唧，耳边忽然传来了小鸟的鸣声。阿杉睁开眼睛，从外面射入的亮光清晰地映着荒土的肌肤。

黎明时分，风雨似乎戛然而止。金色的朝阳反映在洞口，熠熠生辉。

“什么呢？”阿杉婆一面起身，一面被映在眼前的文字吸引过去。原来是有人雕刻在洞窟壁上的祈愿文字：

> 天文十三年，天神山城合战，因让年十六岁之子森金作起程，入浦上大人军队，后再无相见，悲痛之余遍访各地神佛，今在此供奉一尊观音菩萨，以作为娘寄托，亦为金作祈求来生。
>
> 几世之后，倘有人造访此地，心生怜悯，请为之念佛。今年乃金作二十一年之供养。
>
> 施主英田村金作之母

雕文已风化得难以辨识。这天文永禄年间，对阿杉来说也是久远的记忆了。

当时，邻近的英田、赞甘、胜田诸郡遭受了尼子氏的侵略，浦上一族最终败走诸城。在阿杉年幼的记忆中，当时，从早到晚，天空都被烧城的浓烟染黑，田地路旁乃至农家附近，丢弃的兵马尸骸许久无人清理。看来，这位母亲在让年仅十六岁的儿子金作去参加合战之后，母子便再也没有相聚。即使历经二十一年，这位母亲仍无法忘记失子之痛，仍一面为儿子祈祷来生，一面遍历各处，一心不忘亡子的供养之事。

“不难想象。”同样拥有儿子的阿杉对这位母亲的心情更是深有同感。“南无……”

阿杉面对岩壁双掌合十，不禁落起泪来，几近呜咽。哭了一阵子之后，她忽然回过神来，这才注意到自己沾满泪水的双掌下的阿通的脸。阿通横躺在那里，已经变成了一个冰冷的人，连这个世界清晨的阳光都感知不到了。

七

“阿通……是我不好。都怪我这个死老婆子。你原谅我吧。原、原谅……原谅我。”也不知阿杉是怎么想的，只见她忽然抱起阿通的身体哀号起来，满脸都是悔悟的神情。

“太可怕了，太可怕了。难道‘爱子之深丧心狂’便是这个样子？太爱自己的孩子，别人家的孩子就会变成鬼？阿通啊，你也有自己的父母。在你的父母看来，我老婆子就是他们的仇敌，是罗刹……或许我的样子比那夜叉都狰狞吧。”

由于是在洞窟中，她的声音阴郁地盘旋几圈后，再次传进她自己的耳朵。

这儿既没有外人，也没有世人的眼睛，也没有面子虚荣。有的只是黑暗，不，只是菩提之光。

“可对于我这个既像罗刹又似夜叉的老婆子，你长期以来不但不怨恨，反倒还来到这洞窟救我。现在想来，你的心的确是真的，我却以小人之心度君子之腹，恩将仇报，这完全都怪我老婆子心理太扭曲了。你就宽恕我吧，阿通。”

最后，她竟把自己的脸完全贴到抱起的阿通的脸上。“如此善良的女人，比我自己的孩子都强。阿通啊，你就再睁开眼睛一次吧，看看我老婆子的道歉。再张开嘴巴，狠狠地骂我一阵解解气吧。阿通啊……”

就这样，她对着阿通不断地忏悔，并且，自己从前的所作所为也全变成了忏悔的对象，历历呈现在眼前，啃噬起她忏悔的心来。她已经什么都不顾，“宽恕我，原谅我吧！”阿杉扑在阿通的背上哭得一把鼻涕一把泪，甚至产生了一同死去的念头。

“对了，先别光忙着悲叹，如果赶紧抢救，说不定还能活过来。若是能活过来，她还是那个年轻的拥有无限春天的阿通。”于是，阿杉立刻从膝盖上放下阿通，踉踉跄跄地跑出洞外。“啊。”大概是突然沐浴在璀璨的朝阳中，眼睛一下子昏花了吧。她一面捂住脸，一面边跑边喊：“村里人啊——快来人啊！”

杉林对面顿时传来人们的嘈杂声，不久，便有人兴奋地喊了起来：“在那儿！老婆婆没事，在那儿！”再一看，原来都是本位田家的族人或亲戚，有近十名。他们全都穿着蓑衣，每个人都湿漉漉的，像是刚从水里捞出来似的。看来，昨夜那名浑身是血的乡士从佐用逃回去后便向众人告了急，他们便连夜冒着暴雨，四处打探起阿杉的下落和性命的安危来。

“啊，老婆婆。您没事啊？”跑过来的人顿时松了一口气，纷纷慰问起来。

阿杉却几乎毫无高兴的样子。“要救的不是我。就先别管我了。快，快去救那洞窟里的女人。快去救。她已经昏过去多时，如果不赶紧抢救……不赶紧喂药……”

阿杉像做梦似的指着远处，满脸挂着异样的悲痛眼泪，连舌头都不听使唤了。

世上的潮路

一

第二年，具体说来是庆长十七年刚进入四月的时候，这一日，由泉州堺港开往赤间关的船只上仍载满了旅客和货物。正在小林太郎左卫门的店中休息的武藏，在得到船不久就要开行的通知后，便从凳子上站起身，朝送行的人告别："那就告辞。"说着便出了门。

"一路顺风。"送行的人们一面送上祝福，一面簇拥着武藏，一直将他送到码头边上。其中就有本阿弥光悦的身影。灰屋绍由虽然因病没来，儿子绍益却来了。绍益带着新娘子，新娘的美丽不禁令路人侧目。

"那不是吉野吗？"

"柳町那个？"

"没错，就是扇屋的吉野太夫。"

人们扯着彼此的袖子，悄悄议论。

绍益虽然向武藏介绍了自己的妻子，却没有说她是从前的吉野太夫。而且，武藏也并不认识她。若说扇屋的吉野太夫，武藏也曾在雪夜里与她共处一室，受过其焚燃牡丹的招待，听过其如醉如痴的琵琶弹奏。可是，武藏所熟识的那个吉野是初代吉野，而身为绍益妻子的女人则是二代吉野。

花开花谢，柳町里的岁月流逝得似乎更快。那夜的雪，那夜牡丹柴薪的火焰，如今已如梦幻。当时的初代吉野今在何处，是否已成为人妻，是否孤独？已没有人知道。

“时间过得可真快啊。从第一次见面时算来，已经过了七八年了吧。”光悦一面送行，一面念叨。

“八年……”武藏也忍不住为岁月的流逝感慨。今日的出行像是人生的一次跨越。

其实，在这一日的送行人群中，除了以上两位武藏的故知外，还有那一直待在妙心寺愚堂门下的本位田又八。另有京都三条车町细川府邸的两三名武士，还有代表乌丸光广卿而来的公家武士一行。此外，还有一些武藏在京都逗留的半年间所结识的朋友，以及一些尽管他一再拒绝，却仍追慕着他的人品和剑道，尊他为师的追从者，光这些就不止二三十人了。总之，他们以令武藏有些惶惑的阵势加入了送行的人群，弄得武藏反倒没来得及跟想告别之人说上几句话，便一个人上了船。

目的地是丰前的小仓。他这次的使命，则是在细川家长冈佐渡的斡旋下，践行与佐佐木小次郎的比武约定，解决多年来的恩怨。当然，这件事情在定下来之前，自然离不开细川藩老长冈佐渡的奔走和书信的交涉，光是在得知武藏自去年秋天以来便一直待在京都本阿弥光悦家里后，就至少又花了半年时间才终于敲定。

二

武藏心里早就清楚，总有一天要与岩流佐佐木小次郎一决高低，逃避不了。终于，这个日子来了。可是，武藏无论如何也没有料到，自己竟是背负着如此盛大的人气前去赴约。今日出行时那令人惊叹的送行队伍，让他觉得几近荒谬。世上想拒绝却又难以拒绝的，便是人们的好意了。

武藏很是惶恐。那些理解自己的人的好意他能够坦然接受，可他害怕众人的期望流于轻薄化，将自己置于众人瞩目的风口浪尖上。

原本自己只是一介凡夫，没有什么可骄傲的。其实这次的比武亦是如此。这样一个紧张的日子究竟是谁给定下来的呢？想来，既不是小次郎，也不是自己，反倒是周围的人。不知从什么时候起，世上便就对二人一较高下的事情充满了好奇和期待。先是“听说要比试了”，后来便是断然的“比”，最后竟演变成“要在某月某日比”，在事情尚还是传闻的时候便议论起了比武的日子。

自己竟变成了世人热议的话题，这不禁让武藏暗生悔意。尽管这样无疑会扩大自己的名声，可是他现在所追求的绝不是这些东西。他现在需要的，反倒是个人的更深层次的钻研和深思——这绝不是怪癖之人的怪癖心理，而是为了追求知行合一。并且，自从受到愚堂禅师的点拨之后，他就愈发认识到自己道业生涯的遥远。

尽管如此，他仍感激世间之恩。自己能够活在这世上，便是世间的恩情所赐。

在今日这个开船之日，自己所穿的黑色窄袖和服便是光悦的母亲亲手缝制，手上所持的新斗笠和新草鞋，没有一件东西不凝聚着世人的恩情。更不用说自己这碌碌之身，既不稼穑也不纺织，却吃着农民耕种的粮食。自己正是凭借着世人的恩情才可在这世上生活。

那我该拿什么来回报世上呢？想到这些时，他也知道自己应恭谨地面对世人才是，万不可有嫌弃之念。可是，当世人的好意过于夸大了自己的真正价值时，他不由得害怕起这世间来。思前想后，他心里久久不能平静。

辞别声，一路顺风的祝福声，挥舞的旗子，还有那会心的点头祝福。时间在送行者和被送行者之间无声地流逝。

“再会。”船解开了缆绳，武藏随船而去，送行之人则留在岸上。在彼此的呼唤之间，巨大的船帆已在蓝天中张开翅膀。

这时，却有一人姗姗来迟。“完了！”船已起航，这名旅人方才匆匆赶来。

三

刚离港的船只明明就在眼前，自己却因片刻的迟到而无法赶上，年轻人不禁捶胸顿足。“啊，迟了。早知这样，我就算不睡觉也会连夜赶来啊。”眼巴巴目送着船只离去，年轻人眼中流露出的不仅仅是迟到的后悔，还有更深刻的怨恨。

“你，莫不是权之助先生？”尽管船已离去，可仍有一些人伫立在岸边。光悦从这些身影中一眼便看到了权之助，于是上前去打招呼。

梦想权之助将手中的木杖夹在腋下，说道：“您是……”

“上次在河内金刚寺里遇见过的……”

“啊，我想起来了。原来是本阿弥光悦先生。”

“你能平安无事，实在是可喜可贺。在下隐约听过一些有关你的传闻，也曾一度担心你的生死安危呢。”

“您是听谁说的？”

“武藏先生。”

“哎？从师父口中？这，这到底是怎么回事呢？”

“消息是从小仓那边传来的，说你被九度山的人抓去，弄不好会因密探的嫌疑遇害。具体则是从细川家家老长冈佐渡的书信上得知的。”

“可武藏师父是怎么知道的呢？”

“直到昨日，武藏先生一直住在鄙人家里。小仓方面在知悉武藏先生的居所后，便频频与这边通信，还提到你的同伴伊织如今也在长冈家呢。”

“哎？这么说，伊织也平安无事？”时至今日权之助才得知此事，脸上反倒一片茫然。

“此处说话不便。”于是，在光悦的邀请下，二人前往附近的海边茶屋，相互一交谈，这才发现权之助的茫然实属情有可原。

当时，月叟传心——九度山的幸村，一看到权之助，立刻便明白权之助的为人如何。因此，权之助身上的绳结也随着幸村的一句致歉“这完全是属下的过失”而被解开，权之助因祸得福，反倒结识了一位知己。之后，幸村的属下又合力搜寻坠落在纪伊路山谷里的伊织，却发现伊织已杳无踪影，至今仍生死未卜。由于在断谷内并未发现尸骸，所以他一直确信伊织仍然活着，可光是与伊织失散这一点就让他无颜面见武藏了。

自此以后，权之助便一直在近畿一带四处寻访。偶尔也从街头巷尾听到一些传言，说是最近武藏要履行与细川家岩流的比武之约，权之助便推断武藏也在京都一带，因而更觉无颜见他，听到的传闻越多，便越为寻找伊织之事焦虑。

直到昨日，当他在九度山上听到武藏即将动身前往小仓的消息时，方意识到现在不见，更待何时？于是他痛下决心，带着挨骂的准备，一早便匆匆赶来。可由于没有弄清船起锚的时间，还是差了一步，实在是遗憾之极，权之助后悔不迭地连声说着。

四

光悦安慰道：“你也用不着如此后悔。虽然距下一班船还有数日，可倘若从陆路追去，你就既可以在小仓与武藏先生会面，也可以造访长冈家，与伊织待在一起。”

听他这么一说，权之助说道：“在下也原本打算立刻从陆路追去，可还是想尽量在师父身边多照料一下，哪怕是在抵达小仓之前的这段时间里。”权之助继续倾诉衷情，又道：“并且，这次比武，对武藏师父来说，恐怕会是决定他终生沉浮的大事。师父平常潜心修行，应该不会败给岩流。可胜败难料，潜心修行者未必就会获胜，骄傲自得者也未必总会失败。毕竟总会有一些人力之外的因素发生作用，胜败乃兵家常事。”

“不过，看武藏先生那沉着的样子，似乎颇为自信。你不用担心。”

“话虽如此，可据在下所闻，佐佐木岩流其人似乎是个罕见的天才。尤其是被细川家征召之后，更是早晚自戒，勤于练功。”

“看来，这是一场骄傲的天才与孜孜以求的凡庸间的较量了。”

“可武藏师父不似是凡庸之辈啊。”

“不过，他绝非是天资聪颖。他并无自恃才华之感。因为他清楚自己的凡庸，所以他总是不断地磨炼自己，体尝着别人看不见的苦难。当这种努力有朝一日大放异彩的时候，人们立刻便以为是他的天赋使然。不勤奋之人总会以此来安慰自己的懒惰。”

“啊……多谢。”权之助只觉得光悦所说的便是自己，一面端详着他那气定神闲的侧脸，一面觉得，此人大概也是如此。只一眼便知他是个恬淡的逸士。不过，当其沉浸于自己的技艺中时，想必就连那既不含针也不含刺的从容眼神也不会是这样了吧。这种眼神的差异，大概就像波澜不惊时的湖面和山雨欲来时的湖面那样不同吧。

“光悦先生，您还不回去吗？”这时，一名身着法衣的年轻男子往茶屋里窥了一眼，问道。

“又八啊。”说着，光悦起身，“那就恕我先行一步，我的同伴已在等我了。”

他刚要告辞，权之助也站了起来，问道：“您要去大坂？”

“是啊。如果来得及，就算搭乘夜船也要从淀川回去。”

“那么，在下也跟您一起同行到大坂吧。”看来，权之助是想从陆路赶到丰前的小仓去。

于是，带着年轻妻子的灰屋绍盖、细川藩的看家人，还有其他人也三三两两地走了起来。一路上，又八现在的情况以及从前的故事，似乎成了三人的话题。

“真希望武藏先生能一帆风顺，毕竟佐佐木小次郎是个狡猾的男人，武艺又厉害……”又八不时担忧地叨念着，因为他最清楚小次郎的可怕。

黄昏时，三人便已走在大坂的街道上了，可不经意间，光悦和权之助忽然发现又八的身影不知在何时便不见了。

五

“去哪儿了呢？”光悦和权之助返回来路，在黄昏中的街道上寻找着同伴。

又八正呆呆地伫立在一座桥的桥畔。

“他在看什么呢？”二人觉得奇怪，便远远地望着他。又八似乎正专注地望着在河滩上忙碌的一群附近大杂院的女人，她们有的在刷锅，有的在洗菜，有的则在淘米，吵吵嚷嚷十分热闹。

“奇怪啊，他那样子。”即使从远处也不难看出他那非同一般的神情，因此，二人便由着他观望，静静地等了一阵子，没有刻意去惊扰他。

“朱实……一定是朱实。”又八站在桥畔，仿佛呻吟似的，不禁从唇中吐出几个字来。

原来，他在河滩的女人当中发现了朱实的身影。纯属偶然——虽然他有种感觉，可一种绝非偶然的感觉似乎更强。那毕竟是在江户的芝的大杂院时曾一度被自己唤作老婆的女人。自己当时根本就没想到与她能有深厚的宿缘，如今已时过境迁，自己身裹黑衣，对当年近似游戏的事情由衷地感到后悔，无法释怀。

只是，朱实的样子已完全变了。可是，能够在路过的桥上一眼便认出来这改变的身影，并且怦然心动的，世上恐怕就只有自己一人了吧。这绝不是偶然，既然共同生息在同一片土地上，这种生命与生命的相逢便必然会出现。

这些姑且不论。已经完全变样的朱实已没有了一年多前的姿色和容貌，只见她用肮脏的背带背着一个两岁左右的婴儿。

朱实生的孩子！又八的心口顿时咯噔一下。

朱实的脸已瘦得不像样，与从前判若两人。扎起的头发上落满了灰尘，一件破旧寒酸的窄袖和服又短又瘦，胳膊上挎着一个沉甸甸的提篮，正低三下四地在尖酸刻薄的大杂院女人们的揶揄讽刺中叫卖东西。提篮里面还有一些卖剩的海草、蛤蜊、鲍鱼之类。由于背上的小儿时常哭泣，她便不时地放下篮子哄哄孩子，等孩子不哭之后，再向女人们兜售起东西。

那孩子？又八两手紧紧地捂住脸。他不禁在心里数算起时间。若是两岁的话……那不正好是在江户的时候吗？如此说来。当在荒原上，自己和她都被按在草席上，被奉行所的杂役同时责罚了一百杖的时候，她就已经怀上了现在的孩子。

黄昏的阳光从河滩的水面映到又八脸上，不停地摇曳，仿佛他满脸都溢着眼泪一样。他已忘记了身后穿梭不停的人流，不久，当他看到毫不知情的朱实挎起未卖完的篮子，有气无力地再次朝河滩前方走去的时候，他竟浑然忘记了一切，“喂！”他挥着手，就要跑起来。

这时，光悦和权之助慌忙追过来，喊道：“又八，出了什么事？你怎么了？”

六

又八一愣，这才回过头来，意识到自己竟让同伴担心了，说道："抱歉……实际上，那个——"尽管他嘴上说着"实际上"，可短短的三言两语是无法一下子说清这"实际"的。尤其是刚才忽然间在心头涌起的决定，就连他自己都难以解释。

尽管听起来十分唐突，可在百感交集中，又八索性将自己的决定直接说了出来。"由于一些事情，我忽然想还俗。幸亏愚堂大师还没有真正为我剃度，所以，说不说还俗其实都是一个样。"

"还俗？"又八以为自己已说得很清楚。可对于不明所以听着的人来说，完全就是一头雾水。"这到底是怎么了？你的样子怎么这么怪？"

"具体情况没法说，就算是说了，也会遭别人耻笑。其实，我刚才在那边遇到从前跟我一起住过的女人了。"

"从前相好的女人？"

面对一脸惊讶的二人，又八认真地说道："没错。那女人还背着个孩子。我一算年岁，发现那正是我的孩子。"

"真的？"

"真的，她刚才还背着那孩子，正在河滩上四处卖东西呢。"

"别急别急，你最好先冷静一下，好好想想。虽然我们并不知道那女人是什么时候跟你分开的，可你真的能确认那便是你的孩子？"

"毋庸置疑。不知不觉间我已经是一个父亲了。我竟浑然不觉，可真没用。刚才，我忽然觉得心痛。我决不能让那个女人如此可怜地去卖东西。而且，对那孩子，我也必须要尽起一个父亲的责任。"

光悦和权之助面面相觑，尽管有些诧异，可还是喃喃道："这么说，这并不是你一时心血来潮？"

又八解下僧衣，连同念珠一同交到光悦的手里，说道：“实在不好意思，请把这个帮我归还给妙心寺的愚堂大师。还有，您能否把我刚才的话也转达一下，就说又八要先在大坂做一个父亲，好好尽一下责任。”

“这合适吗？就这样还回去——”

“大师经常对我说：‘你若想返还尘世，随时都可以离去。’并且，大师还说过，他说虽然修行不是不可以在寺院里进行，可世间的修行更是难事。与其厌倦了尘世的污秽，躲进寺院做一个耳根清净之人，不如干脆进入那充满欺骗、污秽、迷惘和争斗的丑恶世界去，倘若这样仍能出淤泥而不染，才是真正的修行。”

“唔，听起来似乎有点道理。”

“因此，尽管我在他老人家身边待了一年多，却一直没有赐给我法名。直到今天还是以又八相称。以后我若有自己解不开的事情，会随时再次跑进大师门下。就请如此转告大师。”

说完，又八便跑下河滩，在暮霭中那模糊的人影里一路寻去。

待宵船

一

一抹红色的晚霞挂在天际，宛若一面旗帜。在这个傍晚，水流和天空都那么清澈，海水清得简直能看清那爬过平静海底的章鱼。

有一船上人家，从中午时分起就把小船拴在了饰磨湾的河口。当黄昏临近时，船上便冒起了寂寥的炊烟。

“你冷不冷？风变凉了。”阿杉一面折着柴薪续进陶炉，一面对着船底说道。

草帘下面有一个孱弱的病人，看上去并不似水手妻子，正恹恹地枕在木枕上，苍白的脸有一半藏在了被子里。

“不冷……”病人微微摇摇头，然后又稍稍欠起身子，朝着正洗米熬粥的阿杉拜求道：“婆婆，您从前一阵子起不就一直感冒吗？我的事您就不用太操心了……”

“没事。”阿杉摇摇头，“你不用那么客气。养着吧，阿通。搭载你心上人的船不久就会来了，你多吃点粥，养足了精神，好好等着。”

“谢谢婆婆。”阿通忽然眼泪汪汪，隔着草席凝望起海面来。

海面上虽然有几条钓章鱼的船和货船，可她所等待的从堺港通往丰前的客船却连船帆都没看见。

阿杉搅了搅锅，又瞅瞅炉口。不久，锅里的粥便咕嘟咕嘟地沸腾了。云渐渐地暗了下来。

“奇怪啊，怎么这么晚。不是说再晚也能在傍晚前赶到吗，怎么还没见个影。”海上风平浪静，船却迟迟不来。阿杉等得心烦意乱，一面絮叨着，一面频频地朝海面上瞭望。

不用说，今天傍晚要在这儿靠岸的自然是昨天离开堺港的太郎左卫门的船只，船上搭载着要前往小仓的宫本武藏。这在山阳一带的街道早就传遍了。一听到消息，姬路藩青木丹左卫门的儿子城太郎便立刻派人到赞甘的本位田家报了信。得到报信的阿杉又立刻带着这个好消息赶到了村里的七宝寺，阿通正在那儿养病。

去年秋末，在那个暴风雨的夜晚里，阿通去佐用山的山洞里解救阿杉，反遭阿杉一顿毒打，结果便昏了过去。从次日早晨起，一直到现在，阿通虽然渐渐恢复了意识，身体状况却大不如前。

原谅我吧，只要你能解气，怎么打我这老太婆都行。阿杉之后每次看到阿通的身影时，便总会流着忏悔的眼泪这么说。如此一来，阿通反而觉得惶恐，更加痛苦，便安慰说，自己的身体从前就落下了病根，全然不是阿杉的过错。

这是事实。阿通以前也不是没有这种患病的经历。数年前，在京都的乌丸光广府里时，她就曾卧病数月。这一次，连早晚的症状都与上次非常相似。她一到傍晚就会发起低烧，还伴随着轻微的咳嗽。身体日渐消瘦，使得她那美丽的容貌愈发动人，反倒让人觉得这种美有过度雕琢之嫌，不禁心生怜悯。

二

可是，阿通的眼睛里却总是充满了欣喜和希望。喜的是，阿杉不仅原谅了自己，同时也意识到她对武藏和所有人的误解，已完全洗心革面，变成了一个慈祥的老婆婆。至于希望，那便是她总觉得与心上人相会的日子已经不远了。

从那以来，阿杉完全换了一个人，她逢人便说由于从前的罪过和误解，给阿通带来了不幸，作为补偿，就算当面给武藏先生下跪赎罪，也要为阿通求得一个好身体。自己一族的人就不用说了，即使面对着村里的所有人她也毫不避讳，还亲口说从前的婚约早就废弃了，阿通将来的丈夫非武藏莫属。

至于武藏的姐姐阿吟，虽然阿杉在悔悟之前为骗阿通出来曾撒谎说她就在佐用村附近，可事实上，自从武藏出逃之后，阿吟便暂时寄身到播磨的亲戚家，据说后来便嫁至他处，之后就杳无音信了。

因此，阿通返回七宝寺后，若说从前的老熟人，也就数阿杉最亲近了。而阿杉也早晚去七宝寺探望阿通，服药了吗，吃饭了吗，今天感觉如何？真心地照顾她，鼓励她。有一次，阿杉甚至还动情地说，上一次在洞里时，要是阿通活不过来了，她都有一块死的想法。由于阿杉一直是个诡诈之人，阿通起初对阿杉的忏悔也抱着怀疑的心态，可随着时日的增长，阿杉的真情反倒愈发浓厚细致起来。

没想到婆婆竟是这么好的一个人——有时，就连阿通都觉得从前的阿杉与现在的阿杉判若两人，本位田家的亲近者和村人们自然更是啧啧称奇：她的变化怎么这么大？

其中，比任何人更能体会这种幸福的，当是阿杉自己。无论路人、打招呼的村人还是近邻，所有人对她的态度都与从前完全不同。个个都对她笑脸相迎，年过六十之后，她才头一次体会到被尊为一个好婆婆的幸福。甚至还有人当面夸奖她：老婆婆最近连脸色都变得红润了。或许吧。阿杉婆有时也会偷偷取出镜子，端详自己的面容。岁月无情。刚离开故乡时尚有一半黑发，如今已经一根不剩地全变白了。心老了，脸也老了，镜子里的自己仿佛变成了一个纯白的人。

三

听说武藏先生将搭乘朔日离开堺港的太郎左卫门的船赶赴小仓。当从城太郎那里得到武藏即将路过的消息并探问阿通该怎么办时，不用说，阿通的回答自然是“去”了。

尽管每到傍晚便会发起低烧，需要小心地将身体裹在被子里，可阿通并未病到连路都不能走的地步。于是她立刻从七宝寺起程，一路上，阿杉像守护自己的孩子似的照看着她。当在青木丹左卫门的家宅里借宿时，丹左卫门说道：既然是通往丰前的客船，必定会停靠饰磨。为了卸货，大概会停留一夜。藩里的人也都会去迎接，为避人耳目，你们两个待在河口的小船上就行了。一旦有能见面的机会，我们父子会帮你们安排。

只好这样了。于是，二人当日中午前后便赶到了饰磨湾，阿杉让阿通在河口的船上休息，又让人从阿通的乳母家里拿来一些日用品，然后就焦急地等待起太郎左卫门的船来。

正巧，在阿通乳母家染坊的篱笆附近，另有姬路藩的二十多人也在等着武藏，他们甚至还备好了迎接的轿子，要为他设宴壮行，同时也想一睹他的风采。其中既有青木丹左卫门的身影，也有青木城太郎的面孔。

姬路的池田家与武藏，无论是在同乡关系方面，还是在武藏年轻时的经历方面，都有着深厚的因缘，自然会以武藏为荣。出迎的池田家藩士都抱着这种想法，丹左卫门和城太郎也都认同。可他们唯独担心一件事，就是千万不能让其他藩士看到阿通的身影，招来误解可就不好了，而且也可能会给武藏带来麻烦。出于这种考虑，他们便特意把阿通和阿杉远远地安排在河口的小船上。

可是不知怎么回事，海面已沉浸在暮色中，晚霞的茜色也已淡去，不觉间青黑的夜色已四处弥漫，却连个船影子都没有看见。

“是不是来迟了？”一人回头望着其他人，说道。

“不可能。”仿佛是自己的责任似的，一名藩士回答道。这名藩士在京都的藩邸中一听到武藏将于朔日乘船起程的消息后，便立刻快马赶来通知。“在船出发前，我已经派人到小林那里确认过，说是朔日起程没错。”

“今天风平浪静，不会那么迟的。估计不久就会来了。”

“既然没风，帆船就行得慢了，当然就会迟一些了。”

人们站累了，有的在沙滩上坐下。不觉间，白色的长庚星已升至播磨滩上空。

“啊，看到了。似乎就是那个帆影。”

“噢，果然。”

人们骚动起来，成群结队地朝海边的码头涌去。

城太郎则悄悄地从人群中溜出来，跑向河口，朝下面的篷船大声地报起信来：“阿通姐，老婆婆，看见了，武藏师父乘的船出现了。”

四

今晚靠岸的堺港的太郎左卫门的船，人们翘首以待的武藏所搭乘的便船，正从海面上驶来。

“哎？看见了？”听到城太郎的报信，小船的篷子顿时摇晃起来。

“在哪儿？”阿杉站了起来。

阿通也忘乎所以地要起身。

“危险！”阿杉慌忙抱住就要抓住船舷站起来的阿通。她自己也一欠身子，“哦，就是那艘啊。”

二人屏息凝望着海面。夜色下风平浪静的海面上，一艘大船正在星光中舒展着翼翅，仿佛欲滑进凝望的二人眼睛里似的，越来越近。

城太郎站在岸上，用手指着喊道："那艘……就是那艘。"

"城太郎，"阿杉紧紧地抱着阿通，生怕一松手，阿通就会身子瘫软，从小船的船舷上滑落下去，"麻烦你，你能不能赶紧把这小船给划到那客船的下面去？我想让他们早一点见面，早一点说说话，快把阿通带到武藏先生那儿去。"

"不行啊，老婆婆。急也没用。现在藩里的人都站在海边等着呢，并且，早就有人划着快船前去迎接武藏师父了。"

"那就更得去了。若老是顾忌别人，就无法让阿通跟武藏先生见面了。我会帮忙遮掩的。趁着武藏先生还没被围起来当作客人请走，哪怕让她提前看一眼也行啊。"

"不好办啊。"

"早知这样我们就待在染匠家里等着了，可你害怕藩里众人的耳目，让我们躲在这里，你看看，没办法了吧？"

"不不，只是父亲丹左卫门担心世上人言可畏，害怕师父在赶赴重要地方的节骨眼上横生枝节，才做出这种安排。我也会跟父亲商量，只要一有空，立刻就把武藏师父带到这儿来，所以，还请你们再忍耐一下，再等等吧。"

"那，你可一定得把武藏先生带到这儿来啊。"

"武藏师父登上我们迎接的小船上岸后，会暂借染坊的家与藩士们一起休息。到时候我会把师父给领出来一会儿。"

"那我们可就等着了，就这么说好了。"

"一言为定。阿通姐也赶紧休息一下吧。"说完，城太郎又急匆匆地朝海边赶去。

阿杉于是小心地将阿通抱到篷船的卧床上，安慰道："你先躺一会儿吧。"

可是，阿通脸刚贴到木枕上，便呛得咳嗽了一阵子，也不知是刚才活动得太剧烈，还是因为海潮的气息太强烈了。

“又咳嗽了。”阿杉连忙帮阿通揉起那单薄的后背。或许是为了帮她分散病痛吧，一面揉，还一面频频说着武藏马上就会过来。

“婆婆，我没事，谢谢您。您这样我会受不了的，不用揉了。”咳嗽止住后，她拢了拢散乱的头发，忽然又担心起自己的仪容来。

五

好一阵子过去了，可等待的武藏仍没有来。阿杉便把阿通一人留在船上，自己上了岸，焦急地等待起武藏。

至于阿通，她一想到武藏不久后就会来到这儿，心里便不由得怦怦乱跳，怎么也无法安静地躺着。她将木枕和被子推到篷船的一角，重新正正衣领，系系衣带，整理起衣饰。对她来说，现在的心跳与春心萌动的十七八岁时的心跳仍一模一样，毫无改变。

船头上吊着灯笼，火光映照着江口，阿通的心也在熊熊燃烧。如今她早已忘记了自己的病，从小船的舷上伸出白皙的手，弄湿梳子，梳理起头发。接着又在掌心里化开一些白粉，在脸上涂了层别人难以察觉的淡妆。因为她曾听人说起过：即使是武士，当尚未完全睡醒或是身体状况不佳，却又不得不面见主君或接见客人时，他们也会趁洗脸时偷偷往脸上抹点胭脂之类，以使自己容光焕发。因而她也深受启发。

“可是，我该说些什么呢？”阿通忽然又为与武藏见面之后的事担心起来。若真是要说，自己心里的话恐怕一辈子也说不完。可每次见面时，她又什么都说不出来。

为什么要来凑热闹！她害怕武藏又会生气起来。真不巧，在世人的纷纷议论和众目睽睽之中前去与佐佐木小次郎比武，以他的脾气和信念，他恐怕不希望跟自己见面。可是正因如此，对阿通来说，这才是毕生的机会。虽然她并不相信武藏会败在小次郎的手上，可谁都无法保证不会产生意外。孰胜孰负，世上既有支持武藏者，也有看好小次郎者，可谓旗鼓相当。一旦错过了今天这个机会，万一致使今生今世再无缘相见，那她一定会后悔终生的。

在天愿作比翼鸟，在地愿为连理枝——中国皇帝祈祷来世的这句悔恨之诗，不管自己念多少遍，哪怕流泪至死，恐怕也无法做到。

无论受到何种呵斥也要去！尽管她忍着病痛，强作欢颜地来到这里，可当与心上人见面的时刻越来越迫近时，她的内心却怦怦乱跳起来，担心起武藏的想法，甚至连见面后该说的话都想不起来了。

站在岸上的阿杉也有自己的心事，倘若今晚见到武藏，她一定要先把积年的恩怨和误解一笔勾销，卸下心头的重负。并且，为表示诚意，无论他说什么，也要把阿通的终生托付给他，哪怕是跪地乞求，否则自己实在对不起阿通。她一面在心里默默发着誓，一面守望着昏暗的水面。

“是老婆婆吗？”这时，城太郎的身影匆匆赶来，边跑边喊。

六

“早等你半天了，城太郎。这么说，武藏先生马上就来了？”

“老婆婆，很遗憾。”

“遗憾？”

“您听我说。具体情况是这样的。”

“具体情况待会儿再说，武藏先生究竟来不来这里？”

“不来。”

“什么？不来？”

阿杉茫然地喃喃着，从中午起便与阿通苦苦守候的心弦一下松了下来，满脸的失望之情简直令人不忍目睹。

接着，城太郎便难为情地解释起来：事实上，刚才他一直与藩士等待不久后便该载着武藏上岸来的驳船，可无论怎么等，既没有音信，也看不见驳船的影子。不过，太郎左卫门的渡船就停在远处的浅海上，一定是因故迟了吧，大家一面猜测，一面站在海边等待。不久，前去迎接的驳船终于回来了。

回来了！可是，这兴奋只持续了不到一瞬，再一看，驳船上竟连武藏的影子都没有。怎么回事？一问，驳船上的人这才转述渡船水手的话说：这趟船上并无旅客在饰磨下船，而且仅有的一点货物也早被在海边等待的水手接走了，所以船会马上从这里绕往室津，抓紧赶路。驳船上的人只好说：这趟船上应该搭乘着一个名叫宫本武藏的人。我是姬路藩的家臣，想请他住一夜，还有许多藩士也都到海边来迎接了。能不能请他稍微上岸一会儿，哪怕只一会儿也行。

听他这么一说，船老大便通报给了武藏，不久，武藏便出现在船舷上，对下面的驳船说道：多谢贵方好意，可想必诸位也知道，在下此次乃是因要事赶往小仓，并且，听说渡船也要在今夜之内绕往室津。实在是抱歉，请将在下的意思转告诸位。

无奈，驳船只好返回海边报告，而同时，太郎左卫门的渡船则再度张帆起航，现在刚刚驶离饰磨。

城太郎解释完原委，又说道：“无奈，藩士们只好都离去了。可是，老婆婆，我们该怎么办呢？”他似乎也掉进了失望的谷底，有气无力。

“这么说，太郎左卫门的船已经离开这里，驶往室津了？”

“没错。想必老婆婆您也能看见吧。现在，正绕开沙洲前面的松林驶向西面的那只船就是太郎左卫门的船。或许，武藏师父就站在船尾呢。”

“哦……就是那个船影？”

“真遗憾……”

“喂，城太郎，这完全是你的疏忽。为什么你不坐进驳船去一起迎接呢？”

“现在说什么都晚了。”

“哎，眼睁睁地看着船就在眼前，可就是……真可惜……该怎么对阿通说才好呢？城太郎，我说不出口。你去告诉她具体事由吧。只是，要等她平静下来再说，否则，弄不好又会让她的病情加重了。”

七

其实，不用城太郎去告知，也不用阿杉强忍着痛苦去解释，二人的对话早就传到船篷下那竖起耳朵的阿通那里了。哗……哗……河口静谧的夜波拍打着船舷，也敲打着她的心口，眼泪不禁又夺眶而出。不过，对于今夜的无缘，她并未像城太郎、阿杉那样感到无比遗憾。今夜无法相见，他日必会重逢，在这里无法倾诉，便在他处诉说。孤身十年的誓言毫无改变。她甚至觉得并未中途下船的武藏大概也抱着同样的心情吧。

据说，那岩流佐佐木小次郎，如今已是中国九州一带人人敬畏的高人，已是剑道上的一名霸者。既然要与武藏一决雌雄，莫说别人，他自己无疑充满了必胜的信念。

就算武藏再厉害，这次的九州之行，也不会一帆风顺。阿通在自怨自艾之前，首先想的是这些。可一想到这些，她便又沉溺在无尽的泪水中。

“我的武藏先生，他在那艘船上，他就在那艘船上。”她不顾一切地趴在船舷上，遥望着正从松林沙洲驶向西面的帆影，任由泪水倾泻而下。

忽然，她的眼泪猛地唤起了一股连她自己都没有意识到的力量。这力量，便是她历经病魔，历经所有艰难困苦，历经漫长岁月而来的坚强意志。柔弱——无论她的肉体、感情还是身影，看起来都是那么柔弱，让人怎么都无法从她身上找出一点坚强的东西，可现在，一股强大的力量忽然冲破了心口，让她热血沸腾，两颊绯红。

“婆婆。城太郎。”她忽然从船上喊了起来。

二人立刻从岸上赶来。

“阿通姐。”该怎么说呢？城太郎一脸惶惑，支吾着答道。

“我都听到了。由于船的原因武藏先生不能来了。你们刚才的话，我全听到了……”

“你听到了？”

“是的。不必叹气，也还不是悲伤的时候。既然这样，我想索性赶到小仓去，亲眼看看比武的情形。谁也无法断言完全不会发生意外。我早就做好心理准备了，一旦他有个三长两短，就由我去给他收尸。”

“可是，你的病……”

“病？”此时，阿通已完全忘记自己还是个病人。可是，即使城太郎如此提醒，她的意志仍超越了肉体，她在无比坚强的信念中振作起来。“请不用担心。我已经没事了。就算是有一点小毛病，在看到比武结果之前……”

我是不会死的！她把差点说出口的最后一句强咽下去，然后立刻拼命地重新装扮起来，竟独自抓住船舷，一个人爬到了岸上。

城太郎不禁双手捂脸，转过身去。阿杉也终于忍不住，哭出声来。

鹰与女人

一

就在庆长五年的战乱之前，小仓还一直被叫作胜野城，是毛利一岐守胜信的居城，后来，这里增建了新城的白壁和箭楼，愈发威严了。

从细川忠兴再到忠利，小仓已是历经了两代国主的城府。岩流佐佐木小次郎几乎每隔一日便登城参见，指导以忠利公为首的一藩人。源自富田势源的富田流，历经钟卷自斋至他这一代，集自己的创意及二祖的心血之大成的这自谓“岩流”一派的剑法，自从他来到丰前之后，几年之间便席卷了藩中上下，风靡九州一带，甚至还有不少人慕名从遥远的四国、中国赶来，到城下游学一年乃至两年，以求拜进他的师门，取得出师证明荣归故里。

他的肩上担负着众望，就连主君忠利也十分高兴：“真是招到了一位英才。”藩中上下也无不佩服：“人才！”这已经成了众人的共识。

氏家孙四郎秉承新阴流，在他赴任之前一直是藩中的教头，可在岩流的巨星光芒之下，孙四郎已然成了一种可有可无的存在。

可小次郎请求忠利公说：“请主公不要见弃孙四郎先生。他的剑法虽然质朴，可比起我这后生的剑法来，总有一日之长。”他不仅称颂孙四郎，还亲自提议要与氏家孙四郎隔日轮番教授。

一次，忠利公说道：“小次郎说，孙四郎的剑法质朴却有一日之长。

孙四郎则说小次郎的刀乃是天禀名刀，非自己所及。看来只有交手一下，才能一分高低了。”

“遵命。”于是，二人顿时手持木刀在忠利公面前比试起来。其间，小次郎瞅准机会，率先放下木刀，跪拜在孙四郎足下，说道：“在下服输。”孙四郎也慌忙谦让：“不，您过谦了。在下终究不是您的敌手啊。”总之，二人彼此谦让着。

这些轶事愈发提高了小次郎的威望：“不愧是岩流师父。”“真了不起。”“高雅之士。”“高深莫测。”

总之，他已是深受爱戴，如今，即使在他隔日登城——当然，此时的他已有七名随从持枪侍奉在左右——的途中，也会有一些仰慕者特意来到马前，向他施礼致敬。

可是，对衰败的氏家孙四郎都会如此宽厚仁义的他，一旦听到身边的人提到宫本或者武藏，并说起其在近畿和东国声名远播的事情时，他顿时就会变得像个心胸狭隘的小人，语气冰冷。“听说此人最近到处卖弄，小有名气，还自称什么二刀流。许是因为他是个有些巧劲之人，在京都大坂一带也无人能敌了吧。”总之，他既不诽谤，也不赞赏，尽量抑制着面部表情，不让自己流露出某种好恶。

二

一次，有位游历诸园的习武之人拜访岩流在荻之小路的宅邸时，说道：“在下虽未曾与武藏谋过面，不过，时下似乎有许多人都对其极力称颂，世人都说这武藏绝非徒有虚名，自上泉、塚原以后，除了柳生家的中兴石舟斋以外，这世上的名人就非他莫属了。若称其为名人有些过奖，那他起码也堪称是一名高人了。”由于此人并不清楚岩流与武藏之间的过节与恩怨，便信口雌黄地说了起来。

“是吗，呵呵呵。”岩流再也无法掩饰自己的脸色，冷笑道，“常言道世上贤愚对半分。称其为名人者有之，称其为高人者也未尝没有吧。事实上，这不过是当今兵法已沦为品味低劣、风气颓废之法，只是那些沽名钓誉的投机小人横行于世的明证。虽然我不清楚别人是如何看的，可在我岩流眼里，他就曾在京都沽名钓誉过。在与吉冈一门比武时，在一乘寺村，他竟连十二三岁的孩子都会残忍杀害，如此行为实在是残忍而卑劣。光是卑劣一词还不足以形容，当时，他的确是只身面对人多势众的吉冈一方，可谁知他竟不知廉耻，一抬脚溜之大吉了。另外，倘若再看看他的来历，看看他的野心，便知他是一个可以唾弃之人。哈哈哈，若说他是兵法上的高人，在下倒也赞同，若说他是剑道的高人，在下却不敢苟同。世人实在是太天真了。”

倘若议论者仍旧力捧武藏，岩流便觉得对方是在嘲讽自己，即使面红耳赤也会驳斥说：武藏残忍且武德卑劣，连个兵法者都不配做。极力显示自己的反感，大有一股不说服对方不罢休的态势。

对于这一点，即使把他尊为一名“雅士”的细川家臣们也暗感意外，不久便有人传言说：武藏与佐佐木先生之间有着多年的积怨。不久，又有传言说：奉忠利公之命，最近二人要举行一次比武。

由此，一直以来的猜疑得到了印证，最近数月，藩里的耳目全都在打听比武的日期和动向。

同时，自从消息在城内城外传扬开来之后，一有动静，便有一个人频频在荻之小路岩流的宅邸出没，此人便是藩老之一岩间角兵卫。在江户时，由于是他把小次郎推荐给主君的，所以，如今他已经与小次郎形同一家人。今天也不例外。时值四月初，樱花落满了庭院的泉石之间，杜鹃花正如火般怒放。

“在家吗？”问过之后，他便随引路的侍从来到后面。

“呃，岩间先生啊。”客厅沐浴在一片日光中，佐佐木岩流正站在庭院里，拳头上托着一只鹰。温顺的鹰正乖巧地吃着他掌心里的饵食。

三

自从奉主君忠利之命，与武藏比武一事决定下来之后，由于忠利公的体谅，外加岩间角兵卫的周旋，他便获许无须再隔日登城指导，比武之前可在家安心静养。因此，现在的他每天都在家里享受悠闲。

“岩流先生，今天，大家终于在主君面前商定了比武地点。于是我就赶紧来通知你了。”角兵卫站着便说了起来。

“请。”这时侍从已在书院设好席，请他入座。角兵卫却只是朝其点了下头，仍继续说道：“起初，有人说闻长浜好，有人说紫川的河滩好，可是这些地方都太狭窄，就算用栅栏围起来，也无法完全避开那些拥挤混乱的围观人群……”

“是吗？”岩流一面喂着拳头上的鹰，一面出神地注视着鹰的眼睛和它那啄食的嘴巴，似乎毫不关心世间的热议和藩老的讨论，一副超然的样子。

对比武比自己的事情都上心，特意赶来告知却遭了个冷脸，令角兵卫也泄了气，说道：“站着也不便说话，那就进屋吧……”身为客人的他却像主人一样催促起来。

“等等。请稍候……”岩流仍在专心喂鹰，“我马上就把掌上的饵食喂完了。”

“这是主公赐的鹰吧。”

“没错。这是去年秋天随主公鹰狩的时候，主公亲手赐给在下的一只鹰，名叫天弓，现在跟我越来越熟，越来越可爱了。”说着，他把剩在掌心里的饵食丢掉，收起红缨的绳子，回头看看身后的少年门人，吩咐道：“辰之助，把它放到鹰舍去。”然后把鹰从自己的拳头转到对方的拳头上。

“是。”辰之助带着鹰朝鹰舍方向退去。府内十分宽阔，假山的远处围着松林。墙外便是到津河岸，附近同样有许多藩士的宅邸。在书院落座之后，“请恕在下失礼。”岩流刚一开口。“哪里哪里，又不是外人。来到这里，连我都有一种像是回到自已家或儿子家的感觉。”角兵卫反倒无拘无束。

这时，一名妙龄侍女带着楚楚风情奉上茶来。她抬头看了角兵卫一眼，说道：“一点粗茶，请慢用。”

角兵卫摇着头说道：“是阿光啊。你总是那么娇艳。”说着便端过茶碗，阿光顿时羞得连脖根都红了，说道：“大人休要见笑。”便逃也似的退了下去，躲到拉门后面。

“虽然熟络起来后鹰也很可爱，可毕竟是猛禽啊。比起天弓，还是阿光放在身边好。关于阿光的终身大事，我也正想找个机会好好问一下你的想法呢。”

“阿光那女人，她是不是偷偷去过岩间先生府上了？”

“虽然她让我保密，不过倒也没有隐瞒的必要。的确，她是找我商量过。”

“这女人，居然一直瞒着我。”岩流朝着白色的拉门瞪了一眼，说道。

四

“别生气，也难怪她。”岩间角兵卫劝道，看到岩流的眼神变得柔和之后，于是说道：“身为一个女人，这种担心也是必然的。并非是她怀疑你的心意，只是长此以往，终究不妥，这种事，放在谁身上都会这么想。”

“那么，阿光把一切都告诉您了？哎，真是丢人。”

“这有什么。”

看到岩流有些害羞，角兵卫连连为他解围：“男女之事乃人之常情。反正你早晚也要娶妻生子，自立门户。既然住在这么大一座宅邸里，手下又有那么多的门人和奴仆……”

“正因为她是我的一名侍女，这让我的脸面……”

“可事到如今，你也无法再抛弃阿光。倘若她不配做你的妻子，那还情有可原，可她血统纯正，而且，她还是江户小野治郎右卫门忠明的侄女，不是吗？”

“是的。”

“据说，就在你前赴治郎右卫门的道场，只身接受比武挑战，令忠明顿悟出小野派一刀流已经衰败一事后，你们两个就互生情愫了？”

“您说得没错。可这毕竟不是件光彩事，一直瞒着恩人您也让我很痛苦，我一直想找个机会跟您挑明。您说得一点不假，跟小野忠明先生比完武，回去时已是夜晚时分，所以，那个小姑娘——就是当时仍服侍在治郎右卫门忠明身旁的阿光——便提着小提灯，沿着皂荚坂昏暗的坡道，一直把我送到了市镇上。”

“唔。听说是这样的。”

“结果，路上一句无意的戏言竟被她当了真，后来，在治郎右卫门出走之后，她便来找我。”

“行了，不用再解释了，哈哈哈。”角兵卫一副受不了的样子，摆摆手打断了他。

不过，从搬离江户的伊皿子坂，一直到搬到小仓来的这段时间里，角兵卫竟一直被蒙在鼓里，直到最近才知道这女人藏在小次郎府里一事。在吃惊于自己糊涂的同时，他也为岩流小次郎在这方面的才气、本领和周到的处置而咋舌。

“这事交给老夫便是。不过，当下却不宜唐突透露成家的事。等顺利完成比武之后再谈也不迟。”说完，角兵卫忽然谈起比武要事来。

角兵卫觉得，武藏之流，与岩流根本就不堪一比。他甚至还自负地认为，这次比武反倒是让岩流名声大振，提升地位的大好机会。

“关于刚才所说的比武地点一事，我前面已经说过，既然在城外的郊区怎么也无法避开混乱的围观者，那就索性搬到海上去，最好是一个岛，于是大家便选定了赤间关与门司关之间一个叫穴门岛的小岛，又名船岛。”

“是船岛啊。”

“没错。趁着武藏还未到，你最好先上去勘察一下地形，至少也能增添几分胜算啊。”

五

在比武之前先勘察比武场所的地形，这无疑是有利的。毕竟可以提前准备当日的进退路线、鞋履等，还可根据附近有无树木以及太阳的方位来确定进攻的位置，总之，比起突然的遭遇战来，心理上有更充裕的准备。

岩间角兵卫劝他应及早，甚至是明天便雇一艘钓鱼船之类去船岛察看，岩流却说道：“兵法中历来最看重先机。可一旦己方的准备被对方利用，反倒会招致误算，这种例子不胜枚举。索性不如放松心态，临机应变。”

角兵卫也认为他言之有理，便不再坚持提前察看场地。岩流叫来阿光，吩咐其准备酒席。然后二人开怀畅饮，一直喝到晚上。对于岩间角兵卫来说，自己所提携的岩流如今已是声名大噪，深得君宠，还成了这深宅大院的主人。今天能在这样的府里喝上他一杯酒，自己也算没有白照顾他，便一口一口地品尝起这人生的喜悦来。

“你就放下阿光，只管去吧。总之，比武结束之后，我就把你老家的长辈以及亲朋好友全给叫来，给你完婚。对武道的执着当然是好事，可巩固家名也是当前的头等大事。等做完这些后，我角兵卫对你的照顾也算能有个交代了……”尽管他自以为堪比岩流的父母，只顾一个人高兴，岩流却自始至终都没有醉。他每天都沉默寡言。随着比武日期临近，进出的人突然多了起来。虽然他不再隔日登城指导，可每天都为接待客人而烦恼，哪里还谈得上静养。不过，他也无法闭门谢客，因为一旦人们传扬说自己闭不见客，听起来总有卑怯之嫌。他尤其在意这些。

“辰之助，把鹰拿出来。”这一天，装扮停当后，他便把天弓放在拳头上，一大早便出了府邸，他自我感觉这个主意很不错。

气候宜人的四月上旬，托着鹰走在山野里，光是这么走走就够养神了。鹰瞪着琥珀色的眼睛，毫不懈怠他在空中追逐着猎物。岩流的眼睛则追逐着鹰的身影。每当鹰把猎物抓在爪下时，便会有鸟毛从天空纷纷落下。岩流则连呼吸都忘了，俨然已完全化为鹰。

“对……就是它。”他把鹰当成了老师，恍然顿悟，脸上每天都泛出愈加自信的神色。可是，每当傍晚回到府里时，阿光的眼睛却总是哭得又红又肿。而她越是化妆掩饰，岩流内心便越痛苦。自己断不会败给武藏，尽管满怀自信，可一看到阿光的样子，万一自己真的与阿光永别——他便胡思乱想起来，甚至会想到自己死后的事情，奇怪的是，连他平常从未想过的亡母也会浮上心头。

已经没几天了。每当心事重重地入眠之后，他的眼前总会相继浮现出那琥珀色的鹰眼和阿光那因忧伤而哭肿的眼睛，其间还闪烁着母亲的身影。

十三日前

一

赤间关如此，门司关和小仓城下更是如此。最近数日，旅客中去者少，留者多，每一家客栈都已满员，就连每家客栈前的拴马桩都因为所拴的马匹之多而混乱不堪。

布告

一　本藩藩士岩流佐佐木小次郎者，兹奉命于十三日辰时上刻于丰前长门之海门船岛举行比武，对方乃作州浪人宫本武藏政名也。

二　当日，藩中严禁烟火。严禁双方一切支持者及帮手渡海。游船、渡船、渔船等亦一律禁止往来海门。此禁令截至辰时下刻为止。

庆长十七年四月

到处都竖着这种告示牌。码头、街口、布告栏，全都有这个布告。每处布告前都聚满了旅人。

“十三日，那不就是后天了吗？”

“听说还有不少人特意从他乡赶来呢。我们也留下来看看吧，回去好当成见闻讲给人听啊。”

“别发神经了，比武地点船岛离海边有一里多远呢，谁能看得见？”

“不，如果爬到风师山上，连船岛岸边的松树都能看得见呢。就算是看不清楚，光是看看当日那船夫戒备的情形和丰前、长门两岸的阵势也会很过瘾。”

“要是天晴就好了。”

“没事，照这个样，不会下雨的。”

街头巷尾议论的全是十三日比武的事。由于布告严禁游船及其他船只出航，一直禁航到辰时下刻为止，那些水运业者自然失望至极，旅客们却早就等着一饱眼福，哪怕只看看当日的阵势也好。

十一日中午前后，在从门司关进入小仓城门的一处小饭馆前，一个女人正一面哄着吃奶的幼儿，一面踱来踱去。她便是前一阵子又八偶然在大坂的河畔发现后一路追去相认的朱实。或许连婴儿都厌倦了这种孤寂的旅行吧，一直在哭个不停。

“你困了吗？睡觉觉，哦，觉觉……”她把乳头塞在孩子嘴里，脚下打着拍子，没化妆，也没注意衣饰，她的眼里只有孩子。

真是物是人非，从前认识她的人一定会如此想。不过，她自己对这种变化和如今的处境丝毫未感到任何不自然。

“宝宝睡了？喂，朱实。”从小饭馆里出来喊她的是又八。他最近才刚刚还俗。只见他用头巾缠着尚未蓄起头发的光头，身穿淡茶色的无袖外褂。上次追上朱实之后，他们二人便立刻结成夫妇离开了大坂。由于没有盘缠，他便背上一个卖糖用的皮袋卖起糖来，一文钱一文钱地为妻子挣奶水钱，今天终于才赶到小仓来。“来，我替你抱。你快去吃饭。你奶水本来就不多，多吃点儿。”说着，又八抱过孩子，在小饭馆外面转来转去，唱起摇篮曲来。

这时，一名路过的旅人打扮的乡间武士走了过来。“咦？”那人注视着又八，又倒了回来。

二

“哦？”抱着孩子的又八也打量起停下脚步的武士，觉得似曾相识，却想不起是谁。

“我就是数年前在京都九条的松原与你见过面的一宫源八啊。当时还是行脚僧打扮，也难怪你认不出了。”乡野武士说道。

尽管如此，又八仍未想起那人是谁，一宫源八便又说道：“当时，阁下自称是小次郎先生，冒充小次郎到处招摇，弄得在下还以为你真的就是佐佐木小次郎呢……”

“哦，是那一次啊！”又八一下想了起来，大声说道。

“对。我就是当时那个行脚僧。”

“哎呀，恕我眼拙。”又八连忙行礼，结果，刚睡着的婴儿又哭了起来。“噢，宝宝乖，不哭，不哭。”

谈话就此被打断，一宫源八一副急于赶路的样子，说道：“对了，住在城外的佐佐木先生的宅邸在哪里？你知道吗？”

“这个，我也不知道。说实话，我也是刚到这儿。”

“那，你也是来看他与武藏比武的？”

“不……也不是……”

这时，有两名刚好从小饭馆出来的仆役长走过来，于是对源八说道：“岩流先生的府邸？就在紫川的岸边，与我家主人的府邸在同一条小径里。您若是要去那儿，我给您带路吧。”

“那就多谢了。那，又八，再会。”说罢，源八立刻跟在两名仆人的身后走去。

看到他那旅人装扮和浑身的尘土污垢，又八不禁念叨起来：“莫非是从上州千里迢迢赶来的？”

看来，不知不觉间，后天的比武之事已经传遍天下。回想起数年前，自己获得了那源八一直苦苦寻找的中条流出师证明后，曾假冒小次郎到处招摇撞骗。如今，一想起当年的样子，又八便痛感当时的卑鄙、懒散和寡廉鲜耻，痛苦得简直不能自已。回想起来，现在的自己与当时相比，进步还是有的，他自己也能感觉出来。就连我……连我这样的笨蛋，只要洗心革面，也能一点点地改过自新啊。

由于孩子的哭声不绝于耳，朱实匆匆往肚子里扒拉了点饭后，立刻跑了出来。“你受累了。我来背吧，帮我放到背上。”

“不喂奶了？”

“孩子一定是困了。只要背在背上，一会儿就睡着了。”

“是吗？嗨。”又八把孩子放到朱实背上，又把卖糖的皮袋背在肩上。

真是一对和睦的卖糖夫妇，来往的行人不禁全投去羡慕的眼神。人们总是对自己的夫妻感情难以满意，而一旦偶尔在路旁看到别家夫妻恩爱的场面，便会艳羡不已。

“真是个乖孩子。几岁了？呵，笑了。”走在路上时，甚至还有一个和蔼的剪着短发的老婆婆特意从后面追过来，逗弄起朱实背上的孩子来。老妇看来十分喜欢孩子，甚至还连连把孩子的笑脸指给跟随她的仆人看。

三

带着孩子的又八和朱实正要绕到后巷，欲寻一家便宜的客栈。

“你们去哪里啊？”跟在后面的优雅旅人装扮的老婆婆笑嘻嘻地点点头，与二人告别，可忽然又像顺便打听似的，问道：“虽然你们两个看着也像是旅人，不过，你们知道佐佐木小次郎的住宅在哪里吗？”

若问这个，刚刚还有一个武士打听过，据说是在紫川的岸边。听又八一说，老婆婆微微致谢：“多谢了。”说着便催促着随行的男仆，径直离去。

又八目送老人离去，不禁感慨起来：“也不知我的母亲怎么样了。”自从有了孩子之后，他才开始体会到父母的不易。

“他爹，走吧。”朱实一面摇着背上的孩子，一面在后面等着。又八却仍茫然地目送着走向远处的与自己母亲年纪相仿的老婆婆。

今天，小次郎和鹰都待在府里。自昨夜以来，访客便络绎不绝，挤满了庭院。主人哪里还有空闲出去打猎。

“这终究是件可喜之事。”

“岩流先生的名声也全系这一战。”

“那还用说。真是名垂千古的好机会。”

“可是，对方毕竟是武藏啊。一旦稍有轻敌……”

无论正门还是侧门，全都堆满了远客的草鞋。他们有的千里迢迢从京都大坂赶来，有的从中国地区赶来，更远的甚至有从越前的净教寺村特意赶来的。光靠小次郎自己的家仆已经招待不过来了，连岩间角兵卫的家人都过来帮着张罗。平常师事于岩流的细川家武士也都聚集在这里，静待后天的十三日。

“虽说是后天，可算起来却只剩下明天一天了。”看看汇集在这儿的亲朋和门人们的神情，或许他们并不了解武藏，可也不知是出于何种心情，他们似乎没有一人不敌视武藏。尤其是那些师从过吉冈门流者，遍及诸国，人数众多，直到今天仍对一乘寺垂松惨败一事耿耿于怀。另外，武藏在十年的闯荡生活中不知不觉间所树立的敌人也相当多，就算是并非全部，可其中的一部分仍通过某些机缘，进入了与武藏敌对的小次郎门下。

“有位上州来的客人求见。”这时，一名年轻武士又将一名客人从大门带到拥挤的客厅来。

“鄙人一宫源八——”这位质朴的客人冲众人打了个招呼，然后就恭谨地站进了陌生的人群中。

“哦，上州来的？”人们于是犒慰着这位远客似的注视起源八。

源八还从上州白云山请来一道护身符，交给门人，让其供奉在神龛上。

“连愿都许了——”在场之人不禁为这份可嘉的用心鼓舞，愈发有底气。

“十三日一定会是个晴天吧。”人们隔着房檐凝望天空。今天是十一日，已近黄昏，天边一片火红的晚霞。

四

这时，众多客人中的一人说道：“您是上州来的一宫源八先生？您为岩流先生祈祷胜利，还千里迢迢赶到这里，用心真是可嘉啊。敢问，您与先生究竟是何交情？”

听他这么一问，源八答道：“在下乃是上州下仁田草薙家的家臣。草薙家的已故主人天鬼先生是钟卷自斋师父的侄子。因此，在下自幼便与小次郎先生认识。”

“啊。倒是听说过，岩流先生少年时曾投身于中条流钟卷自斋门下。”

“还有伊藤弥五郎一刀斋，小次郎先生与其乃是同门。不过，在下早就听说过，比起弥五郎来，小次郎先生的剑法更加生猛凌厉。”

接着，源八又滔滔不绝地讲起小次郎曾拒绝师父自斋的出师证明以及从小便不认输的轶事来。就在这时，“师父呢？师父没来这儿吗？”一名传信的年轻武士过来问道。他朝众人中打量了一番，没发现小次郎的身影，正要去其他房间寻找，客人们便问道：“怎么，有事吗？”

“是的。一个从岩国来的老婆婆说要见师父，似乎是师父的亲戚，现在正在门口呢。”

年轻武士匆匆说完，又一个房间一个房间地寻找起小次郎。“奇怪啊，起居室也没有。”

听到他的咕哝，正在收拾的侍女阿光便告诉他道：“在鹰舍呢。”

五

放着满座高朋不管，岩流竟独自溜进鹰舍，默默地把玩起栖木上的鹰来。他一会儿给鹰喂喂食，一会儿清理一下鹰脱落的羽毛，一会儿又把鹰放在自己的拳头上抚摸起来。

“师父。”

“谁？”

“小的是守门的。刚才前面来了个老婆婆，是从岩国千里迢迢赶来的，说是师父您一见便知。”

“老婆婆……奇怪啊。我的母亲已经不在人世了，大概是母亲的妹妹，我的姨母吧。”

“那该请到哪里去呢？”

“眼下这节骨眼上我真是谁也不想见。可既然是姨母，也无法不见。那就先请到我的房间吧。”

通报人刚一离去，“辰之助”，小次郎便立刻朝外面喊道。

如侍童一样一直跟在身边的入室弟子辰之助立刻应道：“是。师父有何吩咐？”说着进入鹰舍，单膝跪倒在小次郎身后。

“今天是十一日。后天就要到了。”

“是的，马上就到了。”

“许久没登城了，我想明天去给主公问个安，静静地等一夜。”

“是啊，客人实在是太多了。明天最好谢绝一切客人，安心静养，也最好早点睡。”

“我倒真想这样。”

“客厅里那吵吵嚷嚷的客人反倒会害了您。”

“话可不能这么说。那些人也都是为支持我才从远近各地赶来。可是，胜败靠的是时运。虽然不全凭运气，但与兵家兴亡是同一个道理。倘岩流遭遇不测，我在文卷匣里早就留下遗书两封。一封是给岩间大人的，一封是给阿光的，到时候你替我交给他们。”

“遗书？”

“这是武士的习惯，很正常。当日早上还可允许一名服侍者同行，就由你陪我去船岛吧，如何？”

“荣幸之至，谢师父赏脸。”

“天弓也去。”小次郎望着栖木上的鹰说道，“你就把它托在拳上，也带到岛上去吧。在离岸边一里多远的船上，也好做个伴。”

“弟子明白。”

“那我现在就去跟岩国的姨母打个招呼吧。”说罢岩流出去。可是依他现在的心境，他实在不愿见此人。

岩国的姨母早已端坐在屋内。晚霞像慢慢冷却的烧红的烙铁一样渐渐变黑，室内已点上灯火。

“姨母。”

岩流退居下座，低头行礼。母亲故去之后，他几乎是由这位姨母一手带大的。母亲对孩子有些溺爱，这位姨母却严厉得很，对于姐姐的这个儿子，对于担负着佐佐木家前程的这小次郎岩流，她一直都严加训教。即使不在身边，也一直关注着他，可以说，她是岩流眼下唯一的亲人了。

六

“小次郎，听说，你马上就要面临毕生最大的考验了。即使在故乡岩国，这件事也都传疯了。我就再也坐不住，过来看你了，没想到你已经这么有出息了。”回想起当年背着一把家传大刀便背井离乡的少年小次郎，再看看如今已有堂堂大家主人风范的岩流，岩国的姨母不无感慨地说道。

岩流低头，说道：“十年之久，孩儿竟没有给您写一封信，请恕孩儿久疏问候之罪。在他人眼里，或许我已经成功，可小次郎绝不只满足于这些。因此，便从未回过故乡。”

“你也不必自责。世上到处都是你的传闻，即便你不给我信，我也能知道你的安危。”

“就连岩国都传得沸沸扬扬？”

“岂止岩国，这次比武的事情早就传遍了各地，大家都支持你，说一旦败给武藏那将是岩国的耻辱，是佐佐木一族的耻辱。听说连吉川藩的贵客片山伯耆守久安先生都要亲率一门弟子，到这小仓来呢。”

“前来观战？”

“是啊，可告示上说，后天禁止一切船只出海。这恐怕会令好多人失望。你看我，光顾着闲扯了，小次郎，这是我给你带来的一点礼物，你快收下。”说着，姨母解开旅包，取出一件叠好的贴身内衣。这是一件白漂布的贴身单衣，上面写着八幡神和摩利支天保护神的名号，两袖上还有百人针线所绣成的梵文的必胜咒符。

“多谢姨母。”小次郎毕恭毕敬地收下，又道，“您也累了吧。外面挺乱的，您就直接在这屋里休息一下吧。”

就这样，岩流趁势将姨母留在房间里，去了另外一间房，可那里也有客人。

“这是男山八幡的神符。比武那天请装在怀中。”有送神符者，还有特意送来连环甲者。另外，也不知是从哪里送来的，厨房里也堆满了大加吉鱼和包酒桶的草席之类，弄得岩流连个落脚的地方都没有。这些支持者无疑都想让他获胜，不过，其中十有八九都是些投机者，他们坚信岩流会取得胜利，看好岩流将来必会发迹，因而把宝全都押在他的身上，希望将来能在与他的结交中捞些好处。

倘若我现在还是一介浪人——岩流忽然感到凄凉。不过，之所以能让他们如此坚信自己，不是因为别人，而是全靠自己。

我必须要取胜！他又想。尽管他知道这种心态无疑会妨碍比武，可他还是抑制不住这种冲动。必胜！必胜！没人能看出来——不，就连他自己都没有觉察到，他的内心已如微风掠过的湖面一样暗潮涌动。

入夜，也不知是谁去打探的，又是谁来通知的，聚在客厅里饮酒吃饭的人又纷纷议论起来：“听说，武藏今天已经到了。”“说是在门司关上的岸，已经在城下现身了。”“那么，大概已住到长冈佐渡的府里了吧。待会儿谁去佐渡的府上去打探一下。”仿佛今夜就要有大事降临似的，众人小题大做地交头接耳道。

马鞋

一

正如岩流府中的传闻那样，当日傍晚时分，武藏的身影便已经出现在同一片土地上。武藏经由海路，早在数日前便已抵达赤间关，却没有一个人知道他的到来。他自己躲了起来，一直在休息。

十一日这天，他渡海来到陆上的门司关，不久后便进入小仓城，打算到藩老长冈佐渡的府上拜访一下，打个招呼，了解一下比武当日的地点、时刻，并表个态后直接从大门返回。

负责通报的长冈家家士尽管听了他的交代，却无法相信眼前之人便是武藏，不禁上上下下地打量起来，说道："实在让您费心了。不过，主人尚未从城府回来，想必马上就回来了。快请进来休息一下吧。"

"多谢，不过，只求您把在下刚才的话转达给大人就行了。除此之外，在下别无他事。"

"可您好容易来一趟。主人回来后不知会多么遗憾呢。"通报的家士宁愿冒擅自做主之嫌，也不愿放武藏回去，一再挽留。"就请稍候一下吧。尽管佐渡大人不在，还是请进府歇息一下。"说罢，急忙进去通报。

就在这时，走廊上忽然传来急促的跑步声，武藏一愣，抬起头来。"师父？"只见一名少年顿时从式台上跳下来，一头扑进武藏的怀里。

“哦，伊织啊？你长大了。”

“师父知道我在这儿？”

“长冈大人写信告诉我了，在小林太郎左卫门的宅子里也听说了。”

“怪不得您不吃惊呢。”

“唔。有这家人的照顾，师父再也放心不过了。”

“唉……”

“叹什么气？”武藏抚摸着伊织的头，说道：“既然受人照顾，可千万不要忘了佐渡先生的恩情啊。不只武道，学问也必须要做。平常凡事要慎重礼让，遇事时，即使朋辈们避让的也要争着去做。”

“是。”

“你既无母亲也无父亲，孤身一人长大，容易冷漠待人，对世事易抱有偏见。你可千万不能这样，要带着一副热心肠活着。如果自己的心冰冷，便无法体会到别人的温情。”

“是。”

“你虽伶俐，可生性粗野，遇事容易着急。一定要慎重。虽然你尚年幼，有的是时间，可还是要珍惜生命。为了有朝一日能在遇到事情时为国家为武士道而献身，你必须要珍惜生命。要珍惜、热爱自己的生命。要光明磊落。”武藏抱着伊织的头，深情地、依依不舍地说着。敏感的伊织本来就满怀忧伤，一听到生命二字，顿时在武藏的怀里放声大哭起来。

二

自从被长冈家收养后，伊织额发梳得更加齐整，仪表也更加整洁，看上去一点也不像个家仆，连布袜穿的都是白色的。武藏光是看到这些便放心了。既然这样，刚才就不该再说那些多余的话了，他有点后悔。

“不要哭了。”武藏斥责了一句，可伊织仍未停止哭泣。武藏胸前的衣服都快被他的眼泪打湿了。

“师父……”

“让别人看见会笑话的。有什么好哭的！”

“可是，到了后天，师父就要赶赴船岛了啊。”

“必须得去。”

“师父一定要获胜。我可不希望今天是最后一次与师父见面。”

“哈哈哈哈。伊织，原来你是担心后天的事才哭啊？”

“可是，有好多人都敌不过岩流先生。人们都说‘武藏也是答应了一个不得已的约定’。您一定能获胜吧？师父，能获胜吧？”

“不要担心，伊织。”

“那就是说，一定没问题了？”

“师父只是想，就算失败，也要败得光明磊落。”

“如果没有把握取胜，师父，您就趁现在逃奔他乡吧。”

“世上的传闻没错。这的确是一个不得已的约定，不过，既然到了这一步，一旦逃走，武士道也就荒废了。而一旦武士道出现荒废，那就不只是我一个人的耻辱了。世上的人心也会随之堕落。”

“可是，师父，您刚才不是还教我要珍爱生命吗？”

“是啊。师父刚才教给你的，全是师父的短处，全都是师父自己不好的地方，做不到的地方，全都是我无能为力而后悔不迭的地方——我之所以告诉你，就是希望你不要步我的后尘。倘若我武藏真的化成了船岛的泥土，你就更要以我为戒，千万不要为无谓的事情送掉性命。”由于武藏自己也难以摆脱无尽的伤感，便强行把伊织的脸从胸前推开，说道：“虽然我刚才已经拜托过通报人了，不过，在这里我就再求你一次吧，佐渡先生回来后，你一定要替我问候他。反正还会在船岛与他会面的。”

武藏说着便要朝门口走去，伊织连忙抓住他的斗笠，“师父……师父”，却什么话都说不出来，只是低着头，一只手抓着武藏的斗笠不放，一只手不停地擦着泪，抽泣不已。

这时，一旁的二门栅门处稍稍开了一道缝，一人挤出来说道：“您就是宫本先生吗？小的是这里的仆从，名叫缝殿介。您看伊织那舍不得的样子，连小的都看不下去了。或许您还有别的急事，可难道连一夜都没空住下来吗？”

“这……”武藏朝其点点头，说道，“多谢您的好意，可在下已是可能要化为船岛泥土之身，倘若再在此留下一两夜的宿缘，反而会给我这个即将逝去之人和身后人留下诸多烦扰。”

“您过虑了。如果让您回去，或许我等也会挨主人责骂。”

“详情我会再次致信给佐渡先生解释。今天只是前来打个招呼，告诉在下到了而已。请转达我对先生的问候。”说罢，武藏出门而去。

三

“喂——”有人在呼喊。过了一会儿，又有人喊了起来：“喂——”呼喊者挥着手，所喊的对象正是刚刚造访长冈佐渡的府邸，打过招呼后便来到传马河岸，又朝到津的海滨方向走去的武藏。呼喊者有四五名，一看就知道是细川家的藩士，并且全都是一把年纪，其中还有白发的老武士。

武藏并未察觉，默然站在海边。太阳已开始西沉，灰色渔船的帆影静立在晚霞中。距此约一里远的船岛则在一旁较大的彦岛后面若隐若现。

“武藏先生。”“这不是宫本吗？”年长的武士们跑过来，在他身后停下。

当听到有人从远处呼喊的时候，武藏就曾回头一次，他知道这些人的到来，不过由于全都是些陌生人，他并未想到对方是在喊自己。

“咦？”武藏正纳闷时，其中一位年长的老武士说道：“你已经忘了吧？也难怪认不出来了。老夫内海孙兵卫丞。我们原本都是你的老家作州竹山城新免家的人，人称六人众。”

接着，其他人也一一报上姓名：“在下香山半太夫。”“鄙人井户龟右卫门丞。”“船曳木工右卫门丞。”“木南加贺四郎。”

“我们与你都是同乡，并且，北海孙兵卫丞和香山半太夫二位跟令尊新免无二斋还是至交。”

“原来如此。”武藏脸上立刻露出亲切的笑容，向几人点头致意。果然，听口音，他们说话的确带着一股特有的乡音，这不禁令他立刻回忆起自己的少年时代，甚至还从中嗅到了一股家乡的泥土香气。

“请恕在下未及时报上姓名。的确，在下正是诸位要寻找的宫本村无二斋的儿子，幼名武藏者。各位同乡，大家怎么一起到这儿来了？”

“关原合战之后，你也知道，主家新免家灭亡。我等也成了浪人，流落九州。后来便来到这丰前，一度靠做马草鞋等勉强糊口。后来有幸得遇细川家的先主三斋公，如今全在该藩效力。”

“原来如此，没想到竟在这里得见亡父的朋友。”

“我们也很意外。真令人怀念，真想让故去的无二斋先生看一看你现在的风采啊。”半太夫、龟右卫门丞等人回忆着过去，上上下下打量着武藏。

“怎么把正事给忘了。事实上，刚才去家老府上时，听说你来了，却立刻又走了。这怎么能行呢，我们便慌忙追了出来。我们跟佐渡大人早就商量好了，你到小仓之后务必要住一夜，好让我等设一夕之宴相待。”

木工右卫门丞这么一说，半太夫也附和道：“没错，你真是太不给面子了。哪有只在大门口打个招呼就回去的道理？快过来，无二斋的儿子。”说罢，连拉带拽，仗着他们是父亲朋友的身份，不容分说便拉起武藏往前走了起来。

四

实在无法拒绝，武藏便不由得跟着走。“不，还是不去了吧，多谢众位的好意。”武藏止住脚步，刚要推辞，众人立刻道：“为什么？我们几个同乡好不容易来迎接你，为你壮行，可你却——”“这也是佐渡大人的意思。你若不去，也对不住佐渡先生啊。”“还是说，你有什么不满意之处？”他们的感情似乎受到了些许伤害，尤其是自称与无二斋是莫逆之交的内海孙兵卫。“有你这样办事的吗？”他的眼神中分明流露出不满。

“在下绝不是这个意思。”武藏连忙致歉，光是致歉还不够，对方仍追问理由。迫不得已，武藏只好说道：“虽然只是街巷传闻，不足为信，可据说由于此次比武，细川家的两位家老长冈佐渡大人和岩间角兵卫大人已出现了对立，而一藩的家臣们也由此分成了两派，对峙起来。一派拥护岩流，仗着君宠越发有恃无恐，而长冈佐渡大人，为了排挤岩流，也四处拉拢，壮大自己的派系。总之，路上到处都是这种莫须有的流言。”

“呵呵……”

“这恐怕只是街头的谣传，俗人的臆测吧。可是，人言可畏。在下乃一介浪人，没什么可顾忌的。可对于参与藩政的长冈大人和岩间大人来说，绝不能让民众产生这样的猜疑，哪怕是一丝一毫也不妥。”

“哦，原来如此！”老人们使劲点点头，“所以，你才不敢进家老府上？”

“不，这也只是托词。”武藏微笑着予以否认，又说道：“事实上，在下生来便是个野人，懒散惯了，向来不喜欢拘束。”

“你的心情我们都理解。不过，仔细想来，或许也是无风不起浪吧。我们倒是没怎么注意。”老人们不禁感佩起武藏的深思熟虑来。可是，若就此分别也太过遗憾，众人便低头商量了一会儿，不久，木南加贺四郎代替众人表达了另一个希望：“事实上，每年的四月十一日这天，我们都会有一个聚会，十年来从未间断过。而且，人数也只限于同乡六人，从不邀请其他人。阁下既然也是同乡，令尊无二斋的朋友也在其中，刚才我们商量了一下，你也来参加吧。尽管会给你平添一些不便，不过这样就不同于进家老的府邸了，既没有世人的耳目，也不会招人说三道四。”说完，又补充道，其实他们此前就商量好，倘若武藏已经在长冈家落脚，几人的聚会便打算延期。为了谨慎起见才去长冈家确认，既然武藏有意避开长冈家，那今夜就请屈尊参加我等几人的聚会吧。

五

既然如此，武藏也再无法拒绝，“既然诸位把话都说到这个份上了……”便答应下来。

众人非常高兴，说道：“那就赶紧分头准备吧。”几人当即商量了一下，只留下木南加贺四郎一人陪伴在武藏身边。其余的人则说道：“既然这样，待会儿在聚会的席上见。”然后，众人各自回家而去。

武藏与加贺四郎在附近的茶屋等到日落，不久，在夜晚的星空下，武藏便在加贺四郎的引领下一起从市街来到近半里之遥的到津桥畔。

这里已是城郊，既无藩士的宅邸，也看不到酒亭之类。桥畔附近，草丛里隐没着几家专以旅人和赶马人为对象的简易酒馆和客栈，点点灯火若隐若现。

难道要将自己引往可疑之处？武藏不由心生怀疑。这些人都是有头有脸的藩士，而且考虑到香山半太夫、内海孙兵卫丞等人的高龄，一年一度的聚会也没道理非设在这荒郊野外不可啊，实在是匪夷所思。难不成是借着聚会的名义搞什么阴谋？不对，如果是这样，自己怎么一点也未从他们身上感到任何邪气和杀气呢？

“武藏先生，大家都到了。这边请。”加贺四郎让武藏站在桥畔等了一会儿，自己则往河滩方向窥望了一阵，然后招呼着武藏，寻着河堤上的小道，率先朝前走去。

“原来席位是在船上啊。”他一面为自己刚才的忧虑苦笑，一面跟着朝河滩走去，可不知为何，连个船影都没有看到。

不过，算上加贺四郎，六名藩士已全部到齐。再一看，所谓的席位，也只是铺在河滩上的两三片草席而已。席子上面，以香山、内海两位老人为首，井户龟右卫门丞、船曳木工右卫门丞、安积八弥太等人都正襟危坐。

“请你到这种席上，实在是失礼。不过，在这一年一度的聚会上，能有幸请到你这位同乡来参加，也堪称是缘分了。来来来，请先落座休息一下。”说着，他们让给武藏一张草席，并把刚才并未出现在海边的安积八弥太引荐给他：“这一位也是作州浪人，如今已是细川家的护卫。”

众人的殷勤态度，与在设有壁龛和银色拉门的客厅中的礼节毫无二异。武藏越发不解。这究竟是特殊的风流情趣，还是为避人耳目？可无论如何，即使被请至一张草席上也是客人，武藏只好恭谨地坐下。不久，年长的内海孙兵卫开口说道：“客人，请随便坐，不必拘礼。虽然我们也带来一些食盒酒馔之类，可待会儿才能打开。我们要先根据惯例做一些事情，时间并不长，还请稍候。”说罢，众人一齐分开双腿，重新盘坐好，然后各自解开自带的稻草捆，编起马草鞋来。

六

虽然做的只是马草鞋，可做鞋的藩士们连句闲话都不说，目不斜视，态度严谨，堪称虔诚。他们不停地往手心里吐着唾沫，捋着稻草，就连那合起手掌搓草绳的力量里都透着一股热情，连外人都能一眼看出。

尽管武藏疑惑不已，可他根本没用奇怪或怀疑的眼光审视他们，只是默默地恭谨地注视着他们的一举一动。

“做好了吧？”不久，香山半太夫老人开口说了一句，环顾其他人。老人已经做好了一双草鞋。

“做好了。”木南加贺四郎接着应道。“在下也做好了。”安积八弥太也把做好的一双鞋递到香山老人面前。

渐渐地，六双草鞋都已做好，堆放在地上。于是，六人这才掸去裙裤上的尘芥，重新穿好外褂，将六双草鞋摆放在供案上，置于六人中央。另外一个供案上则早就摆好了酒杯，一旁的盘子里还供着酒壶。

“那么，诸位。”年长的内海孙兵卫郑重地致起辞来，“自从那个我们人人难忘的庆长五年的关原合战以来，转眼已是十三年。诸位所以能苟活至今，还能有今日的荣耀，完全是仰仗藩主细川公的照顾。这大恩大德，我们子孙万代也不能忘记。”

“是……”众人微微低下头，正襟危坐地倾听着孙兵卫的致辞。

“不过，虽然旧主新免家已经灭亡，可新免家代代的恩情我们也不能忘记。还有，我们更不能好了伤疤忘了疼，忘记我们曾落魄至极在此流浪的经历。为了铭记这三件事，我们才每年聚会一次。首先，我们今年仍能平安地聚到一起，实在是可喜可贺。”

“没错，孙兵卫先生，诚如您所说，藩公的厚爱、旧主的恩情还有让我们一改往日沦落生涯的天地之恩，我们一刻也未曾忘记。”大家齐声说道。

接着，孙兵卫又说道：“那么，行礼！”

“是。”于是，六人正正膝盖，两手扶地，朝着夜色中泛白的小仓城，低头行礼。接着又朝旧主之地，同时也是众人的祖先之地——作州的方向，行礼叩拜。最后则朝着刚才做好的草鞋，双手扶地，虔诚地跪拜。

“武藏先生，我们现在要去河滩上的氏神庙参拜，并奉上草鞋，然后仪式就结束了。结束之后我们就可以把酒言欢了，所以，还请再稍候一下。”于是，一人捧着放有马草鞋的供案走在前面，其余五人跟在后面，朝氏神庙走去。众人将马草鞋结在鸟居前的树上，击掌合十后，便返回河滩的席子上。

然后，酒宴开始。虽说是酒宴，却也只是些煮芋头、树芽味噌笋等，顶多还有些鱼干之类，十分朴素，基本上就是农家宴。不过，众人却豪言快语，觥筹交错，聊得起劲。

七

众人酒兴渐浓，无所不谈。武藏这才问道：“有幸参加这样一个融洽而不可思议的聚会，在下也很尽兴。可是，众位刚才的所作所为，比如做马鞋放在供案上朝拜，还有向故土以及居城叩拜之类，这一切，究竟是怎么回事？”

听他如此问，内海孙兵卫似乎等候已久，答道：“你问得好。也难怪你疑惑。”于是，便详细解释起原委来。

庆长五年，在关原合战中战败的新免家武士大部分都流落到了九州。这六人也是战败者中的一组。他们衣食无着，却心怀“廉者不受嗟来之食，志士不饮盗泉之水”之念，于是便在桥畔租了一间简陋的仓库，用曾经天天摸枪的满是老茧的手做起了马鞋。三年间，他们一直靠向来往的赶马人售卖编制的草鞋来糊口。

“几个人怎么都有些怪怪的，绝非寻常之辈。”于是，赶马人便口口相传，不久，这传言就传进了藩里，传进了当时的主君三斋公耳朵里。

派人调查后，三斋公发现，他们都是旧新免伊贺守的家臣，是一群人称“六人众”的武士，于是心生怜悯，便下令征召他们。奉命前来交涉的细川家臣对他们说道：“虽然在下是奉命前来，可主公并未提及俸禄多少之事，经我等重臣商量，想给六位千石的俸禄，不知各位意下如何？”说完家臣便回去。

六人不禁为三斋公的仁慈而感泣。身为关原的战败者，就算被轰走也已是细川藩宽宏大量了。可对方不但未这么做，还赐给六人一千石之多的俸禄，哪里还有异议？只是，井户龟右卫门丞的母亲却说：理应拒绝。龟右卫门丞母亲的理由是：三斋公的宽厚仁慈无疑令人感激涕零。就算是一合的俸禄，对于你们这些做马鞋的人来说也是抬举，当然没有讨价还价的道理。可是，你们虽然落魄，却是新免伊贺守的旧臣，也曾是位在藩士之上的人。如今，你们竟为了六个人一共一千石的俸禄便欣然应招，传扬出去，岂不玷污了你们售卖马鞋的义举。并且，为了报答三斋公的恩德，你们必须要有不惜牺牲身家性命的觉悟才行。因此，这种像救济米一样的六人合在一起的俸禄不要也罢。就算你们愿意去，我也决不会让自己的儿子去。

于是，六人一致回绝。藩里的家臣便据实上报给了主君。三斋公听后，命道：你们重新去谈，就说长者内海孙兵卫丞千石，余者每人二百石。

于是，六人出仕一事便定了下来，终于到了难得的登城面君的日子，可眼见过六人潦倒模样的使者回来报告说：若不事先给他们一点补贴，他们恐怕连登城的服装都找不出来。

听了使者的提醒，三斋公笑道：“你就等着瞧吧。我要迎接的是一群志士，他们怎么会自寻难堪呢？”果然，靠做草鞋挣钱糊口的六人全都衣着笔挺，各自佩着合身的大小两刀登城而来。

八

武藏兴味盎然地倾听着孙兵卫的话，出了神。

“就这样，我们六人便被征召任用了，不过想来，这全都是天地之恩。祖先之恩和主君之恩即使想忘记也无法忘记，一时用来糊口的马鞋之恩却容易忘却。后来，为了相互告诫，我们便决定将出仕细川家的本月本日作为每年聚会的日子，就这样坐在草席上回忆往昔，重新回顾三件恩情，同时以薄酒相庆。”

孙兵卫丞补充说完后，这才向武藏举起酒杯，又道：“哎呀，光顾着说我们的事了，请见谅。酒虽薄，肴虽简，可心意不变。后天的比武，你就放心大胆地去吧。尸骨我们会替你收的。哈哈哈。”

武藏恭谨地接过酒杯，说道：“承蒙抬爱。这酒胜似高楼美酒。真羡慕你们的心态。”

“此话差矣。若羡慕我们，恐怕就只能做马鞋喽。”

这时，一点夹杂着碎石的泥土忽然从堤上塌落，滑到草丛里。众人不禁回头看去，只见，一个蝙蝠般的人影一晃即逝。

“谁？”木南加贺四郎一跃而起，追了上去。另一人也匆忙跟了上去。

二人站在堤上朝远方张望了一会儿，不久，便大笑着向下面的武藏和朋友们报告：“似乎是岩流的门人。看到我们把武藏先生邀请到这儿碰头私语，一定是误以为我们在密谋帮忙的事情吧。已经慌忙逃去。”

“哈哈哈，难怪他们会有如此疑虑啊。”

虽然在座的人都光明磊落，可今夜城下的氛围又会如何呢？武藏不禁陷入沉思。久坐无用。正因为是同乡关系，自己才更得留意。实在不能连累这些无辜的武士。想到这里，武藏便谢过众人的好意，辞别快乐的草席，先行飘然而去。

飘然，这字眼多么适合描述武藏的行踪啊。

翌日已经是十二日。长冈家理所当然地以为武藏会在小仓城下某处等待，正派人分头寻找他的住处。

“为什么不挽留住他！”后来，用人和通报人无疑都受到了主人长冈佐渡的严厉斥责。昨夜在到津河滩迎接武藏并一同饮酒的六人，也在佐渡的吩咐下四处寻找起来。可是，怎么也找不到。

自十一日晚上，武藏便行踪杳然。

“糟了！”比武之日已迫在眉睫，佐渡雪白的眉毛上挂满了焦躁。

当日，岩流时隔许久，再次登城，接受了忠利公的诚挚祝福和祝酒之后，意气扬扬地骑马回到了府邸。

傍晚时分，城下已传遍了关于武藏的各种流言。“他害怕了，吓跑了吧。”“一定是逃亡了。”“听说连个影子都没有找到。”众说纷纭。

日出时分

一

武藏一定是逃走了！就在人们对杳无踪影的武藏议论纷纷之际，十三日的黎明已悄然降临。

长冈佐渡一夜都没合眼。尽管他不相信武藏会临阵脱逃，可就是这种人常常会在一念之间幡然改变心意。“自己该怎么向主君交代呢？”他甚至想到了切腹。推举武藏者是自己。可就在以藩的名义举行比武的今天，倘若真的出现武藏隐匿行踪之事，自己便只能自裁了。就在佐渡认真考虑着切腹之际，他又迎来了一个晴朗的黎明。

“是自己失察了？”佐渡近乎绝望地叹着气，趁下人打扫房间之际，他领着伊织来到院子里。

“小的回来了。”这时，从昨夜便外出寻找武藏下落的随从缝殿介一脸疲惫地从侧门走了进来。

“怎么样？”

“没找到。找遍了城下所有客栈，始终没找到。”

“去寺院等处问了吗？”

“安积先生和内海先生等人说，凡是府中的寺院和市镇上道场等习武者可能去的地方，他们都会分头去找的，那六人还没回来吗？”

“没回来……”佐渡眉间的愁容愈发凝重。蔚蓝的大海透过庭院树木的缝隙映入眼帘，他只觉飞溅着白沫的浪头甚至拍打到了他的心口。

佐渡默默地在梅树的嫩叶间踱来踱去。

“找不到，哪里也不见人影。早知如此，前天晚上分别的时候问明他的去处就好了。”不久，井户龟右卫门、安积八弥太、木南加贺四郎等找了一夜的人也垂头丧气地一起返了回来。

人们坐在走廊里，情绪激动地商量起来。时刻越来越近。据今天早晨无意间路过佐佐木小次郎门前的木南加贺四郎说，自昨夜以来，那儿便挤满了大约两三百个小次郎的知己和门人，门扉大开，大门口高挂着龙胆纹样的幕布，正面则摆放着金屏风，门人们一大早便去城下的三处神社替小次郎参拜，祈祷今日的胜利，情形热闹至极。

与这边截然相反！

众人虽然并未叫苦，可都是一脸凄惨和疲惫。那六位老武士，尽管与武藏只是作州同乡，却也都觉得无颜面对藩中上下和世人。

“算了，现在找也来不及了。大家都回去吧。越是慌乱，便会越发难堪。”佐渡告诫着，硬是把众人打发回去。

“不，一定得找出来。就算是过了今天也要找出来，把他碎尸万段。”木南加贺四郎和安积八弥太等人情绪激动，说着狠话往回走。

佐渡走进清扫过的房间，在香炉里焚上香。尽管这是每天的惯例，缝殿介却深有感触：“难不成真得自裁？”

这时，仍站在院前望着大海的伊织忽然回过头来问道：“缝殿介，下关的海船货运商小林太郎左卫门家问过没有？”

二

大人的想法往往有局限，而少年的想象力却无拘无束。听伊织这么一说，“对啊……”佐渡和缝殿介顿觉豁然开朗，仿佛一下跳出了迷津。说不定……不，不，他一定是去了那儿，除此之外，实在想不出武藏还能去哪里。

佐渡的眉头顿时舒展。“阿缝，这是我的疏忽。无论怎么淡定，心里也总是发慌。你们立刻去把他迎来。”

“是，遵命。伊织，你心还挺细的。”

“我也去。”

“老爷，伊织说也要同去。”

“唔，去吧。等等，我还要给武藏写上一笔。”佐渡写好信，并交代了口信：在比武的时刻——辰时上刻之前，对手岩流会搭乘藩公的船登上船岛。现在仍有足够的时间。阁下也请到鄙人府中准备一下，府里会提供船，届时可搭乘赶赴正式比武地点，如何？

于是，奉佐渡之命的缝殿介和伊织便以家老的名义，让船员发出藩里的快船，不久便抵达下关。

下关的小林太郎左卫门的店铺他们很熟。向店里人一打听，结果对方答道：“虽然详情并不清楚，可从前一阵子起，似乎的确有一个年轻武士一直住在后宅里。”

“果然在这儿。”缝殿介和伊织相视一笑。后宅就在店铺海边库房旁边。他们见过主人太郎左卫门，问道：“武藏先生是否暂居贵府上？”

“是，是在这儿。”

“那我们就安心了。您不知道，自昨夜以来，我们家老有多担心。请速请他出来。”

太郎左卫门于是朝后面走去，可立刻又返了回来，说道：“武藏先生还在屋里睡觉呢……”

“哎？”二人不禁一脸惊愕，“请叫他起来。现在哪还是睡觉的时候。他平时都是这样睡懒觉吗？”

“不，昨夜与在下聊得兴起，一直谈到深夜呢。”说着，太郎左卫门叫来用人，把缝殿介和伊织先请到客厅，自己则去叫醒武藏。

不久，武藏来到二人等待的客厅，充分熟睡的他眼眸就像婴儿的眼睛一样清澈，他眼角挂着微笑，招呼道：“早啊。什么事？”

这声招呼不禁让缝殿介感到失望，不过他还是立刻拿出长冈佐渡的书信交给武藏，并传达了口信。

“哎呀，实在是……”武藏低下头，拆开书信。伊织则目不转睛地盯着他的身影。

“多谢佐渡大人抬爱……”武藏卷起读完的书信，扫了伊织一眼。伊织慌忙低下头，可眼里早已噙满泪水。

三

武藏写了回信，交代道：“详情我都写在信中了，请代我向佐渡大人问候。”又说自己会掐算着时间赶赴船岛，勿念。

无奈，二人只好携回信辞去。直到离开，伊织一句话都没能说出来，武藏也未与他说一句。可是，无言之中，师徒的情谊已体现得淋漓尽致。

焦急等回二人的长冈佐渡手执武藏的回信，眉头总算舒展开来。

书信内容如下。

佐渡守大人：

关于乘大人船只赴船岛一事，蒙大人抬爱，在下不胜感激。

然，此次在下与小次郎乃敌对者。且小次郎乘大人主君之船赴约，若在下又乘您之船只前往，大人将如何面对主君？故，在下之事大人可无须烦劳。

此事本应向大人当面言明，又恐大人不允，故未通知大人，直至此许，请原谅。

在下自会乘本地船只准时赴约，请大人勿念。

四月十三日　宫本武藏

读完书信，佐渡仍默然地望着信上的文字发呆。谦虚之美，周到的思虑，多么细致的回信，佐渡完全被打动了。面对着这封回信，他不禁为自己昨夜以来的焦虑羞愧。对于如此谦虚的君子，自己竟怀疑他，实在惭愧。

“缝殿介。你赶紧将武藏先生的这封回信给内海孙兵卫丞及其他人等传阅一下。”

“遵命。”

正要退下，一直候在拉门后面的用人说道：“主人，如果没其他事，您该为今天做见证的事准备一下了。”用人催促道。

佐渡不慌不忙，说道：“我知道。时间还早着呢。”

“早是早，可今天的另一个见证人岩间角兵卫大人早已准备好船只，如今已离开海边了。”

“别人是别人。不用急。伊织，你过来一下。”

“是。”

“你是男子汉吗？”

“嗯，是。”

“无论发生什么事都不哭，你有没有这个自信？”

“我绝不哭。”

“那好，那你就跟我一块去船岛。只是，说不定还得给武藏先生收拾遗骨呢。你去吗？你能不哭吗？”

“去。我保证不哭。”

缝殿介刚从里面跑到门外，墙后一个衣着寒酸的旅人模样的女人便喊住了他。

四

“请等一下。长冈大人的家臣大人。”女人背着一个孩子。

缝殿介很着急。不过，眼前这个旅人模样的女人，还是让他觉得奇怪。“什么事，这位妇人？”

“请恕我冒昧，可像我这样衣着打扮的人，都不敢站在门口，所以……”

“这么说，你是一直在门前等着？”

“是……从昨天起街上到处在说，今天就要在船岛比武了，武藏先生却临阵逃脱了……这是真的吗？”

“放、放屁！”缝殿介将昨晚以来积压在心头的郁闷一口气全吐了出来，说道，“武藏先生究竟是不是这种人，到了辰时自然就会明白。我刚才还见过武藏先生，带回了他的回信。”

“哎？您见到武藏先生了？那，他在哪里？”

“你是……什么人？”

女人低下头来，“我是武藏先生的熟人。”

“唔……看来，你也正在为那些莫须有的流言担心啊。虽然我现在急着出去，不过，我还是把武藏先生的书信让你看一眼吧。不用担心，你看这书信——”于是，缝殿介给她读起书信来。这时，又有一名男子靠到他的身后，泪眼汪汪地一起偷看起书信来。

缝殿介猛然察觉，回头一瞥，男人立刻害羞地施了个礼，慌忙擦拭起眼睛。

“你是谁？”

“我是跟那女人一起的。”

“她的丈夫？”

“真是太感谢您了。看到熟悉的武藏先生的文字，仿佛见到了他本人一样。对吧，老婆？”

“是啊，这样我们就安心了。不过，真想亲眼看一下比武的情形，哪怕是远远的也好。即使隔着海，我们的心也会与他同在。”

“既然这样，那你们就干脆爬到那沿海的山丘上，瞭望远处的岛影吧。今天的天气晴朗得很，说不定连船岛岸边一带都能隐约望见呢。”

“繁忙之中把您叫住，实在抱歉。请恕我们告辞。”于是，背孩子的旅人夫妇便朝着城郊的松山方向走了起来。

缝殿介正要赶路，忽然又叫住了他们。“喂喂，你们两个叫什么名字啊？没什么妨碍的话能不能告诉我？”

夫妇回过头来，再次恭谨地从远处行了一礼。“我与武藏先生是作州同乡，我叫又八。”“我叫朱实。”

缝殿介点点头，然后一溜烟地朝送信目的地跑去。

夫妇二人目送他离去，然后相视一下，谁也未说一句话便匆匆赶往城外，气喘吁吁地往小仓和门司关之间的松山上爬去。船岛就在正前方，还能看到另外几个岛。今天的能见度可真不错，连海门对面的长门山峦的褶皱都清晰可见。

二人铺好自带的草席，面朝大海并坐下来。哗，哗……海潮不断拍打着断崖，震得松叶纷纷掉落，洒落在一家三口的头上。朱实放下孩子喂起奶来，又八则一直抱着膝盖，既不说一句话，也不哄孩子，聚精会神地凝望着蔚蓝的大海。

彼人·此人

一

缝殿介匆匆赶路，在主人长冈佐渡赶赴船岛之前他必须赶回去。依照佐渡的吩咐，他先后前往六名老武士的府邸，一一通知了武藏的书信及情况之后，连每一家的茶水都没顾得上喝一口便往回赶。“啊，岩流的……”他不禁猛然停住匆忙的脚步，躲进角落。

前方便是离海滨奉行的客邸有半町远的海边。从今天早晨起，便有大量的藩士或为监督今天的比武，或为加强戒备及整顿比武场地前往船岛。甚至连番头以下的足轻武士都分成了几组，陆续从岸上登船赶赴船岛而去。

而此刻，水手藩士正将一艘崭新的小船靠在岸边待命，从船板到系船的棕榈缆绳都崭新无比。

缝殿介一眼便认出那是藩主特赐给岩流的船只。虽然船并无特别之处，可站在那儿的一百多人，不是平日里与岩流亲密者，便是陌生的岩流支持者。人们站在船的两侧，回头望着同一个方向。“来了。”

缝殿介也从岸边的松树后朝那边望去。

只见海滨奉行的休息处拴着一匹骑来的马，看来，佐佐木岩流已在那儿休息了一会儿。

官吏们也来送行，岩流将平日的爱马托付给他们后，便带着同行的入室弟子辰之助，踏着细沙朝这边的船走来。

随着岩流步步靠近，人们肃然分成两列，给他让出路来。看到岩流华丽的装束，众人纷纷出了神，似乎都变成了武士似的。

岩流上穿提花白绢的窄袖和服，外套惹眼的猩红无袖外褂，下穿染成葡萄色的皮制窄裙裤。脚上当然是草鞋，只是那鞋看上去稍微有点湿润。小刀还是平常的那一把，至于大刀，虽然做官以后为避锋芒，他便不再佩带那把虽无铭文却也堪称“肥前长光”的爱刀晾衣杆，今天却难得地将其佩在了腰间。这刀三尺有余，一看便知是把宝刀，令送行的人目瞪口呆。更令人难以相信的是，他那人剑合一的高雅风姿、猩红的外褂、白皙丰润的面颊、眉宇间的淡定之气——无形中透着一种庄重之美。

由于阵阵波涛声和风声的干扰，缝殿介无法听到众人和岩流的话语，可还是能远远望见岩流的面孔。那脸上分明挂着一种平静的微笑，全然不像一个行将踏上鬼门关的人。

他一次次地、竭尽所能地把自己的笑容撒播给知己和朋友，不久，在声援者喧闹的夹送中，他登上崭新的小船。弟子辰之助也上了船。两名船员藩士随后乘了上去，一人坐在船头，一人握住船橹。船上还有一个小次郎同伴，便是那只踞在辰之助拳头上的鹰——天弓。或许是被小船离岸时众人的欢送声吓到了吧，天弓啪地扑打了一下翅膀。

二

站在海边送行的人们久久不愿离去。岩流也在船里回头致意。摇橹者也并不急着加速，只缓缓地切着波浪。

“对了，时间紧迫。我得赶紧回府见老爷了……”缝殿介忽然回过神来，正要从岸边松树后匆匆离去。却忽然注意到一个人影。就在离他六七棵树远的一棵树后，一个女人正靠在那里独自哭泣。

望着渐行渐远的小舟，不，目送着岩流越来越小的身影，女人竟抽抽搭搭地哭泣不止。此人便是岩流在小仓落脚之后，一直服侍在他身边的阿光。

缝殿介转过视线，为避免惊吓到她，他蹑手蹑脚地从海边往市镇走去。忽然，他也在心里反思起来，“每个人都有两面。光鲜外表的背后总有人在伤心和忧愁……”缝殿介喃喃着，又回头看了一眼躲在树后独自忧伤的女人和在大海中远去的岩流的船影。

此时海边的人已三五成群地散去，一面交口称赞着岩流的淡定，一面心怀着比当事人还强烈的必胜渴望，逐渐走远。

“辰之助，把天弓给我。”

岩流伸出左拳。辰之助便把栖在自己拳上的鹰移到岩流手上，同时稍稍后退了一下。

小船划行在船岛和小仓之间，海峡的潮流逐渐汹涌。尽管是水天一色的好晴天，浪头却很高。每当水花从船舷上溅起，鹰便竖起羽毛，显出一副凄怆的姿态。今天早上，就连这只驯熟的鹰也充满了斗志。

“回城去吧。”岩流解下鹰的足环，把鹰放到空中。鹰像平常狩猎时一样，滑过天空，扑向飞逃的海鸟，撒下一片片白色的羽毛。可是，由于主人不再呼唤，它便径直掠过城池和一座座葱翠的岛屿，不久便消失了。

岩流并未关注鹰的行踪。放飞鹰之后，他立刻把带在身上的护身符和没用的书信，包括岩国姨母倾尽心血缝制的带有梵字的内衣，将这些本不属于自己的东西全都扔掉，抛进了海潮中。

“清爽多了。”岩流喃喃着。在即将步入生死之境时，这些令他难以平静的情感和羁绊，全都是心里的阴云。尽管这都是人们祈祷自己获胜的好意，可同时也是心头的重负。他甚至觉得神佛的护身符都是一种障碍。

人，一个赤裸裸的自己。他早就体悟到自己所能依靠的只有自己。

海风默默地吹拂着他的脸。船岛上葱翠的松树和杂树也在他的眼眸中一步步靠近。

三

另一方面，对岸赤间关的武藏也做着同样的准备。

早晨，在长冈家的信使缝殿介和伊织二人携带武藏的回信返回之后，海船货运的主人小林太郎左卫门便沿着海边库房的小巷出现在店里。

“佐助！佐助在不在？”他寻找起来。他要找的佐助，是众多伙计中一个很精明的年轻人，在后宅也是重要的用人，有空时便会帮着打理店里的事务。

“东家早。”一看到主人，掌柜的便连忙从账房下来，先请了个早安，然后说道：“您叫佐助？刚才还在那边呢。”说着便转过身来，吩咐其他年轻人道：“赶紧把佐助找来。主人在找他呢。快点。”

接着，掌柜便就店中的事务、货物的漕运和船只调度等事向主人汇报起来，可太郎左卫门打断了他：“这些待会儿再说，待会儿再说。”太郎左卫门仿佛在驱赶耳边的蚊子一样摇着头，询问起毫不相干的事来：“有没有人来店里拜访武藏先生？”

“您说的是后宅那位客人？今天早晨还有人来访呢。”

“是长冈佐渡的使者吧？”

“是的。”

“其他的呢？”

“这……”掌柜托着腮想了一下，说道，“虽然不是我亲眼所见，可我听说，昨晚打烊之后曾有一个衣着肮脏、目光锐利的旅人模样的男子，拄着一根橡木杖，慢腾腾走了进来，说是要见武藏先生。他听说武藏先生下船以来便一直逗留在此处，磨蹭了半天也不回去。”

“到底是谁说出去的？吩咐你们多少遍了，要严把口风。”

“尽管我一再严令他们保密，可毕竟比武的一方就住在咱们这儿，年轻的伙计们颇感自豪，怕是禁不住说漏了嘴。”

“后来，那个拄着橡木杖的旅人怎么样了？”

“总兵卫先生出面澄清说，他一定是听错了，这里根本就没住着什么武藏先生，好歹才将其打发走。当时，大门外似乎还有两三个人，说是中间好像还有女人的身影。”

就在这时，从码头的栈桥方向跑来一人，喊道：“我是佐助。东家，您找我有事？”

“佐助啊，也没其他事，我今天派给你的重要任务，想必不用我叮嘱你也有数吧？”

“有数有数。像这种事，一个船夫恐怕一辈子都难得遇上一次啊，所以，今早天不亮我就起来了，洒水净身，还扎好了新晒布，单等您一声令下。”

“那，昨晚我就吩咐过你了，船都准备妥了吧？”

“说是准备，可也没费多大事，很快就从许多驳船中挑了一条又快又干净的，撒好了盐，连船板都清洗过了。只要武藏先生准备好了，小的随时都可以起程。”

四

太郎左卫门又问道：“那，船拴到哪儿了？”

跟往常一样系在了码头岸边——听了佐助的回答，太郎左卫门深思了一会儿，又说道：“在那儿起程，会引人注目。武藏先生不希望引起任何人的注意，你再换个地方。”

“遵命。那，拴在哪儿好呢？”

“住宅后面两町远的那块有平家松的海边，行人少，不容易引人注意。”吩咐下人时，太郎左卫门自己竟有些慌乱。

店铺也异于往常，今天明显变得清闲了。一方面是因为海禁到子时，另一方面，也因为长门一带也与对岸的门司关和小仓一样，所有人都心系着船岛的比武。

再望一下街道，只见人群熙熙攘攘，好不热闹。附近藩里的武士模样者、浪人、儒者，铁匠、漆匠、铠甲师等工匠，僧侣、商人和农夫，其中还有成群的或包着头巾或戴着市女笠的女人，全都朝同一个方向涌去。

“快过来。再哭就丢下你不要了。”还有一群大概是渔夫的妻子，或背着孩子，或手拉着孩子，仿佛即将有大事发生似的，一路喧闹着通过。

“果然如此，照这个样……”太郎左卫门不禁理解了武藏的心情。

这些喧嚣的人群，他们根本不搭理有识之士的毁誉褒贬，只对他人的生死与胜负感兴趣，纷纷涌去看热闹。而且，距离比武开始还有好几刻的时间。还有，既然已经禁航，海上自然没法去，船岛又远离陆地，即使爬上海边的山峰或丘陵也无法看得见。可是，人们仍然涌去。并且，别人一去，自己也就在家里呆不住了，也不由得跟着前去。

太郎左卫门到大路上转了一圈，感受了一会儿气氛，不久便返回了自家宅院。无论是他的房间，还是武藏的住处，都已清扫完毕。波光映在海边敞亮的客厅的天棚木纹上，不停地跃动。后面就是大海。波浪反射的阳光化成一片片光斑，摇曳在墙壁和隔扇上。

“您回来了。”

“呃，阿鹤啊。”

“您刚才到哪儿去了，我正到处找您呢。”

太郎左卫门端过阿鹤沏好的茶，静静地望着大海出神。阿鹤也默默地凝望着大海。这个被太郎左卫门视为掌上明珠的独生女，直到前些日子还待在泉州堺港的分店里。武藏来的时候，正好坐同一艘船回到父亲身边。阿鹤曾给过伊织不少照顾，因此，武藏能对伊织的近况很了解，或许也是在船中从这名姑娘这儿听来的吧。

五

也还可以这样想象，武藏之所以从前一阵子起就投靠到小林太郎左卫门家里，或许也是出于这种机缘。为了感谢对伊织的照顾，下船后便顺便去了太郎左卫门家，因此便与太郎左卫门熟络起来了吧。武藏逗留期间，在父亲的吩咐下，阿鹤便照顾起他的起居来。实际上，就在昨夜武藏与父亲聊到深夜的这段时间里，她还在另一个房间里忙着做针线活儿。因为武藏曾说：比武当日我什么都不需要，只想要一件新的漂布内衣和一条腹带。因此，她不仅替武藏赶制了内衣，还缝制了新的黑绢的窄袖和服和带绳，一直忙到今晨，终于做好了一切，只要拆掉绷线就可以穿了。

难不成——虽然这只是太郎左卫门身为人父的突发奇想，可他还是忽然间猜疑起来：女儿对他有那种意思？倘若真是这样，那阿鹤今早的心情也……

不，可能并不是自己多虑。阿鹤今早的眉间似乎就流露着担忧的神色，现在也是。给父亲太郎左卫门沏了茶之后，当父亲默然地凝望起大海时，她也一直凝视着大海，若有所思。并且，就连那眼睛都像潮涌一样，眼泪汪汪的。

“阿鹤……武藏先生在哪儿？早饭送过去了没有？”

“已经吃过了，并且已经关上门了。”

“大概正在准备吧。”

“不，还没有……”

“那他在做什么？”

“似乎正在画画。”

“画画？”

“是的。”

“是吗？看来还是我多嘴了。有一次谈到画的时候，我曾无意间说过，希望他能留下一笔，以后也好做个念想。”

“他说，在赶赴船岛之前，给同行的佐助也要画一幅……”

“还要给佐助？”太郎左卫门喃喃着，心里忽然一阵慌乱，焦虑起来，“这都什么时候了，时间这么紧张，连那些明明连一点比武的影子都看不到，却仍拥着去看的人都把道路挤满了，可他——”

“武藏先生似乎已完全忘记了这些。”

“还画什么画！阿鹤，你赶紧去跟他说一声，别让他画了。”

“可是，我……”

“说不出口？”太郎左卫门此时已完全明白阿鹤的心意。父女同心，她的悲伤也同时激荡在太郎左卫门的血脉中。

不过，太郎左卫门却装出若无其事的样子斥责道：“傻孩子，有什么好哭的？”然后，自己站起身朝武藏的房间走去。

六

房门紧闭，武藏静静地坐着，旁边放着笔、砚、笔洗等。身旁已经有一幅画好的画，画的是鹭鸶戏柳图。可眼前的纸上却仍未落下一笔，武藏似乎正在思考该画什么。

在进入到绘画的理念和技巧之前，首先要有一颗纯净的画心，因此，他正平心静气，努力让自己平静。

白纸便是一片“无”的天地，一笔落下就形同“无中生有”，可呼风，可唤雨，犹如天马行空，自由驰骋。创作者的心便随之永远地留在了画中。心邪则画邪，心懈则画懈，若心中只有俗气，则画中的俗气便也会一览无余，怎么都无法掩盖。即使人的肉体消弭，墨迹也不会消失。留在画中的心象究竟能呼吸到何年何月，没人能够知道。

武藏忽然想起这些来。可是，这种念头也是画心的妨碍。自己正努力进入这白纸般的“无”的境地，执笔的手既不是自己的，也不是他人的，而心则只等着在白色的天地中自由飞翔——

狭小的房间因他的身影显得愈发空寂。这儿既没有路人的喧闹声，也似乎与今天的比武无关。只有那中庭的山竹不时微微地颤抖一下。

“喂……”不知何时，他身后的拉门不声不响地开了一道缝，是主人太郎左卫门。尽管太郎左卫门一直悄悄地窥着里面，可看到武藏如此入定，竟不忍叫他。“武藏先生……在您如此忘情的时候前来打扰，实在是不好意思。”在他看来，武藏似乎已完全陶醉在画中。

武藏终于回过神来，“哦，是主人啊。快，快请进。怎么这么客气，站在门口不进来？”

“不，今天早晨哪还有空弄这些啊。时间马上就到了。”

“我知道。”

“内衣、怀纸、手巾等东西全都准备齐了，都放在外间，您还不赶紧去准备一下，以便随时动身。”

“多谢。”

“还有，倘若那画是为我们所画，就先放到一边吧。等您从船岛成功归来后再慢慢画也不迟。”

“您不用过虑。由于今早神清气爽，才会趁机作画。”

“可时间已经……”

“在下有数。”

“那……您准备出发的时候就吱一声，我就在那边等着呢。”

“给您添麻烦了。”

“哪里哪里。”太郎左卫门反倒觉得是自己打扰了武藏，正要退出去时，“啊，主家——”武藏主动叫住了他，问道：“最近的涨潮落潮是在什么时刻？今天早晨是退潮，还是涨潮？”

七

由于涨潮与落潮直接关系到太郎左卫门的生意，被武藏如此一问，他当即便答道：“最近，潮水是在早晨的卯时到辰时之间退到底，现在马上就该涨潮了。”

武藏点点头，“是吗？”咕哝了一句后，便又对着画纸沉默起来。

太郎左卫门于是悄悄关上拉门，退回之前的房间。尽管他无法袖手旁观，焦虑不已，却也无能为力。回到房间里，他也尽力想让自己平静，可一想到时间马上到了，便怎么也坐不住。

他忍不住又起身，走到滨海房间的走廊。潮水正如奔流般涌动，靠海房间下面的滩涂上，潮水眼看着涨了上来。

“父亲。”

“阿鹤啊，你在干什么呢？”

“起程的时间马上就到了，我绕到院口给武藏先生放好了草鞋。”

“出发还早呢。”

“怎么回事？”

“他还在画画呢。他还真沉得住气，优哉游哉的。”

“可是，父亲刚才不是去阻止他了吗？”

“去是去了，可一进那屋，我就不忍心阻止他了。”

就在这时，某处忽然传来了喊声：“太郎左卫门先生，太郎左卫门先生。”声音是从外面传来的。循声望去，只见细川藩的一条快船已靠到院子下面的海滩上。快船上站着一名武士，正朝这边喊。

“哦，是缝殿介先生。”

缝殿介并未下船。他看到了走廊上太郎左卫门的身影，便仰起头来问道：“武藏先生起程了吗？”

太郎左卫门回答说还没有，缝殿介便急匆匆地说道：“那就请告诉他，要他赶紧准备，尽快出发。对手佐佐木岩流先生已经乘坐藩主的船赶赴船岛了，在下的主人长冈佐渡也刚刚离开小仓。”

“知道了。”

“务请转告他，可千万不要背上卑怯的骂名啊。”说完，快船便立刻掉头急匆匆划去。

可是，太郎左卫门和阿鹤只能回头，呆呆地望着里面那安静的房间，尽管只是一瞬的时间，站在走廊上的二人却只觉得有如一年般漫长。

武藏房间里的拉门始终没有打开，也没有任何声响。于是，快船第二次来到后面的海滩上，一名藩士跑了上来。这次的使者已不再是长冈家的仆人，而是直接从船岛来的藩士。

八

听到拉门的响动，武藏不禁睁开眼睛，因此阿鹤根本不用喊他。听到使者已两次乘快船过来催促的消息后，“是吗？”武藏只是微微一笑，点点头，然后默默地走了出去。随之，洗手处便传来了水的声音，武藏开始洗起小睡之后的脸，并梳理起头发来。

阿鹤的视线不禁落在武藏刚才所待的榻榻米上。刚才还是白纸一张，如今却已落满了墨迹。乍一看只像一片云，可再仔细一看，原来是一幅泼墨山水画。画上墨迹未干。

“阿鹤小姐，”武藏从套间说道，“那一幅请交给这里的主人。还有一幅，请过后再交给今天与我同行的水手佐助。”

“多谢。”

“没想到叨扰了这么久，无以回报。这画就权当是纪念吧。”

“希望您今晚仍能同昨夜一样，与父亲在同一盏灯下畅谈。”阿鹤祝福道。

套间里传来换衣服的声音，看来武藏在准备了。不久，拉门后面忽然没了声音，竖起耳朵一听，武藏似乎早已在远处房间里与父亲太郎左卫门闲聊起来。阿鹤于是走进武藏刚才准备的套间，却见他脱下来的衣服已被他叠得整整齐齐，堆放在一角堆放临时衣物的无盖箱里。

一股莫名的寂寥顿时涌上阿鹤心头，她不禁把脸伏在尚留有武藏余温的窄袖和服上。

“阿鹤，阿鹤。”不久，父亲的喊声传来。

阿鹤偷偷用指肚拭了拭眼睑和脸颊，这才回应父亲。

“阿鹤，你在做什么？武藏先生起程了。”

“是。”阿鹤忘我地跑了出去。

再一看时，武藏已穿上草鞋，走到院子的栅门口。他还是想尽力避开人的耳目。从这里沿海边稍微走一点就能登上佐助的小舟，佐助应该早就等在那里了。

店面与后宅的四五人与太郎左卫门一起把武藏送到栅门口，阿鹤一句话也没说出来，当武藏的目光与自己的目光相接时，便默默地低下头，与众人一起低头致意。

“再见。”最后，武藏说道。

大家都低着头，谁也没有抬起来。武藏走出栅栏，静静地关上柴门，又道了一声。“保重……”

当人们抬起头时，武藏已在风中朝远方走去。

他会回头吗？会回顾吗？太郎左卫门等被留下来的人一直站在栅栏处目送他，武藏却始终没有回头。

“这才是真正的武士，多么果断啊。”有人喃喃道。

阿鹤的身影立刻就消失了。太郎左卫门见状，也同时消失在后宅。

从太郎左卫门的住宅后面沿海边步行一町来远，便有一株巨松。此处的人们都称其为“平家松”。

仆人佐助从一大早就把小舟划到了前面，早已等待多时。正当武藏的身影朝其接近时，忽然一个喊声响了起来：“喂！师父。”

“武藏先生。”

随着一阵啪嗒啪嗒的声音，有人踉踉跄跄地朝武藏跑了过来。

九

跨出门槛后，今天早晨的武藏大脑里就忘记了一切。所有的思绪全都融进了乌黑的墨汁，已化为白纸上的山水画。他也自觉今早画得很畅快。

就这样上船去。随潮渡海的心情中，丝毫没有一点异乎平常的感觉。今天渡到那边后还能再次返回这里的海岸吗？这脚下的一步一步，究竟是在走向鬼门关，还是仍走在今生漫长的旅途中？他连这些都未去想。

二十二岁那一年的早春，当他抱着孤剑前赴一乘寺垂松的决战场时，他浑身的毛孔都紧张得竖了起来，多么悲壮多么伤感，而今，他却已没有那种悲壮，也没有那种伤感。

既然如此，那么，究竟当时百余人的对方是强敌，还是今天只身一人的对手是强敌呢？无用说，比起那百人的乌合之众，这只身一人的佐佐木小次郎更令人恐惧。对于武藏来说，今天才是他一生中绝无仅有的大难之日。

可是现在，正当自己望见了等待的小舟，无形中加快了脚步的时候，忽然有两个人跌跌撞撞地奔到了眼前，一个喊着师父，一个则喊着武藏先生，一看到二人，他平静的心瞬间开始动摇。

“哦……这不是权之助吗？还有大娘。你们怎么到这儿来了？”正在他纳闷时，风尘仆仆的梦想权之助和阿杉已像埋在海沙中一样跪拜下来，双手扶地。

“我知道，今天的比武是您毕生的大事。”

权之助刚说完，阿杉也接着说道：“我是来为你送行的。并且，我也是为从前的事专程来向你道歉的。”

“咳，向我武藏道歉？大娘，这是从何说起？”

“请原谅！武藏先生，一直以来，我老婆子都错怪你了。”

“哎？”武藏凝视着阿杉的脸，怀疑自己听错了，“大娘，您究竟想跟我说什么？”

“什么也不说。”阿杉把两掌合在胸前，表明自己现在的心情，“过去的事情，一桩桩一件件，恐怕我老婆子一辈子也忏悔不完，不过，就让一切都过去吧。武藏先生，请你原谅。这全都是……全都是我溺爱孩子酿成的过错啊。”

望着阿杉的身影，武藏再也承受不起，忽然弯下双膝，抓住阿杉的手跪拜下来，久久抬不起头来。因为他也感动地快流出泪来。阿杉的手哆哆嗦嗦，他的手也在微微发抖。“啊，对我武藏来说，今天是多么吉庆的一个日子。听您一番话，我现在就是死了也心甘了。我为您的真情而高兴，我相信您的话。并且，我也可以带着更轻松的心情参加今天的比武了。”

“那，你原谅我了？”

“大娘哪里话，您若这么说，武藏还不知得为从前的事情向大娘您道多少次歉呢。”

“我太高兴了。这样，我心里就轻松多了。那，武藏先生，这世上还有一个可怜的人，你可一定得救她。”

再一看时，武藏才发现，一个柔弱的女人像棵害羞的鸭跖草一样，一直蹲坐在远处的松树下面。

十

不用说，自然是阿通了。阿通终于来到了这里，终于赶来了。

她手拿市女笠，拄着拐杖，拖着病体，还带着一颗熊熊燃烧的心。可是，包裹起这烈焰丹心的竟是如此瘦弱的躯壳。武藏看到她的第一眼便惊呆了。

“阿通……”他凝然地站在她面前，连自己是如何走到她面前的都忘记了。被丢在一边的权之助和阿杉也都没有刻意靠过来，反倒恨不得能立刻消失似的，把这海边全让给他们二人。

“阿通……姑娘。”哪怕只是这一声慨叹，武藏也是费了好大的劲才说出来的。

若要用单纯的话语来连结这岁月的空间，实在是留给人太多遗恨了。而且，现在也已经连问话与答话的空暇都没有了。

“你身体似乎不大好啊……怎么样了。”武藏终于说出这么前言不搭后语的一句，仿佛从长诗中摘取的一句一样。

“哎。”阿通被感情攫住，甚至无法抬起眼来面对武藏。可是，这一次不是生离就是死别，决不能让如此关键的一瞬白白流逝，阿通反复告诫自己，努力让自己冷静。

“是一时的感冒，还是一直以来的宿疾？哪里不舒服？还有，近来栖身在哪里？”

“我回七宝寺了……从去年秋天。”

“什么，回故乡了？”

“哎……”她这才凝视起武藏来。眼睛濡湿了，像深邃的湖水，睫毛好歹抑制住了这湖水的倾泻。“故乡……像我这样的孤儿，是没有人家所说的那种故乡的。我所有的，只是心的故乡。”

“可是，如今大娘似乎也善待你了，这比什么都让我武藏高兴。你要安心养病，幸福地活着。”

“我现在就很幸福。”

“是吗？你这么说，我也能稍稍放心地去了。阿通。”武藏弯下膝盖。

由于担心阿杉和权之助在旁观看，她惊呆在原地，愈发畏缩，武藏却丝毫不顾忌一旁有人。“你瘦了。”他把手放在阿通的背上，似乎欲拥抱似的，把脸朝呼吸急促的阿通脸上贴去。“原谅我。请原谅。无情者未必总是无情者。只有在对你时……”

“我，我明白。”

“你明白吗？”

“可是，我只求你说一句话。请，请叫我一声妻子。”

“你不是说明白吗？说出来反倒无趣了。”

“可是……可是……”不觉间，阿通已全身颤抖着呜咽起来。突然，她拼命抓住武藏的手喊了起来。“即使死了，阿通也——就算是死了……”

武藏默然地使劲点点头，然后一根一根地掰开她纤细又强有力的手指，站了起来。

“武士的妻子，临出征时是不会哭哭啼啼的。你要笑。尤其是当丈夫九死一生地出行时，就更应该这样。”

十一

旁边有人，可是，没有人去妨碍二人这瞬间的私语。

“保重。”武藏把手从她的背上拿开。

阿通已不再哭泣，她强作微笑，勉强忍住泪水，也重复着同样的话语：“保重……”武藏站起来。阿通也踉踉跄跄地站起来，扶着一旁的树。“再会。”说完，武藏大步向海边的波浪走去。而阿通，连涌到喉咙边的最后一句话都没能说出来。因为，就在武藏转身的一瞬，一直忍着的泪水终于化作滂沱的泪雨，连武藏的身影都看不见了。

岸边海风飒飒，满含着潮香的海风吹打着武藏的鬓发、衣袖和裙裤。

“佐助。”武藏朝前方的小舟喊道。

佐助这才回过头来。他早就知道武藏已来了，可他故意把视线扭向别处。“哦，武藏先生，可以动身了吗？”

“好。把船再往边上靠靠。”

“马上。”佐助解开缆绳，拔出船棹，用棹撑着浅滩。

武藏轻轻一跃，刚跳到船头，这时“啊，危险！阿通姐！”松树后面忽然传来一个声音。

城太郎，是跟阿通一同从姬路赶来的青木城太郎。城太郎本来也想来见师父武藏一面，可刚才的情形让他错失了上前相见的机会，于是，他也只好站在树荫下，将视线投向别处。

可是现在，就在武藏的脚跟离开大地，踏入船中的一瞬间，也不知阿通是如何想的，竟忽然冲向大海。城太郎立刻直觉不妙，不禁脱口喊出“危险”，然后边追边喊了起来。

由于他胡乱猜测地呼喊，权之助和阿杉似乎也立刻洞察了阿通的心情，也大喊起来：“啊……你去哪儿？”“别想不开！”说着慌忙从左右两边冲过去，三人紧紧地抱住了阿通。

“不，不。”阿通平静地摇摇头。虽然她气喘吁吁，却微笑着告诉他们，她是决不会做那种傻事的。

“你……你到底想做什么？”

“先让我坐下。”她的声音无比平静。

三人这才悄悄松开手。阿通顿时瘫坐在离海边不远的沙地上，重新整整衣领和散乱的头发后，朝着武藏的船头跪拜。

“你放心吧……放心地去吧。”

阿杉也跪了下来。权之助，城太郎，也都依样跪拜下来。城太郎虽然最终连一句话都没能跟师父说，可他一点都不后悔，因为他把这珍贵的时间全分给了阿通。

鱼歌水心

一

潮水涨得正猛，翻滚的浪潮如激流一样快，风也追得急。

离开赤间关海岸的载着武藏的小舟，不时淹没在雪白的浪花里。佐助把今天的差事看成了荣誉，橹都摇得特别有劲。

“要花很长时间吗？”武藏盘腿坐在船中央，望着前方问道。

“没事，这点海风和潮水，花不了多久的。可是咱们似乎出发得有点晚，辰时早就过了。”

“是吗？那么，船到船岛得什么时候？”

“大概得到巳时吧。不，也可能得过巳时。”

“那正好。”

当日，岩流正与他同时仰望天空里的那一片碧蓝。除了长门山上的白云像旗帜一样舒展飘逸外，其他一丝云影也没有。门司关的市镇和风师山的褶皱清晰可见。聚集在那一带的人像黑压压的蚁群一样，尽管什么都看不见，人们仍在拼命地张望。

“佐助，这个能送给我吗？”

“什么？”

“船底一只桨的碎片。”

“这东西又没什么用处，您要它干什么？”

"我觉得正合手。"

武藏于是抓起破桨，在手里端平瞅了瞅。由于木桨吸收了水分，有几分沉重。桨的一侧也有了刺，因此有些开裂，所以才会弃之不用吧。

只见他拔出小刀，在膝盖上仔细地削起破桨来，一副心无杂念的样子。

就连佐助都有些担心，屡屡回头遥望那赤间关海滨的平家松一带，这船中人却未显出丝毫留恋的样子。莫非，参加比武者全都是这种心情？在佐助这个商人看来，武藏未免过于冷淡了。

看来木桨已经削完，武藏掸掉裙裤和衣袖上的木屑。

"佐助。"他又喊道，"你有没有能穿的东西，哪怕蓑衣也行。"

"您冷吗？"

"不是，老有水花从船舷溅到身上。我想披在背上。"

"我脚下的船板底下塞着一件棉衣。"

"是吗？借我穿穿。"武藏于是拿出棉衣，披到肩上。

船岛仍朦朦胧胧地看不清。

武藏于是又取出怀纸，搓起纸捻来，搓了有几十根。然后又将纸捻搓成两股捻的绳子，量量长度，再系成袖带。

佐助以前就听说做纸捻袖带很难，还有口传的秘诀，武藏搓起来却十分简单，动作之快和系到肩上的麻利劲儿都让他瞠目。

为了防止这袖带被潮水打湿，武藏重新披上棉衣。"那就是船岛吗？"他指着已近在眼前的岛影问道。

二

"不，那是主岛彦岛，船岛得再往前走一会儿才能看到。它就在彦岛的东北方，离彦岛约有五六町远，是个像沙洲一样平坦的小岛。"

"这一带有好几座岛，我正琢磨是其中的哪一个呢。"

“那是六连、蓝岛和白岛——船岛比它们还要小。伊崎、彦岛之间便是人们常说的音渡海峡。”

“西边就是丰前的大里湾？”

“是的。”

“我想起来了，这里的各处海湾和岛屿，在元历年间，还曾是九郎判官和平知盛卿等人的战场呢。”

说这些故事究竟好不好呢？随着船的前行，佐助浑身不由得起满鸡皮疙瘩，情绪激动，心口乱跳。又不是自己去比武。尽管他这么安慰着自己，可还是无济于事。

今天的比武是一场生死之战。自己现在载的这个人，回程时还能载着他回去吗？即使还能载他回去，或许也会是一具凄惨的尸体吧。佐助想不明白武藏为什么会如此淡定。

飘过天空的一片白云，飘过大海的扁舟之人，这两者看起来似乎没什么区别。而实际上，就在这一叶扁舟赶赴目的地的途中，武藏什么也没有考虑，这甚至让佐助都觉得奇怪。

虽然他从未体味过无聊的滋味，可这一日，他在船上觉得有些无聊了。船桨也削了，纸捻也搓了，再没什么事情可做了。忽然，他把视线从船舷投向了沧海的水纹。海水深不见底，却在不断活动，似乎拥有无穷的生命，却没有固定的形状。只要还拘泥于某种固定的形状，人便无法拥有无穷的生命，真正生命的有和无，乃是在失去这种形体之后才实现的。如此看来，眼前的生与死也像是泡沫。这种超然的念头，哪怕只是瞬间掠过大脑，也会令全身的毛孔不由自主地竖起来。这并非因为那不时被海风吹过来的冰冷的浪花。就算心灵上超脱了生死，可肉体却仍能预感到，肌肉照样会紧张。二者是不会合一的。当肌肉和毛孔也忘记生死的时候，武藏的大脑里便只剩下流水和云影了。

“看见了。”

“哦，终于到了。”

可那儿不是船岛，而是彦岛的勅使待海湾。三四十名武士正群聚在渔村的海边，从刚才起便瞭望着海上。这些人全都是佐佐木岩流的门人，并且大半以上是细川家的家臣。

公告牌刚在小仓城下竖起来，他们便抢在海禁之前，提前登岛了。

“万一师父岩流先生败北，决不能让武藏活着从岛上回去！”私下结盟的党徒们根本不将藩的命令放在眼里，从两天前便登上船岛，静待今日。可是，今天早晨，当长冈佐渡、岩间角兵卫等奉行以及警备的藩士们登上岛后，他们立刻被发现了，在遭到严厉告诫后，被从船岛驱赶到了相邻的岛屿——彦岛的勅使待。

三

尽管监督比武的藩士们依当日禁令驱赶了他们，可是，藩士中大多数人都祈祷同藩的岩流获胜，对于为支持师父而登岛的这些门人也从心底里抱有同情。因此，尽管按令将他们赶出了船岛，可依旧留了情面。只要他们转移到一旁的彦岛上，事情自然也就不了了之。并且，比武结束之后，万一岩流战败，虽然在船岛上并不好办，可只要武藏离开了船岛，无论这些门人如何为岩流雪耻，也就再不关自己的事了。这便是这些藩士们的如意小算盘。转移到彦岛上的人们也心知肚明。他们纠集了渔村的十二三条小船，提前赶到了勅使待海湾。并且他们早就商量好，先派人站在山上瞭望，随时报告比武的情况。万一发生意外，三四十人便立刻各乘小船赶到海上，截断武藏的归路，将其追到陆路上狙杀，或者也可酌情弄翻他的船，让他葬身海底。

“是武藏吗？”

“是武藏。”

彼此呼应几声后，他们便跑上高处，手搭凉棚，朝着波光粼粼的海边望去。

“其他船只从今早就禁航了。一定是武藏的船。”

“一个人？”

“好像是一个人。”

“正披着东西孤零零地坐在那儿。”

“再仔细看看，有没有穿甲胄之类？”

“总之，赶紧先布置吧。”

“放哨的上山了吗？”

“上去了。没事。”

“那，我们也赶紧上船。”于是，三四十人便蜂拥藏进各自的小船，以便随时都可以割断缆绳，一冲而出。每条船上都藏着一杆长枪，装备之森严甚至超过了岩流和武藏。

另一方面，武藏现身了！声音传到这里的同时，也理所当然地传到了船岛。

船岛上只有波涛声、松涛声同时夹杂着杂树和毛竹那窸窣的战栗声在回响，从今天早上起，全岛便没有一个人影了。或许是心理作用吧，所有声音听起来都无比萧瑟。从长门一带的山上飘散而来的白云不时挡住中天的太阳，阳光一阴翳下来，全岛战栗的树木和丛竹便也随之黯淡。可再一眨眼，阳光又忽然变得明亮。

即使从近处观察，岛也极其狭小。北面是略高的山丘，有很多松树。山丘南侧的山坳则是一片平地，平地连着浅滩一直伸进海里。从山坳的平地到海边一带，便是今天的比武地点。

从奉行到足轻，所有人都离海边远远的，在树与树之间扯上帷幕，屏息等待。由于岩流乃是藩士，武藏却是流浪之身，为避免威吓到对方，他们才有意做出这种安排。

可是，约定的时间已过了一刻多，都两次派快船去催了，却仍不见人来。静肃之中，人们也不免稍稍焦躁和反感起来。

“武藏先生来了！”站在海边瞭望的藩士顿时大喊着朝远处的折凳和帷幕方向跑去。

四

“来了？”岩间角兵卫不禁喊出声来，立时从折凳上起身。虽然他与长冈佐渡都是奉命前来做见证的官员，并不是武藏的敌人，可是，脱口而出的话语却是最自然的感情流露。侍奉在他一旁的随从和杂役们也都带着同样的眼神。

“哦！就是那条小舟。”众人一齐站了起来。不过，身为中立的藩中官员，角兵卫似乎立刻意识到自己行为的失态，便告诫着周围道：“不可妄动。”于是，他自己也坐了下来，静静地朝岩流所在的方向送去流盼。

可那里已看不见岩流的身影，只看见围在四五棵山桃树之间那带有龙胆纹样的帷幕。

幕布下方放着一个崭新的提桶，桶里有一把青竹柄长勺。由于提早不少时间抵达岛上的岩流迟迟等不来对手，从刚才起就开始喝桶里的水，后来便在幕后休息，如今却忽然不见了人影。

隔着帷幕，在前方土坡对面等待的则是长冈佐渡。他的身旁围着一群警戒的卫士和下属，以及随从伊织。

“武藏先生来了！”当一人大喊着从海边跑进警备的人群中时，伊织的脸色，甚至连嘴唇都瞬间变白了。

这时，一直纹丝不动地正视前方的佐渡忽然像是在瞅自己衣袖似的，草笠一下扭到一旁。“伊织。”佐渡低声唤道。

“是……”伊织两手扶地跪拜下来，抬眼望着草笠下面佐渡的脸。

他从头到脚都哆嗦个不停，怎么也止不住。

“伊织——”佐渡盯着他的眼睛，又重复了一声，“你要看好了。睁大眼睛看仔细了。就当是武藏先生豁上毕生的生命专门来为你传授功夫。”

伊织点点头，然后听话地瞪大那火炬般的眼睛，朝海边望去。

这里距海边有一町多远，尽管白色的浪花清晰可见，人影却小得可怜。即使交起手来，也无法真切地看清实际的动作和过程之类。不过，佐渡所告诫的恐怕不是这些技巧之类的细枝末节，他要伊织看的，一定是那人与天地一瞬间的微妙结合。这也是为了历练伊织的武士精神吧，即使隔得那么远，也要看仔细。

绿草随风起伏，青虫不时跳起，纤弱的蝴蝶在草叶上若隐若现，接着又忽而没了踪影。

“啊，到那边了！”

只见一叶小舟徐徐地朝海岸靠来，现在连伊织都看见了。时间已是巳时下刻（十一时）前后，比约定的时刻正好迟了一刻。

岛上静悄悄的，一切都躲在正午的太阳光中。这时，只见一个人从后面的山丘上走了下来，是佐佐木岩流。原来，等累了的岩流竟爬上了山丘，一直独自坐在那儿。

岩流向左右两侧的见证官员行了一礼，然后静静地踏着青草，朝海边走去。

五

太阳已近中天。

小舟一进入岛的近岸，大概是湾岔的缘故，波浪顿时变得细腻，浅滩的水底地十分通透。

“哪边？”佐助放缓摇橹的手，环顾着海边问道。

海边连个人影都没有。

武藏脱掉披着的棉衣，说道：“一直往前。”

船头径直前行，可佐助摇橹的手怎么也使不上劲。荒寂的岛上只有白头鸟在高声啼叫。

“佐助。这边很浅啊。”

“是平浅滩。”

“也用不着非得摇过去。若是船底让岩石咬住可就坏了，潮水不久也要退了。”

可佐助竟忘了回答，只顾凝望着岛上的绿地。那里有松树，细长高瘦的松树。松树下猩红的无袖外褂的下摆正在随风翻舞。

来了！早就等在那儿了，岩流的身影就在那儿！

佐助正要指给武藏看，可再看时，武藏也早已看向了那里。

武藏一面望着，一面将掖在衣带里的土黄色手巾抽出来，对折两次后，拢起被海风吹乱的头发，扎了起来。小刀已带在身前，大刀则似乎想放在船上。并且，为防止被飞沫打湿，还特意用草席包了起来，放在船底。右手则握着用破船桨削成的木刀。然后武藏从小船上起身，对佐助说道：“可以了。”

可是，此处离海边的沙地还有二十间远。听他这么一说，佐助又使劲划了两三下船橹。小舟顿时突进，却忽然一下搁浅在沙滩上。随着咕咚一声响，船底似乎翘了起来。同时，高高撩起左右裙裤下摆的武藏已轻轻跳入海水中。

海水才没过小腿，连飞沫都溅不起来。扑通扑通！武藏快速朝岸上走去，提在手里的木刀尖也随着他踢起的白色水泡拨开海水。

五步。十步。佐助卸下船橹，茫然若失地望着武藏的背影。从毛孔到脑芯，他浑身都在发冷，连自己要做什么都忘记了。

这时——啊，他连呼吸都停住了。只见岩流的身影像一面飘动的红旗般，已从远处的瘦松下面冲了过来。硕大的宝刀刀鞘反射着阳光，仿佛银狐的尾巴一样闪亮。

哗，哗，哗……

武藏仍在海水中走着。

快啊！可佐助再担心也没用，武藏还没登上岸，岩流便已经奔到了海边。

完了！佐助暗呼一声，他再也不忍看下去。仿佛自己已被劈成两半似的，伏在船底不住地发抖。

六

“武藏吗？”岩流招呼道。他抢先一步挡在岸边，占据着背后的大地，似乎一步也不让。

武藏停在海水中，面带几分微笑，说道：“小次郎吧。”

波浪冲刷着木刀尖，任凭风吹浪打，武藏也只是有一把木刀。可是，土黄色头巾下面微微上翘的眼角，却已不再是平素的武藏。此时，一个“射”字已不能形容他的眼神，这眼神须用“吸”来形容才行。它像湖水一样深邃，蕴藏着一种让敌人望而生畏的“吸”力。

“射”乃是岩流的眼神，他的双眸中透着一条长虹，燃烧着杀气的光芒，射向武藏。

眼睛是窗户，想来，二人的心理状态已直接反映在各自的眼神中了吧。

“武藏。”

“……”

“武藏！”小次郎又喊了一次。

波涛声响起，二人的脚底也涌起潮水。面对默然不答的武藏，岩流无法不抬高嗓门。“你怕了，还是诡计？可无论怎样都是你卑怯。约定的时刻已经过了一刻多。岩流从不爽约，早就等得不耐烦了。无论是一乘寺垂松的决斗，还是三十三间堂那次，你总是故意违背约定时刻，然后趁虚而入，这是你一贯的伎俩。可今天的岩流不是旁人，我绝不会中你的奸计。要想不被后人耻笑，那就干脆利落地来了结一下。来吧，武藏！”

放完狠话后，岩流将鞘尾高高地抬到后背，一把抽出夹在腋下的大刀晾衣杆，同时将留在左手的刀鞘丢在浪中。

武藏依旧默然，慢慢地等他说完，然后又等一个浪头退去之后，才忽然直指对手要害，说道：“小次郎，你输了！”

“什么？”

“今天的比武胜负已决。看来你输了。”

“住口！凭什么？”

“既是胜者之躯，怎么会扔掉刀鞘呢？你丢了刀鞘，便是丢了你的天命。”

“你胡说！”

“可惜啊，小次郎，慌了吧？这么早就慌神了？”

“来，来吧。”

“哦。”武藏答道。

只听水声从武藏脚底响起。岩流也扑通一下踏进浅滩，朝武藏高高挥起晾衣杆。可是，武藏却哗哗哗地踏着潮水，在水面上斜划出一条白色的水带，径直朝岩流所站的左岸跑去。

七

看到武藏涉水斜着朝岸上跑去，岩流便沿着海岸线追。就在武藏的脚刚离开水面踏上岸边沙地的一瞬，岩流的大刀已像飞鱼一样射了过来。

“喝！”

刚从海水中拔出来的脚有些重，武藏似乎仍未进入对战状态。当晾衣杆就要落在他的头顶时，他的身体仍处于刚登岸的状态，仍有些前倾。

可是，船桨削成的木刀早已从右侧腋下转向背后，深深地横向一侧。

“唔！”武藏无声的气息随之吹向岩流的脸。

眼看要斩向武藏脑门的晾衣杆只是在武藏头顶响了一声，随之啪的一下，在离武藏约九尺远的地方折向了一旁。因为岩流明白，这一刀是不可能砍中的。

武藏的身体像磐石一样。当然，双方的位置朝向已经变了。

武藏仍在原地，站在离海水有两三步的岸边，背对着大海，重新面对岩流。岩流则面朝大海正对着武藏，双手高举着晾衣杆。

现在，二人的生命才面临着真正的决战。

武藏原本就无欲，岩流也无求，决斗的战场是一片真空。可是，在波涛之外，在随风摇曳的草地上的督战台一带，此时，一定有无数人正屏气凝神地凝望着这真空中的两个生命吧。

岩流的身上汇聚着支持岩流和坚信岩流的许多情魂和祈祷。武藏亦是如此，岛上有伊织和佐渡，赤间关的海边有阿通、阿杉和权之助等人在守望，小仓的松丘上则有又八和朱实在翘首以待。尽管他们的眼睛望不到这里，可所有人都在不同的地方对天祈祷。

可是，对于决战的两人来说，所有的祈祷和眼泪都帮不了他们。这里没有偶然也没有神助，他们所有的，只是公平无私的青空。

如果能彻底化为这青空一样的存在便可称得上是无欲无念之体了吧，只是生命之躯不容易做到这点，更何况是在白刃对白刃之间。

突然，武藏血往上涌，浑身的毛孔已不听心的使唤，全像针一样朝敌人竖了起来。筋骨、血肉、四肢、毛发——附属于生命的一切东西，就连每一根睫毛都竖了起来，欲扑向敌人以保卫自己的生命。在如此状态下，只有心灵想与这天地共同平静，可这比让暴风雨中的池中月影保持不晃动还难。

八

只觉得过了很久，事实上却是极短——也就是波浪荡漾了五六次的时间吧。

不久，不，大概连不久都称不上吧。巨大的肉声突然打破了这一瞬的真空。虽然这是发自岩流身上的声音，但几乎同时，武藏身上也发出了同样的声音。

像击打着岩石的怒涛一样，就在两个声息同时扬起精神浪花的一瞬，只见那高高挥起的晾衣杆的刀锋已划出一条细细的长虹，似要将中天的太阳斩落下来一样，朝武藏的正面飞去。

武藏的左肩随之往下一沉，躲了过去。上半身同时一倾，右脚稍稍地往后拉。就在他双手间的木刀舞起一阵旋风的同时，岩流的长刀也几乎在同一瞬间竖着朝他的眉间斩来。

一瞬的照面之后，二人的呼吸都已比波涛还高亢。武藏退身十步左右，侧对着大海，用木刀尖指着跳开的敌人。木刀是正眼持法，晾衣杆则高举过顶。不过，二人的间隔已在交手的一瞬间被远远地拉开，拉至连长枪对长枪都无法够得着对方的距离。

虽然岩流在最初的一击中未伤到武藏一根毫发，却如愿重新占有了地利。

而武藏背对着大海不动也有他的道理。正午的阳光被海水强烈地反射出去，对于对峙的岩流相当不利。倘若在这个位置与武藏持续对峙，无论精神还是眼睛，他无疑都会比武藏更早地陷入疲劳。

好！如愿占到地利的岩流，如同已然打破武藏的防卫似的，顿时气势高涨。于是，他一寸一寸地向武藏逼近。

若想在逼近敌人之际寻找敌人身上的漏洞，同时还要加强自己的防守之身，当然得用这种小碎步。

可是，武藏却从对面无所顾忌地走了过来。似乎要将木刀尖刺入岩流眼中似的，直指着对方逼近。

面对武藏的漫不经心，岩流突然一愣，当他猛然止住脚步时，却已看不见武藏的身影。

木刀此时突然飞了过来。武藏近六尺的身体已缩成四尺左右，就在脚离地的同时，身体已飞在空中。

“啊！”岩流慌忙用头顶的晾衣杆朝空中猛地砍去，刀锋顿时将武藏扎在额头的土黄色头巾斩为两截。在岩流眼里，这土黄色的头巾像是武藏的人头一样飞了起来。又像是血，从自己的刀尖上飒然飞溅出去。他不由得微微一笑。

岩流的眼睛或许满足了，可就在这一瞬间，他的头盖骨却已在木刀的下面像小碎石一样碎裂开来。身体则倒在海边沙地与草地的交界处，脸上毫无已战败的神情。尽管嘴角汩汩地涌着鲜血，可嘴唇上仍挂着会心的微笑，仿佛武藏的头颅已被自己斩飞到大海中一般。

九

“啊！岩流先生！”远处的督战台上顿时传来惊呼声。人们难以置信。岩间角兵卫也站了起来，身边的人全都一脸凄惨，伸直了脖子，可看到对侧的长冈佐渡及伊织等人泰然自若的样子时，角兵卫及下属也只好强装镇静，努力抑制慌乱。可是，无法掩饰的失落之相和惨淡的心情却笼罩了曾坚信岩流会取得胜利的人们。这些遗憾和烦恼之人，仿佛不敢相信眼前的事实，屏气凝神，一阵呆然。

一瞬间，整座岛上仿佛没有一个人影似的陷入一片死寂，只有那无心的松涛和战栗的荒草在猛烈地吹打着人类的无常观。

武藏呢？他正望着一朵白云。飘过眸中的白云，让他这才回过神来。现在，他已经清晰地恢复了意识，把自己从白云中分离了出来。最终没有回还的是对手岩流佐佐木小次郎。

就在距武藏十步远的前方，小次郎趴倒在那里，脸贴着草地，手里紧握的长刀柄上仍透着一股执着的力量。他的脸上绝不是痛苦的表情，若是细看，似乎还流露着一股自己已全力以赴力战到底的满足感。但凡全力以赴者的脸上都会流露出这种满足感，全然找不到一丝遗憾的表情。

武藏的视线无意间落在自己被斩落的土黄色头巾上，顿时起了一身鸡皮疙瘩。“一生之中，自己还能再度遇上这样的敌人吗？”想到此，一股对小次郎的爱惜和尊敬之情不禁油然而生。同时，他也觉得自己从小次郎身上获得了一种恩泽。这种握剑的强悍——作为一个单纯的斗士，小次郎无疑是一个远高于自己的勇者。因此，得以获得这种挑战高人的机会，这当然是种恩泽。

可是，面对此高人，自己却取得了胜利，这又是为什么呢？技巧，还是天佑？不，肯定不是，武藏当即就否定了，可究竟是什么，他也想不明白。

笼统地说，这是一种超越力量或天佑之类的东西。小次郎坚信的是招数和力量，而武藏信奉的则是精神。差别仅此而已。

武藏默然地走了十来步，然后在小次郎的身前弯下膝来，左手轻轻探了探小次郎的鼻息，仍有微微的一丝气息。他忽然舒展开眉头。“若是救治得好，或许……”

他从小次郎身上看到了一缕生命之光。同时，他也不忍让这样的比武夺去这名令人扼腕的对手的生命。

“再会……”

武藏朝着小次郎，又朝着远处的观战台方向跪拜下来，行过一礼后，便提着船桨做成的木刀，忽地跑向北岸，跳进早就候在那里的小舟里。

那小舟究竟划向了哪里？

总之，那候在彦岛的岩流一门为报师仇中途截杀的故事终于未能留下。

人在活着的时候，总免不了遭受他人的爱和恨。纵使时光流逝，感情的波澜也仍会荡漾。那些在武藏活着时仍容不下他的人，每当批判起他当时的行为，便总会立刻如此说道：“当时，他一定是害怕自己无路可逃吧，看来，武藏也是狼狈至极啊。至于理由，他连给岩流补上最后的致命一刀都忘记了，还用说别的吗？”

波澜是世之常事。

任凭风吹浪打，那些善游的小鱼在波浪中又唱又跳。可是，百尺下水的心和水的深，又有谁会知道呢？

图书在版编目(CIP)数据

剑圣宫本武藏.第2辑/〔日〕吉川英治著；王维幸译.—海口：南海出版公司，2015.9
(吉川英治作品)
ISBN 978-7-5442-7862-1

Ⅰ.①剑… Ⅱ.①吉…②王… Ⅲ.①长篇小说－日本—现代 Ⅳ.①I313.45

中国版本图书馆CIP数据核字(2015)第145529号

剑圣宫本武藏.第二辑
〔日〕吉川英治 著
王维幸 译

出　　版　南海出版公司　(0898)66568511
　　　　　海口市海秀中路51号星华大厦五楼　邮编 570206
发　　行　新经典发行有限公司
　　　　　电话(010)68423599　邮箱 editor@readinglife.com
经　　销　新华书店

责任编辑　张　锐
特邀编辑　黄莉辉　王　雪
装帧设计　金　山　宋　璐
内文制作　王春雪

印　　刷　三河市宏图印务有限公司
开　　本　880毫米×1230毫米　1/32
印　　张　26.5
字　　数　665千
版　　次　2015年9月第1版
印　　次　2015年9月第1次印刷
书　　号　ISBN 978-7-5442-7862-1
定　　价　99.00元

版权所有，未经书面许可，不得转载、复制、翻印，违者必究。